Luna nueva

ALFAGUARA

Titulo Original: NEW MOON
Publicado de acuerdo con Little, Brown and Company (Inc),
New York, New York, USA

www.stepheniemeyer.com

Santillana Ediciones Generales, S.A. de C.V., 2007
Av. Universidad 767, Col. Del Valle
México, 03100, D.F. Teléfono 5420-7530

Éstas son las sedes del Grupo Santillana:

Argentina, Bolivia, Chile, Colombia, Costa Rica, Ecuador, El Salvador, España, Estados Unidos, Guatemala, México, Panamá, Perú, Puerto Rico, República Dominicana, Uruguay y Venezuela.

ISBN 10: 970-58-0023-5
ISBN 13: 978-970-58-0023-8

12 11 10 09 08 4 5 6 7 8 9 10

STEPHENIE MEYER

Para mi padre, Stephen Morgan.
Nadie ha recibido más afecto
ni un apoyo tan incondicional
como el que tú me has dado.
Yo también te quiero.

Los placeres violentos terminan en la violencia,
y tienen en su triunfo su propia muerte, del mismo
modo que se consumen el fuego y la pólvora
en un beso voraz.

Romeo y Julieta, acto II, escena VI

Índice

Prefacio

Me sentía atrapada en una de esas pesadillas aterradoras en las que tienes que correr, correr hasta que te arden los pulmones, sin lograr desplazarte nunca a la velocidad necesaria. Las piernas parecían moverse cada vez más despacio mientras me esforzaba por avanzar entre la multitud indiferente, pero aun así, las manecillas del gran reloj de la torre seguían avanzando, no se detenían; inexorables e insensibles se aproximaban hacia el final, hacia el final de todo.

Pero esto no era un sueño y, a diferencia de las pesadillas, no corría para salvar mi vida; corría para salvar algo infinitamente más valioso. En ese momento, incluso mi propia vida parecía tener poco significado para mí.

Alice había predicho que existían muchas posibilidades de que las dos muriéramos allí. Tal vez el resultado habría sido bien diferente si aquel sol deslumbrante no la hubiera retenido, de modo que sólo yo era libre de cruzar aquella plaza iluminada y atestada de gente.

Y no podía correr lo bastante rápido...

... por lo que no me importaba demasiado que estuviéramos rodeados por nuestros enemigos, extraordinariamente poderosos. Supe que era demasiado tarde cuando el reloj comenzó a dar la hora y sus campanadas hicieron vibrar el enlosado que pisaban mis pies —demasiado lentos—. Entonces me alegré de que más de un vampiro ávido de sangre me estuviera esperando por los alrededores. Si esto salía mal, a mí ya no me quedarían deseos de seguir viviendo.

El reloj siguió dando la hora mientras el sol caía a plomo en la plaza desde el centro exacto del cielo.

La fiesta

Estaba segura de que era un sueño en un noventa y nueve por ciento.

Las razones de esa certeza casi absoluta eran, en primer lugar, que permanecía en pie recibiendo de pleno un brillante rayo de sol, la clase de sol intenso y cegador que nunca brillaba en mi actual hogar de Forks, Washington, donde siempre lloviznaba; y en segundo lugar, porque estaba viendo a mi abuelita Marie, que había muerto hacía seis años. Esto, sin duda, ofrecía una seria evidencia a favor de la teoría del sueño.

La abuela no había cambiado mucho. Su rostro era tal y como lo recordaba; la piel suave tenía un aspecto marchito y se plegaba en un millar de finas arrugas debajo de las cuales se traslucía con delicadeza el hueso, como un melocotón seco, pero aureolado con una mata de espeso pelo blanco de aspecto similar al de una nube.

Nuestros labios —los suyos fruncidos en una miríada de arrugas— se curvaron a la vez con una media sonrisa de sorpresa. Al parecer, tampoco ella esperaba verme.

Estaba a punto de preguntarle algo, era tanto lo que quería saber... ¿Qué hacía en mi sueño? ¿Dónde había permanecido los últimos seis años? ¿Estaba bien el abuelo? ¿Se habían encontrado dondequiera que estuvieran? Pero ella abrió la boca al mismo tiempo que yo y me detuve para dejarla hablar primero. Ella hizo lo mismo y ambas sonreímos, ligeramente incómodas.

—¿Bella?

No era ella la que había pronunciado mi nombre, por lo que ambas nos volvimos para ver quién se unía a nuestra pequeña reunión. En realidad, yo no necesitaba mirar para saberlo. Era una voz que habría reconocido en cualquier lugar, y a la que también hubiera respondido, ya estuviera dormida o despierta... o incluso muerta, estoy casi segura. La voz por la que habría caminado sobre el fuego o, con menos dramatismo, por la que chapotearía todos los días de mi vida entre el frío y la lluvia incesante.

Edward.

Aunque me moría de ganas por verlo —consciente o no— y estaba casi segura de que se trataba de un sueño, me entró el pánico a medida que Edward se acercaba a nosotras caminando bajo la deslumbrante luz del sol.

Me asusté porque la abuela ignoraba que yo estaba enamorada de un vampiro —nadie lo sabía— y no se me ocurría la forma de explicarle el hecho de que los brillantes rayos del sol se quebraran sobre su piel en miles de fragmentos de arco iris, como si estuviera hecho de cristal o de diamante.

Bien, abuelita, quizás te hayas dado cuenta de que mi novio resplandece. Es algo que le pasa cuando se expone al sol, pero no te preocupes...

Pero ¿qué hacía él aquí? La única razón de que viviera en Forks, el lugar más lluvioso del mundo, era poder salir a la luz del día sin que quedara expuesto el secreto de su familia. Sin embargo, ahí estaba; se acercaba, como si yo estuviera sola, con ese andar suyo tan grácil y despreocupado y esa hermosísima sonrisa en su angelical rostro.

En ese momento deseé no ser la excepción de su misterioso don. En general, agradecía ser la única persona cuyos pensamientos no podía oír con la misma claridad que si los expresara en voz alta, pero ahora hubiera deseado que oyera el aviso que le gritaba en mi fuero interno.

Lancé una mirada aterrada a la abuela y me percaté de que era demasiado tarde. En ese instante, ella se volvió para mirarme y sus ojos expresaron la misma alarma que los míos.

Edward continuó sonriendo de esa forma tan arrebatadora que hacía que mi corazón se desbocara y pareciera a punto de estallar dentro de mi pecho. Me pasó el brazo por los hombros y se volvió para mirar a mi abuela.

Su expresión me sorprendió. Me miraba avergonzada, como si esperara una reprimenda, en vez de horrorizarse. Mantuvo aquel extraño gesto y separó torpemente un brazo del cuerpo; luego, lo alargó y curvó en el aire como si abrazara a alguien a quien no podía ver, alguien invisible...

Sólo me percaté del marco que rodeaba su figura al contemplar la imagen desde una perspectiva más amplia. Sin comprender aún, alcé la mano que no rodeaba la cintura de Edward y la acerqué para tocar a mi abuela. Ella repitió el movimiento de forma exacta, como en un espejo. Pero donde nuestros dedos hubieran debido encontrarse, sólo había frío cristal...

El sueño se convirtió en una pesadilla de forma brusca y vertiginosa.

Ésa no era la abuela.

Era mi imagen reflejada en un espejo. Era yo, anciana, arrugada y marchita.

Edward permanecía a mi lado sin reflejarse en el espejo, insoportablemente hermoso a sus diecisiete años eternos.

Apretó sus labios fríos y perfectos contra mi mejilla decrépita.
—Feliz cumpleaños —susurró.

Me desperté sobresaltada, jadeante y con los ojos a punto de salirse de las órbitas. Una mortecina luz gris, la luz propia de una mañana nublada, sustituyó al sol cegador de mi pesadilla.

Sólo ha sido un sueño, me dije. Sólo ha sido un sueño. Tomé aire y salté de la cama cuando se me pasó el susto. El pequeño calendario de la esquina del reloj me mostró que todavía estábamos a trece de septiembre.

Era sólo un sueño pero, sin duda, profético, al menos en un sentido. Era el día de mi cumpleaños. Acababa de cumplir oficialmente dieciocho años.

Había estado temiendo este día durante meses.

Durante el perfecto verano —el verano más feliz que he tenido jamás, el más feliz que nadie nunca haya podido tener y el más lluvioso de la historia de la península Olympic— esta fecha funesta había estado acechándome, preparada para saltar.

Y ahora que por fin había llegado, resultaba aún peor de lo que temía. Casi podía sentirlo: era mayor. Cada día envejecía un poco más, pero hoy era diferente y notablemente peor. Tenía dieciocho años.

Los que Edward nunca llegaría a cumplir.

Cuando fui a lavarme los dientes, casi me sorprendió que el rostro del espejo no hubiera cambiado. Examiné a conciencia la piel marfileña de mi rostro en busca de algún indicio inminente de arrugas. Sin embargo, no había otras que las de mi frente, y comprendí que desaparecerían si me relajaba, pero no podía. La desazón se había aposentado en mi ceño hasta formar una línea de preocupación encima de los ansiosos ojos marrones.

Sólo ha sido un sueño, me recordé una vez más. Sólo un sueño, y también mi peor pesadilla.

Con las prisas por salir de casa lo antes posible, me salté el desayuno. No me encontraba con ánimo de enfrentarme a mi padre y tener que pasar unos minutos fingiendo estar contenta. Intentaba sentirme sinceramente entusiasmada con los regalos que le había pedido que no me hiciera, pero notaba que estaba a punto de llorar cada vez que debía sonreír.

Hice un esfuerzo para sosegarme mientras conducía camino del instituto. Resultaba difícil olvidar la visión de la abuelita —no podía pensar en ella como si fuera yo— y sólo pude sentir desesperación cuando entré en el conocido parqueadero que se extendía detrás del instituto de Forks y descubrí a Edward inmóvil, recostado contra su pulido Volvo plateado como un tributo de marfil consagrado a algún olvidado dios pagano de la belleza. El sueño no le hacía justicia. Y estaba allí esperándome sólo a mí, igual que cualquier otro día.

La desesperación se disipó momentáneamente y la sustituyó el embeleso. Después del casi medio año que llevábamos juntos, todavía no podía creerme que mereciera tener tanta suerte.

Su hermana Alice estaba a su lado, esperándome también.

Edward y Alice no estaban emparentados de verdad, por supuesto —la historia que corría por Forks era que los retoños de los Cullen habían sido adoptados por el doctor Carlisle Cullen y su esposa Esme, ya que ambos tenían un aspecto excesivamente joven como para tener hijos adolescentes—, aunque su piel tenía el mismo tono de palidez, sus ojos el mismo extraño matiz dorado y las mismas ojeras marcadas y amoratadas.

El rostro de Alice, al igual que el de Edward, era de una hermosura asombrosa, y estas similitudes los delataban a los ojos de alguien que, como yo, sabía qué eran.

Puse cara de pocos amigos al ver a Alice esperándome allí, con sus ojos de color tostado brillando de excitación y una pequeña caja cuadrada envuelta en papel plateado en las manos. Le había dicho que no quería nada, nada, ni regalos ni ningún otro tipo de atención por mi cumpleaños. Evidentemente, había ignorado mis deseos.

Cerré de un golpe la puerta de mi Chevrolet del 53 y una lluvia de motas de óxido revoloteó hasta la cubierta de color negro. Después me dirigí lentamente hacia donde me aguardaban. Alice saltó hacia delante para encontrarse conmigo; su cara de duende resplandecía bajo el puntiagudo pelo negro.

—¡Feliz cumpleaños, Bella!

—¡Shhh! —bisbiseé mientras miraba alrededor del parqueadero para cerciorarme de que nadie la había oído. Lo último que quería era cualquier clase de celebración del luctuoso evento.

Ella me ignoró.

—¿Cuándo quieres abrir tu regalo? ¿Ahora o luego? —me preguntó entusiasmada mientras caminábamos hacia donde nos esperaba Edward.

—No quiero regalos —protesté con un hilo de voz.

Al fin, pareció darse cuenta de cuál era mi estado de ánimo.

—Vale..., tal vez luego. ¿Te ha gustado el álbum de fotografías que te ha enviado tu madre? ¿Y la cámara de Charlie?

Suspiré. Por descontado, ella debía de saber cuáles iban a ser mis regalos de cumpleaños. Edward no era el único miembro de la familia dotado de extrañas cualidades. Seguramente Alice habría «visto» lo que mis padres planeaban regalarme en cuanto lo hubieran decidido.

—Sí, son maravillosos.

—A mí me parece una idea estupenda. Sólo te haces mayor de edad una vez en la vida, así que lo mejor es documentar bien la experiencia.

—¿Cuántas veces te has hecho tú mayor de edad?

—Eso es distinto.

Entonces llegamos a donde estaba Edward, que me tendió la mano. La tomé con ganas, olvidando por un momento mi pesadumbre. Su piel era suave, dura y helada, como siempre. Le dio a mis dedos un apretón cariñoso. Me sumergí en sus líquidos ojos de topacio y mi corazón sufrió otro apretón aunque bastante menos dulce.

Él sonrió al escuchar el tartamudeo de los latidos de mi corazón. Levantó la mano libre y recorrió el contorno de mis labios con el gélido extremo de uno de sus dedos mientras hablaba.

—Así que, tal y como me impusiste en su momento, no me permites que te felicite por tu cumpleaños, ¿correcto?

—Sí, correcto —nunca conseguiría imitar, ni siquiera de lejos, su perfecta y formal facilidad de expresión. Eso era algo que solamente podía adquirirse en un siglo pretérito.

—Sólo me estaba asegurando —se pasó la mano por su despeinado cabello de color bronce—. Podrías haber cambiado de idea. La mayoría de la gente disfruta con cosas como los cumpleaños y los regalos.

Alice rompió a reír y su risa se alzó como un sonido plateado, similar al repique del viento.

—Pues claro que lo disfruta. Se supone que hoy todo el mundo se va a portar bien contigo y te dejará hacer lo que quieras, Bella. ¿Qué podría ocurrir de malo? —lanzó la frase como una pregunta retórica.

—Pues hacerme mayor —contesté de todos modos, y mi voz no fue tan firme como me hubiera gustado.

A mi lado, la sonrisa de Edward se tensó hasta convertirse en una línea dura.

—Tener dieciocho años no es ser muy mayor —dijo Alice—. Tenía entendido que, por lo general, las mujeres no se sentían mal por cumplir años hasta llegar a los veintinueve.

—Es ser mayor que Edward —mascullé.

Él suspiró.

—Técnicamente —dijo ella sin perder su tono desenfadado—, ya que sólo lo adelantas en un año de nada.

Se suponía que... si estaba segura del futuro que deseaba, segura de pasarlo para siempre con Edward, Alice y el resto de los Cullen (mejor si no era como una menuda anciana arrugada)... uno o dos años arriba o abajo no me importarían demasiado. Pero Edward se había cerrado en banda respecto a cualquier clase de futuro que incluyera mi transformación. Cualquier futuro que me hiciera como él, inmortal igual que él.

Un *impasse*, lo llamaría Edward.

Para ser sinceros, la verdad es que no entendía su punto de vista. ¿Qué tenía de bueno la mortalidad? Convertirse en vampiro no parecía una cosa tan horrible, al menos no a la manera de los Cullen.

—¿A qué hora vendrás a casa? —continuó Alice, cambiando de tema. A juzgar por su expresión, ya se había dado cuenta de qué era lo que yo estaba intentando evitar.

—No sabía que tuviera que ir allí.

—¡Oh, por favor, Bella, no te pongas difícil! —se quejó ella—. No nos irás a arruinar toda la diversión poniendo esa cara, ¿verdad?

—Creía que mi cumpleaños era para tener lo que yo deseara.

—La llevaré desde casa de Charlie justo después de que terminemos las clases —le dijo Edward, ignorándome sin esfuerzo.

—Tengo que trabajar —protesté.

—En realidad, no —repuso Alice con aire de suficiencia—, ya he hablado con la señora Newton sobre eso. Te cambiará el turno en la tienda. Me dijo que te deseara un feliz cumpleaños.

—Pero... pero es que no puedo dejarlo —tartamudeé mientras buscaba desesperadamente una excusa—. Lo cierto es que, bueno, todavía no he visto *Romeo y Julieta* para la clase de Literatura.

Alice resopló con impaciencia.

—Te sabes *Romeo y Julieta* de memoria.

—Pero el señor Berty dice que necesitamos verlo representado para ser capaces de apreciarlo en su integridad, ya que ésa era la forma en que Shakespeare quiso que se hiciera.

Edward puso los ojos en blanco.

—Pero si ya has visto la película —me acusó Alice.

—No en la versión de los sesenta. El señor Berty aseguró que era la mejor.

Finalmente, Alice perdió su sonrisa satisfecha y me miró fijamente.

—Mira, puedes ponértelo difícil o fácil, tú verás, pero de un modo u otro...

Edward interrumpió su amenaza.

—Tranquilízate, Alice. Si Bella quiere ver una película, que la vea. Es su cumpleaños.

—Así es —añadí.

—La llevaré sobre las siete —continuó él—. Les dará más tiempo para organizarlo todo.

La risa de Alice resonó de nuevo.

—Eso suena bien. ¡Te veré esta noche, Bella! Verás como te lo pasas bien —esbozó una gran sonrisa, una sonrisa amplia que expuso sus perfectos y deslumbrantes dientes; luego me pellizcó una mejilla y salió disparada hacia su clase antes de que pudiera contestarle.

—Edward, por favor... —comencé a suplicar, pero él puso uno de sus dedos fríos sobre mis labios.

—Ya lo discutiremos luego. Vamos a llegar tarde a clase.

Nadie se molestó en mirarnos mientras nos acomodábamos al final del aula en nuestros asientos de costumbre. Ahora estábamos juntos en casi todas las clases —era sorprendente los favores que Edward conseguía de las mujeres de la administración—. Edward y yo llevábamos saliendo juntos demasiado tiempo como para ser objeto de habladurías. Ni siquiera Mike Newton se molestó en dirigirme la mirada apesadumbrada con la que solía hacerme sentir culpable; en vez de eso, ahora me sonreía y yo estaba contenta de que, al parecer, hubiera aceptado que sólo podíamos ser amigos. Mike había cambiado ese verano; los pómulos resaltaban más ahora que su rostro se había estirado, y era distinta la forma en que peinaba su cabello rubio: en lugar de llevarlo pinchudo, se lo había dejado más largo y modelado con gel en una especie de desaliño casual. Era fácil ver dónde se había inspirado, aunque el aspecto de Edward era algo inalcanzable por simple imitación.

Conforme avanzaba el día, consideré todas las formas de eludir lo que se estuviera preparando en la casa de los Cullen aquella noche. El hecho en sí ya era lo bastante malo como para celebrarlo; máxime cuando, en realidad, no estaba de humor para fiestas, y peor aún, cuando lo más probable es que éstas incluyeran convertirme en el centro de atención y hacerme regalos.

Nunca es bueno que te presten atención —seguramente, cualquier patoso tan proclive como yo a los accidentes pensará lo mismo—. Nadie desea convertirse en foco de nada si tiene tendencia a que se le caiga todo encima.

Además, había pedido con toda claridad (en realidad, había ordenado expresamente) que nadie me regalara nada ese año. Y parecía que Charlie y Renée no habían sido los únicos que habían decidido pasarlo por alto.

Nunca tuve mucho dinero, pero eso no me había preocupado jamás. Renée me había criado con el sueldo de una maestra de guardería, y tampoco Charlie se estaba forrando con el suyo, precisamente, siendo jefe de policía de una localidad pequeña como Forks. Mi único ingreso personal procedía de los tres días a la semana que trabajaba en la tienda local de productos deportivos. Era afortunada al tener un trabajo en un lugar tan minúsculo como aquél. Destinaba cada centavo que ganaba a mi microscópico fondo para la universidad. En realidad, la universidad era el plan B, porque aún no había perdido las esperanzas depositadas en el plan A, aunque Edward se había puesto tan inflexible con lo de que yo continuara siendo humana que...

Edward tenía un montón de dinero, ni siquiera quería pensar en la cantidad total. El dinero casi carecía de significado para él y el resto de los Cullen. Según ellos, solamente era algo que se acumula cuando tienes tiempo ilimitado y una hermana con la asombrosa habilidad de predecir pautas en el mercado de valores. Edward no parecía entender por qué le ponía objeciones a que gastara su dinero conmigo, es decir, por qué me incomodaba que me llevara a un restaurante caro de Seattle y no podía regalarme un carro que alcanzara velocidades superiores a los ochenta kilómetros por hora, o incluso por qué no podía pagarme la matrícula de la universidad. Tenía un entusiasmo realmente ridículo por el plan B. Edward creía que yo estaba poniendo trabas sin necesidad.

Pero ¿cómo lo iba a dejar que me diera nada cuando yo no tenía con qué corresponderle? Él, por alguna razón incomprensible, quería estar conmigo. Cualquier cosa que me diera, además de su compañía, aumentaba aún más el desequilibrio entre nosotros.

Conforme fue avanzando el día, ni Edward ni Alice volvieron a sacar el tema de mi cumpleaños, y comencé a relajarme un poco.

Nos sentamos en nuestro lugar de siempre a la hora del almuerzo.

Existía alguna extraña clase de tregua en esa mesa. Nosotros tres —Edward, Alice y yo— nos sentábamos en el extremo sur de la misma. Ahora que los hermanos Cullen más mayores y amedrentadores —por lo menos en el caso de Emmett— se habían graduado, Alice y Edward ya no intimidaban demasiado y no nos sentábamos solos. Mis otros amigos, Mike y Jessica —que estaban en la incómoda fase de amistad posterior a la ruptura—, Angela y Ben —cuya relación había sobrevivido al verano—, Eric, Conner, Tyler y Lauren —aunque esta última no entraba realmente en la categoría de amiga— se sentaban todos en la misma mesa, pero al otro lado de una línea invisible. Esa línea se disolvía en los días soleados, cuando Edward y Alice evitaban acudir a clase; entonces la conversación se generalizaba sin esfuerzo hasta hacerme partícipe.

Ni Edward ni Alice encontraban este ligero ostracismo ofensivo ni molesto, como le hubiera ocurrido a cualquiera. De hecho, apenas lo notaban. La gente siempre se sentía extrañamente mal e incómoda con los Cullen, casi atemorizada por alguna razón que no era capaz de explicar. Yo era una rara excepción a esa regla. Algunas veces Edward se molestaba por lo cómoda que me sentía en su cercanía. Pensaba que eso no le convenía a mi salud, una opinión que yo rechazaba de plano en cuanto él la formulaba con palabras.

La sobremesa pasó deprisa. Terminaron las clases y Edward me acompañó al carro, como de costumbre, pero esta vez me abrió la puerta del copiloto. Alice debía de haberse llevado su carro a casa para que él pudiera evitar que yo consiguiera escabullirme.

Crucé los brazos y no hice ademán de guarecerme de la lluvia.

—¿Es mi cumpleaños y ni siquiera puedo conducir?

—Me comporto como si no fuera tu cumpleaños, tal y como tú querías.

—Pues si no es mi cumpleaños, no tengo que ir a tu casa esta noche...

—Muy bien —cerró la puerta del copiloto y pasó a mi lado para abrir la puerta del conductor—. Feliz cumpleaños.

—Calla —mascullé con poco entusiasmo. Entré por la puerta abierta, deseando que él hubiera optado por la otra posibilidad.

Mientras yo conducía, Edward jugueteó con la radio sin dejar de sacudir la cabeza con abierto descontento.

—Tu radio se oye fatal.

Puse cara de pocos amigos. No me gustaba que empezara a criticar el carro. Estaba muy bien y además tenía personalidad.

—¿Quieres un estéreo que funcione bien? Pues conduce tu propio carro —los planes de Alice me ponían tan nerviosa que empeoraban mi estado de ánimo, ya de por sí sombrío, y las palabras me salieron con más brusquedad de la pretendida. Nunca exponía a Edward a mi mal genio, y el tono de mi voz lo hizo apretar los labios para que no se le escapara una sonrisa.

Se volvió para tomar mi rostro entre sus manos cuando parquée frente a la casa de Charlie. Me tocó con mucho cuidado, paseando las puntas de sus dedos por mis sienes, mis pómulos y la línea de la mandíbula. Como si yo fuera algo que pudiera romperse con facilidad. Lo cual era exactamente el caso, al menos en comparación con él.

—Deberías estar de un humor estupendo, hoy más que nunca —susurró. Su dulce aliento se deslizó por mi rostro.

—¿Y si no quiero estar de buen humor? —pregunté con la respiración entrecortada.

Sus ojos dorados ardieron con pasión.

—Pues muy mal.

Empezaba a sentirme confusa cuando se inclinó sobre mí y apretó sus labios helados contra los míos. Tal como él pretendía, sin duda, olvidé todas mis preocupaciones, y me concentré en recordar cómo se inspiraba y espiraba.

Su boca se detuvo sobre la mía, fría, suave y dulce, hasta que deslicé mis brazos en torno a su cuello y me lancé a besarlo con algo más que simple entusiasmo. Sentí cómo sus labios se curvaban hacia arriba cuando se apartó de mi cara y se alzó para deshacer mi abrazo.

Edward había establecido con cuidado los límites exactos de nuestro contacto físico a fin de mantenerme viva. Aunque yo respetaba la necesidad de guardar una distancia segura entre mi piel y sus dientes ponzoñosos y afilados como navajas, tendía a olvidar esas trivialidades cuando me besaba.

—Pórtate bien, por favor —suspiró contra mi mejilla. Presionó sus labios contra los míos una vez más y se apartó definitivamente de mí, obligándome a cruzar los brazos sobre mi estómago.

El pulso me atronaba los oídos. Me puse una mano en el corazón. Palpitaba enloquecido.

—¿Crees que esto mejorará algún día? —me pregunté, más a mí misma que a él—. ¿Alguna vez conseguiré que el corazón deje de intentar saltar fuera de mi pecho cuando me tocas?

—La verdad, espero que no —respondió, un poco pagado de sí mismo.

Puse los ojos en blanco.

—Anda, vamos a ver cómo los Capuletos y los Montescos se destrozan unos a otros, ¿vale?

—Tus deseos son órdenes para mí.

Edward se repantingó en el sofá mientras yo ponía la película, pasando rápido los créditos del principio. Me envolvió la cintura con sus brazos y me reclinó contra su pecho cuando me senté junto a él en el borde del sofá. No era exactamente tan cómodo como un cojín, pero yo lo prefería con diferencia. Su pecho era frío y duro, aunque perfecto, como una escultura de hielo. Tomó la manta de punto que descansaba, doblada, sobre el respaldo del sofá y me envolvió con ella para que no me congelara al contacto de su cuerpo.

—¿Sabes?, Romeo no me cae nada bien —comentó cuando empezó la película.

—¿Y qué le pasa a Romeo? —le pregunté, un poco molesta. Era uno de mis personajes de ficción favoritos. Creo que hasta estaba un poco enamorada de él hasta que conocí a Edward.

—Bien, en primer lugar, está enamorado de esa Rosalinda, ¿no te parece que es un poco voluble? Y luego, unos pocos minutos después de su boda, mata al primo de Julieta. No es precisamente un rasgo de brillantez. Acumula un error tras otro. ¿Habría alguna otra manera más completa de destruir su felicidad?

Suspiré.

—¿Quieres que la vea yo sola?

—No, de todos modos, yo estaré mirándote a ti la mayor parte del rato —sus dedos se deslizaron por mi piel trazando formas, poniéndome la carne de gallina—. ¿Te vas a poner a llorar?

—Probablemente —admití—. Si estás pendiente de mí todo el rato.

—Entonces no te distraeré —pero sentí sus labios contra mi pelo y eso me distrajo bastante.

La película captó mi interés a ratos, gracias en buena parte a que Edward me susurraba los versos de Romeo al oído, con su irresistible voz aterciopelada, que convertía la del actor en un sonido débil y basto en comparación. Y claro que lloré, para su diversión, cuando Julieta se despierta y encuentra a su reciente esposo muerto.

—He de admitir que le tengo una especie de envidia —dijo Edward secándome las lágrimas con un mechón de mi propio pelo.

—Ella es muy guapa.

Él hizo un sonido de disgusto.

—No le envidio la chica, sino la facilidad para suicidarse —aclaró con tono de burla—. ¡Para ustedes, los humanos, es tan sencillo! Todo lo que tienen que hacer es tragarse un pequeño vial de extractos de plantas...

—¿Qué? —inquirí con un grito ahogado.

—Es algo que tuve que plantearme una vez, y sé por la experiencia de Carlisle que no es nada sencillo. Ni siquiera estoy seguro de cuántas maneras de matarse probó Carlisle al principio, cuando se dio cuenta de en qué se había convertido... —su voz, que se había tornado mucho más seria, se volvió ligera otra vez—. Y no cabe duda de que sigue con una salud excelente.

Me retorcí para poder leer su expresión.

—¿De qué estás hablando? —quise saber—. ¿Qué quieres decir con eso de que tuviste que planteártelo una vez?

—La primavera pasada, cuando tú casi... casi te mataron... —hizo una pausa para inspirar profundamente, luchando por volver al tono socarrón de antes—. Claro que estaba concentrado en encontrarte con vida, pero una parte de mi mente estaba elaborando un plan de emergencia por si las cosas no salían bien. Y como te decía, no es tan fácil para mí como para un humano.

Los recuerdos de mi último viaje a Phoenix me embargaron y durante un segundo sentí cierto vértigo. Aún conservaba en mi memoria, con total nitidez, el sol cegador y las oleadas de calor procedentes del asfalto mientras corría a toda prisa y con ansiedad al encuentro del sádico vampiro que quería torturarme hasta la muerte. James me esperaba en la habitación de los espejos con mi madre como rehén, o eso suponía yo. No supe hasta más tarde que todo era una treta. Lo que tampoco sabía James es que Edward se apresuraba a salvarme. Lo consiguió a tiempo, pero por muy poco. De manera inconsciente, mis dedos se deslizaron por la cicatriz en forma de media luna de mi mano, siempre a varios grados por debajo de la temperatura del resto de mi piel.

Sacudí la cabeza, como si con eso pudiera deshacerme de todos los malos recuerdos e intenté comprender lo que Edward quería decir, mientras sentía un incómodo peso en el estómago.

—¿Un plan de emergencia? —repetí.

—Bueno, no estaba dispuesto a vivir sin ti —puso los ojos en blanco como si eso resultara algo evidente hasta para un niño—. Aunque no estaba seguro sobre cómo hacerlo. Tenía claro que ni Emmett ni Jasper me ayudarían..., así que pensé que lo mejor sería marcharme a Italia y hacer algo que molestara a los Vulturis.

No quería creer que hablara en serio, pero sus ojos dorados brillaban de forma inquietante, fijos en algo lejano en la distancia, como si contemplara las formas de terminar con su propia vida. De pronto, me puse furiosa.

—¿Qué es un Vulturis? —inquirí.

—Son una familia —contestó con la mirada ausente—, una familia muy antigua y muy poderosa de nuestra clase. Es lo más cercano que hay en nuestro mundo a la realeza, supongo. Carlisle vivió con ellos algún tiempo durante sus primeros años, en Italia, antes de venir a América. ¿No recuerdas la historia?

—Claro que me acuerdo.

Nunca podría olvidar la primera vez que visité su casa, la enorme mansión blanca escondida en el bosque al lado del río, o la habitación donde Carlisle —el padre de Edward en tantos sentidos reales— tenía una pared llena de pinturas que contaban su historia personal. El lienzo más vívido, el de colores más luminosos y también el más grande, procedía de la época que Carlisle había pasado en Italia. Naturalmente que me acordaba del sereno cuarteto de hombres, cada uno con el rostro exquisito de un serafín, pintados en la más alta de las balconadas, observando la espiral caótica de colores. Aunque la pintura se había realizado hacía siglos, Carlisle, el ángel rubio, permanecía inalterable. Y recuerdo a los otros tres, los primeros conocidos de Carlisle. Edward nunca había utilizado la palabra Vulturis para referirse al hermoso trío, dos con el pelo negro y uno con el cabello blanco como la nieve. Los llamó Aro, Cayo y Marco, los mecenas nocturnos de las artes.

—De cualquier modo, lo mejor es no irritar a los Vulturis —continuó Edward, interrumpiendo mi ensoñación—. No a menos que desees morir, o lo que sea que nosotros hagamos —su voz sonaba tan tranquila que parecía casi aburrido con la perspectiva.

Mi ira se transformó en terror. Tomé su rostro marmóreo entre mis manos y se lo apreté fuerte.

—¡Nunca, nunca vuelvas a pensar en eso otra vez! ¡No importa lo que me ocurra, no te permito que te hagas daño a ti mismo!

—No te volveré a poner en peligro jamás, así que eso es un punto indiscutible.

—¡Ponerme en peligro! ¿Pero no estábamos de acuerdo en que toda la mala suerte es cosa mía? —estaba enfadándome cada vez más—. ¿Cómo te atreves a pensar en esas cosas? —la idea de que Edward dejara de existir, incluso aunque yo estuviera muerta, me producía un dolor insoportable.

—¿Qué harías tú si las cosas sucedieran a la inversa? —preguntó.

—No es lo mismo.

Él no parecía comprender la diferencia y se rió entre dientes.

—¿Y qué pasa si te ocurre algo? —me puse pálida sólo de pensarlo—. ¿Querrías que me suicidara?

Un rastro de dolor surcó sus rasgos perfectos.

—Creo que veo un poco por dónde vas… sólo un poco —admitió—. Pero ¿qué haría sin ti?

—Cualquier cosa de las que hicieras antes de que yo apareciera para complicarte la vida.

Suspiró.

—Tal como lo dices, suena fácil.

—Seguro que lo es. No soy tan interesante, la verdad.

Parecía a punto de rebatirlo, pero lo dejó pasar.

—Eso es discutible —me recordó.

Repentinamente, se incorporó adoptando una postura más formal, colocándome a su lado de modo que no nos tocáramos.

—¿Charlie? —aventuré.

Edward sonrió. Poco después escuché el sonido del carro de policía al entrar por el camino. Busqué y tomé su mano con firmeza, ya que mi padre bien podría tolerar eso.

Charlie entró con una caja de pizza en las manos.

—Hola, chicos —me sonrió—. Supuse que querrías tomarte un respiro de cocinar y fregar platos el día de tu cumpleaños. ¿Hay hambre?

—Está bien. Gracias, papá.

Charlie no hizo ningún comentario sobre la aparente falta de apetito de Edward. Estaba acostumbrado a que no cenara con nosotros.

—¿Le importaría si me llevo a Bella esta tarde? —preguntó Edward cuando Charlie y yo terminamos.

Miré a Charlie con rostro esperanzado. Quizás él tuviera ese tipo de concepto de cumpleaños que consiste en «quedarse en casa», en plan familiar. Éste era mi primer cumpleaños con él, el primer cumpleaños desde que mi madre, Renée, volviera a casarse y se hubiera ido a vivir a Florida, de modo que no sabía qué expectativas tendría él.

—Eso es estupendo, los Mariner juegan con los Fox esta noche —explicó Charlie, y mi esperanza desapareció—, así que seguramente seré una mala compañía... Toma —sacó la cámara que me había comprado por sugerencia de Renée (ya que necesitaría fotos para llenar mi álbum) y me la lanzó.

Él debería haber sabido mejor que nadie que yo no era ninguna maravilla de coordinación de movimientos. La cámara saltó de entre mis dedos y cayó dando vueltas hacia el suelo. Edward la atrapó en el aire antes de que se estampara contra el linóleo.

—Buena parada —remarcó Charlie—. Si han organizado algo divertido esta noche en casa de los Cullen, Bella, toma algunas fotos. Ya sabes cómo es tu madre, estará esperando verlas casi al mismo tiempo que las vayas haciendo.

—Buena idea, Charlie —dijo Edward mientras me devolvía la cámara.

Volví la cámara hacia él y le hice la primera foto.

—Va bien.

—Estupendo. Oye, saluda a Alice de mi parte. Lleva tiempo sin pasarse por aquí —Charlie torció el gesto.

—Sólo han pasado tres días, papá —le recordé. Charlie estaba loco por Alice. Se encariñó con ella la última primavera, cuando me estuvo ayudando en mi difícil convalecencia; Charlie siempre le estaría agradecido por salvarle del horror de ayudar a ducharse a una hija ya casi adulta—. Se lo diré.

—Que se diviertan esta noche, chicos —eso era claramente una despedida. Charlie ya se iba camino del salón y de la televisión.

Edward sonrió triunfante y me tomó de la mano para dirigirnos hacia la cocina.

Cuando fuimos a buscar mi carro, me abrió la puerta del copiloto y esta vez no protesté. Todavía me costaba mucho trabajo encontrar el camino oculto que llevaba a su casa en la oscuridad.

Edward condujo hacia el norte, hacia las afueras de Forks, visiblemente irritado por la escasa velocidad a la que le permitía conducir mi prehistórico Chevrolet. El motor rugía incluso más fuerte de lo habitual mientras intentaba ponerlo a más de ochenta.

—Tómatelo con calma —le advertí.

—¿Sabes qué te gustaría un montón? Un precioso y pequeño Audi *Coupé*. Apenas hace ruido y tiene mucha potencia…

—No hay nada en mi carro que me desagrade. Y hablando de caprichos caros, si supieras lo que te conviene, no te gastarías nada en regalos de cumpleaños.

—Ni un centavo —dijo con aspecto recatado.

—Muy bien.

—¿Puedes hacerme un favor?

—Depende de lo que sea.

Suspiró y su dulce rostro se puso serio.

—Bella, el último cumpleaños real que tuvimos nosotros fue el de Emmett en 1935. Déjanos disfrutar un poco y no te pongas demasiado difícil esta noche. Todos están muy emocionados.

Siempre me sorprendía un poco cuando se refería a ese tipo de cosas.

—Vale, me comportaré.

—Probablemente debería avisarte de que...

—Bien, hazlo.

—Cuando digo que todos están emocionados... me refiero a todos ellos.

—¿Todos? —me sofoqué—. Pensé que Emmett y Rosalie estaban en África.

El resto de Forks tenía la sensación de que los retoños mayores de los Cullen se habían marchado ese año a la universidad, a Dartmouth, pero yo tenía más información.

—Emmett quería estar aquí.

—Pero... ¿y Rosalie?

—Ya lo sé, Bella. No te preocupes, ella se comportará lo mejor posible.

No contesté. Como si yo simplemente pudiera no preocuparme, así de fácil. A diferencia de Alice, la otra hermana «adoptada» de Edward, la exquisita Rosalie con su cabello rubio dorado, no me estimaba mucho. En realidad, lo que sentía era algo un poco más fuerte que el simple desagrado. Por lo que a Rosalie se refería, yo era una intrusa indeseada en la vida secreta de su familia.

Me sentía terriblemente culpable por la situación. Ya me había dado cuenta de que la prolongada ausencia de Emmett y Rosalie era por mi causa, a pesar de que, sin reconocerlo abiertamente, estaba encantada de no tener que verla. A Emmett, el travieso hermano de Edward, sí que lo echaba de menos. En muchos sentidos, se parecía a ese hermano mayor que yo siempre había querido tener..., sólo que era mucho, mucho más amedrentador.

Edward decidió cambiar de tema.

—Así que, si no me dejas regalarte el Audi, ¿no hay nada que quieras por tu cumpleaños?

Mis palabras salieron en un susurro.

—Ya sabes lo que quiero.

Un profundo ceño hizo surgir arrugas en su frente de mármol. Era evidente que hubiera preferido continuar con el tema de Rosalie.

Parecía que aquel día no hiciéramos nada más que discutir.

—Esta noche, no, Bella. Por favor.

—Bueno, quizás Alice pueda darme lo que quiero.

Edward gruñó; era un sonido profundo y amenazante.

—Éste no va a ser tu último cumpleaños, Bella —juró.

—¡Eso no es justo!

Creo que pude oír cómo le rechinaban los dientes.

Estábamos a punto de llegar a la casa. Las luces brillaban con fuerza en las ventanas de los dos primeros pisos. Una larga línea de relucientes farolillos de papel colgaba de los aleros del porche, irradiando un sutil resplandor sobre los enormes cedros que rodeaban la casa. Grandes maceteros de flores —rosas de color rosáceo— se alineaban en las amplias escaleras que conducían a la puerta principal.

Gemí.

Edward inspiró profundamente varias veces para calmarse.

—Esto es una fiesta —me recordó—. Intenta ser comprensiva.

—Seguro —murmuré.

Él dio la vuelta al carro para abrirme la puerta y me ofreció su mano.

—Tengo una pregunta.

Esperó con cautela.

—Si revelo esta película —dije mientras jugaba con la cámara entre mis manos—, ¿aparecerás en las fotos?

Edward se echó a reír. Me ayudó a salir del carro, me arrastró casi por las escaleras y todavía estaba riéndose cuando me abrió la puerta.

Todos nos esperaban en el enorme salón de color blanco. Me saludaron con un «¡Feliz cumpleaños, Bella!», a coro y en voz alta, cuando atravesé la puerta. Enrojecí y clavé la mirada en el suelo. Alice, supuse que había sido ella, había cubierto cada superficie plana con velas rosadas y había docenas de jarrones de cristal llenos con cientos de rosas. Cerca del gran piano de Edward había una mesa con un mantel blanco, sobre el cual estaba el pastel rosa de cumpleaños, más rosas, una pila de platos de cristal y un pequeño montón de regalos envueltos en papel plateado.

Era cien veces peor de lo que había imaginado.

Edward, al notar mi incomodidad, me pasó un brazo alentador por la cintura y me besó en lo alto de la cabeza.

Los padres de Edward, Esme y Carlisle —jóvenes hasta lo inverosímil y tan encantadores como siempre— eran los que estaban más cerca de la puerta. Esme me abrazó con cuidado y su pelo suave del color del caramelo me rozó la mejilla cuando me besó en la frente. Entonces, Carlisle me pasó el brazo por los hombros.

—Siento todo esto, Bella —me susurró en un aparte—. No hemos podido contener a Alice.

Rosalie y Emmett estaban detrás de ellos. Ella no sonreía, pero al menos no me miraba con hostilidad. El rostro de Emmett se ensanchó en una gran sonrisa. Habían pasado meses desde la última vez que los vi; había olvidado lo gloriosamente bella que era Rosalie, tanto, que casi dolía mirarla. Y Emmett siempre había sido tan… ¿grande?

—No has cambiado en nada —soltó Emmett con un tono burlón de desaprobación—. Esperaba alguna diferencia perceptible, pero aquí estás, con la cara colorada como siempre.

—Muchísimas gracias, Emmett —le agradecí mientras enrojecía aún más.

Él se rió.

—He de salir un minuto —hizo una pausa para guiñar teatralmente un ojo a Alice—. No hagas nada divertido en mi ausencia.

—Lo intentaré.

Alice soltó la mano de Jasper y saltó hacia mí, con todos sus dientes brillando en la viva luz. Jasper también sonreía, pero se mantenía a distancia. Se apoyó, alto y rubio, contra la columna, al pie de las escaleras. Durante los días que habíamos pasado encerrados juntos en Phoenix, pensé que había conseguido superar su aversión por mí, pero volvía a comportarse conmigo exactamente del mismo modo que antes, evitándome todo lo que podía, en el momento en que se vio libre de su obligación de protegerme. Sabía que no era nada personal, sólo una precaución y yo intentaba no mostrarme susceptible con el tema. Jasper tenía más problemas que los demás a la hora de someterse a la dieta de los Cullen; el olor de la sangre humana le resultaba mucho más irresistible a él que a los demás, a pesar de que llevaba mucho tiempo intentándolo.

—Es la hora de abrir los regalos —declaró Alice. Pasó su mano fría bajo mi codo y me llevó hacia la mesa donde estaban la tarta y los envoltorios plateados.

Puse mi mejor cara de mártir.

—Alice, ya sabes que te dije que no quería nada…

—Pero no te escuché —me interrumpió petulante—. Ábrelos.

Me quitó la cámara de las manos y en su lugar puso una gran caja cuadrada y plateada. Era tan ligera que parecía vacía. La tarjeta de la parte superior decía que era de Emmett, Rosalie y Jasper. Casi sin saber lo que hacía, rompí el papel y miré por debajo, intentando ver lo que el envoltorio ocultaba.

Era algún instrumento electrónico, con un montón de números en el nombre. Abrí la caja, esperando descubrir lo que había dentro, pero en realidad, la caja estaba vacía.

—Mmm... gracias.

A Rosalie se le escapó una sonrisa. Jasper se rió.

—Es un estéreo para tu carro —explicó—. Emmett lo está instalando ahora mismo para que no puedas devolverlo.

Alice siempre iba un paso por delante de mí.

—Gracias, Jasper, Rosalie —les dije mientras sonreía al recordar las quejas de Edward sobre mi radio esa misma tarde; al parecer, todo era una puesta en escena—. Gracias, Emmett —añadí en voz más alta.

Escuché su risa explosiva desde mi carro y no pude evitar reírme también.

—Abre ahora el de Edward y el mío —dijo Alice, con una voz tan excitada que había adquirido un tono agudo. Tenía en la mano un paquete pequeño, cuadrado y plano.

Me volví y le lancé a Edward una mirada de basilisco.

—Lo prometiste.

Antes de que pudiera contestar, Emmett apareció en la puerta.

—¡Justo a tiempo! —alardeó y se colocó detrás de Jasper, que se había acercado más de lo habitual para poder ver mejor.

—No me he gastado un centavo —me aseguró. Me apartó un mechón de pelo de la cara, dejándome en la piel un leve cosquilleo con su contacto.

Aspiré profundamente y me volví hacia Alice.

—Dámelo —suspiré.

Emmett rió entre dientes con placer.

Tomé el pequeño paquete, dirigiendo los ojos a Edward mientras deslizaba el dedo bajo el filo del papel y tiraba de la tapa.

—¡Maldita sea! —murmuré, cuando el papel me cortó el dedo. Lo alcé para examinar el daño. Sólo salía una gota de sangre del pequeño corte.

Entonces, todo pasó muy rápido.

—¡No! —rugió Edward.

Se arrojó sobre mí, lanzándome contra la mesa. Las dos nos caímos, tirando al suelo el pastel y los regalos, las flores y los platos. Aterricé en un montón de cristales hechos añicos.

Jasper chocó contra Edward y el sonido pareció el golpear de dos rocas.

También hubo otro ruido, un gruñido animal que parecía proceder de la profundidad del pecho de Jasper. Éste intentó empujar a Edward a un lado y sus dientes chasquearon a pocos centímetros de su rostro.

Al segundo siguiente, Emmett agarraba a Jasper desde detrás, sujetándolo con su abrazo de hierro, pero Jasper se debatía desesperadamente, con sus ojos salvajes, de expresión vacía fijos exclusivamente en mí.

No sólo estaba en estado de *shock*, sino que también sentía tristeza. Caí al suelo cerca del piano, con los brazos extendidos de forma instintiva para parar mi caída entre los trozos irregulares de cristal. Justo en aquel momento sentí un dolor agudo y punzante que me subió desde la muñeca hasta el pliegue del codo.

Aturdida y desorientada, miré la brillante sangre roja que salía de mi brazo y después a los ojos enfebrecidos de seis vampiros repentinamente hambrientos.

Los puntos

Carlisle fue el único que conservó la calma. En el aplomo y la autoridad de su voz se acumulaban siglos de experiencia adquirida en las salas de urgencias.

—Emmett, Rose, llévense de aquí a Jasper.

Emmett, que estaba serio por vez primera, asintió.

—Vamos, Jasper.

El interpelado tenía una expresión demente en los ojos. Continuó resistiéndose contra la presa implacable de Emmett. Se debatió e intentó alcanzar a su hermano con los colmillos desnudos.

El rostro de Edward estaba blanco como la cal cuando rodó para cubrir con su cuerpo el mío en una posición claramente defensiva. Profirió un sordo gruñido de aviso entre los dientes apretados. Estaba segura de que en ese momento no respiraba.

Rosalie, la de rostro divino y extrañamente petulante, se puso delante de Jasper, aunque se mantuvo a una cautelosa distancia de sus dientes, y ayudó a Emmett en su forcejeo para sacarlo por la puerta de cristal que Esme sostenía abierta, aunque sin dejar de taparse la nariz y la boca con una mano.

El rostro en forma de corazón de Esme parecía avergonzado.

—Lo siento tanto, Bella —se disculpó entre lágrimas antes de seguir a los demás hasta el patio.

—Deja que me acerque, Edward —murmuró Carlisle.

Transcurrió un segundo antes de que Edward asintiera lentamente y relajara la postura.

Carlisle se arrodilló a mi lado y se inclinó para examinarme el brazo. Mi rostro aún mostraba la conmoción de la caída así que intenté recomponerme un poco.

—Toma, Carlisle —dijo Alice mientras le tendía una toalla.

Él sacudió la cabeza.

—Hay demasiados cristales dentro de la herida.

Se alzó y desgarró una tira larga y estrecha de tela del borde del mantel blanco. La enrolló en mi brazo por encima del codo para hacer un torniquete. El olor de la sangre me estaba mareando. Los oídos me pitaban.

—Bella —me dijo Carlisle con un hilo de voz—, ¿quieres que te lleve al hospital, o te curo aquí mismo?

—Aquí, por favor —susurré. No habría forma de evitar que Charlie se enterara si me llevaba al hospital.

—Te traeré el maletín —se ofreció Alice.

—Vamos a llevarla a la mesa de la cocina —le sugirió Carlisle a Edward.

Edward me levantó sin esfuerzo; Carlisle mantuvo firme la presión sobre mi brazo y me preguntó:

—¿Cómo te encuentras, Bella?

—Estoy bien —mi voz sonó razonablemente firme, lo cual me agradó.

El rostro de Edward parecía tallado en piedra.

Alice ya se encontraba allí. El maletín negro de Carlisle descansaba encima de la mesa, cerca del pequeño pero intenso foco de luz de un flexo enchufado a la pared. Edward me sentó con dulzura en una silla. Carlisle acercó otra y se puso a trabajar sin hacer pausa alguna.

Edward permaneció de pie a mi lado, todavía alerta, aunque continuaba sin respirar.

—Sal, Edward —suspiré.

—Puedo soportarlo —insistió, pero su mandíbula estaba rígida y sus ojos ardían con la intensidad de la sed contra la que luchaba, una sed aún peor que la de los demás.

—No tienes por qué comportarte como un héroe. Carlisle puede curarme sin tu ayuda. Sal a tomar un poco el aire.

Hice un gesto de malestar cuando Carlisle me hizo algo en el brazo que dolió.

—Me quedaré —decidió él.

—¿Por qué eres tan masoquista? —mascullé.

Carlisle decidió interceder.

—Edward, quizás deberías ir en busca de Jasper antes de que la cosa vaya a más. Estoy seguro de que se sentirá fatal y dudo que esté dispuesto a escuchar a ningún otro que no seas tú en estos momentos.

—Sí —añadí con impaciencia—. Ve a buscar a Jasper.

—De ese modo, harías algo útil —apostilló Alice.

Edward entrecerró los ojos como si pensara que nos habíamos confabulado contra él, pero finalmente, asintió y salió sin hacer ruido por la puerta trasera de la cocina. Estaba segura de que no había inspirado ni una sola vez desde que me corté el dedo.

Una sensación de entumecimiento y pesadez se extendía por mi brazo y, aunque aliviaba el dolor, me recordaba el tajo que me había hecho, así que me dediqué a mirar el rostro de Carlisle con gran atención para distraerme de lo que hacían sus manos. Su cabello destellaba como el oro bajo la potente luz cuando se inclinó sobre mi brazo. Sentía ligeros pinchazos de malestar en la boca del estómago, pero estaba decidida a no dejarme dominar por mis remilgos habituales. Ahora no me dolía, sólo tenía una suave sensación de tirantez que procuré ignorar. No había motivo para sentirme enferma como si fuera un bebé.

Si ella no hubiera estado ante mis ojos, no habría sido consciente de cuándo Alice se rindió y se escabulló de la habitación. Esbozó una sonrisa de disculpa y salió por la puerta de la cocina.

—Bien, ya no queda nadie —suspiré—. Está claro que soy capaz de desalojar una habitación.

—No es culpa tuya —me consoló Carlisle sonriendo entre dientes—. Podría pasarle a cualquiera.

—Podría —repetí—, pero casualmente sólo me pasa a mí.

Él volvió a reírse.

Su calma y su aspecto relajado extrañaban aún más si cabe en comparación directa con la reacción de los demás. No logré descubrir ni una pizca de ansiedad en su rostro. Trabajaba con movimientos rápidos y seguros. El único sonido aparte de nuestras respiraciones era el tenue *tic, tic* de las esquirlas de cristal al caer una tras otra sobre la mesa.

—¿Cómo puedes hacer esto? —le pregunté—. Incluso Alice y Esme… —mi voz se extinguió y sacudí la cabeza maravillada.

Aunque todos los demás habían abandonado la dieta tradicional de los vampiros de modo tan radical como Carlisle, él era el único capaz de soportar el olor de mi sangre sin sufrir una fuerte tentación. Sin embargo, esto sin duda era algo mucho más difícil de lo que él lo hacía parecer.

—Son años y años de práctica —me explicó—, ya casi no noto el olor.

—¿Crees que te resultaría más difícil si abandonaras el hospital durante un periodo largo de tiempo y no tuvieras alrededor tanta sangre?

—Quizás —se encogió de hombros, pero su pulso permaneció firme—. Aunque… nunca he sentido la necesidad de tomarme unas largas vacaciones —me dirigió una brillante sonrisa—. Me gusta demasiado mi trabajo.

Tic, tic, tic. Me sorprendía la cantidad de cristales que parecía haber en mi brazo. Tuve la tentación de echar una ojeada al creciente montón para ver lo grande que era, pero sabía que no sería una buena idea y que no me ayudaría en mi propósito de no vomitar.

—¿Y qué es lo que te gusta de tu trabajo? —le pregunté en voz alta. No comprendía la razón que le había impulsado a soportar todos esos años de lucha y de negación de su propia naturaleza hasta sobrellevarlo con tanta facilidad. Además, quería que siguiera hablando, ya que no prestaría atención a las náuseas mientras tuviera la mente ocupada en la conversación.

Sus ojos oscuros se mostraban tranquilos y pensativos cuando me contestó:

—Mmm. Disfruto especialmente cuando mis habilidades… especiales me permiten salvar a alguien que de otro modo hubiera muerto. Es magnífico saber que las vidas de algunas personas son mejores gracias a mi existencia, a mis capacidades. En ocasiones, me resulta útil como instrumento de diagnóstico incluso el sentido del olfato.

Un lado de su boca se elevó en una media sonrisa.

Reflexioné sobre ello mientras él examinaba la herida con atención a fin de asegurarse de que hubieran desaparecido todas las esquirlas de cristal. Entonces, empezó a hurgar en su maletín en busca de otros utensilios y yo me esforcé por no imaginar la aguja y el hilo.

—Intentas compensar a los demás con toda tu alma por algo que, al fin y al cabo, no es culpa tuya —sugerí, mientras comenzaba a sentir una nueva clase de pinchazos en los bordes de la herida—. Lo que quiero decir es que tú no pediste esto. No escogiste esta clase de vida y, aun así, has de luchar mucho para superarte a ti mismo.

—No creo que intente compensar a nadie —me contradijo con dulzura—. Como todo el mundo, sólo he tenido que decidir qué hacer con lo que me ha tocado en la vida.

—Haces que suene demasiado fácil.

Examinó de nuevo mi brazo.

—Muy bien —dijo mientras cortaba el hilo—. Terminado.

Sacó un gran bastoncillo de algodón y lo empapó en un líquido parecido al jarabe que luego me extendió por toda la zona herida. El olor era extraño e hizo que me diera vueltas la cabeza. El jarabe me manchó el brazo.

—Sin embargo, al principio —insistí mientras él colocaba una larga pieza de gasa para proteger la herida y la pegaba a la piel—, ¿cómo se te ocurrió probar un camino diferente al habitual?

Una sonrisa enigmática curvó sus labios.

—¿No te ha contado la historia Edward?

—Sí, pero pretendo comprender cómo se te ocurrió...

Su rostro se volvió súbitamente serio y me pregunté si sus pensamientos habían seguido el mismo camino que los míos, si se preguntaba cuál sería mi postura cuando —me negaba a formular la frase como si fuera una condicional— me tocara a mí.

—Ya sabes que mi padre era clérigo —musitó mientras limpiaba la mesa con cuidado; lo hacía a conciencia, frotaba una y otra vez hasta eliminar todos los restos con una gasa mojada. El olor del alcohol me quemaba la nariz—, y tenía una visión bastante estricta del mundo, que yo había empezado a cuestionar ya antes de mi transformación —Carlisle depositó todas las gasas sucias y las esquirlas de cristal en el interior de un bote vacío. No entendí lo que estaba haciendo ni cuando encendió la cerilla. Entonces, la arrojó a las fibras empapadas en alcohol y la repentina llamarada me sobresaltó—. Lo siento —se disculpó—. He de hacerlo... Así que ya entonces discrepaba con su forma de entender la fe, pero en cualquier caso nunca, en los casi cuatrocientos años transcurridos desde mi nacimiento, he visto nada que me haya hecho dudar de la existencia de Dios. Ni siquiera el reflejo en el espejo.

Fingí examinar el vendaje del brazo para ocultar la sorpresa por el rumbo que había tomado nuestra conversación. En esas circunstancias, el último tema de conversación que se me hubiera ocurrido mantener con él era la religión. Yo misma carecía de fe. Charlie se consideraba luterano, pero eso era porque sus padres lo habían sido; el único tipo de servicio religioso al que asistía los domingos era con una caña de pescar en las manos. Renée probaba con unas iglesias y otras, igual que hacía con sus súbitas aficiones al tenis, la alfarería, el yoga y las clases de francés, y para cuando yo me daba cuenta de su nuevo *hobby*, ya había comenzado con otro.

—Estoy seguro de que esto suena un poco extraño, procediendo de un vampiro —sonrió al percatarse de que siempre me sorprendía cuando él mencionaba la palabra con tanta naturalidad—, pero albergo la esperanza de que esta vida tenga algún sentido, incluso para nosotros. Es una posibilidad remota, lo admito —continuó con voz brusca—. Según dicen, estamos malditos de todas formas, pero espero, quizás estúpidamente, que alcancemos un cierto mérito por intentarlo.

—No creo que sea una estupidez —murmuré. No me podía imaginar a nadie, incluido cualquier tipo de deidad, que no se sintiera impresionado por Carlisle. Además, la única clase de cielo que yo podía tener en cuenta debía ser uno que incluyera a Edward—. Y tampoco creo que nadie lo vea así.

—Pues, tú eres la única que está de acuerdo conmigo.

—¿Los demás no lo ven igual? —pregunté sorprendida; en realidad, sólo pensaba en una persona.

Carlisle nuevamente adivinó la dirección de mis pensamientos.

—Edward sólo comparte mi opinión hasta cierto punto. Para él, Dios y el cielo existen... al igual que el infierno. Pero no cree que haya vida tras la muerte para nosotros —Carlisle hablaba en voz muy baja. Su mirada se perdía a través de la ventana en el vacío, en la oscuridad—. Ya ves, él cree que hemos perdido el alma.

Pensé inmediatamente en las palabras de Edward esa misma tarde: *...a menos que desees morir, o lo que sea que nosotros hagamos.* Una pequeña bombilla se encendió en mi mente.

—Ése es el problema, ¿no? —intenté adivinar—. Por eso resulta tan difícil persuadirle en lo que a mí respecta.

Carlisle respondió pausadamente.

—Miro a mi... hijo, veo la fuerza, la bondad, la luz que emana, y eso todavía da más fuerzas a mi esperanza, a mi fe, más que nunca. ¿Cómo podría ser de otra manera con una persona como Edward?

Asentí con la misma confianza.

—Pero si yo creyera lo mismo que él... —me miró con sus ojos insondables—. Si tú creyeras lo mismo que él, ¿le quitarías su alma?

La forma en que enunció la pregunta desbarató mi respuesta. Si él me hubiera preguntado si arriesgaría mi alma por Edward, la respuesta sería obvia. Pero ¿habría arriesgado su alma? Fruncí los labios con tristeza. Esto no era cualquier cosa.

—Supongo que ves el problema.

Negué con la cabeza, consciente de la posición terca de mi barbilla.

Carlisle suspiró.

—Es mi elección —insistí.

—También es la suya —levantó la mano cuando vio que me disponía a discutir—, desde el momento en que él es el responsable de hacerlo.

—No es el único capaz de hacerlo —fijé una mirada especulativa en él, que se echó a reír, aligerando repentinamente su humor.

—¡Oh, no, me parece que has de solucionarlo con él! —entonces suspiró—. Ésta es la parte de la que nunca puedo estar seguro. En muchos otros sentidos, creo que he hecho lo mejor que he podido con lo que me ha tocado. Pero ¿es correcto maldecir a otros con esta clase de vida? No podría tomar esa decisión.

No pude contestar. Imaginé lo que podría haber sido mi vida si Carlisle hubiera resistido la tentación de cambiar su vida solitaria... y me estremecí.

—Fue la madre de Edward la que me decidió —la voz de Carlisle era casi un susurro. Su mirada ausente se perdió más allá de las ventanas oscuras.

—¿Su madre? —siempre que le había preguntado a Edward por sus padres, él sólo me había dicho que habían muerto hacía mucho, y que conservaba recuerdos vagos de ellos. Comprendí que los recuerdos de Carlisle, a pesar de lo breve de su contacto con ellos, eran perfectamente claros.

—Sí. Su nombre era Elizabeth. Elizabeth Masen. Su padre, que también se llamaba Edward, no llegó a recobrar el conocimiento en el hospital. Murió en la primera oleada de gripa.

Pero Elizabeth estuvo consciente casi hasta el final. Edward se le parece mucho, tenía el mismo extraño tono broncíneo de pelo y sus ojos eran del mismo color verde.

—¿Edward también tenía los ojos verdes? —murmuré mientras intentaba imaginarlo.

—Sí... —los ojos de color ocre de Carlisle habían retrocedido cien años en el tiempo—. Elizabeth se preocupaba de forma obsesiva por su hijo. Perdió sus propias oportunidades de sobrevivir por cuidarle en su lecho de muerte. Yo esperaba que él muriera primero, ya que estaba mucho peor que ella. Cuando le llegó su final, fue muy rápido. Ocurrió justo después del crepúsculo, cuando yo llegaba para relevar a los doctores que habían estado trabajando todo el día. Eran tiempos muy duros como para andar disimulando, había mucho trabajo por hacer y yo no necesitaba descansar. ¡Cuánto odiaba regresar a casa para esconderme cuando había tanta gente muriendo!

»En primer lugar me fui a comprobar el estado de Elizabeth y su hijo, con quienes me sentía emocionalmente ligado, algo siempre peligroso para nosotros si se tiene en cuenta la fragilidad de la naturaleza humana. Me di cuenta a primera vista de que ella tenía muy mal aspecto. La fiebre campaba a sus anchas y su cuerpo estaba demasiado débil para seguir luchando.

»Sin embargo, no parecía tan débil cuando me clavó los ojos desde la cama.

»—¡Sálvelo! —me ordenó con voz ronca, la única que su garganta podía emitir ya.

»—Haré cuanto me sea posible —le prometí al tiempo que le tomaba la mano. Tenía tanta fiebre que ella probablemente no sintió la gelidez antinatural de la mía. Su piel ardía, por lo que todo debía de parecerle frío al tacto.

»—Ha de hacerlo —insistió mientras me aferraba con tanta fuerza que me pregunté si, después de todo, conseguiría sobrevivir a la crisis. Sus ojos eran duros como piedras, como esmeraldas—. Debe hacer cuanto esté en su mano. Incluso lo que los demás no pueden, eso es lo que debe hacer por mi Edward.

»Esas palabras me amedrentaron. Me miraba con aquellos ojos penetrantes y por un momento estuve seguro de que ella conocía mi secreto. Entonces, la fiebre la venció y nunca recobró el conocimiento. Murió una hora después de haberme hecho esa petición.

»Había sopesado durante décadas la posibilidad de crear un compañero, alguien que pudiera conocerme de verdad, más allá de lo que fingía ser, pero no podía justificarme a mí mismo el hacer a otros lo que me habían hecho a mí.

»Era obvio que al agonizante Edward le quedaban unas pocas horas de vida, y junto a él yacía su madre, cuyo rostro no conocía la paz ni siquiera en la muerte, al menos no del todo...

Carlisle rememoró la escena completa; conservaba muy nítidos los recuerdos a pesar del siglo transcurrido. Yo lo veía con idéntica claridad a medida que él hablaba: la atmósfera desesperada del hospital, la omnipresencia de la muerte, la fiebre que consumía a Edward mientras se le escapaba la vida con cada tictac del reloj... Volví a estremecerme y me esforcé en desechar la imagen de mi mente.

—Las palabras de Elizabeth aún resonaban en mi cabeza. ¿Cómo podía adivinar lo que yo podía hacer? ¿Querría alguien realmente una cosa así para su hijo?

»Miré a Edward, que conservaba la hermosura a pesar de la gravedad de su enfermedad. Había algo puro y bondadoso en su rostro. Era la clase de rostro que me hubiera gustado que tuviera mi hijo...

»Después de todos aquellos años de indecisión, actué por puro impulso. Llevé primero el cuerpo de la madre a la morgue; luego, volví a recogerlo a él. Nadie se dio cuenta de que aún respiraba. No había manos ni ojos suficientes para estar ni la mitad de pendientes de lo que necesitaban los pacientes. La morgue estaba vacía, de vivos, al menos. Lo saqué por la puerta trasera y lo llevé por los tejados hasta mi casa.

»No estaba seguro de qué debía hacer. Opté por imitar las mismas heridas que yo había recibido hacía ya tantos siglos en Londres. Después, me sentí mal por eso. Resultó más doloroso y prolongado de lo necesario.

»A pesar de todo, no me sentí culpable. Nunca me he arrepentido de haber salvado a Edward —volvió al presente. Sacudió la cabeza y me sonrió—. Supongo que ahora debo llevarte a casa.

—Yo lo haré —intervino Edward, que entró en el salón en penumbra y se acercó despacio hacia mí. Su rostro estaba en calma, impasible, pero había algo raro en sus ojos, algo que intentaba esconder con todo su empeño. Sentí un incómodo espasmo en el estómago.

—Carlisle me puede llevar —contesté. Me miré la blusa; la tela de algodón azul claro estaba moteada con manchas de sangre. El hombro derecho lo tenía cubierto con una capa espesa de una especie de glaseado rosa.

—Estoy bien —repuso con voz inexpresiva—. En cualquier caso, debes cambiarte de ropa si no quieres que a Charlie le dé un ataque al verte con esas pintas. Le diré a Alice que te preste algo.

Salió a grandes zancadas otra vez por la puerta de la cocina. Miré a Carlisle con ansiedad.

—Está muy disgustado.

—Sí —coincidió Carlisle—. Esta noche ha ocurrido precisamente lo que más teme, que te veas en peligro debido a lo que somos.

—No es culpa suya.

—Tampoco tuya.

Desvié la mirada de sus ojos sabios y hermosos. No podía estar de acuerdo con eso.

Carlisle me ofreció la mano para ayudarme a levantar de la mesa. Le seguí hacia la habitación principal. Esme había regresado y se había puesto a limpiar con lejía la parte del suelo donde yo me había caído para eliminar el olor.

—Esme, déjame que lo haga —pude sentir que enrojecía otra vez.

—Ya casi he terminado —me sonrió—. ¿Qué tal estás?

—Estoy bien —le aseguré—. Carlisle cose mucho más deprisa que cualquier otro doctor de los que conozco.

Ambas reímos entre dientes.

Alice y Edward entraron por la puerta trasera. Alice se apresuró a acudir a mi lado, pero Edward se rezagó, con una expresión indescifrable.

—Vamos —me dijo—. Te daré algo menos macabro para que te lo pongas.

Encontró una blusa de Esme de un color muy parecido a la mía. Estaba segura de que Charlie no se daría cuenta. El largo vendaje blanco del brazo no parecía ni la mitad de serio una vez que dejé de estar salpicada de sangre. Charlie ya nunca se sorprendía de verme vendada.

—Alice —susurré cuando ella se dirigió hacia la puerta.

—¿Sí?

Ella mantuvo el tono de voz bajo también y me miró con curiosidad, con la cabeza inclinada hacia un lado.

—¿Hasta qué punto ha sido malo?

No podía estar segura de que mis susurros fueran un esfuerzo baldío, ya que aunque estábamos en la parte de arriba de las escaleras, con la puerta cerrada, a lo mejor él podía oírlo igualmente.

Su rostro se tensó.

—Aún no estoy segura.

—¿Cómo está Jasper?

Ella suspiró.

—No se siente muy orgulloso de sí mismo. Todo esto supone un gran reto para él, y odia sentirse débil.

—No es culpa suya. Dile que no estoy enfadada con él, en absoluto, ¿se lo dirás?

—Claro.

Edward me esperaba en la puerta principal. La abrió —sin despegar los labios— en cuanto llegué al pie de la escalera.

—¡No te dejes olvidados los regalos! —gritó Alice mientras me acercaba a él con cautela. Ella recogió los dos paquetes, uno a medio abrir, y la cámara de debajo del piano, y los empujó todos contra mi brazo bueno—. Ya me darás las gracias luego, cuando los abras.

Esme y Carlisle se despidieron con un tranquilo «buenas noches». Advertí las miradas furtivas que dirigían a la expresión impasible de su hijo, igual que las mías.

Fue un alivio salir afuera. Me apresuré a dejar atrás los farolillos y las rosas, ahora recuerdos incómodos. Edward se adaptó a mi ritmo sin decir ni una palabra. Me abrió la puerta del copiloto y subí sin quejarme.

Había un gran lazo rojo en torno al nuevo aparato estéreo del salpicadero. Quité el lazo y lo arrojé al suelo. Edward se sentó al volante mientras lo escondía debajo de mi asiento.

No me miró ni a mí ni al estéreo. Ninguno de los dos lo encendimos, y el silencio se vio intensificado por el repentino estruendo del motor. Condujo con demasiada rapidez por el sinuoso camino.

El silencio me estaba volviendo loca.

—Di algo —supliqué al fin, cuando enfilaba hacia la carretera.

—¿Qué quieres que diga? —preguntó con indiferencia.

Me acobardé ante su tono distante.

—Dime que me perdonas.

Esto hizo que su rostro se agitara con una chispa de vida, una chispa de ira.

—¿Perdonarte? ¿Por qué?

—Nada de esto hubiera ocurrido si hubiera tenido más cuidado.

—Bella, te has cortado con un papel. No es como para merecer la pena de muerte.

—Sigue siendo culpa mía.

Mis palabras demolieron la barrera que contenía sus emociones.

—¿Culpa tuya? ¿Qué hubiera sido lo peor que te hubiera podido pasar de haberte cortado en la casa de Mike Newton, con tus amigas humanas, Angela y Jessica? Si hubieras tropezado y te hubieras caído sobre una pila de platos de cristal sin que nadie te hubiera empujado, ¿qué es lo peor que te hubiera podido pasar? ¿Manchar de sangre los asientos del carro mientras te llevaban a urgencias? Mike Newton te hubiera tomado la mano mientras te cosían sin tener que combatir contra el ansia de matarte todo el tiempo que hubieras permanecido allí. No intentes culparte por nada de esto, Bella. Sólo conseguirás que todavía me sienta más disgustado.

—¿Cómo es que ha entrado Mike Newton en esta conversación? —inquirí.

—Mike Newton ha aparecido en esta conversación porque, maldita sea, él te hubiera convenido mucho más que yo —gruñó.

—Preferiría morir antes que terminar con Mike Newton —protesté—. Preferiría morir antes que estar con otro que no fueras tú.

—No te pongas melodramática, por favor.

—Vale; entonces, no seas ridículo.

No me contestó. Miró a través del cristal delantero con una expresión furibunda.

Me estrujé las meninges en busca de alguna forma de salvar la noche, pero todavía no se me había ocurrido nada cuando parqueamos delante de mi casa.

Apagó el motor, sin apartar las manos que apretaban de forma crispada el volante.

—¿Te quedarás esta noche? —le pregunté.

—Debería irme a casa.

Lo último que quería era que se marchara para seguir regodeándose en el remordimiento.

—Sólo por mi cumpleaños —le presioné.

—No puedes tener las dos cosas, o quieres que la gente ignore tu cumpleaños o no lo quieres. Una cosa u otra.

Su voz sonaba severa, pero no tan seria como antes. Para mis adentros, suspiré con alivio.

—De acuerdo. Acabo de decidir que no quiero que ignores mi cumpleaños. Te veré arriba.

Me volví un momento para recoger mis paquetes. Él frunció el ceño.

—No estás obligada a llevártelos.

—Quiero hacerlo —le respondí pronto; luego, me pregunté si no estaría usando conmigo la táctica de llevarme la contraria para que hiciera lo que él quería.

—No, no estás obligada. Carlisle y Esme sólo han gastado dinero.

—Los acepto —coloqué los paquetes de cualquier modo debajo del brazo bueno y cerré la puerta de un portazo al salir. Él se bajó del carro y estuvo a mi lado en menos de un segundo.

—En tal caso, déjame que te los lleve —dijo mientras me los quitaba—. Estaré en tu habitación.

Yo sonreí.

—Gracias.

—Feliz cumpleaños —suspiró y se inclinó para rozar mis labios con los suyos.

Me puse de puntillas para prolongar el beso, pero él se retiró, sonrió con esa sonrisa traviesa que tanto me gustaba y desapareció en la oscuridad.

El juego no se había acabado. Tan pronto como traspasé la puerta principal, sonó el timbre que anunciaba mi llegada por encima del parloteo del gentío en la televisión.

—¿Bella? —me llamó Charlie.

—Hola, papá —contesté al doblar la esquina que daba al salón. Acerqué el brazo al costado. La ligera presión me quemaba y arrugué la nariz. Al parecer, se estaba yendo el efecto de la anestesia.

—¿Cómo te lo has pasado? —Charlie estaba tumbado con los pies descalzos apoyados en el brazo del sofá. Tenía aplastado contra la cabeza lo que le quedaba de su cabello marrón rizado.

—Alice se pasó. Pastel, flores, velas, regalos… Vamos, el lote completo.

—¿Qué te han regalado?

—Un estéreo para el carro —y varias cosas que aún no había visto.

—Guau.

—Vaya —asentí—. En fin, menuda nochecita.

—Te veré por la mañana.

Me despedí con la mano.

—Hasta mañana.

—¿Qué le ha pasado a tu brazo?

Enrojecí y maldije en mi fuero interno.

—Resbalé, pero no ha sido nada.

—Ay, Bella —suspiró él al tiempo que sacudía la cabeza.

—Buenas noches, papá.

Me apresuré hacia el baño, donde guardaba mi pijama para noches como éstas. Me puse el top y los pantalones de algodón a juego que tenía allí para reemplazar la sudadera llena de agujeros que solía usar para irme a la cama. Hacía gestos de dolor con cada movimiento que me tiraba de los puntos. Me lavé la cara con una mano, los dientes, y me precipité a mi habitación.

Estaba sentado en el centro de mi cama sin dejar de juguetear ociosamente con una de las cajas plateadas.

—Hola —dijo con voz apenada; parecía regodearse en la tristeza.

Me fui a la cama, le quité los regalos de las manos y me senté en su regazo.

—Hola —me acurruqué contra su pecho pétreo—. ¿Puedo abrir mis regalos ahora?

—¿A qué viene tanto entusiasmo repentino? —me preguntó.

—Has despertado mi curiosidad.

Tomé en primer lugar el paquete plano y alargado; suponía que era el regalo de Carlisle y Esme.

—Déjame —sugirió él. Me lo quitó de las manos, rompió el papel con un movimiento fluido y me devolvió una caja blanca rectangular.

—¿Estás seguro de que podré apañarme para abrir la tapa? —murmuré, pero me ignoró.

Dentro de la caja había una larga pieza de papel grueso con una agobiante cantidad de letra impresa de gran calidad. Me llevó un minuto comprender lo fundamental de la información.

—¿Vamos a ir a Jacksonville? —me emocioné a mi pesar. Era un vale para billetes de avión, para ambos.

—Ésa es la idea.

—No puedo creerlo. ¡Renée se va poner loca de contento! ¿Seguro que no te importa? Es un lugar soleado y tendrás que estar dentro todo el día.

—Creo que me las apañaré —contestó, pero luego frunció el ceño—. Te habría obligado a abrirlo delante de Carlisle y Esme de haberme imaginado que corresponderías con tanto entusiasmo a un regalo como éste. Pensé que protestarías.

—Bueno, es cierto que es excesivo. Pero ¡lo aceptaría sólo por llevarte conmigo!

Se rió entre dientes.

—Ahora desearía haberme gastado dinero en tu regalo. No me había dado cuenta de que pudieras ser tan razonable.

Dejé los billetes a un lado y tomé su regalo, ya que mi curiosidad se había reavivado. Me lo quitó de las manos y lo desenvolvió como el primero.

Me devolvió un estuche de regalo para CD con un disco virgen plateado en el interior.

—¿Qué es? —pregunté, perpleja.

No dijo nada. Tomó el CD y se alzó sobre mí para ponerlo en el reproductor que había en la mesilla de noche. Pulsó el botón de *play* y esperamos en silencio. Entonces, empezó a sonar la música.

Escuché con los ojos como platos y sin poder articular palabra. Supe que él esperaba mi reacción, pero fui incapaz de hablar. Se me llenaron los ojos de lágrimas y alcé la mano para limpiármelas antes de que empezaran a derramarse.

—¿Te duele el brazo? —me preguntó con ansiedad.

—No, no es mi brazo. Es precioso, Edward. No me podías haber regalado nada que me gustara más. No puedo creerlo.

Me callé, porque quería seguir escuchando la música. Su música. La había compuesto él. La primera pista del CD era mi nana.

—Supuse que no me dejarías traer aquí un piano para interpretarla —me explicó.

—Tienes razón.

—¿Te duele el brazo?

—Está bastante bien —en realidad, comenzaba a arderme debajo del vendaje. Quería ponerme hielo. Me hubiera gustado colocarlo encima de su fría mano, pero eso me hubiera delatado.

—Te traeré un Tylenol.

—No necesito nada —protesté, pero me desligó de su regazo y se dirigió a la puerta.

—Charlie —susurré; él no estaba informado «exactamente» de que Edward se quedaba a menudo. De hecho, le hubiera dado un infarto de haberlo sabido, pero no me sentía demasiado culpable por engañarle. No era como si estuviera haciendo algo que él no quisiera que hiciese. Edward tenía sus reglas...

—No me verá —prometió Edward mientras desaparecía silenciosamente por la puerta. Volvió a tiempo de sujetarla antes de que el borde llegara a tocar el marco. Traía una caja de pastillas en una mano y un vaso de agua en la otra.

Tomé las pastillas que me dio sin protestar, ya que sabía que perdería en la discusión. Además, el brazo me molestaba de veras.

Mi nana continuaba sonando de fondo, dulce y encantadora.

—Es tarde —señaló Edward. Me alzó por encima de la cama con un brazo y con el otro abrió la cama. Me acostó con la cabeza en la almohada y me arropó bien con el edredón. Se acostó a mi lado, pero encima de la ropa de cama de modo que no me quedara congelada y me pasó el brazo por encima.

Apoyé la cabeza en su hombro y suspiré, feliz.

—Gracias otra vez —susurré.

—No hay de qué.

Nos quedamos sin movernos ni hablar durante un buen rato, hasta que la nana llegó a su fin y comenzó otra canción. Reconocí la favorita de Esme.

—¿En qué estás pensando? —le pregunté con un murmullo.

Dudó un segundo antes de contestarme.

—Estaba pensando en el bien y el mal.

Un escalofrío me recorrió la columna.

—¿Te acuerdas de cuando decidí que no quería que ignoraras mi cumpleaños? —le pregunté enseguida con la esperanza de que mi intento de distraerle no pareciera demasiado evidente.

—Sí —admitió con cautela.

—Bien, estaba pensando… que ya que todavía es mi cumpleaños, quería que me besaras otra vez.

—Pues sí que estás antojadiza esta noche.

—Pues sí, pero claro, no tienes que hacer nada que no quieras —añadí, picada.

Rió y después suspiró.

—Que el cielo me impida hacer aquello que no quiera —repuso con una extraña desesperación en la voz mientras ponía el dedo bajo mi barbilla y alzaba mi rostro hacia el suyo.

El beso empezó del modo habitual, Edward procuraba tener el mismo cuidado de siempre y mi corazón reaccionaba de forma tan desaforada como de costumbre. Entonces, algo pareció cambiar. De pronto, sus labios se volvieron más insistentes y su mano libre se enredó en mi pelo aferrando mi cabeza firmemente contra la suya. Agarré su pelo con mis manos; estaba cruzando los límites impuestos por su cautela, sin duda, pero esta vez no me detuvo. Sentí su frío cuerpo a través de la fina colcha, y me apreté con deseo contra él.

Cuando se apartó, lo hizo con brusquedad; me empujó hacia atrás con manos amables, pero firmes.

Me desplomé en la almohada jadeando, con la cabeza dándome vueltas. Algo intentaba asomar en los límites de mi memoria, pero se me escapaba...

—Lo siento —dijo él, también sin aliento—. Esto es pasarse de la raya.

—A mí no me importa en absoluto —resollé.

Frunció el ceño en la oscuridad.

—Intenta dormir, Bella.

—No, quiero que me beses otra vez.

—Sobrestimas mi autocontrol.

—¿Qué te tienta más, mi sangre o mi cuerpo? —le desafié.

—Hay un empate —sonrió ampliamente a pesar de sí mismo y pronto se puso serio otra vez—. Y ahora, ¿por qué no dejas de tentar a la suerte y te duermes?

—Vale —asentí mientras me acurrucaba junto a él. Me sentía realmente exhausta. Había sido un día muy largo y tampoco en ese momento me notaba aliviada. Más bien me parecía como si estuviera a punto de suceder algo aún peor. Era una premonición tonta, ya que, ¿qué podía ser peor? No había nada que pudiera estar al nivel del susto de aquella tarde, sin duda.

Intentando actuar con astucia, apreté mi brazo herido contra su hombro, de modo que su piel fría me consolara del ardor de la herida. Pronto me sentí mucho mejor.

Estaba medio dormida, más bien casi del todo, cuando me di cuenta de qué era lo que me había recordado su beso: la pasada primavera, cuando tuvo que dejarme para intentar apartar a James de mi pista, Edward me había besado como despedida, sin saber cuándo o si nos veríamos de nuevo. Este beso había tenido el mismo sabor doloroso por alguna razón que no acertaba a imaginar. Me sumí en una inconsciencia inquieta, como si ya tuviera una pesadilla.

El final

A la mañana siguiente me sentía fatal: no había dormido bien, el brazo me ardía y tenía una jaqueca terrible. El hecho de que Edward se mostrara dulce pero distante cuando me besó la frente a toda prisa antes de escabullirse por la ventana no mejoró en nada mis perspectivas. Le tenía pavor a lo que pudiera haber pensado sobre el bien y el mal mientras yo dormía. La ansiedad parecía aumentar la intensidad del dolor que me martilleaba las sienes.

Edward me esperaba en el instituto, como siempre, pero su rostro evidenciaba que algo no iba bien. En sus ojos había un no sé qué oculto que me hacía sentir insegura y me asustaba. No quería volver a hablar sobre la noche pasada, pero estaba convencida de empeorar aún más las cosas si rehuía el asunto.

Me abrió la puerta del carro.

—¿Qué tal te sientes?

—Muy bien —mentí. Me estremecí cuando el sonido del golpe de la puerta al cerrarse resonó en mi cabeza.

Anduvimos en silencio; acortó su paso para acompasarlo al mío. Me hubiera gustado formular un montón de preguntas, pero la mayoría tendrían que esperar, ya que quería hacérselas a Alice. ¿Cómo estaba Jasper esa mañana? ¿De qué habían hablado cuando yo me fui? ¿Qué había dicho Rosalie? Y lo más importante de todo, según esas extrañas e imperfectas visiones del futuro que solía tener, ¿qué iba a ocurrir a partir de ahora? ¿Podía adivinar lo que rondaba por la mente de Edward y el motivo de que estuviera tan sombrío? ¿Había una justificación para esos tenues temores instintivos de los que no lograba desembarazarme?

La mañana transcurrió muy despacio. Me moría de ganas de ver a Alice, aunque, en realidad, no podría hablar con ella en presencia de Edward, que continuaba mostrándose distante. Me preguntaba por el brazo de vez en cuando y yo le mentía.

A menudo, Alice se nos anticipaba en el almuerzo para no verse obligada a caminar a mi torpe ritmo, pero hoy no nos esperaba sentada a la mesa delante de una bandeja de comida que no iba a probar.

Edward no explicó su ausencia, por lo que me pregunté si su clase se habría prolongado. Hasta que vi a Conner y Ben, compañeros suyos en la cuarta hora, en clase de Francés.

—¿Dónde está Alice? —le pregunté a Edward con nerviosismo.

Él no apartó la vista de la barra de cereales que desmenuzaba lentamente entre los dedos mientras contestaba:

—Está con Jasper.

—¿Y él se encuentra bien?

—Se han marchado una temporada.

—¡¿Qué?! ¿Adónde?

Edward se encogió de hombros.

—A ningún lado en especial.

—Y Alice también —dije con una desesperación resignada. Lógico, si Jasper la necesitaba, ella se iría con él.

—Sí, también se ha ido por un tiempo. Intentaba convencerle de que fueran a Denali.

Denali era el lugar donde vivía la otra comunidad de vampiros formada por gente buena como los Cullen, Tanya y su familia. Había oído hablar de ellos en un par de ocasiones. El pasado invierno Edward se había ido con ellos cuando mi llegada hizo que Forks le resultara insoportable. Laurent, el miembro más civilizado del pequeño aquelarre de James, había preferido irse antes que alinearse con James contra los Cullen. Tenía sentido que Alice animara a Jasper a acudir allí.

Tragué para deshacer el repentino nudo que se me había formado en la garganta. Incliné la cabeza y la espalda, abrumada por la culpa. Había conseguido que se tuvieran que ir de casa, igual que Rosalie y Emmett. Era una plaga.

—¿Te molesta el brazo? —me preguntó solícito.

—¿A quién le importa mi estúpido brazo? —murmuré disgustada.

No contestó y yo dejé caer la cabeza sobre la mesa.

Al final del día, el silencio había convertido la situación en algo ridículo. Yo no quería ser quien lo rompiera, pero aparentemente no habría más remedio si quería que él volviera a hablarme otra vez.

—¿Vendrás luego, por la noche? —le pregunté mientras caminábamos, en silencio, hasta mi carro. Él siempre venía.

—¿Por la noche?

Me agradó que pareciera sorprendido.

—Tengo que trabajar. Cambié mi turno con la señora Newton para poder librar ayer.

—Ah —murmuró él.

—Vendrás luego, cuando esté en casa, ¿no? —odiaba sentirme repentinamente insegura de su respuesta.

—Si quieres que vaya...

—Siempre quiero que vengas —le recordé, con quizás un poco más de intensidad de lo que requería la conversación.

Esperaba que él se riera, sonriera o reaccionara de algún modo a mis palabras, pero me contestó con indiferencia:

—De acuerdo, está bien.

Me besó en la frente otra vez antes de cerrar la puerta. Entonces, se volvió y anduvo a grandes pasos hasta su carro con su elegancia habitual.

Conseguí salir del parqueadero antes de que el pánico me dominara, y estaba ya hiperventilando cuando llegué al local de los Newton.

Me dije que él sólo necesitaba tiempo y que conseguiría sobreponerse a esto. Quizás estaba triste por la dispersión de su familia, pero Jasper y Alice volverían pronto, y también Rosalie y Emmett. Si servía de algo, me mantendría lejos de la gran casa blanca cerca del río y nunca más volvería a poner un pie allí. Eso no importaba. Seguiría viendo a Alice en el instituto, porque... tendría que regresar al instituto, ¿no?

Además, ella siempre estaba en mi casa. No querría herir los sentimientos de Charlie alejándose.

Sin duda también vería a Carlisle con regularidad en la sala de urgencias.

Después de todo, lo sucedido la noche anterior carecía de importancia. En realidad, no había ocurrido nada. Sólo me había caído una vez más, la historia de mi vida. No tenía importancia alguna, sobre todo si se comparaba con lo de la primavera del curso pasado, cuando James me hirió y estuve a punto de morir por la pérdida de sangre; y aun entonces Edward había sobrellevado las interminables semanas del hospital mucho mejor que ahora. ¿Era porque esta vez no había ningún enemigo del cual protegerme? ¿O porque era su hermano?

Quizás sería preferible que él me llevara lejos, mejor que terminar dispersando a toda su familia. Se me pasó un poco el abatimiento cuando lo consideré todo en su conjunto. Charlie no podría objetar nada si conseguía mantener la situación todo el año escolar. Nos podríamos ir lejos a la universidad, o simular que lo hacíamos, al igual que Rosalie y Emmett. Lo más probable es que Edward pudiera esperar un año más. ¿Qué era un año para un inmortal? Ni siquiera a mí me parecía mucho.

Me sentí lo bastante dueña de mí misma para poder salir del carro y caminar hacia la tienda. Mike Newton se me había adelantado; sonrió y me saludó cuando entré. Tomé mi chaleco mientras le dedicaba un leve asentimiento. Todavía estaba imaginando agradables situaciones en las que Edward y yo huíamos a varios enclaves exóticos.

Mike interrumpió mi fantasía.

—¿Qué tal fue tu cumpleaños?

—Ay —murmuré—. Me alegro de que haya pasado.

Mike me miró por el rabillo del ojo como si me hubiera vuelto loca.

El trabajo me absorbió. Quería ver a Edward otra vez. Imploré que hubiera superado lo peor de aquel trago —fuera lo que fuera— para cuando nos volviéramos a encontrar. No es nada, me dije una y otra vez, todo volverá a la normalidad.

Experimenté un alivio abrumador cuando llegué a mi calle y vi el carro plateado de Edward parqueado frente a mi casa. Me molestó profundamente sentirme así.

Me encaminé deprisa hacia la puerta principal y empecé a llamar antes de haber traspasado del todo el umbral.

—¿Papá? ¿Edward?

Mientras hablaba, escuché la sintonía característica del SportsCenter procedente de la televisión.

—¡Estoy aquí! —contestó Charlie a voz en grito.

Colgué el impermeable en la percha y me apresuré a doblar la esquina que daba al salón. Edward estaba en el sillón y mi padre en el sofá. Ambos mantenían la vista fija en la televisión. Eso era normal en mi padre, pero no en Edward.

—Hola —dije débilmente.

—Hola, Bella —contestó mi padre sin apartar los ojos de la pantalla—. Queda pizza fría. Creo que está todavía en la mesa.

—De acuerdo.

Esperé en el vestíbulo. Finalmente, Edward me miró y me dedicó una sonrisa educada.

—Ahora voy contigo —me prometió. Sus ojos volvieron a la televisión.

Permanecí allí, muda de asombro, casi un minuto sin que ninguno de ellos se diera cuenta. Experimenté una sensación, tal vez de pánico, creciendo en mi pecho. Me escapé hacia la cocina.

No quería nada la pizza. Me senté en la silla, alcé las rodillas y las rodeé con los brazos. Algo iba muy mal, quizás mucho peor de lo que pensaba. Los sonidos típicos de la camaradería y las bromas masculinas continuaban llegando desde la habitación presidida por la televisión.

Intenté controlarme y razonar. ¿Qué es lo peor que puede ocurrir? Me estremecí. Ésa era la pregunta equivocada, sin duda. Me costaba mucho trabajo respirar bien.

De acuerdo, me dije otra vez, ¿qué es lo más grave a lo que podría enfrentarme? Tampoco me gustaba mucho esa pregunta. Pero pensé en todas las posibilidades que había considerado antes.

Mantenerme lejos de la familia de Edward. Claro que no podía esperar que Alice estuviera de acuerdo con esto, pero si Jasper no estaba bajo control, disminuiría el tiempo que podríamos compartir las dos. Asentí; podía vivir con eso.

O marcharnos. Quizás él no podría esperar hasta el final del año escolar.

Tal vez tendría que ser ahora.

Frente a mí, en la mesa, los regalos de Charlie y Renée estaban donde los había dejado, la cámara que no había tenido oportunidad de usar en casa de los Cullen descansaba junto al álbum que me había enviado mi madre. Rocé con las yemas de los dedos la preciosa cubierta del álbum de fotos y suspiré al pensar en ella. En cierto modo, el estar viviendo sin mi madre durante tanto tiempo me hacía más difícil la idea de una separación permanente. Y Charlie se quedaría totalmente solo, abandonado. Ambos se sentirían tan heridos...

Pero regresaríamos, ¿verdad? Vendríamos de visita, claro, ¿a que sí?

No estaba muy segura de cuál sería la respuesta a esa pregunta.

Apoyé la mejilla en la rodilla mientras contemplaba los testimonios físicos del amor de mis padres. Sabía que el camino elegido iba a ser difícil. Y, después de todo, estaba pensando en el peor escenario posible, el peor con el que podría vivir...

Acaricié el álbum con la mano y abrí la primera página. Tenía unas pequeñas esquinas metálicas ya dispuestas para sujetar la primera foto. No sería una mala idea dejar allí algún testimonio de mi vida. Sentí una extraña urgencia por comenzar. Tal vez no transcurriera mucho tiempo antes de que tuviera que abandonar Forks.

Jugueteé con la correa de la cámara mientras me preguntaba si la primera fotografía del carrete recogería algo que se acercara al original. Lo dudaba, pero Edward no parecía inquieto porque estuviera en blanco. Me reí entre dientes, pensando en su carcajada despreocupada de la noche anterior. La risa desapareció. ¡Había cambiado todo tanto y con tanta rapidez...!

Me hacía sentir un poco mareada, como si me encontrara al borde de un precipicio en algún lugar muy alto.

No quería pensar más en ello. Tomé la cámara y subí las escaleras.

Mi habitación no había cambiado mucho en los diecisiete años transcurridos desde la marcha de mi madre. Las paredes seguían pintadas de azul claro y delante de la ventana colgaban las mismas amarillentas cortinas de encaje. Había una cama en vez de una cuna, pero, sin duda, ella reconocería la colcha colocada de forma descuidada, ya que había sido un regalo de la abuela.

A pesar de todo, saqué una instantánea de la habitación. No había mucho más que fotografiar, afuera la noche era cerrada; sin embargo, el sentimiento cada vez crecía más fuerte, era ya casi una compulsión. Tendría que reflejar todo lo que pudiera de Forks antes de que tuviera que dejarlo.

Podía sentir el cambio que se avecinaba. No era una perspectiva agradable, no cuando la vida ya era perfecta tal y como estaba.

Me tomé mi tiempo para bajar las escaleras con la cámara en la mano, intentando ignorar las mariposas que revoloteaban por mi estómago cuando pensaba en la extraña distancia que rehusaba ver en los ojos de Edward. Él lo superaría. Probablemente estaba preocupado porque me disgustaría si me pedía que nos marcháramos. Le dejaría arreglarlo todo sin entrometerme y estaría lista para cuando me lo pidiera.

Ya tenía la cámara preparada cuando me asomé por la esquina del salón, intentando sorprenderle. Estaba segura de que era imposible pillarle desprevenido, pero, sin embargo, él no alzó la vista. Me recorrió un gran estremecimiento, como si algo helado se hubiera deslizado por mi estómago. No hice caso a esta sensación y le tomé una foto.

Entonces, ambos me miraron. Charlie frunció el ceño y el rostro de Edward continuó vacío, sin expresión.

—¿Qué haces, Bella? —se quejó Charlie.

—Vamos —intenté sonreír mientras me sentaba en el suelo frente al sofá donde se había echado Charlie—. Ya sabes que mamá pronto estará llamando para saber si estoy usando los regalos. Tengo que ponerme a la tarea antes de herir sus sentimientos.

—Pero ¿por qué me haces fotos a mí? —refunfuñó.

—Es que eres tan guapo... —repliqué mientras intentaba mantener un tono desenfadado—. Y además, como has sido tú quien me ha comprado la cámara, estás obligado a servirme de tema para las fotos.

Él murmuró algo ininteligible.

—Eh, Edward —dije con una indiferencia admirable—. Anda, haznos una a mi padre y a mí, juntos.

Le lancé la cámara, evitando cuidadosamente mirarle a los ojos y me arrodillé al lado del brazo del sofá donde Charlie apoyaba la cabeza. Charlie suspiró.

—Tienes que sonreír, Bella —murmuró Edward.

Lo hice lo mejor que pude y la cámara disparó una foto.

—Déjenme que les tome una, chicos —sugirió Charlie. Yo sabía que lo único que quería era apartar el foco de la cámara de sí mismo.

Edward se puso de pie y le lanzó la cámara con agilidad.

Yo me coloqué a su lado y la composición me pareció formal y fría. Me puso una mano desganada sobre el hombro y yo le pasé un brazo por la cintura con más firmeza. Me hubiera gustado mirarlo a la cara, pero no me atreví.

—Sonríe, Bella —me volvió a recordar Charlie.

Inspiré profundamente y sonreí. El *flash* me cegó.

—Ya está bien de fotos por esta noche —dijo Charlie entonces; introdujo la cámara en una hendidura que había entre los cojines y luego la tapó con ellos—. No hay que acabar hoy todo el carrete.

Edward dejó caer la mano desde mi hombro y se zafó con indiferencia de mi abrazo para sentarse de nuevo en la butaca.

Vacilé, pero luego opté por sentarme otra vez al lado del sofá. De pronto me sentí tan asustada que me temblaron las manos. Las apoyé con fuerza contra el estómago para disimular, puse la barbilla sobre las rodillas y miré hacia la pantalla del aparato de la televisión, sin estar viendo nada en realidad.

Cuando el programa terminó, aún no me había movido ni un centímetro. Por el rabillo del ojo, vi cómo Edward se ponía en pie.

—Será mejor que me marche a casa —dijo.

Charlie no apartó los ojos del anuncio que emitía la televisión.

—Vale, nos vemos.

Me levanté del suelo con torpeza, ya que me había quedado rígida de estar sentada tan quieta y seguí a Edward hasta la puerta de la calle. Él se dirigió directamente hacia su carro.

—¿Te quedarás? —le pregunté, sin esperanza en la voz.

Ya me esperaba su respuesta, así que no me dolió tanto.

—Esta noche, no.

No le pregunté el motivo.

Se metió en su carro y se fue mientras yo me quedaba allí de pie, inmóvil. Apenas me di cuenta de que llovía. Esperé sin saber lo que esperaba, hasta que la puerta se abrió a mis espaldas.

—Bella, ¿qué haces? —me preguntó Charlie, sorprendido de verme allí de pie, sola y empapada.

—Nada —me volví y caminé lentamente hacia la casa.

Fue una noche muy larga, en la que no pegué ojo.

Me levanté en cuanto vi un poco de claridad abrirse paso por la ventana. Me vestí mecánicamente para ir a la escuela, esperando que se aclararan algo las nubes. Después de desayunar un cuenco de cereales, decidí que había luz suficiente para hacer fotos. Tomé una de mi carro y otra de la fachada de la casa de Charlie. Me volví y saqué unas cuantas del bosque que había al lado. Con lo siniestro que se me había antojado antes, qué encantador me parecía ahora. Me di cuenta de que echaría de menos el verdor, la sensación de que el tiempo no pasaba, el misterio de los bosques... Todo.

Puse la cámara en la mochila del colegio antes de irme. Intenté concentrarme en mi nuevo proyecto más que en el hecho de que Edward aparentemente no había querido arreglar las cosas aquella noche.

Además de miedo, empezaba a sentir impaciencia. ¿Cuánto iba a durar aquello?

Continuó así toda la mañana. Caminó silenciosamente a mi lado, sin que pareciera mirarme en ningún momento. Intenté concentrarme en las clases, pero ni siquiera la de Lengua logró captar mi atención. El señor Berty tuvo que repetirme una pregunta sobre la señora Capuleto al menos dos veces antes de que me diera cuenta de que se estaba dirigiendo a mí. Edward me susurró la respuesta correcta entre dientes y después volvió a ignorarme.

A la hora del almuerzo, el silencio persistía. Estaba a punto de ponerme a chillar por lo que —para distraerme— me incliné sobre la línea invisible que separaba las dos zonas de la mesa y me dirigí a Jessica.

—Eh... ¿Jess?

—¿Qué hay, Bella?

—¿Podrías hacerme un favor? —le pedí mientras rebuscaba en mi bolso—. Mi madre quiere tener algunas fotografías de mis amigos para ponerlas en el álbum. ¿No te importa hacernos algunas a todos?

Le tendí la cámara.

—De acuerdo —aceptó ella con una sonrisa.

Se volvió de repente para sorprender a Mike con la boca llena y hacerle una foto.

A continuación se desató una más que previsible guerra de fotografías. Observé cómo la cámara iba de un lado para otro. Al pasarla, reían, tonteaban y se quejaban de lo mal que habían salido. Parecía extrañamente infantil, o tal vez fuera que ese día no estaba en un estado de ánimo apropiado para el trato humano.

—Oh, oh —dijo Jessica en tono de disculpa al devolverme la cámara—. Me parece que te hemos gastado el carrete.

—Estupendo. Creo que ya tengo fotos de todo lo que quería.

Después de las clases, Edward me acompañó al parqueadero del instituto en silencio. Tenía que irme a trabajar de nuevo y, por una vez, estaba contenta por ello. Pasar tiempo juntos no ayudaba en nada a arreglar las cosas. Quizá si estuviéramos más tiempo solos fuera mejor.

Dejé el carrete de fotos en Thriftway de camino al local de los Newton y recogí las fotos reveladas a la salida del trabajo. En casa, después de saludar con un escueto «hola» a Charlie, tomé una barrita de cereales de la cocina y corrí a mi habitación con el sobre de las fotos bien apretado debajo del brazo.

Me senté en mitad de la cama y lo abrí con curiosidad y cierta renuencia. Era ridículo, pero casi esperaba que la primera fotografía estuviera en blanco.

Se me escapó un grito ahogado cuando la saqué del sobre y vi a Edward tan hermoso como en la vida real. Me miraba desde la foto con esos ojos cálidos que tanto echaba de menos en los últimos días. Era realmente asombroso que pudiera verse a alguien tan... tan indescriptible. Ni con mil palabras hubiera podido expresar lo que había en esa imagen.

Repasé por encima las restantes fotos del montón una sola vez y luego coloqué sobre la cama tres de ellas, una junto a otra.

En la primera imagen se veía a Edward en la cocina; sus ojos dulces chispeaban a causa de la diversión contenida. La segunda mostraba a Edward y Charlie viendo la ESPN. En ella se evidenciaba el cambio que se había producido en los ojos de Edward, siempre hermosos hasta dejarte sin aliento, pero cuya expresión confería ahora frialdad a su rostro, como el de una escultura, con menos vida.

La última era una imagen que nos recogía a Edward y a mí de pie, juntos y manifiestamente incómodos. Su rostro emanaba la misma sensación que la foto anterior: frialdad y ese aspecto de estatua, pero probablemente lo más preocupante de todo no era eso, sino el doloroso contraste existente entre los dos. Él parecía una deidad, y yo, mediocre, incluso en los cánones humanos, y, para mi vergüenza, bien poco agraciada. La foto me disgustó y la aparté.

Tomé todas las fotografías y las coloqué en el álbum en vez de ponerme a hacer los deberes. Garabateé unos pies de foto bajo todas ellas con un bolígrafo, indicando los nombres y las fechas. Levanté aquella en la que se nos veía a Edward y a mí y la doblé por la mitad sin mirarla demasiado. La situé debajo del borde metálico de la mesa, dejando visible la mitad de Edward.

Cuando terminé, reuní el otro montón de fotos en un nuevo sobre y escribí una larga carta de agradecimiento para Renée.

Edward seguía sin venir. No quería admitir que él era el motivo de que estuviera despierta tan tarde, pero evidentemente así era. Intenté recordar la última vez que no hubiera aparecido, como hoy, sin una excusa o una llamada de teléfono... Nunca lo había hecho.

Pasé otra noche sin dormir bien.

En la escuela continuó el programa de silencio, frustración y pavor de los últimos dos días. Me sentí aliviada al encontrar a Edward esperándome en el parqueadero del instituto, pero ese consuelo desapareció pronto. No había cambios en su comportamiento, si acaso, aún se mostraba algo más distante.

Me costaba incluso recordar el motivo de aquel desastre. Me parecía que mi cumpleaños pertenecía al pasado más lejano. Ojalá Alice regresara pronto, antes de que todo esto se me fuera aún más de las manos.

Pero no podía contar con ello. Decidí que si no lograba hablar con él ese día, hablar de verdad, entonces iría al día siguiente a comentar el asunto con Carlisle. Debía hacer algo.

Me prometí a mí misma que iba a sacar a colación el tema después de clase. No iba a concederme más excusas.

Me acompañó hasta mi carro y me armé de valor para plantearle las cosas.

—¿Te importaría si voy a verte hoy? —me preguntó antes de que llegáramos, dejándome casi fuera de combate.

—Claro que no.

—¿Ahora? —preguntó de nuevo mientras me abría la puerta delantera.

—Sí, claro —me disgustó la urgencia que se detectaba en su voz, pero no dejé que eso se notara en la mía—. Sólo iba a echar una carta para Renée en el buzón de correos que hay de camino. Nos vemos allí.

Miró el grueso sobre del asiento del copiloto. De pronto, se inclinó hacia mí y lo recogió.

—Yo lo haré —repuso con calma—, y aun así llegaré antes que tú.

Esbozó esa sonrisa torcida suya, mi favorita, pero algo iba mal, porque la alegría de los labios no subía hasta los ojos.

—De acuerdo —asentí, aunque era incapaz de devolverle la sonrisa. Cerró la puerta y se dirigió a su carro.

Y en verdad se me adelantó. Estaba parqueado en el sitio de Charlie cuando llegué a la puerta de la casa. Esto era un mal indicio. En tal caso, no pensaba quedarse mucho rato. Sacudí la cabeza e inspiré hondo mientras intentaba hacer acopio de algo de valor.

Salió de su carro a la vez que yo del mío, se acercó y me recogió la mochila. Hasta aquí todo era normal. Pero la puso otra vez en el asiento, y eso se salía de lo habitual.

—Vamos a dar un paseo —propuso con una voz indiferente al tiempo que me tomaba de la mano.

No contesté. No se me ocurrió la forma de protestar, aunque rápidamente supe que quería hacerlo. *Esto no me gusta, va mal, pero que muy mal,* repetía de continuo una voz dentro de mi mente.

Él no esperó una respuesta. Me condujo hacia el lado este del patio, donde lindaba con el bosque. Le seguí a regañadientes mientras intentaba superar el pavor y pensar algo, pero entonces me obligué a recordar que aquello era lo que pretendía: una oportunidad para aclarar las cosas. En ese caso, ¿por qué me inundaba el pánico?

Sólo habíamos caminado unos cuantos pasos por el espeso bosque cuando se detuvo. Apenas habíamos llegado al sendero, ya que todavía podía ver la casa. Era un simple paseo.

Edward se recostó en un árbol y me miró con expresión impasible.

—Está bien, hablemos —dije y sonó más valiente de lo que yo me sentía.

Inspiró profundamente.

—Bella, nos vamos.

Yo también inspiré profundamente. Era una opción aceptable, y pensé que ya estaba preparada, pero debía preguntarlo:

—¿Por qué ahora? Otro año...

—Bella, ha llegado el momento. De todos modos, ¿cuánto tiempo más podemos quedarnos en Forks? Carlisle apenas puede pasar por un treintañero y actualmente dice que tiene treinta y tres. Por mucho que queramos, pronto tendremos que empezar en otro lugar.

Su respuesta me confundió. Había pensado que el asunto de la marcha tenía que ver con dejar a su familia vivir en paz. ¿Por qué debíamos irnos nosotros si ellos se marchaban también? Le miré en un intento de entender lo que me quería decir.

Me devolvió la mirada con frialdad.

Con un acceso de náuseas, comprendí que le había malinterpretado.

—Cuando dices nosotros... —susurré.

—Me refiero a mí y a mi familia.

Cada palabra sonó separada y clara.

Sacudí la cabeza de un lado a otro mecánicamente, intentando aclararme. Esperó sin mostrar ningún signo de impaciencia. Me llevó unos minutos volver a estar en condiciones de hablar.

—Vale —dije—. Voy contigo.

—No puedes, Bella. El lugar adonde vamos... no es apropiado para ti.

—El sitio apropiado para mí es aquel en el que tú estés.

—No te convengo, Bella.

—No seas ridículo —quise sonar enfadada, pero sólo conseguí parecer suplicante—. Eres lo mejor que me ha pasado en la vida.

—Mi mundo no es para ti —repuso con tristeza.

—¡Lo que ha ocurrido con Jasper no ha sido nada, Edward, nada!

—Tienes razón —concedió él—. Era exactamente lo que se podía esperar.

—¡Lo prometiste! Me prometiste en Phoenix que siempre permanecerías...

—Siempre que fuera bueno para ti —me interrumpió para rectificarme.

—¡No! ¿Esto tiene que ver con mi alma, no? —grité, furiosa, mientras las palabras explotaban dentro de mí, aunque a pesar de todo seguían sonando como una súplica—. Carlisle me habló de eso y a mí no me importa, Edward. ¡No me importa! Puedes llevarte mi alma, porque no la quiero sin ti, ¡ya es tuya!

Respiró hondo una vez más y clavó la mirada ausente en el suelo durante un buen rato. Torció levemente los labios. Cuando levantó los ojos, me parecieron diferentes, mucho más duros, como si el oro líquido se hubiera congelado y vuelto sólido.

—Bella, no quiero que me acompañes —pronunció las palabras de forma concisa y precisa sin apartar los ojos fríos de mi rostro, observándome mientras yo comprendía lo que me decía en realidad.

Hubo una pausa durante la cual repetí esas palabras en mi fuero interno varias veces, tamizándolas para encontrar la verdad oculta detrás de ellas.

—¿Tú... no... me quieres? —intenté expulsar las palabras, confundida por el modo como sonaban, colocadas en ese orden.

—No.

Lo miré, sin comprenderlo aún. Me devolvió la mirada sin remordimiento. Sus ojos brillaban como topacios, duros, claros y muy profundos. Me sentí como si cayera dentro de ellos y no pude encontrar nada, en sus honduras sin fondo, que contrarrestara la palabra que había pronunciado.

—Bien, eso cambia las cosas —me sorprendió lo tranquila y razonable que sonaba mi voz. Quizás se debía al aturdimiento. En realidad, no entendía lo que me había dicho. Seguía sin tener sentido.

Miró a lo lejos, entre los árboles, cuando volvió a hablar.

—En cierto modo, te he querido, por supuesto, pero lo que pasó la otra noche me hizo darme cuenta de que necesito un cambio. Porque me he cansado de intentar ser lo que no soy. No soy humano —me miró de nuevo; ahora, sin duda, las facciones heladas de su rostro no eran humanas—. He permitido que esto llegara demasiado lejos y lo lamento mucho.

—No —contesté con un hilo de voz; empezaba a tomar conciencia de lo que ocurría y la comprensión fluía como ácido por mis venas—. No lo hagas.

Se limitó a observarme durante un instante, pero pude ver en sus ojos que mis palabras habían ido demasiado lejos. Sin embargo, él también lo había hecho.

—No me convienes, Bella.

Invirtió el sentido de sus primeras palabras, y no tenía réplica para eso. Bien sabía yo que no estaba a su altura, que no le convenía.

Abrí la boca para decir algo, pero volví a cerrarla. Aguardó con paciencia. Su rostro estaba desprovisto de cualquier tipo de emoción. Lo intenté de nuevo.

—Si... es eso lo que quieres.

Se limitó a asentir una sola vez.

Se me entumeció todo el cuerpo. No notaba nada por debajo del cuello.

—Me gustaría pedirte un favor, a pesar de todo, si no es demasiado —dijo.

Me pregunté qué vería en mi rostro para que el suyo se descompusiera al mirarme, pero logró controlar las facciones y recuperar la máscara de serenidad antes de que yo fuera capaz de descubrirlo.

—Lo que quieras —prometí, con la voz ligeramente más fuerte.

Sus ojos helados se derritieron mientras lo miraba y el oro se convirtió una vez más en líquido fundido que se derramaba en los míos y me quemaba con una intensidad sobrecogedora.

—No hagas nada desesperado o estúpido —me ordenó, ahora sin mostrarse distante—. ¿Entiendes lo que te digo?

Asentí sin fuerzas.

Sus ojos se enfriaron y volvió a mostrarse distante.

—Me refiero a Charlie, por supuesto. Te necesita y has de cuidarte por él.

Asentí de nuevo.

—Lo haré —murmuré.

Él pareció relajarse, pero sólo un poco.

—Te haré una promesa a cambio —dijo—. Te garantizo que no volverás a verme. No regresaré ni volveré a hacerte pasar por todo esto. Podrás retomar tu vida sin que yo interfiera para nada. Será como si nunca hubiera existido.

Las rodillas debieron de empezar a temblarme en ese momento porque de repente los árboles comenzaron a bambolearse.

Oí el golpeteo de mi sangre más rápido de lo habitual detrás de las orejas. Su voz sonaba cada vez más lejana.

Sonrió con amabilidad.

—No te preocupes. Eres humana y tu memoria es un auténtico colador. A ustedes, el tiempo les cura todas las heridas.

—¿Y tus recuerdos? —le pregunté. Mi voz sonó como si me hubiera atragantado, como si me estuviera asfixiando.

—Bueno —apenas dudó un segundo—. Yo no olvidaré, pero los de mi clase… nos distraemos con suma facilidad.

Sonrió una vez más, pero a pesar del aplomo exhibido, la alegría de los labios no le llegó a los ojos. Se alejó de mí un paso.

—Supongo que eso es todo. No te molestaremos más.

El plural captó mi atención, lo cual me sorprendió incluso a mí, ya que a juzgar por mi estado cualquiera hubiera creído que no me daba cuenta de nada.

Alice no va a volver, comprendí. No sé cómo me oyó, porque no llegué a pronunciar las palabras, pero pareció interpretarlas y negó lentamente con la cabeza sin perder de vista mi rostro.

—No. Los demás se han ido. Yo me he quedado para decirte adiós.

—¿Alice se ha ido? —mi voz mostraba incredulidad.

—Ella quería despedirse, pero la convencí de que una ruptura limpia sería mejor para ti.

Me sentía mareada y me costaba concentrarme. Sus palabras daban vueltas y más vueltas en mi cabeza. Pude oír la voz del médico del hospital de Phoenix, la pasada primavera, que decía mientras me enseñaba las placas de rayos X: *Es una fractura limpia, como bien puedes ver.* Recorrió la imagen de mi hueso roto con el dedo. *Eso es bueno, así sanará antes y con más facilidad.*

Procuré acompasar la respiración. Necesitaba concentrarme y hallar la forma de salir de aquella pesadilla.

—Adiós, Bella —dijo entonces con la misma voz suave, llena de calma.

—¡Espera! —espeté mientras intentaba alcanzarle, deseando que mis piernas adormecidas me permitieran avanzar.

Durante un momento creí que él también se acercaba, pero sus manos heladas se cerraron alrededor de mis muñecas y las inmovilizaron a mis costados. Se inclinó para acariciar ligeramente mi frente con los labios durante un segundo apenas perceptible. Se me cerraron los ojos.

—Cuídate mucho —sentí su frío hálito sobre la piel.

Abrí los ojos de golpe cuando se levantó una ligera brisa artificial. Las hojas de una pequeña enredadera de arce temblaron con la tenue agitación del aire que produjo su partida.

Se había ido.

Le seguí, adentrándome en el corazón del bosque, con las piernas temblorosas, ignorando el hecho de que era un sinsentido. El rastro de su paso había desaparecido ipso facto. No había huellas y las hojas estaban en calma otra vez, pero seguí caminando sin pensar en nada. No podía hacer otra cosa. Debía mantenerme en movimiento, porque si dejaba de buscarlo, todo habría acabado.

El amor, la vida, su sentido... todo se habría terminado.

Caminé y caminé. Perdí la noción del tiempo mientras me abría paso lentamente por la espesa maleza. Debieron de transcurrir horas, pero para mí apenas eran segundos. Era como si el tiempo se hubiera detenido, porque el bosque me parecía el mismo sin importar cuán lejos fuera. Empecé a temer que estuviera andando en círculos —después de todo, sería uno muy pequeño—, pero continué caminando. Tropezaba a menudo y también me caí varias veces conforme oscurecía cada vez más.

Al final, tropecé con algo, pero no supe dónde se me había trabado el pie al ser noche cerrada. Me caí y me quedé allí tendida. Rodé sobre un costado de forma que pudiera respirar y me acurruqué sobre los helechos húmedos.

Allí tumbada, tuve la sensación de que el tiempo transcurría más deprisa de lo que podía percibir. No recordaba cuántas horas habían pasado desde el anochecer. ¿Siempre reinaba semejante oscuridad de noche? Lo más normal sería que algún débil rayo de luna cruzara el manto de nubes y se filtrara entre las rendijas que dejaba el dosel de árboles hasta alcanzar el suelo...

Pero no esa noche. Esa noche el cielo estaba oscuro como boca de lobo. Es posible que fuera una noche sin luna al haber un eclipse, por ser luna nueva.

Luna nueva. Temblé, aunque no tenía frío.

Reinó la oscuridad durante mucho tiempo, hasta que oí que me llamaban.

Alguien gritaba mi nombre. Sonaba sordo, sofocado por la maleza mojada que me envolvía, pero no había duda de que era mi nombre. No identifiqué la voz. Pensé en responder, pero estaba aturdida y tardé mucho rato en llegar a la conclusión de que debía contestar. Para entonces, habían cesado las llamadas.

La lluvia me despertó poco después. No creía que hubiera llegado a dormirme de verdad. Simplemente, me había sumido en un sopor que me impedía pensar, y me aferraba a ese aturdimiento con todas mis fuerzas; gracias a él era incapaz de ser consciente de aquello que prefería ignorar.

La llovizna me molestaba un poco. Estaba helada. Dejé de abrazarme las piernas para cubrirme el rostro con los brazos.

Fue entonces cuando oí de nuevo la llamada. Esta vez sonaba más lejos y algunas veces parecía como si fueran muchas las voces que gritaban. Intenté respirar profundamente. Recordé que tenía que contestar, aunque dudaba que pudieran oírme. ¿Sería capaz de gritar lo bastante alto?

De pronto, percibí otro sonido, sorprendentemente cercano. Era una especie de olisqueo, un sonido animal, como de un animal grande. Me pregunté si debía sentir miedo. Claro que no, sólo aturdimiento. Nada importaba. Y el olisqueo desapareció.

No dejaba de llover y sentía cómo el agua se deslizaba por mi mejilla. Intentaba reunir fuerzas para volver la cabeza cuando vi la luz.

Al principio sólo fue un tenue resplandor reflejado a lo lejos en los arbustos, pero se volvió más y más brillante hasta abarcar un espacio amplio, mucho más que el haz de luz de una linterna. La luminosidad impactó sobre el arbusto más cercano y me permitió atisbar que era un farol de propano, pero no vi nada más, porque el destello fue tan intenso que me deslumbró por un momento.

—Bella.

La voz grave denotaba que me había reconocido a pesar de que yo no la identificaba. No había pronunciado mi nombre con la incertidumbre de la búsqueda, sino con la certeza del hallazgo.

Alcé los ojos hacia el rostro sombrío que se hallaba sobre mí a una altura que se me antojó imposible. Era vagamente consciente de que el extraño me parecía tan alto porque mi cabeza aún estaba en el suelo.

—¿Te han herido?

Supe que las palabras tenían un significado, pero sólo podía mirar fijamente, desconcertada. Una vez que había llegado a ese punto, ¿qué importancia tenían los significados?

—Bella, me llamo Sam Uley.

El nombre no me resultaba nada familiar.

—Charlie me ha enviado a buscarte.

¿Charlie? Esto tocó una fibra en mi interior e intenté prestar atención a sus palabras. Charlie importaba, aunque nada más tuviera valor.

El hombre alto me tendió una mano. La miré, sin estar segura de qué se suponía que debía hacer.

Aquellos ojos negros me examinaron durante un momento y después se encogió de hombros. Me alzó del suelo y me tomó en brazos con un movimiento rápido y ágil.

Pendía de sus brazos desmadejada, sin vida, mientras él trotaba velozmente a través del bosque húmedo. En mi fuero interno sabía que debía estar asustada por el hecho de que un extraño me llevara a algún sitio, pero no quedaba en mi interior partícula alguna capaz de sentir miedo.

No me pareció que pasara mucho tiempo antes de que surgieran las luces y el profundo murmullo de muchas voces masculinas. Sam Uley frenó la marcha conforme nos acercábamos al tumulto.

—¡La tengo! —gritó con voz resonante.

El murmullo cesó y después volvió a elevarse con más intensidad. Un confuso remolino de rostros empezó a moverse a mi alrededor. La voz de Sam era la única que tenía algún sentido para mí entre todo ese caos, quizás porque mantenía el oído pegado contra su pecho.

—No, no creo que esté herida —le estaba diciendo a alguien—, pero no cesa de repetir: «Se ha ido».

¿De veras decía eso en voz alta? Me mordí el labio.

—Bella, cariño, ¿estás bien?

Ésa era la única voz que reconocería en cualquier sitio, incluso distorsionada por la preocupación, como sonaba ahora.

—¿Charlie? —me oí extraña y débil.

—Estoy aquí, pequeña.

Sentí algo que cambiaba debajo de mí, seguido del olor a cuero de la chaqueta de comisario de mi padre. Charlie se tambaleó bajo mi peso.

—Quizás debería seguir sosteniéndola —sugirió Sam Uley.

—Ya la tengo —replicó Charlie, un poco sin aliento.

Caminó despacio y con dificultad. Deseaba decirle que me pusiera en el suelo y me dejara andar, pero no tenía aliento para hablar.

La gente que nos rodeaba llevaba luces por todas partes. Parecía como una procesión. O como un funeral. Cerré los ojos.

—Ya casi estamos en casa, cielo —murmuraba Charlie una y otra vez.

Abrí los ojos otra vez cuando sentí que se abría la puerta. Nos hallábamos en el porche de nuestra casa. El tal Sam, un hombre moreno y alto, sostenía la puerta abierta para que Charlie pudiera pasar al tiempo que mantenía un brazo extendido hacia nosotros, en previsión de que a Charlie le fallaran las fuerzas. Pero consiguió entrar en la casa y llevarme hasta el sofá del salón.

—Papá, estoy mojada de la cabeza a los pies —protesté sin energía.

—Eso no importa —su voz sonaba ronca y entonces empezó a hablar con alguien más—. Las mantas están en el armario que hay al final de las escaleras.

—¿Bella? —me llamó otra voz diferente. Miré al hombre de pelo gris que se inclinaba sobre mí y lo reconocí después de unos cuantos segundos.

—¿Doctor Gerandy? —murmuré.

—Así es, preciosa —contestó—. ¿Estás herida, Bella?

Me llevó un minuto pensar en ello. Me sentía confusa, ya que ésa era la misma pregunta que Sam Uley me había hecho en el bosque. Sólo que Sam me la había formulado de otra manera: *¿Te han herido?* La diferencia parecía implicar algún significado.

El doctor Gerandy permaneció a la espera. Alzó una de sus cejas entrecanas y se profundizaron las arrugas de su frente.

—No estoy herida —le mentí. Sin embargo, le había respondido la verdad si se tenía en cuenta lo que en apariencia quería preguntar.

Colocó su cálida mano sobre mi frente y sus dedos presionaron el interior de mi muñeca. Le vi mover los labios mientras contaba las pulsaciones sin apartar la vista del reloj.

—¿Qué te ha pasado? —me preguntó como quien no quiere la cosa.

Me quedé helada bajo su mano, sintiendo el pánico al fondo de mi garganta.

—¿Te perdiste en el bosque? —insistió.

Yo era consciente de que había más gente escuchando. Allí había tres hombres altos de rostros morenos —muy cerca unos de otros— que no me perdían de vista; supuse que venían de La Push, la reserva india de los quileute en la costa. Sam Uley estaba entre ellos. El señor Newton se encontraba allí con Mike y el señor Weber, el padre de Angela. Se habían reunido todos allí, y me miraban más subrepticiamente que los mismos extraños. Otras voces profundas retumbaban en la cocina y fuera, en la puerta principal. La mitad de la ciudad debía de haber salido en mi busca.

Charlie era el que estaba más cerca y se inclinó para escuchar mi respuesta.

—Sí —susurré—. Me perdí.

El doctor asintió con gesto pensativo mientras sus dedos tanteaban cuidadosamente las glándulas debajo de mi mandíbula. El rostro de Charlie se endureció.

—¿Te sientes cansada? —preguntó el doctor Gerandy.

Asentí y cerré los ojos obedientemente. Poco después, oí cómo el doctor le decía a mi padre entre cuchicheos:

—No creo que le pase nada malo. Sólo está exhausta. Déjala dormir y vendré a verla mañana —hizo una pausa y debió de consultar su reloj, porque añadió—: Bueno, en realidad, hoy.

Hubo unos crujidos cuando ambos se levantaron del sofá y se pusieron de pie.

—¿Es verdad? —susurró Charlie. Sus voces se oían ahora más lejanas. Yo intenté escuchar—. ¿Se han ido?

—El doctor Cullen nos pidió que no dijéramos nada —explicó el doctor Gerandy—. La oferta fue muy repentina, y tenían que tomar la decisión de forma inmediata. Carlisle no quería convertir su marcha en un espectáculo.

—Pues hubiera estado bien que me hubiera dado algún tipo de aviso —gruñó Charlie.

La voz del doctor Gerandy sonaba incómoda cuando replicó:

—Sí, bueno, en estas circunstancias hubiera sido apropiado cualquier clase de aviso.

No quise escuchar más. Tomé el borde del edredón con el que alguien me había tapado y me lo pasé por encima de la cabeza.

A ratos me hundía en la inconsciencia, a ratos salía de ella. Alcancé a oír cómo Charlie daba las gracias a los voluntarios en voz baja. Éstos se marcharon uno por uno. Sentí sus dedos en mi frente y después el peso de otra manta. El teléfono repiqueteó varias veces y él se apresuró a atenderlo antes de que pudiera despertarme. Murmuró palabras tranquilizadoras en voz baja a quienes telefoneaban.

—Sí, la hemos hallado y se encuentra bien. Se perdió, pero ya está bien —decía una y otra vez.

Oí el chirrido de los muelles de la butaca cuando se instaló en ella para pasar la noche.

El teléfono sonó de nuevo a los pocos minutos.

Charlie refunfuñó mientras se incorporaba con dificultad una vez más y después se apresuró, trastabillando, hacia la cocina. Hundí la cabeza más profundamente dentro de las mantas, no quería escuchar otra vez la misma conversación.

—Diga —dijo Charlie y bostezó.

Le cambió la voz y sonó mucho más espabilada cuando volvió a hablar.

—¿Dónde? —hubo una pausa—. ¿Estás segura de que es fuera de la reserva? —otra pausa corta—. Pero ¿qué puede arder allí fuera? —parecía preocupado y desconcertado a la vez—. Vale, telefonearé a ver qué pasa.

Escuché con más interés cuando marcó otro número.

—Hola Billy, soy Charlie. Siento llamarte tan temprano... No, ella está bien. Está durmiendo... Gracias. No, no te llamo por eso. Me acaba de telefonear la señora Stanley, dice que desde la ventana de su segundo piso ve llamas en los acantilados, no sé si realmente... ¡Oh! —de pronto, su voz adoptó un tono cortante, de irritación o... ira—. ¿Y por qué rayos hacen eso? Ah, ah, ¿no me digas? —eso sonó sarcástico—. De acuerdo, no te disculpes conmigo. Vale, vale. Sólo asegúrate de que las hogueras no prendan un fuego... Lo sé, lo sé, lo que me sorprende es que consigan mantenerlas encendidas con el tiempo que hace.

Charlie dudó y luego añadió a regañadientes:

—Gracias por mandarme a Sam y a los demás chicos. Tenías razón, conocen el bosque mejor que nosotros. Fue él quien la encontró, así que te debo una... Vale, hablaremos más tarde —decidió, todavía con ese tono amargo y luego colgó.

Charlie murmuró varias incoherencias mientras regresaba al salón.

—¿Ha pasado algo malo? —pregunté.

Se apresuró a acercarse a mi lado.

—Siento haberte despertado, cariño.

—¿Se quema algo?

—No es nada —me aseguró—, unas simples hogueras en los acantilados.

—¿Hogueras? —pregunté. Mi voz no sonaba curiosa, sino muerta.

Charlie frunció el ceño.

—Algunos de los chicos de la reserva andan revoltosos —me explicó.

—¿Por qué? —pregunté con desgana.

Parecía reacio a contestarme. Su mirada pasó entre sus rodillas entreabiertas y se clavó en el suelo. Luego, respondió con amargura:

—Están celebrando la noticia.

Había sólo una noticia que atrajera mi atención, aunque me resistiera a pensar en ello. De pronto, todo encajó.

—Festejan la marcha de los Cullen —murmuré—. Había olvidado que en La Push nunca los han querido.

Los quileutes tenían una serie de supersticiones sobre los «fríos», los bebedores de sangre enemigos de la tribu, del mismo modo que tenían leyendas sobre la gran inundación y sus ancestros licántropos. La mayoría de ellos las consideraban simple folclore, sin embargo, unos cuantos aún las creían. Billy Black, el mejor amigo de Charlie, era uno de ellos, aunque incluso Jacob, su propio hijo, pensaba que su cabeza estaba llena de estúpidas supersticiones. Billy me había advertido que me apartara de los Cullen...

El nombre removió algo en mi interior, algo que comenzó a abrirse camino hacia la superficie, algo a lo que sabía que no me quería enfrentar.

—Es ridículo —resopló Charlie.

Nos quedamos sentados en silencio durante unos momentos. El cielo ya no estaba oscuro al otro lado de la ventana. El sol había comenzado a salir en algún lugar detrás de las nubes.

—¿Bella? —me preguntó Charlie.

Le miré con inquietud.

—¿Te dejó sola en el bosque? —tanteó Charlie.

Eludí la pregunta.

—¿Cómo supieron dónde encontrarme? —mi mente rehuía asumir el carácter inevitable de lo que había sucedido, que se me hacía presente con gran rapidez.

—Gracias a tu nota —contestó Charlie, sorprendido. Buscó en el bolsillo trasero de los jeans y sacó un trozo de papel muy sobado. Estaba sucio y húmedo, con muchas arrugas producidas al haberlo abierto y cerrado varias veces. Lo desdobló de nuevo y me lo mostró como prueba. Las letras desordenadas se parecían mucho a las mías.

«Voy a dar un paseo con Edward por el sendero. Volveré pronto, B.»

—Telefoneé a los Cullen al ver que no volvías, pero no contestó nadie —continuó Charlie en voz baja—. Entonces llamé al hospital y el doctor Gerandy me informó de que Carlisle se había trasladado.

—¿Adónde han ido? —murmuré.

Charlie me miró fijamente.

—¿No te lo dijo Edward?

Sacudí la cabeza, y me encogí, asustada. El sonido de su nombre dio rienda suelta a aquello que me mordía por dentro, un dolor que me golpeó hasta dejarme sin aliento; me quedé atónita ante su fuerza.

Me observó dubitativo, mientras contestaba:

—A Carlisle le han ofrecido trabajo en un gran hospital de Los Ángeles. Supongo que le prometieron montones de dinero.

La soleada Los Ángeles. Justo el último lugar al que ellos irían de verdad. Recordé mi pesadilla del espejo… La brillante luz del sol rompiéndose en mil reflejos sobre su piel…

Una auténtica agonía me recorrió al recordar su rostro.

—Quiero saber si Edward te dejó sola en mitad del bosque —insistió Charlie.

La mención de su nombre provocó otra oleada de dolor lacerante que me removió entera. Sacudí la cabeza frenética, desesperada por escapar de ese dolor.

—Fue culpa mía. Me dejó justo aquí, en el sendero, a la vista de la casa, pero yo intenté seguirle.

Charlie comenzó a decir algo, pero me tapé los oídos como una niña pequeña.

—No puedo hablar más de esto, papá. Quiero irme a mi cuarto.

Antes de que él pudiera contestar, salí a trompicones del sofá y me deslicé como pude hasta las escaleras.

Alguien había pasado por la casa de Charlie para dejarle una nota que le permitiera encontrarme. Una terrible sospecha empezó a crecer en mi interior en cuanto a lo que eso significaba. Corrí hacia mi habitación, cerré la puerta de un portazo y eché el cerrojo antes de correr hacia el reproductor de CD cercano a la cama.

Todo estaba exactamente igual que cuando lo dejé. Presioné la parte superior de la tapa del CD. Se accionó el pestillo y se abrió la tapa lentamente.

Estaba vacío.

El álbum que Renée me había regalado estaba en el suelo al lado de la cama, justo donde lo dejé por última vez. Levanté la cubierta con la mano temblorosa.

No tuve que pasar ninguna página, porque podía verlo en la primera. Las pequeñas esquinas metálicas ya no sujetaban las fotos en su sitio. La página estaba vacía salvo el texto que yo había garabateado a mano debajo de ella: «Edward Cullen, cocina de Charlie, 13 de septiembre».

No continué. Estaba segura de que había sido concienzudo.

«Será como si nunca hubiera existido», me había prometido.

Noté el suave suelo de madera en las rodillas y luego en las palmas de mis manos, y al fin, apretado contra la piel de mi mejilla. Esperaba poder desmayarme pero, para mi desgracia, no perdí la conciencia. Las oleadas de dolor, que apenas me habían rozado hasta ese momento, se alzaron y barrieron mi mente, hundiéndome con su fuerza.

Y no salí a la superficie.

OCTUBRE

NOVIEMBRE

DICIEMBRE

ENERO

El despertar

El tiempo pasa incluso aunque parezca imposible, incluso a pesar de que cada movimiento de la manecilla del reloj duela como el latido de la sangre al palpitar detrás de un cardenal. El tiempo transcurre de forma desigual, con saltos extraños y treguas insoportables, pero pasar, pasa. Incluso para mí.

Charlie pegó un puñetazo en la mesa.

—¡Ya vale, Bella! Te voy a enviar a casa.

Levanté la vista del bol de cereales —encima del cual cavilaba más que comía— y contemplé horrorizada a Charlie. No había atendido a la conversación, más bien, ni siquiera era consciente de que estuviéramos teniendo una, y no estaba muy segura de lo que me decía.

—Ya estoy en casa —murmuré, confusa.

—Voy a enviarte con Renée, a Jacksonville —aclaró él.

Charlie me miró, exasperado, mientras yo intentaba comprender el sentido de sus palabras, con lentitud.

—¿Qué quieres que haga? —vi cómo se crispaba su rostro.

Me sentí fatal. Mi comportamiento había sido irreprochable durante los últimos cuatro meses. Después de aquella primera semana, que ninguno de los dos mencionaba jamás, no había faltado un solo día a la escuela ni al trabajo. Mis notas eran magníficas. Nunca había roto el toque de queda, aunque no había ningún toque de queda que romper si se tenía en cuenta que no salía a ninguna parte y eran raras las ocasiones en que trabajaba en la tienda fuera de mi horario.

Charlie me contempló con cara de pocos amigos.

—Es que no haces nada. Ése es el problema. Que nunca haces nada.

—¿Acaso quieres que me meta en problemas? —le pregunté al tiempo que alzaba las cejas con perplejidad. Hice un esfuerzo para prestar atención, pero no era fácil. Estaba tan acostumbrada a mantenerme aparte de todo que mis oídos se aturullaban.

—¡Tener problemas sería mejor que… que este arrastrarse de un lado para otro todo el tiempo!

El comentario me dolió un poco. Me había esforzado en evitar cualquier manifestación de taciturnidad, y eso incluía lo de no arrastrarse.

—No me arrastro.

—Palabra equivocada —concedió de mala gana—. Arrastrarse sería mucho mejor, porque ya sería hacer algo… Es sólo que estás… sin vida, Bella. Quizá ésa sea la expresión adecuada.

Esta vez la acusación dio en el blanco. Suspiré e intenté imprimir una cierta animación a mi respuesta.

—Lo siento, papá —mi disculpa sonó algo inexpresiva, incluso para mí. Pensaba que estaba consiguiendo engañarlo. El único motivo de aquel intento era evitar que Charlie sufriera. Era deprimente descubrir que el esfuerzo había sido en vano.

—No quiero que te disculpes.

Suspiré.

—Entonces, dime qué quieres que haga.

—Bella, cariño… —vaciló antes de seguir hablando mientras evaluaba mi reacción ante sus próximas palabras—. No eres la única persona que ha pasado por esto, ya sabes.

—Lo sé —la mueca que acompañó mi respuesta fue desganada e inexpresiva.

—Escucha, cielo. Creo que… que quizás necesites algún tipo de ayuda.

—¿Ayuda?

Hizo una pausa para volver a elegir las palabras adecuadas.

—Cuando tu madre se fue —comenzó al tiempo que torcía el gesto— y te llevó con ella... Bueno, realmente fue una mala época para mí —respiró hondo.

—Lo sé, papá —musité.

—Sin embargo, me sobrepuse —señaló—. Cariño, tú no lo estás haciendo. He esperado pensando que mejorarías con el tiempo —me miró fijamente y luego bajó los ojos con rapidez—. Pero creo que los dos sabemos que esto no está yendo a mejor.

—Estoy bien.

Me ignoró.

—Quizás... Bueno, tal vez si hablaras del tema con alguien..., con un profesional...

—¿Quieres que me vea un loquero? —mi voz se iba volviendo más aguda conforme veía hacia dónde quería ir.

—Podría ayudar.

—Y también podría no servir para nada.

No sabía mucho sobre psicoanálisis, pero estaba bastante segura de que no funcionaba a menos que el paciente fuera relativamente sincero, y estaba segura de que me iba a pasar el resto de la vida en una celda acolchada si contaba la verdad.

Examinó mi expresión obstinada y eligió otra línea de ataque.

—No está en mis manos, Bella. Quizás tu madre...

—Mira —le dije con voz inexpresiva—. Saldré esta noche si quieres. Llamaré a Jess o a Angela.

—Eso no es lo que yo quiero —protestó, frustrado—. No creo que pueda soportar ver cómo intentas esforzarte aún más. No he visto a nadie intentarlo tanto. Duele verlo.

Fingí no haberle entendido y clavé la vista en la mesa.

—No te entiendo, papá. Primero te enfadas porque no hago nada y luego me dices que no quieres que salga.

—Quiero que seas feliz. No, ni siquiera eso. Sólo quiero que no te sientas tan desgraciada, y creo que te resultará más fácil lejos de Forks.

Mis ojos llamearon con la primera pequeña chispa de sentimiento que él había contemplado en mucho tiempo.

—No pienso irme —dije.

—¿Por qué no? —inquirió.

—Es mi último semestre en la escuela, lo fastidiaría todo.

—Eres una buena estudiante, lo resolverás de alguna manera.

—No quiero agobiar a mamá y a Phil.

—Tu madre se muere por tenerte de vuelta.

—En Florida hace demasiado calor.

Volvió a golpear la mesa con el puño.

—Los dos sabemos lo que está pasando aquí, Bella, y no es bueno para ti —tomó una gran bocanada de aire—. Han pasado meses. No ha habido llamadas ni cartas ni ningún tipo de contacto. No puedes seguir esperándolo.

Lo fulminé con la mirada. El arrebol estuvo a punto de llegar hasta mi rostro, pero sólo a punto. Había pasado mucho tiempo desde que había enrojecido a consecuencia de alguna emoción.

Ese asunto estaba terminantemente prohibido, como él sabía muy bien.

—No estoy esperando nada ni a nadie —musité con un tono monocorde.

—Bella… —comenzó Charlie con voz sorda.

—Tengo que ir al instituto —lo atajé. Me incorporé, retiré mi desayuno intacto de la mesa y metí el bol en el fregadero sin detenerme a lavarlo. No podía soportar más aquella conversación.

—Haré planes con Jessica —dije sin volverme para evitar su mirada mientras me ponía el bolso en bandolera—. Quizás no vuelva para cenar. Me gustaría ir a Port Angeles a ver una película.

Salí por la puerta principal antes de que tuviera tiempo para reaccionar.

Impelida por la urgencia de huir de Charlie, acabé llegando al instituto primero que todos. Eso tenía una parte buena, podía conseguir el mejor puesto del parqueadero, y otra mala, disponía de tiempo libre en abundancia, y yo intentaba no tener tiempo libre a toda costa.

Rápidamente, antes de que pudiera empezar a pensar en las acusaciones de Charlie, saqué el libro de Cálculo. Lo hojeé hasta la parte que íbamos a empezar ese día e intenté comprender el sentido de lo que leía. Leer matemáticas es todavía peor que escucharlas en clase, pero había conseguido mejorar en esto. En los últimos meses, había necesitado dedicar a la asignatura diez veces más tiempo de lo que era habitual en mí. Como resultado, había conseguido mantenerme en el nivel de un sobresaliente raspado. Sabía que el señor Varner consideraba que mi mejoría se debía a sus superiores métodos de enseñanza. Si esto lo hacía sentirse feliz, no iba a reventarle la burbuja.

Me esforcé al máximo hasta que se llenó el parqueadero, y al final tuve que apresurarme con los deberes de Lengua y Literatura. Estábamos leyendo *Rebelión en la granja.* No me importaba analizar el tema del comunismo, era bastante fácil y un cambio bienvenido después de las agotadoras novelas románticas que habían formado parte del plan de estudios. Me acomodé en mi asiento, satisfecha por esta agradable novedad en las lecturas del señor Berty.

El tiempo pasó demasiado rápido hasta que llegó la hora de entrar en clase. El timbre sonó y empecé a recoger, una a una, las cosas en mi bolso.

—¿Bella?

Reconocí la voz de Mike y adiviné sus palabras antes de que las pronunciara:

—¿Trabajas mañana?

Levanté la mirada. Se había inclinado sobre el pasillo que separaba los pupitres con expresión ansiosa. Me preguntaba lo mismo todos los viernes sin tener en consideración que no había faltado ni un solo día. Bueno, con una excepción, hacía algunos meses, pero no tenía motivos para mostrarse tan preocupado. Era una empleada modelo.

—Mañana es sábado, ¿no? —repuse. Tal como Charlie me acababa de señalar, me di cuenta de que mi voz sonaba realmente apagada, sin vida.

—Sí, así es —asintió—. Te veré en Español.

Se despidió con la mano antes de darme la espalda. No volvería a molestarme otra vez acompañándome a clase.

Recorrí cansinamente y con gesto sombrío el camino que me llevaba al aula de Matemáticas. Ésa era la clase en la que me sentaba al lado de Jessica.

Habían pasado semanas, quizá meses, desde que Jess había dejado de saludarme cuando nos encontrábamos en el pasillo. Sabía que la había ofendido con mi comportamiento antisocial, y estaba enfurruñada conmigo. No iba a ser fácil hablar con ella ahora, sobre todo para pedirle que me hiciera un favor. Sopesé cuidadosamente mis opciones mientras holgazaneaba delante de la puerta, pensando en dejarlo para otro día.

Sin embargo, no quería enfrentarme de nuevo con Charlie sin poder contarle que había emprendido algún tipo de contacto social. Sabía que no podría mentirle, aunque resultaba muy tentadora la posibilidad de conducir sola hasta Port Angeles, ida y vuelta, asegurándome de que el cuentakilómetros reflejara los kilómetros exactos por si lo comprobaba. Pero la madre de Jessica era la chismosa más grande del pueblo y teniendo en cuenta que Charlie iría al establecimiento de la señora Stanley antes o después, no podía arriesgarme a que mencionara el viaje en ese momento. La mentira era un lujo que no podía permitirme.

Suspiré antes de abrir la puerta de un empujón.

El señor Varner me miró con mala cara, ya que había empezado la clase. Me apresuré a sentarme en mi pupitre. Jessica no levantó la vista cuando me senté a su lado y yo estaba contenta de contar con al menos cincuenta y cinco minutos para prepararme mentalmente.

La clase se me pasó aún más deprisa que la de Lengua y Literatura. Buena parte de esa sensación se debió a que esa mañana había realizado en el carro una preparación modélica de la clase, aunque en su mayor parte tenía que ver con el hecho de que el tiempo siempre se me pasaba rapidísimo cuando me aguardaba algo desagradable.

Hice una mueca cuando el señor Varner finalizó la clase cinco minutos antes. Sonrió además como si tuviéramos que estar contentos por ello.

—¿Jess? —se me arrugó la nariz de puro agobio mientras esperaba que se diera la vuelta hacia mí.

Ella se giró en su asiento para enfrentarse conmigo y me miró con incredulidad.

—¿Me estás hablando a mí, Bella?

—Claro —abrí mucho los ojos intentando mostrar un aspecto inocente.

—¿Qué pasa? ¿Necesitas ayuda con las mates? —el tono de su voz era bastante amargo.

—No —sacudí la cabeza—. En realidad, quería saber si te gustaría ir a ver una película conmigo esta noche... Ya sabes, una salida sólo de chicas —el discurso sonó acartonado, como si fueran unas líneas recitadas por una mala actriz, y ella me miró con suspicacia.

—¿Por qué me lo pides? —me preguntó, todavía con desagrado.

—Eres la primera persona en la que siempre pienso cuando me dan ganas de una salida de chicas —sonreí con la esperanza de parecer sincera. En realidad, tal vez fuera cierto. Al menos, ella era la primera persona en la que se me ocurría pensar cuando quería evitar a Charlie. Lo cual era algo parecido.

Pareció aplacarse un poco.

—Bueno, no sé.

—¿Has hecho algún plan?

—No... Creo que podré ir contigo. ¿Qué quieres ver?

—No estoy segura de qué ponen —intenté evadir la cuestión porque ésa era la parte difícil. Me devané los sesos en busca de una pista, ¿había oído a alguien hablar hacía poco de alguna película? ¿Había visto algún cartel?—. ¿Qué tal esa de una mujer presidenta?

Me miró de una forma rara.

—Bella, hace siglos que quitaron esa película del cine.

—Vaya —fruncí el ceño—. ¿Hay algo que quieras ver?

La exuberancia natural de Jessica comenzó a mostrarse a pesar de sí misma, conforme pensaba en voz alta.

—Bueno, hay una nueva comedia romántica que está teniendo muy buenas críticas. Me gustaría verla. Y mi padre acaba de ver *Dead End* y dice que le ha gustado de verdad.

Yo me aferré a ese título por parecer de lo más prometedor.

—¿Y de qué se trata esa?

—De zombis o algo así. Dice que es la cosa que más miedo le ha dado desde hace años.

—Eso suena perfecto —prefería tratar con auténticos zombis antes que ver un filme romántico.

—De acuerdo —había un tono de sorpresa en su respuesta. Intenté recordar si me gustaban las películas de terror, pero no estaba segura—. ¿Quieres que te recoja después de la escuela? —me ofreció.

—De acuerdo.

Jessica me dedicó una sonrisa vacilante antes de irse. Se la devolví con cierto retraso, pero pensé que la había visto.

El resto del día transcurrió rápidamente y mis pensamientos se concentraron en planear la salida de esa noche. Sabía por experiencia que una vez que Jessica comenzara a hablar, yo podría evadirme con unas pocas respuestas murmuradas en los momentos oportunos. Sólo haría falta una mínima interacción. A veces, me confundía la espesa neblina que emborronaba mis días. Me sorprendía al encontrarme en mi habitación, sin recordar con claridad haber conducido desde la escuela a casa o incluso haber abierto la puerta de la calle. Pero eso no importaba. Lo más elemental que le pedía a la vida era precisamente perder la noción del tiempo.

No luché contra esa neblina mientras me volvía hacia el armario. El aturdimiento era más necesario en algunos sitios que en otros. Apenas me di cuenta de lo que miraba al abrir la puerta y dejar al descubierto la pila de basura del lado izquierdo del armario, debajo de unas ropas que nunca me ponía.

Mis ojos no se dirigieron hacia la bolsa negra de basura con los regalos de mi último cumpleaños ni vieron la forma del estéreo que se transparentaba en el plástico negro; tampoco pensé en la masa sanguinolenta en que se convirtieron mis uñas cuando terminé de sacarlo del salpicadero...

Tiré del viejo bolsito que usaba muy de vez en cuando hasta descolgarlo del gancho donde solía ponerlo y empujé la puerta hasta cerrarla.

En ese preciso momento oí unos bocinazos de pito. En un santiamén pasé el billetero de la mochila del instituto al bolso. Tenía prisa, y deseé que eso hiciera que la noche pasara más rápido.

Me miré en el espejo del vestíbulo antes de abrir la puerta y compuse con cuidado la mejor cara posible. Esbocé una sonrisa e intenté conservarla a toda costa.

—Gracias por venir conmigo esta noche —le dije a Jess mientras me subía para entrar por la puerta del copiloto; procuré infundir el adecuado agradecimiento al tono de mi voz.

Había pasado mucho tiempo sin detenerme a pensar sobre lo que le podía decir a cualquiera que no fuera Charlie. Jess era más difícil. No estaba segura de cuáles serían las emociones apropiadas que tendría que fingir.

—Claro, pero ¿a qué viene esto? —se preguntó Jess mientras conducía calle abajo.

—¿A qué viene qué?

—¿Por qué has decidido tan repentinamente... que salgamos? —parecía haber cambiado la pregunta conforme la formulaba.

Me encogí de hombros.

—Simplemente necesitaba un cambio.

Entonces reconocí la canción de la radio y busqué el dial rápidamente.

—¿Te importa? —pregunté.

—No, cámbiala.

Busqué las distintas emisoras hasta localizar una que fuera inofensiva. Espié la expresión de Jess a hurtadillas mientras la nueva música llenaba el carro.

Parpadeó.

—¿Desde cuando te gusta el *rap*?

—No sé —contesté—. Algunas veces lo oigo.

—Pero... ¿te gusta de verdad? —preguntó dubitativa.

—Claro que sí.

Iba a ser demasiado difícil mantener una conversación normal con Jessica si además debía controlar la música. Asentí con la cabeza, deseando que estuviera llevando bien el ritmo.

—De acuerdo... —miró hacia fuera del parabrisas con los ojos como platos.

—¿Qué tal te va con Mike ahora? —le pregunté con rapidez.

—Tú lo ves más que yo.

No había empezado a cotorrear ante mi pregunta, tal y como yo esperaba, por lo que lo intenté de nuevo.

—Es difícil hablar de nada cuando estás trabajando —mascullé—. ¿Has salido con alguien últimamente?

—En realidad, no. Salgo algunas veces con Conner, y también salí con Eric hace dos semanas —puso los ojos en blanco y sospeché que detrás había una larga historia, así que aproveché la oportunidad.

—¿Eric Yorkie? ¿Quién se lo pidió a quién?

Ella refunfuñó, más animada ya.

—Pues él, ¡claro! Y yo no encontré una manera amable de negarme.

—¿Adónde te llevó? —le pregunté. Sabía que ella interpretaría mi entusiasmo como interés—. Cuéntamelo todo.

Se embarcó en la narración de su historia y yo me acomodé en mi asiento, más relajada ahora. Le presté la atención justa, murmurando palabras de simpatía cuando era oportuno y conteniendo el aliento horrorizada cuando correspondía. Cuando acabó con su historia sobre Eric, continuó comparándolo con Conner sin necesidad de más estímulos.

La película empezaba pronto, por lo que a Jess se le ocurrió que podíamos aprovechar la tarde viendo primero la película y yéndonos a cenar luego. Yo estaba feliz con cualquier cosa que me propusiera; después de todo, había conseguido lo que quería: sacarme de encima a Charlie.

Mantuve a Jess charlando continuamente mientras ponían los tráileres, y así pude ignorarlos más fácilmente, pero me puse nerviosa cuando comenzó la película. Dos jóvenes caminaban de la mano por una playa mientras hablaban de sus sentimientos mutuos con una falsedad empalagosa. Resistí la necesidad de cubrirme las orejas y empezar a tararear. No había contado con que hubiera un idilio en el largometraje.

—Creí que habíamos escogido la película de zombis —susurré a Jessica.

—Ésta es la película de los zombis.

—¿Y cómo es que no se comen a nadie? —pregunté con desesperación.

Me miró con los ojos dilatados, casi diría que alarmados.

—Estoy segura de que pronto vendrá esa parte —murmuró.

—Voy a buscar palomitas. ¿Quieres?

—No, gracias.

Alguien nos mandó callar desde las filas de atrás.

Me tomé el tiempo que quise en el mostrador del puesto de palomitas; miré el reloj y le estuve dando vueltas a qué porcentaje de una película de noventa minutos se llevaría la parte romántica. Decidí que bastaría con diez minutos, pero me detuve justo delante de las puertas del cine para asegurarme. Llegué a oír gritos terroríficos retumbando por los altavoces, así que me di cuenta de que había esperado lo suficiente.

—Te lo has perdido todo —murmuró Jessica cuando me deslicé en mi asiento—. Casi todos son zombis ya.

—Pues sí que ha ido rápido —le ofrecí las palomitas. Tomó un puñado.

El resto de la película consistió en truculentos ataques de zombis y chillidos interminables por parte de los pocos humanos que quedaban vivos, aunque su número se reducía con rapidez. No se me había ocurrido que nada de eso me alterara, pero me sentí incómoda, sin que al principio supiera la razón.

No me di cuenta de dónde estaba el problema hasta casi al final, cuando salió un zombi demacrado que caminaba arrastrando los pies en pos del último superviviente tembloroso. La escena alternaba el rostro horrorizado de la heroína con la cara muerta e inexpresiva de su perseguidor, e iba de uno a otro mientras se acortaba la distancia entre ellos.

Me di cuenta de a cuál de los dos me parecía más.

Me levanté.

—¿Dónde vas? —susurró Jess—. Quedan por los menos dos minutos.

—Necesito una bebida —mascullé mientras me lanzaba hacia la salida.

Me senté en el banco que había junto a la puerta del cine y con todas mis fuerzas intenté no pensar en lo irónico de la situación, pues era una pura ironía que, al final, hubiera terminado convirtiéndome en una zombi. Eso no me lo hubiera imaginado jamás.

No es que no me hubiera imaginado alguna vez a mí misma convirtiéndome en un monstruo mitológico, pero desde luego, nunca en un grotesco cadáver animado. Sacudí la cabeza para desechar esa línea de pensamiento, porque empezaba a inundarme el pánico. No soportaba recordar lo que había llegado a soñar una vez.

Era deprimente comprobar que ya no sería nunca más la heroína, que mi historia había terminado.

Jessica salió por las puertas del cine y dudó. Debía de estar pensando cuál sería el sitio más probable para encontrarme. Pareció aliviada al verme, pero sólo durante un momento. Luego se mostró más bien irritada.

—¿Tanto miedo te ha dado la película? —me preguntó.

—Sí —le di la razón—. Me da la sensación de que soy bastante cobarde.

—Esto sí que es divertido —torció el gesto—. No me pareció que estuvieras asustada. La que ha gritado todo el rato he sido yo, y a ti no te he oído ni un solo chillido. Así que no sé por qué te has marchado.

Me encogí de hombros.

—Me he asustado.

Ella se relajó un poco.

—Creo que ésta ha sido la película que más miedo me ha dado de cuantas he visto. Te apuesto a que esta noche vamos a tener pesadillas.

—Eso ni lo dudes —repuse al tiempo que intentaba controlar la voz para que sonara normal. Era inevitable que yo tuviera pesadillas, aunque no fueran sobre zombis. Sus ojos se paseaban nerviosos por mi cara, así que supuse que después de todo, quizás no se me había dado tan mal lo de simular una voz normal.

—¿Dónde quieres cenar? —preguntó Jess.

—Me da igual.

—De acuerdo.

Jess comenzó a hablar sobre el protagonista masculino de la película mientras caminábamos. Asentí cuando ella se deshacía en elogios sobre lo buenísimo que estaba, aunque era incapaz de recordar ninguna otra cosa que no fueran zombis por todos lados.

No me di cuenta de hacia dónde me llevaba Jessica. Sólo era vagamente consciente de que todo estaba más oscuro y más tranquilo. Me llevó más rato de lo debido el darme cuenta del porqué de esa tranquilidad. Jessica había parado de charlotear. La miré con ganas de disculparme, con la esperanza de no haber herido sus sentimientos.

No obstante, Jessica no me miraba a mí, sino delante de ella. Su rostro estaba tenso y caminaba a buen paso. Cuando me giré para observarla, vi que sus ojos se desplazaban rápidamente a la derecha, a través de la calle, y luego volvían con la misma rapidez.

Eché una ojeada a mi alrededor por primera vez.

Estábamos atravesando un corto tramo poco iluminado de una acera. Las tiendas pequeñas alineadas a ambos lados de la calle cerraban de noche y los escaparates estaban a oscuras. Las luces de la calle volvían a alumbrar medio bloque más adelante y pude ver, allí, a lo lejos, los brillantes arcos dorados del McDonald's hacia el que se dirigía Jess.

Sólo había un negocio abierto en la otra acera. Las ventanas tenían las cortinas echadas por dentro y justo encima brillaba un rótulo con luces de neón que anunciaba distintos tipos de cerveza. El letrero más grande, uno de un brillante color verde, era el nombre del bar: Pete el Tuerto. Me pregunté si sería una cervecería temática de piratas, aunque no se veía nada desde el exterior. La puerta de la calle se abrió de pronto; había poca luz en el interior, y un prolongado murmullo de muchas voces y el sonido del tintineo de los hielos en los vasos invadieron la calle. Había cuatro hombres apoyados contra la pared de al lado.

Me volví a mirar a Jessica. Tenía los ojos fijos en el camino de delante y se movía con brusquedad. No parecía asustada, sólo cautelosa, y procuraba no atraer la atención de esos tipos sobre ella.

Me detuve y volví la vista atrás para mirar a aquellos hombres sin pensarlo dos veces. Experimenté una fuerte sensación de *déjà vu.* Ésta era una calle diferente, una noche distinta, pero la escena se parecía mucho. También uno de ellos había sido bajo y moreno. Cuando me paré y me volví, fue el que me observó con interés.

Le devolví la mirada con fijeza, paralizada en la acera.

—¿Bella? —me susurró Jess—. ¿Qué haces?

Sacudí la cabeza, sin saber qué decir.

—Creo que los conozco... —murmuré.

¿Qué estaba haciendo? Debería rehuir ese recuerdo lo más deprisa posible, apartar de mi mente la imagen de aquellos hombres recostados contra la pared y usar el aturdimiento —sin el cual era incapaz de funcionar— para protegerme. ¿Por qué estaba dando un paso hacia la calle, como alelada?

Sin embargo, parecía una coincidencia demasiado evidente que estuviera en una calle oscura de Port Angeles con Jessica. Fijé la mirada en el tipo bajo y comparé sus facciones con las de aquel que me había amenazado aquella noche, hacía casi un año. Me pregunté si había alguna manera de que pudiera reconocerlo, de saber si era él. Tenía un recuerdo muy vago precisamente de esa parte de la noche en particular. Mi cuerpo lo recordaba mejor que mi mente; las mismas piernas en tensión mientras intentaba decidir si correr o permanecer quieta, la misma sequedad en la garganta mientras luchaba por producir un grito lo suficientemente fuerte, la tirantez de mis nudillos mientras cerraba las manos en un puño, los escalofríos que me bajaban por la nuca mientras aquel hombre de pelo negro me llamaba «nena»...

Había una especie de amenaza implícita e indefinida en esos tipos, que no guardaba relación alguna con aquella otra noche. Tenía más que ver con el hecho de que eran desconocidos, la zona estaba a oscuras y nos superaban en número, aunque sólo en eso. Pero bastó para que la voz de Jessica sonara llena de pánico cuando me llamó.

—¡Bella, vuelve aquí!

La ignoré y eché a andar hacia delante despacio, sin haber tomado la decisión consciente de mover los pies. No entendía por qué, pero la nebulosa amenaza que suponían esos hombres me empujaba hacia ellos. Era un impulso sin sentido, mas yo no había sentido ningún tipo de impulso durante mucho tiempo... así que lo seguí.

Algo poco familiar estalló en mis venas. La adrenalina, ausente tanto tiempo de mi cuerpo, aceleró mi pulso con rapidez y me obligó a luchar contra la ausencia de sensaciones. Era extraño, ¿a qué se debía esa explosión de adrenalina si no tenía miedo? Aquello parecía un eco de la última vez que me había encontrado en esa situación, en una calle oscura de Port Angeles, rodeada de extraños.

No veía ninguna razón para sentir miedo. No podía imaginar que quedara nada en el mundo que pudiera darme miedo, al menos, no físicamente. Ésa era una de las ventajas de haberlo perdido todo.

Ya estaba en la mitad de la calle cuando Jess me alcanzó y me agarró del brazo.

—¡Bella! ¡No puedes entrar en un bar! —mascullÓ.

—No voy a entrar —dije como ausente, sacudiéndome su mano de encima—. Sólo quiero ver algo...

—¿Estás loca? —susurró ella—. ¿Quieres suicidarte?

Esa pregunta me llamó la atención, y mis ojos la enfocaron.

—No, no quiero.

Mi voz sonó a la defensiva, pero era verdad. No quería suicidarme. No lo consideré ni siquiera al principio a pesar de que la muerte hubiera supuesto un alivio para mí, sin duda alguna. Le debía mucho a Charlie. Sentía también mucha responsabilidad respecto a Renée, y tenía que pensar en ellos.

Además, había hecho la promesa de no hacer nada que fuera estúpido o temerario. Si respiraba aún, era por todas esas razones.

Precisamente al recordar esa promesa, sentí un respingo de culpa, pero lo cierto es que lo que estaba haciendo no era exactamente eso. No era como tomar una cuchilla y abrirme las venas.

Jess se había quedado boquiabierta y abría desmesuradamente los ojos. Comprendí demasiado tarde que su pregunta sobre el suicidio había sido meramente retórica.

—Vete a comer —la empujé hacia la hamburguesería, despidiéndola con la mano. No me gustaba cómo me miraba—. Te alcanzo en un minuto.

Le di la espalda y me volví hacia los hombres que nos observaban con ojos curiosos y divertidos.

¡Bella, deja esto ahora mismo!

Se me agarrotaron los músculos, paralizándome donde estaba, ya que no era la voz de Jessica la que me reñía ahora. Conocía esa voz furiosa, una voz hermosa, suave como el terciopelo incluso aunque sonara airada.

Era su voz. Evité pensar en su nombre, pero me sorprendió que su sonido no me hiciera caer de rodillas y acurrucarme en el pavimento por la tortura de la pérdida. No sentí ninguna tristeza, ninguna en absoluto.

Todo se me aclaró por completo en el momento en que escuché su voz. Como si mi cabeza hubiera emergido repentinamente de algún pozo oscuro. Era más consciente de todo, la vista, el sonido, la sensación del aire frío que no había notado que estuviera soplando cortándome la cara, los olores que procedían de la puerta abierta del bar.

Miré a mi alrededor en estado de *shock*.

Vete con Jessica, ordenó la misma voz adorada, todavía furiosa. *Me prometiste no hacer nada estúpido.*

Estaba sola. Jessica permanecía quieta a unos pasos de mí, mirándome con ojos atemorizados. Los extraños me observaban, confundidos, apoyados contra la pared, al tiempo que se preguntaban qué hacía yo parada en mitad de la calle.

Sacudí la cabeza en un intento de comprender la situación. Sabía que él no estaba allí, pero a pesar de eso, lo sentía imposiblemente cerca, cerca por primera vez desde... desde el final. La ira de su voz expresaba interés, la misma ira que antes me fue tan familiar, algo que no había vuelto a oír en lo que parecía toda una vida.

Mantén tu promesa. La voz se iba desvaneciendo como si alguien bajara el volumen de la radio.

Empecé a sospechar que había sufrido alguna especie de alucinación. Seguramente propiciada por el recuerdo, por la sensación del *déjà vu,* por la extraña familiaridad que me había producido la situación.

Analicé rápidamente todas las posibilidades en mi mente.

Primera opción: me había vuelto loca. Al menos ésa es la palabra que vulgarmente se aplica a aquellos que oyen voces en sus cabezas.

Entraba dentro de lo posible.

Opción dos: Mi subconsciente me proporcionaba aquello que yo quería oír. Era la satisfacción de un deseo, es decir, un alivio momentáneo de la tristeza al aferrarme a la idea incorrecta de que a él le preocupaba que yo viviera o muriera. Una proyección de lo que él habría dicho si a) estuviera aquí, b) le afectara de alguna manera que me pasara algo malo.

Era probable.

No imaginaba una tercera opción, de modo que sólo me cabía la esperanza de que fuera la segunda opción la correcta, que se tratara de un desvarío del subconsciente en vez de algo que exigiera mi hospitalización.

Quizás mi reacción no fue demasiado cuerda, pero lo cierto es que me sentí... agradecida. Lo que más temía perder era precisamente el sonido de su voz y aplaudí a mi subconsciente el que hubiera sido capaz de recuperar aquel sonido mucho mejor que mi mente consciente.

No me permitía casi nunca pensar en él, e intentaba mostrarme estricta a ese respecto. Era humana, y a veces fallaba, desde luego, pero había mejorado tanto que en aquel momento ya podía eludir la tristeza varios días, pero la consecuencia era ese aturdimiento infinito. Entre la tristeza y la nada, había decidido escoger la nada.

Y ahora, al salir de mi embotamiento, el dolor resurgiría de un momento a otro. Después de morar tantos meses en la niebla, mis sensaciones eran sorprendentemente intensas. Sin embargo, el dolor normal no apareció. Lo único que sí podía sentir era la decepción que me causaba el desvanecimiento de su voz.

Hubo un segundo de vacilación.

Lo más inteligente, sin duda, sería huir de ese camino potencialmente destructivo, además de que me llevaría hacia una segura inestabilidad mental. Era una estupidez estimular las alucinaciones.

Pero su voz se desvanecía.

Avancé otro paso para probar.

Bella, da media vuelta, gruñó.

Suspiré aliviada. Era su ira lo que yo quería oír, aunque fuera falsa y un dudoso regalo de mi subconsciente, que me hacía creer que yo le importaba.

Mientras yo llegaba a todas estas conclusiones, habían pasado apenas unos cuantos segundos. Mi pequeño público observaba, curioso. Probablemente parecía como si yo vacilara entre acercarme a ellos o no. ¿Cómo podrían ellos saber que yo estaba allí disfrutando de un inesperado momento de locura?

—¡Eh! —me saludó uno de aquellos hombres, con un tono confiado y un poco sarcástico. Era rubio y de tez blanca, y estaba allí de pie con la suficiencia de alguien que se sabe bastante bien parecido. Realmente no podría decir si lo era o no. Tenía demasiados prejuicios.

La voz en mi mente respondió con un exquisito rugido. Yo sonreí, y el hombre, confiado, lo tomó como un estímulo por mi parte.

—¿Te puedo ayudar en algo? Parece que te has perdido —sonrió y me guiñó un ojo.

Puse un pie con cuidado sobre la alcantarilla, que corría en la oscuridad con agua que parecía negra.

—No, no me he perdido.

Ahora que estaba más cerca y mis ojos volvieron a enfocar con detenimiento, analicé el rostro del hombre bajo y moreno. No me resultó nada familiar. Sufrí una cierta desilusión porque no era aquel hombre terrible que había intentado hacerme daño hacía ya casi un año.

La voz de mi mente se había quedado callada.

El hombre bajo advirtió mi mirada.

—¿Puedo invitarte a beber algo? —me ofreció, nervioso, un poco halagado porque hubiera sido a él a quien hubiera distinguido con mi atención.

—Soy demasiado joven —le contesté de inmediato.

Se quedó desconcertado, preguntándose por qué me había acercado a ellos. Sentí la necesidad de explicarme.

—Desde el otro lado de la calle, me había parecido que era usted alguien a quien conocía. Lo siento, me he equivocado.

La amenaza que me había impulsado a cruzar la calle se había evaporado. Éstos no eran aquellos hombres peligrosos que yo recordaba. Incluso posiblemente fueran buenos chicos. Estaba a salvo, así que perdí interés.

—Bueno —repuso el rubio, tan seguro de sí mismo—, quédate a pasar el rato con nosotros.

—Gracias, pero no puedo —Jessica estaba dudando en mitad de la calle, con los ojos dilatados por la ira y la situación en la que la había metido.

—Vamos, sólo unos minutos.

Negué con la cabeza y me volví para reunirme con Jessica.

—Vámonos a comer —sugerí sin mirarla apenas. Aunque por el momento, pareciera haberme liberado de la abducción zombi, continuaba igual de distante. Mi mente seguía preocupada. El aturdimiento falto de vida donde me sentía segura no terminaba de volver y me encontraba más llena de ansiedad con cada minuto que se retrasaba su llegada.

—¿En qué estabas pensando? —me reprochó Jessica—. ¡No los conocías, podían haber sido unos psicópatas!

Me encogí de hombros, deseando que ella dejara pasar el asunto.

—Es sólo que creí conocer a uno de los chicos.

—Estás muy rara, Bella Swan. Me da la impresión de no saber quién eres.

—Lo siento.

No sabía qué otra cosa responder a eso.

Anduvimos en silencio hasta el McDonald's. En mi fuero interno, aposté que Jess se arrepentía de no haber ido en el carro en vez de recorrer a pie aquel corto trecho desde el cine. Ahora era ella quien tenía unas ganas locas de que terminara aquella noche, tantas como había tenido yo en un principio.

Intenté iniciar una conversación varias veces durante la cena, pero Jessica no estaba por la labor. Debía de haberla ofendido de verdad.

Cuando regresamos al carro, conectó la radio en su emisora favorita y puso el volumen lo bastante alto como para impedir cualquier intento de conversación.

Ahora no tuve que luchar con la intensidad habitual para ignorar la música. Tenía demasiadas cosas en qué pensar —ya que, al fin, mi mente no estaba tan cuidadosamente vacía y aturdida— como para fijarme en las letras.

Esperé a ver si regresaban el aturdimiento o el dolor, sabedora de que este último volvería antes o después. Había roto mis propias reglas. Me había acercado a los recuerdos, había ido a su encuentro, en vez de rehuirlos. Había oído la voz de Edward con una total nitidez y, por tanto, estaba segura de que lo iba a pagar caro, en especial si no era capaz de que regresara la neblina para protegerme. Me sentía demasiado viva, y eso me asustaba.

Pero la emoción más fuerte que en estos momentos recorría mi cuerpo era el alivio, un alivio que surgía de lo más profundo de mi ser.

A pesar de lo mucho que pugnaba por no pensar en él, sin embargo, tampoco intentaba olvidarlo. De noche, a última hora, cuando el agotamiento por la falta de sueño derribaba mis defensas, me preocupaba el hecho de que todo pareciera estar desvaneciéndose, que mi mente fuera al final un colador incapaz de recordar el tono exacto del color de sus ojos, la sensación de su piel fría o la textura de su voz. No podía pensar en todo esto, pero debía recordarlo.

Bastaba con que creyera que él existía para que yo pudiera vivir. Podría soportar todo lo demás mientras supiera que existía Edward.

Ésa era la razón por la que me hallaba más atrapada en Forks de lo que lo había estado nunca con anterioridad, y ése era el motivo de que me opusiera a Charlie cuando sugería cualquier cambio. En realidad, no importaba, sabía que él nunca iba a regresar a este lugar.

Mas en caso de irme a Jacksonville o a cualquier otro sitio igual de soleado y poco familiar, ¿cómo podría estar segura de que él había sido real? Mi certeza flaquearía en un lugar donde no fuera capaz de concebirlo, y no iba a poder vivir con eso.

Era una forma muy dura de vivir: prohibiéndome recordar y aterrorizada por el olvido.

Me sorprendí cuando Jessica parqueó el carro enfrente de mi casa. El viaje no había sido muy largo, pero aun así, nunca hubiera pensado que Jessica fuera capaz de pasarlo entero sin hablar.

—Gracias por haber salido conmigo, Jess —dije mientras abría la puerta—. Ha sido… divertido —esperaba que la palabra «divertido» le pareciera apropiada.

—Seguro —masculló.

—Siento mucho lo de… después de la película.

—Da igual, Bella —clavó la vista en el parabrisas en vez de mirarme a mí. Parecía que su enfado iba en aumento en lugar de disminuir.

—¿Nos vemos el lunes?

—Sí, claro. Adiós.

Entré y cerré la puerta a mi espalda. Ella se marchó sin mirarme siquiera.

La había olvidado del todo en cuanto estuve dentro de casa. Charlie me esperaba plantado en el centro del vestíbulo, con los brazos cruzados con fuerza sobre el pecho y los puños apretados.

—Hola, papá —dije con la mente en otra cosa mientras pasaba por su lado de camino hacia las escaleras. Había estado pensando en Edward durante demasiado tiempo y quería estar en el piso de arriba cuando aquello se me cayese encima.

—¿Dónde has estado? —me preguntó Charlie.

Miré a mi padre, sorprendida.

—Fui al cine con Jessica, a Port Angeles, tal como te dije esta mañana.

—Mmm —gruñó él.

—¿No te parece bien?

Estudió mi rostro mientras abría los ojos, sorprendido de haber encontrado algo inesperado.

—Vale, de acuerdo. ¿Te lo pasaste bien?

—Sí, claro —contesté—. Estuvimos viendo a unos zombis comerse a la gente. Estuvo muy bien.

Entrecerró los ojos.

—Buenas noches, papá.

Me dejó pasar y yo me apresuré hacia mi habitación.

Poco después me tumbé en la cama, resignada a que el dolor finalmente hiciera acto de presencia.

Resultó algo atroz. Tenía la sensación de que me habían practicado una gran abertura en el pecho a través de la cual me habían extirpado los principales órganos vitales y me habían dejado allí, rajada, con los profundos cortes sin curar y sangrando y palpitando a pesar del tiempo transcurrido. Racionalmente, sabía que mis pulmones tenían que estar intactos, ya que jadeaba en busca de aire y la cabeza me daba vueltas como si todos esos esfuerzos no sirvieran para nada. Mi corazón también debía seguir latiendo, aunque no podía oír el sonido de mi pulso en los oídos e imaginaba mis manos azules del frío que sentía. Me acurrucaba y me abrazaba las costillas para sujetármelas. Luché por recuperar el aturdimiento, la negación, pero me eludía.

Y sin embargo, me di cuenta de que iba a sobrevivir. Estaba alerta, sentía el sufrimiento, aquel vacío doloroso que irradiaba de mi pecho y enviaba incontrolables flujos de angustia hacia la cabeza y las extremidades. Pero podía soportarlo. Podría vivir con él. No me parecía que el dolor se hubiera debilitado con el transcurso del tiempo, sino que, por el contrario, más bien era yo quien me había fortalecido lo suficiente para soportarlo.

Fuera lo que fuera lo que hubiera ocurrido esa noche, tanto si la responsabilidad era de los zombis, de la adrenalina o de las alucinaciones, lo cierto es que me había despertado.

Por primera vez en mucho tiempo, no sabía lo que me depararía la mañana siguiente.

El engaño

—Bella, ¿por qué no lo dejas ya? —sugirió Mike al tiempo que desviaba su mirada para evitar la mía. Me pregunté cuánto llevaría comportándose de ese modo sin que yo lo hubiera notado.

Era una tarde sin mucha actividad en el local de los Newton. En ese momento sólo había dos clientes en la tienda, unos excursionistas verdaderamente aficionados a juzgar por su conversación. Mike había pasado con ellos la última hora examinando los pros y los contras de dos marcas de mochilas ligeras, pero se habían tomado un respiro mientras examinaban los precios y comentaban las últimas historias de sus viajes con cierto afán competitivo. Mike aprovechó la distracción para escapar.

—No me importa quedarme solo —me dijo. Aún no había conseguido hundirme en la concha protectora del aturdimiento y todo me resultaba extrañamente cercano y ruidoso, como si me hubiera quitado un algodón de los oídos. Intenté dejar de escuchar a los risueños mochileros sin éxito.

—Como te iba diciendo —relataba uno de ellos, un hombre fornido de barba pelirroja que contrastaba mucho con su pelo castaño oscuro—, he visto osos pardos bastante cerca de Yellowstone, pero no eran nada en comparación con esta bestia.

Tenía el cabello enmarañado y apelmazado, y parecía llevar puesta la misma ropa desde hacía varios días. Posiblemente acababa de llegar de las montañas.

—Imposible. Los osos negros no alcanzan ese tamaño. Lo más probable es que esos osos pardos que viste fueran oseznos.

El segundo tipo era alto y flacucho, con el rostro curtido y gastado por el viento hasta el punto de parecer una impresionante costra de cuero.

—De verdad, Bella, tan pronto como se vayan ésos, echo el cierre —murmuró Mike.

—Si quieres que me vaya... —me encogí de hombros.

—Pero si a gatas es más alto que tú —insistió el hombre con barba, mientras yo recogía mis cosas—. Grande como una casa y negro como la tinta. Voy a ver si se lo digo al guarda forestal. Se debería avisar a la gente, porque no estaba arriba en la montaña, ¿sabes?, sino a unos pocos kilómetros de donde arranca la senda.

El hombre de rostro de color cuero puso los ojos en blanco.

—Déjame adivinar, ¿estabas allí de camino? No has tomado comida de verdad o has dormido en el suelo más de una semana, ¿a que sí?

—Eh, Mike —el barbudo miró hacia nuestra posición y le llamó—. ¿Ya?

—Te veré el lunes —murmuré.

—Sí, señor —replicó Mike al tiempo que se volvía.

—Dime, ¿han avistado recientemente por aquí osos negros?

—No, señor, pero es buena idea mantener las distancias y almacenar la comida correctamente. ¿Ha visto los nuevos botes a prueba de osos? Sólo pesan un kilo...

Las puertas se deslizaron hasta abrirse del todo y dejarme fuera, expuesta al chaparrón. Me acurruqué bajo la chaqueta mientras salía disparada hacia el carro. La lluvia que martilleaba sobre el capó sonaba inusualmente fuerte también, pero el rugido del motor no tardó en ahogar todo lo demás.

No quería volver a la casa vacía de Charlie. La última noche había sido particularmente espantosa y no me provocaba hallarme de nuevo en el escenario de tanto sufrimiento, ya que aquello no terminaba ni siquiera cuando la tristeza aminoraba lo suficiente para dejarme dormir. Entonces venían las pesadillas, tal como le había dicho a Jessica después de la película.

Siempre había tenido pesadillas, pero ahora las sufría cada noche. No eran pesadillas en general —en plural—; en realidad, era siempre la misma pesadilla. Cualquiera hubiera pensado que habría terminado aburriéndome después de tantos meses, que me habría inmunizado, pero el sueño me aterraba siempre y sólo terminaba cuando me despertaba entre gritos. Charlie ya no venía para ver qué iba mal o para asegurarse de que no había ningún intruso estrangulándome ni nada similar; se había acostumbrado.

Es probable que mi pesadilla no hubiera asustado a nadie más. No había nada que saltara y gritase «¡buuu!». No había zombis ni fantasmas ni psicópatas. En realidad, no había nada, sólo un vacío, un interminable laberinto de árboles cubiertos de musgo, tan calmo, que el silencio se convertía en una presión incómoda sobre mis oídos. Estaba oscuro, como en el crepúsculo de un día nublado, con la luz justa para distinguir que no había nada a la vista. Siempre estoy corriendo a través de la penumbra sin una dirección definida, busca que te busca. Me pongo más y más frenética a medida que pasa el tiempo e intento moverme más deprisa. Parezco torpe a pesar de la velocidad… Entonces, llegaba a aquel punto de mi sueño. Sabía con antelación que iba a llegar a él, pero, a pesar de ello, no era capaz de despertarme antes. Era ese momento en el que me daba cuenta de que no había nada que buscar, nada que encontrar, que nunca había habido otra cosa que no fuera ese bosque vacío y lóbrego y que nunca habría ninguna otra cosa para mí... nada de nada.

Por lo general, empezaba a gritar en ese momento.

No me fijaba por dónde iba, me limitaba a vagar por las calles vacías y mojadas. Evitaba cualquier camino que pudiera llevarme a casa al no tener ningún otro lugar adonde dirigirme.

Me hubiera gustado volver a sentirme aturdida, pero no recordaba cómo me las había arreglado para lograrlo antes. Seguía sin olvidar la pesadilla ni todo aquello que me dañaba. No quería acordarme del bosque. Los ojos se me llenaban de lágrimas incluso aunque diera cabezazos hasta sacarme esas imágenes de la cabeza, y el dolor daba comienzo en los bordes del agujero de mi pecho. Retiré una mano del volante y rodeé mi torso con el brazo libre para intentar mantenerlo todo de una pieza.

Será como si nunca hubiera existido. Las palabras atravesaban mi mente, pero sin la claridad perfecta que había tenido la alucinación del día anterior. Sólo eran palabras, sin sonido, como las letras impresas en una página. Sólo palabras, aunque rasgaran y mantuvieran el hueco del pecho bien abierto. Me salí de la vía principal de forma brusca, en una zona ancha que se abría a mi derecha. Era consciente de que no podría conducir en aquel estado de incapacitación.

Me encogí, presioné el rostro contra el volante e intenté respirar a pesar de mis pulmones.

Me pregunté cuánto más podría durar esto. Quizás algún día, dentro de unos años, si el dolor disminuía hasta el punto de ser soportable, me sentiría capaz de volver la vista atrás hacia esos pocos meses que siempre consideraría los mejores de mi vida.

Y ese día, estaba segura de que me sentiría agradecida por todo aquel tiempo que me había dado, más de lo que yo había pedido y más de lo que merecía. Quizá algún día fuera capaz de verlo de este modo.

Pero ¿y qué ocurriría si este agujero no llegaba a cerrarse nunca? ¿Y si las heridas en carne viva jamás se curaban? ¿Y si el daño era permanente, irreversible?

Me rodeé el cuerpo con los brazos y apreté con fuerza. *Como si nunca hubiera existido,* pensé con desesperación. ¡Cómo había sido capaz de hacer una afirmación tan estúpida y tan absurda! Podía haber robado mis fotos y haberse llevado sus regalos, pero aun así, nunca podría devolver las cosas al mismo lugar donde habían estado antes de que le conociera. La evidencia física era la parte más significativa de la ecuación. Yo había cambiado, mi interior se había alterado hasta el punto de no ser reconocible. Incluso mi exterior parecía distinto, tenía el rostro cetrino, a excepción de las ojeras malvas que las pesadillas habían dejado bajo mis ojos, unos ojos bastante oscuros en contraste con mi piel pálida; tanto, que si yo hubiera sido hermosa y si se me miraba desde una cierta distancia, podría pasar ahora por un vampiro. Pero yo no era hermosa, y probablemente guardaba más parecido con un zombi.

Como si nunca hubiera existido. Menuda locura. Aquélla fue una promesa que él no podía mantener, una promesa que se rompió tan pronto como la hizo.

Golpeé la cabeza contra el volante mientras intentaba apartar la mente de ese dolor tan intenso.

Pensar en todo esto me hizo sentir bastante tonta por haberme preocupado de mantener mi promesa. ¿Dónde estaba la lógica de querer mantener un acuerdo que la otra parte ya había violado? ¿A quién le importaba si yo era estúpida y temeraria? No había razón para evitar la temeridad, ninguna razón por la que yo no debería ser estúpida.

Me reí sin ganas para mis adentros, todavía luchando por inhalar aire. La idea de buscar el peligro en Forks me parecía algo con bastante poco futuro.

Sin embargo ese estado de ánimo negativo me distrajo y la distracción disminuyó el dolor. Mejoró mi respiración y pude reclinarme contra el respaldo del asiento. Aunque hacía un día frío, tenía la frente perlada de sudor.

Me pareció más oportuno concentrarme en el sentimiento de desesperanza en vez de sumergirme en unos recuerdos que eran aún más horribles. Había que ser muy creativo para poner en peligro la vida en una comunidad como Forks, más de lo que yo lo era, pero me habría gustado hallar alguna vía... Lo más probable es que me sintiera mejor si no respetara un pacto incumplido de forma unilateral. Si al menos yo también fuera capaz de romper la promesa... Pero ¿cómo podría hacerlo en esta pequeña ciudad sin peligros aparentes? Forks nunca había estado tan segura como lo estaba ahora, cuando realmente era lo que siempre había parecido ser. Segura y aburrida.

Miré fijamente a través del parabrisas durante un buen rato, y mis pensamientos se mecieron con lentitud; parecía que no conseguiría hacerles ir a ninguna parte. Paré el motor, que gruñía de manera penosa después de haber estado al ralentí tanto rato, y salté afuera, hacia la llovizna.

El agua fría se entremezcló con mi pelo y desde allí se deslizó por mis mejillas como lágrimas de agua dulce. Esto me ayudó a aclarar la mente. Me restañé el agua de los ojos y continué mirando de forma inexpresiva hacia la carretera.

Reconocí el lugar donde me encontraba al cabo de un minuto de observación. Había parqueado en mitad de la calle que estaba al norte de la avenida Russell. Estaba enfrente de la casa de los Cheney, y mi carro bloqueaba el acceso a su vivienda. Al otro lado vivían los Marks. Sabía que debía mover el carro y después marcharme a casa. No estaba bien andar vagabundeando como lo estaba haciendo, absorta y herida, convertida en una amenaza suelta por las calles de Forks. Además, pronto alguien se daría cuenta y se lo contaría a Charlie.

Inspiré profundamente mientras me preparaba para ponerme en movimiento cuando un cartel en el patio de los Marks captó mi atención. Era sólo un gran trozo de cartulina inclinado contra su buzón, con unas letras mayúsculas negras garabateadas.

A veces, la voluntad divina se cumple.

¿Era una coincidencia? ¿Era lo que parecía ser? Lo ignoraba, pero me parecía una sandez creer que las motocicletas desechadas de los Marks —que se herrumbraban en el patio delantero tras un cartel escrito a mano que rezaba «SE VENDEN TAL COMO ESTÁN»— estuvieran predestinadas a servir a algún propósito superior simplemente por el hecho de estar allí, justo donde yo necesitaba que estuvieran.

Aunque tal vez no fuera la voluntad divina, sino simplemente que había montones de maneras de arriesgarse y lo único que tenía que hacer era abrir los ojos para verlas.

Temerarias y estúpidas. Ésas eran las dos palabras favoritas de Charlie para referirse a las motocicletas.

El trabajo de Charlie no conllevaba una gran cantidad de acción comparado con el de los policías de ciudades más grandes, pero los accidentes de tráfico le ocupaban mucho tiempo. Este tipo de eventos no escaseaban en un lugar donde se sucedían largos tramos mojados de autopista que se retorcían y daban vueltas a través de un bosque continuo, acumulando ángulos muertos uno tras otro. La gente solía evitar esos lugares, con todos aquellos enormes camiones que transportaban troncos escondidos entre las curvas. Las excepciones a la regla eran las motos y Charlie había visto demasiadas víctimas —jóvenes en su mayoría—, tiradas por la autopista. Antes de cumplir los diez años me hizo prometerle que nunca me montaría en una moto. Incluso a esa edad, no tuve que pensármelo dos veces para prometérselo. ¿A quién le iba a gustar montar en moto en Forks? Sería como darse un baño a noventa por hora.

Había mantenido tantas promesas...

Ambas ideas prendieron en mi mente. Quería convertirme en alguien estúpido y osado y también quería romper promesas. ¿Por qué pararme en una?

Esto fue todo lo que tardé en pensármelo. Chapoteé a través de la lluvia hacia la puerta principal de los Marks y toqué el timbre.

Me abrió uno de los chicos, el más joven, el estudiante novato. Su pelo arenoso apenas me llegaba al hombro. No me acordaba de su nombre.

Él no tuvo problema alguno para recordar el mío.

—¿Bella Swan? —preguntó sorprendido.

—¿Cuánto quieres por una moto? —jadeé, agitando el pulgar sobre mi hombro en dirección a la exhibición en venta.

—¿Hablas en serio? —me preguntó.

—Pues claro.

—No funcionan.

Suspiré impaciente, ya que eso era algo que podía deducirse del cartel.

—¿Cuánto valen?

—Si de verdad quieres una, llévatela. Mi madre ha hecho que mi padre las saque a la calle para que las recojan con la basura.

Miré las motos de nuevo y vi que estaban al lado de una pila de hierba cortada y ramas rotas.

—¿Estás seguro?

—Seguro, ¿quieres preguntarle a ella?

Probablemente sería mejor no implicar a adultos que podrían mencionárselo a Charlie.

—No, te creo.

—¿Quieres que te ayude? —me ofreció—. Pesan bastante.

—Gracias. De todas formas sólo necesito una.

—Mejor si te llevas las dos —dijo el niño—. Quizá puedas aprovechar las piezas de la que no uses.

Me siguió bajo el aguacero y me ayudó a cargar las dos pesadas motos en la parte trasera del vehículo. Parecía deseoso de desprenderse de ellas, así que no discutí.

—De todas formas, ¿qué vas a hacer con ellas? —me preguntó—. No han funcionado en años.

—Eso me había parecido —repuse al tiempo que me encogía de hombros. Mi capricho, fruto de la inspiración del momento, no había llegado a convertirse aún en un plan completo—. Tal vez deba llevarlas a Dowling.

Él resopló.

—Dowling te cobrará más por ponerlas en marcha de lo que realmente valen.

No podía rebatir eso. John Dowling se había granjeado una mala reputación a causa de sus altos precios, tanto que nadie acudía a él salvo en caso de una auténtica emergencia. La mayoría de la gente, si su carro lo permitía, prefería conducir hasta Port Angeles. Había tenido mucha suerte en ese sentido, aunque al principio me preocupé cuando Charlie me regaló mi carro, porque, al ser tan antiguo, pensaba que no me sería posible mantenerlo en funcionamiento. Pero jamás me había dado ningún problema, salvo por el ruido insoportable del motor y por el hecho de que tenía el límite de velocidad en ochenta kilómetros por hora. Jacob Black lo había mantenido en buena forma mientras había pertenecido a su padre, Billy...

La repentina inspiración me alcanzó como un rayo, lo cual no era un absurdo si se tenía en cuenta la tormenta reinante.

—¿Sabes qué? No hay problema. Conozco a alguien que reconstruye carros.

—Ah, vale. Eso es estupendo —sonrió aliviado.

Se despidió con la mano sin borrar la sonrisa de los labios mientras yo me marchaba. Era un chico agradable.

Regresé deprisa y con determinación, a fin de evitar la remota posibilidad de que Charlie apareciera antes que yo si, por alguna casualidad altamente improbable, le diera por salir más temprano del trabajo. Me apresuré a atravesar la casa hasta llegar al teléfono, con las llaves aún en la mano.

—Con el jefe Swan, por favor —dije cuando me contestó al teléfono su ayudante—. Soy Bella.

—Ah, hola, Bella —me respondió el ayudante Steve afablemente—. Voy en su busca.

Esperé.

—¿Pasa algo, Bella? —inquirió Charlie tan pronto como sostuvo el auricular.

—¿Es que no puedo llamarte al trabajo sin que haya una emergencia?

Se quedó callado un momento.

—Nunca lo has hecho antes. ¿Es que hay alguna emergencia?

—No, sólo quería que me indicaras cómo llegar a la casa de los Black. No estoy segura de recordar el lugar exacto. Quiero visitar a Jacob, hace meses que no le veo.

Cuando volví a escuchar la voz de Charlie, sonaba mucho más feliz.

—Es una gran idea, Bella. ¿Tienes un bolígrafo?

Las indicaciones que me dio eran muy simples. Le aseguré que estaría de vuelta para la hora de la cena, aunque me insistió en que no me diera prisa en regresar. Quería reunirse conmigo en La Push aunque eso a mí no me venía nada bien.

Así que atravesé a gran velocidad las calles de la ciudad oscurecidas por la tormenta, teniendo en cuenta que tenía una hora límite. Esperaba poder encontrar solo a Jacob. Billy seguramente le iría con el cuento a Charlie si sospechaba lo que me proponía.

Mientras conducía, pensé que, además, me preocupaba un poco cuál sería la reacción de Billy al verme, si se mostraría excesivamente complacido. En la mente de aquel hombre, sin duda, todo había funcionado mucho mejor de lo que se hubiera atrevido a desear. Su placer y su alivio sólo servirían para recordarme a esa persona a la que él no soportaba. *Por favor, otra vez hoy no,* rogué mentalmente. Estaba reventada.

La casa de los Black me resultaba vagamente familiar; era pequeña, de madera, con ventanas estrechas y pintada un color rojo mate que la asemejaba a un granero diminuto. La cabeza de Jacob asomó por una ventana antes incluso de que yo saliera del carro. No cabía duda de que el peculiar rugido del motor le había alertado de mi proximidad. Jacob le estaba muy agradecido a Charlie por haberme comprado el carro, ya que de este modo le había salvado a él de tener que conducirlo cuando cumpliera la edad legal para sacarse el carné. A mi padre le gustaba mucho mi carro, pero al parecer, para Jacob, la restricción en la velocidad era un serio inconveniente.

Nos encontramos a mitad de camino de la casa.

—¡Bella! —una sonrisa entusiasta se extendió veloz por su rostro, y sus dientes brillantes contrastaron vívidamente con el rojizo intenso de su piel. Nunca había visto antes su pelo fuera de la habitual cola de caballo, pero ahora caía a ambos lados de su cara como dos negras cortinas de satén.

Jacob había desarrollado durante los últimos ocho meses buena parte de su potencial físico. Había superado ya ese punto en que los blandos músculos de la infancia se endurecen hasta alcanzar la complexión sólida, pero desgarbada, de un adolescente. Las venas y los tendones sobresalían de su piel de color marrón rojizo en sus brazos y sus manos. Su rostro no había perdido la dulzura que yo recordaba, aunque también se había endurecido: los pómulos y la mandíbula estaban más cuadrados. Había perdido toda la suavidad restante de la infancia.

—¡Hola, Jacob! —sentí una desconocida oleada de entusiasmo ante su sonrisa. Fui consciente de lo mucho que me alegraba de volver a verlo y esta idea me sorprendió.

Le devolví la sonrisa y algo se encajó silenciosamente en su lugar con un clic, como si fueran dos piezas que se acoplan en un rompecabezas. Había olvidado cuánto me gustaba Jacob Black.

Se detuvo a unos cuantos pasos de distancia y lo miré sorprendida, inclinando mi cabeza hacia atrás a través de la lluvia que caía a mares por mi rostro.

—¡Has vuelto a crecer! —lo acusé asombrada.

Se echó a reír y su sonrisa se ensanchó hasta lo inverosímil.

—Uno noventa —proclamó con gran satisfacción. Su voz se había vuelto más grave, aunque conservaba el tono ronco que yo recordaba.

—¿Es que no vas a parar nunca? —sacudí la cabeza con incredulidad—. Te has puesto enorme.

—La verdad es que estoy hecho un espárrago —hizo una mueca—. ¡Entra! Te estás poniendo perdida.

Me indicó el camino y, mientras lo hacía, retorcía su pelo entre sus enormes manos. Sacó una goma del bolsillo de la cadera y se hizo una cola de caballo.

—Hola, papá —llamó al traspasar la puerta frontal—. Mira quién se ha pasado por aquí.

Billy estaba en la pequeña sala de estar cuadrada, con un libro en sus manos. Lo dejó en su regazo e impulsó su silla de ruedas hacia nosotros cuando me vio.

—¡Vaya, pero esto qué es! Cuánto me alegro de verte, Bella.

Nos dimos la mano y la mía se perdió en su apretón.

—¿Qué te trae por aquí? ¿Todo va bien con Charlie?

—Sí, fenomenal. Sólo quería saludar a Jacob, hacía mucho que no lo veía.

Los ojos de Jacob relumbraron al oír mis palabras. Sonreía tanto que parecía que terminaría rompiéndose las mejillas con el esfuerzo.

—¿Podrás quedarte a cenar? —Billy también se mostraba entusiasmado.

—No, debo hacer la cena para Charlie, ya sabes.

—Puedo llamarlo —sugirió Billy—. Él siempre está invitado.

Sonreí para esconder mi incomodidad.

—No es que no nos vayamos a volver a ver. Te prometo que estaré pronto de vuelta, tanto que terminarás harto de mí —después de todo, si Jacob conseguía arreglarme la moto, alguien tendría que enseñarme a montarla.

Billy rió entre dientes en respuesta.

—Vale, quizás la próxima vez.

—Bueno, Bella, ¿qué quieres que hagamos? —me preguntó Jacob.

—Lo que quieras. ¿Qué hacías antes de que te interrumpiera? —me sorprendió sentirme tan cómoda allí. Era un lugar cercano, aunque de una forma distante. No había recuerdos dolorosos del pasado reciente.

Jacob dudó.

—Me dirigía justo ahora a trabajar en mi carro, pero podemos hacer cualquier otra cosa...

—¡No, eso es perfecto! —lo interrumpí—. Me encantaría ver tu carro.

—De acuerdo —contestó él, aunque no muy convencido—. Está allí fuera, atrás, en el garaje.

Mucho mejor, dije para mis adentros. Saludé a Billy con la mano.

—Luego te veo.

Un grupo espeso de árboles y malezas ocultaba el garaje a la vista de la casa. El recinto en sí estaba formado por un par de grandes cobertizos prefabricados que habían sido adosados, tirando al suelo las paredes interiores. Bajo esta cubierta, alzado sobre unos bloques de hormigón ligero, se encontraba lo que a mí me pareció un automóvil completo. Al menos, reconocí el símbolo de la parrilla delantera.

—¿Qué clase de Volkswagen es éste? —pregunté.

—Es un viejo Golf de 1986, un clásico.

—¿Y cómo van los arreglos?

—Está casi terminado —dijo él alegremente, y luego su voz descendió a un tono más bajo—. Mi padre mantuvo su promesa de la primavera pasada.

—Ah —contesté.

Pareció comprender mi resistencia a tratar el asunto. Intenté no recordar el baile de graduación del último mayo. El padre de Jacob lo había sobornado con dinero y las piezas faltantes del carro para que me diera un mensaje durante el baile. Billy quería que yo guardara una distancia de seguridad con la persona que más me importaba en la vida. Al final, todo su interés fue innecesario. Ahora no cabía duda de que estaba totalmente a salvo.

Pero yo iba a ver qué podía hacer para cambiar eso.

—Jacob, ¿sabes algo de motos? —le pregunté.

Se encogió de hombros.

—Algo. Mi amigo Embry tiene una porquería de moto; a veces trabajamos juntos en ella. ¿Por qué?

—Bien... —fruncí los labios mientras lo consideraba. No estaba segura de que mantuviera el pico cerrado, pero lo cierto es que tampoco tenía muchas otras opciones—. Hace poco adquirí un par de motos, y no están en muy buenas condiciones. Me preguntaba si serías capaz de ponerlas en marcha.

—Súper —pareció sentirse realmente halagado por el reto. Su rostro resplandecía—. Les echaré una ojeada.

Levanté un dedo, avisándole.

—La cosa es —le expliqué— que a Charlie no le gustan las motos. Francamente, le dará un ataque si se entera de esto. Así que no se lo puedes decir a Billy.

—De acuerdo, vale —sonrió Jacob—. Me hago cargo.

—Te pagaré —continué.

Eso lo ofendió.

—No. Quiero ayudarte. No admitiré que me pagues.

—Bien... ¿y qué tal si hacemos un trato? —iba improvisando sobre la marcha, aunque me parecía razonable—. Yo solamente necesito una moto, y también me hará falta recibir lecciones. ¿Qué podemos hacer al respecto? Podría darte la otra moto a cambio de que me enseñes.

—Ge-nial —dividió la palabra en dos sílabas.

—Espera un minuto, ¿tienes ya la edad legal? ¿Cuándo es tu cumpleaños?

—Te lo perdiste —se burló él, estrechando sus ojos con un cierto resentimiento burlón—. Tengo ya dieciséis.

—No es que la edad te lo haya impedido antes —murmuré—. Siento lo de tu cumpleaños.

—No te preocupes por eso. También yo olvidé el tuyo. ¿Cuántos has cumplido, cuarenta?

Resoplé con desdén.

—Cerca.

—Podríamos hacer una fiesta compartida para celebrarlo.

—Suena como una cita.

Sus ojos chispearon ante la palabra.

Necesitaba controlar mi entusiasmo a fin de no infundirle una idea equivocada, pero lo cierto es que me resultaba difícil ya que hacía mucho tiempo que no me sentía tan ligera y optimista.

—Quizás cuando terminemos las motos, que serán una especie de autorregalo —añadí.

—Trato hecho. ¿Cuándo me las traerás?

Me mordí el labio, avergonzada.

—Las tengo en mi carro —admití.

—Genial —parecía decirlo sinceramente.

—¿Las verá Billy si las traemos aquí?

Me guiñó el ojo.

—Seremos astutos.

Nos acercamos desde el este y caminamos pegados a los árboles cuando nos quedamos a la vista de la casa, simulando un paso casual, como de ir de paseo, sólo por si acaso. Jacob descargó las motos con rapidez desde la plataforma trasera del carro y las llevó una por una a la maleza, donde nos escondimos.

Le resultó muy fácil, y yo pensé que las motos pesaban mucho más de lo que parecía, viéndolo actuar.

—No están tan mal —dictaminó Jacob mientras las empujaba hasta ponerlas a cubierto bajo los árboles—. Esta de aquí tal vez llegue a valer algo cuando acabe con ella. Es una Harley Sprint.

—Ésa entonces para ti.

—¿Estás segura?

—Totalmente.

—Esta otra, sin embargo, va a costar algo de pasta —sentenció mientras torcía el gesto al examinar el metal oxidado y ennegrecido—. Tendremos que ahorrar para comprar algunos componentes primero.

—Nosotros, no —disentí—. Compraré todo lo necesario si tú haces esto sin cobrar.

—No lo sé... —murmuró.

—Tengo algún dinero ahorrado. Ya sabes, mi fondo para la universidad.

A la porra la universidad, dije para mis adentros. No había ahorrado lo bastante para ir a un lugar realmente bueno, y además, de todos modos, no tenía intención de marcharme de Forks. ¿Qué diferencia habría si lo descargaba un poco?

Jacob se limitó a asentir. Aquello le parecía perfectamente coherente.

Me regodeé en mi suerte mientras avanzábamos disimuladamente hacia el garaje prefabricado. Sólo un adolescente hubiera estado de acuerdo en engañar a nuestros respectivos padres para reparar unos vehículos peligrosos con el dinero destinado para mi educación universitaria. Él no había encontrado nada malo en esto. Jacob era un regalo de los dioses.

Amigos

No fue necesario esconder las motos, simplemente bastó con colocarlas en el cobertizo de Jacob. La silla de ruedas de Billy no tenía posibilidades de maniobrar por el terreno desigual que se extendía hasta la casa.

Jacob comenzó de inmediato a desmontar en piezas la moto roja, la que sería mía. Abrió la puerta del copiloto del Golf de modo que pudiera acomodarme en el asiento en vez de tener que hacerlo en el suelo. Mientras trabajaba, Jacob parloteó felizmente sin que yo tuviera que esforzarme mucho para mantener viva la conversación. Me puso al corriente sobre cómo le iban las cosas en su segundo año de instituto, y me contó todo sobre sus clases y sus dos mejores amigos.

—¿Quil y Embry? —lo interrumpí—. Son nombres bastantes raros.

Jacob rió entre dientes.

—Quil es el nombre de una prenda usada y creo que Embry consiguió su nombre de una estrella de un culebrón. Pero no se les puede decir nada. Se lo toman mal si mencionas el tema, ¡y se te echan encima después!

—Buenos amigos, entonces —enarqué una ceja.

—No, sí que lo son. Sólo que no te metas con sus nombres.

En ese momento, se escuchó una llamada en la distancia.

—¿Jacob? —gritó una voz.

—¿Ése es Billy? —pregunté.

—No —Jacob dejó caer la cabeza y pareció sonrojarse bajo su piel morena—. Mienta al diablo —masculló—, y el diablo aparecerá.

—¿Jake? ¿Estás ahí?

La voz se oyó más cerca.

—¡Sí! —Jacob devolvió el grito y luego suspiró.

Esperamos durante un breve lapso de tiempo hasta que dos chicos altos de piel oscura dieron la vuelta a la esquina y llegaron al cobertizo.

Uno era enjuto y casi tan alto como Jacob. El pelo negro le llegaba hasta la barbilla y tenía la raya en medio. Un mechón le caía suelto a un lado de la cara y el otro lo llevaba remetido detrás de la oreja. El más bajo también era más corpulento. Su camiseta blanca se ceñía a su pecho bien desarrollado y desde luego se le notaba lo feliz que eso lo hacía. Llevaba el pelo corto, a la moda.

Ambos se detuvieron de golpe en cuanto me vieron. El chico delgado deslizó la mirada rápidamente de Jacob a mí, y el más musculoso no dejó de observarme mientras una sonrisa se extendía lentamente por su rostro.

—Hola, chicos —Jacob los saludó con pocas ganas.

—Hola, Jake —contestó el más bajo, sin apartar la vista de mí. Tuve que corresponderle con otra sonrisa, a pesar de su mueca pícara. Cuando lo hice, me guiñó el ojo—. Hola a todos.

—Quil, Embry, les presento a mi amiga, Bella.

Todavía no sabía quién era quién, pero Quil y Embry intercambiaron una mirada intencionada entre los dos.

—La hija de Charlie, ¿no? —me preguntó el chico musculoso al tiempo que me tendía la mano.

—Cierto —le confirmé, al estrechársela. Su apretón era firme, parecía que estaba flexionando sus bíceps.

—Yo soy Quil Ateara —me anunció presuntuosamente, antes de soltarme la mano.

—Encantada de conocerte, Quil.

—Hola, Bella. Soy Embry, Embry Call, aunque imagino que ya lo suponías —Embry sonrió con timidez y me saludó con una mano, que introdujo rápidamente en el bolsillo de los jeans.

Yo asentí.

—Encantada de conocerte, también.

—Y bien, ¿qué están haciendo, chicos? —preguntó Quil, sin dejar de mirarme.

—Bella y yo vamos a reparar estas motos —la explicación de Jacob era poco exacta, pero motos parecía ser una palabra mágica. Ambos se acercaron para examinar el trabajo de Jacob, acosándolo con multitud de preguntas. La mayor parte de las palabras que usaron eran incomprensibles para mí, y supuse que había que tener el cromosoma Y para entender realmente todo aquel entusiasmo.

Estaban todavía inmersos en aquella charla sobre componentes y piezas cuando decidí que necesitaba regresar a casa antes de que Charlie apareciera por allí. Con un suspiro, me deslicé fuera del Golf.

Jacob me lanzó una mirada de disculpa.

—Te estamos aburriendo, ¿no?

—Qué va —no era una mentira. Estaba disfrutando—. Lo que pasa es que tengo que hacerle la cena a Charlie.

—Oh… Bien, terminaré de desmontar las piezas esta noche y averiguaré qué más necesito para poder reconstruirlas. ¿Cuándo quieres que volvamos a trabajar en ellas de nuevo?

—¿Puedo volver mañana? —los domingos eran la pesadilla de mi existencia. Nunca había trabajo suficiente para mantenerme ocupada.

Quil le dio un codazo a Embry e intercambiaron muecas.

Jacob sonrió encantado.

—¡Eso es genial!

—Podemos ir a comprar los componentes si haces una lista —sugerí.

El rostro de Jacob mostró una ligera decepción.

—Todavía no estoy seguro de que te vaya a dejar pagarlo todo.

Sacudí la cabeza.

—Nada de nada. Yo pondré los fondos para esto. Tú sólo tienes que aportar el trabajo y la maña.

Embry puso los ojos en blanco dirigiéndose a Quil.

—No me parece bien —Jacob sacudió la cabeza.

—Jake, si las llevo a un mecánico, ¿cuánto me costaría? —le señalé.

Él sonrió.

—Vale.

—Y eso sin mencionar las lecciones para aprender a montar —añadí.

Quil sonrió ampliamente a Embry y le susurró algo que no capté. La mano de Jacob salió disparada y golpeó la nuca de Quil.

—Ya está bien, lárguense —masculló.

—No, de verdad, tengo que irme —protesté, dirigiéndome hacia la puerta—. Te veré mañana, Jacob.

Tan pronto como estuve fuera de su vista, escuché aullar a Quil y Embry, a coro:

—¡Uauuuuu...!

A lo que siguió el sonido de una buena refriega, salpicada con unos cuantos quejidos y gritos de dolor.

—Como a alguno de ustedes se le ocurra poner el pie por estos lares mañana... —escuché cómo los amenazaba Jacob.

Su voz se fue perdiendo conforme me alejaba entre los árboles.

Reí bajito y en silencio. Oírme a mí misma hizo que se me dilataran las pupilas, maravillada. Estaba riéndome, riéndome de verdad y allí no había nadie mirándome. Me sentía ligera, sin peso, tanto que volví a reírme, y esto hizo que la sensación durara un poco más.

Conseguí llegar a casa antes que Charlie. Cuando él entró, estaba sacando el pollo frito de la sartén y apilándolo sobre unas servilletas de papel.

—Hola, papá —le devolví una sonrisa rápida.

Antes de que pudiera recomponer su expresión, pude percibir la sorpresa que revoloteó por su rostro.

—Hola, cielo —dijo, con la voz insegura—. ¿Te lo pasaste bien con Jacob?

Empecé a llevar la comida a la mesa.

—Sí, claro.

—Bueno, eso está bien —todavía parecía cauteloso—. ¿Qué hicieron?

Ahora era el momento de mostrarme prudente.

—Estuve allí, por el garaje, y le acompañé mientras trabajaba. ¿Sabes que está remodelando un Volkswagen?

—Ah, sí, creo que Billy mencionó algo.

Charlie tuvo que interrumpir el interrogatorio cuando empezó a masticar, pero no dejó de estudiar mi rostro durante la cena.

Cuando terminamos, anduve dando vueltas por allí, limpiando la cocina hasta dos veces y después hice los deberes despacito en la habitación de la entrada, mientras él veía un partido de *hockey*. Esperé tanto como pude, pero al final Charlie me recordó lo tarde que era. Como no le respondí, se levantó, se estiró y después se marchó, apagando la luz al salir. Le seguí sin muchas ganas.

Mientras subía las escaleras, esa sensación anormal de bienestar que había experimentado desde el final de la tarde se fue escurriendo de mi cuerpo, al tiempo que me iba invadiendo un miedo sordo ante lo que me tocaba pasar a partir de ahora.

Ya no me sentía aturdida. Esa noche volvería a ser, sin duda, tan terrorífica como la anterior. Me tumbé en la cama y me acurruqué en una bola, preparándome para el ataque. Apreté los ojos, bien cerrados y... la siguiente cosa que recuerdo es que ya era por la mañana.

Miré, sin podérmelo creer, la pálida luz plateada que se derramaba a través de mi ventana.

Había dormido sin soñar ni gritar por primera vez en más de cuatro meses. No podía decir qué emoción era más fuerte, si el alivio o el estupor.

Me quedé quieta en la cama unos minutos, esperando a que todo regresara de nuevo. Porque, sin duda, tenía que ocurrir algo. Si no el dolor, al menos el aturdimiento. Esperé, pero no pasó nada, y entonces me sentí más relajada de lo que me había sentido en mucho tiempo.

No confiaba en que aquello durara mucho. Me balanceaba en un equilibrio precario, resbaladizo, y no tardaría mucho en caerme. Sólo el hecho de estar mirando mi habitación con esos ojos súbitamente despejados, notando lo extraña que parecía, tan ordenada, como si nadie viviera allí, ya era peligroso de por sí.

Deseché aquel pensamiento y me concentré, mientras me vestía, en el hecho de que ese día vería a Jacob otra vez. La idea me hizo sentirme casi... esperanzada. Quizás todo sería como el día anterior. Quizás no tendría que volver a recordarme a mí misma cómo parecer interesada en las cosas o cómo asentir y sonreír en los momentos adecuados, del mismo modo que había estado haciendo durante todo este tiempo. Quizás... Aunque, de todos modos, no confiaba en que esto durara mucho. Tampoco podía confiar en que las cosas se desarrollaran como el día anterior, que fuera tan fácil. No me iba a permitir una decepción así.

Durante el desayuno, Charlie siguió mostrándose cauteloso e intentó ocultar el examen al que me sometía. Mantenía la vista fija en sus huevos revueltos mientras creía que no lo miraba.

—¿Qué tienes previsto para hoy? —me preguntó, observando con insistencia un hilo suelto del borde de su manga e intentando simular que no prestaba atención a mi respuesta.

—Creo que saldré a dar una vuelta con Jacob otra vez.

Asintió sin levantar la mirada.

—Ah —comentó.

—¿Te importa? —fingí preocuparme—. Podría quedarme...

Alzó la mirada rápidamente, con una chispa de pánico en los ojos.

—No, no. Sigue con tus planes. De todas formas Harry se vendrá a ver conmigo el partido.

—Quizás Harry podría traerse a Billy —sugerí. Cuantos menos testigos, mejor.

—Es una gran idea.

No estaba segura de si el partido era la excusa para empujarme a salir, pero desde luego se lo veía bastante entusiasmado. Se encaminó hacia el teléfono mientras yo recogía mi impermeable. Era perfectamente consciente del peso del talonario de cheques en el bolsillo de mi chaqueta. Jamás lo había usado hasta ahora.

Fuera, el agua caía como si se derramara de un cubo. Tuve que conducir a menos velocidad de la deseada —apenas veía lo que tenía delante de mí—, pero finalmente conseguí salir de las calles cenagosas en dirección a casa de Jacob. La puerta principal se abrió antes de que apagara el motor y él salió corriendo bajo un enorme paraguas negro.

Se asomó por encima de mi puerta cuando la abrí.

—Ha llamado Charlie diciendo que estabas en camino —explicó con una sonrisa.

Sin tener que hacer ningún esfuerzo y sin ninguna orden consciente, los músculos que rodeaban mis labios se contrajeron y respondieron a su sonrisa con otra que se extendió por mi rostro. Un extraño sentimiento de calidez me inundó la garganta, a pesar de la lluvia helada que se estrellaba contra mis mejillas.

—Hola, Jacob.

—Buena idea, hacer que invitaran a Billy.

Alzó su mano para chocar los cinco. Tuve que estirarme tanto para alcanzar su mano que se rió.

Harry apareció para llevarse a Billy sólo unos minutos después. Jacob me dio una vuelta por su pequeña habitación para enseñármela, mientras hacíamos tiempo para quedarnos a salvo de posibles supervisores.

—Bueno, ¿y adónde vamos, señor Buena Pieza? —inquirí, tan pronto como la puerta se cerró detrás de Billy.

Jacob sacó un papel doblado de su bolsillo y lo alisó.

—Empezaremos primero por el vertedero, a ver si tenemos suerte. Esto puede ser un poco caro —me avisó—. Esas motos van a necesitar un montón de piezas antes de que podamos ponerlas en marcha otra vez.

Como mi rostro no le pareció suficientemente preocupado, continuó:

—Estoy hablando quizás de más de cien dólares.

Saqué mi chequera, me abaniqué con ella y puse los ojos en blanco ante su rostro preocupado.

—Creo que nos alcanzará.

Resultó ser un día bastante extraño, ya que lo pasé realmente bien, incluso en el vertedero, bajo la lluvia y el fango que me llegaba hasta los tobillos. Me pregunté al principio si sólo era resultado de la desaparición del aturdimiento, pero no me satisfizo del todo la explicación.

Empezaba a pensar que se debía principalmente a Jacob. No era sólo que siempre estuviera tan contento de verme o que no me mirara de reojo, a la espera de que hiciera algo que me hiciera parecer loca o deprimida. No tenía que ver conmigo en absoluto.

Era el mismo Jacob. Simplemente, Jacob era esa clase de persona que siempre se muestra feliz, y que acarrea esa felicidad como un aura, llevándola a toda la gente que lo rodea. Igual que un sol ceñido a la Tierra, sea quien sea el que entre en su órbita gravitacional, es irremediablemente atraído por su calidez. Para él, era algo natural, formaba parte de sí mismo. No resultaba tan extraño que estuviera deseando verlo.

Incluso cuando se refirió al enorme agujero abierto en mi salpicadero, no me inundó el pánico como tendría que haber sucedido.

—¿Se te rompió el estéreo? —me preguntó.

—Así es —le mentí.

Hurgó un poco en la cavidad.

—¿Quién se lo llevó? Ha hecho un buen destrozo...

—Fui yo —admití.

Se echó a reír.

—Pues quizá sea mejor que no toques mucho las motos.

—Sin problemas.

Tal y como había dicho Jacob, probamos suerte en el vertedero. Se extasió al encontrar en ese lugar diversas piezas de metal retorcido ennegrecidas por la grasa. Me impresionó de veras que pudiera identificarlas.

Desde allí fuimos al Checker Auto Parts que había más abajo, en Hoquiam. Teniendo en cuenta la velocidad de mi carro, eso suponía más de dos horas de conducción en dirección sur por la sinuosa autopista, pero el tiempo pasaba cómodamente al lado de Jacob. Charloteaba sobre sus amigos y el instituto y me sorprendí a mí misma haciendo preguntas, pero no para disimular, sino realmente curiosa por saber las respuestas.

—Estoy llevando yo toda la conversación —se quejó, después de haberme contado una larga historia acerca de Quil y el problema en el que se había metido al pedirle salir a la novia de un chico del último curso—. ¿Por qué no hablas ahora tú? ¿Qué tal va todo en Forks? Seguro que es más excitante que La Push.

—Qué va —suspiré—. En realidad, no pasa nada. Tus amigos son mucho más interesantes que los míos. Me gustan. Quil es muy divertido.

Frunció el ceño.

—A Quil también le gustas tú.

Yo me reí.

—Pues es un poco joven para mí.

El ceño de Jacob se acentuó.

—No es mucho más joven que tú. Sólo un año y unos meses.

Me dio la sensación de que ya no estábamos hablando de Quil. Mantuve la voz en un tono ligero, bromista.

—Seguro que sí. Pero considerando la diferencia de madurez entre chicos y chicas ¿no tendrías que contarlo en años similares a los de los perros? ¿Y eso qué me hace, unos doce años mayor?

Se rió al tiempo que levantaba los ojos al cielo.

—Vale, pero si te vas a poner picada con eso, también tendremos que considerar el tamaño. Eres tan pequeña que vamos a tener que descontarte diez años del total.

—Uno sesenta y cuatro está totalmente dentro de la media —bufé—. No es culpa mía que seas un fenómeno.

Bromeamos de esta manera hasta Hoquiam, todavía discutiendo sobre la fórmula correcta para discernir la edad —perdí dos años más porque no sabía cambiar una rueda, pero gané uno por ocuparme de las cuentas de la casa— hasta que llegamos al Checker y Jacob tuvo que concentrarse en nuestro asunto otra vez. Encontró todo lo que quedaba en la lista y se mostró confiado en hacer grandes progresos con nuestro botín.

Cuando llegamos a La Push, yo estaba en los veintitrés y él en los treinta, porque, desde luego, no paraba de acumular habilidades.

Se me había olvidado incluso el motivo por el que estábamos haciendo esto. Pero, aunque me estaba divirtiendo más de lo concebible, no había dejado de ser fiel a mi deseo original. Todavía quería romper el trato. No tenía sentido, pero en realidad, no me importaba. Iba a intentar desafiar el peligro todo lo que pudiera sin salir de Forks. No estaba dispuesta a ser la única que sostuviera su parte del contrato, un contrato vacío. Aunque sin duda, pasar el tiempo en compañía de Jacob era un beneficio extra que no había previsto.

Billy aún no había regresado, así que no tuve que andar mintiendo sobre lo que habíamos estado haciendo durante el día. Tan pronto como colocamos todo en la lona de plástico que había al lado de la caja de herramientas, Jacob se puso a trabajar, sin dejar de charlar y reír mientras sus dedos rastreaban expertamente entre las distintas piezas que tenía delante.

La habilidad de Jacob con las manos era fascinante. Parecían demasiado grandes para lo delicado de las tareas que llevaban a cabo con soltura y precisión. Cuando trabajaba, tenía un aspecto grácil. No era así cuando lo veías de pie; entonces, su altura y sus pies enormes le convertían en un ser casi tan patoso como yo.

Quil y Embry no aparecieron, quizás porque se habían tomado en serio la amenaza de Jacob.

El día pasó con excesiva rapidez. Oscureció en los aledaños del garaje antes de lo que yo esperaba; entonces, escuché cómo nos llamaba Billy.

Salté para ayudar a Jacob a recoger las cosas, aunque dudaba de qué era lo que podía tocar.

—Déjalo ahí —dijo—. Volveré a trabajar con eso más tarde, esta noche.

—No vayas a dejar de hacer los deberes o cualquier otra cosa que tengas pendiente —le comenté, sintiéndome algo culpable. No quería que se metiera en problemas, ya que este plan sólo debía afectarme a mí.

—¿Bella?

Alzamos bruscamente la cabeza cuando la voz familiar de Charlie nos llegó de entre los árboles, cerca de nosotros.

—Corre —murmuré—. ¡Ya vamos! —grité en dirección a la casa.

—Vámonos —Jacob sonrió, disfrutando con excitación del complot.

Apagó la luz y por un momento me quedé ciega. Jacob me tomó de la mano y me sacó del garaje dirigiéndose hacia la casa entre los árboles. Sus pies encontraron con facilidad el camino. Sentí su mano rugosa, pero muy cálida.

Tropezamos a menudo en la oscuridad a pesar de caminar por el sendero. Aún nos reíamos cuando la casa apareció a la vista. No era una risa profunda, sino más bien ligera y superficial, pero no por eso menos agradable. Estaba segura de que él no había notado el matiz de histeria que teñía la mía. No estaba acostumbrada a reír, y me hacía sentir bien y al mismo tiempo muy mal.

Charlie nos esperaba de pie en el pequeño porche trasero y Billy estaba detrás, sentado en el umbral.

—Hola, papá —dijimos los dos a la vez y eso nos hizo romper a reír de nuevo.

Charlie me miraba con los ojos abiertos de par en par, unos ojos que relampaguearon al darse cuenta de cómo la mano de Jacob se cerraba sobre la mía.

—Billy nos ha invitado a cenar —dijo Charlie, en tono distraído.

—Mi receta ultra secreta para los espaguetis con carne, transmitida de generación en generación —dijo Billy en tono solemne.

Jacob bufó.

—La verdad, dudo que esa receta exista desde hace tanto.

La casa estaba atestada. También se hallaba allí Harry Clearwater con su familia: su mujer, Sue, a la que yo recordaba vagamente de mis vacaciones infantiles en Forks y sus dos hijos. Leah era un año mayor que yo. Hermosa al estilo exótico, con su piel cobriza perfecta, su cabello negro centelleante y las pestañas como plumeros; parecía preocupada. Cuando llegamos estaba colgada al teléfono de Billy y no lo soltó en ningún momento. Seth tenía catorce años y absorbía cada palabra que dijera Jacob, lo idolatraba con la mirada.

Éramos demasiados para la mesa de la cocina, así que Charlie y Harry trajeron sillas del patio y comimos los espaguetis con los platos apoyados en nuestro regazo, a la luz tenue que salía por la puerta abierta del cuarto de estar de Billy. Los hombres hablaron del partido; Harry y Charlie hicieron planes para ir a pescar. Sue le tomó el pelo a su marido con lo del colesterol e intentó, sin éxito, que consintiera en comer algo de color verde y con hojas. Jacob habló conmigo sobre todo y Seth le interrumpía rápidamente cada vez que se sentía en peligro de verse relegado al olvido. Charlie me observaba, intentando que no se le notara, con ojos complacidos, pero cautos a la vez.

Aquello era un caótico griterío en el que todos hablábamos en voz alta a la vez, donde las carcajadas producidas por cada chiste interrumpían la historia de los demás. No tuve que hablar con frecuencia, pero sonreí mucho y sólo cuando me daban ganas de hacerlo.

No quería irme.

Sin embargo, estábamos en el estado de Washington y la inevitable lluvia terminó con la fiesta. La sala de estar de Billy era demasiado pequeña para permitir que continuara allí la reunión. Harry había traído a Charlie, por lo que nos volvimos juntos a casa, en mi carro. Él me preguntó cómo me había ido el día y le conté casi toda la verdad, que había acompañado a Jacob a comprar unas piezas y que después le había visto trabajar en su garaje.

—¿Crees que volverás a visitarlo pronto? —me preguntó; intentó que no me diera cuenta de su interés.

—Mañana después de clase —admití—. Me llevaré los deberes, no te preocupes.

—Asegúrate de que sea así —me ordenó, aunque tratando de disimular su satisfacción.

Cuando nos acercamos a la casa, me puse nerviosa. No quería subir al primer piso. La calidez de la presencia de Jacob se estaba desvaneciendo y, en su ausencia, la ansiedad se incrementaba. Estaba segura de que no me iría de rositas con dos tranquilas noches de sueño seguidas.

Para retrasar un poco más la hora de acostarme, abrí el correo electrónico; había un nuevo mensaje de Renée.

Me contaba cosas sobre su día a día, el nuevo club de lectura que llenaba el hueco de las clases de meditación que acababa de abandonar, cómo le iba con la sustitución que estaba haciendo en segundo grado y cuánto echaba de menos a sus chicos de infantil. También me escribía sobre lo mucho que disfrutaba Phil de su nuevo trabajo de entrenador y que estaban planeando una segunda luna de miel en Disney World.

Me di cuenta de que estaba leyéndolo como si fuera el reportaje de un periódico, más que como el mensaje que alguien te dirige personalmente. Me inundó el remordimiento, dejándome un regusto desagradable después. Menuda hija estaba hecha.

Le contesté con rapidez, haciendo comentarios de cada una de las partes de su carta y añadiendo información de mi propia cosecha; le describí la fiesta de los espaguetis en casa de Billy y cómo me sentí mientras observaba a Jacob hacer algo útil con unas pequeñas piezas de metal, sobrecogida y algo envidiosa. No hice mención al cambio que supondría para ella esta carta respecto a las que había recibido en los últimos meses. Apenas podía recordar lo que le había escrito, ni siquiera la semana pasada, pero estaba segura de que no había sido muy comunicativa. Cuanto más pensaba en ello, me sentía más culpable. Seguramente la había preocupado mucho.

Me quedé mucho rato esa noche después de escribir, haciendo más tareas de la casa de las estrictamente necesarias, al suponer que ni la falta de sueño ni el tiempo pasado con Jacob —siendo casi feliz de una manera superficial— podrían apartarme de los sueños durante más de dos noches seguidas.

Me desperté chillando, con el grito sofocado contra la almohada.

Mientras la tenue luz de la mañana se filtraba a través de la niebla que había en el exterior de mi ventana, yací en la cama e intenté sacudirme los restos del sueño. Había una pequeña diferencia en la pesadilla de aquella noche y me concentré en ella.

No había estado sola en el bosque. Sam Uley, el hombre que me había recogido del suelo del bosque aquella noche en la que no podía pensar conscientemente, estaba allí. Era un cambio extraño, insospechado. Sus ojos oscuros me parecieron sorprendentemente hostiles, como si contuvieran algún secreto que no deseara compartir. Lo miré tanto como mi frenética búsqueda me permitía, pero me hizo sentir incómoda el tenerlo allí, añadido a todo el pánico que ya me era habitual. Quizás se debía a que cuando no lo miraba directamente, mi visión periférica percibía la forma en que su silueta parecía temblar y cambiar. A pesar de todo, no hacía nada más que estar allí de pie y observar. No me ofreció ayuda, a diferencia del momento en que nos conocimos en la realidad.

Charlie me examinó durante el desayuno y yo intenté ignorarlo. Suponía que me lo había merecido. No podía esperar que él no se preocupara. Probablemente tendrían que pasar semanas antes de que él dejara de aguardar a que regresara la zombi y yo simplemente debería intentar que no me molestara este hecho. Después de todo, también yo estaba vigilando el regreso de la zombi. Dos días no bastaban ni de lejos para proclamar mi curación.

En el instituto era justo lo opuesto. Ahora que yo sí estaba prestando atención, estaba claro que nadie me observaba.

Recuerdo el primer día que entré en el instituto de Forks, lo desesperadamente que deseé volverme de color gris, disolverme en el cemento mojado de la acera como un camaleón de gran tamaño. Parecía que sólo un año después había conseguido ver cumplido mi deseo.

Era como si no estuviera allí. Incluso mis profesores paseaban la vista por mi asiento como si se encontrara vacío.

Escuché mucho durante toda la mañana, pendiente una y otra vez de las voces que me rodeaban. Intenté captar de qué iban las cosas, pero las conversaciones me llegaban tan deslavazadas que lo dejé.

Jessica ni siquiera levantó la vista cuando me senté a su lado en mates.

—Hola, Jess —le dije, con una despreocupación que era puro cuento—. ¿Qué tal te fue el resto del fin de semana?

Ella me miró con ojos cargados de sospecha. ¿Estaría todavía enfadada? ¿O simplemente se sentía demasiado impaciente para tratar con una loca?

—Divino —me contestó, volviéndose a su libro.

—Eso está bien —murmuré.

La expresión figurada «hacerle el vacío a alguien» parecía tener algo de literal en sí misma. Podía sentir el aire cálido circular desde los respiraderos, pero yo seguía teniendo mucho frío. Tomé la chaqueta del respaldo de la silla y me la puse otra vez.

Salimos tarde de la cuarta hora de clase y la mesa del almuerzo donde solía sentarme estaba llena en el momento de mi llegada. Mike estaba allí; también Jessica y Angela, Conner, Tyler, Eric y Lauren. Katie Webber, la chica pelirroja de tercer año que vivía al volver la esquina de mi casa, estaba sentada con Eric, y Austin Marks, el hermano mayor del chico del que obtuve las motos, estaba a su lado. Me pregunté cuánto tiempo llevaba sentado allí, incapaz de recordar si hoy era el primer día o algo que se había convertido en una costumbre habitual.

Empezaba a estar molesta conmigo misma. Parecía que me había pasado todo el último semestre empaquetada en bolitas de espuma de poliéster.

Nadie levantó la cabeza cuando me senté al lado de Mike, ni siquiera cuando la silla chirrió estridentemente contra el suelo de linóleo al apartarla para sentarme.

Intenté captar el hilo de la conversación.

Mike y Conner hablaban de deportes, así que rápidamente dejé de escucharlos.

—¿Dónde está Ben hoy? —le estaba preguntando Lauren a Angela. Esto parecía mejor, por lo que presté atención. Me pregunté si aquello significaría que Angela y Ben todavía seguían juntos.

Apenas reconocí a Lauren. Se había cortado todo su sedoso pelo rubio maíz al estilo paje, tan corto que tenía la nuca afeitada como la de un chico. ¡Qué cosa tan horrible! Me pregunté el porqué. ¿Le habían pegado chicle en el pelo? ¿Lo había vendido? ¿Se habían puesto de acuerdo todas las personas con las que ella se había portado mal para atraparla en la parte de atrás del gimnasio y afeitarla? Decidí que no estaba bien juzgarla ahora, con base en mi opinión previa sobre ella. Por lo que a mí me constaba, podía haberse convertido en una persona estupenda.

—Ben tiene una gripa estomacal —contestó Angela, con su voz tranquila, calma—. Con suerte, se le pasará en cosa de veinticuatro horas. Anoche estaba realmente enfermo.

Angela también se había cambiado el peinado, porque las capas le habían crecido.

—¿Qué hicieron ustedes este fin de semana? —preguntó Jessica, sin que por su tono de voz pareciera muy interesada en la respuesta. Hubiera apostado que no era más que un modo de abrir la conversación con el fin de que ella pudiera contar sus propias historias. Me pregunté si se atrevería a hablar de Port Angeles estando yo sentada a dos asientos de distancia. ¿Es que me había vuelto tan invisible que nadie se iba a sentir incómodo hablando de mí estando yo presente?

—Nosotros íbamos a ir de excursión el sábado, pero... cambiamos de idea —dijo Angela. Hubo un matiz peculiar en su voz que captó mi interés.

A Jess, no tanto.

—Pues qué mal —dijo, dispuesta a embarcarse en su propia historia. Pero yo no era la única que estaba prestando atención.

—¿Qué ocurrió? —preguntó Lauren con curiosidad.

—Bien —continuó Angela, que parecía dudar más de lo habitual, aunque ella solía ser reservada por lo general—. Condujimos en dirección norte, hacia las fuentes termales. Hay un sitio ideal justo a un kilómetro del comienzo del sendero, pero vimos algo cuando estábamos más o menos a mitad de camino.

—¿Que vieron algo? ¿Qué? —las pálidas cejas de Lauren se alzaron a la vez. Incluso Jess parecía estar escuchando ahora.

—No lo sé —repuso Angela—. Creímos que era un oso. Era negro, pero parecía demasiado... grande.

Lauren bufó.

—¡Oh no, tú también! —sus ojos se volvieron burlones y decidí que no había que concederle el beneficio de la duda. Obviamente, su personalidad no había cambiado tanto como su cabello—. Tyler intentó colarme esa historia la semana pasada.

—Es imposible ver a un oso tan cerca de un centro turístico —coincidió Jessica, alineándose con Lauren.

—Pero es que lo vimos de verdad —protestó Angela con la voz baja y la mirada fija en la mesa.

Lauren se rió de ella. Mike aún estaba hablando con Conner, sin prestar atención a las chicas.

—No, tiene razón —intervine impaciente—. Precisamente el sábado pasado apareció un mochilero que también había visto el oso, Angela. Aseguró que era enorme y de color negro, y que se lo encontró justo en las afueras de la ciudad, ¿a que sí, Mike?

Hubo un momento de silencio. Cada par de ojos de los presentes en la mesa se volvió a mirarme, impresionado. Kate, la chica nueva, Katie, se quedó boquiabierta, como si hubiera sido testigo de una explosión. Nadie se movió.

—¿Mike? —murmuré, mortificada—. ¿Te acuerdas del tipo aquel que contó la historia del oso?

—Se-seguro —titubeó Mike después de un segundo. No sé por qué me miraba tan extrañado. Yo hablaba con él en el trabajo, ¿no? ¿O no lo hacía? Yo creía que sí...

Mike se recobró.

—Eh, sí, vino un tipo que dijo que había visto un gran oso negro justo al comienzo del sendero, más grande que un oso pardo —confirmó.

—Bah —Lauren se volvió a Jessica, con los hombros rígidos y, para cambiar el tema de la conversación, preguntó—: ¿Les han contestado de la USC[1]?

Todos menos Mike y Angela miraron para otro lado. Ella me sonrió para tantear el terreno y yo le devolví la sonrisa.

—Así que, ¿qué hiciste el fin de semana, Bella? —preguntó Mike, curioso, aunque extrañamente precavido.

---

[1] [N. del T.] University of Southern California.

Todo el mundo, salvo Lauren, miró hacia atrás, esperando mi respuesta.

—El viernes por la noche Jessica y yo fuimos al cine en Port Angeles, y después yo pasé la tarde del sábado y la mayoría del domingo allí abajo, en La Push.

Las miradas iban de Jessica a mí y de mí a Jessica. Jess parecía irritada. Me pregunté si es que no quería que supieran que había salido conmigo o si es que deseaba ser ella quien contara la historia.

—¿Qué película vieron? —preguntó Mike, comenzando a sonreír.

—*Dead End,* aquella de los zombis —sonreí para infundirle valor. Quizás todavía podía arreglarse algo del daño que había hecho en los últimos meses, cuando yo misma me había comportado como un zombi.

—He oído que da mucho miedo, ¿es así? —Mike parecía deseoso de continuar la conversación.

—Bella se asustó tanto que tuvo que salirse al final —intercaló Jessica con una sonrisa maliciosa.

Yo asentí, intentando parecer avergonzada.

—Es que daba miedo de verdad.

Mike no paró de hacerme preguntas hasta que se terminó el almuerzo. Poco a poco, los otros volvieron a continuar sus propias conversaciones, aunque todavía me miraban mucho. Angela pasó la mayor parte del rato hablando con Mike y conmigo y, cuando me levanté para tirar los restos de mi bandeja, ella se incorporó también y me siguió.

—Gracias —me dijo en voz baja cuando ya estábamos lejos de la mesa.

—¿Por qué?

—Por intervenir, por apoyarme.

—No hay de qué.

Ella me miró con interés, pero no de forma ofensiva, en plan «se le ha ido la olla».

—¿Estás bien?

Éste era el motivo por el que había escogido a Jessica en vez de a Angela para ir al cine, aunque esta última me gustaba más. Era demasiado perceptiva.

—No del todo —admití—, pero me encuentro un poco mejor.

—Me alegro —contestó ella—. Te echaba de menos.

Lauren y Jessica nos alcanzaron en ese momento y escuché a Lauren susurrar de forma audible:

—Ay, qué alegría. Bella ha vuelto.

Angela puso los ojos en blanco cuando pasaron y me sonrió para darme ánimos.

Suspiré. Era como si todo volviera a empezar de nuevo.

—¿Qué día es hoy? —pregunté súbitamente.

—Diecinueve de enero.

—Mmm.

—¿Qué pasa? —inquirió Angela.

—Ayer hizo un año de mi primer día aquí —musité.

—Nada ha cambiado demasiado —murmuró Angela, mirando en dirección a Lauren y Jessica.

—Ya lo sé —asentí—. Eso mismo estaba pensando.

Repetición

No estaba segura de qué demonios estaba haciendo allí.

¿Es que estaba intentando empujarme de nuevo hacia el estado de estupor zombi? ¿Me había vuelto masoquista, había desarrollado una afición a la tortura? Debería haberme ido directamente a La Push. Me sentía mucho, mucho mejor cerca de Jacob. Comportarme de esa manera no era precisamente lo más cuerdo por mi parte.

No obstante, seguí conduciendo lentamente a través del camino zigzagueante lleno de maleza, entre los árboles que se arqueaban sobre mí como un verde túnel vivo. Tanto me temblaban las manos que las apreté con fuerza en torno al volante.

Era consciente de que parte de mi motivación para hacer esto era la pesadilla; ahora que estaba realmente despierta, la vaciedad del sueño me carcomía los nervios, como si fuera un perro jugueteando con un hueso. Había algo que tenía que buscar. Algo imposible e inalcanzable, atemorizador y enajenador, pero estaba allí fuera, en alguna parte. Debía creer que era así.

Por otro lado, estaba esa extraña sensación de repetición que había sentido hoy en el colegio, la coincidencia de fechas. El sentimiento de que estaba empezando de nuevo, de que todo transcurría como si realmente fuera mi primer día en el instituto y yo fuera la persona más rara que había aquella tarde en la cafetería.

Las palabras se precipitaban por mi mente, monótonas, como si las estuviera leyendo y no como si se las estuviera oyendo decir:

Será como si nunca hubiera existido.

Me mentía cuando dividía en dos partes mi argumentación para venir aquí. No quería admitir la motivación más fuerte porque sonaba a perturbación mental.

La verdad es que quería volver a oírlo, como lo había oído en el extraño delirio del viernes por la noche. Durante aquellos escasos momentos, cuando su voz llegó desde alguna parte de mi inconsciente, cuando sonó perfecta, tan dulce como la miel, mucho mejor que en ese pálido eco que mi memoria era capaz de evocar, pude recordarlo sin dolor. Pero no había durado; la tristeza me había superado, como yo sabía que ocurriría con certeza, y como demostraba esta misión de locos. Sin embargo, los preciosos instantes en los que pudiera volver a oírlo eran un señuelo irresistible. Tenía que encontrar el modo de poder repetir la experiencia... o quizás sería más preciso decir «el episodio».

Tenía la esperanza de que esa sensación de *déjà vu* fuera la clave. Por eso iba a su casa, un lugar donde no había estado desde el día fatídico de mi fiesta de cumpleaños, hacía ya tantos meses.

La densa maleza, casi como una jungla, se deslizaba lentamente por las ventanillas del carro. El camino seguía adelante. Comencé a ir más deprisa, ya que me estaba poniendo nerviosa. ¿Cuánto tiempo llevaba conduciendo? ¿No debería haber llegado ya a la casa? El sendero estaba tan invadido por la espesura que no me parecía familiar.

¿Qué pasaría si no lograba encontrarlo? Me eché a temblar. ¿Y qué ocurriría si no quedaba ninguna prueba tangible en absoluto...?

Entonces apareció el hueco entre los árboles que yo estaba buscando, sólo que no se percibía con tanta facilidad como antes. La vegetación en Forks no tardaba mucho en reclamar cualquier terreno que se quedara baldío. Los altos helechos habían invadido el prado que rodeaba la casa, apretándose en torno a los troncos de los cedros, llegando incluso al amplio porche. Era como si el césped hubiera sido inundado, hasta la altura de la cintura, por verdes olas como plumas.

La casa estaba allí, pero no era la misma. Aunque no creía que nada hubiera cambiado en el exterior, el vacío gritaba desde las ventanas cerradas. Resultaba espeluznante. Por primera vez desde que había visto aquella hermosa casa, me pareció que era una guarida apropiada para vampiros.

Frené en seco mientras miraba alrededor. Tuve miedo de continuar.

Pero no ocurrió nada. No se oía ninguna voz en mi cabeza...

... de modo que dejé el motor en marcha y salté al mar de helechos. Quizás, si avanzaba hacia la casa, como había ocurrido el viernes por la noche...

Me acerqué lentamente hacia la fachada vacía y desnuda mientras sentía el reconfortante rugido del motor de mi carro a mi espalda. Me paré al llegar a las escaleras del porche, porque allí no había nada. Ni el más ligero testimonio de su presencia... de la presencia de él. La casa estaba allá, como un cuerpo sólido, pero eso no significaba nada. Su realidad concreta no llenaría el vacío de mis pesadillas.

Me quedé allí, a unos pasos de la casa. No quería mirar por las ventanas. No estaba segura de qué sería más duro de ver. Si las habitaciones estuvieran vacías, sonando a eco desde el suelo hasta el techo, seguramente me resultaría doloroso. Como ocurrió en el funeral de la abuelita, cuando mi madre insistió en que no entrara a verla y permaneciera fuera. Me dijo que no necesitaba verla en ese estado, que sería mejor recordarla viva y no de esa manera.

Pero ¿no sería aún peor que no hubiera ningún cambio? ¿Que los sofás se encontraran colocados exactamente igual que la última vez, las pinturas en su sitio, y lo más horrible, el piano encima de la pequeña tarima? Eso sería casi tan malo como que la casa entera desapareciera de un golpe. La demostración clara de que no había ninguna posesión física que los atara de ningún modo. Que todo quedaba, intacto y olvidado, tras su paso.

Al igual que yo.

Le volví la espalda a ese enorme vacío y me apresuré hacia mi carro. Iba casi corriendo. Ansiaba alejarme, volver al mundo humano. Me sentía horriblemente vacía y quería ver a Jacob. Quizás estaba desarrollando una nueva clase de enfermedad, otro tipo de adicción, como lo había sido el aturdimiento antes, pero eso no me preocupaba. Conduje el carro lo más rápidamente que pude hasta salir disparada en dirección a mi dosis.

Jacob estaba esperándome. Se me empezó a relajar el pecho conforme lo vi, facilitándome la respiración.

—¡Hola, Bella! —me llamó.

Sonreí aliviada.

—Hola, Jacob —saludé con la mano a Billy, que estaba mirando por la ventana.

—Vamos a ponernos a trabajar —dijo Jacob con una voz baja pero entusiasta.

Yo pude reír sin saber cómo.

—Pero ¿de verdad no estás harto de mí ya? —le pregunté. Seguramente estaría empezando a preguntarse cuán desesperada tenía que estar yo por conseguir compañía.

Jacob encabezó el camino alrededor de la casa en dirección a su garaje.

—Qué va. Todavía no.

—Por favor, hazme saber cuándo empiezo a ponerte de los nervios. No quiero ser una pesada.

—Vale —se rió, y sonó como un gorgoteo—. Aunque, bueno, yo de ti no me preocuparía por eso.

Cuando llegamos al garaje, me quedé de una pieza al encontrarme la motocicleta roja en pie, con aspecto de moto real, más que de una pila de hierros retorcidos.

—Jake, eres sorprendente —jadeé.

Rompió a reír de nuevo.

—Me obsesiono cuando tengo cualquier proyecto entre manos —se encogió de hombros—. Aunque lo habría alargado un poco más si tuviera algo de cerebro.

—¿Por qué?

Miró hacia el suelo, parándose tanto rato que me pregunté si habría escuchado mi pregunta. Finalmente, inquirió:

—Bella, ¿que habrías hecho si te hubiera dicho que no podía arreglar las motos?

Yo tampoco respondí con rapidez, y él levantó la mirada para comprobar mi expresión.

—Te hubiera respondido que... tampoco era para tanto, que seguro que seríamos capaces de encontrar a alguien que pudiera hacerlo. Y si realmente nos hubiéramos sentido desesperados, incluso podríamos haber hecho alguna de las tareas del colegio.

Jacob sonrió y sus hombros se relajaron. Se sentó al lado de la moto y tomó una llave inglesa.

—Entonces, ¿me estás diciendo que seguirás viniendo cuando haya terminado?

—¿A eso es a lo que te referías? —sacudí la cabeza—. Y yo que suponía que me estaba aprovechando de tus poco reconocidas habilidades mecánicas. Estaré aquí tanto tiempo como me dejes seguir viniendo.

—¿Esperando a encontrarte con Quil de nuevo? —bromeó Jacob.

—Me has pillado.

Se rió entre dientes.

—¿De verdad que te gusta pasar el tiempo conmigo? —me preguntó, maravillado.

—Mucho. Muchísimo. Y te lo demostraré. Mañana tengo trabajo, pero el miércoles haremos algo que no tenga que ver con la mecánica.

—¿Como qué?

—No tengo ni idea. Podemos ir a mi casa, así no tendrás la tentación de continuar con tu obsesión. Puedes traerte los deberes del instituto, ya que debes de estar retrasándote, igual que yo.

—Lo de hacer las tareas es una buena idea —hizo una mueca y me pregunté cuántas cosas estaba dejando sin hacer por estar conmigo.

—Sí —asentí—. Tenemos que empezar a comportarnos de una forma responsable, o Billy y Charlie no se lo van a tomar tan bien como hasta ahora —hice un gesto refiriéndome a los dos como una sola entidad, cosa que le gustó porque sonrió abiertamente.

—¿Tareas una vez a la semana? —propuso.

—Mejor que sean dos —sugerí al pensar en la pila de trabajos que acababan de ponerme ese mismo día.

Suspiró pesadamente. Apartó su caja de herramientas y tomó una bolsa de papel de supermercado de donde sacó dos latas de gaseosa. Abrió una y me la pasó. Luego abrió la segunda y la elevó ceremoniosamente.

—De aquí a la responsabilidad —brindó—. Dos veces por semana.

—Y a la imprudencia todos los días que queden —añadí yo con énfasis.

Sonrió e hizo chocar su lata con la mía.

Llegué a casa más tarde de lo planeado y me encontré con que Charlie había preferido encargar una pizza antes que esperarme. No me dejó que me disculpara.

—No importa —me aseguró—. De todos modos te mereces un descanso de la cocina.

Me di cuenta de que lo que realmente ocurría es que se sentía aliviado de que yo siguiera todavía comportándome como una persona normal, y desde luego, él no lo iba a echar a perder.

Comprobé el correo antes de comenzar con mis tareas caseras. Recibí un mensaje bastante largo de Renée. Se había regodeado en cada detalle de lo que le había contado, por lo que le devolví otra descripción exhaustiva de lo que había hecho en el día. Todo, salvo lo de las motos. Incluso la despreocupada Renée se alarmaría por una cosa como ésa.

El martes, en el instituto, tuvo sus momentos buenos y malos. Angela y Mike estaban dispuestos a recibirme de vuelta con los brazos abiertos, haciendo la vista gorda amablemente ante esos meses en los que yo había mostrado un comportamiento aberrante. Jess parecía más reacia. Me pregunté si es que necesitaba una disculpa formal, por escrito, por el incidente de Port Angeles.

Mike estuvo animado y charlatán en el trabajo. Parecía como si hubiera almacenado un semestre de temas de conversación y ahora los estuviera soltando todos. Descubrí que volvía a ser capaz de sonreír y reír con él, aunque no me salía con tanta naturalidad como con Jacob. Lo consideraba bastante inofensivo y una manera de pasar el tiempo.

Mike puso el cartel de cerrado en la ventana mientras yo doblaba mi chaleco y lo ponía bajo el mostrador.

—He pasado muy bien esta noche —dijo Mike contento.

—Cierto —asentí, aunque la verdad es que habría preferido pasar la tarde en el garaje.

—Qué mal que la otra noche tuvieras que salirte de la película.

No entendí bien el camino que seguían sus pensamientos. Me encogí de hombros.

—Es que soy una rajada, me temo.

—Lo que quiero decir es que deberías ir a ver una película mejor, alguna que realmente pudieras disfrutar —me explicó.

—Oh —murmuré, todavía desorientada.

—Podría ser este viernes. Conmigo. Ya sabes, ir a ver algo que no te diera miedo bajo ningún concepto.

Me mordí el labio.

No quería cagarla con Mike, no cuando era una de las pocas personas que estaba dispuesta a perdonarme después de haber perdido la cabeza, pero esto también me pareció muy familiar. Como si el último año nunca hubiera existido. Me habría gustado que Jess me sirviera de excusa esta vez.

—¿Como si fuera una cita? —le pregunté. La honradez era quizás la mejor política llegados a este punto. Mejor enfrentarse a ello.

Él reconoció mi tono de voz.

—Si así lo quieres, pero no tiene por qué ser así.

—No quiero citas —repuse lentamente, dándome cuenta de cuánta verdad encerraba esa afirmación. Todo ese mundo me parecía increíblemente lejano.

—¿Sólo como amigos? —sugirió él. Sus ojos azul claro ya no mostraban entusiasmo. Deseé que él realmente creyera que podríamos ser amigos de alguna manera.

—Suena divertido, pero lo cierto es que tengo ya planes para este viernes, ¿qué tal la semana próxima?

—¿Qué vas a hacer? —preguntó, seguramente con más intención de la que quería mostrar.

—Tareas. Tengo que... estudiar con un amigo.

—Ah, vale. Quizás la semana que viene.

Me acompañó hasta mi carro, menos eufórico que antes. Aquello me trajo recuerdos muy nítidos de mis primeros meses en Forks. Había completado el ciclo y ahora lo sentía todo como un eco vacío, desprovisto del interés que solía tener.

La noche siguiente, Charlie no pareció para nada sorprendido de encontrarnos a Jacob y a mí tirados por el suelo del salón con nuestros libros desparramados alrededor, de modo que deduje que Billy y él habían estado hablando a nuestras espaldas.

—Hola, chicos —dijo mientras desviaba la mirada hacia la cocina donde me había pasado toda la tarde haciendo una lasaña, mientras Jacob miraba y la probaba de vez en cuando. El olor se extendía por el vestíbulo. La había hecho a conciencia, para expiar todas las pizzas que había tenido que pedir.

Jacob se quedó a cenar y se llevó un plato a casa para Billy. Consintió de mala gana en añadirme otro año en nuestras negociaciones sobre la edad por ser una buena cocinera.

El viernes estuvimos en el garaje, y el sábado, después de mi turno en el negocio de los Newton, tocó hacer las tareas en casa otra vez. Charlie confiaba tanto en mi nueva cordura que se pasó el día pescando con Harry. Cuando regresó, ya habíamos terminado todo, lo que, por cierto, nos hizo sentirnos muy maduros y responsables, y estábamos viendo un episodio de *Monster Garage* en el canal Discovery.

—Quizás debería irme ya —suspiró Jacob—. Es más tarde de lo que pensaba.

—Vale, de acuerdo —rezongué—. Te llevaré a casa.

Pareció agradarle lo reacio de mi expresión, y lanzó una carcajada.

—Mañana, de vuelta al trabajo —le dije, tan pronto como estuvimos a salvo en el carro—. ¿A qué hora quieres que vaya?

Sonrió al responderme con un entusiasmo contenido.

—Te llamaré antes, ¿de acuerdo?

—Bueno.

Torcí el gesto sin dejar de preguntarme qué se traía entre manos. Su sonrisa se ensanchó.

La mañana siguiente me dediqué a limpiar la casa mientras esperaba la llamada de Jacob, a la vez que intentaba sacarme de encima la última pesadilla. El escenario había cambiado. La última noche había estado vagando por un mar de helechos entre los cuales crecían enormes árboles de cicuta. No había allí nada más, y yo me había perdido, vagabundeando sola y sin dirección, sin saber lo que buscaba. Hubiera querido darme de patadas por la estúpida excursión de la última semana. Intenté sacar el sueño de mi mente consciente, esperando que se quedara metido en alguna otra parte y no volviera a escapar de allí.

Charlie estaba fuera lavando el carro patrulla así que, cuando sonó el teléfono, solté la escobilla del baño y corrí escaleras abajo para responder.

—¿Diga? —contesté casi sin aliento.

—Bella —dijo Jacob, con un extraño tono formal de voz.

—Hola, Jake.

—Creo que… tenemos una «cita» —entonó la palabra con segundas intenciones.

Me llevó más de un segundo pillar la indirecta.

—¿Están terminadas? —justo a tiempo. Necesitaba algo que me distrajera de pesadillas y vacíos.

—Sí, andan y todo.

—Jacob eres, sin ningún género de duda, la persona de mayor talento y más maravillosa que conozco. Te concedo diez años sólo por esto.

—¡Súper! Ya soy una persona madura.

Me reí.

—¡Y yo pronto lo conseguiré!

Dejé las cosas del baño en el armarito y tomé la chaqueta.

—Vas a ver a Jake —dijo Charlie al verme pasar a toda velocidad. En realidad, no me lo estaba preguntando.

—Sí —repliqué mientras saltaba al interior de mi carro.

—Luego, me iré a la comisaría —me gritó Charlie cuando ya estaba dentro.

—¡Vale! —grité de vuelta, girando la llave de contacto.

Charlie añadió algo más, pero el rugido del motor impidió que le escuchara con claridad. Me sonó a algo así como: «¿Dónde está el fuego?».

Parqueé el carro en un costado de la casa de los Black, cerca de los árboles, para que resultara más fácil sacar las motos a hurtadillas. Una mancha de colores captó mi atención nada más echar pie a tierra; eran las dos relucientes motos —una roja y otra negra— escondidas debajo de una pícea, lo que las hacía invisibles desde la casa. Jacob se había preparado bien.

Le había puesto un pequeño lazo azul a cada uno de los manillares. Esto me hizo reír mucho y aún seguía riéndome cuando Jacob salió de la casa.

—¿Preparada? —me preguntó en voz baja, con los ojos chispeantes.

Miré por encima de su hombro y no vi ni rastro de Billy.

—De acuerdo —contesté, pero ya no estaba tan entusiasmada como antes; estaba intentando imaginarme a mí misma montada de verdad encima de la moto.

Jacob las metió con facilidad en la parte posterior del carro, y las tumbó de lado de modo que no se vieran.

—Vámonos —me animó, con la voz algo más aguda de lo habitual por la excitación—. Conozco un sitio perfecto; nadie nos verá allí.

Salimos fuera de la ciudad y condujimos en dirección sur. La carretera polvorienta salía y entraba del bosque y algunas veces sólo veíamos árboles. Y de repente, surgió una espectacular panorámica del océano Pacífico que llegaba hasta el horizonte, de color gris oscuro bajo las nubes. Estábamos por encima de la playa, sobre los acantilados que bordeaban la costa y la vista parecía perderse hacia el infinito.

Conduje despacio para poder echar una ojeada de vez en cuando al mar sin correr peligro, especialmente cuando la carretera se ceñía a los acantilados. Jacob hablaba sobre cómo había terminado las motos, pero su descripción era muy técnica para mí, así que no presté demasiada atención.

Fue entonces cuando descubrí cuatro figuras de pie en un saliente rocoso, demasiado cercanas al precipicio. No podía calcular sus edades a semejante distancia, pero supuse que eran varones. A pesar de que el aire era helado, me pareció que únicamente llevaban pantalones cortos.

Mientras los observaba, el más alto dio unos pasos hacia el borde. Disminuí la velocidad automáticamente, con el pie aún dubitativo sobre el pedal de freno.

Entonces, se arrojó por el precipicio.

—¡No! —grité, golpeando el freno con una pisotón.

—¿Qué pasa? —gritó Jacob a su vez, alarmado.

—¡Ese chico... acaba de saltar por el borde del acantilado! ¿Por qué no se lo han impedido? ¡Tenemos que llamar a una ambulancia! —abrí mi puerta de un golpe y salté fuera, aunque eso no tenía ningún sentido. La manera más rápida de llegar a un teléfono consistía en conducir de vuelta a casa de Billy. Pero todavía no me podía creer lo que había visto. Quizás, de modo subconsciente, esperaba ver algo distinto sin tener por medio el cristal del parabrisas.

Jacob se rió y yo me giré con rapidez para mirarle furiosa. ¿Cómo podía demostrar esa insensibilidad y esa crueldad?

—Sólo están haciendo salto de acantilado, Bella. Es un pasatiempo. Ya sabes, La Push no tiene centro comercial —aunque bromeaba, había una extraña entonación irritada en su voz.

—¿Salto de acantilado? —repetí, atónita. Sin podérmelo creer todavía, vi que otra figura se subía al borde, hacía una pausa, y entonces saltaba al espacio vacío de forma airosa. Cayó durante lo que me pareció una eternidad y al final se introdujo con suavidad entre las oscuras olas grises de allá abajo.

—¡Guau! ¡Con lo alto que está...! —volví a deslizarme en mi asiento, aún mirando con los ojos abiertos como platos a los dos saltadores que quedaban—. Deben de ser por lo menos treinta metros.

—Bueno, vale, la mayoría saltamos de más abajo, desde esa roca que sobresale del acantilado a mitad de camino entre donde están ellos y el mar —señaló un punto a través de su ventanilla que desde luego parecía una altura mucho más razonable—. Esos chicos están mal de la cabeza. Probablemente lo único que pretenden demostrar es lo duros que son. Lo que quiero decir es que hoy hace mucho frío y el agua no debe de ser ninguna delicia —hizo una mueca de desagrado, como si la proeza le disgustara personalmente. Me sorprendió un poco. Jamás hubiera pensado que habría algo que le enfadara.

—¿Tú también has saltado desde el acantilado? —no se me había escapado ese «nosotros».

—Claro, claro —se encogió de hombros y mostró una amplia sonrisa—. Es divertido. Da un poco de miedo y algo de agobio.

Volví a fijar la mirada en los acantilados, mientras la tercera figura se acercaba al borde. Nunca había sido testigo de algo tan temerario en mi vida. Se me abrieron los ojos de admiración, y sonreí.

—Jake, tienes que llevarme a hacer salto de acantilado.

Volvió el rostro hacia mí, con el ceño fruncido y una expresión de clara desaprobación.

—Bella, te recuerdo que has estado a punto de llamar una ambulancia para Sam —señaló. Me sorprendió que hubiera reconocido quién era a esa distancia.

—Quiero intentarlo —insistí, y me volví para salir de nuevo del carro.

Jacob me agarró de la muñeca.

—Pero no hoy, ¿vale? ¿No podríamos esperar por lo menos a un día más cálido?

—Vale, de acuerdo —asentí, ya que estaba de acuerdo en eso. Al abrir la puerta, la brisa helada me estaba poniendo la carne de gallina—. Pero quiero ir pronto.

—Pronto —puso los ojos en blanco—. Algunas veces te comportas de una manera muy rara, Bella. ¿Lo sabes, no?

Suspiré.

—Sí.

—No saltaremos desde lo más alto.

Miré fascinada la forma en que el tercer chico tomaba carrerilla y se alzaba en el aire a más distancia que los otros dos. Giró sobre sí mismo y dio una voltereta lateral mientras caía, como si estuviera haciendo paracaidismo acrobático. Parecía disfrutar de una libertad absoluta, irreflexiva y completamente irresponsable.

—Vale —acordé—. Al menos, no la primera vez.

Ahora fue Jacob el que suspiró.

—¿Vamos a probar ahora las motos o no? —inquirió.

—Vale, vamos —contesté, apartando con dificultad la mirada de la última persona que aguardaba en el acantilado. Me abroché otra vez el cinturón y cerré la puerta. El motor seguía encendido, rugiendo, a pesar de estar al ralentí. Volvimos a la carretera otra vez.

—Bueno, ¿y quiénes eran esos chicos, los locos? —le pregunté.

Él hizo un sonido de disgusto que salió de lo más hondo de su garganta.

—La banda de La Push.

—¿Tienen una banda? —pregunté. Me di cuenta de que sonaba como si estuviese impresionada por ello.

Mi reacción le dio risa.

—Bueno, no tanto como eso. Te lo juro, son como vigilantes jurados que se hubieran vuelto locos. No arman peleas, se dedican a mantener la paz —bufó—. Por ejemplo, mira lo que pasó con aquel chico que vino de algún sitio cerca de la reserva de Makah, uno bien grande, con una pinta que daba miedo. Bueno, se corrió el rumor de que vendía alcohol a los niños y Sam Uley y sus discípulos lo echaron de nuestras tierras. Se pasan todo el día hablando de nuestra tierra, el orgullo de la tribu... Es algo ridículo. Lo peor del asunto es que el consejo los toma en serio. Embry me dijo que el consejo suele mantener reuniones con Sam —sacudió la cabeza con el rostro lleno de resentimiento—. Embry también oyó, porque se lo contó Leah Clearwater, que se llaman a sí mismos «protectores» o algo parecido.

Las manos de Jacob se habían convertido en puños, como si deseara golpear a alguien. Nunca había visto este otro lado suyo.

Me sorprendió escuchar el nombre de Sam Uley. No quería volver a evocar las imágenes de mi pesadilla, así que hice una observación rápida para distraerme.

—A ti no te gustan demasiado.

—¿Se nota mucho? —preguntó sarcásticamente.

—Bueno... no parece que estén haciendo nada malo —intenté suavizárselo, para que volviera a poner buena cara—. Más que una banda, parecen un grupo de irritantes niñatos resabiados.

—Sí, lo de irritantes es una palabra que les va como anillo al dedo. Se pasan todo el día fanfarroneando por ahí, como con lo del salto de acantilado. Ellos actúan... bueno, no sé, como tipos duros. Un día del pasado semestre Quil, Embry y yo estábamos dando una vuelta por la tienda, y Sam se pasó por allí con sus seguidores, Jared y Paul. Quil dijo algo, ya sabes que es un bocazas, y Paul se cabreó. Los ojos se le oscurecieron, y mostró una especie de sonrisa, aunque más que sonreír, lo que hizo fue enseñar los dientes como un poseso, y empezó a temblar o algo parecido. Entonces, Sam le puso la mano en el pecho y sacudió la cabeza. Paul lo miró un minuto o así y se calmó. Lo cierto es que era como si Sam lo estuviera sujetando, como si Paul hubiera estado dispuesto a hacernos pedazos si Sam no lo hubiera parado —gruñó—, como en las películas malas del oeste. Ya sabes, Sam es un tipo muy grande, tiene los veinte bien cumplidos mientras que Paul sólo tiene dieciséis años, como nosotros, es más bajo que yo y no es tan musculoso como Quil. Creo que cualquiera de nosotros podría con él sin problemas.

—Chicos duros —asentí, mostrándome de acuerdo. Podía reconstruirlo en mi cabeza tal como él lo había contado y me recordó algo... un trío de hombres altos, morenos, de pie, juntos y muy quietos en el salón de mi padre. Sólo me acordaba de la imagen de refilón, porque mi cabeza estaba apoyada en el sofá mientras el doctor Gerandy y Charlie se inclinaban sobre mí... ¿Eran ellos, la banda de Sam?

Volví a hablar con rapidez para esquivar esos recuerdos tan deprimentes.

—¿Y no es Sam un poco mayor ya para este tipo de cosas?

—Claro. Se suponía que iba a ir a la universidad, pero se ha quedado aquí sin que nadie haya dicho una mierda sobre el tema. Todo el consejo se le echó encima a mi hermana cuando dejó perder una beca parcial y se casó, pero, claro, Sam Uley no mete nunca la pata.

Su rostro mostraba ahora una expresión indignada y además había algo más que no reconocí al principio.

—Realmente todo esto suena irritante y extraño, pero no entiendo por qué te lo tomas de una manera tan personal —le eché una ojeada a la cara, esperando no haberlo molestado. Se había tranquilizado de pronto, mirando por la ventanilla lateral.

—Te acabas de pasar la desviación —dijo con voz serena.

Realicé una vuelta en herradura y estuve a punto de chocar contra un árbol, ya que me vi obligada a salirme un buen trozo fuera de la carretera.

—Gracias por el aviso —murmuré al tomar de nuevo el carril correspondiente.

—Perdona, no he prestado atención.

Se quedó inmóvil durante un minuto escaso.

—Puedes pararte por aquí, donde tú quieras —dijo en voz baja y sin mirarme.

Parqueé y apagué el motor. Los oídos me zumbaban en el silencio que siguió. Salimos ambos del carro y Jacob se dirigió a la parte trasera del carro para sacar las motos. Intenté leer su expresión. Había algo más que le molestaba. Había tocado alguna fibra sensible.

Sonrió sin muchas ganas mientras empujaba la moto roja hasta ponerla a mi lado.

—Feliz cumpleaños tardío. ¿Te sientes preparada?

—Eso creo —de repente la moto me intimidaba y me asustaba. Fue en ese momento cuando me di cuenta de que tendría que montarla.

—Nos lo tomaremos con calma —me prometió. Apoyé la moto con cuidado contra el guardabarros del carro, mientras él iba a recoger la suya.

—Jake... —dudé al hablarle, mientras él caminaba tranquilamente bordeando el carro.

—¿Sí?

—¿Qué es lo que realmente te molesta? Me refiero a lo de Sam... ¿Hay algo más? —observé su rostro. Hizo una mueca, pero no parecía enfadado. Miró hacia el suelo y frotó su zapato contra la rueda delantera de su moto una y otra vez, como si se estuviera tomando tiempo para algo.

Suspiró.

—Es sólo... el modo en que me tratan. Me enferma —ahora las palabras se atropellaban unas a otras para salir—. Ya sabes, se supone que el consejo se compone de iguales, pero si hubiera un líder, ése tendría que ser mi padre. Nunca he conseguido averiguar por qué la gente lo trata de la manera en que lo hace ni tampoco por qué su opinión es la que más cuenta. Creo que tiene algo que ver con su padre y su abuelo. Mi bisabuelo, Ephraim Black, fue algo así como el último jefe que tuvimos, y si aún escuchan a Billy, quizás se deba a eso. Pero yo soy como otro cualquiera. Nadie me trata de forma especial..., al menos hasta ahora.

Esto me pilló con la guardia baja.

—¿Sam te trata de forma especial?

—Algo así —asintió, mirándome con ojos preocupados—. Me mira como si estuviese esperando algo..., como si algún día yo fuera a unirme a su estúpida banda. Me presta más atención que a los otros chicos. Lo odio.

—Tú no tienes que unirte a nada —mi voz sonó enfadada. Este asunto lo estaba molestando de verdad y me enfureció—. ¿Quiénes se creen que son esos «protectores»?

—Eso es —su pie continuó golpeando rítmicamente la rueda.

—¿Qué? —hubiera jurado que había más.

Frunció el ceño y sus cejas se arquearon de un modo que le hacían parecer más triste y preocupado que enfadado.

—Es Embry. Últimamente me evita.

Aunque los pensamientos no parecían guardar conexión alguna entre sí, me pregunté si yo no tendría alguna culpa en los problemas con su amigo.

—Has estado saliendo mucho conmigo —le recordé, sintiéndome egoísta. Lo había estado monopolizando.

—No, no es eso. No es sólo a mí. También evita a Quil y a todos. Faltó toda una semana al colegio, pero nunca estaba en casa cuando iba a verlo. Y cuando regresó, parecía... parecía loco. Aterrorizado. Quil y yo intentamos que nos contara qué iba mal, pero no ha querido hablar con ninguno de nosotros.

Miré fijamente a Jacob, mordiéndome el labio inferior con ansiedad, ya que él parecía realmente asustado, pero no me correspondió la mirada. Se limitó a observar su pie golpeando el caucho como si perteneciera a otra persona. El ritmo se incrementó.

—Y entonces esta semana, como si nada, Embry apareció con Sam y los demás. Hoy también estaba en los acantilados —su voz se había atenuado y sonaba tensa.

Finalmente me miró.

—Bella, ellos lo han estado rondado todo el tiempo, incluso más que a mí. Embry no quería tener nada que ver con ellos y ahora, de repente, sigue a Sam como si se hubiera unido a una secta.

»Y así es como ocurrió con Paul. Exactamente igual. No era amigo de Sam en absoluto. Después, dejó de venir a la escuela un par de semanas y, cuando volvió, súbitamente pertenecía a Sam. No sé lo que esto significa. No tengo la menor idea y siento que debería hacer algo, ya que Embry es mi amigo y Sam pone cara de burla cuando me mira y... —dejó inacabada la frase.

—¿Has hablado de esto con Billy? —le pregunté. Su miedo se estaba extendiendo hasta alcanzarme. Sentía cómo me recorrían la nuca los escalofríos.

Ahora, la ira afloró a su rostro.

—Sí —bufó—, y sirvió de gran ayuda.

—¿Qué te dijo?

La expresión de Jacob fue sarcástica y, cuando habló, su voz parodió burlonamente la entonación profunda de la voz de su padre.

—No es nada de lo que tengas que preocuparte ahora, Jacob. Dentro de unos años, si tú no... bueno, te lo explicaré más adelante —ahora su voz volvió a ser la suya—. ¿Qué se supone que tengo que entender de esa explicación? ¿Está intentando decirme que es alguna estúpida cosa relativa a la pubertad o algún rito de paso a la edad adulta? Parece algo más. Algo complicado.

Se mordió el labio inferior y se retorció las manos. Parecía a punto de echarse a llorar.

Lo abracé de forma instintiva, envolviendo su cintura con mis brazos y presionando mi rostro contra su pecho. Era tan grande que me sentía como una niña abrazando a un adulto.

—¡Oh, Jake, todo va a ir bien! —le prometí—. Si las cosas se ponen peor, puedes venirte a vivir conmigo y con Charlie. ¡No tengas miedo, ya pensaremos en algo!

Se quedó rígido durante un segundo y luego sus largos brazos me envolvieron titubeantes.

—Gracias, Bella —su voz era más hosca de que costumbre.

Estuvimos así un momento y no me molestó; de hecho, el contacto me sirvió de consuelo. No había sentido nada parecido desde la última vez que alguien me había abrazado así. Esto era amistad. Y Jacob era una persona muy cálida.

Me resultaba extraña esa cercanía a otro ser humano, más desde el punto de vista emocional que del físico, aunque también lo físico me pareciera raro. No era mi estilo habitual. Normalmente no me relacionaba con la gente con tanta facilidad, a un nivel tan básico.

Desde luego, no con seres humanos.

—Si es así como vas a reaccionar siempre, creo que se me va a ir la olla más a menudo —su voz sonó ahora ligera, otra vez normal, y su risa retumbó en mi oído. Me exploró el pelo con los dedos, con suavidad y de forma vacilante.

Bueno, era amistad al menos para mí.

Me retiré con rapidez, riéndome con él, pero decidida a poner las cosas en su sitio de una vez.

—Es difícil de creer que soy dos años mayor que tú —dije, enfatizando la palabra «mayor»—. Me haces sentir como una enana —estando tan cerca de él, realmente tenía que estirar el cuello para verle la cara.

—Se te ha olvidado que ando ya por los cuarenta, claro.

—Oh, claro.

Me dio unos golpecitos en la cabeza.

—Eres como una muñequita —bromeó—. Una muñeca de porcelana.

Puse los ojos en blanco y di un paso hacia atrás.

—Espero que no me salgan grietas blancas.

—En serio, Bella, ¿estás segura de que no las tienes? —apretó su brazo cobrizo contra el mío. La diferencia era estremecedora—. No he visto a nadie más pálido que tú... Bueno, a excepción de... —se interrumpió y yo miré hacia otro lado intentando no dar paso en mi mente a lo que él había estado a punto de decir—. Pero bueno, ¿vamos a montar en las motos, o qué?

—Vamos allá —acordé, con más entusiasmo del que había sentido hacía medio minuto. Su frase inacabada me había recordado el motivo por el que estábamos allí.

Adrenalina

—Bien, ¿dónde está el embrague?

Señalé una palanca en el manillar izquierdo. Era un misterio cómo iba a poder pulsarlo sin soltar el manillar. La pesada motocicleta temblaba debajo de mí, amenazando con tumbarme a un lado. Agarré otra vez el manillar, intentando mantenerla derecha.

—Jacob, esto no se queda de pie —me quejé.

—Verás cómo va bien cuando esté en movimiento —me prometió él—. Ahora, ¿dónde tienes los frenos?

—Detrás de mi pie derecho.

—Error.

Me tomó la mano derecha y me dobló los dedos alrededor de la palanca de aceleración.

—Pero tú me dijiste…

—Éste es el freno que estás buscando. No uses ahora el freno de atrás, eso lo dejaremos para más tarde, cuando sepas lo que estás haciendo.

—Eso no suena nada bien —repliqué con cierta suspicacia—. ¿No son los dos frenos igual de importantes?

—Olvídate del freno de atrás, ¿vale? Aquí… —envolvió mi mano con la suya y me hizo apretar la palanca hacia abajo—. Así es como se frena. No lo olvides —me apretó la mano otra vez.

—De acuerdo —asentí.

—¿El acelerador?

Giré el manillar derecho.

—¿La palanca de cambios?

La empujé ligeramente con mi pantorrilla izquierda.

—Muy bien. Creo que ya has pillado el manejo de todas las partes. Ahora sólo te queda arrancar la moto.

—Oh, oh —murmuré, asustada, por decirlo con suavidad. Notaba unos extraños retortijones en el estómago y sentí que me iba a fallar la voz.

Estaba aterrorizada. Intenté decirme a mí misma que el miedo no tenía sentido. Ya había pasado por lo peor que podía ocurrirme. En comparación, ¿cómo me iba a asustar por esto? Supuse que debería poner cara de no importarme nada y reírme.

Pero mi estómago no estaba por colaborar.

Miré fijamente el largo tramo de camino polvoriento, flanqueado por una densa maleza envuelta en niebla. La senda era arenosa y húmeda, desde luego, mejor que el fango.

—Quiero que mantengas el embrague hacia abajo —me instruyó Jacob.

Se me agarrotaron los dedos en torno a la palanca.

—Ahora, esto es crucial, Bella —insistió—. No dejes que la moto se te vaya, ¿vale? Quiero que pienses que te he dado una granada explosiva. Le has quitado el seguro y estás sujetando el detonador.

Lo apreté con más fuerza.

—¿Crees que podrás arrancar el pedal?

—Si muevo el pie, me caigo —le expliqué con los dientes apretados y los dedos tensos sobre mi supuesta granada explosiva.

—Vale, yo te tengo. No sueltes el embrague.

Dio un paso atrás y súbitamente golpeó con fuerza el pedal. La moto hizo un sonido brusco como de tableteo y la fuerza del tirón la hizo balancearse. Empecé a caerme de lado, pero Jacob agarró la moto antes de que me estampara contra el suelo.

—Mantén el equilibrio —me animó—. ¿Tienes bien sujeto el embrague?

—Sí —respiré entrecortadamente.

—Planta bien el pie, voy a intentarlo otra vez.

No obstante, en esta ocasión puso una mano en la parte trasera del asiento, con el fin de asegurarse.

Necesitó al menos cuatro intentos antes de que arrancara y la moto rugiera entre mis piernas como un animal agresivo. Aferré con fuerza el embrague hasta que me dolieron los dedos.

—Aprieta el acelerador —me sugirió—, muy suavemente. Y sobre todo, no sueltes el embrague.

Giré de forma vacilante el manillar derecho. Aunque se movió muy poco, la moto gruñó. Sonaba enfadada y casi hambrienta. Jacob sonrió con gran satisfacción.

—¿Recuerdas cómo se pone en primera? —me preguntó.

—Sí.

—Bien, dale, vamos.

—Vale.

Esperó unos segundos.

—Suelta el pie —me urgió.

—Ya lo sé —dije, aspirando aire profundamente.

—¿Estás segura de que quieres hacer esto? —me preguntó Jacob—. Pareces asustada.

—Estoy bien —repliqué con brusquedad. Cambié la marcha rápidamente.

—Muy bien —me alabó—. Ahora, con mucha suavidad, suelta el embrague.

Se apartó un paso de la moto.

—¿Quieres que deje caer la granada? —pregunté sin podérmelo creer. Con razón había empezado a retirarse.

—A ver qué tal la llevas, Bella. Procura ir poco a poco.

En el momento en que abrí ligeramente la mano para soltar el embrague, me paralizó una voz que no pertenecía al chico que tenía al lado.

Esto es temerario, infantil y estúpido, Bella, bufó aquella voz aterciopelada.

—¡Oh! —comencé a jadear y solté el embrague de forma repentina.

La moto cabeceó debajo de mí, lanzándome hacia delante, y después se me cayó encima, medio aplastándome. El motor rugiente se caló y luego se paró definitivamente.

—¿Bella? —Jacob me sacó la moto de encima con premura—. ¿Estás herida?

Pero yo no lo escuchaba.

Ya te lo había dicho, murmuró la voz perfecta, nítida como el cristal.

—¿Bella? —Jacob me sacudió el hombro.

—Estoy bien —murmuré aturdida.

Mejor que bien, en realidad. Había regresado la voz a mi cabeza. Todavía sonaba en mis oídos, con ecos suaves, aterciopelados.

Mi mente analizó con rapidez todas las posibilidades. Aquí no había nada que pudiera resultarme familiar: era una carretera en la que nunca había estado, haciendo algo que jamás había hecho, así que no podía tratarse de ningún déjà vu. Esto me hizo suponer que las alucinaciones eran provocadas por algo más... Sentí la adrenalina fluir por mis venas y pensé que aquí estaba la respuesta. Debía de ser alguna combinación de adrenalina y peligro, o quizás de simple estupidez...

Jacob me estaba poniendo en pie.

—¿Te has dado un golpe en la cabeza? —me preguntó.

—No lo creo —la moví arriba y abajo para comprobarlo—. ¿No habré estropeado la moto, verdad?

Este pensamiento me preocupaba. Estaba ansiosa por probarlo de nuevo, enseguida. El comportamiento temerario me estaba yendo mejor de lo que había pensado. Tenía que dejar de pensar en engaños. Quizás había encontrado la forma de provocar las alucinaciones, y esto sin duda era mucho más importante.

—No, sólo has calado el motor —dijo Jacob, interrumpiendo mis diligentes especulaciones—. Soltaste el embrague demasiado deprisa.

Asentí.

—Probaré de nuevo.

—¿Estás segura? —inquirió Jacob.

—Afirmativo.

Esta vez intenté arrancarla yo. Era complicado; tenía que saltar un poco para dar el golpe seco sobre el pedal con fuerza suficiente, y cada vez que lo hacía, la moto intentaba tirarme. La fuerte mano de Jacob flotaba sobre los manillares, preparada para agarrarme si lo necesitaba.

Fueron necesarios unos cuantos buenos intentos y bastantes más de los malos antes de que el motor arrancara y comenzara a rugir entre mis muslos. Me acordé de sujetarlo como si fuera una granada y aceleré con la palanca de forma vacilante. Respondió con un gruñido al toque más ligero. Mi sonrisa se correspondía ahora con la de Jacob.

—Suelta despacio el embrague —me recordó.

¿Entonces, eso es lo que quieres, matarte? ¿Es eso de lo que va todo esto?, intervino de nuevo la otra voz, con severidad.

Sonreí con los labios apretados —todavía funcionaba— e ignoré las preguntas. Jacob no iba a dejar que me pasara nada malo.

Vete a casa con Charlie, ordenó la voz. Su pura belleza me asombró. No podía permitir que este recuerdo se perdiera, no importaba al precio que fuera.

—Suéltalo lentamente —me animó Jacob.

—Lo haré —contesté. Me molestó un poco la idea de que pareciera que les contestaba a los dos a la vez.

La voz de mi mente gruñó por encima del rugido de la moto.

Intenté concentrarme esta vez, para que la voz no volviera a sorprenderme y relajé la mano muy poco a poco. De pronto, la marcha entró y me arrastró hacia delante.

Y de repente, volaba.

Apareció un viento que no había soplado hasta ese momento, azotó mi piel y la aplastó contra el hueso del cráneo con tal fuerza que parecía que alguien tiraba de ella. Me había dejado el estómago en el punto de partida; la adrenalina fluía por mi cuerpo, haciéndome cosquillas en las venas. Los árboles parecían correr a mi lado, difuminándose en una pared verde.

Y eso que iba sólo en primera. Mi pie volvió a empujar la palanca de cambios, mientras giraba el manillar para dar más gas.

¡No, Bella!, la voz dulce como la miel tronó enfadada en mi oído. *¡Mira por dónde vas!*

Esto me distrajo lo suficiente de la velocidad como para darme cuenta de que la carretera cambiaba lentamente en una curva hacia la izquierda y yo aún no había empezado la maniobra de giro. Jacob no me había explicado cómo hacerlo.

—Frenos, frenos —murmuré para mis adentros, y de forma instintiva hundí el pie derecho, de la misma manera que lo hacía en el carro.

La moto volvió a dar sacudidas a un lado y a otro respectivamente. Me conducía hacia aquel muro verde a toda pastilla. Intenté voltear el manillar en otra dirección y el cambio repentino de mi peso empujó la moto contra el suelo, todavía girando hacia los árboles.

La moto me cayó encima otra vez —el motor siguió rugiendo con fuerza— y me arrastró por la arena mojada hasta impactar contra algo fijo. No podía ver nada. Tenía la cara enterrada en el musgo. Intenté levantar la cabeza, pero algo me lo impedía.

Me sentía mareada y confusa. Parecía como si hubiera tres cosas rugiendo a la vez: la moto que tenía encima, la voz que sonaba dentro de mi cabeza y algo más...

—¡Bella! —gritaba Jacob. Escuché cómo se extinguía el rugido de la otra moto.

Mi motocicleta dejó de aplastarme y me revolví en el suelo, intentando recuperar la respiración. Todos los rugidos cesaron.

—Guau —murmuré. Estaba eufórica. Al fin había encontrado la suma idónea para provocar las alucinaciones: adrenalina más peligro más estupidez. O algo parecido.

—¡Bella! —Jacob se había inclinado sobre mí con ansiedad—. Bella, ¿estás viva?

—¡Estoy genial! —grité con entusiasmo. Flexioné los brazos y las piernas y todo parecía funcionar correctamente—. ¡Vamos a hacerlo otra vez!

—No creo que sea una buena idea —la voz de Jacob todavía sonaba preocupada—. Será mejor que te lleve primero al hospital.

—Estoy bien.

—¿Ah, sí, Bella? Tienes un corte bien grande en la frente y estás poniendo todo perdido de sangre —me informó.

Me llevé la mano a la cabeza, mojada y pegajosa, de eso no cabía duda. No podía oler nada, salvo el musgo húmedo adherido a mi rostro, y eso me había evitado las náuseas.

—Oh, lo siento tanto, Jacob —me apreté fuerte la herida, como si de esa manera pudiera empujar de nuevo la sangre a mi cabeza.

—¿Por qué te disculpas por sangrar? —preguntó él, mientras me sujetaba la cintura con su largo brazo y me alzaba hasta ponerme de pie—. Vámonos. Conduzco yo —alzó la mano para tomar las llaves.

—¿Y qué hacemos con las motos? —le pregunté mientras se las daba.

Pensó durante un segundo.

—Espera aquí. Y toma esto —se quitó la camiseta, que ya se había manchado de sangre, y me la arrojó. Hice un lío con ella y me la apreté con fuerza contra la frente. Ya empezaba a sentir el olor de la sangre; inspiré profundamente a través de la boca e intenté pensar en otra cosa.

Jacob saltó sobre la moto negra, la arrancó al primer intento y corrió de nuevo hacia la carretera, dejando a sus espaldas una estela de arena y piedras. Tenía un aspecto atlético y profesional cuando se inclinó sobre el manillar, con la cabeza baja, el rostro hacia delante y el cabello brillante golpeando sobre la piel cobriza de su espalda. Se me entrecerraron los ojos de la envidia. Estaba segura de que yo no mostraba el mismo aspecto subida en la moto.

Me sorprendió lo lejos que había ido. Apenas podía distinguir a Jacob en la distancia cuando finalmente llegó al carro.

Dejó la moto en la parte de atrás y saltó al asiento del conductor.

No me sentí mal en absoluto mientras él hacía que el motor de mi carro rugiera de forma ensordecedora en su prisa por volver a donde yo me encontraba. Me dolía un poco la cabeza y tenía el estómago algo revuelto, pero el corte no parecía serio. Las heridas de la cabeza son las que más sangran. Tanta urgencia me pareció innecesaria.

Jacob dejó el carro en marcha mientras corría hacia mi lado, volviendo a poner su brazo en torno a mi cintura.

—Ven, vamos a subirte al carro.

—Estoy bien, de verdad —le aseguré mientras me ayudaba a incorporarme—. No te pongas como loco, que sólo es un poco de sangre.

—Más bien es un montón de sangre —lo escuché murmurar mientras volvía a buscar mi moto.

—Bueno, ahora vamos a pensar esto un poco —comencé cuando volvió—. Si me llevas tal como estoy a urgencias, seguro que Charlie se va a enterar —miré hacia mis pantalones, manchados de arena y polvo.

—Bella, creo que necesitas puntos y no voy a dejar que te desangres viva.

—Eso no va a ocurrir —le prometí—. Sólo querría que lleváramos primero las motos y después paráramos un momento en mi casa, para arreglarme un poco antes de ir al hospital.

—¿Y qué pasa con Charlie?

—Me dijo que hoy tenía trabajo.

—¿Estás del todo segura?

—Confía en mí. No es tan grave como parece.

Jacob no se quedó nada contento, como mostraba su boca torcida de un modo poco habitual en él, pero tampoco quería yo meterme en problemas. Miré por la ventana sin dejar de sujetar su camiseta contra la herida mientras él me llevaba a Forks.

Lo de la moto había funcionado mucho mejor de lo que había soñado. Había servido a su propósito original. Había conseguido incumplir lo prometido. Me había comportado de un modo innecesariamente temerario. Me sentía un poco menos patética ahora que las dos partes habíamos roto las promesas. ¡Y además había descubierto la clave de las alucinaciones! Al menos, así lo esperaba. Estaba dispuesta a comprobar mi teoría tan pronto como fuera posible. Quizás terminaran pronto conmigo en urgencias y pudiera intentarlo otra vez esa misma noche.

Correr de ese modo por la carretera había sido sorprendente. La sensación del viento en la cara, la velocidad, la libertad... me recordaron mi vida pasada, volando a través del bosque espeso, sin caminos, a cuestas mientras él corría. Frené el pensamiento justo aquí, dejando que el recuerdo se disolviera en una repentina agonía. Me estremecí.

Jacob se dio cuenta.

—¿Sigues encontrándote bien?

—Sí —intenté sonar tan convincente como antes.

—A propósito —añadió—. Voy a desconectarte el freno del pie esta noche.

Una vez en casa, lo primero que hice fue ir a mirarme al espejo; tenía una pinta horripilante. Al secarse, la sangre había formado gruesas costras en la mejilla y en el cuello, apelmazándose en mi pelo lleno de barro. Me examiné clínicamente, fingiendo que la sangre era pintura, de modo que no se me alterara el estómago. Respiré a través de la boca y todo fue bien.

Me lavé lo mejor que pude. Después, escondí mis ropas sucias y ensangrentadas en el fondo de la cesta de la ropa sucia, me puse unos jeans limpios y una camisa abotonada por delante —para no tener que sacármela por la cabeza— con el mayor cuidado. Me las arreglé para hacer todo esto con una sola mano para mantener la ropa lo más limpia de sangre que fuera posible.

—Date prisa —me apremió Jacob.

—Vale, vale —le grité de vuelta.

Después de asegurarme de que no había dejado a mi espalda ninguna evidencia que me delatara, bajé las escaleras.

—¿Qué aspecto tengo? —le pregunté.

—Mejor —reconoció él.

—Pero ¿tengo el aspecto de haber tropezado en tu garaje y haberme dado un golpe en la cabeza con un martillo?

—Sí, yo diría que sí.

—Entonces, vamos.

Jacob se apresuró a sacarme de la casa e insistió en conducir de nuevo. Íbamos casi a mitad de camino del hospital cuando me di cuenta de que iba sin camiseta.

Fruncí el ceño, sintiéndome culpable.

—Debería haber tomado una chaqueta para ti.

—Eso nos habría descubierto —bromeó él—. Además, no hace frío.

—¿Estás de broma? —temblé y me incliné para encender la calefacción.

Lo miré para comprobar si sólo se estaba haciendo el duro de modo que yo no me preocupara, pero parecía bastante cómodo. Había pasado un brazo por el respaldo de mi asiento, aunque yo iba acurrucada, para mantener el calor.

La verdad era que Jacob parecía mayor de los dieciséis años que tenía. No aparentaba cuarenta, pero sí parecía mayor que yo. Quil no era mucho más musculoso que él, por mucho que Jacob se quejara de ser un esqueleto. Sus músculos, de tipo enjuto y nervudo, destacaban con toda nitidez bajo su piel suave. Tenía un color tan bonito que me dio envidia.

Jacob notó mi escrutinio.

—¿Qué? —preguntó, pensando de pronto en su aspecto.

—Nada. Que no me había dado cuenta antes. ¿Sabes que estás bastante bien?

Una vez que las palabras salieron de mis labios, me arrepentí por si él se tomaba mi observación impulsiva de manera errónea.

Pero Jacob lo único que hizo fue poner los ojos en blanco.

—Te has dado un buen golpe en la cabeza, ¿a que sí?

—Lo digo en serio.

—Vale, pues entonces gracias. O lo que sea.

Sonreí de oreja a oreja.

—Pues de nada. O lo que sea.

Me tuvieron que dar siete puntos para cerrarme la herida de la frente. Después del pinchazo de la anestesia local, no volví a sentir dolor alguno a lo largo del proceso. Jacob me sostuvo la mano mientras el doctor Snow me cosía, e intenté no pensar en la ironía del asunto.

Estuvimos en el hospital todo el rato. Para cuando terminaron conmigo, tuve que dejar a Jacob en su casa y apresurarme de vuelta a la mía para hacerle la comida a Charlie. Éste pareció tragarse la historia de mi caída en el garaje de Jacob. Después de todo, ya en otras ocasiones había sido capaz de trasladarme yo sola a urgencias, sin más ayuda que la de mis propios pies.

Esa noche no fue tan mala como la primera, después de haber oído aquella voz perfecta en Port Angeles. El agujero en el pecho regresó como solía ocurrir cuando estaba lejos de Jacob, pero sin ese dolor punzante en los bordes. Ya estaba planeando cosas, a la búsqueda de nuevos engaños, de modo que eso me distraía. También influía el hecho de saber que al día siguiente, cuando volviera a estar con Jacob, me sentiría mejor. Esto hacía que el agujero vacío y el dolor familiar se me hicieran más fáciles de soportar, ya que el alivio estaba a la vista. La pesadilla, a su vez, había perdido algo de su poder. Seguía horrorizada por la nada, como siempre, pero también me sentía extrañamente impaciente mientras esperaba el momento que me enviaría gritando a la vigilia. Sabía que la pesadilla tenía que terminar.

El miércoles siguiente, antes de que llegara a casa desde urgencias, el doctor Gerandy llamó a mi padre para advertirle de que probablemente tuviera un poco de conmoción y que se acordara de despertarme cada dos horas durante la noche para asegurarse de que no era nada grave. Charlie entrecerró los ojos de forma suspicaz ante mi endeble explicación sobre otro tropiezo.

—Quizás deberías mantenerte alejada del garaje también, Bella —sugirió esa noche durante la cena.

Tuve un ataque de pánico, preocupada porque a Charlie le diera por emitir algún tipo de edicto contra mis visitas a La Push, y por tanto contra mi moto. No iba a dejarlo, ya que aquel día había tenido la más asombrosa de las alucinaciones. Mi ensoñación de la voz de terciopelo había estado gritándome casi cinco minutos antes de que presionara el freno demasiado bruscamente y me estampara contra un árbol. Sufriría cualquier dolor que me causara esa noche sin queja ninguna.

—Esto no me ha pasado en el garaje —protesté con rapidez—. Íbamos de excursión y me tropecé con una piedra.

—¿Desde cuándo te gusta ir de excursión? —me preguntó Charlie, escéptico.

—Desde que trabajo en la tienda Newton creo que se me ha pegado algo —le señalé—. Si te pasas todo el día vendiendo las virtudes de salir al aire libre, te pica un poco la curiosidad.

Charlie me miró, nada convencido.

—Tendré más cuidado —le prometí al tiempo que a escondidas cruzaba los dedos debajo de la mesa.

—No me importa que vayas de excursión por aquí, en los alrededores de La Push, pero no te alejes de la ciudad, ¿vale?

—¿Por qué?

—Bueno, últimamente estamos recibiendo un montón de quejas sobre animales salvajes. El departamento forestal va a hacer unas comprobaciones, pero de momento…

—Ah claro, el gran oso —dije, cayendo de pronto en la cuenta—. Sí, alguno de los mochileros que vienen a Newton lo ha visto. ¿Tú crees que realmente hay algún gran oso mutante por ahí?

Se le arrugó la frente.

—Algo hay. Tú mantente cerca de la ciudad, ¿vale?

—Vale, vale —repuse de inmediato. No obstante, él no parecía del todo convencido.

—Charlie se está mosqueando —me quejé a Jacob cuando lo recogí en la escuela el viernes.

—Quizás deberíamos tomarnos con más calma lo de las motos —observó mi expresión de claro desacuerdo y añadió—: Al menos durante una semana, aproximadamente. Así podrías estar siete días fuera del hospital, ¿no?

—¿Y qué vamos a hacer entonces? —refunfuñé.

Sonrió con alegría.

—Pues lo que quieras.

Pensé durante cerca de un minuto qué era lo que realmente quería.

Odiaba la idea de perder mis escasos segundos de cercanía a aquellos recuerdos que no eran dolorosos, aquellos que venían por sí mismos, sin que yo los evocara conscientemente. Tendría que buscarme algún otro atajo hacia el peligro y la adrenalina si me veía privada de las motos, y ello me iba a suponer un considerable esfuerzo de creatividad. Quedarme sin hacer nada entre medias no me hacía ninguna gracia. ¿Y qué pasaba si me deprimía otra vez, incluso con Jake cerca? Tenía que mantenerme ocupada...

Quizás podría encontrar algún otro camino, alguna otra receta... algún otro lugar.

Lo de la casa había sido un error, sin lugar a dudas. Pero su presencia tenía que estar impresa en alguna parte, en alguna otra parte además de en mi interior. Debía de haber algún lugar donde él pareciera más real que todos los demás sitios familiares, llenos de otros recuerdos humanos.

Únicamente se me ocurría un lugar que pudiera servir para esto. Un lugar que sólo le pertenecía a él y a nadie más. Un lugar mágico, lleno de luz. Aquel hermoso prado que solamente había visto una vez en mi vida, iluminado por la luz solar y el centelleo de su piel.

La idea tenía muchas posibilidades de convertirse en un fracaso, e incluso podía resultar peligrosamente dolorosa. ¡Me dolía el vacío en el pecho sólo de pensarlo! Estaba siendo muy duro mantenerme en pie, sin dejarme llevar, pero seguramente, de todos los lugares existentes, aquél sería el único donde podría escuchar su voz. Y como ya le había dicho a Charlie que salía de excursión…

—¿Qué es lo que estás pensando con tanta concentración? —me preguntó Jacob.

—Bueno… —comencé lentamente—. En una ocasión encontré un lugar en el bosque… Me topé con él cuando iba… de excursión. Es un pequeño prado, el sitio más bonito que he visto. No sé si podría rastrearlo yo sola. Seguramente me llevaría varias intentonas…

—Podemos usar una brújula y un mapa de coordenadas —dijo Jacob, con una amabilidad llena de confianza—. ¿Recuerdas cuál era el punto de partida?

—Sí, en la cabecera misma del sendero donde termina la 101. Creo que iba principalmente en dirección sur.

—Súper. Lo encontraremos.

Como siempre, Jacob estaba dispuesto a lo que yo quisiera sin importar lo extraño que fuera, por lo que el sábado por la tarde me embutí mis nuevas botas de montaña, que me había comprado esa misma mañana aprovechando por primera vez el descuento del veinte por ciento, y luego agarré mi mapa topográfico de la península de Olympic y conduje hasta La Push.

No salimos inmediatamente; primero porque Jacob estaba tirado en el suelo del salón, ocupando todo el espacio y, durante al menos veinte minutos, se dedicó a trazar una complicada red sobre la sección que nos interesaba del mapa mientras yo me sentaba en la silla de la cocina a hablar con Billy, que no mostró interés alguno en nuestra supuesta excursión. Me sorprendió que Jacob le hubiera contado adónde íbamos, teniendo en cuenta el lío que estaba montando la gente con los avistamientos de osos. Me hubiera gustado decirle a Billy que no se lo comentara a Charlie, pero me temía que pedirlo hubiera tenido el efecto contrario.

—Ojalá veamos al súper oso —bromeó Jacob, con los ojos fijos en su dibujo.

Lancé una mirada rápida a Billy, esperando que reaccionara al estilo de Charlie.

Pero Billy se limitó a sonreír a su hijo.

—Quizás deberías llevarte un tarro de miel, sólo por si las moscas.

Jake se rió entre dientes.

—Espero que tus botas nuevas sean rápidas, Bella. Un tarro pequeño no va a mantener ocupado a un oso hambriento durante mucho tiempo.

—Sólo tengo que ser más rápida que tú.

—¡Pues vas a necesitar suerte! —dijo Jacob, levantando los ojos al cielo mientras doblaba el mapa—. Vamos.

—Pásenla bien —masculló Billy al tiempo que se impulsaba en dirección al frigorífico.

Charlie no era una persona complicada para convivir, pero me dio la impresión de que Jacob incluso lo tenía aún más fácil.

Condujimos hasta el final de la carretera polvorienta y nos paramos justo donde estaba el cartel que indicaba el comienzo del sendero. Había pasado mucho tiempo desde que estuve allí y se me hizo un nudo en el estómago a causa de los nervios. Esto podría convertirse en algo realmente malo, pero quizás mereciera la pena, si conseguía volver a oírlo.

Salimos y miré hacia la densa masa de verdor.

—Yo iré por este camino —murmuré, señalando justo hacia delante.

—Mmm —murmuró Jake.

—¿Qué?

Él miró en la dirección que yo había señalado, después volvió la vista hacia la pista claramente marcada y otra vez al camino.

—Debería haber supuesto que eres de la clase de chicas a las que les gustan los caminos.

—Pues no —sonreí débilmente—. Soy una rebelde.

Se rió y después desplegó el mapa.

—Concédeme un momento —sostuvo la brújula con pericia a la vez que giraba el mapa hasta tomar el ángulo deseado.

—De acuerdo, es la primera línea de las coordenadas. Vamos a seguirla.

No cabía duda de que demoraba el paso de Jacob, pero éste no protestó. Intenté no pensar demasiado en mi última excursión a través de esa parte del bosque, con una compañía tan distinta. Los recuerdos normales todavía eran peligrosos para mí. Si me permitía sumergirme en ellos, terminaría con los brazos cruzados sobre el pecho, luchando por respirar y a ver cómo le iba a explicar eso a Jacob.

No me costó tanto como pensaba el mantenerme concentrada en el presente. El bosque se parecía mucho a cualquier otra parte de la península y Jacob le daba a todo un sello personal muy diferente.

Iba silbando alegremente una melodía que yo no conocía mientras movía los brazos de un lado para otro y se deslizaba con facilidad a través de la áspera maleza. Las sombras no me parecieron tan oscuras como siempre. No, acompañada por mi sol personal.

Jacob miraba la brújula cada pocos minutos para comprobar que seguíamos la primera línea de sus coordenadas. Realmente parecía que sabía lo que se traía entre manos. Estuve a punto de felicitarlo por ello, pero me contuve. Sin duda, hubiera sido una excusa perfecta para añadirse otros cuantos años a su edad, más que inflada.

Mi mente vagaba mientras caminaba y comencé a sentir curiosidad. No había olvidado la conversación que mantuvimos al lado de los acantilados y esperaba que él volviera a sacarla, aunque no parecía que eso fuera a suceder.

—Esto…, ¿Jake? —pregunté, vacilante.

—¿Sí?

—¿Qué tal van las cosas con Embry? ¿Ha vuelto ya a la normalidad?

Jacob permaneció en silencio durante un minuto, todavía andando a largas zancadas. Cuando ya iba casi tres metros por delante, se paró a esperarme.

—No, no ha vuelto a la normalidad —contestó mientras lo alcanzaba, con las comisuras de la boca inclinadas hacia abajo. No echó a andar de nuevo, así que lamenté inmediatamente haber sacado el tema.

—Todavía sigue con Sam.

—Vaya.

Me pasó el brazo por los hombros y parecía tan preocupado que no intenté sacármelo de encima como quien no quiere la cosa, como hubiera hecho de ser otro el caso.

—¿Aún te siguen mirando con cara de burla? —medio susurré.

Jacob miró fijamente a través de los árboles.

—Algunas veces.

—¿Y Billy?

—Tan útil como siempre —repuso con un tono de voz amargo y enfadado que me hizo sentirme mal.

—Nuestra casa está siempre abierta —le ofrecí.

Se rió, rompiendo así su extraño estado de ánimo.

—Pero piensa en la mala situación en la que pondríamos a Charlie... cuando Billy llamara a la policía para denunciar mi secuestro.

Me reí también, contenta de que Jacob volviera a ser el de siempre.

Nos detuvimos cuando él dijo que habíamos andado nueve kilómetros y cortamos hacia el oeste durante un rato, para luego volver a tomar otra de las líneas de sus coordenadas. Todo parecía exactamente igual que lo que habíamos dejado atrás, y tuve la sensación de que mi tonta búsqueda no nos iba a llevar a ninguna parte. Me fui convenciendo cada vez más conforme comenzó a oscurecer y el día sin sol se fue transformando en una noche sin estrellas, aunque Jacob parecía mantener la confianza.

—Siempre que estés segura de que salimos del lugar correcto... —me miró.

—Sí, estoy segura.

—Entonces lo encontraremos —me prometió, agarrándome la mano e impulsándome a través de una masa de helechos. Al otro lado apareció mi carro. Gesticuló hacia él con orgullo—. Confía en mí.

—Eres bueno —admití—, aunque la próxima vez traeremos linternas.

—Reservaremos los domingos para hacer excursiones, de aquí en adelante. No sabía que fueras tan lenta.

Tiré de mi bolso bruscamente y lo estampé contra el asiento del conductor mientras él se reía por mi reacción.

—¿Así que estás dispuesta a intentarlo de nuevo mañana? —me preguntó, mientras se deslizaba hacia el lado del copiloto.

—Seguro. A no ser que prefieras ir solo para que no te ralentice mi cojera.

—Sobreviviré —me aseguró—. Aunque si quieres seguir haciendo excursiones, mejor te traes unas cuantas curitas. Te apuesto algo a que te acabas de dar cuenta de que llevas puestas esas botas nuevas.

—Un poco —confesé. Me parecía tener en los pies más ampollas que espacio para que salieran.

—Ojalá que veamos al oso mañana. Estoy un poco decepcionado por no haberlo divisado.

—Sí, yo también —le di la razón, aunque de forma sarcástica—. ¡Quizá tengamos suerte mañana y algo nos coma vivos!

—Los osos no se comen a la gente. No les sabemos tan bien —me sonrió en la cabina oscura del carro—. Claro, aunque tal vez tú seas la excepción. Me apuesto lo que quieras a que sabes estupendamente.

—Muchas gracias —contesté mientras miraba hacia otro lado. No era la primera persona que me había dicho eso.

Tres son multitud

El tiempo comenzó a transcurrir mucho más deprisa de lo que lo había hecho hasta ese momento. El instituto, el trabajo y Jacob —no necesariamente en ese orden— trazaron un camino a seguir nítido y sencillo, y Charlie vio cumplido su deseo: dejé de estar abatida. Por supuesto, no me engañaba del todo, no podía ignorar las consecuencias de mi comportamiento cuando me detenía a hacer un balance de mi vida, lo cual procuraba que no sucediera a menudo.

Yo era como una luna perdida —una luna cuyo planeta había resultado destruido, igual que en algún guión de una película de cataclismos y catástrofes— que, sin embargo, había ignorado las leyes de la gravedad para seguir orbitando alrededor del espacio vacío que había quedado tras el desastre.

Empecé a mejorar montando en moto, y eso significaba unos cuantos vendajes menos con los que preocupar a Charlie, pero también el debilitamiento de la voz que me hablaba, hasta que al fin ya no la oí. Me sumí en un silencioso pánico. Me lancé con frenética desesperación a la búsqueda del prado y me devané los sesos para encontrar otras actividades que produjeran adrenalina.

No me fijaba en los días transcurridos —no había motivo alguno para que lo hiciera—, sino que intentaba vivir el presente al máximo, sin olvidar el pasado ni dificultar la llegada del futuro, por eso me sorprendió la fecha cuando Jacob la sacó a colación durante uno de nuestros sábados de estudio. Estaba delante de su casa esperando a que detuviera el carro.

—Feliz día de San Valentín —dijo Jacob con una sonrisa pero, al mismo tiempo, agachando la cabeza.

Me tendió una pequeña caja rosa que se balanceó sobre la palma de su mano. Eran los típicos caramelos con forma de corazón.

—Jo, me siento como una tonta —farfullé—. ¿Hoy es San Valentín?

Jacob asintió con la cabeza con fingida tristeza.

—Mira que a veces puedes estar en la inopia. Sí, hoy es catorce de febrero. Entonces, ¿vas a ser mi enamorada el día de hoy? Dado que no tienes una cajita de caramelos de cincuenta centavos, es lo menos que puedes hacer.

Comencé a sentirme incómoda. Estaba hablando en broma, pero sólo en apariencia.

—¿Qué implica eso exactamente? —pregunté para intentar salirme por la tangente.

—Lo de siempre... Que seas mi esclava de por vida, y ese tipo de cosas.

—Ah, bueno, si es sólo eso...

Me tomé un dulce a la espera de idear la manera de dejar claros los límites. Una vez más. Parecían volverse muy, muy difusos con Jacob.

—Bueno, ¿qué vamos a hacer mañana? ¿Senderismo o una visita a urgencias?

—Senderismo —decidí—. No eres el único capaz de obsesionarse con algo. Empiezo a creer que me he imaginado ese prado... —torcí el gesto al mencionar el lugar.

—Lo encontraremos —me aseguró—. Motos el viernes, ¿hace?

Entonces vi la ocasión y me lancé a ella sin pensarlo dos veces.

—El viernes voy a ir al cine. Siempre se lo estoy prometiendo a mis compis de la cafetería.

A Mike le iba a encantar...

... pero a Jacob se le descompuso el rostro y atisbé la decepción en sus oscuros ojos antes de que clavara la mirada en el suelo.

—Tú también vendrás, ¿no? —me apresuré a añadir—. ¿O será para ti un latazo soportar a un grupo de aburridos estudiantes de último año?

De ese modo, aproveché la ocasión para marcar una cierta distancia entre los dos. No soportaba la idea de hacer daño a Jacob. Existía cierta conexión entre nosotros, aunque fuera de un modo peculiar, y su tristeza me dolía. Además, la idea de disfrutar de su compañía durante el calvario —le había prometido a Mike lo del cine, pero no me hacía demasiada gracia la idea de llevarlo a cabo— resultaba también una tentación.

—¿Te gustaría que fuera yo... con tus amigos?

—Sí —admití con franqueza, y continué con unas palabras que eran como pegarme un tiro en el pie—: Me divertiré mucho más si vienes tú. Invita a Quil, haremos una fiesta.

—Quil va a enloquecer. ¡Chicas del último curso!

Soltó una carcajada y puso los ojos en blanco. Ninguno de los dos mencionamos a Embry. Yo también me reí.

—Intentaré llevarle un grupo variado.

Le saqué a colación el tema a Mike cuando terminó la clase de Lengua y Literatura:

—Eh, Mike, ¿tienes libre este viernes por la noche?

Alzó los ojos azules en los que de inmediato relampagueó la esperanza.

—Sí, así es. ¿Quieres salir?

Formulé mi respuesta con sumo cuidado.

—Estaba pensado en formar un grupo para ir a ver Crosshairs —enfaticé la palabra «grupo». Esta vez había hecho los deberes e incluso me había leído los resúmenes de las películas para asegurarme de que no me iban a pillar desprevenida. Se suponía que dicho largometraje era un baño de sangre de principio a fin. No me había recuperado hasta el punto de poder aguantar sentada la visión de una película de amor—. ¿A que suena divertido?

—Sí —coincidió, visiblemente menos interesado.

—Súper.

Pareció recuperar su nivel de entusiasmo del principio al cabo de un momento y propuso:

—¿Qué te parece si invitamos a Angela y a Ben? ¿O a Eric y Katie?

Al parecer, se proponía convertir aquello en una especie de doble cita.

—¿Y qué tal si vienen todos? —sugerí—, y Jessica también, por supuesto. Y Tyler, y Conner, y tal vez Lauren —añadí a regañadientes. Le había prometido variedad a Quil.

—Vale —musitó Mike con frustración.

—Además —proseguí—, cuento con un par de amigos de La Push a los que voy a invitar, por lo que parece que vamos a necesitar tu Suburban si acude todo el mundo.

Mike entrecerró los ojos con recelo.

—¿Son ésos los amigos con los que ahora te pasas todo el tiempo estudiando?

—Sí, los mismos —respondí con desenfado—, aunque considéralo más bien unas clases particulares... Sólo son de segundo...

—Ah —repuso Mike, sorprendido, y sonrió después de considerarlo unos instantes.

Sin embargo, al final no se necesitó el Suburban de Mike. Jessica y Lauren se disculparon alegando estar ocupadas en cuanto Mike dejó entrever que yo andaba de por medio. Eric y Katie ya tenían planes —celebraban el aniversario de sus tres semanas, o algo parecido—. Lauren se adelantó a Mike a la hora de hablar con Tyler y Conner, por lo que ambos estaban muy ocupados. Incluso Quil quedó descartado, castigado por pelearse en el instituto. Al final, sólo podían ir Angela, Ben y, por supuesto, Jacob.

Pese a todo, la escasa participación no disminuyó las expectativas de Mike. No sabía hablar de otra cosa que no fuera la salida del sábado.

—¿Estás segura de que no prefieres ir a ver *Tomorrow and Forever?* —preguntó durante el almuerzo, refiriéndose a la comedia romántica de moda que encabezaba la taquilla—. En la página web *Rotten Tomatoes* la ponen mejor.

—Prefiero ver *Crosshairs* —insistí—. Me gustaría ver un poco de acción, busco algo de vísceras y sangre —Mike giró la cabeza en otra dirección, pero no antes de que pudiera ver su expresión, que decía: «Pues sí, está loca».

Un vehículo muy conocido estaba parqueado delante de mi casa cuando llegué después del instituto. Jacob permanecía apoyado en el capó. Una enorme sonrisa le iluminaba el rostro.

—¡Increíble! —grité mientras salía del carro de un salto—. ¡Lo has acabado! ¡No me lo puedo creer! ¡Has terminado el Volkswagen Golf!

Esbozó una sonrisa radiante.

—Esta misma noche... Éste es el viaje inaugural.

Alcé la mano para que chocara esos cinco. Y lo hizo, pero dejó allí la suya y retorció sus dedos a través de los míos.

—Así pues..., ¿conduzco yo esta noche?

—Segurísimo —contesté, y luego suspiré.

—¿Qué ocurre?

—Me rindo... No puedo superar esto. Tú ganas. Eres el mayor.

Se encogió de hombros sin sorprenderse por mi capitulación y contestó:

—Naturalmente que lo soy.

El Suburban dobló la esquina dando resoplidos. Yo retiré mi mano de la de Jacob, pero Mike nos vio y puso una cara que fingí no advertir.

—Recuerdo a ese tipo —dijo Jacob con un hilo de voz mientras Mike parqueaba al otro lado de la calle—. Es el que se creía que eras su novia. ¿Sigue confundido?

Enarqué una ceja.

—Hay gente inasequible al desaliento.

—Puede que no —repuso Jacob con gesto pensativo—; a veces, la persistencia tiene su recompensa.

—Aunque la mayoría de las veces sólo es un fastidio.

Mike salió del carro y cruzó la calle.

—Hola, Bella —me saludó; luego, su mirada se llenó de cautela cuando alzó los ojos hacia Jacob. También yo lo miré, intentando mostrarme objetiva. En realidad, no parecía un chico de segundo para nada. Era tan grande que la cabeza de Mike apenas le llegaba al hombro. No quería ni imaginar adónde le llegaba yo cuando estaba a su lado. Además, su rostro tenía un aspecto más adulto incluso que el del mes pasado.

—Hola, Mike. ¿Recuerdas a Jacob Black?

—La verdad es que no —le tendió la mano.

—Soy un viejo amigo de la familia —se presentó Jacob mientras le estrechaba la mano. Ambos apretaron con más fuerza de la necesaria. Mike dobló los dedos cuando cesó el saludo.

Oí sonar el teléfono de la cocina y antes de salir disparada hacia la casa les dije:

—Será mejor que conteste. Podría ser Charlie.

Era Ben. Angela había contraído una gripa estomacal y a él no le parecía bien venir sin ella. Se disculpó por ponernos en un apuro.

Caminé de regreso junto a los chicos que me esperaban moviendo la cabeza. En realidad, esperaba que Angela se recuperara pronto, pero debía admitir que este suceso me disgustaba por razones puramente egoístas. Aquella noche íbamos a estar sólo nosotros tres, Mike, Jacob y yo. *Esto va a ir sobre ruedas,* pensé con macabro sarcasmo.

No parecía que Mike y Jake hubieran empezado a hacerse amigos en mi ausencia. Se miraban el uno al otro a varios metros de distancia mientras me esperaban. Mike tenía una expresión huraña mientras que la de Jacob era tan jovial como siempre.

—Angela está enferma —les dije con desánimo—, por lo que ni ella ni Ben van a venir.

—Parece que la gripa ataca de nuevo. Austin y Conner faltaron hoy a clase. Tal vez deberíamos dejarlo para otro momento —sugirió Mike.

Jacob habló antes de que yo pudiera mostrarme de acuerdo.

—Yo todavía quiero ir, pero si prefieres retirarte, Mike…

—No, yo voy —lo interrumpió Mike—. Sólo estaba pensando en Angela y Ben. Vamos.

Comenzó a andar hacia su vehículo, pero yo le pregunté:

—¿Te importa que conduzca Jacob, Mike? Se lo prometí porque acaba de terminar su carro. Lo ha hecho con sus propias manos partiendo de cero —alardeé, orgullosa como una mamá de la Asociación de Padres de Alumnos cuyo hijo figura en la lista del director.

—Estupendo —espetó Mike.

—En ese caso, vamos —dijo Jacob, como si eso lo arreglara todo. Era el que parecía más cómodo de los tres.

Mike se subió al asiento trasero del Golf con cara de enfado.

Jacob siguió con su alegría congénita y no dejó de parlotear hasta que no pude hacer otra cosa que olvidar a Mike, que se iba enfurruñando calladamente en el asiento de atrás.

Luego, cambió de estrategia. Se inclinó hacia delante hasta apoyar el mentón sobre el hombro del asiento, con su mejilla rozando la mía. Me giré hasta acabar de espaldas a la ventanilla para alejarme. Entonces, interrumpió a Jacob a media frase para preguntar con tonillo petulante:

—¿No funciona la radio de este trasto?

—Sí —contestó Jacob—, pero a Bella no le gusta la música.

Miré a Jake sorprendido. Yo nunca se lo había dicho.

—¿A Bella? —preguntó Mike atónito.

—Tiene razón —murmuré sin dejar de mirar el sereno semblante de Jacob.

—¿Cómo no te va a gustar la música? —inquirió Mike.

—No sé —me encogí de hombros—. Es sólo que… me molesta.

—Bah.

Mike se echó hacia atrás.

Jacob me entregó un billete de diez dólares cuando llegamos al cine.

—¿Y esto por qué? —objeté.

—No tengo la edad necesaria para entrar en este cine sin la compañía de un adulto.

Me reí con ganas.

—Y a propósito de los parientes adultos... ¿Va a matarme Billy si te meto a escondidas a ver esta película?

—No, le dije que planeabas corromper la inocencia de mi juventud.

Me reí por lo bajo. En ese momento Mike apresuró el paso para darnos alcance.

Casi habría preferido que Mike hubiera optado por retirarse. Seguía enfadado y sin participar en el grupo, pero tampoco quería que la noche terminara en una cita a solas con Jacob. Y aquella actitud suya no ayudaba en nada.

La película era exactamente lo que decía ser. Cuatro personas salían despedidas por los aires y otra resultaba decapitada en los títulos. La chica del asiento de delante se cubrió en ese momento los ojos con la mano y hundió la cabeza en el pecho de su acompañante. Él le palmeaba el hombro y de vez en cuando también se estremecía. Mike no parecía estar viendo el largometraje. Tenía el rostro crispado mientras contemplaba los flecos de la cortina que había justo encima de la pantalla.

Me acomodé para soportar las dos horas de película. Al principio miraba más los colores y el movimiento, en general, que a la gente, los carros y las casas; pero entonces Jacob comenzó a reírse por lo bajo.

—¿Qué ocurre? —susurré.

—¡Oh, vamos! —me contestó con un murmullo—. La sangre que chorrea ese tipo llega a más de seis metros... ¡¿A quién pretenden engañar?!

Se rió entre dientes una vez más cuando el asta de una bandera dejó empalado a otro hombre en un muro de hormigón. Después de eso, empecé a ver la película de verdad, y me reí con él a medida que las mutilaciones fueron más y más ridículas. ¿Cómo podía luchar por defender las borrosas fronteras de nuestra relación cuando me lo pasaba tan bien en su compañía?

Tanto Jacob como Mike habían tomado posesión de los apoyabrazos de los dos lados. Las manos de ambos descansaban en una posición forzada, con las palmas hacia arriba, abiertas y preparadas, como el cepo de una trampa para osos. Jacob tenía el hábito de tomarme la mano en cuanto se le presentaba la oportunidad, pero aquí, en la oscuridad del cine y bajo la mirada de Mike, iba a tener un significado diferente, y estaba convencida de que él lo sabía. No podía creer que Mike estuviera pensando lo mismo, pero su mano estaba situada exactamente igual que la de Jacob.

Crucé los brazos con fuerza encima del pecho y esperé a que se les durmieran las manos por falta de riego.

Mike se rindió primero, pero hacia la mitad de la película volvió a apoyar el brazo y se inclinó hacia delante para sujetar la cabeza entre las manos. Al principio, pensé que reaccionaba ante algo que había visto en la pantalla, pero luego se quejó y le pregunté en un susurro:

—Mike, ¿estás bien?

La pareja de delante se volvió a mirarlo cuando se quejó de nuevo.

—No —contestó entrecortadamente—, creo que estoy enfermo.

La luz de la pantalla me permitió verle el rostro, bañado en sudor.

Mike gimió una vez más y salió disparado hacia la puerta. Me alcé para seguirlo y Jacob me imitó de inmediato, pero yo le susurré:

—No, quédate. Voy a asegurarme de que está bien.

Vino conmigo de todos modos.

—No tenías que haber venido. Aprovecha tus ocho pavos de *gore* —insistí mientras subíamos hacia el pasillo.

—Ésa sí que es buena. Te los puedes quedar, Bella. Esa película es una mierda —contestó levantando la voz cuando salimos del cine.

Me alegré de que me hubiera acompañado al no ver señales de Mike en el pasillo. Jacob se coló en los servicios de caballeros para buscarlo y estuvo de vuelta al cabo de unos segundos:

—Está ahí dentro. Todo en orden —dijo poniendo los ojos en blanco—. ¡Qué blandengue! Deberías haber buscado a alguien con más estómago, alguien que se ría en las películas *gore* que hacen vomitar a otros.

—Abriré bien los ojos en busca de alguien así.

Estábamos los dos solos en el pasillo, ya que ambas salas estaban a mitad de proyección de la película, e imperaba tal silencio que oíamos remover las palomitas en la tienda de la entrada.

Jacob fue a sentarse en un sillón tapizado de terciopelo pegado a la pared y dio unas palmaditas junto a él.

—Tenía pinta de que iba a estar ahí dentro durante un buen rato —dijo, estirando las largas piernas mientras se acomodaba para esperar.

Suspiré y me reuní con Jacob, que tenía el aspecto de estar pensando cómo difuminar más las líneas. Y tanto. Se acercó a mí en cuanto me senté y me pasó el brazo por los hombros.

—Jake —protesté a la vez que me alejaba.

Dejó caer el brazo sin que pareciera haberse molestado ni un ápice por el pequeño rechazo. Extendió la mano y tomó la mía con firmeza, rodeó mi muñeca con la otra mano libre cuando la fui a retirar. ¿De dónde sacaba la confianza?

—Espera, espera un momento, Bella —dijo con voz calmada—. Dime una cosa.

Hice una mueca de disgusto. No me gustaba pasar por eso. No sólo en ese momento, nunca. En mi vida no quedaba nada más importante que Jacob Black, pero él parecía decidido a estropearlo todo.

—¿Qué? —murmuré con acritud.

—Te gusto, ¿vale?

—Sabes que sí.

—¿Más que ese chistosín que está vomitando hasta la primera papilla? —indicó la puerta del baño con un movimiento de cabeza.

—Sí —suspiré.

—¿Más que cualquiera de los chicos que conoces? —permanecía tranquilo y sereno, como si mi respuesta no le importase o ya supiera cuál iba a ser.

—Y más que las chicas —señalé.

—Pero eso es todo —sentenció. No era una pregunta.

Era duro responderle, pronunciar esa palabra. ¿Se sentiría herido y me evitaría? ¿Cómo iba a poder soportarlo?

—Sí —susurré.

Me dedicó una gran sonrisa.

—Pues no hay problema, ya sabes, como tú eres la que más me gusta y crees que estoy bien... Estoy preparado para ser sorprendentemente persistente.

—No voy a cambiar —repuse; oí el tono triste de mi voz a pesar de que había intentado que sonara normal.

Permaneció pensativo, sin hacer bromas.

—Se trata aún del otro, ¿verdad?

Me encogí. Resultaba extraño que supiera que no debía pronunciar su nombre, así como lo de la música en el carro. Me había calado en muchas cosas que yo no le había dicho jamás.

—No tienes por qué hablar de ello —me dijo.

Asentí, agradecida.

—Pero no te enfades porque te ronde, ¿vale? —Jacob me palmeó el dorso de la mano—. No me voy a rendir. Tengo tiempo de sobra.

Suspiré.

—No deberías desperdiciarlo en mí —le respondí, aunque quería que lo hiciera, en especial si estaba dispuesta a aceptarme tal y como yo me encontraba, es decir, como algo muy parecido a un objeto estropeado.

—Es lo que quiero hacer, siempre y cuando te guste estar en mi compañía.

—No logro imaginarme cómo no voy a querer estar contigo —le respondí sinceramente.

Jacob esbozó una sonrisa radiante.

—Puedo vivir con eso.

—No esperes nada más —lo previne mientras intentaba retirar mi mano. Él la retuvo con obstinación.

—En realidad, esto no te molesta, ¿verdad? —inquirió mientras me estrechaba los dedos.

—No.

Suspiré. Era agradable en verdad. Sentía su mano mucho más caliente que la mía, que últimamente estaba demasiado fría.

—Tampoco te preocupa lo que él piense —alzó el pulgar en dirección a los servicios.

—Supongo que no.

—En tal caso, ¿cuál es el problema?

—El problema —le dije— es que esto tiene un significado diferente para mí que para ti.

—Bueno —su presa en torno a mi mano se tensó más—. Ése es *mi* problema, ¿no?

—Perfecto —refunfuñé—, pero no lo olvides.

—No voy a hacerlo. Ahora soy yo quien sujeta la granada sin el seguro, ¿no? —espetó mientras me codeaba las costillas.

Puse los ojos en blanco. Supuse que si le gustaba hacer un chiste al respecto, tenía todo el derecho del mundo.

Rió entre dientes y sin hacer ruido mientras la yema de su dedo trazaba distraídamente diseños sobre el dorso de mi mano.

—¡Qué cicatriz tan rara tienes ahí! —dijo de pronto mientras me giraba la muñeca para examinarla—. ¿Cómo te la hiciste?

El índice de su mano libre recorrió la línea de la gran media luna plateada que apenas era visible en mi pálida piel. Torcí el gesto.

—¿De verdad esperas que recuerde dónde me hice todas las cicatrices?

Esperé a que los recuerdos se abatieran sobre mí y abrieran de nuevo el hueco del pecho, pero, como ocurría tan a menudo, la presencia de Jacob me mantuvo de una pieza.

—Está fría —musitó mientras presionaba suavemente la zona donde James me había cortado con sus colmillos.

Fue entonces cuando Mike salió del baño dando tumbos, con el rostro lívido y sudoroso. Tenía un aspecto horrible.

—¡Mike! —exclamé de forma entrecortada.

—¿Te importa que nos vayamos ya? —susurró.

—No, por supuesto que no —liberé mi mano de un tirón y me precipité para ayudarlo a caminar, ya que su paso parecía poco firme.

—¿Era demasiado fuerte para ti la película? —preguntó Jacob sin misericordia.

Mike le dirigió una mirada malévola y farfulló:

—En realidad, no he visto prácticamente nada. Sentí náuseas antes de que apagaran las luces.

—¿Por qué no lo dijiste? —lo reprendí mientras nos tambaleábamos en dirección a la salida.

—Esperaba que se me pasara —respondió.

—Un segundito —dijo Jacob cuando llegamos a la puerta. Se encaminó a toda prisa al puesto de venta de palomitas y le preguntó a la dependienta:

—¿Podría darme un cartucho vacío de palomitas?

La chica miró a Mike una sola vez y le entregó uno enseguida.

—Llévelo fuera cuanto antes, por favor —suplicó.

Obviamente, ella debía de ser la encargada de limpiar el suelo.

Arrastré a Mike hasta la fría humedad de la noche. Respiró hondo. Jacob estaba detrás de nosotros y me ayudó a meter a Mike en la parte posterior del carro; le dedicó una mirada severa cuando le entregó el cartucho.

—Por favor —se limitó a decirle.

Bajamos los cristales de las ventanillas para dejar que el frío aire nocturno entrara en el carro, ya que albergábamos la esperanza de que eso ayudara a Mike. Enrosqué los brazos alrededor de mi cuerpo para mantenerme caliente.

—¿Tienes frío otra vez? —preguntó Jacob, que me rodeó con el brazo antes de que pudiera responderle.

—¿Tú no?

Negó con la cabeza.

—Debes de tener fiebre o algo así —refunfuñé. Estaba helando. Le toqué la frente con los dedos y tenía la cabeza caliente.

—Vaya, Jake… ¡Estás ardiendo!

—Me siento bien —se encogió de hombros—. Estoy sano como un roble.

Torcí el gesto y le volví a tocar la cabeza. La piel ardía al contacto con mis dedos.

—Tienes las manos heladas —se quejó.

—Tal vez sea yo —admití.

Mike gimió en el asiento de atrás y vomitó en el cubo. Hice una mueca de asco. Esperaba que mi estómago aguantara el sonido y el hedor. Jacob miró con ansiedad a su espalda para cerciorarse de que Mike no había «mancillado» su carro.

El viaje de vuelta se hizo más largo.

Jacob permaneció en silencio y pensativo. Su brazo me rodeaba y, con el viento que soplaba, lo agradecí, ya que así conservaba el calor.

Mantuve la mirada fija en el parabrisas, consumida por una inmensa culpa.

Era un gran error alentar a Jacob. Puro egoísmo. No importaba lo mucho que intentara dejarle clara mi posición, no lo había hecho lo bastante bien si él guardaba alguna esperanza de que aquello pudiera acabar en otra cosa que no fuera una amistad.

¿Cómo se lo podía explicar para que lo entendiera? Yo era una cáscara vacía. Había estado completamente huera, como una casa desocupada —y declarada en ruinas—, durante meses. Ahora había mejorado un poco. El salón estaba en mejor estado, pero eso era todo, sólo una pequeña habitación. Él se merecía algo mejor que eso, mejor que una casa con una sola habitación, en ruinas y a precio de saldo.

De alguna manera, sabía que no lo iba a alejar de mí. Lo necesitaba demasiado, aunque fuera egoísta por mi parte. Tal vez podía mostrarle con mayor claridad mi postura para que me dejara en paz. La idea me hizo estremecer y Jacob me estrechó con más fuerza.

Llevé a Mike a casa en su carro mientras Jacob seguía al Suburban para acercarme después a la mía. Durante el trayecto de vuelta estuvo inusualmente callado, y me pregunté si estaría pensando lo mismo que yo. Puede que estuviera cambiando de idea.

—Me autoinvitaría a entrar, en vista de que hemos llegado pronto —dijo en cuanto frenamos junto a mi vehículo—, pero creo que tal vez tengas razón sobre lo de la fiebre. Empiezo a sentirme un poco… extraño.

—Ay, no, ¡tú también! ¿Quieres que te lleve a casa?

—No —sacudió la cabeza con el ceño fruncido—. Aún no me siento enfermo, sólo… mal. Si tengo que acercarme al arcén y parar, lo haré.

—¿Me llamarás en cuanto llegues? —le pregunté con ansiedad.

—Claro que sí.

Arrugó la frente y miró fijamente la oscuridad sin dejar de morderse el labio.

Abrí la puerta para salir, pero me agarró suavemente por la muñeca y me retuvo. Volví a notar su piel candente sobre la mía.

—¿Qué ocurre, Jake?

—Hay algo que quiero decirte, Bella, pero me parece que va a sonar un tanto cursi.

Suspiré. Aquello iba a ser más de lo mismo, igual que en el cine.

—Adelante.

—Es sólo esto: sé lo infeliz que eres y que tal vez esto no te ayude en nada, pero quiero que sepas que siempre estaré aquí.

No voy a dejarte caer, te prometo que siempre podrás contar conmigo. Guau, sí que suena cursi. Pero lo sabes, ¿no? ¿Sabes que nunca jamás te voy a hacer daño?

—Sí, Jake. Lo sé, y ya cuento contigo, probablemente más de lo que piensas.

La sonrisa rota se extendió por su rostro como un amanecer grabado a fuego en las nubes. Quise cortarme la lengua. No le había dicho ninguna mentira, pero debería haberlo hecho. La verdad era un error que le iba a hacer daño. *Yo* debería desanimarlo.

Una expresión extraña cruzó por su rostro, y dijo:

—Creo que será mejor que me vaya a casa, de verdad.

Salí del carro a toda prisa.

—¡Llámame! —grité mientras se alejaba.

Observé cómo se iba. Al menos, parecía mantener el control del vehículo. Mantuve la vista fija en la calle vacía después de que se hubo marchado y me sentí un poco mal, pero no por una razón física.

¡Cuánto me hubiera gustado que Jacob Black hubiera sido mi hermano! Un hermano de carne y hueso, de modo que pudiera tener cierto derecho sobre él y verme libre de todo remordimiento. Dios sabía que nunca había pretendido aprovecharme de Jacob, pero no pude evitar pensar que la culpa que sentía en ese momento quería decir que lo había hecho.

Más aún, jamás había tenido intención de quererlo. Había una cosa que sabía a ciencia cierta, lo sabía en el fondo del estómago y en el tuétano de los huesos, lo sabía de la cabeza a los pies, lo sabía en la hondura de mi pecho vacío... El amor concede a los demás el poder para destruirte.

A mí me habían roto más allá de toda esperanza.

Pero yo necesitaba a Jacob, lo necesitaba como si fuera una droga. Le había usado como una muleta durante demasiado tiempo, y ahora estaba más enganchada de lo que había planeado volver a estar con nadie. No soportaba la idea de hacerle daño ni tampoco podía impedirlo. Él pensaba que el tiempo y la paciencia me cambiarían, y yo sabía que, a pesar de que era un error total, lo iba a dejar intentarlo.

Era mi mejor amigo. Siempre iba quererlo, pero eso nunca jamás iba a bastar.

Entré en la casa para sentarme junto al teléfono y morderme las uñas.

—¿Ya ha terminado la película? —preguntó Charlie, sorprendido al verme entrar. Estaba tumbado en el suelo, a treinta centímetros de la tele. Debía de ser un partido apasionante.

—Mike se puso enfermo —le expliqué—. Algún tipo de gripa estomacal.

—¿Y tú estás bien?

—Por ahora me siento bien —contesté con reservas. Había estado claramente expuesta.

Me apoyé sobre la encimera, con las manos a centímetros del teléfono, e intenté esperar pacientemente. Pensé en la extraña expresión del rostro de Jacob antes de que se marchara y empecé a tamborilear con los dedos. Debía de haber insistido en llevarlo a casa.

Observé cómo avanzaban las manecillas de los minutos en el reloj. Diez. Quince. No se tardaba más de un cuarto de hora en llegar incluso aunque hubiera estado yo al volante, y Jacob conducía mucho más deprisa. Dieciocho minutos. Descolgué y marqué.

Sonó una y otra vez. Tal vez Billy estuviera durmiendo. Tal vez había marcado mal. Volví a intentarlo.

Billy respondió a la octava llamada, justo cuando estaba a punto de colgar.

—¿Diga? —contestó con voz cautelosa, como si esperase malas noticias.

—Billy, soy yo, Bella. ¿Aún no ha llegado Jake a casa? Se marchó hace casi veinte minutos.

—Está aquí —respondió con tono apagado.

—Se suponía que iba a llamarme —me enfadé un poco—. Se estaba poniendo malo cuando se fue, y me preocupaba.

—Estaba… demasiado enfermo para telefonear. Ahora mismo no se encuentra muy bien —Billy parecía frío. Comprendí que debía de querer estar con Jacob.

—Si necesitan cualquier cosa, dímelo —me ofrecí. Pensé en Billy, pegado a la silla, y en Jake teniendo que arreglárselas solo—. Podría bajar…

—No, no —repuso Billy rápidamente—. Estamos bien. Quédate en casa.

La forma en que lo dijo resultó bastante antipática.

—De acuerdo —acepté.

—Adiós, Bella.

La línea se cortó.

—Adiós —murmuré.

Bueno, al menos había llegado a casa. Por extraño que parezca, no me sentí menos preocupada. Subí con dificultad las escaleras, poniéndome neurótica perdida. Tal vez pudiera bajar a echarle un vistazo mañana antes del trabajo. Y llevarles sopa. Debíamos de tener una lata de Campbell por algún sitio.

Comprendí que todos aquellos planes habían quedado cancelados cuando me desperté de madrugada —el reloj marcaba las cuatro y media de la mañana— y tuve que echar a correr hacia el baño. Charlie me encontró allí media hora después, tumbada sobre el suelo, con la mejilla pegada al frío borde de la bañera.

Me miró durante un buen rato y al final dijo:

—Gripa estomacal.

—Sí —gemí.

—¿Necesitas algo? —preguntó.

—Telefonea a los Newton por mí —le ordené con voz ronca—. Explícales que tengo lo mismo que Mike y que hoy no voy a poder ir. Diles que lo siento.

—Claro, sin problemas —me aseguró Charlie.

Pasé el resto del día en el suelo del baño. Dormí unas pocas horas con la cabeza apoyada sobre una toalla doblada. Charlie se quejó de que debía ir a trabajar, pero creo que sólo quería entrar en el baño. Dejó en el suelo, a mi alcance, un vaso de agua para que no me deshidratara.

Me desperté cuando volvió a casa. Pude ver que en mi habitación reinaba la oscuridad, ya había anochecido. Oí sus fuertes pisadas mientras él subía las escaleras para ver cómo estaba.

—¿Sigues viva?

—Algo parecido —contesté.

—¿Quieres algo?

—No, gracias.

Vaciló. Estaba fuera de su elemento de todas todas.

—Vale, pues —dijo antes de volver a bajar a la cocina.

Oí sonar el teléfono a los pocos minutos. Charlie habló con alguien en voz baja durante unos momentos y luego colgó. Gritó desde abajo para que lo oyera:

—Mike se encuentra mejor.

Bueno, eso resultaba esperanzador. Sólo había enfermado unas ocho horas antes que yo. Ocho horas más. La idea me provocó un retortijón de estómago. Aparté la toalla y me incliné sobre el inodoro.

Volví a dormirme encima de la toalla, pero estaba en mi cama cuando me desperté, y la luz del exterior entraba en mi habitación por la ventana. No recordaba haberme movido, por lo que Charlie debía de haberme trasladado hasta allí. También había puesto el vaso de agua encima de la mesilla. Estaba muerta de sed. Lo vacié de un trago, aunque tenía ese sabor extraño del agua que lleva en el vaso toda la noche.

Me incorporé lentamente para no provocar otro ataque de náuseas. Estaba débil y tenía mal sabor de boca, pero mi estómago se encontraba bien. Miré el despertador.

Mis veinticuatro horas habían concluido.

No forcé las cosas y no desayuné nada más que galletas. Charlie parecía muy aliviado de verme recuperada.

Telefoneé a Jacob en cuanto estuve segura de no tener que pasar otro día en el suelo del baño.

Fue el propio Jacob quien me contestó, pero supe que aún no se había recobrado nada más oír su contestación.

—¿Diga?

Tenía la voz cascada, rota.

—Ay, Jake —rezongué con compasión—. ¡Qué mala voz...!

—Me encuentro fatal... —susurró.

—Cuánto siento haberte hecho salir conmigo. Te he fastidiado.

—Estoy contento de haber ido —su voz seguía siendo un susurro—. No te eches la culpa, no la tienes.

—Enseguida te vas a poner bien —le prometí—. Yo ya me sentía bien esta mañana, al despertar.

—¿Estabas enferma? —preguntó con voz débil.

—Sí, yo también la pillé, pero ahora me encuentro bien...

—Eso es estupendo —contestó con voz apagada.

—... así que probablemente estarás bien en cuestión de horas —lo animé.

Su respuesta apenas fue audible.

—Dudo que tenga lo mismo que tú.

—¿No tienes una gripa estomacal? —le pregunté, confusa.

—No, esto es algo más.

—¿Qué es lo que te duele?

—Todo —susurró—, todo el cuerpo.

El dolor era casi tangible en su voz.

—¿Qué puedo hacer, Jake? ¿Qué te puedo llevar?

—Nada. No puedes venir —se mostró abrupto. Me recordó a Billy la otra noche.

—Ya he estado expuesta a lo que sea que tengas —puntualicé.

Me ignoró.

—Yo te llamaré en cuanto me sea posible. Te avisaré de cuándo puedes volver a venir.

—Jacob...

—He de irme —dijo con repentino apremio.

—Llámame cuando te encuentres mejor.

—De acuerdo —aceptó con una voz que tenía un cierto deje de amargura.

Permaneció en silencio durante un momento. Esperé a que se despidiera, pero él también esperó.

—Te veré pronto —dije al fin.

—Espera a que te llame —repitió.

—Vale... Adiós, Jacob.

—Bella...

Susurró mi nombre y luego colgó el teléfono.

El prado

Jacob no llamó.

Billy contestó la primera vez que telefoneé y me dijo que Jake seguía en cama. Me entrometí al preguntarle —para asegurarme— si lo había llevado al médico. Me contestó que sí, pero, por algún motivo, no obtuve una respuesta concreta y la verdad es que no le creí. Llamé a diario varias veces durante los dos días siguientes, pero no me contestó nadie.

El sábado decidí ir a verlo sin la maldita invitación, pero la casita roja estaba vacía. Aquello me asustó... ¿Estaba Jacob tan enfermo que había sido necesario ingresarlo? Me detuve en el hospital de camino a casa, pero la enfermera de recepción me dijo que no habían estado ni Jacob ni Billy.

Hice que Charlie llamara a Harry Clearwater en cuanto volvió del trabajo. Esperé con ansiedad mientras charlaba con su viejo amigo. La conversación parecía prolongarse sin que se mencionara siquiera a Jacob. Al parecer, era el propio Harry quien había estado en el hospital para someterse a unas pruebas cardiacas. La frente de Charlie se pobló de arrugas, pero Harry le restó importancia y se burló de él hasta que Charlie volvió a reír. Sólo entonces preguntó por Jacob, y la conversación por su parte no me dio demasiadas pistas, únicamente un montón de síes y varios «hum». Tamborileé con los dedos sobre la encimera de la cocina hasta que puso su mano sobre la mía para detenerme.

Al final, colgó el auricular y se volvió hacia mí.

—Harry dice que ha habido más de un problema con las líneas telefónicas y por eso no lo has podido contactar. Billy lo ha llevado al médico local y al parecer tiene una infección vírica, mononucleosis. Está realmente cansado y Billy ha dicho que nada de visitas —me informó.

—¿Nada de visitas? —inquirí atónita.

Charlie enarcó una ceja.

—No empieces a ponerte plasta, Bella. Billy sabe lo que le conviene a Jake. Muy pronto estará en pie y por aquí. Sé paciente.

No presioné más. Charlie estaba inquieto por Harry. Obviamente, aquello era lo importante, y no lo iba a fastidiar con mis nimias preocupaciones. En vez de eso, me dirigí a mi habitación como una flecha, encendí el computador y me conecté. Navegué hasta encontrar un sitio web médico on line e introduje el término «mononucleosis» en el campo de búsqueda.

Todo lo que supe sobre ello es que se suponía que se transmitía con el beso, lo cual era a todas luces imposible en el caso de Jake. Leí rápidamente los síntomas... Tenía la fiebre, sin duda, pero ¿y el resto? No padecía una gran irritación de garganta ni estaba fatigado ni sufría jaquecas, al menos no antes de volver a casa después del cine. Él mismo había dicho que estaba «como un roble». ¿De verdad podía haber desarrollado los síntomas tan deprisa? El artículo parecía indicar que la irritación era lo primero en aparecer...

Miré fijamente la pantalla del computador y me pregunté cuál era la razón exacta por la que estaba haciendo aquello. ¿Por qué me mostraba tan... desconfiada? ¿Por qué iba a mentirle Billy a Harry?

Probablemente me estaba comportando como una tonta. Sólo estaba preocupada y, siendo sincera, también bastante asustada porque no me permitieran ver a Jacob... Eso me ponía nerviosa.

Seguí leyendo en diagonal el resto del artículo en busca de más información, pero me detuve al llegar a la parte en que decía que la mononucleosis podía llegar a durar más de un mes.

¿Un mes? Me quedé boquiabierta.

Billy no podía imponer su voluntad a las visitas tanto tiempo. Por supuesto que no. Jake se iba a volver loco si estaba tanto tiempo tirado en la cama sin hablar con nadie.

De todos modos, ¿de qué tenía miedo Billy? El artículo especificaba que un enfermo de mononucleosis debía evitar la actividad física, pero no decía nada de visitas. La enfermedad no era muy infecciosa.

Resolví que iba a darle a Billy una semana antes de ponerme avasalladora. Una semana era un plazo bien generoso.

La semana se me hizo larga. El miércoles ya no estaba segura de conseguir mantenerme viva hasta el sábado.

Aunque había decidido dejar solos a Billy y Jacob durante siete días, no había creído de verdad que Jacob estuviera de acuerdo con la norma impuesta por Billy. Todos los días corría al teléfono para revisar los mensajes del contestador. No hubo ninguno.

Hice trampas en tres ocasiones e intenté llamarlo, pero las líneas telefónicas seguían sin funcionar.

Me encontraba muy, muy, muy sola. Demasiado. Al estar privada de la compañía de Jacob, de la adrenalina y de las distracciones, se me empezó a echar encima todo lo que había estado reprimiendo. Los sueños volvieron a castigarme con saña. No veía el final, sólo aquella horrible vacuidad, la mitad del tiempo en el bosque, la otra mitad en un mar de helechos donde la casa blanca ya no existía. En ocasiones, Sam Uley estaba en el bosque y me vigilaba otra vez. No le presté atención, ya que no hallaba ningún consuelo en su presencia, no me hacía sentirme menos sola. Eso no impedía que me despertara gritando una noche tras otra.

La brecha de mi pecho estaba peor que nunca. Me había creído capaz de tenerla bajo control, pero me encorvaba sobre ella día tras día, apretando los bordes y jadeando en busca de aire.

Sola no me manejaba bien.

Sentí un alivio más allá de toda medida la mañana en que me desperté —entre gritos, por supuesto— y recordé que ya era sábado. Hoy iba a llamar a Jacob e iría a La Push si no funcionaban las líneas de teléfono. De un modo u otro, sería un día mejor que cualquier otro de la última semana de soledad.

Marqué el número y aguardé sin grandes esperanzas. Estaba desprevenida cuando Billy contestó a la segunda llamada:

—¿Diga?

—Eh, oh, vaya. ¡El teléfono vuelve a funcionar! Hola, Billy. Soy Bella. Sólo llamaba para saber cómo se encuentra Jacob. ¿Ha mejorado como para recibir visitas? Estaba pensando en dejarme caer por allí…

—Lo siento, Bella —me interrumpió Billy; me pregunté si estaba viendo la tele, ya que parecía distraído—. No está.

—Ah —necesité un segundo para asimilarlo—. Entonces, ¿se encuentra mejor?

—Sí —Billy vaciló durante un instante que se hizo eterno—. Resultó que al final, después de todo, no era mononucleosis, sino algún otro virus.

—¿Ah, sí? ¿Y dónde está…?

—Se ha ido con los chicos a dar una vuelta en Port Angeles… Creo que iban a ver un programa doble o algo así. Se ha marchado para todo el día.

—Bueno, qué alivio. He estado tan preocupada... Me alegra mucho saber que se ha recuperado bastante como para salir.

Mi voz sonaba terriblemente falsa y empeoró hasta que terminé farfullando.

Jacob se encontraba mejor, pero no lo bastante para llamarme. Se había ido con sus amigos y yo estaba sentada en casa, echándole más de menos a cada hora que pasaba. Me sentía sola, aburrida, preocupada, herida… Y ahora, también desolada al comprender que la semana que habíamos estado separados no había tenido el mismo efecto sobre él.

—¿Querías algo en particular? —preguntó Billy con amabilidad.

—No, en realidad, no.

—Bueno, le diré que has llamado —me prometió—. Adiós, Bella.

—Adiós —contesté, pero ya había colgado.

Permanecí durante un momento con el teléfono en la mano.

Jacob debía de haber cambiado de idea, tal y como yo temía. Iba a aceptar mi consejo y no desperdiciar su tiempo con alguien que no podía corresponder a sus sentimientos. Noté que la sangre huía de mi rostro.

—¿Algo va mal? —me preguntó Charlie mientras bajaba las escaleras.

—No —mentí mientras colgaba el auricular—. Billy dice que Jacob se encuentra mejor. No era mononucleosis. Eso es estupendo.

—¿Va a venir él aquí o vas a ir tú allí? —preguntó distraídamente mientras comenzaba a rebuscar por la nevera.

—Ninguna de las dos cosas —admití—. Se ha marchado con otros amigos.

Al final, el tono de mi voz le llamó la atención. Charlie alzó los ojos y me miró con repentina alarma. Se quedó inmóvil, con el paquete de lonchas de queso en la mano.

—¿No es un poco pronto para el almuerzo? —pregunté con toda la despreocupación de la que fui capaz en un intento de distraerlo.

—No, sólo estoy guardando algo para llevarme al río...

—Ah, ¿te vas a pescar hoy?

—Bueno, me ha llamado Harry y no está lloviendo... —había apilado un montón de comida mientras hablaba. De repente, alzó los ojos de nuevo, como si hubiera comprendido algo—. Oye, ¿quieres que me quede contigo ahora que Jake está fuera?

—No importa, papá —le respondí, esforzándome por sonar indiferente—. Los peces pican más cuando hace buen tiempo.

Me miró fijamente con la indecisión grabada en el semblante. Sabía que se preocupaba, que temía dejarme sola en el caso de que volviera a ponerme depresiva otra vez.

—Lo digo de verdad, papá —rápidamente inventé una mentirijilla, ya que prefería estar sola a tenerlo todo el día mirándome—: Creo que voy a llamar a Jessica. Tenemos que estudiar para un examen de Cálculo y su ayuda me vendría muy bien.

En parte era cierto, pero de todos modos iba a tener que resolverlo sin su ayuda.

—Es una gran idea. Has pasado mucho tiempo con Jacob y tus otros amigos van a pensar que te has olvidado de ellos.

Sonreí y asentí como si me importara algo lo que pensara el resto de mis amigos.

Charlie comenzó a caminar, pero de pronto dio media vuelta con expresión preocupada.

—Pero vas a estudiar aquí, en casa, o en la de Jess, ¿verdad?

—Claro, ¿dónde, si no?

—Bueno es sólo que, como ya te dije, quiero que te andes con cuidado y procures evitar los bosques.

Estaba tan distraída que me costó un minuto comprenderlo.

—¿Más problemas con los osos?

Charlie asintió con cara de pocos amigos.

—Hay un montañero perdido... Los guardias forestales encontraron su campamento a primera hora de la mañana, pero no hay señales de él por ninguna parte. Hay algunas huellas realmente grandes de animales... Por supuesto, pudieron haber acudido después al olor de la comida... De todos modos, ahora están tendiendo trampas por allí.

—Ah —repuse distraídamente.

En realidad, no escuchaba sus advertencias. Me alteraba mucho más la situación con Jacob que la posibilidad de que me mordiera un oso.

Me alegraba de que Charlie tuviera prisa. No iba a esperar a que llamara a Jessica, por lo que no tendría que seguir adelante con la charada. Realicé todos los movimientos apropiados, incluso recoger los libros del instituto sobre la mesa de la cocina para guardarlos en mi bolsa, y eso, probablemente, ya fue demasiado. Charlie hubiera sospechado de no haber estado deseando irse a pescar.

Estaba tan ocupada fingiendo hacer cosas que el cruel vacío del día que me aguardaba por delante se me vino encima una vez que se hubo ido. Decidí que no me iba a quedar en casa después de contemplar durante dos minutos el silencioso teléfono de la cocina. Consideré mis opciones.

No iba a llamar a Jessica. Hasta donde sabía, se había pasado al lado oscuro.

Podía ir en carro hasta La Push y recoger la moto, una idea atrayente de no ser por un problema insignificante: ¿quién me iba a llevar a urgencias luego, cuando lo necesitara?

O... ya tenía nuestro mapa y la brújula en el carro. Estaba casi segura de haber comprendido el método lo bastante bien como para no perderme. Tal vez hoy pudiera descartar un par de líneas y despejar el programa para cuando Jacob decidiera volver a honrarme con su presencia. Me negaba a pensar cuánto tiempo podía pasar, o si iba a ser para siempre...

Sentí una punzada de culpabilidad al comprender cómo le iba a sentar aquello a Charlie, pero la ignoré. Hoy no me podía volver a quedar en casa.

A los pocos minutos me encontraba en el ya conocido y embarrado camino que llevaba a ningún sitio en particular. Conducía con las ventanillas bajadas todo lo deprisa que era razonable para mi vehículo mientras disfrutaba del viento sobre mi rostro. El día estaba nublado, pero casi seco, un tiempo realmente bueno en el caso de Forks.

Necesité más tiempo para ponerme en marcha del que hubiera invertido de haber estado con Jacob. Después de parquear en el lugar de costumbre, tuve que estudiar la aguja de la brújula y las marcas del mapa —ahora gastado— durante un cuarto de hora largo. Me adentré en los bosques una vez que estuve razonablemente segura de seguir la línea correcta de las coordenadas.

El bosque era un hervidero de vida ese día, ya que todas las pequeñas criaturas habían salido a disfrutar de la momentánea sequedad. No sabía la razón, pero el lugar tenía un aspecto más siniestro que otros días a pesar de los silbos y graznidos de los pájaros, el zumbido de los insectos alrededor de mi cabeza y el ocasional correteo de los ratones entre los arbustos. Me recordaba a mi más reciente pesadilla. Sabía que eso se debía únicamente al hecho de que estaba sola y echaba de menos el despreocupado silbido de Jacob y el sonido de otro par de pies por el suelo húmedo.

Cuanto más me adentraba en el bosque, mayor era el desasosiego. Respirar comenzó a ser difícil, no a causa del ejercicio, sino porque volví a tener problemas con el estúpido agujero del pecho. Mantuve los brazos pegados al torso e intenté desterrar la tristeza de mi mente. Estuve a punto de volverme, pero me repateaba desperdiciar el esfuerzo ya realizado.

El ritmo de las pisadas anestesió el dolor y me insensibilizó frente a mis pensamientos mientras seguía caminando a duras penas. Al final, logré acompasar la respiración y me alegré de haber perseverado. Esto de andar campo a través se me empezaba a dar mejor. Podía jurar que iba más deprisa.

Hasta ese momento no me había dado verdadera cuenta de lo mucho que había avanzado. Debía de haber cubierto algo más de seis kilómetros sin que todavía hubiera empezado a buscar por los alrededores, y entonces, con una brusquedad que me desorientó, crucé bajo el arco formado por dos arces para —abriéndome paso entre los helechos, que me llegaban hasta el pecho— entrar en el prado.

Estuve segura de que se trataba del mismo lugar al primer golpe de vista. Jamás había visto un claro tan simétrico, con una redondez tan perfecta, como si alguien hubiera arrancado a propósito los árboles —sin dejar evidencia alguna de tal violencia en la ondeante hierba— para crear un círculo impecable. Por el este se oía el suave borboteo del arroyo.

El lugar no resultaba tan apabullante sin la luz del sol, pero seguía siendo sereno y muy hermoso. Era una mala estación para las flores silvestres y el suelo rebosaba una densa hierba muy alta que se balanceaba al soplo de la brisa como si fueran las olas de un lago.

Se trataba del mismo lugar... Pero no, allí no estaba lo que había ido a buscar.

El desencanto fue casi tan inmediato como el reconocimiento. Me dejé caer de rodillas allí mismo, al borde del claro, y empecé a respirar entrecortadamente.

¿Para qué ir más lejos? Nada me retenía allí, nada, salvo los recuerdos que podía invocar cuando quisiera —siempre que estuviera dispuesta a soportar el correspondiente dolor—, y la tristeza que ahora me embargaba me había dejado helada. Aquel sitio no tenía nada de especial sin él. No estaba del todo segura de qué esperaba sentir allí, pero el prado carecía de atmósfera, estaba vacío, como todo lo demás. Sólo se parecía a mis pesadillas. La cabeza me empezó a dar vueltas vertiginosamente.

Al menos había acudido sola. Me invadió una oleada de alivio en cuanto me percaté de ello. Si hubiera descubierto el prado en compañía de Jacob, bueno, no hubiera habido forma de disimular el abismo en el que ahora me hallaba sumida. ¿Cómo le hubiera podido explicar aquella forma de caerme en pedazos o el hecho de haberme aovillado en el suelo para evitar que el hueco del pecho me desgajara? Prefería no haber tenido público...

... y tampoco tener que explicar a nadie por qué me había entrado esa prisa por irme. Después de haber salvado tantos problemas para localizar aquel estúpido claro, Jacob hubiera asumido que me gustaría pasar en él algo más que unos pocos segundos; pero yo ya estaba intentando hacer el acopio de fuerzas suficiente para ponerme en pie —después de que pudiera salir de la posición que había adoptado— y huir. Había demasiado dolor en aquel lugar vacío para poderlo soportar. Me iría a rastras si fuera preciso.

¡Cuánta suerte tenía de estar sola!

Sola. Repetí la palabra con macabra satisfacción hasta que conseguí ponerme en pie a pesar del dolor. En ese preciso momento salió de entre los árboles una figura en dirección al norte, a unos treinta pasos de distancia.

Un descomunal despliegue de emociones me traspasó en un segundo. La primera, la sorpresa; estaba lejos de cualquier sendero y no esperaba compañía. Además, me sacudió una ráfaga de desgarradora esperanza cuando fijé la vista en la silueta y vi la absoluta inmovilidad y la piel pálida. La suprimí con ferocidad mientras luchaba contra el igualmente despiadado azote de la agonía cuando mis ojos siguieron bajando: debajo del pelo negro no estaba el único rostro que yo quería ver. Después vino el miedo. Ésas no eran las facciones que me hacían llorar, pero estaban lo bastante cerca como para saber que el hombre con el que me encaraba no era un excursionista perdido.

Y al final, por último, el reconocimiento.

—¡Laurent! —grité con alegría y sorpresa.

Era una reacción irracional. Probablemente debía de haberme quedado en el miedo.

Laurent formaba parte del aquelarre de James la primera vez que nos encontramos. No se había involucrado en la caza que se desató —una caza en la que yo era la presa—, pero eso fue sólo por miedo, ya que me protegía otro aquelarre más numeroso que el suyo. De lo contrario, otro gallo hubiera cantado. En aquel entonces, no hubiera tenido reparo alguno en convertirme en su comida. Debía de haber cambiado, por supuesto, ya que se había ido a Alaska para vivir con el otro aquelarre civilizado que allí había, la otra familia que se negaba a beber sangre humana por razones éticas. Una familia como la de... No iba ni a permitirme pensar el nombre.

Sí, el miedo era lo que tenía más sentido, pero todo lo que experimenté fue una abrumadora satisfacción. El prado volvía a ser un lugar dominado por la magia, una magia oscura para ser sinceros, pero magia igualmente. Allí estaba la conexión que buscaba. La prueba, aunque bastante lejana, de que él había existido en algún momento de mi vida.

Resultaba imposible creer lo poco que Laurent había cambiado de aspecto. Supuse que era muy estúpido y humano esperar algún tipo de cambio en el último año, pero había algo en él... No lograba descubrir qué era.

—¿Bella? —preguntó; parecía más sorprendido que yo.

—Me recuerdas.

Le sonreí. Era ridículo que estuviera eufórica porque un vampiro supiera mi nombre.

Esbozó una gran sonrisa.

—No esperaba verte aquí.

Se acercó a mí dando un paseo y con expresión divertida.

—¿No debería ser al revés? Soy yo quien vive aquí. Pensé que te habías ido a Alaska.

Se detuvo a tres metros de distancia al tiempo que ladeaba la cabeza. Su rostro era el más hermoso que había visto en lo que me había parecido una eternidad. Estudié sus rasgos con avidez y experimenté un extraño sentimiento de liberación. Allí había alguien a quien no me esperaba encontrar ni por asomo, alguien que ya sabía todo lo que yo no era capaz de decir en voz alta.

—Tienes razón —admitió—. Me marché a Alaska. Aun así, no imaginaba... Al encontrar abandonado el hogar de los Cullen, creí que se habían trasladado.

—Ah —me mordí el labio cuando el apellido hizo vibrar los bordes en carne viva de mi herida. Me llevó unos segundos recuperar la compostura. Laurent me contempló con ojos de extrañeza. Al final, conseguí decirle—: Se trasladaron.

—Mmm —murmuró—. Me sorprende que te dejaran atrás. ¿No eras su mascota o algo así?

Sus ojos reflejaban que no pretendía ser ofensivo. Le sonreí secamente.

—Algo así.

—Mmm —repuso, muy pensativo otra vez.

En ese preciso momento comprendí por qué parecía el mismo de forma tan idéntica. Después de que Carlisle nos dijera que Laurent se había quedado con la familia de Tanya, las ocasionales veces en que pensaba en él comencé a imaginármelo con los mismos ojos dorados de los... Cullen —me obligué a soltar el apellido con un estremecimiento—, el de todos los vampiros *buenos.*

Retrocedí un paso de forma involuntaria. Sus curiosos ojos de color rojo oscuro siguieron el movimiento.

—¿Vienen de visita a menudo? —preguntó, aún con indiferencia, pero inclinó su figura hacia mí.

Miente, susurró con ansiedad, en mi memoria, la hermosa voz aterciopelada.

Me sobresalté ante el sonido de su voz, pero no debería haberme sorprendido. ¿Acaso no estaba en el peor de los peligros concebibles? La moto era segura al lado de esto.

Hice lo que me ordenaba la voz.

—De vez en cuando —intenté que mi voz sonara suave y relajada—. Imagino que a mí el tiempo se me hace más largo. Ya sabes cómo son de distraídos... —estaba empezando a balbucear. Tuve que esforzarme para callar.

—Mmm —volvió a decir—. Pues la casa olía como si llevara cerrada bastante tiempo…

Bella, debes mentir mejor que eso, me instó la voz.

Lo intenté.

—He de mencionarle a Carlisle que has estado allí. Lamentará mucho haberse perdido tu visita —fingí deliberar durante un segundo—. Pero… probablemente no debería mencionárselo. Supongo que Edward… —conseguí pronunciar su nombre a duras penas, y al hacerlo se me contrajo el rostro, arruinando el engaño—. Bueno, tiene mucho genio… Estoy segura de que te acuerdas de él. Sigue un poco susceptible con todo el asunto de James —puse los ojos en blanco e hice un gesto displicente con la mano, como si todo aquello fuera agua pasada, pero había un deje de histeria en mi voz. Me pregunté si él lo reconocería.

—Pero ¿está de verdad? —preguntó con amabilidad… e incredulidad.

Le di una réplica breve a fin de que la voz no delatara mi pánico.

—Ajá.

Laurent dio un paso fortuito hacia un lado mientras miraba el pequeño prado. No se me pasó por alto que ese paso lo acercaba más a mí. En mi cabeza, la voz respondió con un débil gruñido.

—Bueno, ¿y cómo van las cosas en Denali? —pregunté con voz demasiado aguda—. Carlisle me dijo que ahora estabas con Tanya.

Aquello le hizo detenerse y cavilar.

—Tanya me gusta mucho, y su hermana Irina aún más. Nunca antes había permanecido tanto tiempo en un sitio, pero aunque disfruto de las ventajas y de la novedad del asunto, las restricciones son difíciles. Me sorprende que cualquiera de ellos haya podido aguantar tanto tiempo —me sonrió con gesto de complicidad—. A veces, hago trampas.

No pude tragar saliva. Comencé a mover con cuidado un pie hacia atrás, pero me quedé petrificada cuando el parpadeo de sus ojos rojos le llevó a observar el movimiento.

—Ah —repuse con voz débil—, Jasper también ha tenido ese tipo de problemas.

No te muevas, susurró la voz. Intenté acatar la orden, pero resultaba difícil. El instinto de poner pies en polvorosa era casi incontrolable.

—¿De verdad? —Laurent parecía interesado—. ¿Se fueron por ese motivo?

—No —respondí con sinceridad—. Jasper se muestra más cuidadoso en casa.

—Sí —Laurent se mostró de acuerdo con eso—. También yo.

El paso hacia delante que dio en ese momento fue totalmente deliberado.

—Al final, ¿te encontró Victoria? —pregunté con voz entrecortada, a la desesperada, para distraerle.

Fue la primera pregunta que se me ocurrió, y me arrepentí de haberla hecho en cuanto la hube formulado. Victoria, que me había dado caza con James para luego desaparecer, no era alguien en quien me gustara pensar en ese momento.

Pero la pregunta lo detuvo.

—Sí —contestó mientras dudaba si dar otro paso—. De hecho, he venido aquí para hacerle un favor... —puso mala cara—. Esto no lo va a hacer feliz.

—¿Esto? —repetí con entusiasmo, invitándole a continuar.

Mantenía la mirada fija en los árboles, lejos de mí, y aproveché su distracción para dar un paso atrás a escondidas.

Volvió a mirar y me sonrió. La expresión lo hizo parecer un ángel de cabellos negros.

—Que yo te mate —repuso en un seductor arrullo.

Tambaleándome, retrocedí otro paso. El frenético gruñido de mi cabeza dificultaba que pudiera oír.

—Ella querría reservarse esa parte —continuó con aire despreocupado—. Parece estar un poco molesta contigo, Bella.

—¿Conmigo? —grité.

Movió la cabeza y rió entre dientes.

—Lo sé, a mí también me parece ponerse la camisa del revés, pero James era su compañero y tu Edward lo mató.

Incluso allí, a punto de morir, su nombre rasgaba mis heridas abiertas como un arma de filo dentado.

Laurent hizo caso omiso de mi reacción.

—Pensó que sería más apropiado matarte a ti que a Edward, un intercambio justo, pareja por pareja. Me pidió que le allanara el terreno, por así decirlo. No me imaginaba que iba a ser tan fácil. Quizás se debe a que su plan estaba lleno de imperfecciones... Por lo visto, no se va a producir la venganza que ella había imaginado, ya que no debes significar mucho para él si te abandona dejándote desprotegida.

Otro golpe, otro desgarrón en el pecho.

Laurent se movió levemente, y yo retrocedí a trompicones un paso más.

Torció el gesto.

—Supongo que, de todos modos, se va a enfadar.

—Entonces, ¿por qué no la esperas a ella? —logré decir.

Una sonrisa maliciosa le cambió las facciones.

—Bueno, me has pillado en un mal momento, Bella. No vine a *este* lugar para cumplir una misión para Victoria. Estaba de caza. Tengo bastante sed y se me hace la boca agua sólo con olerte.

Me miró con aprobación, como si eso fuera un cumplido.

Amenázalo, me ordenó el bello engaño de su voz, distorsionado por el pánico.

—Él sabrá que has sido tú —susurré dócilmente—. No vas a irte de rositas.

—¿Y por qué no? —la sonrisa de Laurent se hizo más amplia. Recorrió con la mirada el pequeño claro entre los árboles—. Las próximas lluvias borrarán mi olor y nadie va a encontrar tu cuerpo; habrás desaparecido, simplemente, como tantos y tantos humanos. No hay razón para que Edward piense en mí, si es que se toma la molestia de investigar. Puedes estar segura de que esto no es nada personal, Bella. Sólo tengo sed.

Implora, me rogó mi alucinación.

—Por favor —contesté jadeando.

Laurent negó con la cabeza sin perder la expresión amable.

—Míralo de este modo, Bella: tienes suerte de que sea yo quien te haya encontrado.

—¿Ah, sí? —dije sin hablar, moviendo sólo los labios, mientras retrocedía otro vacilante paso.

Laurent me siguió, ágil, grácil.

—Sí —me aseguró—. Seré rápido, no vas a sentirlo, te lo prometo. Luego le mentiré a Victoria, por supuesto, sólo para aplacarla, pero si supieras lo que había planeado para ti, Bella... —sacudió la cabeza con un movimiento lento, casi de disgusto—. De verdad, deberías estarme agradecida por esto.

Lo miré horrorizada.

Olfateó la brisa que lanzaba mechones de mi cabello en su dirección.

—Se me hace la boca agua —repitió mientras inhalaba profundamente.

Me tensé para dar un salto. Bizqueé cuando me alejé arrastrando los pies mientras la voz de Edward bramaba con furia y resonaba en algún lugar de la parte posterior de mi cabeza. Su nombre derribó todos los muros que yo había erigido para contenerlo. *Edward. Edward. Edward.* Iba a morir, por lo que ahora no importaba si pensaba en él. *Edward, te amo.*

Mis ojos entrecerrados contemplaron cómo Laurent dejaba de inhalar y giraba bruscamente la cabeza hacia la izquierda. Me daba pánico quitarle los ojos de encima para seguir la trayectoria de su mirada, aunque difícilmente iba a necesitar una distracción u otro tipo de treta para dominarme. Estaba demasiado asombrada para sentir alivio alguno cuando comenzó a alejarse lentamente de mí.

No te fíes, me dijo la voz tan bajito que apenas la oí.

Entonces, tuve que mirar. Escudriñé el prado en busca de la interrupción que había prolongado mi vida durante unos segundos más. No vi nada en un primer momento, y mi mirada revoloteó de vuelta a Laurent, que ahora se retiraba más deprisa sin dejar de horadar el bosque con la vista.

En ese momento vi una gran figura negra salir con calma de entre los árboles, silenciosa como una sombra, para luego acechar con parsimonia al vampiro. Era enorme; tenía la altura de un caballo, pero era más corpulento y mucho más musculoso. El gran hocico se contrajo con una mueca que reveló una hilera de incisivos afilados como cuchillas. Profirió entre dientes un gruñido espeluznante que retumbó por todo el claro como la prolongación del restallido de un trueno.

El oso. Sólo que no era un oso para nada. Aun así, aquella gigantesca criatura negra debía de ser la causante de toda la alarma. Visto de lejos, se le podía confundir con un oso. ¿Qué otro animal iba a tener una constitución tan descomunal y poderosa?

Me hubiera gustado tener la suerte de haberlo visto a lo lejos. En vez de eso, anduvo sin hacer ruido sobre la hierba a poco más de tres metros de mi posición.

No te muevas ni un centímetro, murmuró la voz de Edward.

Me quedé mirando fijamente a la monstruosa criatura, con la mente bloqueada en el intento de ponerle un nombre a aquel ser. Guardaba una cierta semejanza canina en cuanto al contorno y la forma de moverse. Atenazada por el pánico como estaba, sólo se me ocurría una posibilidad, pero aun así, jamás hubiera imaginado que un lobo podía ser tan grande.

Su garganta emitió un gruñido sordo que me hizo estremecer.

Laurent estaba retrocediendo hacia la fila de árboles. Me azotó una oleada de confusión y helado pánico. ¿Por qué se retiraba Laurent? El lobo era de un tamaño desmedido, sin duda, pero sólo era un animal. ¿Por qué iba a temer un vampiro a un animal? Y Laurent estaba aterrado. Tenía los ojos desmesuradamente abiertos, como los míos.

De repente, como una respuesta a mi pregunta, el colosal lobo recibió compañía. Le flanqueaban otros dos gigantescos compañeros que penetraron silenciosamente en el prado. Uno tenía un pelaje gris oscuro y el otro castaño, pero ninguno alcanzaba la altura del primero. El lobo gris salió de los árboles a escasos metros de mí, con la mirada fija en Laurent.

Dos lobos más les siguieron adoptando una formación en uve —como la de los gansos cuando emigran hacia el sur— antes de que yo pudiera reaccionar. El monstruo de pelambrera color ladrillo que salió del sotobosque en último lugar estaba al alcance de mi mano.

Proferí un involuntario grito ahogado y salté hacia atrás, que era la mayor estupidez que podía cometer. Volví a quedarme petrificada a la espera de que los lobos se volvieran hacia mí, la presa más débil, la más fácil de cobrar. Durante unos fugaces instantes deseé que Laurent se hiciera cargo del asunto y aplastara a la manada de lobos. Para él debía de ser algo muy sencillo. Intuía que, de las dos opciones posibles, ser devorada por los lobos era casi seguro la peor alternativa.

El lobo más cercano —el de pelambrera bermeja— volvió levemente la cabeza al oír mi grito entrecortado.

Los ojos del lobo eran oscuros, casi negros. La criatura me miró durante una fracción de segundo. Aquellos profundos ojos parecían demasiado inteligentes para ser los de un animal salvaje.

De pronto, cuando me miraron, pensé en Jacob, y volví a dar gracias por haber venido sola a aquella pradera de cuento de hadas repleta de monstruos siniestros. Al menos, él no iba a morir también. Al menos, no tendría su muerte sobre mi conciencia.

Entonces, un gruñido del jefe hizo que el lobo rojo girara la cabeza de nuevo hacia Laurent, que contemplaba la manada de lobos gigantes con una sorpresa no disimulada, y con miedo. Eso podía entenderlo, pero me quedé pasmada cuando, sin previo aviso, se dio media vuelta y desapareció entre los espesos árboles.

Salió corriendo.

Los lobos fueron tras él un segundo después; cruzaron la hierba del claro a la carrera, con cuatro brincos, entre gruñidos y chasquidos de fauces tan fuertes que, por instinto, me llevé las manos a los oídos. El sonido desapareció con sorprendente rapidez una vez que se perdieron en el bosque.

Luego volví a estar sola.

Se me combaron las rodillas y caí al suelo sobre las manos mientras en mi garganta se agolpaban los sollozos.

Era consciente de que debía irme, e irme ya. ¿Cuánto tiempo iba a transcurrir antes de que los lobos que habían ido en pos de Laurent dieran media vuelta y vinieran por mí? ¿O Laurent se revolvería contra ellos? ¿Y si era él a quien buscaban?

Pese a todo, al principio no logré moverme. Me temblaban brazos y piernas y no sabía cómo arreglármelas para ponerme de pie una vez más.

Tenía la mente bloqueada por el miedo, el pavor y la confusión. No era capaz de comprender lo que acababa de presenciar.

Un vampiro no debería huir de unos perrazos como ésos. ¿Qué daño podían causar los colmillos de los lobos en su piel de granito?

Y los lobos deberían haber rehuido a Laurent. No tenía sentido alguno que lo persiguieran ni aun desconociendo el miedo debido a su tremendo tamaño. Dudaba de que el olor de la piel marmórea de Laurent se pareciera al de la comida. ¿Por qué habían ignorado a una presa débil y de sangre caliente como yo para perseguirlo a él?

No me cuadraba.

Una fría brisa azotó el prado haciendo que la hierba se ondulara como si algo hubiera cruzado el claro.

Me puse de pie y retrocedí, aunque el soplo del viento era leve. Fui dando tumbos a causa del miedo, me volví y corrí de cabeza a los árboles.

Las horas siguientes fueron una agonía. Logré salir de los árboles al tercer intento, tantos como me había costado dar con el prado. Al principio no presté atención adónde me dirigía, ya que me concentraba sólo en el lugar del que escapaba. Me encontraba ya en el corazón del bosque, desconocido y amenazador, cuando me hube serenado lo bastante para acordarme de la brújula. Las manos me temblaban con tal virulencia que tuve que dejarla encima del suelo embarrado para poderla leer. Me detenía cada pocos minutos para situar la brújula en el suelo y verificar que seguía dirigiéndome hacia el noroeste mientras oía el apagado susurro de criaturas ocultas moviéndose entre las hojas cuando no los acaballaba el frenético sonido de succión de mis pisadas.

El reclamo de un arrendajo me hizo dar un salto hacia atrás y caí en un grupo de píceas, que me llenaron los brazos de raspaduras y me apelmazaron el pelo con savia. La súbita carrera de una ardilla para subirse a una cicuta me hizo gritar con tanta fuerza que me hice daño en mis propios oídos.

Al final, delante pude ver una brecha en la línea de árboles. Aparecí en un punto del camino que se encontraba a kilómetro y medio al sur de donde había dejado el carro. Subí dando tumbos por el sendero, ya que estaba exhausta. Lloraba de nuevo cuando logré meterme en la cabina del conductor. Bajé con furia los duros seguros del carro antes de desenterrar las llaves de mi bolsillo. El rugido del motor me dio una sensación cuerda y reconfortante. Me ayudó a controlar las lágrimas mientras ponía el vehículo al máximo de su potencia rumbo a la carretera principal.

Estaba más calmada, aunque hecha un lío, cuando llegué a casa. El carro patrulla de Charlie estaba en la avenida que llevaba a casa. No me había percatado de lo tarde que era. El cielo ya había oscurecido.

—¿Bella? —me llamó Charlie cuando cerré de un portazo la puerta de la entrada y eché los cerrojos a toda prisa.

—Sí, soy yo —contesté con voz vacilante.

—¿Dónde has estado? —bramó mientras cruzaba la entrada de la cocina con un gesto que no presagiaba nada bueno.

Vacilé. Lo más probable es que hubiera llamado a casa de los Stanley. Sería mejor atenerme a la verdad.

—De excursión —admití.

Estrechó los ojos.

—¿Qué ha pasado con la idea de ir a casa de Jessica?

—Hoy no me sentía con ánimo para estudiar Cálculo.

Charlie cruzó los brazos por delante del pecho.

—Pensé que te había pedido que te alejaras del bosque.

—Sí, lo sé. No te preocupes, no lo volveré a hacer —me estremecí.

Charlie pareció verme por vez primera. Recordé que había pasado un buen rato tirada en el suelo del bosque. ¡Menuda pinta debía de tener!

—¿Qué ha pasado? —inquirió.

Una vez más decidí que la mejor opción era contarle la verdad, o al menos una parte. Estaba demasiado desasosegada para fingir que había vivido en el bosque un día sin incidentes.

—Vi al oso —intenté decirlo con calma, pero la voz me salió aguda y temblorosa—. Aunque no es un oso, sino una especie de lobo, y son cinco. Uno negro y enorme, otro gris, otro de pelaje rojizo...

Charlie puso unos ojos como platos. Avanzó una zancada hacia mí y me aferró por los hombros.

—¿Estás bien?

Cabeceé débilmente una vez.

—Dime qué ha pasado.

—No me prestaron ninguna atención, pero salí por pies y me caí un montón de veces después de que se fueron.

Me soltó los hombros y me rodeó con los brazos. No despegó los labios durante un buen rato.

—Lobos —murmuró.

—¿Qué?

—Los agentes forestales dijeron que las huellas no encajaban con las de un oso, sino con las de varios lobos, aunque no de ese tamaño…

—Éstos eran *enormes.*

—¿Cuántos dices que viste?

—Cinco.

Charlie meneó la cabeza y torció el gesto con ansiedad. Al final, habló con un tono que no admitía réplica:

—Se acabaron las excursiones.

—Sin problema —le prometí fervientemente.

Charlie telefoneó a la comisaría para informar de lo que yo había visto. Me mostré un poco esquiva en cuanto al lugar exacto donde había visto a los lobos y señalé que había sido en el sendero que conduce al norte. No quería que papá supiera cuánto me había adentrado en el bosque en contra de sus deseos y, lo más importante de todo, no quería que nadie vagabundeara cerca de donde Laurent podría estar buscándome. Me ponía mala sólo de pensarlo.

—¿Tienes hambre? —me preguntó cuando colgó el auricular.

Negué con la cabeza, aunque lo normal hubiera sido estar famélica después de pasarme todo el día sin comer.

—Sólo estoy cansada —le dije. Me volví hacia las escaleras.

—Eh —dijo Charlie con voz cargada de repentino recelo una vez más—, ¿no dijiste que Jacob iba a pasar fuera todo el día?

—Eso es lo que me comentó Billy —le contesté, confundida por la pregunta.

Estudió mi expresión durante un minuto y pareció satisfecho con lo que encontró en ella.

—Ajá.

—¿Por qué? —inquirí. Parecía estar insinuando que le había mentido esa mañana en algo más que en lo de estudiar con Jessica.

—Bueno, es sólo que lo vi cuando fui a recoger a Harry. Estaba delante de la tienda de la reserva con unos amigos. Lo saludé con la mano, pero él... Bueno, supongo... No sé si me vio. Me parece que estaba discutiendo con sus amigos. Tenía un aspecto extraño, como si estuviera contrariado por algo... Estaba cambiado. ¡Es digno de ver cómo crece ese chico! Cada vez que lo veo se ha pegado un estirón.

—Billy dijo que Jake y sus amigos se habían marchado a Port Angeles a ver un par de películas. Lo más probable es que estuvieran esperando a que alguien se reuniera con ellos.

—Ah.

Charlie asintió con la cabeza y se encaminó a la cocina.

Me quedé en el vestíbulo mientras imaginaba a Jacob discutiendo con sus amigos. Me pregunté si se habría enfrentado con Embry como consecuencia del asunto con Sam. Tal vez fuera ése el motivo por el que me había dejado tirada hoy. Si ello significaba que había solventado las cosas con Embry, me alegraba de que lo hubiera hecho.

Me detuve a revisar todos los cerrojos antes de subir a mi habitación. Era un comportamiento estúpido. Pues ¿qué diferencia podía marcar un cerrojo frente a alguno de los monstruos que había visto aquella tarde? Asumí que el pomo era lo único que iba a detener a los lobos, al carecer de pulgares, pero si venía Laurent...

... o Victoria...

Me tendí en la cama, pero estaba demasiado alterada para albergar la esperanza de dormir. Me acurruqué con fuerza debajo del edredón y encaré los horribles hechos.

No había nada que pudiera hacer. No podía adoptar ninguna precaución ni existía lugar al que huir. Tampoco había nadie que pudiera ayudarme.

El estómago me dio un vuelco cuando comprendí que la situación era incluso peor, ya que todo aquello implicaba también a Charlie. Mi padre, que dormía a una habitación de la mía, estaba a un pelo de distancia del objetivo, que se centraba en mí. Mi aroma los guiaría hasta aquí, estuviera yo o no...

Los temblores me sacudieron hasta que me castañetearon los dientes. Fantaseé con lo imposible para calmarme, imaginé que los grandes lobos habían alcanzado a Laurent en los bosques y habían masacrado al inmortal como hubieran hecho con cualquier persona normal. La idea me reconfortó a pesar de lo absurdo de la misma. Si los lobos lo habían atrapado, no le podría decir a Victoria que estaba sola, de modo que tal vez creyera que los Cullen seguían protegiéndome si Laurent no regresaba. Bastaba con que los lobos pudieran triunfar en semejante enfrentamiento...

Mis vampiros buenos no iban a regresar. Había sido muy tranquilizador suponer que los del otro tipo iban a desaparecer.

Cerré los ojos con fuerza y esperé a sumirme en la inconsciencia, casi deseosa de que empezara la pesadilla. Mejor eso que el bello rostro pálido que ahora me sonreía detrás de los párpados.

En mi imaginación, los ojos de Victoria estaban negros a causa de la sed, relucían de anticipación y sus labios se curvaban de placer hasta dejar entrever los centelleantes colmillos. Su melena roja brillaba como el fuego. Le caía desordenada sobre su rostro salvaje.

En mi mente resonaron las palabras de Laurent. *Si supieras lo que había planeado para ti...*

Me metí el puño en la boca para no gritar.

La secta

Me sorprendía cada vez que abría los ojos a la luz de la mañana y comprendía que había sobrevivido a la noche. Una vez que pasaba esa sorpresa, se me aceleraba el corazón y las palmas de las manos me empezaban a sudar. No lograba respirar de nuevo hasta que me levantaba y me aseguraba de que Charlie también seguía con vida.

Podía dar fe de que él estaba preocupado al verme saltar ante el menor ruido o palidecer de pronto sin ninguna razón aparente. Parecía achacar el cambio a la prolongada ausencia de Jacob a juzgar por las preguntas que me hacía de vez en cuando.

Por lo general, el terror que dominaba mis pensamientos me distrajo del hecho de que había transcurrido otra semana sin que Jacob me hubiera llamado aún. No obstante, cuando era capaz de concentrarme en mi vida normal, si es que podía llamarse normal, el hecho me preocupaba.

Lo echaba muchísimo de menos.

Ya había sido bastante malo estar sola antes de verme atontada por el miedo. Pero ahora, más que nunca, anhelaba sus carcajadas despreocupadas y su risa contagiosa. Necesitaba la segura cordura de su garaje convertido en casa y su cálida mano alrededor de mis fríos dedos.

Casi había esperado que me telefoneara el lunes. ¿Acaso no querría informarme si había realizado algún progreso con

Embry? Deseaba creer que era la preocupación por su amigo lo que lo ocupaba todo el tiempo hasta no dejarle ni un minuto para mí.

Lo llamé el martes sin que respondiera nadie. ¿Persistían los problemas de las líneas telefónicas o había adquirido Billy un identificador de llamadas?

El miércoles lo llamé cada media hora hasta pasadas las once de la noche, desesperada por oír la calidez de su voz.

El jueves permanecí sentada en el carro delante de casa con los contactos quitados y las llaves en la mano durante una hora seguida. Me debatía en mi interior, intentaba hallar un pretexto para efectuar un rápido viaje a La Push, pero no lo encontraba.

Por lo que sabía, Laurent tendría que haber vuelto ya con Victoria. Si iba a La Push corría el riesgo de guiar a alguno de los dos hasta la reserva. ¿Qué ocurriría si me atrapaban cuando Jake estuviera cerca? Por mucho que me doliera, sabía que lo que más le convenía a Jacob era evitarme. Y lo más seguro para él.

Resultaba muy duro ser incapaz de hallar la forma de mantener a salvo a Charlie. Lo más probable es que vinieran a buscarme durante la noche, y ¿qué podía hacer para que Charlie no estuviera en casa? Me encerraría en una habitación acolchada de algún psiquiátrico si le contaba la verdad. Lo soportaría —de buena gana incluso— si lo mantenía a él a salvo, pero Victoria seguiría yendo detrás de mí, y el primer lugar en el que me buscaría sería aquella casa. Tal vez se conformaría si me encontraba en ella. Tal vez se limitaría a marcharse cuando hubiera terminado conmigo.

Por eso, no podía huir. Y aunque pudiera, ¿adónde iba a ir? ¿Con Renée? La idea de conducir a mis letales sombras al mundo tranquilo y soleado de mi madre me hizo estremecerme. Nunca la pondría en peligro de ese modo.

La preocupación fue horadando un agujero en mi estómago. No iba a tardar en sentir las correspondientes punzadas.

Charlie me hizo otro favor esa noche y volvió a telefonear a Harry para enterarse de si los Black se habían marchado de la ciudad. Harry le informó de que Billy había asistido a la reunión del consejo del miércoles por la noche sin hacer mención alguna de que fuera a ausentarse. Charlie me avisó que no me pusiera pesada. Jacob llamaría cuando se pudiera desplazar.

De pronto, el viernes por la tarde, cuando menos lo esperaba, lo comprendí todo mientras volvía a casa en carro.

Conducía sin prestar atención a la conocida carretera y dejaba que el sonido del motor dificultara la reflexión y amortiguara las preocupaciones cuando mi subconsciente emitió un veredicto en el que debía de haber trabajado sin darme entera cuenta.

En cuanto lo pensé, me sentí realmente tonta por no haberme dado cuenta antes. Claro, había tenido muchas cosas en la cabeza —vampiros obsesionados con la venganza, gigantescos lobos mutantes y un irregular agujero en el centro del pecho—, pero resultaba vergonzosamente obvio una vez que expuse las evidencias.

Jacob me evitaba. Charlie decía que parecía extraño, disgustado. Las respuestas de Billy eran vagas y servían de poca ayuda.

Se trataba de Sam Uley. Habían intentado decírmelo hasta mis pesadillas. Sam se había hecho con el control de Jacob. Fuera lo que fuera lo que les hubiera sucedido a los demás chicos de la reserva, lo había alcanzado también a él, arrebatándome a mi amigo. La secta de Sam lo había abducido.

Comprendí en medio de un torbellino de sentimientos que él no había renunciado a mí en absoluto.

Conduje al ralentí hasta llegar frente a mi casa. ¿Qué debía hacer? Analicé cada uno de los peligros.

Si iba en busca de Jacob, me arriesgaba a que Victoria o Laurent lo encontraran en mi compañía.

Si no lo hacía, Sam lo ataría más y más en su espantosa banda de obligada adscripción. Tal vez fuera demasiado tarde si no actuaba pronto.

Había transcurrido una semana sin que los vampiros hubieran venido todavía en mi busca. Una semana era tiempo más que de sobra para que hubieran vuelto, por lo que yo no debía de ser una de sus prioridades. Lo más probable, tal y como había decidido antes, es que vinieran a cazarme de noche. Los riesgos de que me siguieran a La Push eran mucho más pequeños que la posibilidad de perder a Jacob por culpa de Sam.

Los peligros del solitario camino forestal merecían la pena. No era una visita caprichosa para ver si pasaba algo. Sabía que pasaba algo. Era una misión de rescate. Iba a hablar con Jacob, raptarlo si era preciso. Había visto un reportaje de la PBS sobre la desprogramación de aquellos a quienes han lavado el cerebro. Tenía que haber algún tipo de cura.

Decidí que sería mejor telefonear antes a Charlie. Tal vez la policía se estaba ocupando de lo que sucedía en La Push. Lo hice a toda mecha, deseosa de entrar en acción.

Charlie contestó el teléfono de la comisaría en persona.

—Jefe Swan.

—Papá, soy Bella.

—¿Qué ha pasado?

Esta vez no podía despejar sus peores temores. Me temblaba la voz.

—Estoy preocupada por Jacob.

—¿Por qué? —preguntó sorprendido por lo inesperado del tema.

—Creo… Sospecho que se está cociendo algo raro en la reserva. Jacob me habló de una cosa extraña que les había sucedido a otros chicos de su edad. Ahora se comporta exactamente del modo que temía.

—¿Qué clase de comportamiento extraño? —empleó su tono profesional de policía. Eso era bueno. Me estaba tomando en serio.

—Primero estaba asustado, y luego empezó a evitarme… Ahora temo que forme parte de esa estrambótica banda de ahí abajo, la banda de Sam, la de Sam Uley.

—¿Sam Uley? —repitió Charlie, sorprendido de nuevo.

—Sí.

—Me parece que te equivocas, Bella —contestó con voz más relajada—. Sam Uley es un chico estupendo, bueno, ahora ya es un hombre. Y un buen hijo. Deberías oír hablar de él a Billy. En realidad, ya ha obrado maravillas con los jóvenes de la reserva. Fue él quien…

Charlie se calló a mitad de la frase. Supuse que estaba a punto de referirse a la noche en que me perdí en los bosques. Continué rápidamente.

—No es así, papá. Jacob le tenía *miedo.*

—¿Has hablado de esto con Billy? —ahora intentaba apaciguarme. Lo había perdido para mi causa en cuanto mencioné a Sam Uley.

—Billy no está preocupado.

—Bueno, Bella, entonces estoy seguro de que todo está en orden. Jacob es un niño y probablemente sólo está haciendo travesuras. Estoy convencido de que se encuentra bien. Después de todo, no se puede pasar todo el tiempo pegado a tus faldas.

—El problema no soy yo —le insistí, pero había perdido la batalla.

—No creo que debas preocuparte por esto. Deja que Billy cuide de Jacob.

—Charlie... —mi voz empezó a sonar quejumbrosa.

—Bella, ahora tengo un montón de trabajo entre manos. Se han perdido dos turistas que han dejado un rastro por los alrededores del lago —había una nota de ansiedad en su voz—. El problema del lobo se me está yendo de las manos...

Aquellas noticias me dejaron momentáneamente distraída —asombrada en realidad—. No había forma de que los lobos hubieran sobrevivido a un enfrentamiento con un rival de la talla de Laurent...

—¿Estás segura de que les ha sucedido algo? —pregunté.

—Eso me temo, cielo. Había... —vaciló—. Volvía a haber huellas... Esta vez con un poco de sangre.

—¡Vaya!

En ese caso no se había producido un enfrentamiento. Laurent debía de haberse limitado a dejar atrás a los lobos, pero ¿por qué? Lo que había visto en aquel prado era extraño dentro de lo extraño, e imposible de entender.

—Mira, tengo de dejarte, de verdad. No te preocupes por Jake. Estoy seguro de que no es nada, Bella.

—Muy bien —contesté secamente, frustrada cuando sus palabras me recordaron la urgencia de la crisis que tenía más cerca—. Adiós —colgué.

Contemplé fijamente el teléfono durante más de un minuto. *¡Qué demonios!,* decidí. Billy contestó a los dos toques.

—¿Diga?

—Hola, Billy —casi le gruñí. Procuré sonar más amistosa mientras continuaba hablando—. ¿Puede pasar Jacob, por favor?

—No está en casa.

¡Qué horror!

—¿Sabes dónde está?

—Ha salido con sus amigos —me contestó con precaución.

—¿Ah, sí? ¿Con alguien que conozco? ¿Con Quil? —hubiera jurado que él no interpretaba mis palabras con el mismo tono indiferente con el que yo pretendía pronunciarlas.

—No —respondió Billy lentamente—. No creo que hoy esté con Quil.

Sabía que era preferible no mencionar el nombre de Sam, por lo que pregunté:

—¿Embry?

Billy pareció más feliz al contestar esta vez.

—Sí, está con Embry.

Eso me bastaba. Embry era uno de ellos.

—Bueno, ¿le puedes decir que me llame cuando vuelva?

—Claro, claro, por supuesto.

Clic.

—Hasta pronto, Billy —murmuré en la línea cortada.

Fui en carro a La Push, decidida a esperar. Iba a aguantar sentada frente a la casa toda la noche si era necesario —incluso me perdería las clases del instituto—. Jacob volvería a casa en algún momento y, cuando lo hiciera, tendría que hablar conmigo.

Estaba tan preocupada que el viaje que tanto me había aterrado hacer pareció llevarme unos segundos. El bosque empezó a ralear antes de lo esperado y supe que pronto podría ver las primeras casitas de la reserva.

Un chico con una gorra de baloncesto calada se alejaba a pie por el lado izquierdo del arcén.

Me quedé sin aliento durante un momento, haciéndome ilusiones de que la suerte se pusiera de mi lado por una vez y que me tropezara con Jacob sin necesidad de grandes esfuerzos, pero este chico era demasiado ancho y debajo de la gorra tenía el pelo corto. Estaba segura de que era Quil incluso viéndolo de espadas, aunque parecía haber crecido desde la última vez que le vi. ¿Qué les daban de comer a los chicos quileutes? ¿Hormonas de crecimiento?

Crucé al lado opuesto del camino para frenar junto a él. Alzó la vista cuando el rugido del motor se acercó.

La expresión de Quil me produjo más pánico que sorpresa. Tenía un rostro sombrío e inquietante, con la frente surcada por numerosas arrugas de preocupación.

—Eh, hola, Bella —me saludó sin ganas.

—Hola, Quil... ¿Te encuentras bien?

Me miró con aire taciturno.

—Estupendamente.

—¿Te puedo acercar a algún sitio? —le ofrecí.

—Sí, supongo —murmuró. Cruzó por delante del carro arrastrando los pies y abrió la puerta del copiloto para subir.

—¿Adónde?

—Mi casa está en el lado norte, detrás del almacén —me dijo.

—¿Has visto hoy a Jacob?

Le espeté la pregunta antes de que hubiera terminado de hablar. Miré a Quil con avidez, a la espera de su respuesta. Miró a lo lejos a través del parabrisas antes de responder. Al final, dijo:

—De lejos.

—¿De lejos? —repetí.

—Intenté seguirlos. Iba con Embry —hablaba con un hilo de voz, por lo que resultaba difícil de oír por encima del motor. Me acerqué—. Sé que me vieron, pero se giraron y desaparecieron entre los árboles... Dudo que estuvieran solos. Es posible que Sam y su banda estuvieran con ellos. He estado dando tumbos por el bosque cerca de una hora, llamándolos a gritos. Acababa de encontrar el camino cuando has aparecido con el carro.

—Así pues, Sam lo ha atrapado a él también —había apretado los dientes, por lo que las palabras salieron ligeramente distorsionadas.

Quil me miró fijamente.

—¿Estás al tanto de eso?

Asentí.

—Jake me lo dijo... antes.

—Antes —repitió Quil y suspiró.

—¿Es tan malo el caso de Jacob como el de los demás?

—No se separa de Sam —Quil giró la cabeza y escupió por la ventana abierta.

—Y antes de eso... ¿Evitaba a todo el mundo? ¿Parecía enfadado?

—No tardó mucho más que el resto —contestó en voz baja y con tono áspero—. Tal vez un día. Luego, Sam se lo llevó.

—¿Qué crees que es? ¿Drogas o algo así?

—No veo a Jacob ni a Embry metiéndose en una cosa así... Pero ¿qué sé yo? ¿Qué otra cosa puede ser? ¿Y por qué no se preocupan los ancianos? —sacudió la cabeza; ahora, el miedo asomaba a sus ojos—. Jacob no quería participar en esa... secta. No comprendo qué lo ha podido cambiar —me miró con rostro aterrorizado—. No quiero ser el próximo.

Mis ojos reflejaron su pánico. Era la segunda vez que había oído describir aquello como una secta. Me estremecí.

—¿Puede prestarnos alguna ayuda tu familia?

Gesticuló con desdén.

—Claro, mi abuelo está en el consejo de ancianos con el de Jacob, y en lo que a él concierne, Sam Uley es lo mejor que le ha pasado a este lugar.

Nos miramos el uno al otro durante un buen rato. Ya estábamos en La Push y mi tartana avanzaba muy despacio por el camino desierto. Podía ver la única tienda de la reserva delante, no muy lejos de allí.

—He de irme —dijo Quil—. Mi casa está justo ahí.

Señaló un pequeño rectángulo de madera con la mano. Frené y él se bajó de un salto.

—Voy a esperar a Jacob —dije con contundencia.

—Buena suerte.

Cerró la puerta de un portazo y se marchó arrastrando los pies por el camino, con la cabeza inclinada hacia delante y los hombros hundidos.

El rostro de Quil me angustió mientras daba la vuelta para dirigirme a la casa de los Black. Le aterraba ser el próximo. ¿Qué estaba pasando allí?

Me detuve en frente de la casa de Jacob, apagué el motor y bajé las ventanillas. El ambiente estaba muy cargado y no soplaba el viento. Planté los pies en el salpicadero y me instalé dispuesta a esperar.

Un movimiento realizado en el campo de mi visión periférica me hizo volver la cabeza. Billy me miraba a través de la ventana de la fachada con expresión confusa. Lo saludé con la mano y le sonreí forzadamente, pero me quedé donde estaba.

Entrecerró los ojos y dejó caer la cortina detrás del cristal.

Estaba preparada para quedarme tanto tiempo como fuera necesario, pero quería tener algo que hacer. Desenterré una vieja pluma del fondo de mi mochila y un antiguo examen. Comencé a garabatear en la parte posterior del papel borrador.

Apenas tuve tiempo de dibujar una fila de rombos cuando se produjo un brusco golpecito contra mi puerta.

Me incorporé y alcé la vista, esperando ver a Billy, pero fue Jacob quien gruñó:

—¿Qué estás haciendo aquí, Bella?

Lo miré perpleja y atónita.

Jacob había cambiado radicalmente en las últimas semanas, desde la última vez que lo vi. Lo primero de lo que me di cuenta fue de que se había rapado su hermosa cabellera; había apurado mucho el corte, y ahora le cubría la cabeza una fina y lustrosa capa de pelo que parecía satén negro. Las facciones del rostro le habían cambiado de pronto, se mostraban duras y tensas, las de alguien de más edad. El cuello y los hombros también eran diferentes, en cierto modo, más gruesos. Las manos con las que aferraba el marco de la ventana parecían enormes, con los tendones y las venas marcados debajo de la piel cobriza. Pero los cambios físicos eran insignificantes...

... era su expresión la que lo convertía en alguien casi irreconocible. La sonrisa franca y amistosa había desaparecido, como la cabellera, y la calidez de sus ojos oscuros había mudado en un rencor perturbador. Ahora existía una oscuridad en Jacob. Había hecho implosión, como mi sol.

—¿Jacob? —susurré.

Se limitó a mirarme. Los ojos reflejaban tensión y enojo.

Comprendí que no estábamos solos. Los otros cuatro del grupo se hallaban detrás de él. Todos eran altos y de piel cobriza, el pelo rapado casi al cero, como el de Jacob. Podían haber pasado por hermanos, apenas lograba distinguir a Embry de entre ellos. La sorprendente hostilidad de todos los ojos acentuaba aún más el parecido.

Todos, salvo los de Sam, los del mayor, que les sacaba varios años. Él permanecía al fondo con el rostro sereno y seguro. Tuve que tragarme el mal genio que me estaba entrando, ya que me daban ganas de propinarle un buen porrazo. No, quería hacer más que eso. Deseé ser temible y letal más que cualquier otra cosa en el mundo, alguien a quien nadie se atreviera a importunar. Alguien capaz de ahuyentar a Sam Uley.

Quise ser vampiro.

El deseo virulento me pilló desprevenida y me dejó sin aliento. Era el más prohibido de los deseos —incluso aunque se debiera a una razón maligna como aquélla, gozar de ventaja sobre el enemigo— por ser el más doloroso. Había perdido ese futuro para siempre; en realidad, nunca lo había tenido en mis manos. Me erguí para recuperar el control de mí misma mientras sentía un vacío doloroso en el pecho.

—¿Qué quieres? —inquirió Jacob. El resentimiento de sus facciones aumentó cuando presenció el despliegue de emociones en mi rostro.

—Hablar contigo —contesté con un hilo de voz. Intenté concentrarme, pero todo me seguía dando vueltas mientras me rebelaba contra la pérdida de mi sueño tabú.

—Adelante —mascculló entre dientes. Su mirada era despiadada. Nunca lo había visto mirar a alguien así, y menos a mí. Dolía con una sorprendente intensidad, producía un sufrimiento físico que me traspasaba la mente.

—¡A solas! —siseé con voz más fuerte.

Volvió la vista atrás y supe adónde se dirigían sus ojos. Todos se volvieron a esperar la reacción de Sam.

Sam asintió una vez con rostro imperturbable. Efectuó un breve comentario en un idioma desconocido, lleno de consonantes líquidas, del que sólo estaba segura que no era francés ni español, por lo que supuse que era quileute. Se volvió y entró en casa de Jacob. Los demás —asumí que se trataba de Paul, Jared y Embry— lo siguieron.

—De acuerdo.

Jacob pareció un poco menos furioso cuando se marcharon los otros. Su rostro estaba más calmado, pero también reflejaba más desesperación. Las comisuras de su boca se mostraban permanentemente caídas.

Respiré hondo.

—Sabes lo que quiero saber.

No respondió. Se limitó a mirarme con frialdad.

Le devolví la mirada y el silencio se prolongó. El dolor de su rostro hizo que me encontrara incómoda. Sentí que se me empezaba a formar un nudo en la garganta.

—¿Podemos dar un paseo? —pregunté mientras aún era capaz de hablar.

No reaccionó de modo alguno. Su rostro no cambió.

Salí del carro al sentirme observada por ojos invisibles detrás de las ventanas y comencé a dirigirme al norte, hacia los árboles. Levanté un sonido de succión al andar sobre el barro de la cuneta y del herbazal. Como era el único sonido, pensé en un primer momento que no me seguía, pero lo tenía justo al lado cuando miré a mi alrededor. Sus pies habían encontrado un camino menos ruidoso que el mío.

Me sentí mejor en la hilera de árboles, donde lo más probable era que Sam no pudiera observarnos. Me devané los sesos para decidir cuáles eran las palabras más adecuadas, pero no se me ocurrió nada. Sólo me sentía más y más enfadada porque

Jacob se hubiera dejado engañar sin que Billy hubiera hecho nada por impedirlo..., y porque Sam fuera capaz de mantener tal calma y seguridad...

De pronto, Jacob aceleró el ritmo y me dejó fácilmente atrás con sus largas piernas. Luego, se giró y se quedó en medio del camino, de frente a mí, para que yo también tuviera que detenerme.

Me quedé abstraída por la manifiesta gracilidad de su movimiento. Jacob había sido tan patoso como yo a causa de su interminable estirón. ¿Cuándo se había operado semejante cambio?

No me concedió la oportunidad para pensar en ello.

—Terminemos con esto —dijo con voz ronca y metálica.

Esperé. Él sabía lo que yo quería.

—No es lo que crees —de pronto, su voz reflejó un gran cansancio—. No es lo que yo pensaba... Estaba muy desencaminado.

—En ese caso, ¿qué es?

Estudió mi rostro durante un buen rato y estuvo haciendo conjeturas. El enfado no abandonó sus ojos en ningún momento.

—No te lo puedo decir —contestó al fin.

Mi mandíbula se tensó cuando mascullé:

—Creí que éramos amigos.

—Lo éramos.

Había un leve énfasis en el tiempo pasado.

—Pero tú ya no necesitas a ningún otro amigo —espeté con acritud—. Tienes a Sam. Hay algo que no va bien... Siempre lo habías tenido entre ojos.

—Antes no lo comprendía.

—Y ahora has visto la luz, ¿no? ¡Aleluya!

—Bella, no tiene nada que ver con lo que yo creía. Tampoco es culpa de Sam, ya que él me ayuda todo lo que puede —la voz se le crispó y miró por encima de mi cabeza, a lo lejos, mientras la ira ardía en sus ojos.

—Te ayuda… —repetí con recelo—. Naturalmente.

Pero Jacob no parecía estar escuchándome. Respiraba hondo con deliberada lentitud en un intento de calmarse. Estaba tan fuera de sí que las manos le temblaban.

—Jacob, por favor —le susurré—. ¿No vas a decirme qué ocurre? Tal vez pueda ayudarte.

—Ahora, nadie puede ayudarme —sus palabras fueron un susurro quejumbroso. La voz se le quebró.

—¿Qué te ha hecho? —inquirí con los ojos anegados en lágrimas. Le tendí las manos, como ya había hecho antes en una ocasión, mientras avanzaba con los brazos abiertos.

Esta vez se encogió y se alejó mientras alzaba las manos a la defensiva.

—No me toques —murmuró.

—¿Nos oye Sam? —pregunté entre dientes. Unas tontas lágrimas se habían desbordado por las comisuras de mis ojos. Me las enjugué con el dorso de la mano y crucé los brazos delante del pecho.

—Deja de echarle las culpas a Sam.

Las palabras salieron a toda prisa, como un reflejo. Se llevó las manos a la cabeza para enredarse en una cabellera que ya no estaba allí, por lo que acabaron colgando sin fuerzas a los costados.

—Entonces, ¿a quién debería culpar? —repliqué.

Esbozó una media sonrisa, funesta y esquinada.

—No quieres oírlo.

—¡Y un cuerno! —contesté bruscamente—. Quiero saberlo, y quiero saberlo *ahora*.

—Te equivocas —me replicó.

—No te atrevas a decirme que me equivoco. ¡No es a mí a quien le han lavado el cerebro! Dime ahora de quién es la culpa de todo esto si no es de tu querido Sam.

—Tú lo has querido —me gruñó con ojos centelleantes—. Si quieres culpar a alguien, ¿por qué no señalas a esos mugrientos y hediondos chupasangres a los que tanto quieres?

Me quedé boquiabierta y el aliento me salió de los pulmones ruidosamente. Allí clavada, me sentí traspasada por el doble sentido de sus palabras. El dolor me recorrió todo el cuerpo en la forma acostumbrada. El agujero de mi pecho me desgarraba de dentro hacia fuera, pero había algo más, una música de fondo para el caos de mis pensamientos. No podía creer que le hubiera oído bien. No había rastro alguno de indecisión en el rostro de Jacob. Sólo furia.

Seguí con la boca abierta.

—Te dije que no querrías oírlo —señaló.

—No sé a quién te refieres —cuchicheé.

Enarcó una ceja con incredulidad.

—Lo sabes perfectamente. No me vas a obligar a decirlo, ¿verdad? No quiero hacerte daño.

—No sé a quién te refieres —repetí de forma mecánica.

—A los Cullen —dijo lentamente, arrastrando las palabras y escrutando mi rostro mientras las pronunciaba—. Lo he visto... Puedo ver lo que pasa por tus ojos cuando digo sus nombres.

Sacudí la cabeza de un lado a otro negándolo con energía y tratando de aclararme al mismo tiempo. ¿Cómo lo sabía? ¿Y qué relación guardaba todo aquello con la secta de Sam? ¿Era una banda que odiaba a los vampiros? ¿Era ésa la premisa de constitución de una asociación cuando los vampiros ya no vivían en Forks? ¿Por qué iba a empezar a creer Jacob en aquellas historias precisamente ahora, cuando las pruebas de la presencia de los Cullen habían desaparecido para siempre?

Necesité bastante tiempo hasta dar con la respuesta correcta.

—No me digas que ahora te crees las necias supersticiones de Billy —intenté mofarme de forma poco convincente.

—Sabe más de lo que nunca le reconocí.

—Sé serio, Jacob.

Clavó en mí una mirada crítica.

—Dejando las supersticiones a un lado —añadí rápidamente—, aún no veo de qué acusas a los Cullen —hice un gesto de dolor—. Se marcharon hace más de medio año. ¿Cómo vas a culparlos de lo que ahora haga Sam?

—Sam no está haciendo nada, Bella. Sé que se han ido, pero a veces las cosas se ponen en movimiento y entonces es demasiado tarde.

—¿Qué se ha puesto en movimiento? ¿Para qué es demasiado tarde? ¿De qué les estás echando la culpa?

De pronto, lo tuve delante mi rostro, con la ira ardiendo en sus ojos.

—De existir —mascculló.

¡Cállate ya, Bella! No lo presiones, me advirtió Edward al oído.

Me quedé atónita y trastornada al oír las palabras de aviso pronunciadas por la voz de Edward una vez más, dado que yo ni siquiera estaba asustada.

Desde que su nombre había atravesado los muros tras los que lo había emparedado con tanto cuidado, había sido incapaz de volverlo a encerrar. Ahora no dolía, no durante los preciados segundos en que oía su voz.

Jacob parecía que echaba chispas. Estaba plantado delante de mí y temblaba de ira.

No comprendía el motivo por el que la falsa ilusión de Edward estaba de forma inesperada en mi mente. Jacob estaba lívido, pero era Jacob. No había adrenalina ni peligro.

Déjalo calmarse, insistió la voz de Edward.

Sacudí la cabeza, confusa.

—Esto es ridículo —les contesté a ambos.

—Muy bien —contestó Jacob, que volvió a respirar hondo—. No voy a discutir contigo. De todos modos, no importa. El daño está hecho.

—¿Qué daño?

Permaneció impávido cuando le grité esas palabras a la cara.

—Regresemos. No hay nada más que decir.

Lo miré boquiabierta.

—¡Queda todo por decir, aún no me has contado nada!

Me dejó atrás y empezó a andar dando grandes zancadas de vuelta a la casa.

—Hoy me he encontrado con Quil —grité a sus espaldas.

Se detuvo en la mitad de un paso, pero no se volvió.

—¿Recuerdas a tu amigo Quil? Sí, está aterrado.

Jacob se volvió para encararme con expresión apenada.

—Quil —fue todo lo que dijo.

—También se preocupa por ti. Está alucinado.

Jacob miró fijamente más allá de mi persona con ojos de desesperación. Lo aguijoneé un poco más.

—Tiene miedo de ser el siguiente.

Jacob se agarró a un árbol para apoyarse. Su rostro se había tornado en una extraña sombra verde debajo de la tez cobriza.

—No lo va a ser —murmuró Jacob para sí mismo—. No puede serlo. Esto ha terminado. Esto ni siquiera debería de estar sucediendo. ¿Por qué? ¿Por qué?

Estampó el puño contra el árbol. No era un árbol grande, sino de tronco fino y poco más de medio metro más alto que Jacob, pero aun así, me sorprendí cuando el tronco cedió y se desgajó estrepitosamente bajo su golpe.

Jacob contempló el tronco repentinamente tronchado con sorpresa que pronto se transformó en pánico.

—Debo volver —dio media vuelta y comenzó a alejarse sin decir palabra con tal rapidez que tuve que correr para darle alcance.

—¡Volver con Sam!

—Es una forma de verlo —lo dijo tal y como lo sentía. Siguió mascullando y se alejó.

Lo perseguí de vuelta a mi carro.

—¡Espera! —lo llamé mientras se dirigía a la casa.

Se volvió hacia mí con las manos temblorosas de nuevo.

—Vete a casa, Bella, ya no voy a poder salir contigo.

La ilógica y ridícula herida fue de una potencia increíble. Los ojos se me llenaron de lágrimas otra vez.

—¿Estás rompiendo conmigo?

Eran las palabras menos adecuadas, pero también lo único que se me ocurrió preguntar. Después de todo, lo que Jake y yo teníamos era algo más que un amorío de patio de colegio. Algo mucho más fuerte.

Soltó una risa amarga.

—No es el caso, pero si lo fuera, diría: «Quedemos como amigos». Ni siquiera puedo decirte eso.

—¿Por qué, Jacob? ¿Sam no te deja tener otros amigos? Jake, por favor. Lo prometiste. ¡Te necesito!

La rotunda vacuidad de mi vida anterior —antes de que Jacob aportara un poco de cordura— se irguió para luego enfrentarse a mí. Se me hizo un nudo en la garganta de pura soledad.

—Lo siento, Bella —pronunció nítidamente cada palabra con una voz gélida que no parecía la suya.

Dudé de que fuera eso lo que Jacob pretendiera decir en realidad. Sus ojos airados parecían querer expresar algo más, pero yo no entendía el mensaje.

Tal vez no tuviera nada que ver en absoluto con Sam ni estuviera relacionado con los Cullen. Quizás sólo intentaba alejarse de una situación sin esperanza. Quizás debería permitirle que lo hiciera, si es que eso era lo mejor para él. Es lo que debería hacer. Sería lo acertado.

Pero oí que se me escapaba un hilo de voz:

—Lamento que antes no pudiera... Me gustaría cambiar lo que siento por ti, Jacob —actuaba a la desesperada, por lo que forcé y estiré la verdad hasta retorcerla tanto que acabó por tomar forma de mentira—. Es posible... es posible que pudiera cambiar si me dieras un poco de tiempo —susurré—, pero no me dejes ahora, Jake. No podré resistirlo.

Su rostro pasó de la ira al sufrimiento en un segundo. Me tendió una de sus manos temblorosas.

—No, Bella, por favor, no pienses de ese modo. No te acuses de nada, no pienses que es culpa tuya. Es todo culpa mía, lo juro, no tiene nada que ver contigo.

—No eres tú, soy yo —susurré.

—Lo que intento decirte, Bella, es que yo no... —mantuvo un debate interior. Ese tormento se reflejó en sus ojos. Su voz se fue haciendo más ronca a medida que pugnaba por controlar sus emociones—. No soy lo bastante bueno para seguir siendo tu amigo, ni ninguna otra cosa. No soy quien era. No soy bueno.

—¡¿Qué?! —lo miré fijamente, confusa y consternada—. ¿Qué estás diciendo? Eres mucho mejor que yo, Jake. ¡Eres bueno!

¿Quién te ha dicho lo contrario? ¿Sam? ¡Eso es totalmente falso, Jacob! ¡No le permitas que te lo diga! —de repente, había vuelto a pegar gritos.

El rostro de Jacob se endureció, pero sin vida.

—Nadie ha tenido que decirme nada. Sé lo que soy.

—Eres mi amigo, eso es lo que eres. Jake, no...

Se había dado la vuelta para alejarse de nuevo.

—Lo siento, Bella —repitió, aunque en esta ocasión su voz fue un murmullo roto. Se giró del todo y entró en la casa casi a la carrera.

Fui incapaz de moverme de donde estaba. Contemplé la casita. Parecía demasiado pequeña para albergar a cuatro chicarrones enormes y dos adultos aún más grandes. Dentro no se produjo ninguna reacción. No hubo revoloteo de cortinas ni eco de voces ni atisbo de movimiento alguno. El edificio me contempló con expresión ausente.

Comenzó a lloviznar y varias gotas sueltas me asaetearon la piel. No lograba apartar la mirada de la casa. Jacob saldría. Tenía que hacerlo.

La lluvia y el viento arreciaron. Dejó de llover en vertical y la lluvia comenzó a caer sesgada desde el oeste. Desde allí se olía el agua salada del mar. Mis cabellos me azotaban en el rostro y se quedaban adheridos a las zonas húmedas, enredándose en mis pestañas. Esperé.

La puerta se abrió al fin y, muy aliviada, avancé un paso.

Billy situó la silla de ruedas debajo del marco de la puerta. No vi a nadie más detrás de él.

—Charlie acaba de llamar, Bella. Le he dicho que estabas de camino a casa.

Tenía los ojos colmados de conmiseración, y en cierto modo, eso me hizo claudicar. No hice comentario alguno. Me limité a darme la vuelta como una autómata y subir al carro. Había dejado bajadas las ventanillas, por lo que los asientos estaban mojados y pegajosos. No importaba. Ya estaba empapada.

¡No es para tanto! ¡No es para tanto!, intentaba reconfortarme mi mente. Y era cierto, no era tan malo, no se acababa el mundo otra vez. Era sólo el final de un pequeño remanso de paz, un remanso que ahora dejaba atrás. Eso era todo.

No es para tanto, admití, *pero sí bastante malo.*

Había pensado que Jacob había sanado el agujero que había en mí, o al menos lo había sellado, de forma que no me doliera tanto. Me equivocaba. Se había limitado a excavar su propio agujero, por lo que ahora estaba carcomida, como un queso gruyer. Me preguntaba por qué no me derrumbaba en cachitos.

Charlie me esperaba en el porche. Salió a mi encuentro en cuanto reduje la velocidad para detenerme.

—Billy ha telefoneado. Dijo que te habías peleado con Jake y que estabas muy disgustada —me explicó nada más abrirme la puerta.

Sus facciones se horrorizaron cuando, al escrutar mi expresión, reconoció algo en ella. Intenté visualizarme tal y como se me vería desde fuera, a fin de saber qué estaba pensando. Sentí el rostro vacío y frío, y comprendí a qué le recordaba.

—No ha sucedido exactamente así —farfullé.

Charlie me pasó el brazo por los hombros y me ayudó a salir del carro. No hizo comentario alguno sobre mis ropas empapadas.

—Entonces, ¿qué ha pasado? —inquirió cuando estuvimos dentro.

Retiró la manta de punto del respaldo del sofá mientras hablaba y me cubrió los hombros con ella. Entonces me percaté de que seguía tiritando.

—Sam Uley le ha dicho a Jacob que no puede seguir siendo amigo mío —contesté con voz apagada.

Charlie me lanzó una mirada extraña.

—¿Quién te ha dicho eso?

—Jacob —determiné. Aunque no era exactamente cierto que él lo hubiera dicho, seguía siendo verdad.

Charlie frunció el ceño.

—¿De verdad crees que pasa algo raro con el joven Uley?

—Yo sé que es así, aunque Jacob nunca me lo hubiera dicho —oí el goteo del agua de mis ropas sobre el suelo y la salpicadura sobre el linóleo—. Voy a cambiarme.

Charlie se hallaba sumido en sus pensamientos y respondió distraídamente:

—De acuerdo.

Estaba tan helada que decidí darme una ducha, pero el agua caliente no pareció afectar a la temperatura de mi piel. Seguía congelada, así que al final desistí y cerré el grifo. En el repentino silencio oí a Charlie hablar con alguien en el piso de abajo. Me envolví en una toalla y entreabrí la puerta del baño.

Charlie estaba enojado.

—No me lo trago. Eso no tiene ni pies ni cabeza.

Luego se calló. Comprendí que estaba al teléfono. Al cabo de un minuto, Charlie bramó de pronto:

—No culpes a Bella —pegué un salto. Habló en voz más baja y precavida cuando añadió—: Mi hija dejó claro todo el tiempo que ella y Jacob sólo eran amigos... Bueno, si es así, ¿por qué no me lo dijiste al principio? No, Billy, creo que ella tiene razón en esto... ¿Por qué? Porque la conozco, y si ella dice que antes Jacob estaba asustado... —lo interrumpieron a mitad de frase, y cuando volvió a tomar la palabra casi estaba gritando de nuevo—: ¡¿Qué quieres decir con eso de que no conozco a mi hija tan bien como creo?! —permaneció a la escucha durante un instante y luego respondió en voz tan baja que apenas la logré oír—: Si piensas que voy a recordarle eso, vas listo. Apenas ha empezado a recuperarse, y creo que sobre todo gracias a Jacob. Si cualquier cosa que tu hijo haya hecho con el tal Sam la sume de nuevo en la depresión, entonces, Jacob va a tener que responder ante mí. Eres mi amigo, Billy, pero esto está perjudicando a mi familia.

Hubo otro silencio mientras Billy respondía.

—Tienes razón... Estos chicos se han pasado de la raya y voy a ver qué averiguo. Mantendremos los ojos bien abiertos, de eso puedes estar seguro.

Ahora no hablaba Charlie, sino el jefe de policía Swan.

—Bien. Vale. Adiós.

Colgó el auricular de un golpe.

Rápidamente, atravesé el pasillo de puntillas para meterme en mi cuarto. Charlie estaba refunfuñando airadamente en la cocina.

De modo que Billy iba a echarme la culpa de haber engatusado a Jacob hasta que éste, al fin, se había hartado de mí.

Resultaba extraño, ya que eso era lo que yo misma había temido, pero después de oír las últimas palabras de Jacob aquella tarde, ya no lo creía. Allí había mucho más que un simple enamoramiento no correspondido, y me sorprendía que Billy se rebajara hasta el punto de sostener esa tesis. Eso me indujo a creer que, fuera cual fuera el secreto que guardaban, debía de ser mayor de lo que había supuesto. Al menos, ahora Charlie estaba de mi lado.

Me puse el pijama y me arrastré hasta la cama. En aquel momento, la vida parecía demasiado lúgubre como para dejarme engañar. El agujero, bueno, ahora los agujeros, ya empezaban a dolerme, de modo que me dije: *¿Por qué no?* Extraje los recuerdos, no unos recuerdos verdaderos que dolieran demasiado, sino los falsos recuerdos de la voz de Edward hablando en mi interior esa tarde. Y los oí repetidas veces en mi interior hasta que me quedé dormida mientras las lágrimas rodaban lentamente por las mejillas de mi rostro vacío.

Esa noche tuve un sueño nuevo. Estaba lloviendo y Jacob caminaba a mi lado sin hacer ruido, aunque el suelo crujía a mis pies como si pisara gravilla seca. Pero ése no era mi Jacob, sino el nuevo Jacob, resentido y grácil. El sigiloso garbo de sus andares me recordó a otra persona, y los rasgos de Jacob comenzaron a cambiar mientras los miraba. El color rojizo de su piel fue desapareciendo hasta quedar una tez blanca como la cal. Sus ojos se volvieron dorados y luego carmesíes, para volver después al dorado. El pelo corto se le encrespó al soplo de la brisa, y adquirió una tonalidad broncínea allí donde lo despeinaba el viento. Su rostro se convirtió en algo tan hermoso que hizo saltar en pedazos mi corazón. Tendí los brazos hacia él, que retrocedió un paso mientras alzaba las manos para escudarse. Entonces, Edward desapareció.

Cuando desperté a oscuras, no estaba segura de si acababa de empezar a llorar o había empezado mientras dormía y las lágrimas de ahora eran una prolongación del llanto de mi sueño. Miré el techo en penumbra. Tuve la impresión de que era bien entrada la noche. Estaba medio dormida, tal vez casi del todo. Los párpados se me cerraron pesadamente e imploré un sueño sin pesadillas.

Fue entonces cuando oí el ruido que debía de haberme despertado al principio. Algo puntiagudo raspaba contra mi ventana provocando un chirrido agudo, similar al arañar de las uñas contra el cristal.

El intruso

El susto me hizo abrir los ojos. Estaba tan fatigada y confusa que dudaba de si estaba dormida o despierta.

Alguien volvió a arañar el cristal de la ventana levantando un sonido chirriante y estridente.

Salí a trompicones de la cama, confusa y patosa. Parpadeé en mi intento de enjugar las lágrimas de mis ojos.

Una gran silueta oscura se bamboleaba de un lado a otro del cristal, se movía como si fuera a lanzarse contra el cristal y atravesarlo. Retrocedí estupefacta y aterrada, a punto de gritar.

Victoria.

Había venido por mí.

Estaba muerta.

¡No, Charlie también, no!

Refrené el grito que iba a proferir. Debía conseguir que todo se desarrollara en silencio. No sabía cómo, pero tenía que evitar que Charlie acudiera a investigar...

Entonces, la figura sombría emitió una voz hosca que conocía muy bien.

—¡Bella! —bisbiseó—. ¡Ay! ¡Maldita sea, abre la ventana! ¡Ay!

Estaba temblando de terror, por lo que necesité dos segundos antes de ser capaz de moverme, pero luego me apresuré a acudir a la ventana y abrirla a empellones. La escasa luminosidad que alumbraba las nubes me bastó para identificar la silueta.

—¿Qué haces? —pregunté jadeando.

Jacob colgaba precariamente de la pícea que crecía en el pequeño patio delantero de Charlie. Su peso había inclinado el árbol hacia la casa y ahora pendía a menos de un metro de mí y a seis metros del suelo. Las finas ramas del extremo del árbol arañaban la fachada de la casa con un chirrido crispante.

—Intento cumplir… —resopló mientras cambiaba de posición su peso cada vez que el árbol lo zarandeaba— mi promesa.

Tenía los ojos húmedos y borrosos. Parpadeé, repentinamente convencida de que seguía soñando.

—¿Desde cuándo has prometido matarte cayéndote desde la copa del árbol de Charlie?

Bufó al no encontrar gracioso el comentario al tiempo que hacía oscilar las piernas para incrementar el ritmo de balanceo.

—Apártate de ahí —me ordenó.

—¿Qué?

Volvió a mover las piernas —hacia atrás y hacia delante— y aumentó el impulso. Entonces comprendí lo que se proponía.

—¡No, Jake!

Pero ya era demasiado tarde, por lo que me hice a un lado. Se lanzó hacia mi ventana abierta tras proferir un gruñido.

Estuve a punto de volver a chillar, ya que temí que se matara en la caída, o al menos se lisiara al golpearse contra el revestimiento exterior. Me quedé pasmada cuando entró en mi habitación de un ágil salto para luego aterrizar sobre la parte anterior de la planta del pie con un ruido sordo.

Los dos nos miramos de inmediato mientras conteníamos la respiración a la espera de saber si Charlie se había despertado. Transcurrieron unos breves instantes de silencio hasta que escuchamos los apagados ronquidos de mi padre.

Una enorme sonrisa se fue extendiendo por su rostro lentamente. Parecía muy complacido consigo mismo. No era la sonrisa que yo conocía y adoraba, era una sonrisa nueva —una burla amarga de su antigua franqueza— en el rostro que había pertenecido a Jacob.

Aquello fue demasiado para mí. Había llorado hasta quedarme dormida por culpa de aquel muchacho. Su severo rechazo había abierto un nuevo agujero en lo que quedaba de mi pecho. Había dejado a su paso una nueva pesadilla, como una infección en una llaga supurante, el insulto después de la herida. Y ahora estaba en mi habitación con su sonrisa de autocomplacencia como si nada hubiera pasado. Y peor aún, aunque su llegada había sido aparatosa y torpe, me había recordado las noches en que Edward solía entrar a hurtadillas por la ventana. El recuerdo hurgó ferozmente en las heridas abiertas.

Todo esto, unido al hecho de que estaba hecha polvo, no me ponía de muy buen humor.

—¡Vete! —mascullé con toda la malevolencia de la que fui capaz.

Parpadeó. Se quedó en blanco a causa de la sorpresa.

—No —protestó—, vengo a presentarte mis disculpas.

—¡No las acepto!

Lo empujé para intentar echarlo por la ventana. Después de todo, si era un sueño, no podía hacerle daño de verdad. No lo moví ni un centímetro. Enseguida dejé caer mis manos y me alejé de él.

No llevaba siquiera una camiseta, a pesar de que el aire que entraba por la ventana era lo bastante fresco como para hacerme tiritar. Ponerle las manos en el pecho me hizo sentir incómoda. La piel le ardía, como la cabeza la última vez que lo toqué. Era como si siguiera griposo y con fiebre.

Pero no tenía aspecto de estar enfermo. Parecía enorme. Se inclinó sobre mí, cohibido por la furiosa reacción. Era tan grande que tapaba toda la ventana.

De pronto, fue más de lo que pude soportar. Me sentí como si el efecto de todas las noches en vela se me echara encima de sopetón. Estaba tan terriblemente cansada que pensé que me iba a desmayar allí mismo. Me tambaleé con paso vacilante y luché por mantener los ojos abiertos.

—¿Bella? —susurró Jacob con ansiedad.

Me tomó por el codo cuando volví a tambalearme y me guió de vuelta a la cama. Las piernas cedieron en cuanto llegué al borde y me dejé caer de cualquier manera encima del colchón.

—Eh, ¿estás bien? —preguntó Jacob. La preocupación pobló su frente de arrugas.

Alcé los ojos. Las lágrimas aún no se habían secado en mis mejillas.

—¿Por qué rayos iba a estar bien, Jacob?

La angustia sustituyó buena parte de la severidad de su rostro.

—Cierto —admitió; respiró hondo—. Mierda, bueno, yo... Lo siento, Bella.

Yo no albergaba duda alguna de la sinceridad de la disculpa, aunque una crispación airada deformaba sus facciones.

—¿Por qué has venido? No quiero tus disculpas, Jake.

—Lo sé —susurró—, pero no podía dejar las cosas como quedaron esta tarde. Fue horrible. Perdona.

Sacudí la cabeza cansinamente.

—No comprendo nada.

—Lo sé. Quiero explicártelo... —de pronto, se calló y se quedó boquiabierto, como si se le hubiera cortado la respiración. Luego, volvió a respirar hondo—. Quiero hacerlo, pero no puedo —dijo, aún enojado—, y nada me gustaría más.

Dejé caer la cabeza entre las manos, que amortiguaron mi pregunta:

—¿Por qué?

Permaneció en silencio durante un momento. Ladeé la cabeza para verle la expresión —estaba demasiado cansada para mantenerla erguida— y me quedé asombrada. Tenía los ojos entrecerrados, los dientes prietos y el ceño fruncido por el esfuerzo.

—¿Qué pasa? —pregunté.

Espiró pesadamente y me di cuenta de que también había estado conteniendo la respiración.

—No puedo hacerlo —murmuró con frustración.

—¿Hacer qué?

Ignoró mi pregunta.

—Mira, Bella ¿no has tenido nunca un secreto que no hayas podido contar a nadie?

Pensé de inmediato en los Cullen. Él me miró dándome a entender que lo sabía. Esperaba que mi expresión no pareciera demasiado culpable.

—¿No hay nada que hayas ocultado a Charlie, a tu madre...? —insistió—. ¿Algo de lo que no hayas hablado ni siquiera conmigo? ¿Incluso ahora?

Sentí que se me tensaban los ojos. No respondí a la pregunta, pero supe que él lo interpretaría como una confirmación.

—¿Entiendes que tal vez me encuentre en la misma clase de... situación? —no encontraba las palabras y parecía esforzarse por expresarse de forma adecuada—. A veces, la lealtad se interpone en tus deseos. A veces, un secreto no te pertenece y no lo puedes revelar.

Bueno, eso no lo iba a discutir. Para ser exactos, tenía razón. Yo poseía un secreto que no era libre de contar, más aún, un secreto que me sentía obligada a proteger. Un secreto del que, de pronto, Jacob parecía saberlo todo.

Seguía sin ver la forma de aplicar aquello a él, a Sam o a Billy. ¿Qué importancia tenía para ellos ahora que los Cullen se habían ido?

—No sé por qué has venido, Jacob, si vas a limitarte a ofrecerme acertijos en vez de explicaciones.

—Lo siento —susurró—. ¡Menuda frustración!

Nos miramos el uno al otro durante bastante tiempo en la penumbra de la habitación con la desesperación escrita en el rostro.

—Lo que me mata —dijo de repente— es que en realidad ya lo sabes, ¡te lo *conté* todo!

—¿De qué me hablas?

Dio un respingo de sorpresa para luego inclinarse sobre mí mientras su expresión pasaba de la desesperanza a una centelleante energía en un segundo. Me miró implacablemente a los ojos y me habló deprisa y con avidez. Pronunció las palabras junto a mi rostro. Su aliento abrasaba tanto como su piel.

—Me parece haber encontrado la forma de que esto funcione... ¡porque ya lo sabes, Bella! No te lo puedo decir, pero tú sí puedes *adivinarlo.* ¡Eso me sacaría del atolladero!

—¿Quieres que lo adivine? ¿*Qué* he de adivinar?

—¡*Mi* secreto! Puedes hacerlo porque conoces la respuesta.

Parpadeé dos veces mientras intentaba aclarar las ideas. Entonces, su rostro volvió a crisparse por el esfuerzo.

—¡Un momento, a ver si te puedo echar un cable! —dijo. Fuera lo que fuera que intentara, resultaba tan arduo que acabó jadeando.

—¿Un cable? —pregunté, tratando de mantener el contacto. Mis labios querían permanecer sellados, pero los obligué a abrirse.

—Sí —contestó, respirando con dificultad—. Algo así como pistas.

Tomó mi rostro entre sus manazas demasiado cálidas y lo sostuvo a escasos centímetros del suyo. Me miró a los ojos mientras hablaba en susurros, parecía que comunicase algo más que las palabras que pronunciaba.

—¿Recuerdas el día que nos conocimos en la playa de La Push?

—Por supuesto que sí.

—Háblame de ello.

Tomé aliento e intenté concentrarme.

—Me preguntaste por mi monovolumen...

Asintió con la cabeza al tiempo que me instaba a continuar.

—Charlamos sobre el Golf.

—Sigue.

—Fuimos a dar un paseo por la playa...

Mientras hacía memoria, el contacto con las palmas de sus manos iba calentando mis mejillas, aunque él no se percataba al tener tan alta la temperatura de la piel. Le había pedido que caminara conmigo para luego flirtear con él —con tanta torpeza como éxito— a fin de sonsacarle información.

Jacob asentía, ansioso porque continuara.

Mi voz apenas era audible.

—Me contaste historias de miedo, leyendas quileutes...

Cerró los ojos para reabrirlos de nuevo.

—Sí —respondió en tensión, febril, como si se encontrara al borde de algo de vital importancia. Habló despacio, pronunciando con cuidado cada palabra—. ¿Recuerdas lo que te dije?

Tuvo que ser capaz de ver el cambio de color de mi rostro incluso en la oscuridad. ¿Cómo lo iba a olvidar? Sin darse cuenta de lo que hacía, Jacob me había contado exactamente lo que necesitaba saber ese día, que Edward era un vampiro...

Me miró con los ojos de quien sabe mucho y me dijo:

—Piensa, haz un esfuerzo.

—Sí, me acuerdo —exhalé.

Inhaló profundamente mientras se debatía.

—¿Recuerdas todas las histo...? —no fue capaz de terminar la pregunta. La mandíbula le colgó y quedó con la boca abierta, como si se hubiera atragantado.

—¿Todas las historias? —inquirí.

Asintió en silencio.

Sacudí la cabeza. Sólo una de las historias importaba de verdad. Sabía que él había comenzado con otras, pero no recordaba el preludio intrascendente, y menos con la mente nublada por la fatiga. Comencé a sacudir la cabeza.

Jacob gimió y saltó de la cama. Presionó sus puños contra las sienes y empezó a respirar agitado y deprisa.

—Lo sabes, lo sabes —murmuró para sí.

—¿Jake? Jake, por favor, estoy derrengada. En este momento no tengo la cabeza para nada. Tal vez por la mañana...

Recuperó una respiración acompasada y asintió.

—Tal vez lo comprendas luego. Creo adivinar por qué sólo te acuerdas de una historia —añadió con sarcasmo y amargura mientras se dejaba caer en el colchón a mi lado—. ¿Te importa que te haga una pregunta al respecto? —inquirió, aún sardónico—. Me muero de ganas por saberlo.

—¿Una pregunta sobre qué? —repuse, a la defensiva.

—Sobre la historia de vampiros que te conté.

Le miré con cautela, incapaz de responder, pero, de todos modos, formuló la pregunta.

—Sinceramente, ¿no lo sabías? —su voz se tornó ronca—. ¿Fui el único que te reveló qué era él?

¿Cómo sabía eso? ¿Por qué había decidido creer? ¿Y por qué *ahora?* Me rechinaron los dientes mientras le devolvía la mirada sin intención de contestar. Él se dio cuenta.

—¿Entiendes ahora a qué me refiero cuando hablo de lealtad? —musitó con voz aún más ronca—. A mí me ocurre lo mismo, sólo que peor. No te haces idea de cuáles son mis ataduras...

Aquello no me gustaba. No me gustaba la forma en que cerraba los ojos, como si le doliera la simple mención de sus lazos; más que disgusto, comprendí que lo que yo sentía era odio, odiaba cualquier cosa que le hiciera daño. La odiaba con ferocidad.

El rostro de Sam ocupó mi mente.

Para mí, en lo esencial, el sentimiento de lealtad era algo voluntario. Más allá del amor, protegía el secreto de los Cullen sin que me lo hubieran exigido, eso era cierto, pero no parecía ser igual en el caso de Jacob.

—¿No hay ninguna forma de que te liberes? —le pregunté mientras le acariciaba la dura superficie de su pelo rapado.

Le temblaron las manos, pero siguió sin abrir los ojos.

—No, estoy metido en esto de por vida. Es una condena eterna —soltó una risotada triste—. Tal vez, incluso más larga.

—No, Jake —gemí. ¿Qué te parece si nos escapamos? Tú y yo. ¿Qué te parece si dejamos atrás nuestras casas... y a Sam?

—No es algo de lo que yo pueda huir, Bella —susurró—, aunque me fugaría contigo si pudiera —ahora también le temblaban los hombros. Respiró hondo—. Bueno, debo irme.

—¿Por qué?

—En primer lugar, parece que vas a quedarte traspuesta de un momento a otro. Necesitas dormir... Necesito que te pongas las pilas. Vas a averiguarlo, debes hacerlo.

—¿Y el segundo motivo?

Torció el gesto.

—Tengo que irme a escondidas. Se supone que no debo verte. Estarán preguntándose dónde estoy —esquinó la sonrisa—. Imagino que habré de dejar que se enteren.

—No tienes que decirles nada —susurré.

—De todos modos, lo haré.

El fuego de la ira prendió en mi interior.

—¡Los odio!

Jacob me miró con los ojos muy abiertos, sorprendido.

—No, Bella, no odies a los chicos. No es culpa de Sam ni de los demás. Como ya te he dicho, se trata de mí… Sam es un tipo muy duro, es súper. Jared y Paul son también grandes tipos, aunque Paul es un poco… Y Embry siempre ha sido mi amigo. Eso no ha cambiado, es lo único que no ha cambiado. Me siento realmente mal cuando recuerdo lo que pensaba de Sam…

¡¿Que Sam era súper?! Le clavé la mirada, atónita, pero pasé por alto el asunto.

—Entonces, ¿por qué se supone que no debes verme? —inquirí.

—No es seguro —masculló y miró al suelo.

Sus palabras me hicieron estremecer de miedo.

¿También estaba al corriente de eso? Nadie lo sabía, excepto yo, pero tenía razón… Era bien entrada la madrugada, una hora perfecta para la caza. Jacob no tendría que estar en mi habitación. Debía estar sola si alguien venía a buscarme.

—Si pensara que era demasiado… arriesgado —cuchicheó—, no hubiera venido, pero te hice una promesa, Bella —volvió a mirarme—. No tenía ni idea de lo difícil que iba a ser cumplirla, aunque eso no significa que no vaya a intentarlo.

Leyó la incomprensión en mis facciones.

—Después de esa estúpida película —me recordó—, te prometí que jamás te haría daño... Estuve a punto de estropearlo todo esta tarde, ¿verdad?

—Sé que no querías hacerlo, Jake. Está bien.

—Gracias, Bella —me tomó de la mano—. Voy a hacer cuanto pueda por estar contigo, tal y como prometí —de pronto, me dedicó una gran sonrisa, una sonrisa que no era la mía, ni la de Sam, sino una extraña combinación de ambas—. Ayudaría mucho que lograras averiguarlo por tu cuenta, de verdad, Bella. Haz un esfuerzo.

Esbocé una débil mueca.

—Lo intentaré.

—Y yo intentaré verte pronto —suspiró—. Querrán hacerme hablar de esto.

—No los escuches.

—Haré lo que pueda —meneó la cabeza, como si dudara de tener éxito en esa tarea—. Ven a decírmelo tan pronto como lo hayas deducido —entonces, debió de ocurrírsele algo, algo que le provocó un temblor en las manos—. Bueno... si es que luego quieres venir.

—¿Y por qué no iba a querer?

El rostro de Jacob se endureció y se volvió frío. Ése era el uno por ciento que pertenecía a Sam.

—Se me ocurre una excelente razón —repuso con tono áspero—. Mira, tengo que irme, de verdad. ¿Podrías hacer algo por mí?

Me limité a asentir, asustada por el cambio que se había operado en él.

—Telefonéame al menos si no quieres volver a verme. Házmelo saber si fuera ése el caso.

—Eso no va a suceder…

Me interrumpió alzando una mano.

—Tú limítate a decírmelo.

Se puso de pie y se encaminó hacia la ventana.

—No seas idiota —protesté—. Vas a romperte una pierna. Usa la puerta. Charlie no te va a atrapar.

—No voy a hacerme ningún daño —murmuró, pero se volvió hacia la puerta.

Vaciló mientras pasaba junto a mí, sin dejar de mirarme con una expresión que indicaba que algo lo atormentaba. Me tendió una mano con gesto de súplica.

Tomé su mano y de pronto tiró de mí —con demasiada brusquedad— hasta sacarme de la cama y chocar con un golpe sordo contra su pecho.

—Por si acaso —murmuró junto a mi pelo mientras me estrechaba entre sus brazos con tal fuerza que estuvo a punto de romperme las costillas.

—No puedo… respirar… —dije con voz entrecortada.

Me soltó de inmediato, pero retuvo un brazo a la altura de la muñeca para que no me cayera al suelo. Me dio un empujoncito —esta vez con más delicadeza— para hacerme caer sobre la cama.

—Duerme algo, Bella. Tienes que tener la mente despejada. Sé que lo vas lograr. *Necesito* que lo comprendas. No te quiero perder, Bella, no por esto.

Se plantó en la puerta de una zancada, la entreabrió con sigilo y desapareció por la abertura. Agucé el oído para detectar el escalón que crujía en las escaleras, pero no se escuchó nada.

Me tendí en la cama con la cabeza dándome vueltas. Estaba rendida y demasiado confusa. Cerré los ojos en un intento de que todo tuviera sentido, sólo para sumirme en la inconsciencia con tal rapidez que me desorienté.

No disfruté del sueño pacífico y sin pesadillas que tanto anhelaba, por supuesto que no. Me encontraba en el bosque una vez más y comencé a deambular por el camino de siempre.

Enseguida me percaté de que no era el sueño habitual. Por una parte, no me sentía obligada a vagabundear ni a buscar. Anduve sin rumbo fijo por una cuestión de simple hábito, ya que eso era lo que se esperaba de mí. De hecho, ni siquiera era el mismo bosque. El olor y la luz eran diferentes. No olía a tierra húmeda, sino a agua salada marina. No podía ver el cielo, pero aun así, a juzgar por el brillo jade de las hojas de las copas de los árboles, parecía que el sol estaba cayendo a plomo.

No tenía duda alguna de que la playa se hallaba cerca. Ése debía de ser el bosque cercano a La Push. Supe que podría ver el sol si era capaz de encontrar la playa, por lo que me apresuré a avanzar guiada por el débil sonido de las olas a lo lejos.

Jacob apareció en ese momento. Me aferró la mano y tiró de mí para llevarme a la parte más umbría del bosque.

—¿Qué ocurre, Jacob? —le pregunté. Su rostro era el de un niño asustado y de nuevo lucía su hermosa melena recogida en una cola de caballo a la altura de la nuca. Tiraba de mí con todas sus fuerzas, pero yo me resistía porque no quería adentrarme en la zona sombría.

—Corre, Bella, debes correr —susurró aterrado.

La sensación de *déjà vu* fue tan fuerte y repentina que estuve a punto de despertarme.

Ahora sabía por qué había reconocido aquel lugar; había estado allí antes, en otro sueño, hacía un millón de años, en una etapa de mi vida totalmente distinta. Aquél era el sueño que había tenido la noche posterior a pasear con Jacob por la playa, la primera noche en que supe que Edward era un vampiro. El hecho de que Jacob me hubiera hecho recordar ese día debía de haber sacado a relucir mis recuerdos enterrados.

Ahora me había distanciado del sueño, por lo que me limité a esperar que continuara. Una luz se acercó a mí desde donde debía de estar la playa. Edward aparecería entre los árboles al cabo de unos instantes; entonces, vería su tez reluciente y sus peligrosos ojos negros. Me haría señas y me sonreiría. Lo vería hermoso como un ángel con los colmillos cortantes y puntiagudos...

... pero me estaba anticipando a los acontecimientos. Antes tenía que pasar algo más.

Jacob me soltó la mano y profirió un grito. Se desplomó a mis pies temblando y sufriendo espasmos.

—¡Jacob! —chillé, pero había desaparecido...

... y en su lugar había un enorme lobo de pelaje rojizo e inteligentes ojos oscuros.

El sueño dio un vuelco, por supuesto, como el de un tren que salta sobre la vía.

Aquél no era el mismo lobo con el que había soñado en mi anterior vida, sino el de pelambrera rojiza que había tenido a quince centímetros de mí en el prado hacía exactamente una semana. Este lobo era gigante, monstruoso, más grande que un oso.

Me miraba fija e intensamente mientras intentaba transmitir una información vital con sus inteligentes ojos, los ojos de color castaño oscuro de Jacob Black.

Me desperté gritando con toda la fuerza de mis pulmones.

Estaba medio convencida de que esta vez Charlie iba a venir a echar un vistazo. No era mi grito habitual. Enterré la cabeza en la almohada e intenté controlar los alaridos de mi ataque de histeria. Apreté el rostro contra la almohada, preguntándome si habría alguna forma de ocultar la conexión que acababa de establecer.

Pero Charlie no acudió y al final logré contener los aullidos que empezaban a formarse en mi garganta.

Ahora lo recordaba todo, todo, hasta la última palabra que me había dicho Jacob ese día en la playa, incluso la parte previa a los vampiros, los «fríos». En especial, esa parte.

—¿Conoces alguna de nuestras leyendas ancestrales? —comenzó—. Me refiero a nuestro origen, el de los quileutes.

—En realidad, no —admití.

—Bueno, existen muchas leyendas. Se afirma que algunas se remontan al Diluvio. Supuestamente, los antiguos quileutes amarraron sus canoas a lo alto de los árboles más grandes de las montañas para sobrevivir, igual que Noé y el Arca —me sonrió para demostrarme el poco crédito que daba a esas historias—. Otra leyenda afirma que descendemos de los lobos, y que éstos siguen siendo nuestros hermanos. La ley de la tribu prohíbe matarlos.

»Y luego están las historias sobre los fríos.

—¿Los fríos? —pregunté sin esconder mi curiosidad.

—Sí. Las historias de los fríos son tan antiguas como las de los lobos, y algunas son mucho más recientes. De acuerdo con la leyenda, mi propio tatarabuelo conoció a algunos de ellos. Fue él quien selló el trato que los mantiene alejados de nuestras tierras.

Entornó los ojos.

—¿Tu tatarabuelo? —lo animé.

—Era el jefe de la tribu, como mi padre. Ya sabes, los fríos son los enemigos naturales de los lobos, bueno, no de los lobos en realidad, sino de los lobos que se convierten en hombres, como nuestros ancestros. Tú los llamarías licántropos.

—¿Tienen enemigos los hombres lobo?

—Sólo uno.

Tenía algo en la garganta que me estaba ahogando. Intenté tragarlo, pero se mantuvo inmóvil. Entonces traté de escupir la palabra.

—Hombre lobo —dije con voz entrecortada.

Sí, esa palabra era lo que se me había atragantado, lo que me impedía respirar.

El mundo entero se tambaleó hasta inclinarse hacia el lado equivocado de su eje.

¿Qué clase de lugar era aquél? ¿Podía existir un mundo donde las antiguas leyendas vagaran por las fronteras de las ciudades pequeñas e insignificantes para enfrentarse a monstruos míticos? ¿Significaba eso que todos los cuentos de hadas imposibles tenían una base sólida y verdadera en ciertos sitios? ¿Había cordura y normalidad o todo era magia y cuentos de fantasmas?

Sostuve mi cabeza entre las manos en un intento de evitar que estallara.

Una vocecita mordaz preguntó en el fondo de mi mente dónde radicaba la diferencia. ¿Acaso no había aceptado la existencia de vampiros hacía mucho tiempo, y sin todos los ataques de histeria de esta ocasión?

Exactamente, quise replicar a la voz. ¿No tenía una persona de sobra con un sólo mito a lo largo de su vida?

Además, no hubo ni un momento en que Edward dejara de estar por encima de lo ordinario. No supuso una gran sorpresa saber lo que era, porque resultaba evidente que era *algo.*

Pero ¿Jacob? Jacob era sólo Jacob, ¿sólo eso? ¿Mi amigo Jacob? Jacob, el único humano con el que había sido capaz de relacionarme...

Y resulta que ni siquiera era un hombre.

Reprimí el deseo de volver a gritar.

¿Qué decía eso sobre mí?

Conocía la respuesta a esa pregunta. Significaba que había algo intrínsecamente malo en mí, de lo contrario, ¿por qué iba a estar mi vida poblada de personajes salidos de las películas de terror? ¿Por qué otro motivo me iba a preocupar tanto por ellos, hasta el punto de abrirme profundos agujeros en el pecho cuando se marchaban para seguir con sus existencias de leyenda?

Todo daba vueltas y cambiaba en mi mente mientras intentaba reorganizar las cosas que antaño habían tenido un sentido para que ahora pudieran significar algo más.

No había ninguna secta. Jamás la hubo, ni tampoco una banda. No, era mucho peor que eso. Se trataba de una *manada*...

... una manada de cinco gigantescos licántropos de alucine con diferentes tonalidades de pelaje que habían pasado junto a mí en la pradera de Edward.

De repente, me entró una prisa enorme. Eché una ojeada al reloj, era demasiado temprano, pero no me importaba. Debía ir a La Push *ahora*. Tenía que ver a Jacob cuanto antes para que me dijera que no había perdido del todo el juicio.

Me vestí con las primeras ropas limpias que encontré, sin molestarme en comprobar si las llevaba o no a juego y bajé las escaleras de dos en dos. Estuve a punto de atropellar a Charlie cuando me deslizaba por el vestíbulo, directa hacia la puerta.

—¿Adónde vas? —me preguntó, tan sorprendido de verme como yo a él—. ¿Sabes qué hora es?

—Sí. He de ver a Jacob.

—Creí que el asunto de Sam...

—Eso no importa. Debo hablar con él de inmediato.

—Es muy temprano —torció el gesto al ver que mi expresión no cambiaba—. ¿No quieres desayunar?

—No tengo hambre —la frase salió disparada de entre mis labios. Mi padre bloqueaba el camino hacia la salida. Sopesé la posibilidad de eludirle y echarle una carrera, pero sabía que tendría que explicárselo después—. Volveré pronto, ¿de acuerdo?

Charlie frunció el ceño.

—¿Vas directamente a casa de Jacob, verdad? ¿Sin paradas en el camino?

—Por supuesto, ¿dónde iba a detenerme? —contesté atropelladamente a causa de la prisa.

—No lo sé —admitió—. Es sólo que... Bueno, los lobos han protagonizado otro ataque. Ha sido cerca del balneario, junto a las fuentes termales. En esta ocasión hay un testigo. La víctima se hallaba a diez metros del camino cuando desapareció. La esposa vio a un enorme lobo gris a los pocos minutos, mientras lo estaba buscando, y corrió en busca de ayuda.

El estómago me dio un vuelco como en el descenso de una montaña rusa.

—¿Lo atacó un lobo?

—No hay rastro de él, sólo un poco de sangre de nuevo —el rostro de Charlie parecía triste—. Los guardias forestales patrullan armados y están reclutando voluntarios con escopetas. Hay un montón de cazadores deseosos de participar. Se va a ofrecer una recompensa por las pieles de lobo. Eso significa que va a haber muchas armas ahí fuera, en el bosque, y eso me preocupa —sacudió la cabeza—. Los accidentes se producen cuando la gente se pone nerviosa.

—¿Van a disparar a los lobos? —mi voz subió unas tres octavas.

—¿Qué otra cosa podemos a hacer? ¿Qué ocurre? —preguntó mientras escrutaba mi rostro con una mirada tensa—. No te convertirás en una ecologista fanática y te pondrás en mi contra, ¿verdad?

No logré responderle. Hubiera metido la cabeza entre las rodillas si él no hubiera estado observándome. Me había olvidado de los montañeros desaparecidos y de los rastros de zarpas ensangrentadas... En un primer momento no había relacionado esos acontecimientos.

—Escucha, cielo, no dejes que eso te asuste. Limítate a permanecer en el pueblo o en la carretera... Sin paradas, ¿vale?

—Vale —repetí con voz débil.

—Tengo que irme.

Al estudiarlo de cerca por primera vez, vi que llevaba la pistola ajustada al cinto y calzaba botas de montaña.

—No vas a ir por esos lobos, ¿verdad, papá?

—He de hacerlo, Bella. La gente está desapareciendo.

Alcé la voz otra vez, ahora de forma casi histérica.

—No, no vayas, no. ¡Es demasiado peligroso!

—Debo hacer mi trabajo, pequeña. No seas tan pesimista... Estaré bien —se volvió hacia la puerta y la mantuvo abierta—. ¿Vas a salir?

Vacilé al tener aún alterado el estómago. ¿Qué podía decir para detenerlo? Estaba demasiado mareada para hallar la solución.

—¿Bella?

—Tal vez sea demasiado temprano para ir a La Push —susurré.

—Estoy de acuerdo —dijo, y de una zancada salió al exterior, donde estaba lloviendo. Cerró la puerta al salir.

En cuanto lo perdí de vista, me dejé caer al suelo y hundí la cabeza entre las rodillas.

¿Debía ir detrás de Charlie? ¿Qué le iba a decir?

¿Y qué ocurría con Jacob? Era mi mejor amigo. Necesitaba avisarle. La gente le iba a disparar si era de verdad un... —me acurruqué y me obligué a pensar la palabra— un hombre lobo, y sabía que era cierto, lo sentía. Necesitaba decirles a él y a sus amigos que iban a intentar matarlos si seguían merodeando por ahí en forma de lobos gigantescos. Debía decirles que pararan.

¡Tenían que parar! Charlie estaba en los bosques. ¿Les importaría? Hasta la fecha sólo habían desaparecido forasteros. Me pregunté si eso significaba algo o era pura coincidencia.

Necesitaba creer que al menos a Jacob sí le importaba.

En cualquier caso, debía prevenirlo.

¿O no?

Jacob era mi mejor amigo, pero ¿no era también un monstruo? ¿Uno real? ¿Perverso? ¿Debía avisarles si en realidad él y sus amigos eran... eran unos *asesinos* y habían aniquilado a *inocentes* montañeros a sangre fría? ¿Sería un error protegerlos si resultaban ser auténticas criaturas de una peli de terror?

Era inevitable comparar a Jacob y sus amigos con los Cullen. Me envolví el pecho con los brazos. Luchaba contra el agujero mientras pensaba en ellos.

Evidentemente, no sabía nada de licántropos. Hubiera esperado algo más parecido a los largometrajes —grandes criaturas semihumanas y peludas, o algo así— de haber esperado algo, por lo que ignoraba si cazaban por apetito, sed o sólo por deseo de matar. Resultaba difícil decidir nada sin saber eso.

Pero no podría ser peor de lo que debían soportar los Cullen en su búsqueda del bien. Me acordé de Esme —se me escaparon unas lágrimas cuando imaginé su precioso y amable rostro— y de cómo, por muy maternal y adorable que fuera, tuvo que contener la respiración y, avergonzada, alejarse corriendo de mí cuando empecé a sangrar. No podía ser más duro que aquello. Pensé en Carlisle y en los siglos y siglos que había pasado esforzándose para aprender a ignorar la sangre con el fin de salvar vidas como médico. Nada podía ser más duro que *eso.*

Los hombres lobo habían elegido un camino diferente.

Ahora bien, ¿qué debía elegir yo?

El asesino

Todo hubiera sido distinto de haberse tratado de cualquier otra persona en vez de Jacob, pensé en mi fuero interno mientras conducía rumbo a La Push por la carretera que bordeaba el bosque.

No estaba convencida de hacer lo correcto, pero tenía un compromiso conmigo misma.

No podía aprobar lo que hacían Jacob y sus amigos —su manada—. Ahora comprendía lo que había dicho la noche pasada sobre que tal vez no quisiera volver a verlo. Podía haberlo telefoneado tal y como él me sugirió, pero lo consideraba una cobardía. Le había prometido al menos una conversación cara a cara. Le diría que no podía ignorar lo que estaban haciendo. No podía ser amiga de un asesino, quedarme callada, dejar que continuara la matanza... Eso me convertiría a mí en un monstruo.

Pero tampoco podía dejar de avisarle, debía hacer lo que estuviera en mis manos para protegerlo.

Frené al llegar a la casa de los Black y fruncí los labios hasta convertirlos en una línea. Ya era bastante malo que mi mejor amigo fuera un licántropo, pero ¿tenía que ser también un monstruo?

La casa estaba a oscuras y no vi luces en las ventanas, pero no me importaba despertarlos. Aporreé la puerta con el puño con la energía del enfado. El sonido retumbó entre las paredes.

—Entra —le oí decir a Billy después de un minuto mientras pulsaba un interruptor.

Giré el pomo de la puerta, que estaba abierta. Billy, que aún no se encontraba en su silla de ruedas y llevaba un albornoz sobre los hombros, se asomó desde la pequeña cocina hacia la entrada abierta. Puso unos ojos como platos al verme, pero luego su rostro se volvió imperturbable.

—Vaya, buenos días, Bella. ¿Qué haces levantándote tan temprano?

—Hola, Billy. He de hablar con Jacob. ¿Dónde está?

—Esto... En realidad, no lo sé —mintió muy serio.

—¿Sabes qué está haciendo Charlie esta mañana? —inquirí a punto de ahogarme.

—¿Debería?

—Él y media docena de vecinos se han echado al monte con armas para cazar lobos gigantes —la expresión de Billy se alteró unos segundos para luego poner un rostro carente de expresión—. Así pues, si no te importa —añadí—, me gustaría hablar con Jake.

Billy frunció la boca durante un buen rato y al final, señalando el minúsculo pasillo que salía de la entrada de la fachada con un movimiento de cabeza, dijo:

—Apuesto a que aún duerme. Estos días sale por ahí hasta muy tarde. El chico necesita descansar. Probablemente no deberías despertarlo.

—Ahora me toca a mí —murmuré para mis adentros mientras me encaminaba hacia el pasillo. Billy suspiró.

El pequeño cuarto de Jacob era la única habitación de un pasillo que no mediría ni un metro de largo. No me molesté en llamar, sino que abrí de sopetón y cerré de un fuerte golpe.

Jacob, aún vestido con los mismos jeans negros sudados que había llevado en mi habitación, la noche anterior, yacía en diagonal encima de la cama doble que ocupaba casi toda su habitación, salvo unos pocos centímetros a ambos lados del lecho, en el que no cabía a pesar de haberse tendido cruzado. Los pies le colgaban fuera por un lado y la cabeza por el otro. Dormía profundamente con la boca abierta y roncaba levemente, sin inmutarse después del portazo.

Su rostro dormido estaba en paz y toda la ira se había desvanecido de sus facciones. Tenía ojeras debajo de los ojos, no me había percatado hasta ese momento. A pesar de su tamaño desmedido, ahora parecía muy joven, y también muy cansado. Me embargó la piedad.

Retrocedí, salí y cerré la puerta haciendo el menor ruido posible al salir.

Billy me miró fijamente con curiosidad y prevención mientras caminaba lentamente de vuelta al salón.

—Me parece que voy a dejarlo reposar un poco.

Billy asintió, y entonces nos miramos largo tiempo el uno al otro. Me moría de ganas por preguntarle cuál era su participación en todo este asunto y qué pensaba sobre aquello en lo que se había convertido su hijo, mas sabía que había apoyado a Sam desde el principio, por lo que supuse que los crímenes no debían preocuparlo. No lograba concebir cómo era capaz de justificar semejante actitud.

Atisbé en sus ojos que también él tenía muchas preguntas que hacerme, pero tampoco las verbalizó.

—Escucha —dije rompiendo el silencio—, voy a bajar a la playa un rato. Dile que lo espero allí cuando se despierte, ¿de acuerdo?

—Claro, claro —aceptó.

Me pregunté si lo haría de verdad, pero bueno, de no ser así, lo había intentado, ¿no?

Conduje hasta First Beach y me detuve en el parqueadero, sucio y vacío. Todavía era de noche y se anunciaba el ceniciento fulgor previo al alba de un día nublado, por lo que apenas había visibilidad cuando apagué las luces del carro. Tuve que esperar para que mis ojos se acostumbraran a la penumbra antes de poder encontrar la senda que atravesaba el alto herbazal. Allí hacía más frío a causa del viento procedente del oscuro mar, por lo que hundí las manos en los bolsillos de mi chaqueta de invierno. Al menos había dejado de llover.

Caminé hasta la playa en dirección al espigón situado más al norte. No veía St. James ni las demás islas, sólo la difusa línea de la orilla del agua. Elegí con cuidado mi camino entre las rocas sin dejar de vigilar la madera que el mar arrastraba a la playa para no tropezar.

Me descubrí contemplando el lugar que había venido a buscar antes de percatarme de que lo había encontrado. En la oscuridad, vislumbré un gran árbol blanco profundamente enraizado entre las rocas cuando me hallaba apenas a escasos centímetros. Las raíces retorcidas se prolongaban hasta el borde del espigón. Parecían un centenar de tentáculos frágiles. No estaba segura de que fuera el mismo árbol en que Jacob y yo habíamos mantenido la primera conversación —con la que tanto se había complicado mi vida—, pero lo parecía. Me senté en el mismo lugar que en aquel entonces y miré hacia el mar, ahora invisible.

La repulsión y la ira habían desaparecido después de verlo dormido —inocente y vulnerable en su lecho—, pero no podía hacer la vista gorda ante lo que estaba pasando, como parecía ser el caso de Billy, aunque tampoco podía inculpar a

Jacob. *No es así como funciona el amor,* resolví. Es imposible mostrarte lógico con las personas una vez que les tomas afecto. Jacob era mi amigo independientemente de que matara o no matara a la gente, y no sabía qué hacer al respecto.

Sentía una urgencia irresistible de protegerlo al recordarlo dormido, tan pacífico, algo completamente ilógico.

Pero fuera o no lógico, le estuve dando vueltas al recuerdo de su rostro en calma en un intento de alcanzar una respuesta, alguna forma de protegerlo, mientras el cielo se fue aclarando hasta ponerse gris.

—Hola, Bella.

Me levanté de un brinco al oír la voz de Jacob procedente de las sombras. Él había hablado en voz baja, casi con timidez, pero me asusté, pues yo contaba con estar sobre aviso gracias al ruido que haría al caminar sobre las piedras que se extendían a mis espaldas. Vi su silueta recortándose contra las luces del inminente amanecer. Parecía enorme.

—¿Jake?

Permaneció alejado varios pasos mientras se balanceaba con ansiedad, descansando su peso sobre un pie y luego sobre el otro.

—Billy me informó de tu llegada... No te ha llevado mucho tiempo averiguarlo, ¿no? Sabía que lo descubrirías.

—Sí, ahora recuerdo la historia en concreto —susurré.

El silencio se prolongó durante un buen rato y, aunque estaba demasiado oscuro para ver bien, sentí un picor en la piel, como si sus ojos estuvieran estudiando mi rostro. Debía de haber suficiente luz para que él leyera mi expresión, ya que había una nota mordaz en su voz cuando habló de nuevo.

—Podías haberte limitado a telefonear —dijo con aspereza.

Asentí.

—Lo sé.

Jacob comenzó a pasear entre las rocas. Si aguzaba mucho el oído era capaz de oír, a duras penas, el suave roce de sus pies sobre las piedras por encima del sonido de las olas. Era un ruido similar al de las castañuelas.

—¿Por qué has venido? —inquirió sin dejar de pasear dando grandes zancadas.

—Pensé que sería mejor hablar frente a frente.

Soltó una risotada.

—Oh, sí, mucho mejor.

—Jacob, he de avisarte...

—¿Contra los agentes forestales y los cazadores? No te preocupes, ya lo sabíamos.

—¡¿Que no me preocupe?! —inquirí con incredulidad—. Jake, llevan armas, están tendiendo trampas, han ofrecido recompensas y...

—Podemos cuidarnos solos —gruñó sin dejar de andar—. No van a atrapar a nadie. Sólo van a ponérnoslo un poco más difícil, pero pronto comenzarán a desaparecer también.

—¡Jake! —murmuré.

—¡¿Qué?! Sólo es un hecho.

Palidecí de la repulsa.

—¿Cómo puedes... pensar así? Conoces a esa gente. ¡Charlie está ahí fuera!

La idea me produjo un retortijón de estómago.

Se detuvo de forma abrupta y me replicó:

—¿Y qué otra cosa podemos hacer?

Los rayos del sol confirieron una tonalidad rosácea a las nubes que pasaban encima de nosotros. Ahora le pude ver la expresión. Estaba enfadado y frustrado, se sentía engañado.

—¿Podrías...? Bueno, ¿podrías intentar no convertirte en... hombre lobo? —le sugerí con un hilo de voz.

Alzó las manos al aire y bramó:

—¡Como si tuviera elección! Además, si lo que te preocupan son los desaparecidos, ¿de qué iba a servir?

—No te entiendo.

Me lanzó una mirada con los ojos entrecerrados y frunció los labios al refunfuñar:

—¿Sabes lo que más me molesta? —pasé por alto la hostilidad de su expresión y negué con la cabeza, ya que parecía aguardar una respuesta—. Que seas tan hipócrita, Bella. Estás ahí sentada, aterrada por mi causa. ¿Es eso justo?

Las manos le temblaron de ira.

—*¿Hipócrita?* ¿Tenerle miedo a un monstruo me convierte en una hipócrita?

—Bah —refunfuñó; se llevó las manos a las sienes y cerró los ojos con fuerza—. ¿Te has oído a ti misma?

—¡¿Qué?!

Se acercó dos pasos, se inclinó hacia delante y me miró con rabia.

—Bueno, lamento mucho no ser la clase de monstruo que te va, Bella. Supongo que no soy tan bueno como un chupasangre, ¿no?

Me puse en pie de un salto y le devolví la mirada.

—¡No, no eres tú! —grité—. ¡No es lo que *eres,* sino lo que *haces!*

—¿Qué se supone que significa eso? —bramó mientras todo su cuerpo se estremecía de rabia.

Ve con cuidado, Bella, me previno la voz aterciopelada, *no lo presiones tanto. Tienes que calmarlo.* El aviso de Edward me pilló totalmente desprevenida.

Hoy no tenía sentido ni siquiera la voz de mi interior, sin embargo, le hice caso. Haría cualquier cosa por esa voz.

—Jacob —le supliqué amablemente y sin alterar la voz—, ¿es necesario matar gente? ¿No existe otro camino? Quiero decir, los vampiros han encontrado una forma de vivir sin matar a nadie. ¿No podrían intentarlo ustedes también?

Se irguió de repente como si mis palabras le hubieran descargado un calambrazo. Alzó las cejas y me miró con los ojos muy abiertos.

—¿Matar gente? —inquirió.

—¿De qué te pensabas que estábamos hablando?

Dejó de temblar y me contempló con una incredulidad cargada de esperanza.

—Pensé que hablábamos de tu repugnancia hacia los licántropos.

—No, Jake, no. No me refería a que fueras un... lobo. Eso está bien —le aseguré, y supe el significado de mis palabras en cuanto las pronuncié. En realidad, no me preocupaba si se convertía en un enorme lobo, seguía siendo Jacob—. Bastaría con que encontraras un modo de no hacer daño a la gente... Es eso lo que me afecta...

—¿Eso es todo? ¿De verdad? —me interrumpió con una sonrisa que se extendía a todo su rostro—. ¿Te doy miedo porque soy un asesino? ¿No hay otra razón?

—¿Te parece poco?

Rompió a reír.

—¡Jacob Black, esto no es divertido!

—Por supuesto, por supuesto —admitió sin dejar de reírse.

Avanzó otra zancada y me dio otro abrazo de oso.

—Sé sincera, ¿de verdad no te importa que me transforme en un gran perro? —me preguntó al oído con voz jubilosa.

—No —contesté sin aliento—. No... puedo... respirar, Jake.

Me soltó, pero retuvo mis manos.

—No soy ningún asesino, Bella.

Estuve segura de que decía la verdad al escrutar su rostro. El pulso se me aceleró de alivio.

—¿De verdad?

—De verdad —prometió solemnemente.

Le rodeé con mis brazos. Aquello me recordó aquel primer día de las motos, aunque ahora era más grande y me sentía aún más niña.

Me acarició el cabello tal y como hacía antes.

—Lamento haberte llamado hipócrita —se disculpó.

—Lamento haberte llamado asesino.

Se carcajeó.

En ese momento caí en la cuenta de una cosa y me aparté para poder verle la cara. Fruncí el ceño a causa de la ansiedad.

—Tú no, pero ¿y Sam? ¿Y los demás?

Negó con la cabeza y me sonrió como si se hubiera quitado un gran peso de encima.

—Por supuesto que no. ¿No recuerdas cómo te dije que nos llamábamos?

Lo recordaba claramente. Ese mismo día lo había estado pensando.

—¿Protectores?

—Exactamente.

—Pero no comprendo, ¿qué pasa en los bosques? ¿Y los montañeros desaparecidos? ¿Y la sangre?

Se puso serio de inmediato. Parecía preocupado.

—Intentamos hacer nuestro trabajo, Bella. Intentamos protegerlos, pero siempre llegamos una pizca tarde.

—¿Protegerlos? ¿De qué? ¿De verdad hay un gran oso merodeando por allí?

—Bella, cariño, nosotros sólo protegemos a las personas de un enemigo. Lo que éste hace es la razón de nuestra existencia.

Lo miré con expresión ausente durante unos instantes hasta comprenderlo. Entonces, la sangre huyó de mi rostro y se me escapó un grito inarticulado de pánico.

Él asintió.

—Pensé que precisamente tú de entre todos ibas a comprender lo que sucedía.

—Laurent —susurré—. Sigue aquí.

Jacob parpadeó un par de veces y ladeó la cabeza a un lado:

—¿Quién es Laurent?

Intenté poner en orden mis pensamientos en medio de todo ese caos para poder responderle.

—Lo conoces, lo viste en el prado. Estabas allí... —las palabras adquirieron un tono de asombro a medida que me iba convenciendo de todo—. Estaban allí, evitaron que me matara...

—Ah, ¿te refieres a la sanguijuela de pelo negro? —esbozó una sonrisa tensa y fiera—. ¿Se llamaba así?

Me estremecí.

—¿En qué estaban pensando? —susurré—. Podía haberlos matado, Jake. No te haces idea de lo peligrosos...

Otra carcajada me interrumpió.

—Bella, un sólo vampiro no supone mucho problema para una manada grande como la nuestra. Fue tan fácil que casi no resultó divertido.

—¿Qué fue fácil?

—Acabar con el vampiro que te iba a matar. Ahora bien, eso no lo incluyo en lo de asesinar —agregó a toda prisa—. Los vampiros no cuentan como personas.

Sólo conseguí articular las palabras para que me leyera los labios:

—¿Ustedes mataron a Laurent?

Asintió.

—Fue un trabajo en equipo —matizó.

—¿Ha muerto Laurent? —susurré.

Su expresión cambió.

—Eso no te preocupa, ¿verdad? Iba a matarte, buscaba su presa, Bella. Estábamos muy seguros de eso cuando decidimos atacar. Lo sabes, ¿verdad?

—Lo sé. No, no estoy disgustada. Estoy… —tenía que sentarme. Retrocedí un paso hasta sentir la madera en las pantorrillas y me dejé caer sobre la misma—. Laurent ha muerto, no va a volver a por mí.

—¿No te enfadas? No era uno de tus amigos ni nada de eso, ¿verdad?

—¿Amigo mío? —alcé la vista, confusa y mareada de puro alivio. Los ojos se me humedecieron y comencé a balbucear—: No, Jake… Al contrario… Pensé que acabaría encontrándome… Lo he estado esperando cada noche con la esperanza de que se conformara conmigo y dejara tranquilo a Charlie. He pasado tanto miedo, Jacob. Pero… ¿cómo es posible? ¡Era un vampiro! ¿Cómo lo han matado? Era fuerte y duro como el mármol…

Se sentó junto a mí y me rodeó con un brazo en gesto de consuelo.

—Fuimos creados para eso, Bella. Nosotros también somos fuertes. Desearía que me hubieras dicho que tenías tanto miedo. No tenías por qué.

—Tú no estabas ahí para escucharme —musité, sumida en mis pensamientos.

—Sí, cierto.

—Espera, Jake… Pensé que lo sabías porque la noche pasada dijiste que no era seguro que estuvieras en mi habitación.

Creí que eras consciente de que podía acudir un vampiro. ¿No te estabas refiriendo a eso?

Me miró desconcertado durante un minuto y luego ladeó la cabeza.

—No, no me refería a eso.

—Entonces, ¿por qué creías que no era seguro para ti quedarte?

Me miró con ojos llenos de culpabilidad.

—No dije que no fuera seguro para *mí*. Estaba pensando en ti.

—¿Qué quieres decir?

Miró al suelo y dio un puntapié a una piedra.

—Hay más de una razón por la que no debo estar cerca de ti, Bella. Por una parte, se suponía que no tenía que revelarte nuestro secreto, eso era importante, pero por otra, no es seguro para ti. Podrías resultar herida... si me enfado, si me disgusto más de la cuenta...

Reflexioné al respecto detenidamente.

—¿Cuando hace un momento te enfadaste...? ¿Cuando te grité y te pusiste a temblar...?

—Sí —su rostro se descompuso un poco más—. Es muy estúpido por mi parte, debería ser capaz de controlarme mejor. Te prometo que no tenía intención de enfadarme dijeras lo que dijeras, pero me hería tanto perderte en caso de que no aceptaras lo que soy...

—¿Qué sucedería si te enfurecieras mucho? —susurré.

—Me convertiría en lobo... —me contestó en otro susurro.

—¿No ha de haber luna llena?

Puso los ojos en blanco.

—La versión de Hollywood no es muy rigurosa —suspiró y se puso serio de nuevo—. No tienes por qué preocuparte, Bella.

Nos vamos a encargar de esto y pondremos especial atención en cuidar de Charlie y los demás... No vamos a permitir que le pase nada. En eso, puedes confiar en mí.

Fue entonces cuando caí en la cuenta de algo muy, muy obvio. La idea de Jacob y sus amigos luchando contra Laurent me había despistado hasta el punto de haber perdido la noción del tiempo, pero se me ocurrió cuando Jacob volvió a utilizar el verbo en presente.

Nos vamos a encargar de esto.

Luego no había terminado.

—Laurent ha muerto —dije con voz entrecortada mientras me quedaba rígida y helada como un bloque de hielo.

—¿Bella? —preguntó Jacob con ansiedad al tiempo que me acariciaba la mejilla lívida.

—Si Laurent murió hace una... semana... En ese caso, alguien más está matando gente *ahora.*

Jacob asintió.

—Resulta que eran dos. Creemos que su compañera nos tiene ganas. Según nuestras leyendas, los vampiros se encabronan mucho cuando matas a su pareja, pero ésta no hace otra cosa que alejarse a toda prisa para volver enseguida, y así una y otra vez. Sería más fácil quitarla de en medio si conociéramos su objetivo, pero su conducta carece de sentido. Sigue bailando al filo de la navaja, parece que estuviera probando nuestras defensas en busca de una forma de entrar, pero ¿adónde quiere entrar? ¿Dónde pretende ir? A Sam le parece que intenta separarnos para disponer de mayores oportunidades...

Su voz perdió intensidad hasta que empezó a sonar como si hablara al otro extremo de un túnel largo. No fui capaz de distinguir las palabras por más tiempo. Mi frente se perló de sudor y sufrí un retortijón en el estómago como si volviera a tener la gripa. Exactamente igual que si tuviera la gripa.

Me aparté de él a toda prisa y me incliné sobre el tronco del árbol. Las arcadas me convulsionaron todo el cuerpo sin resultado alguno. El estómago vacío se contrajo a causa de la náusea producida por el pánico, pero no tenía nada que vomitar.

Victoria estaba ahí. Me buscaba. Mataba extranjeros en los mismos bosques que Charlie estaba rastreando.

La cabeza empezó a darme vueltas hasta marearme y volver a provocarme arcadas.

Jacob me sujetó por los hombros y evitó que me resbalara y cayera sobre las rocas. Sentí su cálido aliento en la mejilla.

—Bella, ¿qué te pasa?

—Victoria —respondí entrecortadamente en cuanto fui capaz de recobrar el aliento entre los espasmos de las náuseas.

En mi mente, Edward gruñó con furia ante la mención de ese nombre.

Sentí que Jacob me levantaba de mi postración y me colocaba torpemente en su regazo de forma que mi cabeza desmadejada descansara sobre su hombro. Me sostuvo para que no perdiera el equilibrio, evitando que desfalleciera y cayera; retiró de mi rostro el sudado pelo negro.

—¿Quién? —preguntó Jacob—. ¿Me oyes? ¡Bella, Bella!

—No era la compañera de Laurent —gemí apoyada en su hombro—, sólo eran amigos…

—¿Necesitas un poco de agua? ¿Un médico? Dime qué he de hacer —me pidió, frenético.

—No estoy enferma, tengo miedo… —le expliqué entre susurros. En realidad, la palabra «miedo» no abarcaba todo el abanico de mis sentimientos.

Me dio unas palmaditas en la espalda.

—¿Temes a Victoria?

Asentí con la cabeza entre estremecimientos.

—¿Victoria es la hembra pelirroja?

Temblé de nuevo y gimoteé:

—Sí.

—¿Cómo sabes que no era la compañera del que matamos?

—Laurent me dijo que ella era la pareja de James —le expliqué mientras movía la mano de la cicatriz de forma inconsciente.

Jacob giró mi rostro hacia él y lo mantuvo firme con su mano enorme. Clavó su mirada en mis ojos.

—Bella, ¿te dijo algo más? Es importante. ¿Sabes qué es lo que busca?

—Por supuesto —susurré—, me busca a *mí*.

Sus ojos se abrieron como platos y luego los entrecerró desmesuradamente.

—¿Por qué? —inquirió.

—Edward mató a James —Jacob me aferró con tanta fuerza que resultó innecesario mi intento de tapar el agujero de mi pecho. Su abrazo me mantuvo de una pieza—. Victoria se ha obsesionado con él, pero Laurent dijo que ella pensaba que sería más justo matarme a mí que a Edward. Pareja por pareja. Supongo que no sabía, aún no lo sabe, que... —tragué con fuerza— que las cosas ya no son como antes entre nosotros, al menos por parte de Edward.

—¿Es eso lo que sucedió? ¿Por qué se fueron los Cullen?

—Bueno, al fin y al cabo, no soy más que una humana, nada especial —le expliqué a la vez que me encogía de hombros imperceptiblemente.

Algo muy similar a un gruñido —no un gruñido de verdad, sino una aproximación humana— retumbó en el pecho de Jacob, debajo de mi oído.

—Si ese idiota chupasangre es de verdad tan estúpido...

—Por favor —gemí—, por favor. No sigas.

Jacob vaciló y después asintió una vez.

—Esto es muy importante —repitió, ahora con aire profesional—. Es exactamente lo que necesitábamos saber. Debemos decírselo a los demás ahora mismo.

Se puso de pie y tiró de mí para que me incorporara. No me soltó las manos de la cintura para asegurarse de que no iba a caerme.

—Estoy bien —le mentí.

Pasó a tomarme de la cintura con una sola mano.

—Vamos.

Me guió de regreso al carro.

—¿Adónde nos dirigimos? —le pregunté.

—Aún no estoy seguro —admitió—. Voy a convocar un encuentro. Eh, quédate aquí un minuto, ¿de acuerdo? —me apoyó contra un costado del vehículo y me soltó la mano.

—¿Adónde vas?

—Estaré de vuelta enseguida —me prometió. Luego se giró, atravesó el parqueadero a la carrera y cruzó la carretera para adentrarse en el bosque. Pasó fugazmente entre los árboles con la velocidad y la elegancia de un venado.

—¡Jacob! —chillé con voz ronca a sus espaldas, pero ya se había ido.

No era el mejor momento para quedarme sola. Estaba hiperventilando cuando lo perdí de vista. Me arrastré al interior de la cabina del conductor y eché los seguros de las puertas a golpetazos. Eso no me hizo sentir mucho mejor.

Victoria ya me estaba acechando. Sólo era cuestión de suerte que aún no me hubiera encontrado, bueno, de suerte y de cinco hombres lobo adolescentes. Espiré con fuerza. No importaba lo que dijera Jacob, la idea de que él fuera a estar cerca de Victoria resultaba horripilante, y no me importaba en qué se convirtiera cuando se enfadaba. Veía a Victoria en mi mente, el rostro salvaje, la melena similar a las llamas, letal, indestructible...

Sin embargo, según Jacob, Laurent había muerto. ¿Era eso realmente posible? Edward me había dicho —de inmediato me llevé la mano al pecho para sujetármelo— lo difícil que resultaba matar a un vampiro, era una tarea que sólo otro de los suyos podía llevar a cabo. Aun así, Jake mantenía que los licántropos estaban hechos para esa tarea.

También había dicho que iban a vigilar a Charlie de forma especial, y que debería confiar en ellos para mantener a mi padre con vida. ¿Cómo podía creer en eso? ¡Ninguno de nosotros estaba a salvo! Y Jacob el que menos, máxime si intentaba interponerse entre Victoria y Charlie, entre Victoria y yo...

Me sentí como si estuviera a punto de volver a vomitar.

Un agudo golpeteo de nudillos en la ventanilla me hizo gritar de pánico, pero sólo era Jacob, que ya estaba de vuelta. Aliviada, levanté el seguro y le abrí la puerta con manos trémulas.

—Estás realmente asustada, ¿no? —me preguntó al entrar.

Asentí con la cabeza.

—No lo estés. Cuidaremos de ti y también de Charlie. Lo prometo.

—La posibilidad de que localices a Victoria me aterra más que la perspectiva de que ella me encuentre a mí.

Se echó a reír.

—Has de confiar un poco más en nosotros. Es insultante.

Negué con la cabeza. Había visto demasiados vampiros en acción.

—¿Adónde nos dirigimos ahora? —inquirí.

Frunció los labios y permaneció callado.

—¿Qué sucede? ¿Es un secreto?

Torció el gesto.

—En realidad, no, aunque es un poco extraño. No quiero que te dé un ataque.

—A estas alturas ya me he acostumbrado a lo extraño, ya sabes —intenté sonreírle sin demasiado éxito.

Jacob me devolvió una enorme sonrisa con desenvoltura.

—Supongo que no te queda otro remedio. Vale. Mira, cuando adoptamos forma de lobo, podemos... podemos escucharnos unos a otros.

Se me desplomaron las cejas de puro desconcierto.

—No oímos los sonidos —continuó—, pero escuchamos... *pensamientos*. De ese modo nos comunicamos entre nosotros sin importar cuán lejos estemos unos de otros. Es de gran ayuda cuando cazamos, pero, aparte de eso, también supone una molestia enorme. Resulta muy embarazoso no tener secretos. Es muy extraño, ¿verdad?

—¿A eso te referías anoche cuando me dijiste que se lo dirías en cuanto los vieras, incluso aunque no quisieras?

—Las pillas al vuelo.

—Gracias.

—Y se te da muy bien desenvolverte con lo extraño. Pensé que te iba a molestar.

—No es así... Bueno, no eres la primera persona que he conocido capaz de leer los pensamientos ajenos, por lo que no se me antoja tan raro.

—¿De verdad? Espera... ¿Te refieres a tus chupasangres?

—Me gustaría que no los llamaras así.

Se echó a reír.

—Lo que tú digas. Entonces, ¿te refieres a los Cullen?

—No, sólo... Sólo a Edward.

Moví un brazo con disimulo para sujetarme el torso. Jacob parecía desagradablemente sorprendido.

—Pensé que eran cuentos. He escuchado leyendas sobre vampiros capaces de hacerlo, dotados de esa capacidad adicional, pero siempre creí que se trataba de mitos.

—¿Hay algo que siga siendo un mito? —le pregunté con ironía.

Puso cara de pocos amigos.

—Supongo que no. De acuerdo, vamos a reunirnos con Sam y los demás en el lugar donde solíamos montar en moto.

Arranqué el motor y di marcha atrás para luego dirigirme a la carretera.

—¿Acabas de convertirte en lobo hace un momento para hablar con Sam? —le pregunté con curiosidad.

Jacob asintió. Parecía avergonzado.

—Mantuvimos una charla muy corta. Procuré no pensar en ti para que ignoraran lo que estaba sucediendo. Temía que Sam me dijera que no podía llevarte.

—Eso no me hubiera detenido —no podía sacudirme el prejuicio de que Sam era un mal tipo. Me rechinaron los dientes al oír su nombre.

—Bueno, pero me hubiera detenido a mí —repuso Jacob, que ahora parecía taciturno—. ¿Recuerdas que a veces, la noche pasada, no podía terminar las frases? ¿Y cómo al final no te conté toda la historia?

—Sí, parecías estar ahogándote o algo así.

Se rió entre dientes de forma misteriosa.

—Sí, casi, casi. Sam me ordenó que no te contara nada. Es el jefe de la manada, ya sabes. Es el alfa. Cuando nos dice que hagamos algo, o que no lo hagamos, bueno, eso significa que no podemos ignorarlo.

—¡Qué raro! —murmuré.

—Mucho —admitió—. Es una cosa típica de lobos.

—Ya —no se me ocurría otra respuesta mejor.

—Sí, existen un montón de normas de ese estilo... lobunas. Yo todavía las estoy aprendiendo. No me imagino cómo tuvo que ser para Sam. Ya es bastante malo pasar por ello con el apoyo de una manada, pero él se las tuvo que apañar totalmente solo.

—¿Sam estaba solo?

—Sí —contestó Jacob con un hilo de voz—. Fue horrible, lo más aterrador por lo que haya pasado jamás, peor todavía de lo que podía imaginar, cuando yo... cambié. Pero no estaba solo... Había voces en mi mente que me explicaban lo que había sucedido y lo que tenía que hacer. Creo que eso fue lo que impidió que enloqueciera, pero Sam... —meneó la cabeza—. Sam no tuvo ayuda.

Eso requería que hiciera ciertas reconsideraciones por mi parte. Era difícil no compadecer a Sam cuando Jacob te lo explicaba de ese modo. Tuve que recordarme que ya no había razón alguna para odiarlo.

—¿Se enfadarán porque vaya contigo? —pregunté.

Puso mala cara.

—Probablemente.

—Tal vez no debería...

—No, no, está bien —me aseguró—. Sabes un montón de cosas que nos van a ser útiles. No es como si se tratara de otro humano ignorante. Eres como... no sé... como una espía o algo así. Has estado tras las líneas enemigas.

Desaprobé aquello en mi fuero interno. ¿Era eso lo que Jacob quería de mí? ¿Una persona con acceso a información privilegiada que les iba a ayudar a destruir a sus enemigos? Sin embargo, yo no era una espía. No había reunido ese tipo de información. Sus palabras ya me habían hecho sentirme como una traidora.

Pero yo quería que él le parara los pies a Victoria, ¿no?

No.

Quería que acabaran con ella, preferiblemente *antes* de que me torturara hasta morir, atacara a Charlie o matara a otro forastero, pero no deseaba que fuera Jacob quien lo hiciera, ni siquiera que lo intentara. No quería a Jacob en un radio de ciento cincuenta kilómetros a la redonda de Victoria.

—Conoces cosas como la capacidad de leer la mente del chupasangre —continuó, haciendo caso omiso de mi petición—. Ése es el tipo de información que necesitamos. Es lo que nos da pie para creer que esas historias son ciertas, y lo hace todo más complicado. Eh, ¿crees que la tal Victoria tiene algún don especial?

—No lo creo —dudé y luego suspiré—. Supongo que él lo hubiera mencionado.

—¿Él? Ah, te refieres a Edward... Perdón, lo olvidé. No te gusta pronunciar ni oír su nombre.

Me apreté con fuerza el torso mientras intentaba ignorar las punzadas del borde de la abertura de mi pecho.

—No, la verdad es que no.

—Perdona.

—¿Cómo me conoces tan bien, Jacob? A veces, da la impresión de que eres capaz de leerme la mente.

—Qué va, sólo presto atención.

Nos hallábamos en la pista estrecha de tierra donde Jacob me había enseñado a montar en moto.

—¿Es aquí?

—Sí, sí.

Frené y apagué el motor.

—Eres muy desdichada, ¿verdad? —murmuró.

Asentí mientras contemplaba el bosque sombrío con la mirada perdida.

—¿No has pensado alguna vez que quizás te sentirías mejor si te marcharas?

Inspiré despacio y espiré.

—No.

—Porque él no era el mejor...

—Por favor, Jacob —le atajé; luego le imploré con un hilo de voz—: ¿No podemos hablar de otra cosa? No soporto este tema de conversación.

—Vale —respiró hondo—. Lamento haber dicho algo que te molestara.

—No te sientas mal. Si las cosas fueran diferentes, sería muy reconfortante para mí haber encontrado a alguien, por fin, con quien poder hablar del asunto.

Él asintió.

—Sí, la pasé muy mal escondiéndote el secreto durante dos semanas. Debe de haber sido un infierno no poder hablar con *nadie*.

—Un infierno —coincidí.

Jacob tomó aliento de forma ostensible.

—Ahí están, vamos.

—¿Estás seguro? —inquirí mientras él cerraba de golpe la puerta abierta—. Tal vez no debería estar aquí.

—Sabrán comportarse —dijo, y luego esbozó una gran sonrisa—: ¿Quién teme al lobo feroz?

—Ja, ja —le solté, pero salí del carro y me apresuré a rodear el frontal para permanecer al lado de Jacob. Lo único que recordaba en ese momento —con demasiada claridad— era la imagen de los lobos del prado. Las manos me temblaban tanto como las de Jacob antes, pero a causa del pánico y no de la furia.

Jake me tomó la mano y la estrechó.

—Allá vamos.

La familia

Me acurruqué junto a Jacob y escudriñé la espesura en busca de los demás hombres lobo. Cuando aparecieron entre los árboles no eran como había esperado. Tenía la imagen de los lobos grabada en mi cabeza. Éstos eran tan sólo cuatro chicos medio desnudos y realmente grandes.

De nuevo, me recordaron a hermanos cuatrillizos. Debió de ser la forma en que se movieron —casi sincronizados— para interponerse en nuestro camino, o el hecho de que todos tuvieran los mismos músculos grandes y redondeados bajo la misma piel entre rojiza y marrón, el mismo cabello negro cortado al rape, y también la forma en que sus rostros cambiaban de expresión en el mismo instante.

Salieron del bosque con curiosidad y también con cautela. Al verme allí, medio escondida detrás de Jacob, los cuatro se enfurecieron a la vez.

Sam seguía siendo el más grande, aunque Jacob estaba cerca ya de alcanzarle. Realmente Sam no contaba como un chico. Su rostro parecía el de una persona mayor; no porque tuviera arrugas o señales de la edad, sino por la madurez y la serenidad de su expresión.

—¿Qué has hecho, Jacob? —preguntó.

Uno de los otros, a quien no reconocí —Jared o Paul—, habló antes de que Jacob tuviera tiempo de defenderse.

—¿Por qué no te limitas a seguir las normas, Jacob? —gritó, agitando los brazos—. ¿En qué demonios estás pensando? ¿Te parece que ella es más importante que todo lo demás, que toda la tribu? ¿Más importante que la gente a la que están matando?

—Ella puede ayudarnos —repuso Jacob sin alterarse.

—¡Ayudarnos! —exclamó el chico, furioso. Los brazos le empezaron a temblar—. ¡Claro, es lo más probable! Seguro que esta amiga de las sanguijuelas se *muere* por ayudarnos.

—¡No hables así de ella! —respondió Jacob, escocido por las críticas.

Un escalofrío recorrió los hombros y la espina dorsal del otro muchacho.

—¡Paul, relájate! —le ordenó Sam.

Paul sacudió la cabeza de un lado a otro, no en señal de desafío, sino como si tratara de concentrarse.

—Demonios, Paul —murmuró uno de los otros, probablemente Jared—. Contrólate.

Paul giró la cabeza hacia Jared, enseñando los dientes en señal de irritación. Después volvió su mirada colérica hacia mí. Jacob dio un paso adelante para cubrirme con su cuerpo.

Fue la gota que colmó el vaso.

—¡Muy bien, protégela! —rugió Paul, furioso. Otro temblor, más bien una convulsión, recorrió su cuerpo. Paul echó el cuello hacia atrás y un auténtico aullido brotó de entre sus dientes.

—¡Paul! —gritaron al unísono Sam y Jacob.

Paul empezó a vibrar con violencia y cayó hacia delante. Antes de llegar al suelo se oyó un fuerte sonido de desgarro y el chico explotó.

Una piel peluda, de color plateado oscuro, brotó de su interior y se hinchó hasta adoptar una forma que superaba en más de cinco veces su tamaño anterior; una figura enorme, acurrucada y presta para saltar.

El lobo arrugó el hocico descubriendo los dientes, y otro gruñido hizo estremecer su colosal pecho. Sus ojos oscuros y rabiosos se clavaron en mí.

En ese mismo segundo, Jacob atravesó corriendo la carretera, directo hacia el monstruo.

—¡Jacob! —grité.

A media zancada, un fuerte temblor sacudió la columna vertebral de Jacob, que saltó de cabeza hacia delante.

Con otro penetrante sonido de desgarro, Jacob estalló a su vez. Al hacerlo se desprendió de su piel, y retazos de tela blanca y negra volaron por los aires. Todo ocurrió tan rápido que, si hubiera parpadeado, me habría perdido la transformación. Un segundo antes, Jacob saltaba de cabeza, y un segundo después se había convertido en un gigantesco lobo de color pardo rojizo —tan descomunal que yo no podía comprender cómo aquella ingente masa había encajado dentro del cuerpo de mi amigo—, que embestía contra la bestia plateada.

Jacob chocó de cabeza contra el otro hombre lobo. Sus furiosos rugidos resonaron como truenos entre los árboles.

Los harapos blancos y negros —restos de la ropa de Jacob— cayeron flotando hasta el suelo en el mismo lugar donde él había desaparecido.

—¡Jacob! —grité de nuevo, mientras trataba de acercarme a él.

—Quédate donde estás, Bella —me ordenó Sam.

Era difícil oírlo por encima de los bramidos de ambos lobos, que se mordían y arañaban buscando la garganta del rival con sus afilados dientes. Jacob parecía ir ganando: era apreciablemente más grande, y también parecía mucho más fuerte. Se servía del hombro para embestir contra el lobo gris una y otra vez, obligándolo a retroceder hacia los árboles.

—¡Llévenla a casa de Emily! —ordenó Sam a los otros chicos, que se habían quedado absortos contemplando la pelea. Jacob había conseguido sacar al lobo gris del camino a fuerza de empujones, y ahora ambos habían desaparecido en la espesura, aunque sus rugidos se oían aún con fuerza. Sam corrió tras ellos, quitándose los zapatos sobre la marcha. Cuando se lanzó entre los árboles estaba temblando de pies a cabeza.

Los gruñidos y ruidos de ramas tronchadas empezaban a perderse a lo lejos. De repente, el sonido se interrumpió y en la carretera volvió a reinar el silencio.

Uno de los chicos empezó a reírse.

Me di la vuelta para mirarlo fijamente; mis ojos estaban abiertos de par en par y paralizados, incapaces siquiera de parpadear.

Al parecer, el chico se estaba riendo de mi expresión.

—Bueno, esto es algo que no ves todos los días —dijo con una risita disimulada. Su cara me resultaba vagamente familiar. Era más delgado que los otros... Sí, Embry Call.

—Yo sí —gruñó Jared, el otro chico—. A diario.

—Qué va. Paul no pierde los estribos *todos* los días —repuso Embry, sin dejar de sonreír—. Como mucho, dos de cada tres.

Jared se agachó para recoger algo blanco del suelo y lo sostuvo en alto para enseñárselo a Embry. Lo que fuera, colgaba de su mano en flácidas tiras.

—Está hecha polvo —dijo Jared—. Billy dijo que era el último par que podía comprarle. Supongo que Jacob tendrá que ir descalzo a partir de ahora.

—Ésta ha sobrevivido —dijo Embry, recogiendo una deportiva blanca—. Al menos, Jake podrá ir a la pata coja —añadió con una carcajada.

Jared se dedicó a recolectar harapos del suelo.

—Ten los zapatos de Sam. Todo lo demás está para tirarlo a la basura.

Embry tomó los zapatos y después corrió hacia los árboles entre los que había desaparecido Sam. Volvió pocos segundos después, con unos jeans cortados al hombro. Jared recogió los retazos de las ropas de Jacob y Paul e hizo una bola con ellos. De pronto, pareció acordarse de mi presencia.

Me miró con detenimiento, como si me estuviera evaluando.

—Eh, no irás a desmayarte o vomitar, o algo de eso… —me espetó.

—Creo que no —respondí después de tragar saliva.

—No tienes buen aspecto. Es mejor que te sientes.

—Vale —murmuré. Por segunda vez en la misma mañana, metí la cabeza entre las rodillas.

—Jake debería habernos avisado —se quejó Embry.

—No tendría que haber metido a su chica en esto. ¿Qué esperaba?

—Bueno, se ha descubierto el pastel —Embry suspiró—. Enhorabuena, Jake.

Levanté la cabeza y me quedé mirando a ambos chicos, que al parecer se lo estaban tomando todo muy a la ligera.

—¿Es que no les preocupa lo que les pueda pasar? —les pregunté.

Embry parpadeó, sorprendido.

—¿Preocuparnos? ¿Por qué?

—¡Pueden hacerse daño!

Embry y Jared se troncharon de risa.

—Ojalá Paul le dé un buen mordisco —dijo Jared—. Eso le enseñará una lección.

Yo empalidecí.

—¡Lo llevas claro! —repuso Embry—. ¿Has visto a Jake? Ni siquiera Sam puede entrar en fase de esa forma, en pleno salto. Al ver que Paul perdía el control, ¿cuánto ha tardado en atacarlo, medio segundo? Ese tipo tiene un don.

—Paul lleva luchando más tiempo. Te apuesto diez pavos a que le deja una marca.

—Trato hecho. Jake es un superdotado. Paul no tiene absolutamente nada que hacer.

Se estrecharon la mano con una sonrisa.

Intenté tranquilizarme al ver que no estaban preocupados, pero no podía quitarme de la cabeza las imágenes brutales de los dos licántropos a la greña. Tenía el estómago revuelto, vacío y con acidez, y la inquietud me había provocado dolor de cabeza.

—Vamos a ver a Emily. Seguro que tiene comida preparada —Embry bajó la mirada hacia mí—. ¿Te importa llevarnos?

—No hay problema —dije, medio atragantada.

Jared enarcó una ceja.

—Creo que es mejor que conduzcas tú, Embry. Aún tiene pinta de ir a devolver de un momento a otro.

—Buena idea. ¿Dónde están las llaves? —me preguntó Embry.

—Puestas en el contacto.

Embry abrió la puerta del acompañante.

—Pasa —me dijo en tono alegre, levantándome del suelo con una mano y poniéndome sobre el asiento. Después estudió el sitio disponible—. Tendrás que ir detrás —le dijo a Jared.

—Mejor. No tengo mucho estómago. Cuando eche la pota prefiero no verlo.

—Apuesto a que es más dura que eso. Al fin y al cabo, anda con vampiros.

—¿Cinco pavos? —propuso Jared.

—Hecho. Me siento culpable por quitarte así tu dinero.

Embry entró y puso en marcha el motor mientras Jared se encaramaba de un salto a la parte de atrás. En cuanto cerró su puerta, Embry me dijo en voz baja:

—Procura no vomitar, ¿vale? Sólo tengo un billete de diez y si Paul ha conseguido clavarle los dientes a Jacob...

—Vale —musité.

Embry nos llevó de vuelta al pueblo.

—Oye, ¿cómo ha conseguido Jake burlar el requerimiento?

—El... ¿qué?

—La orden. Ya sabes, lo de no irse de la lengua. ¿Cómo es que te ha hablado de esto?

—Ah, ya —dije, recordando cómo la noche anterior Jake casi se atraganta al intentar decirme la verdad—. No lo ha hecho. Yo lo he adivinado.

Embry se mordisqueó los labios, con gesto de sorpresa.

—Mmm. Supongo que es posible.

—¿Adónde vamos? —pregunté.

—A casa de Emily. Es la chica de Sam. Bueno, creo que ahora es su prometida. Se reunirán allí con nosotros cuando Sam termine de regañarlos por lo que acaba de pasar y cuando Paul y Jake se agencien ropa nueva, si es que a Paul le queda algo.

—¿Sabe Emily que...?

—Sí. Ah, y no te quedes mirándola. A Sam no le hace gracia.

Frunci el ceño.

—¿Por qué iba a quedarme mirándola?

Embry parecía incómodo.

—Como acabas de ver, andar con hombres lobo tiene sus riesgos —se apresuró a cambiar de tema—. Oye, ¿estás bien después de lo que pasó en el prado con esa sanguijuela de pelo negro? No parecía amigo tuyo, pero... —Embry se encogió de hombros.

—No, no era mi amigo.

—Eso está bien. No queríamos empezar de nuevo. Me refiero a romper el tratado, ya sabes.

—Ah, sí. Jake me habló de ese pacto hace mucho. ¿Por qué matar a Laurent significa romperlo?

—Laurent —resopló Embry, como si le hiciera gracia que el vampiro tuviese nombre—. Bueno, técnicamente estábamos en terreno de los Cullen. No se nos permite atacar a ningún Cullen fuera de nuestro territorio... a no ser que sean ellos quienes rompan primero el tratado. No sabemos si ese tipo del pelo negro era pariente de ellos, o algo así. Por lo visto, tú lo conocías.

—¿Y cómo pueden romper ellos el tratado?

—Mordiendo a un humano, pero Jake no estaba dispuesto a dejar que la cosa llegara tan lejos.

—Ah, ya veo. Gracias. Me alegro de que no esperaran tanto.

—Fue un placer —contestó él, y por su tono parecía hablar en sentido literal.

Embry siguió por la autovía hasta dejar atrás la casa que estaba más al este, y después tomó un estrecho sendero de tierra.

—Esta tartana es un poco lenta —me soltó.

—Lo siento.

Al final del sendero había una diminuta casa —que en tiempos había sido gris— con una única ventana estrecha junto a la puerta, pintada de un azul descolorido; pero la jardinera que había bajo ella estaba llena de caléndulas amarillas y naranjas que brindaban al lugar un aspecto muy alegre.

Embry abrió la puerta del monovolumen y olfateó el aire.

—Qué bien, Emily está cocinando.

Jared saltó de la parte trasera del vehículo y se dirigió hacia la puerta, pero Embry le puso una mano en el pecho y lo detuvo. Mirándome con un gesto significativo, carraspeó.

—No llevo la cartera encima —se excusó Jared.

—No importa. Me acordaré.

Subieron el único escalón y entraron en la casa sin llamar. Los seguí con timidez.

El salón era cocina en su mayor parte, como en el hogar de Jacob. Una mujer joven, de piel cobriza y lustrosa y cabello largo, liso y negro como azabache estaba tras la barra, junto al fregadero, sacando panecillos de un molde y colocándolos sobre una bandeja de papel. Durante un segundo, pensé que Embry me había dicho que no me quedara mirándola porque la chica era muy bonita.

Después preguntó con voz melodiosa: «¿Tienen hambre?», y se volvió hacia nosotros, con una sonrisa en media cara.

La parte derecha de su rostro, desde el nacimiento del pelo hasta la barbilla, estaba surcada por tres gruesas cicatrices de color cárdeno, aunque hacía mucho tiempo que debían de haberse curado. Una de ellas deformaba las comisuras de su ojo derecho, que era oscuro y de forma almendrada, mientras que otra retorcía el lado derecho de su boca en una mueca permanente.

Agradeciendo la advertencia de Embry, me apresuré a desviar la mirada hacia los panecillos que tenía en las manos. Olían de maravilla, a arándano fresco.

—Oh —dijo Emily, sorprendida—. ¿Quién es?

Levanté los ojos, intentando enfocarlos en el lado izquierdo de su cara.

—Bella Swan —dijo Jared, encogiéndose de hombros. Por lo visto, ya habían hablado antes de mí—. ¿Quién querías que fuera?

—Deja que Jacob se encargue de solucionarlo —murmuró Emily, mirándome fijamente. Ninguna de las dos mitades de aquel rostro, que en tiempos fue bello, se mostraba amistosa—. Así que tú eres la chica vampiro.

Me envaré.

—Sí. ¿Y tú eres la chica lobo?

Ella se rió, al igual que Embry y Jared. La parte izquierda de su rostro adoptó un gesto más cálido.

—Supongo que sí —volviéndose hacia Jared, preguntó—: ¿Dónde está Sam?

—Esto, digamos que Bella ha sacado de sus casillas a Paul.

Emily puso en blanco el ojo bueno.

—Ay, este Paul —suspiró—. ¿Crees que tardarán mucho? Estaba a punto de ponerme a cuajar los huevos.

—No te preocupes —respondió Embry—. Aunque tarden, no dejaremos que sobre nada.

Emily se rió entre dientes y abrió el frigorífico.

—No lo dudo —dijo—. ¿Tienes hambre, Bella? Vamos, cómete un panecillo.

—Gracias.

Tomé uno de la bandeja y empecé a mordisquear los bordes. Estaba delicioso, y a mi delicado estómago pareció sentarle bien. Embry tomó su tercer panecillo y se lo metió entero en la boca.

—Deja alguno para tus hermanos —lo regañó Emily, pegándole en la cabeza con una cuchara de madera. La palabra me sorprendió, pero los demás no le dieron importancia.

—Cerdo —comentó Jared.

Me apoyé en la barra y observé cómo los tres se gastaban bromas, igual que si fueran de la misma familia. La cocina de Emily era un lugar acogedor y luminoso, con armarios blancos y el suelo de madera clara. Sobre la pequeña mesa redonda había un jarrón blanco y azul, de porcelana china envejecida, lleno de flores silvestres. Embry y Jared parecían estar a sus anchas en aquella casa.

Emily estaba batiendo en un gran cuenco amarillo una cantidad exagerada de huevos, varias docenas. Cuando se remangó la camisa de color lavanda, pude ver que las cicatrices se prolongaban por todo el brazo hasta llegar a la mano derecha. Tal y como había dicho Embry, andar en compañía de licántropos tenía sus riesgos.

La puerta principal se abrió y Sam entró en la casa.

—Emily —saludó.

Su voz estaba impregnada de tanto amor que me avergoncé y me sentí como una intrusa mientras veía a Sam cruzar la sala de una zancada y tomar el rostro de Emily entre sus grandes manos. Se inclinó, besó primero las oscuras cicatrices de su mejilla derecha y después la besó en los labios.

—Eh, déjenlo ya —se quejó Jared—. Estoy comiendo.

—Entonces cierra el pico y come —le sugirió Sam mientras volvía a besar la boca deformada de Emily.

—¡Puaj! —gruñó Embry.

Era peor que una película romántica: esto era real, un canto a la alegría, la vida y el amor verdadero. Dejé el panecillo y crucé los brazos sobre el vacío de mi pecho. Clavé la mirada en las flores en un intento de ignorar la paz absoluta del momento que ambos compartían y el terrible palpitar de mis heridas.

Cuando Jacob y Paul entraron por la puerta agradecí la distracción, pero enseguida me quedé de piedra al verlos llegar riéndose. Paul le propinó un puñetazo en el hombro a Jacob, al que éste respondió con un codazo en los riñones. Volvieron a reírse. Ambos parecían ilesos.

La mirada de Jacob recorrió la sala y se detuvo cuando me vio apoyada en la encimera, al otro extremo de la cocina, azorada y fuera de lugar.

—Hola, Bella —me saludó en tono alegre. Tomó dos panecillos al pasar junto a la mesa y se acercó a mí—. Siento lo de antes —añadió en voz baja—. ¿Qué tal lo llevas?

—No te preocupes, estoy bien. Estos panecillos están muy ricos —recogí el mío y empecé a mordisquearlo de nuevo. Ahora que Jacob estaba a mi lado, ya no sentía aquel terrible dolor en el pecho.

—Pero tronco… —se quejó Jared, interrumpiéndonos.

Levanté la mirada. Él y Embry estaban examinando el antebrazo de Paul, en el que se veía una línea rosada que ya empezaba a borrarse. Embry sonreía exultante.

—Quince dólares —cacareó.

—¿Se lo has hecho tú? —le pregunté en voz baja a Jacob, recordando la apuesta.

—Apenas lo he tocado. Estará como nuevo cuando se ponga el sol.

—¿Cuando se ponga el sol? —me quedé mirando la cicatriz del brazo de Paul. Era extraño, pero parecía tener varias semanas.

—Cosas de lobos —susurró Jacob.

Asentí, intentando no parecer demasiado intranquila.

—¿Y tú estás bien? —le pregunté en voz baja.

—Ni un arañazo —respondió, con gesto engreído.

—Eh, oigan —dijo Sam en voz alta, interrumpiendo todas las conversaciones del pequeño salón. Emily estaba junto a la hornilla, batiendo el revuelto de huevos en una enorme sartén, pero Sam, en un gesto inconsciente, tenía una mano puesta sobre sus riñones—. Jacob tiene información para nosotros.

Paul no parecía sorprendido. Jacob ya se lo debía de haber explicado a él y a Sam. O… le habían leído el pensamiento.

—Sé lo que quiere la pelirroja —dijo Jacob, dirigiéndose a Jared y Embry—. Es lo que estaba intentando decirles antes —añadió, dándole un puntapié a la pata de una silla que Paul acababa de traer al salón.

—¿Y? —preguntó Jared.

Jacob se puso serio.

—Pretende vengar a su pareja… sólo que no se trataba de la sanguijuela de cabello negro a la que hemos matado. Los Cullen se cargaron a su chico el año pasado, así que ahora ella va por Bella.

No era ninguna novedad para mí, pero aun así sentí un escalofrío.

Jared, Embry y Emily me miraron boquiabiertos.

—Es sólo una niña —protestó Emily.

—No he dicho que tenga lógica, pero ésa es la razón por la que los chupasangres han intentado burlarnos. El punto de mira de la pelirroja está fijo en Forks.

Siguieron mirándome con la boca abierta durante un largo rato. Yo sacudí la cabeza.

—Excelente —dijo Jared, por fin, y una sonrisa empezó a dibujarse en las comisuras de su boca—. Tenemos un cebo.

Con asombrosa velocidad, Jacob agarró un abrelatas del mostrador y se lo tiró a Jared a la cabeza. La mano de Jared relampagueó en el aire, más rápido de lo que habría creído posible, y atrapó el abrelatas antes de que lo golpeara en la cara.

—Bella no es ningún cebo.

—Ya sabes a qué me refiero —dijo Jared, impertérrito.

—En tal caso, tenemos que cambiar nuestras pautas —dijo Sam, haciendo caso omiso de la discusión entre Jacob y Jared—.

Vamos a tenderle unas cuantas trampas, a ver si cae en alguna. Habremos de actuar por separado, aunque no me hace gracia, pero no creo que intente aprovecharse de que estemos divididos si es verdad que viene a por Bella.

—Quil debería estar con nosotros —murmuró Embry—. Así podríamos dividirnos en números pares.

Todos agacharon la cabeza. Miré a Jacob a la cara; se lo veía descorazonado, como el día anterior por la tarde, junto a su casa. Aunque en aquella alegre cocina parecían contentos con su destino, ninguno de aquellos licántropos quería que su amigo lo compartiera.

—Bueno, no podemos contar con ello —dijo Sam en voz baja y luego siguió hablando en tono normal—. Paul, Jared y Embry se encargarán del perímetro exterior, y Jacob y yo del interior. Podremos permitirnos el lujo de venirnos abajo cuando la hayamos atrapado.

Me di cuenta de que a Emily no le hacía mucha gracia que Sam estuviera en el grupo más reducido. Su inquietud hizo que yo también mirara a Jacob con preocupación.

Sam se dio cuenta.

—Según Jacob, lo mejor es que pases todo el tiempo posible aquí, en La Push. Sólo por si acaso: así ella no podrá localizarte tan fácilmente.

—¿Y qué pasa con Charlie? —pregunté.

—El torneo de baloncesto todavía no ha terminado —dijo Jacob—. Creo que Billy y Harry se las arreglarán para retener a Charlie en La Push cuando no esté trabajando.

—Esperen —ordenó Sam al tiempo que levantaba la mano. Sus ojos buscaron un instante a Emily y después volvió a mirarme—. Aunque Jacob crea que esto es lo mejor, debes decidirlo tú misma y sopesar muy seriamente los riesgos de ambas opciones. Ya has visto esta mañana con qué facilidad la situación puede volverse peligrosa y qué deprisa se nos puede escapar de las manos. No puedo garantizar tu seguridad personal si eliges quedarte con nosotros.

—Yo no le haré daño —murmuró Jacob, agachando la mirada.

Sam actuó como si no lo hubiera oído.

—Si hay otro lugar en el que te sientas segura…

Me mordí el labio. ¿Adónde podía ir sin poner en peligro a otras personas? Me sentía reacia a meter en esto a Renée y ponerla en el centro de la diana que me habían pintado encima.

—No quiero atraer a Victoria a ningún otro lugar —susurré.

Sam asintió.

—Eso es cierto. Es mejor tenerla aquí, donde podemos acabar con esto de una vez por todas.

Sentí un estremecimiento. No quería que Jacob ni ninguno de los demás intentara *acabar* con Victoria. Miré a Jacob a la cara; se le veía relajado, como si siguiera siendo el mismo Jacob al que recordaba antes de todo aquel asunto de los lobos, y totalmente indiferente a la idea de cazar vampiros.

—Tendrás cuidado, ¿verdad? —le pregunté, con un nudo en la garganta demasiado evidente.

Los chicos prorrumpieron en sonoros aullidos de burla. Todos se rieron de mí… salvo Emily, que me miró a los ojos; de repente, descubrí la simetría que se ocultaba bajo su deformidad. Su cara seguía siendo bonita y estaba animada por una preocupación aún más intensa que la mía. Tuve que apartar la mirada antes de que el amor que se escondía bajo su preocupación me hiciera daño de nuevo.

—La comida está lista —anunció, y la conversación sobre estrategias pasó a la historia.

Los chicos se apresuraron a rodear la mesa, que a su lado parecía diminuta y en peligro de quedar reducida a astillas de un momento a otro. Devoraron en un tiempo récord la enorme sartén de huevos que Emily había puesto en el centro. Ella comió apoyada en la encimera, como yo, evitando el pandemónium de la mesa, mientras observaba a los chicos con gesto de cariño. Su expresión afirmaba a las claras que aquélla era su familia.

No era exactamente lo que habría esperado de una manada de licántropos.

Pasé el día en La Push, la mayor parte del tiempo en casa de Billy, que dejó un mensaje en la comisaría y en el contestador de Charlie. Papá apareció a la hora de cenar con dos pizzas. Por suerte trajo dos familiares, porque Jacob se zampó una él sólo.

Charlie se pasó toda la noche mirándonos con gesto suspicaz, sobre todo a Jacob, que estaba muy cambiado. Cuando le preguntó por el pelo, él se encogió de hombros y le dijo que así estaba mucho más cómodo.

Sabía que en cuanto Charlie y yo nos fuéramos a casa, Jacob se dedicaría a correr por los alrededores en forma de lobo como había hecho de manera intermitente a lo largo del día. Él y sus hermanos de raza mantenían una vigilancia constante y buscaban indicios del regreso de Victoria. Pero, puesto que la noche anterior la habían ahuyentado de las fuentes termales —según Jacob, la habían perseguido casi hasta Canadá—, ella no tenía más remedio que hacer otra incursión.

No albergaba la menor esperanza de que Victoria se limitara a renunciar. Yo no tenía ese tipo de suerte.

Jacob se acercó al monovolumen después de cenar y se quedó junto a la ventanilla, esperando a que Charlie se marchara primero con el carro patrulla.

—No pases miedo esta noche —me dijo mientras Charlie fingía tener problemas con el cinturón de seguridad—. Estaremos ahí fuera, vigilando.

—No me preocuparé, al menos por mí —le prometí.

—No seas boba. Cazar vampiros es muy divertido. Es la mejor parte de todo este lío.

Yo sacudí la cabeza.

—Si yo soy boba, entonces tú eres un perturbado peligroso.

Jacob soltó una risita.

—Descansa un poco. Se te ve agotada.

—Lo intentaré.

Charlie tocó el pito, impaciente.

—Hasta mañana —se despidió Jacob—. Ven en cuanto te levantes.

—Lo haré.

Charlie me siguió hasta casa en el carro patrulla. No presté demasiada atención a sus luces en mi retrovisor. En vez de eso, me pregunté dónde andarían merodeando Sam, Jared, Embry y Paul, y si Jacob se les habría unido ya.

Corrí hacia las escaleras en cuando llegamos a casa, pero Charlie vino detrás de mí.

—¿Qué está pasando, Bella? —me preguntó antes de que pudiera escapar—. Creía que Jacob formaba parte de una banda y que estaban peleados.

—Lo hemos arreglado.

—¿Y la banda?

—No lo sé. ¿Quién entiende a los chicos? Son un misterio, pero he conocido a Sam Uley y a su prometida, Emily. Me han parecido muy simpáticos —me encogí de hombros—. Debe de haber sido todo un malentendido.

A Charlie se le mudó el semblante.

—No sabía que él y Emily lo habían hecho oficial. Me parece muy bien. Pobre chica.

—¿Sabes qué le pasó?

—La atacó un oso, allá en el norte, durante la temporada de desove del salmón. Fue horrible. Ya ha pasado más de un año desde el accidente. Tengo entendido que a Sam le afectó muchísimo.

—Es horrible —repetí yo.

Más de un año. Habría apostado que aquello ocurrió cuando sólo había un hombre lobo en La Push. Me estremecí al pensar en cómo debía de sentirse Sam cada vez que miraba a Emily a la cara.

Esa noche me quedé despierta mucho rato mientras intentaba organizar en mi mente los sucesos del día. Fui remontándome desde la cena con Billy, Jacob y Charlie hasta la larga tarde que había pasado en casa de los Black esperando con inquietud a saber algo de Jake, y después a la cocina de Emily, al horror del combate de los licántropos, a la conversación con Jacob en la playa...

Pensé en lo que me había dicho aquella misma mañana sobre la hipocresía. Estuve dándole vueltas un buen rato. No me gustaba pensar que era una hipócrita, pero ¿qué sentido tenía engañarme a mí misma?

Me enredé en un círculo vicioso. No, Edward no era un asesino. Ni siquiera en los momentos más oscuros de su pasado había matado a personas inocentes.

Pero ¿qué habría pasado si hubiera sido un asesino? ¿Y si durante la época en que lo conocí se hubiera comportado como cualquier otro vampiro? ¿Y si se hubieran producido desapariciones en el bosque, igual que ahora? ¿Me habría apartado de él?

Me dije que no, con tristeza, y me recordé a mí misma que el amor es irracional. Cuanto más quieres a alguien, menos lógica tiene todo.

Me di la vuelta en la cama y traté de pensar en otra cosa. Me imaginé a Jacob y a sus hermanos corriendo en la oscuridad. Me quedé dormida imaginando a los hombres lobo, invisibles en la noche y protegiéndome del peligro. Cuando empecé a soñar, volvía a estar en el bosque, pero esta vez no deambulaba perdida. Iba con Emily, agarrada a su mano llena de cicatrices, y ambas escrutábamos las tinieblas, esperando con ansiedad a que nuestros licántropos regresaran a casa.

Bajo presión

En Forks volvían a ser vacaciones de Pascua. Al despertar el lunes por la mañana, me quedé tumbada en la cama durante unos segundos asimilando ese hecho. El año pasado, por estas mismas fechas, también me había perseguido un vampiro. Esperaba que no se convirtiera en una especie de tradición.

Ya estaba adaptándome al ritmo de vida de La Push. Había pasado la mayor parte del domingo en la playa, mientras Charlie se entretenía con Billy en casa de los Black. Se suponía que yo estaba con Jacob, pero éste tenía otras cosas que hacer, así que me dediqué a pasear sola y le oculté el secreto a Charlie.

Cuando Jacob apareció para ver si yo estaba bien, me pidió perdón por dejarme abandonada tanto rato. Su agenda, me dijo, no era siempre tan apretada; pero los lobos estaban en alerta roja hasta que detuvieran a Victoria.

Ahora, cuando paseábamos por la playa, siempre me llevaba de la mano.

Eso me hizo pensar en las palabras de Jared; Jacob no debería haber involucrado en esto a su «chica». Me imaginé que, visto desde fuera, parecíamos novios. Mientras que Jake y yo tuviéramos claro cuál era la auténtica situación, no debía permitir que me molestara este hecho. Y tal vez no me habría molestado si no hubiera sabido que Jacob deseaba que las cosas fueran como parecían ser. En cualquier caso, el sentir su cálida mano en contacto con la mía me resultaba agradable, así que yo no protestaba.

Trabajé el martes por la tarde —Jacob me siguió en moto para cerciorarse de que llegaba a salvo—, y Mike se dio cuenta.

—¿Estás saliendo con ese chico de La Push? ¿Con el de segundo? —me preguntó, disimulando su despecho a duras penas.

Me encogí de hombros.

—No estoy saliendo con él en el sentido estricto de la palabra, pero es verdad que paso la mayor parte del tiempo con él. Es mi mejor amigo.

Mike entrecerró los ojos con astucia.

—No te engañes a ti misma, Bella. Ese tipo se muere por ti.

—Lo sé —repuse con un suspiro—. La vida es muy complicada.

—Y las chicas muy crueles —añadió Mike en voz baja.

Pensé que también era una suposición lógica por su parte.

Esa noche, Sam y Emily vinieron a casa de Billy para tomar el postre conmigo y con Charlie. Ella trajo una tarta que se habría ganado el corazón de alguien más duro incluso que Charlie. Mientras la conversación pasaba con naturalidad de un tema a otro, me di cuenta de que los reparos que Charlie pudiera albergar sobre las bandas juveniles de La Push estaban desapareciendo.

Jake y yo nos escapamos temprano para disfrutar de un poco de intimidad. Salimos a su garaje y nos sentamos en el Volkswagen. Jacob echó la cabeza hacia atrás, con cara de agotamiento.

—Tienes que dormir un poco, Jake.

—Veré lo que puedo hacer.

Estiró un brazo para tomar mi mano. El contacto de su piel abrasaba.

—¿Esto tiene que ver con lo de ser lobo? —le pregunté—. Me refiero al calor.

—Sí. Tenemos la temperatura más alta que la gente normal. Entre 47 y 48 grados centígrados. Podría estar así en mitad de una nevada —dijo, señalándose el torso desnudo— y me daría igual. Los copos se convertirían en gotas de lluvia al tocarme.

—Todos ustedes se curan muy rápido. ¿Es otra característica de los hombres lobo?

—Sí. ¿Quieres verlo? Gusta mucho —dijo, sonriendo y con los ojos muy abiertos. Se acercó a mí para abrir la guantera y estuvo un rato rebuscando algo. Al fin, sacó de ella una navaja.

—¡No, no quiero verlo! —grité en cuanto me di cuenta de lo que pensaba hacer—. ¡Deja eso!

Jacob soltó una carcajada, pero volvió a guardar la navaja en la guantera.

—Vale. De todos modos, lo de curarse viene muy bien. No puedes ir al médico cuando tienes una temperatura corporal con la que deberías estar muerto.

—No, supongo que no —me quedé pensando en ello un rato—. Y lo de ser tan grande, ¿también tiene que ver? ¿Por eso estan tan preocupados por Quil?

—Por eso y porque su abuelo dice que se puede freír un huevo en su frente —Jacob puso gesto de desánimo—. Ya no tardará mucho en convertirse. No hay una edad exacta... Se va acumulando poco a poco, y de repente... —se interrumpió y pasó un rato hasta que fue capaz de hablar de nuevo—. A veces, si te sientes alterado, cabreado o algo así, el proceso se puede disparar antes, pero yo no estaba cabreado por nada. Yo era *feliz* —Jacob se rió con amargura—. Sobre todo por tu culpa. Por eso no me ocurrió antes y siguió acumulándose en mi interior, como una bomba de relojería. ¿Sabes lo que me hizo estallar? Billy comentó que me veía raro cuando volví de ver esa película. No me dijo nada más, pero el caso es que perdí los nervios. Y en ese mismo momento... exploté. Casi le arranqué la cara. ¡A mi propio padre! —Jacob se estremeció y se puso pálido.

—¿Es tan malo, Jake? —le pregunté, deseando que hubiera algún modo de ayudarle—. ¿Te sientes desdichado?

—No, no me siento desdichado —respondió—. Ahora que lo sabes, ya no. Antes sí que me resultaba duro —admitió, inclinándose hacia mí hasta apoyar la mejilla encima de mi cabeza.

Se quedó callado durante un rato y me pregunté en qué estaría pensando. Tal vez prefería no saberlo.

—¿Cuál es la parte más dura? —susurré. Aún deseaba ayudarlo.

—Lo peor es sentirse fuera de control —respondió pausadamente—. Saber que no puedo estar seguro de mí mismo, que a lo mejor no deberías estar cerca de mí, que quizá nadie debería estar cerca de mí. Es como si fuera un monstruo capaz de hacer daño a cualquiera. Ya has visto a Emily. Sam perdió los estribos tan sólo un segundo... y resultó que ella estaba demasiado cerca. Ahora no hay nada que pueda hacer para arreglarlo. He oído sus pensamientos y sé cómo se siente.

—¿Quién quiere ser un monstruo de pesadilla?

—Y además, está la facilidad con la que me transformo, mucho mejor que los demás. ¿Me hace eso menos humano aún que Embry o que Sam? A veces, temo estar perdiéndome a mí mismo.

—¿Es difícil volver a transformarte en ti mismo?

—Al principio lo es —respondió—. Se requiere cierta práctica para entrar y salir de fase, pero a mí me resulta más sencillo que a los demás.

—¿Por qué?

—Porque Ephraim Black era mi bisabuelo por parte de padre y Quil Ateara por parte de madre.

—¿Quil? —pregunté, sorprendida.

—Su bisabuelo —me aclaró Jacob—. El Quil al que conoces es primo segundo mío.

—¿Qué tiene que ver quiénes fueran tus bisabuelos?

—Pues que Ephraim y Quil formaban parte de la última manada. El tercero era Levi Uley. Así que lo llevo en la sangre por ambas partes. Nunca tuve la menor oportunidad. Igual que Quil tampoco la tiene.

Su expresión era sombría.

—¿Y cuál es la parte buena? —le pregunté por animarlo un poco.

—La parte buena —respondió, sonriendo de nuevo—, es la velocidad.

—¿Es mejor que ir en moto?

Jacob asintió con entusiasmo.

—No hay comparación.

—¿A qué velocidad puedes...?

—¿... correr? —Jacob completó mi frase—. Muy rápido. ¿Con qué puedo medirlo? El otro día atrapamos a... ¿cómo se llamaba? ¿Laurent? Me imagino que para ti eso significará más que para cualquier otra persona.

Sí que lo significaba. Yo no era capaz de imaginarme a los lobos corriendo más rápido que un vampiro. Cuando los Cullen corrían, lo hacían a tal velocidad que prácticamente se hacían invisibles.

—Ahora, cuéntame algo que yo no sepa —me dijo—. Algo sobre vampiros. ¿Cómo pudiste soportar estar con ellos? ¿No te ponían los pelos de punta?

—No —respondí con sequedad.

Mi tono lo dejó pensativo durante unos instantes.

—Dime, ¿por qué tu chupasangre mató a ese tal James? —me preguntó de repente.

—James intentaba matarme. Para él, era como un juego. Y perdió. ¿Te acuerdas de la primavera pasada, cuando estuve en el hospital en Phoenix?

Jacob respiró hondo.

—¿Tan cerca estuvo?

—Muy, muy cerca —contesté mientras me acariciaba la cicatriz. Jacob se dio cuenta, porque tenía agarrada la mano que moví para hacerlo.

—¿Qué pasa? —Jacob cambió de manos para examinar mi derecha—. Ah, es esa cicatriz tan curiosa, la que está fría —la miró de cerca con nuevos ojos y tragó saliva.

—Sí, es lo que estás pensando —dije—. James me mordió.

Sus ojos se pusieron saltones y su rostro adquirió un extraño color cetrino bajo la superficie rojiza. Parecía estar a punto de vomitar.

—Pero, si te mordió… ¿no deberías ser una…? —se atragantó y no pudo seguir.

—Edward me salvó dos veces —susurré—. Chupó el veneno, igual que si me hubiera mordido una serpiente de cascabel —me estremecí al sentir un latigazo de dolor en los bordes del agujero.

Pero no fui la única que se estremeció. Todo el cuerpo de Jacob temblaba junto al mío. El propio carro se movía.

—Cuidado, Jake. Tranquilo. Cálmate.

—Sí —jadeó él—. Tranquilo —empezó a sacudir la cabeza de un lado a otro con rapidez. Pasados unos momentos, sólo le temblaban las manos.

—¿Estás bien?

—Sí, casi. Cuéntame más. Necesito algo en qué pensar para distraerme.

—¿Qué quieres saber?

—No lo sé —tenía los ojos cerrados y trataba de concentrarse—. Supongo que algo de material adicional. ¿Algún otro Cullen tenía… talentos extra, como leer la mente?

Dudé unos segundos. Me pareció que aquélla era una pregunta que lo haría a una espía, no a una amiga. Pero ¿qué sentido tenía ocultar lo que sabía? En ese momento carecía de importancia y lo ayudaría a controlarse.

Así que hablé atropelladamente, mientras mi mente conjuraba la imagen del rostro destrozado de Emily y se me erizaba el vello de los brazos. No era capaz de imaginar a aquel lobo pardo encajando dentro del Golf. Si se transformaba ahora, Jacob destruiría el garaje entero.

—Jasper podía… digamos que controlaba las emociones de la gente que lo rodeaba. No lo hacía a mala idea, sólo para tranquilizar a los demás y cosas así. Probablemente ayudaría mucho a Paul —añadí, bromeando sin ganas—, y Alice era capaz de ver cosas que aún no habían sucedido. Ya sabes, el futuro, aunque no en sentido absoluto. Los sucesos que veía cambiaban si alguien modificaba las circunstancias en que se debían producir…

Como cuando me vio a mí muriendo, y también convirtiéndome en una de ellos. Dos hechos que no habían sucedido y uno que nunca llegaría a suceder. La cabeza me empezó a dar vueltas. Parecía como si no pudiera extraer suficiente oxígeno del aire, como si no tuviera pulmones.

Jacob había recuperado el control por completo y estaba muy quieto, sentado a mi lado.

—¿Por qué haces eso? —me preguntó. Tiró con suavidad del brazo que tenía apretado contra mi pecho, pero renunció al ver que no se soltaba. Yo ni siquiera me había dado cuenta de que había adoptado esa postura—. Siempre lo haces cuando te alteras. ¿Por qué?

—Me hace daño pensar en ellos —susurré—. Es como si no pudiera respirar... como si me rompiera en pedazos... —era extraño, pero ahora podía contarle muchas cosas a Jacob. Ya no había secretos entre nosotros.

Jacob me acarició el pelo.

—No pasa nada, Bella, no pasa nada. No volveré a sacar el tema más. Lo siento.

—Estoy bien —dije, tragando saliva—. Me pasa continuamente. No es culpa tuya.

—Somos una pareja muy complicada, ¿verdad? —dijo Jacob—. Ninguno de los dos es capaz de mantener la compostura cuando estamos juntos.

—Es patético —reconocí, aún sin aliento.

—Al menos, nos tenemos el uno al otro —dijo él. Resultaba evidente que el pensamiento lo reconfortaba.

A mí también.

—Sí, al menos nos tenemos —dije.

Todo iba bien cuando estábamos juntos, pero Jacob se sentía obligado a llevar a cabo aquel trabajo horrible y peligroso, por lo que yo estaba sola a menudo, apalancada en La Push por mi propia seguridad, sin nada que hacer para distraer la mente de otras preocupaciones.

Me sentía un estorbo, siempre ocupando espacio en casa de Billy. A ratos estudiaba para el examen de Cálculo de la semana siguiente, pero no podía concentrarme demasiado tiempo en las matemáticas. Cuando no tenía a mano algo que hacer, sentía que debía entablar conversación con Billy. Ya se sabe, la presión de las normas sociales. Pero él no era muy dado a rellenar los silencios prolongados, por lo que se agudizaba la sensación de ser un estorbo.

Probé a pasarme por casa de Emily el miércoles por la tarde, para variar. Al principio fue muy agradable. Emily era una persona alegre y activa que nunca se sentaba y que siempre estaba haciendo algo. Yo la seguía mientras se dedicaba a revolotear por la casita y por el patio para barrer el suelo inmaculado, arrancar malas hierbas, arreglar una bisagra rota o trenzar lana en un antiguo telar; y además, siempre estaba cocinando. Se quejaba de vez en cuando de que aquellas carreras extra despertaban aún más el apetito de los chicos, pero se veía que no le importaba cuidarlos. Resultaba fácil estar con ella: al fin y al cabo, ahora las dos éramos chicas lobo.

Pero Sam se pasó por su casa cuando llevaba allí unas horas. Sólo me quedé el tiempo justo para enterarme de que Jacob estaba bien y de que no había más novedades; después, tuve que escapar. El aura de amor y satisfacción que los rodeaba era más difícil de soportar en dosis concentradas, cuando no había nadie alrededor de ellos para diluirla.

Así que sólo me quedaba vagabundear por la playa y recorrer aquella medialuna sembrada de rocas arriba y abajo, arriba y abajo, una y otra vez.

Pasar tanto tiempo sola no era bueno para mí. Después de haberme sincerado con Jacob, en los últimos días había pensado y hablado sobre los Cullen más de la cuenta. Daba igual cómo intentara distraerme, aunque lo cierto era que tenía muchas cosas en las que pensar: estaba sincera y desesperadamente preocupada por Jacob y sus hermanos lobos; estaba aterrorizada por Charlie y los demás, que creían que los chicos se dedicaban a cazar animales; mi relación con Jacob era cada vez más seria, aunque yo no había decidido avanzar de forma consciente en ese sentido y no sabía muy bien qué hacer. Daba igual porque ninguna de aquellas preocupaciones —preocupaciones reales y apremiantes a las que bien merecía la pena dedicar un rato— podía aliviar por mucho tiempo la angustia que sentía en el pecho. Llegó un momento en que no pude seguir caminando porque era incapaz de respirar. Me senté sobre unas piedras que estaban medio secas y me acurruqué como una bola.

Jacob me encontró así. Su expresión revelaba que comprendía lo que me pasaba.

—Lo siento —dijo nada más llegar. Me hizo levantarme del suelo y me abrazó por los hombros. Hasta ese momento no me había dado cuenta del frío que tenía. Su calor me provocó un escalofrío, pero ahora que lo tenía al lado por lo menos podía respirar.

—Te estoy estropeando las vacaciones de Pascua —se acusó Jacob mientras paseábamos playa arriba.

—No, no es verdad. No había hecho ningún plan. Además, no me gustan las vacaciones de Pascua.

—Mañana por la mañana te llevaré a algún sitio. Los demás pueden cazar sin mí. Haremos algo divertido.

En aquel preciso instante de mi vida, esa palabra parecía fuera de lugar, extravagante, incomprensible.

—¿Divertido?

—Sí. Es justo lo que necesitas: divertirte. Mmm... —Jacob meditó con la mirada perdida en las olas grises. Mientras sus ojos oteaban el horizonte, tuvo un arrebato de inspiración.

—¡Ya lo tengo! —exclamó—. Es otra promesa que debo cumplir.

—¿De qué me estás hablando?

Jacob me soltó la mano y señaló hacia el sur, donde la medialuna lisa y rocosa de la playa terminaba bajo unos abruptos acantilados. Me quedé mirando, sin entender nada.

—¿Te acuerdas de que prometí zambullirme contigo desde el acantilado?

Me estremecí.

—Sí, va a hacer frío, pero no tanto como hoy. ¿No lo notas en la presión del aire? Va a cambiar el tiempo. Mañana hará más calor. ¿Te gustaría?

Las aguas oscuras no invitaban a sumergirse en ellas, y desde aquel ángulo las rocas parecían aún más altas.

Pero habían pasado muchos días desde que oí por última vez la voz de Edward. Probablemente eso formaba parte del problema. Me había convertido en adicta al sonido de mi propia ilusión. Pasar demasiado tiempo sin esa voz sólo empeoraba las cosas. Y saltar desde el acantilado era una forma segura de ponerle remedio.

—Claro que me gustaría. Será divertido.

—Entonces, tenemos una cita —dijo, rodeándome los hombros con el brazo.

—De acuerdo. Pero ahora, vamos: tienes que dormir un poco —no me gustaba la forma en que sus ojeras parecían tatuadas sobre su piel.

A la mañana siguiente me desperté temprano y, a hurtadillas, metí una muda de ropa en el carro. Tenía la impresión de que Charlie aprobaría el plan de hoy tanto como habría aprobado lo de la motocicleta.

La idea de distraerme de mis preocupaciones me tenía casi emocionada. A lo mejor incluso resultaba divertido. Una cita con Jacob, una cita con Edward... Solté una carcajada macabra en mi interior. Jake podía afirmar que éramos una pareja muy complicada, pero la única realmente complicada de los dos era yo. A mi lado, los hombres lobo parecían gente normal.

Esperé a que Jacob se reuniera conmigo en la parte delantera de la casa, como solía hacer cuando el ruido de mi tartana anunciaba mi llegada. Al ver que no salía, supuse que quizá seguía durmiendo. Esperaría: prefería dejarlo descansar lo más posible. Jacob necesitaba recuperar sueño. De paso, así daría lugar a que el día se caldeara un poco más. Lo cierto era que había acertado con su previsión del tiempo, que había cambiado durante la noche. Una espesa capa de nubes cubría la atmósfera creando una sensación de bochorno; bajo aquel manto gris se sentía calor y presión, así que dejé el suéter en el carro.

Llamé a la puerta con suavidad.

—Pasa, Bella —me dijo Billy.

Estaba en la mesa de la cocina, comiendo cereales fríos.

—¿Jake está dormido?

—Eh... no —Billy dejó la cuchara en la mesa y frunció el entrecejo.

—¿Qué ha pasado? —le pregunté. Por su expresión, sabía que algo tenía que haber ocurrido.

—Embry, Jared y Paul han encontrado un rastro reciente esta mañana. Sam y Jake han salido para ayudarles. Sam es optimista: cree que ella se ha atrincherado cerca de las montañas, y que tienen bastantes posibilidades de acabar con esto de una vez.

—Oh, no, Billy —musité—. Oh, no.

Él soltó una carcajada por lo bajo.

—¿Tanto te gusta La Push que quieres prolongar tu condena aquí?

—No bromees, Billy. Esto es demasiado aterrador.

—Tienes razón —reconoció, aún satisfecho consigo mismo. Era imposible descifrar la expresión de sus viejos ojos—. Esta vampira es muy traicionera.

Me mordí el labio.

—No es tan peligroso para ellos como crees —me consoló Billy—. Sam sabe lo que hace. Tú eres la única que tiene motivo para inquietarse. La vampira no quiere luchar contra ellos, sólo busca la forma de burlarlos… para llegar hasta ti.

—¿Seguro que Sam sabe lo que hace? —pregunté, sin hacer caso a su preocupación por mí—. Hasta ahora sólo han matado a un vampiro. Puede haber sido cuestión de suerte.

—Nos tomamos muy en serio lo que hacemos, Bella. No han pasado nada por alto. Todo lo que necesitan saber se ha transmitido de padres a hijos a lo largo de generaciones.

Sus palabras no me tranquilizaron tanto como él pretendía. El recuerdo de Victoria —salvaje, felina, letal— aún seguía grabado en mi mente. Si no conseguía burlar a los lobos, finalmente podía intentar abrirse paso *por encima* de ellos.

Billy siguió desayunando. Yo me senté en el sofá y me dediqué a hacer *zapping* frente al televisor. No aguanté mucho rato. En aquella salita empecé a sentirme encerrada, claustrofóbica, inquieta por no poder ver lo que había más allá de las cortinas.

—Estaré en la playa —le dije a Billy sin previo aviso, y me apresuré hacia la puerta.

Estar en el exterior no me ayudó tanto como esperaba. Las nubes me oprimían con un peso invisible que no ayudaba a aliviar mi claustrofobia. Mientras caminaba hacia la playa, me di cuenta de que el bosque parecía extrañamente vacío. No se veía ningún animal: ni pájaros, ni ardillas. Tampoco se oía el canto de las aves. Aquel silencio era siniestro. Ni siquiera se escuchaba el rumor del viento entre los árboles.

Sabía que la culpa de todo eso la tenía el cambio de tiempo, pero aun así me ponía nerviosa. La presión cálida y pesada de la atmósfera era perceptible incluso para mis débiles sentidos humanos, y seguro que para el departamento de prevención de tormentas presagiaba algo serio. Una mirada al cielo respaldó mi impresión: las nubes se estaban acumulando poco a poco pese a que a ras de suelo no soplaba ni una brizna de viento. Las más cercanas eran plomizas, pero entre los resquicios se divisaba otra capa de nubes con un espeluznante color púrpura. Los cielos debían de tener planeado algo espantoso para hoy, lo que explicaba que los animales se hubieran ocultado en sus refugios.

En cuanto llegué a la playa me arrepentí: ya estaba harta de aquel sitio. Casi todos los días me dedicaba a pasear sola por ella. Me pregunté si era tan diferente de mis pesadillas, pero ¿a qué otro lugar podía ir? Bajé con cuidado hasta el árbol flotante y me senté en el extremo para poder apoyar la espalda en las enmarañadas raíces. Me quedé mirando al cielo hostil, a la espera de que las primeras gotas de lluvia rompieran aquella quietud.

Intenté no pensar en el peligro que corrían Jacob y sus amigos. A Jake no podía pasarle nada. La sola idea era insoportable. Yo ya había perdido demasiadas cosas. ¿Es que el destino pretendía arrebatarme también los escasos retazos de paz que me quedaban? Me parecía algo injusto, desproporcionado, pero quizá yo había quebrantado alguna ley desconocida o cruzado una raya que suponía mi condena. Tal vez mi error era involucrarme tanto en mitos y leyendas y volver la espalda al mundo humano. Tal vez...

No. A Jacob no iba a pasarle nada malo. Tenía que creer en eso o sería incapaz de seguir funcionando.

—¡Arggh! —gruñí, y me bajé del tronco de un salto. No podía estar quieta; era aún peor que pasear.

La verdad es que había contado con oír a Edward esa mañana. Aquello parecía lo único capaz de hacerme soportable el día entero. Últimamente la herida del pecho había estado supurando, como para vengarse de las veces en que la presencia de Jacob la había aliviado. Los bordes me escocían.

Mientras paseaba, las olas empezaron a levantarse y a estrellarse contra las rocas, pero el viento seguía sin soplar. Me sentía clavada en el sitio por la presión de la tormenta. Todo se arremolinaba a mi alrededor, pero donde yo estaba nada parecía moverse. El aire tenía una leve carga eléctrica, sentía la estática en el pelo.

A lo lejos las olas se veían más bravías que cerca de la orilla. Podía divisar cómo azotaban la línea de los acantilados y proyectaban grandes nubes de espuma blanca hacia el cielo. Aún no se apreciaba ningún movimiento en el aire, aunque ahora las nubes se acumulaban con más rapidez. Era una visión extraña, como si se movieran por voluntad propia. Tuve un estremecimiento, aunque sabía que sólo era una ilusión creada por la presión del aire.

Los acantilados se recortaban como el filo de un cuchillo negro contra el lívido cielo. Al contemplarlos, recordé el día en que Jacob me había hablado de Sam y su «banda». Pensé en los chicos —los hombres lobo— arrojándose al vacío. Tenía grabada en mi mente la imagen de sus cuerpos cayendo en espiral hacia el agua. Me imaginé la sensación de libertad absoluta de la caída. También evoqué la forma en que la voz de Edward sonaba en mi cabeza: furiosa, aterciopelada, perfecta... El vacío de mi pecho se hizo aún más angustioso.

Tenía que haber alguna forma de aliviarlo. El dolor se volvía más insoportable por segundos. Miré hacia los farallones y las olas que rompían contra ellos.

Bueno, ¿y por qué no? ¿Por qué no acabar con esa angustia ahora mismo?

Jacob me había prometido zambullirse conmigo desde las rocas. Sólo porque él no estuviera disponible, ¿debía renunciar a una diversión que necesitaba urgentemente? De hecho, saber que Jacob estaba jugándose la vida hacía que la necesitara aún más. Porque, básicamente, se la estaba jugando por mí. De no ser por mí, Victoria no habría venido aquí para matar a la gente, sino que estaría en algún otro lugar lejano. Así que, si le pasaba algo a Jacob, sería por mi culpa. Comprenderlo finalmente fue como una puñalada, y tuve que salir corriendo por el camino que llevaba a casa de Billy, donde había dejado parqueado el carro.

Sabía cómo llegar hasta el sendero que corría junto a los acantilados, pero tuve que hallar el caminito que llevaba hasta el borde. Mientras lo seguía, fui buscando bifurcaciones y recodos, pues sabía que Jake tenía la intención de llevarme al saliente inferior, y no al más alto; pero el camino conducía hacia el extremo del acantilado sin ofrecer opción alguna. No tenía tiempo para buscar otra forma de bajar: la tormenta se movía cada vez más rápido. Al final, empecé a sentir el viento en la piel y la presión de las nubes más cerca del suelo. Cuando llegué al punto donde el sendero de tierra se abría hacia aquel precipicio de roca, las primeras gotas de agua salpicaron mi rostro.

No fue difícil convencerme a mí misma de que no tenía tiempo para buscar otro camino: quería saltar desde lo más alto. Ésa era la imagen que tenía grabada en la cabeza. Deseaba sentir que volaba en aquella prolongada caída.

Sabía que era lo más estúpido e insensato que había hecho en mi vida. La idea me hizo sonreír. El dolor empezó a remitir, como si mi cuerpo fuera consciente de que en cuestión de segundos escucharía la voz de Edward...

El agua sonaba muy lejos, incluso más que antes, cuando la oía desde el sendero que corría entre los árboles. Al pensar en la temperatura que podía tener el mar hice una mueca, pero no me iba a amilanar por eso.

El viento soplaba ahora con más fuerza y la lluvia me azotaba y se arremolinaba a mi alrededor.

Me acerqué al borde, manteniendo la mirada fija en el espacio vacío que se abría delante de mí. Los dedos de mis pies tantearon a ciegas, acariciando la rugosa repisa de roca cuando la encontraron. Respiré hondo y aguanté el aire dentro de mi pecho, esperando.

Bella.

Sonreí y exhalé el aire.

¿Sí? No contesté en voz alta, por temor a que el sonido de mi propia voz rompiera aquella hermosa ilusión. Sonaba tan real, tan cercano. Sólo cuando desaprobaba mi conducta, como ahora, emergía el verdadero recuerdo de su voz, la textura aterciopelada y la entonación musical que la convertían en el más perfecto de los sonidos.

No lo hagas, me suplicó.

Querías que fuera humana, le recordé. *Bueno, pues mírame.*

Por favor. Hazlo por mí.

Es la única forma de que estés conmigo.

Por favor. Era solamente un susurro en la intensa lluvia que me revolvía el pelo y me empapaba la ropa; estaba tan mojada como si aquél fuera ya el segundo salto del día.

Me puse de puntillas.

¡No, Bella! Ahora estaba furioso, y su furia era tan deliciosa...

Sonreí, levanté los brazos como si fuera a tirarme de cabeza y alcé el rostro hacia la lluvia. Pero tenía demasiado arraigados los cursitos de natación en la piscina pública: la primera vez, salta con los pies por delante. Me incliné, agachándome para tomar más impulso...

... y me tiré del acantilado.

Chillé mientras caía por el aire como un meteorito, pero era un grito de júbilo y no de miedo. El viento oponía resistencia, tratando en vano de combatir la inexorable gravedad, empujándome y volteándome en espirales como si fuera un cohete que se precipita contra el suelo.

¡Sííííí! La palabra resonó en mi cabeza cuando atravesé como un cuchillo la superficie del agua. Estaba helada, aún más fría de lo que me había temido, pero eso únicamente acrecentó aquella sensación de subidón.

Mientras seguía bajando hacia las profundidades de aquellas aguas gélidas y negras, me sentí orgullosa de mí misma. No había sufrido ni un instante de terror; sólo pura adrenalina. En realidad, la caída no era tan escalofriante. ¿Dónde estaba el desafío?

Fue en ese momento cuando me atrapó la corriente.

Me había preocupado tanto por la altura del acantilado y por el evidente peligro de aquella escarpada pared que no había pensado para nada en las oscuras aguas que me esperaban abajo. Ni siquiera había llegado a imaginar que la verdadera amenaza acechaba debajo de mí, tras la hirviente espuma.

Sentí cómo las olas se disputaban mi cuerpo, tirando de él como si estuvieran decididas a partirlo en dos para compartir el botín. Sabía cuál era la forma de luchar contra la marea: mejor nadar en paralelo a la playa en vez de esforzarme por llegar a la orilla, pero ese conocimiento no me servía de mucho, puesto que ignoraba dónde se encontraba la orilla.

Ni siquiera sabía dónde estaba la superficie.

Las aguas furiosas se veían negras en todas las direcciones; no había ninguna luz que me orientara hacia arriba. La gravedad era omnipotente cuando competía con el aire, pero no tenía ni una oportunidad contra las olas. Yo no sentía su tirón hacia abajo, ni notaba que mi cuerpo se hundiera en ninguna dirección. Únicamente experimentaba el embate de la corriente que me llevaba de un lado a otro como una muñeca de trapo.

Luché por guardar el aliento en mi interior, por tener los labios sellados para no dejar escapar mi última provisión de oxígeno.

No me sorprendió que la ilusión de Edward estuviera allí. Teniendo en cuenta que me estaba muriendo, me lo debía. Lo que sí me sorprendió fue lo segura que estaba de que me iba a ahogar; de que ya me estaba ahogando.

¡Sigue nadando!, me apremió Edward dentro de mi cabeza.

El frío del agua me estaba entumeciendo piernas y brazos. Ya no notaba las bofetadas de la corriente. Ahora sentía más bien una especie de vértigo mientras giraba indefensa dentro del mar.

Pero le hice caso. Me obligué a mí misma a seguir braceando y a patalear con más fuerza, aunque en cada instante me movía en una dirección diferente. No podía estar haciendo nada útil. ¿Qué sentido tenía?

¡Lucha!, gritó Edward. *¡Maldita sea, Bella, sigue luchando!*

¿Por qué?

Ya no quería seguir peleando. Y no eran ni el mareo ni el frío ni el fallo de mis brazos debido al agotamiento muscular los que me hacían resignarme a quedarme donde estaba. No. Me sentía casi feliz de que todo estuviera a punto de acabar. Era una muerte mejor que las otras a las que me habría enfrentado, una muerte curiosamente apacible.

Pensé brevemente en los tópicos, como el de que supuestamente uno ve desfilar su vida entera ante sus ojos. Yo tuve más suerte. Además, ¿para qué quería una reposición?

Lo estaba viendo *a él*, y no tenía ya voluntad de luchar. Su imagen era vívida, mucho más definida que cualquier recuerdo. Mi subconsciente había almacenado a Edward con todo detalle, sin fallo alguno, reservándolo para este momento final. Podía ver su rostro perfecto como si realmente estuviera allí; el matiz exacto de su piel gélida, la forma de sus labios, la línea de su mentón, el destello dorado en sus ojos encolerizados. Como era natural, lo enfurecía que yo me rindiera. Tenía los dientes apretados y las aletas de la nariz dilatadas de rabia.

¡No! ¡Bella, no!

Su voz sonaba más clara que nunca a pesar de que el agua helada me llenaba los oídos. Hice caso omiso de sus palabras y me concentré en el sonido de su voz. ¿Por qué debía luchar si estaba tan feliz en aquel sitio? Aunque los pulmones me ardían por falta de aire y las piernas se me acalambraban en el agua gélida, estaba contenta. Ya había olvidado en qué consistía la auténtica felicidad.

Felicidad. Hacía que la experiencia de morir fuera más que soportable.

La corriente venció en ese momento y me lanzó violentamente contra algo duro, una roca invisible entre las tinieblas. La roca me golpeó en el pecho con dureza, como una barra de hierro, y el aire escapó de mis pulmones y salió por mi boca en una nube de burbujas plateadas. El agua inundó mi garganta, me asfixiaba, me quemaba, mientras la barra de hierro parecía tirar de mí, apartándome de Edward hacia las oscuras profundidades, hacia el lecho oceánico.

Adiós. Te amo, fue mi último pensamiento.

París

Y en ese preciso momento salí a la superficie.

Me hallaba desorientada. Hubiera jurado que hacía un momento me estaba ahogando.

Era imposible que la corriente me hubiera sacado de allí. Las rocas se me clavaban en la espalda; una fuerza me empujaba contra ellas rítmicamente, haciendo que expulsara el agua de los pulmones. La eché por la boca y la nariz a borbotones. La sal me quemaba los pulmones y tenía la garganta tan llena de líquido que me era imposible inspirar; además, las rocas me herían la espalda. No sabía cómo había ido a parar a ningún lugar, pues la corriente todavía tiraba de mí. No podía ver otra cosa que agua por todos lados, ya que me llegaba hasta el rostro.

—¡Respira! —me ordenó con angustia una voz; sentí un cruel pinchazo de dolor cuando la reconocí, porque no era la de Edward.

Resultaba imposible obedecerle. La catarata de mi boca no se detenía lo bastante para permitirme tomar aire. El agua negra y helada me llenaba el pecho, me quemaba.

La roca volvió a golpearme en la espalda, justo entre los omóplatos, y otro aluvión de agua me obturó la garganta al salir de los pulmones.

—¡Respira, Bella! ¡Dale! —me suplicó Jacob.

Unos puntos negros, que se iban agrandando cada vez más, me salpicaban la visión y bloqueaban la luz.

La roca me golpeó de nuevo.

No estaba tan fría como el agua; de hecho, la sentía caliente contra mi piel. Me di cuenta de que era la mano de Jacob, que intentaba expulsar el agua de mis pulmones, y aquella barra de hierro que me había sacado del mar también había sido... cálida... La cabeza me daba vueltas y los puntos negros lo cubrían todo.

¿Acaso me estaba muriendo de nuevo? No me gustaba, no era tan agradable como la vez anterior. Ahora no había nada que mereciera la pena mirar, lo veía todo oscuro. El batir de las olas se desvanecía en la negrura y terminó convirtiéndose en un susurro monótono que sonaba como si surgiera del interior de mis oídos.

—¿Bella? —inquirió Jacob, con la voz aún tensa, pero no tan exasperada como antes—. Bella, cariño, ¿puedes oírme?

Toda mi cabeza se mecía y balanceaba de un modo vertiginoso, como si su interior se hubiera acompasado al ritmo del agua encrespada.

—¿Cuánto tiempo ha estado inconsciente? —preguntó en ese momento alguien.

La voz que no pertenecía a Jacob me chocó y crispó lo suficiente para permitirme una conciencia más clara.

Me di cuenta de que yacía inerte. La corriente ya no me arrastraba, los tirones sólo existían dentro de mi cabeza. La superficie sobre la que me encontraba era plana e inmóvil. Sentí su textura granulosa contra la piel desnuda.

—No lo sé —contestó Jacob, todavía frenético. Su voz sonaba muy cerca. Sus manos, tenían que ser las suyas, porque nadie las tenía tan calientes, me apartaban el cabello mojado de las mejillas—. ¿Unos cuantos minutos? No me ha llevado mucho tiempo traerla hasta la playa.

El tranquilo susurro que oía en mi cabeza no eran las olas, sino el aire que salía y entraba nuevamente de mis pulmones. Tenía las vías respiratorias en carne viva, como si las hubiera frotado con un estropajo de aluminio, por lo que cada aliento me quemaba, pero todavía respiraba. También estaba helada. Un millar de punzantes gotas congeladas me pinchaban la cara y los brazos, haciendo que el frío fuera aún peor.

—Vuelve a respirar, saldrá de ésta. De todos modos no podemos dejar que se enfríe, no me gusta el color que está tomando —esta vez reconocí la voz de Sam.

—¿Qué crees? ¿Le pasará algo si la movemos?

—¿Se golpeó en la espalda o contra algo al caer?

—No lo sé.

Ambos dudaron.

Intenté abrir los ojos. Me llevó casi un minuto, pero pude ver las oscuras nubes de color púrpura que dejaban caer una lluvia helada sobre mí.

—¿Jake? —grazné.

El rostro de Jacob bloqueó el cielo.

—¡Ah! —jadeó mientras el alivio le recorría las facciones. Tenía los ojos humedecidos a causa del aguacero—. ¡Oh, Bella! ¿Estás bien? ¿Puedes oírme? ¿Te has hecho daño en alguna parte?

—S-sólo en l-la garganta... —tartamudeé, con los labios temblorosos de frío.

—En tal caso, será mejor que te saquemos de aquí —dijo Jacob. Deslizó sus brazos debajo de mí y me alzó sin esfuerzo, como si fuera una caja vacía. Su pecho estaba desnudo, pero caliente; encorvó los hombros para protegerme de la lluvia. Se me deslizó la cabeza hacia su brazo. Miré de forma inexpresiva a su espalda, donde el agua golpeaba con furia la arena.

—¿La tienes? —le oí preguntar a Sam.

—Sí, me la llevaré de aquí. Vuelvo al hospital. Luego me reuniré contigo. Gracias, Sam.

La cabeza todavía me daba vueltas. Su conversación carecía de sentido para mí en ese momento. Sam no contestó. No se oía nada; me pregunté si ya se habría marchado.

Las olas lamían y removían la arena detrás de nosotros mientras Jacob me sacaba de allí. Parecían enfadadas porque me hubiera escapado. Mientras miraba cansinamente hacia el horizonte, una chispa de color captó la atención de mis ojos extraviados; una pequeña llama de fuego bailaba sobre la masa de agua negra, allá lejos, en la bahía. La imagen carecía de sentido y me pregunté si estaba o no consciente. No dejaba de darle vueltas en la cabeza al recuerdo del agua oscura y agitada, donde me había sentido tan perdida que no identificaba con claridad el arriba y el abajo. Tan perdida... Sin embargo Jacob, de alguna manera...

—¿Cómo me encontraste? —pregunté con voz ronca.

—Te estaba buscando —me contestó mientras subía al trote por la playa en dirección a la carretera, bajo la cortina de agua—. Seguí las huellas de las ruedas de tu carro y entonces te oí gritar —se estremeció—. ¿Por qué saltaste, Bella? ¿No te diste cuenta de que se estaba formando una gran tormenta? ¿Por qué no me esperaste? —la ira le colmaba la voz conforme el alivio pasaba a un segundo plano.

—Lo siento —murmuré—. Fue una estupidez.

—Desde luego, ha sido una verdadera estupidez —coincidió. Cayeron de su pelo varias gotas de lluvia cuando asintió con la cabeza—. Mira, ¿te importaría reservarte todas estas tonterías para cuando yo esté cerca? No puedo concentrarme si estoy todo el día pensando que andas tirándote de los acantilados a mi espalda.

—De acuerdo. Sin problemas —le aseguré. Mi voz sonó como la de una fumadora compulsiva. Intenté aclararme la garganta y entonces hice un gesto de dolor; fue como si me hubiera clavado un cuchillo en ese mismo sitio—. ¿Ha ocurrido algo hoy? ¿La… han encontrado?

Ahora me tocaba estremecerme a mí a pesar de que, pegada a su cuerpo ridículamente caluroso, no tenía nada de frío.

Jacob negó con la cabeza. Corría más que andaba mientras seguía la carretera en dirección a su casa.

—No, Victoria se arrojó al agua, y los chupasangres tienen allí más ventaja. Por eso volví corriendo a casa. Temía que a nado duplicara la velocidad con la que se movía a pie, y que regresara, y como pasas tanto tiempo en la playa… —se le formó un nudo en la garganta que le impidió hablar.

—Sam volvió contigo… ¿Están todos en casa? —esperaba que no siguieran buscándola.

—Sí. Algo así.

Bajo el aguacero que tamborileaba sobre nosotros, lo observé entrecerrando los ojos para estudiar sus facciones. Tenía la mirada tensa por la preocupación o la tristeza.

Las palabras no cobraron sentido hasta que de pronto encajaron.

—Antes, al hablar con Sam, has mencionado el hospital. ¿Ha resultado herido alguno? ¿Luchó contra ustedes? —el tono de mi voz se alzó una octava, sonando extraño con la ronquera.

—No, no. Se trata de Harry Clearwater. Esta mañana le ha dado un ataque al corazón. Emily nos esperaba con la mala noticia al llegar.

—¿Harry? —sacudí la cabeza mientras intentaba asumir sus palabras—. ¡Oh, no! ¿Lo sabe Charlie?

—Sí. Él también está allí, con mi padre.

—¿Va a salir Harry de ésta?

Los ojos de Jacob se tensaron de nuevo.

—Por ahora, no tiene muy buena pinta.

De pronto, enfermé de culpabilidad. Pensar en el salto absurdo desde el acantilado hizo que me sintiera realmente mal. Nadie debería estar preocupándose por mí en esos instantes. ¡Qué momento más estúpido para volverse temeraria!

—¿Qué puedo hacer? —le pregunté.

Entonces la lluvia dejó de empaparnos. No me di verdadera cuenta de que habíamos llegado a casa de Jacob hasta que cruzamos la puerta. El vendaval azotaba el tejado.

—Podrías quedarte *aquí* —repuso Jacob mientras me depositaba en el pequeño sofá—. Vamos, que no te muevas de esta casa. Te traeré alguna ropa seca.

Dejé que mis ojos se acostumbraran a la oscuridad de la estancia mientras Jacob iba de un lado para otro en su cuarto. La atestada habitación de la entrada parecía muy vacía sin Billy, casi desolada. Tenía un aspecto extrañamente ominoso, probablemente sólo porque yo sabía dónde estaba.

Jacob regresó en cuestión de segundos y me arrojó una pila de prendas de algodón gris.

—Te quedarán grandes, pero no he encontrado nada mejor. Yo... esto... saldré fuera para que te puedas cambiar.

—No te vayas a ninguna parte. Estoy demasiado cansada para moverme todavía. Quédate conmigo.

Jacob se sentó en el suelo junto a mí y apoyó la espalda contra el sofá. Me pregunté cuándo habría sido la última vez que había dormido. A juzgar por su aspecto, estaba tan exhausto como yo.

Reclinó la cabeza sobre el cojín que estaba al lado del mío y bostezó.

—Ojalá pudiera descansar un minuto.

Cerró los ojos. Yo también dejé que los míos se cerraran.

Pobre Harry. Pobre Sue. Sabía que Charlie estaría con ellos. Era uno de sus mejores amigos. A pesar del pesimismo de Jacob, deseé fervientemente que Harry lo superara. Por el bien de Charlie. Por Sue, por Leah, por Seth.

El sofá de Billy estaba al lado del radiador, así que ahora me sentía caliente a pesar de mis ropas empapadas. Me dolían los pulmones de un modo que me empujaba hacia la inconsciencia más que a mantenerme despierta. Me pregunté vagamente si echar una cabezada sería una mala idea... si terminaría mezclando el ahogo con la conmoción cerebral. Jacob comenzó a roncar suavemente y me arrulló como si fuera una nana. Me quedé dormida enseguida.

Disfruté un sueño normal por vez primera en mucho tiempo. Sólo efectué un vagabundeo difuso por los viejos recuerdos: cegadoras visiones brillantes del sol de Phoenix, el rostro de mi madre, una destartalada casita en un árbol, un edredón usado, una pared de espejos, una llama en el agua negra... Iba olvidando una conforme pasaba a la siguiente, las olvidé todas...

... salvo la última, que quedó grabada en mi mente. No tenía sentido, sólo era un decorado en un escenario consistente en un balcón con una luna pintada colgada del cielo. Vi a la chica vestida con un camisón inclinarse sobre la baranda y hablar consigo misma.

Carecía de sentido, pero Julieta se hallaba en mi mente cuando me fui despertando poco a poco.

Jacob se había deslizado hasta quedar tumbado en el suelo, donde seguía durmiendo. Su respiración se había vuelto profunda y regular. La casa estaba ahora más oscura que antes y al otro lado de la ventana se veía todo negro. Me sentía rígida, pero caliente y casi seca. La garganta me ardía cada vez que respiraba.

Iba a tener que levantarme, al menos para tomarme una bebida, pero mi cuerpo sólo quería quedarse ahí, relajado, y no moverse nunca.

En vez de moverme, pensé en Julieta un poco más.

Me pregunté qué habría hecho si Romeo la hubiera dejado, no a causa del destierro, sino por desinterés. ¿Qué habría ocurrido si Rosalinda le hubiera dado un día de tiempo y él hubiera cambiado de opinión? ¿Y qué hubiera pasado si, en vez de casarse con Julieta, simplemente hubiera desaparecido?

Me parecía saber cómo se habría sentido Julieta.

Ella no habría vuelto a su vida anterior, seguro que no. Yo estaba convencida de que nunca se habría ido a otro lugar. Incluso si hubiera llegado a vivir hasta ser una anciana de pelo gris, cada vez que hubiera cerrado los ojos, habría visto el rostro de Romeo. Y ella lo habría aceptado, finalmente.

Me pregunté si al final se habría casado con Paris, sólo para complacer a sus padres y mantener la paz. No, probablemente no, decidí, pero de todos modos, la historia dice poco de Paris. Era un simple monigote, un cero a la izquierda, una amenaza, un ultimátum para forzar la mano a Julieta.

¿Y qué pasaría si se supiera más sobre Paris? ¿Qué sucedería si Paris hubiera sido amigo de Julieta? ¿Su mejor amigo? ¿Qué habría ocurrido si él fuera la única persona en la que pudiera confiar la devastación causada por Romeo, la única persona que realmente la comprendiera y la hiciera sentirse otra vez medio humana? ¿Y si él era paciente y amable? ¿Y si cuidaba de ella? ¿Qué sucedería si Julieta supiera que no podría sobrevivir sin él? ¿Qué pasaría si él realmente la amara y deseara que ella fuera feliz?

¿Y si ella quisiera a Paris? No como a Romeo, por descontado, ya que no había nada similar, pero sí lo bastante para que ella deseara que él también fuera feliz.

En la habitación no se oía otro sonido que la respiración cadenciosa y profunda de Jacob, como la nana que se canta en voz baja a un niño, como el vaivén de una mecedora, como el tictac de un viejo reloj cuando no se tiene por qué ir a ninguna parte... Era un sonido reconfortante.

Si Romeo se hubiera ido realmente para no volver, ¿qué importaba si Julieta aceptaba o no la oferta de Paris? Quizás ella hubiera intentado conformarse con los restos que le quedaran de su vida anterior. Tal vez esto fuera lo más cerca que pudiera llegar a estar de la felicidad.

Suspiré, y después gruñí cuando el suspiro me arañó la garganta. Estaba dando demasiada importancia a la historia. Romeo no hubiera cambiado de idea. Ésa es la razón por la cual la gente todavía recuerda su nombre, siempre emparejado con el de ella: Romeo y Julieta. Y ése también es el motivo de que se la considere una buena historia. «Julieta se conforma con Paris» nunca habría sido un éxito.

Cerré los ojos y me dejé ir de nuevo. Permití a mi mente que vagara lejos de esa estúpida obra de teatro en la que no quería volver a pensar, y en vez de eso regresé a la realidad para cavilar sobre el necio error de los saltos de acantilado; y no sólo el acantilado, sino también las motos y mi comportamiento alocado a lo Evel Knievel[2]. ¿Qué habría ocurrido de haberme pasado algo

---

[2] [N. del T.] Piloto de motos de conducción temeraria que entró en el libro Guinness de los récords por el número de huesos rotos.

malo? ¿Qué habría supuesto eso para Charlie? El repentino ataque al corazón de Harry me había puesto las cosas en perspectiva. Una perspectiva que yo no quería afrontar porque significaba que tendría que cambiar mis costumbres. ¿Podría vivir así?

Tal vez. No iba a ser fácil; de hecho, sería triste de verdad el abandonar mis alucinaciones para intentar madurar, pero quizá debería hacerlo. Incluso podría llegar a conseguirlo. Si tuviera a Jacob.

No podía tomar esa decisión justo en ese momento. Dolía demasiado. Tendría que pensar en otra cosa.

Mientras me esforzaba en encontrar algo agradable en lo que pensar, le estuve dando vueltas a las imágenes del atolondrado comportamiento de la tarde: la sensación del aire en la cara al caer, la negrura del agua, la succión de la corriente, el rostro de Edward —me demoré en ella durante un buen rato—, las cálidas manos de Jacob mientras intentaba devolverme a la vida, la lluvia que nos atacaba desde las nubes púrpuras como miles de aguijones, la extraña llama entre las olas...

Recordé la llama de color sobre las aguas con un cierto sentimiento de familiaridad. Desde luego, no podía ser fuego de verdad...

El chapoteo de un carro en la carretera enlodada cortó el hilo de mis pensamientos. Oí cómo frenaba delante de la casa y también el estrépito de puertas que se abrían y cerraban. Pensé que debía sentarme y después decidí pasar de la idea.

Era fácil identificar la voz de Billy, aunque habló en voz baja, algo poco habitual en él, por lo que quedó reducida a un gruñido grave.

Se abrió la puerta y alguien encendió la luz. Parpadeé, momentáneamente cegada. Jake se despertó sobresaltado, jadeando mientras se incorporaba de un salto.

—Lo siento —refunfuñó Billy—. ¿Los hemos despertado?

Mis ojos enfocaron lentamente su rostro y después, cuando pude interpretar su expresión, se llenaron de lágrimas.

—¡Oh, no, Billy! —gemí.

El aludido asintió con un gesto lento. Tenía el rostro endurecido por la tristeza. Jake se acercó presuroso a su padre y lo tomó de la mano. La tristeza lo rejuveneció hasta conferir a su rostro un aspecto repentinamente aniñado, lo cual resultaba una extraña culminación a su cuerpo de hombre.

Sam se hallaba detrás de Billy. Empujó la silla para que cruzara la puerta. La angustia había reemplazado a la habitual compostura de su cara.

—Cuánto lo siento —murmuré.

Billy asintió.

—Va a ser muy duro para todos.

—¿Dónde está Charlie?

—Tu padre se ha quedado con Sue en el hospital. Hay una gran cantidad... de disposiciones que tomar.

Tragué con dificultad.

—Será mejor que vuelva allí —murmuró Sam entre dientes; luego, salió precipitadamente por la puerta.

Billy retiró su mano de la de Jacob y después atravesó la habitación en dirección a la cocina.

Jake lo miró durante un minuto y después vino a sentarse en el suelo, a mi lado. Ocultó el rostro entre las manos. Le acaricié el hombro, deseando que se me ocurriera algo que pudiera decirle.

Después de un buen rato, Jacob me tomó la mano y la sostuvo contra su cara.

—¿Qué tal estás? ¿Te encuentras bien? Probablemente debería haberte llevado a un médico o algo así —suspiró.

—No te preocupes por mí —solté con voz ronca.

Giró el rostro para mirarme. Sus ojos estaban ribeteados de rojo.

—No tienes muy buen aspecto.

—Supongo que tampoco me encuentro demasiado bien.

—Iré a buscar tu carro para llevarte a casa; deberías estar allí cuando Charlie regrese.

—De acuerdo.

Me quedé tumbada, apática, en el sofá mientras lo esperaba. Billy permanecía en silencio en la otra habitación. Me sentía como una mirona que escudriñaba una tristeza privada y ajena.

Jacob no necesitó mucho tiempo para traer mi carro. El rugido del motor rompió el silencio antes de lo esperado. Me ayudó a levantarme del sofá sin decir una palabra, manteniendo su brazo alrededor de mis hombros mientras el aire frío del exterior me hacía temblar. Se acomodó en el asiento del conductor sin preguntarme y a continuación me empujó hacia su lado para mantener su brazo apretado a mi alrededor. Dejé caer la cabeza sobre su pecho.

—¿Cómo vas a volver a casa? —le pregunté.

—Es que no voy a volver. Todavía no hemos atrapado a la chupasangre, ¿recuerdas?

El estremecimiento que sentí no tuvo nada que ver con el frío. Después fue un viaje tranquilo. El aire helado me había avivado. Me sentía alerta, con la mente trabajando deprisa y con intensidad.

¿Qué pasaría? ¿Cuál era la opción acertada?

Ahora era incapaz de concebir mi vida sin Jacob. Me encogía ante la idea de siquiera imaginarlo. De algún modo, él se había convertido en una parte esencial de mi supervivencia, pero dejar las cosas en su estado actual... eso era una crueldad, tal y como Mike me había echado en cara.

Recordé mi viejo deseo de que Jacob fuera mi hermano. Me daba cuenta ahora de que lo que quería realmente era tener algún derecho sobre él. La manera en la que él me abrazaba no parecía muy fraternal. Simplemente era agradable, cálido, familiar y reconfortante. Seguro. Jacob era un puerto seguro.

Podía reclamar ese derecho, estaba realmente en mis manos.

Era consciente de que iba a tener que contárselo todo. No había otra forma de ser legal con él. Tendría que explicárselo bien para que supiera que yo no me estaba conformando, que lo consideraba algo realmente bueno para mí. Él ya sabía que me sentía rota por dentro —esa parte no lo sorprendería—, pero tenía que revelarle hasta qué punto era así, incluso habría de admitir mi locura y explicarle lo de las voces. Jake tendría que saberlo todo antes de tomar una decisión.

Sin embargo, aunque yo reconocía esa necesidad, también era consciente de que él querría estar conmigo a pesar de todo, ni siquiera se detendría a considerarlo.

Tendría que comprometerme, entregar todo lo que quedaba de mí, cada pedazo roto. Era la única manera de ser justa con él. ¿Lo haría? ¿Podría hacerlo?

¿De verdad estaba tan mal que intentara hacer feliz a Jacob? Incluso si el amor que sentía por él no fuera más que un eco débil del que era capaz de sentir, aunque mi corazón se encontrara lejos y ausente, malherido por mi voluble Romeo, ¿tan malo era?

Jacob detuvo el carro enfrente de mi casa, que estaba a oscuras, y apagó el motor; de pronto, reinó el silencio. Como tantas otras veces, él parecía estar en consonancia con mis pensamientos de ese momento.

Me abrazó y me estrechó contra su pecho, envolviéndome con su cuerpo. De nuevo, esto me hizo sentir bien. Era casi como ser otra vez una persona completa.

Creí que pensaba en Harry, pero entonces habló y su tono de voz era de disculpa.

—Perdona. Sé que mis sentimientos y los tuyos no son los mismos, Bella, pero te juro que no importa. Me alegro tanto de que te encuentres bien que tengo ganas de cantar, y eso, desde luego, es algo que a nadie le gustaría escuchar.

Se rió con su risa gutural en mi oído.

Mi respiración pareció lijar las paredes de mi garganta hasta excavar un agujero.

A pesar de su indiferencia y teniendo en cuenta las circunstancias, ¿no desearía Edward que yo fuera lo más feliz posible? ¿No le quedaría suficiente afecto como para querer esto para mí? Pensé que sería así. No, no me echaría en cara que concediera a mi amigo Jacob una pequeña parte del amor que él no quería. Después de todo, no era la misma clase de amor, en absoluto.

Jake presionó su mejilla cálida contra la parte superior de mi cabeza.

Sabía sin lugar a dudas qué sucedería si ladeaba el rostro y presionaba mis labios contra su hombro desnudo... Sería muy fácil. No habría necesidad de explicaciones esta noche.

Pero ¿sería capaz de hacerlo? ¿Podría traicionar a mi amado ausente para salvar mi patética vida?

Las mariposas asaltaron mi estómago mientras pensaba si volvía o no el rostro.

Entonces, con la misma claridad que si me hubiera puesto en riesgo inmediato, la voz aterciopelada de Edward me susurró al oído: *Sé feliz.*

Me quedé helada.

Jacob sintió cómo me ponía rígida, me soltó de forma automática y se volvió para abrir la puerta.

Espera, me hubiera gustado decirle. *Sólo un momento.* Pero seguí paralizada en mi asiento, escuchando el eco de la voz de Edward en mi mente.

De pronto, entró en el carro un soplo de aire, frío como el de una tormenta.

—¡Arg! —Jacob espiró con fuerza, como si alguien lo hubiera golpeado en la barriga—. ¡Vaya mierda!

Cerró la puerta de golpe al tiempo que giraba la llave del encendido. Le temblaban tanto las manos que yo no sabía cómo se las iba a arreglar para hacerlo.

—¿Qué ocurre?

Aceleró demasiado rápido, así que el motor petardeó y se caló.

—Vampiro —espetó.

La sangre huyó de mi cabeza, por lo que me sentí mareada.

—¿Cómo lo sabes?

—¡Porque puedo olerlo! ¡Maldita sea!

Los ojos de Jacob brillaban salvajes mientras rastreaba la calle oscura. No parecía consciente de los temblores que recorrían su cuerpo.

—¿Entro en fase o la saco de aquí antes? —murmuró para sí mismo.

Me miró durante una fracción de segundo, tiempo suficiente para percatarse de mis ojos dilatados por el terror y mi pálida faz; después, se volvió para rastrear la calle otra vez.

—De acuerdo. Primero te saco de aquí.

El motor arrancó con un rugido. Las cubiertas chirriaron mientras le daba la vuelta al carro para girar hacia nuestra única ruta de escape. Las luces delanteras barrieron el pavimento e iluminaron la línea frontal del bosque oscuro, y finalmente se reflejaron en un carro parqueado al otro lado de la calle, donde estaba mi casa.

—¡Frena! —jadeé.

Conocía ese vehículo negro, yo, que era el polo opuesto a un aficionado a los carros, podía decirlo todo sobre ese vehículo en particular. Era un Mercedes S55 AMG. Sabía de memoria cuántos caballos de potencia tenía y el color de la tapicería. Conocía la sensación de ese motor potente susurrando a través de la carrocería. Había sentido el olor delicioso de los asientos de cuero y el modo en que los cristales tintados hacían que un mediodía pareciera un atardecer.

Era el carro de Carlisle.

—¡Frena! —grité otra vez, y más fuerte, porque Jacob estaba haciendo correr el carro calle abajo.

—¡¿Qué?!

—No es Victoria. ¡Para, para! Quiero volver.

Pisó con tal fuerza el freno que tuve que sujetarme para no darme un golpe contra el salpicadero.

—¿Qué? —me preguntó de nuevo, aterrado. Me miraba con el horror reflejado en los ojos.

—¡Es el carro de Carlisle! Son los Cullen. Lo sé.

Vio despertar en mí la esperanza y un temblor violento le sacudió el cuerpo.

—¡Eh, cálmate, Jake! Todo va bien. No hay peligro, ¿ves? Relájate.

—Sí, relájate —resolló mientras agachaba la cabeza y cerraba los ojos. Mientras se concentraba para no transformarse en un lobo, observé el carro negro a través del cristal trasero.

Sólo puede ser Carlisle, me dije a mí misma. *No esperes otra cosa. Quizás Esme... Para ya,* dije para mis adentros. Sería Carlisle a lo sumo. Más de lo que yo hubiera pensado que podría volver a tener.

—Hay un vampiro en tu casa —mascullό Jacob—. ¿Y tú quieres regresar?

Aparté la vista del Mercedes a regañadientes, aterrorizada de que pudiera desaparecer si le quitaba los ojos de encima un segundo, y lo miré a él para contestarle con voz inexpresiva ante la sorpresa con que me había formulado la pregunta:

—Por supuesto.

Por supuesto que quería volver.

El rostro de Jacob se endureció hasta convertirse en la máscara de amargura que yo había dado por desaparecida. Antes de que tuviera tiempo de ajustársela, atisbé cómo flameaba en sus ojos el impacto causado por mi traición. Le seguían temblando las manos. Parecía diez años mayor que yo.

Inspiró profundamente.

—¿Estás segura de que no es una trampa? —me preguntó lentamente, con voz severa.

—No es una trampa, es Carlisle. ¡Llévame de vuelta!

Un estremecimiento hizo ondular los amplios hombros de Jacob, pero sus ojos continuaron inexpresivos y vacíos de emoción.

—No.

—Jake, todo va bien…

—No. Vuelve tú sola, Bella —su voz restalló y me estremecí cuando el sonido me golpeó. Su mandíbula se tensaba y relajaba sin cesar.

—No es como…

—He de hablar con Sam ahora mismo. Esto cambia las cosas. No nos pueden capturar en su territorio.

—¡Jake, esto no es una guerra!

No me escuchó. Dejó el cambio de marchas en punto muerto y salió por la puerta de un salto, abandonando el carro con el motor encendido.

—Adiós, Bella —se despidió sin volverse—. Espero que no mueras, de verdad.

Echó a correr en medio de la noche. Temblaba con tal virulencia que su forma pareció difuminarse. Desapareció antes de que yo pudiera abrir la boca para llamarlo y pedirle que volviera.

El remordimiento me inmovilizó contra el asiento durante un minuto interminable. ¿Qué le acababa de hacer a Jacob?

Pero el remordimiento no me duró mucho rato.

Me deslicé del asiento del copiloto al del conductor y me puse al volante. Las manos me temblaban casi tanto como las de Jacob. Necesité otro minuto para concentrarme. Entonces, con cuidado, di media vuelta y conduje de regreso a mi casa.

Reinó una oscuridad absoluta en cuanto apagué las luces del carro. Charlie se había marchado con tanta prisa que se había olvidado de dejar encendida la lámpara del porche. Sentí una punzada de duda al mirar hacia la casa, sumergida en las sombras. ¿Qué ocurriría si esto resultara ser realmente una trampa?

Volví la vista atrás, hacia el carro negro, casi invisible en la noche. No. Conocía aquel carro de verdad.

Sin embargo, cuando alcé la mano para recoger la llave que se encontraba en la parte superior de la puerta, las manos me temblaban aún más que antes. El pomo giró fácilmente cuando lo moví para abrir. El vestíbulo estaba en tinieblas.

Hubiera querido saludar en voz alta, pero tenía la garganta demasiado seca. Apenas parecía capaz de respirar.

Me adentré un paso en la casa y manoteé en busca del interruptor. Estaba tan oscuro como el agua negra... Pero ¿dónde se encontraba?

Todo estaba negro, igual que el agua negra en la que una llama anaranjada brillaba de forma imposible. Una llama que no podía ser un fuego, pero en ese caso, ¿qué podía ser...? Tanteé la pared con los dedos temblorosos, intentando encender la luz...

De pronto, empezaron a resonar en mi mente las palabras que Jacob había dicho esa tarde hasta sumergirme en ellas... *Victoria se arrojó al agua, y los chupasangres tienen allí más ventaja. Por eso volví corriendo a casa. Temía que a nado duplicara la velocidad con la que se movía a pie, y que regresara...*

La mano se me quedó helada en plena búsqueda, al igual que el resto del cuerpo, cuando comprendí qué era ese extraño color naranja en el agua...

... el cabello de Victoria, del mismo color que el fuego, que flameaba suelto con el viento...

Ella había estado en el espigón con Jacob y conmigo. Si Sam no hubiera estado allí, si sólo hubiéramos estado nosotros dos... Era incapaz de respirar o de moverme.

La luz se encendió, a pesar de que mi mano helada aún no había encontrado el interruptor.

Parpadeé bajo la luminosidad repentina y vi que alguien estaba allí, aguardándome.

La visita

Mi visitante esperó en el centro del vestíbulo, hermosa hasta lo increíble, pálida y absolutamente inmóvil, sin apartar sus penetrantes ojazos negros de mi rostro.

Me temblaron las rodillas durante un segundo y estuve a punte de caerme. Después, me arrojé sobre ella.

—¡Alice!, ¡Oh, Alice! —gimoteé mientras colisionaba contra su cuerpo.

Había olvidado lo dura que era; como correr de cabeza hacia una pared de cemento.

—¿Bella? —había una extraña mezcla de alivio y confusión en su voz.

La rodeé con los brazos e inspiré para inhalar al máximo el olor de su piel; no se parecía a ningún otro, no era floral ni especiado ni cítrico ni almizclado. Ningún perfume en el mundo podía comparársele. Mi memoria no le había hecho justicia en absoluto.

No me di cuenta del momento en que el jadeo se transformó en otra cosa; sólo fui consciente de estar sollozando cuando Alice me llevó hacia el sofá del salón y me acomodó en su regazo. Era como intentar acurrucarse en una piedra fría, pero una piedra que se amoldaba confortablemente a la forma de mi cuerpo. Me acarició la espalda a un ritmo dulce, a la espera de que recobrara el control de mi persona.

—Lo... siento —balbuceé—. ¡Es sólo... que estoy tan feliz... de verte!

—Está bien, Bella. Todo va bien.

—Sí —sollocé; y por una vez me pareció que así era.

Alice suspiró.

—Había olvidado lo efusiva que eres —comentó con cierto tono de desaprobación en la voz.

Levanté la vista y la miré con los ojos anegados de lágrimas. Alice tenía el cuello rígido e intentaba apartarlo de mí al tiempo que apretaba los labios firmemente. Los ojos se le habían vuelto oscuros como la brea.

—¡Oh! —bufé al percatarme del problema. Estaba sedienta y yo olía de un modo apetecible. Había llovido mucho desde la última vez que había tenido que preocuparme de esas cosas—. Lo siento.

—Es culpa mía. Ha pasado ya mucho tiempo desde que salí de caza. No debería permitirme estar tan sedienta, pero hoy tenía mucha prisa —me dirigió una mirada deslumbrante—. Y hablando del tema, ¿podrías explicarme cómo es que estás viva?

Su pregunta me devolvió a la realidad y cesaron los sollozos. Me di cuenta de qué había pasado y cuál era la razón de que Alice estuviera aquí.

Tragué saliva de forma audible.

—Me viste caer.

—No —negó con los ojos entrecerrados—. Te vi saltar.

Apreté los labios mientras pensaba en una explicación que no pareciera una chifladura.

Alice sacudió la cabeza.

—Le dije que esto terminaría ocurriendo, pero no me creyó. «Bella me lo prometió» —remedó su voz tan perfectamente que me estremecí por el impacto mientras el dolor se deslizaba por mi pecho—. «Ni se te ocurra seguir mirando en su futuro» —continúo ella, imitándolo—. «Ya le hemos hecho bastante daño.»

»Pero dejar de mirar no significa que se deje de ver —prosiguió—. Te juro que no te vigilaba, Bella. Es sólo que estoy ya en sintonía contigo, y no me lo pensé dos veces cuando te vi saltar, me metí en el avión. Sabía que sería demasiado tarde, pero no podía quedarme sin hacer nada. Así que me planté aquí con la esperanza de que tal vez podría ayudar a Charlie de algún modo y vas tú y llegas... —sacudió la cabeza, esta vez confusa. Se le notaba la tensión en la voz—. Te vi caer en el agua, y esperé y esperé a ver si salías, pero no fue así. ¿Qué pasó? ¿Y cómo has podido hacerle a Charlie una cosa así? ¿No te paraste a pensar el daño que esto le causaría? ¿Y a mi hermano? ¿Puedes hacerte una idea de lo que Edward...?

La atajé en cuanto pronunció su nombre. La habría dejado continuar, incluso después de darme cuenta del malentendido en el que ella se encontraba, sólo por oír el perfecto tono acampanado de su voz, pero era hora de interrumpirla.

—Alice, yo no intentaba suicidarme.

Ella me miró, dubitativa.

—Entonces, ¡¿me estás diciendo que no estabas saltando desde un acantilado?!

—No, pero... —hice una mueca—. Era sólo por diversión.

Su expresión se endureció.

—Había visto saltar a algunos amigos de Jacob —insistí—. Parecía... divertido, y como me aburría...

Ella esperó.

—No se me ocurrió pensar que la tormenta afectaría a las corrientes. En realidad, no pensé mucho en el agua —Alice no se lo tragó. Vi con absoluta claridad que ella seguía creyendo que había intentado suicidarme. Decidí dirigirla en otra dirección—. Pero si me viste allí, ¿cómo es que no viste a Jacob?

Ladeó la cabeza, distraída, y yo continué:

—Es verdad que posiblemente me habría ahogado si Jacob no hubiera saltado detrás de mí. Bien, de acuerdo, no era cuestión de probabilidades, me hubiera ahogado seguro, pero lo cierto es que Jake me sacó del agua y supongo que me arrastró hasta la playa, de esa parte no me acuerdo. Quizás estuviera más de un minuto debajo del agua hasta que él me atrapó. ¿Por qué no viste eso?

Ella torció el gesto con perplejidad.

—¿Te sacó alguien?

—Sí. Jacob me salvó.

La miré con curiosidad mientras una serie de pensamientos enigmáticos pasaban fugazmente por su rostro. Algo lo había molestado… ¿Que su visión hubiera sido imperfecta? No estaba segura. Entonces, ella se inclinó de modo deliberado y me olisqueó el hombro.

Me quedé helada.

—No seas ridícula —murmuró al tiempo que me olfateaba un poco más.

—¿Qué haces?

Ignoró mi pregunta.

—¿Quién te acompañaba en la calle hace un rato? Daba la impresión de que estaban discutiendo.

—Jacob Black. Es… mi mejor amigo, o algo así. Al menos, lo era… —cruzó por mi mente la imagen del rostro enfadado y traicionado de Jacob; me pregunté qué seríamos el uno para el otro a partir de ahora.

Alice asintió y pareció preocupada.

—¿Qué?

—No lo sé —comentó—. No estoy segura de lo que pueda significar.

—Bueno, al menos, no estoy muerta.

Ella puso los ojos en blanco.

—Se comportó como un necio al pensar que podrías sobrevivir sola. Nunca he conocido a nadie tan dispuesto a jugarse la vida estúpidamente.

—Sobreviví —señalé.

Ella estaba pensando en algo más.

—Bueno, si las corrientes eran demasiado fuertes para ti, ¿cómo se las arregló Jacob?

—Es... fuerte.

Alice enarcó las cejas al percibir una nota de renuencia en mi voz.

Me mordí el labio durante un segundo. ¿Era o no era un secreto? Y si lo era, entonces, ¿a quien se debía mi lealtad? ¿A Jacob o a Alice?

Qué difícil es guardar un secreto, pensé. Si Jacob lo sabía todo, ¿por qué no Alice?

—Mira, él es... algo así como un hombre lobo —admití de forma atropellada—. Los quileutes se transforman en lobos cuando hay vampiros cerca. Ellos conocen a Carlisle desde hace muchísimo tiempo. ¿Estabas ya con Carlisle en aquella época?

Alice se me quedó mirando boquiabierta durante un momento y después se recuperó, parpadeando rápidamente.

—Bien, eso explica el olor —murmuró ella—, pero ¿también justifica el hecho de que no lo viera? —puso cara de pocos amigos y su frente de porcelana se arrugó.

—¿El olor? —repetí.

—Hueles fatal —explicó ella de forma ausente, todavía con gesto de contrariedad—. ¿Un licántropo? ¿Estás segura de eso?

—Muy segura —le prometí; hice un gesto de dolor al recordar la pelea de Paul y Jacob en el camino—. Tengo la sensación de que no estabas aún con Carlisle la última vez que hubo licántropos aquí, en Forks.

—No, no nos habíamos encontrado todavía —Alice seguía perdida en sus pensamientos. Repentinamente se le dilataron los ojos y se volvió a mirarme con una expresión de consternación—. ¿Tu mejor amigo es un hombre lobo?

Asentí avergonzada.

—¿Desde cuándo sucede esto?

—Desde hace poco —dije, y mi voz sonaba a la defensiva—. Se convirtió en lobisón hace sólo unas pocas semanas.

Me fulminó con la mirada.

—¿Un licántropo joven? ¡Eso es todavía peor! Edward tenía razón, eres un imán para el peligro. ¿No se suponía que te ibas a mantener al margen de los problemas?

—Los hombres lobo no son nada peligrosos —refunfuñé, aturdida por su tono crítico.

—Hasta que pierden los estribos —sacudió la cabeza de un lado al otro con energía—. Estas cosas sólo te pasan a ti, Bella. Nadie debería haber estado mejor que tú cuando los vampiros nos marchamos de la ciudad, pero tú tenías que involucrarte con los primeros monstruos que te encontraras.

No quería discutir con Alice. La idea de que estaba realmente ahí, de que podía tocar su piel marmórea y escuchar su voz como la de un carillón mecido por el viento, aún me hacía estremecer de alegría. Pero ella tenía que fastidiarlo todo.

—No, Alice, en realidad los vampiros no se fueron, al menos, no todos. Y ése ha sido el verdadero problema. Victoria me habría capturado a estas alturas de no ser por los licántropos. Aunque, desde luego, si no hubiera sido por Jake y sus amigos, Laurent me habría atrapado antes que ella, claro, así que…

—¿Victoria? —susurró ella—. ¿Laurent?

Asentí, un poco intimidada por la expresión de sus ojos oscuros. Me señalé el pecho.

—Soy un imán para el peligro, ¿recuerdas?

Sacudió la cabeza otra vez.

—Cuéntamelo todo, pero hazlo desde el principio.

Pasé por alto el principio soslayando el asunto de las motos y de las voces, pero le conté todo lo demás hasta el desastre más reciente. No le gustaron mis poco convincentes explicaciones sobre el aburrimiento y los acantilados, de modo que me lancé sobre la parte de la historia referida a la extraña llama que había atisbado en el agua y aventuré mi suposición. Sus ojos se estrecharon tanto entonces que se convirtieron en ranuras. Era raro ver su mirada tan… tan peligrosa, como la de un vampiro. Tragué saliva a duras penas y continué con el resto de la historia, lo relativo a Harry.

Ella lo escuchó todo sin interrumpirme. De vez en cuando sacudía la cabeza y la arruga de su frente se volvía más profunda hasta que pareció permanentemente grabada en el mármol de su piel. No dijo nada, y al final se quedó inmóvil, impresionada por la tristeza ajena de la muerte de Harry. Pensé en Charlie; volvería pronto a casa. ¿En qué condiciones se encontraría?

—Nuestra marcha no te hizo bien alguno, ¿a que no? —murmuró Alice.

Solté una carcajada, aunque sonó algo histérica.

—Pero ésa no es la cuestión de todos modos, ¿verdad? No creo que se marcharan por mi bien.

Puso cara de pocos amigos y miró al suelo un momento.

—Bueno… supongo que hoy he actuado de forma algo impulsiva. Probablemente no me debería haber entrometido.

Sentí cómo la sangre huía de mi rostro y se me hacía un vacío en el estómago.

—No sigas, Alice —susurré. Mis dedos se cerraron en torno al cuello de su blusa blanca y empecé a hiperventilar—. Por favor, no me dejes.

Abrió los ojos aún más.

—De acuerdo. No voy a ir a ninguna parte esta noche —dijo, pronunciando cada palabra con precisión minuciosa—. Respira hondo.

Intenté obedecerla, aunque apenas sabía dónde tenía los pulmones.

Me miró a la cara mientras yo me concentraba en respirar. Esperó hasta que me calmé para hacer un comentario.

—Qué mala pinta tienes, Bella.

—Hoy he estado a punto de ahogarme —le recordé.

—Es algo más profundo que eso. Estás hecha una tristeza.

Aguanté el dolor que su frase me produjo sin rechistar.

—Mira, lo estoy haciendo lo mejor que puedo.

—¿Eso qué quiere decir?

—No ha sido fácil. Me estoy esforzando.

Frunció el ceño.

—Se lo dije —comentó para sus adentros.

—Alice ¿con qué pensabas que te ibas a encontrar? —suspiré—. Quiero decir, además de verme muerta. ¿Esperabas hallarme saltando de un lado para otro y cantando canciones de una comedia musical? Creo que me conoces un poco más.

—Así es, pero albergaba la esperanza…

—Pues entonces, supongo que no soy yo la que tiene el monopolio del mercado de la idiotez.

Sonó el teléfono.

—Ése debe de ser Charlie —aventuré mientras me ponía en pie de un salto. Aferré la mano pétrea de Alice y la arrastré conmigo hacia la cocina. No tenía la menor intención de dejarla fuera de mi vista.

—¿Charlie? —contesté al descolgar el aparato.

—No, soy yo —dijo Jacob.

—¡Jake!

Alice escudriñó mi expresión.

—Sólo me estoy asegurando de que sigues viva —comentó Jacob con amargura.

—Estoy bien. Te dije que no era…

—Ya. Lo sé. Adiós.

Jacob me colgó.

Suspiré, dejé caer hacia atrás la cabeza y me quedé mirando al techo.

—Esto va a ser un buen problema.

Alice me apretó la mano.

—No les emociona que me encuentre aquí.

—No especialmente, pero no es asunto suyo de todos modos.

Alice me rodeó con un brazo.

—¿Y qué vamos a hacer ahora? —musitó ella. Pareció hablar consigo misma durante un momento—. Cosas que hacer… Atar cabos sueltos.

—¿Qué es lo que hay que hacer?

Su rostro se volvió repentinamente cauteloso.

—No lo sé con seguridad. Necesito ver a Carlisle.

¿Por qué se tenía que ir tan pronto? Sentí una opresión en el estómago.

—¿No puedes quedarte? —le supliqué—. ¿Por favor? Sólo un poco. Te he echado mucho de menos —la voz se me quebró.

—Si tú crees que es buena idea... —sus ojos mostraron su descontento.

—Sí. Puedes quedarte aquí, a Charlie le encantará.

—Tengo mi casa, Bella.

Asentí, descontenta pero resignada. Ella dudó mientras me estudiaba.

—Bueno, al menos necesitaría ir por una maleta de ropa.

La abracé impulsivamente.

—¡Alice, eres la mejor!

—Además, creo que debería ir de caza ahora mismo —añadió con la voz estrangulada.

—Ups... —di un paso hacia atrás.

—¿Podrías mantenerte apartada de los problemas durante una hora? —me preguntó con escepticismo. Entonces, antes de que pudiera contestarle, alzó un dedo y cerró los ojos. Su rostro se suavizó y quedó en blanco durante unos momentos.

Después abrió los ojos y se contestó a su propia pregunta.

—Sí, creo que estarás bien. Al menos, por lo que se refiere a esta noche —hizo una mueca. Incluso al poner caras, su rostro seguía pareciendo el de un ángel.

—¿Volverás? —le pregunté con voz débil.

—Te lo prometo. Estaré aquí dentro de una hora.

Miré fijamente al reloj que había encima de la mesa. Ella se rió y se inclinó rápidamente para darme un beso en la mejilla. Se fue inopinadamente.

Respiré hondo. Alice iba a volver. De pronto, me sentí mucho mejor.

Tenía un montón de cosas de las que ocuparme mientras la esperaba. Lo primero de todo era darme una ducha. Olisqueé mis hombros mientras me desnudaba sin conseguir detectar el aroma a agua salada y a algas del océano. Me pregunté qué era lo que quería decir Alice con lo de que yo olía mal.

Volví a la cocina después de ducharme. No hallé indicios de que Charlie hubiera comido recientemente y probablemente estaría hambriento a su regreso. Tarareé algo entre dientes, sin hacer ruido, yendo de un lado para otro de la cocina.

Mientras el estofado del jueves daba vueltas en el microondas, puse sábanas y una vieja almohada en el sofá. Alice no las necesitaría, pero Charlie tenía que verlas. Fui cuidadosa en lo de no mirar el reloj. No había motivos para sufrir un ataque de pánico; Alice lo había prometido.

Me apresuré a cenar, sin apreciar el sabor de la comida. Lo único que sentía era el dolor de la garganta en carne viva cada vez que tragaba. Sobre todo tenía sed; debí de beberme casi dos litros de agua hasta quedar saciada. La sal que se había acumulado en mi cuerpo me había deshidratado.

Fui a comprobar si era capaz de ver la tele mientras esperaba...

... pero Alice ya me aguardaba sentada en su cama improvisada. Sus ojos tenían el color del caramelo líquido. Sonrió y palmeó la almohada.

—Gracias.

—Has llegado pronto —dije eufórica.

Me senté a su lado y apoyé la cabeza sobre su hombro. Ella me envolvió con sus brazos y suspiró.

—Bella, ¿qué vamos a hacer contigo?

—No lo sé —reconocí—. De verdad que lo he intentado con todas mis fuerzas.

—Te creo.

Nos quedamos en silencio.

—¿Sabe...? ¿Sabe él...? —inspiré hondo. Era muy difícil decir su nombre en voz alta, incluso ahora que sí era capaz de pensar en él—. ¿Sabe Edward que estás aquí? —no pude evitar la pregunta. Era mi dolor, después de todo. Ya me las apañaría con el cuando Alice se fuera, me prometí a mí misma, y me puse enferma sólo de pensarlo.

—No.

Sólo había una manera de que esto fuera verdad.

—¿No está con Carlisle y Esme?

—Se pone en contacto con ellos cada pocos meses.

—Oh —debía de estar por ahí, disfrutando de sus diversiones. Concentré mi curiosidad en un tema más seguro—. Me dijiste que volaste hasta aquí... ¿Desde dónde venías?

—Me hallaba en Denali. Hacía una visita a la familia de Tanya.

—¿Está Jasper aquí? ¿Te ha acompañado?

Ella sacudió la cabeza.

—No está de acuerdo con que yo interfiera. Prometimos... —dejó que su voz se apagara y después de eso cambió el tono—. ¿Y tú crees que a Charlie no le importará que me quede aquí? —preguntó, preocupada.

—Charlie cree que eres maravillosa, Alice.

—Bueno, eso lo vamos a comprobar ahora mismo.

Como era de esperar, a los pocos segundos oí cómo el carro patrulla se parqueaba en la entrada. Me levanté de un salto y me apresuré a abrir la puerta.

Charlie caminaba arrastrando los pies por la vía de acceso, con los ojos fijos en el suelo y los hombros caídos. Avancé para encontrarme con él; apenas me vio hasta que lo abracé por la cintura. Me devolvió el abrazo con fuerza.

—Cuánto siento lo de Harry, papá.

—Lo cierto es que lo vamos a echar de menos —murmuró Charlie.

—¿Cómo lo lleva Sue?

—Parece aturdida, como si aún no fuera consciente de lo que ha pasado. Sam se ha quedado con ella... —el volumen de su voz iba y venía—. Esos pobres chicos. Leah es un año mayor que tú, y Seth sólo tiene catorce... —sacudió la cabeza.

Mantuvo sus brazos apretados estrechamente a mi alrededor aunque habíamos comenzado a andar hacia la puerta.

—Esto... Papá... —me figuré que sería mejor avisarle—. ¿A que no adivinas quién ha venido?

Me miró sin comprender. Su cabeza giró alrededor y descubrió el Mercedes al otro lado de la calle, ya que las luces del porche se reflejaban en la satinada pintura negra. Antes de que pudiera reaccionar, Alice estaba en la entrada.

—Hola, Charlie —dijo con voz apagada—. Siento haber llegado en un momento tan triste.

—¿Alice Cullen? —fijó la mirada en la figura esbelta que estaba de pie frente a él, como si dudara lo que sus ojos le decían—. ¿Alice, eres tú?

—Soy yo —confirmó ella—. Pasaba por aquí.

—¿Está Carlisle...?

—No, he venido sola.

Tanto Alice como yo nos dimos cuenta de que él en realidad no preguntaba por Carlisle. Su brazo se apretó con más fuerza contra mi hombro.

—Se puede quedar, ¿no? —supliqué—. Ya se lo he pedido.

—Claro —dijo Charlie mecánicamente—. Estamos encantados de que estés aquí, Alice.

—Muchas gracias, Charlie. Sé que es un momento de lo más inapropiado.

—No, en realidad, es lo mejor. Voy a estar muy ocupado haciendo lo que pueda por la familia de Harry; será estupendo para Bella tener a alguien que le haga compañía.

—Te he puesto la cena en la mesa, papá —le dije.

—Gracias, Bella.

Me dio otro apretón antes de dirigirse hacia la cocina.

Alice regresó al sofá y yo la seguí. Esta vez fue ella la que me atrajo hacia su hombro.

—Pareces cansada.

—Sí —admití y me encogí de hombros—. Las experiencias cercanas a la muerte me ponen en este estado. Oye, ¿y qué pensará Carlisle de que estés aquí?

—No lo sabe. Esme y él están de caza. Sabré algo de él dentro de unos días, cuando regrese.

—Pero ¿no se lo dirás, no... cuando él vuelva? —le pregunté. Ella sabía que no me estaba refiriendo a Carlisle de nuevo.

—No. Me arrancaría la cabeza —dijo Alice con tristeza.

Solté una carcajada y luego suspiré.

No quería dormir, prefería quedarme levantada toda la noche hablando con Alice. No tenía sentido que estuviera cansada después de haberme pasado buena parte del día tirada en el sofá de Jacob, pero la experiencia del ahogo me había dejado realmente exhausta y era incapaz de tener los ojos abiertos. Descansé mi cabeza en su hombro pétreo y me dejé ir hacia una paz y un olvido que nunca hubiera esperado conseguir.

Me desperté temprano, después de un sueño profundo y sin pesadillas, sintiéndome descansada pero con los músculos agarrotados. Estaba en el sofá, arropada bajo las mantas que había preparado para Alice, desde donde podía escucharla hablando con Charlie en la cocina. Parecía que él le había preparado el desayuno.

—Dime, Charlie, ¿ha sido muy malo? —preguntó Alice con voz queda; al principio pensé que se estaban refiriendo a los Clearwater.

Charlie suspiró.

—Ha sido espantoso.

—Cuéntamelo. Quiero saber exactamente qué ocurrió después de que nos marcháramos.

Hubo una pausa mientras se cerraba la puerta de una alacena y se apagaba un botón de la cocina. Esperé, muerta de vergüenza. Charlie comenzó a hablar muy despacio:

—Nunca me había sentido tan impotente. No sabía qué hacer. Hubo un momento durante aquella primera semana en que temí que sería necesario hospitalizarla.

»No comía ni bebía ni se movía. El doctor Gerandy andaba por aquí mencionando palabras como «catatonia», aunque no lo dejé acercarse. Me daba miedo que la asustara.

—Pero ¿terminó saliendo de esa situación?

—Hice venir a Renée para que se la llevara a Florida. Era sólo porque yo no quería ser el que... por si Bella tenía que ir a un hospital o algo así. Albergaba la esperanza de que estar con su madre la ayudara, pero ¡cómo se revolvió cuando empezamos a empaquetar sus ropas! Nunca la había visto con un ataque como ése. Ni siquiera es una persona a la que le den berrinches, pero hija, ese día se puso hecha una fiera. Arrojó sus vestidos por todas partes y gritó que no podíamos obligarla a marcharse, y al final rompió a llorar. Pensé que sería un punto de inflexión, así que no discutí cuando insistió en quedarse aquí y al principio dio la impresión de que se recuperaba...

La voz de Charlie se desvaneció. Era duro escucharlo contar eso, saber el dolor que le había causado.

—Pero... —le apuntó Alice.

—Volvió a la escuela y al trabajo; comía, dormía, hacía las tareas y contestaba cuando alguien le preguntaba algo, pero estaba... vacía. Tenía los ojos inexpresivos. Había un montón de detalles pequeños, como, por ejemplo, que no volvió a escuchar música. Encontré un montón de discos rotos en la basura. No leía y nunca permanecía en la misma habitación donde hubiera una tele encendida, aunque lo cierto es que hasta entonces tampoco le había gustado mucho. Finalmente comprendí que ella evitaba todo aquello que le pudiera recordar a... él.

»Hablábamos poco, ya que temía decir algo que la molestara, se estremecía por las cosas más pequeñas y nunca hacía nada por propia voluntad. Sólo se limitaba a contestar si le hacía una pregunta directa.

»Estaba sola todo el tiempo. No volvió a llamar a sus amigos, hasta que después de un tiempo ellos también dejaron de telefonearla.

»Todo esto parecía como *La noche de los muertos vivientes.* Todavía la oigo gritar en sueños...

Casi podía ver cómo se estremecía, y yo temblé también al recordarlo. Luego, suspiré. No había conseguido engañarlo nunca, en absoluto, ni durante un segundo.

—Lo siento mucho, Charlie —dijo Alice con voz apesadumbrada.

—No ha sido culpa tuya —lo dijo de un modo que dejaba perfectamente claro a quién responsabilizaba de todo—. Siempre has sido una buena amiga para ella.

—Sin embargo, ahora parece estar mejor.

—Sí. He notado una mejoría de verdad desde que empezó a salir con Jacob Black. Al volver a casa, tiene un poco de color en las mejillas y cierta luz en los ojos. Parece algo más feliz

—hizo una pausa y su voz se había vuelto diferente cuando volvió a hablar—. Jacob tiene alrededor de un año menos que ella y sé que Bella siempre ha pensado en él como un amigo, pero creo que ahora quizás haya algo más, o al menos su relación parece haber cambiado en esa dirección —Charlie dijo esto de una forma casi beligerante. Era un aviso, no para Alice, sino para que ella se lo hiciera llegar a otros—. Jake es maduro para su edad —continuó, todavía a la defensiva—. Ha cuidado físicamente de su padre del mismo modo que Bella cuidó emocionalmente de su madre. Eso lo ha hecho madurar. También es un joven apuesto, le viene por parte de madre. Ha sido bueno para Bella, ¿sabes? —insistió Charlie.

—Entonces está bien que pueda contar con él.

Charlie inspiró muy hondo y se rindió ante el hecho de que Alice no se opusiera.

—Vale, tal vez esté exagerando un poco las cosas... No lo sé... Incluso cuando está con Jacob, hay veces que veo algo en sus ojos y me pregunto si alguna vez he llegado a darme cuenta de cuánto dolor siente en realidad. No es normal, Alice y... y me asusta. No es normal en absoluto. No es como si alguien la hubiera... dejado, sino como si alguien hubiera muerto —la voz se le quebró.

Era como si alguien hubiera muerto, como si yo hubiera muerto. Porque había sido algo más que perder el más verdadero de los amores verdaderos, aunque no fuera uno de esos amores que matan, porque no había bastado para matar a nadie. También era la pérdida de un futuro al completo, una familia entera... toda la vida que yo había escogido...

Charlie prosiguió con un tono desesperanzado.

—No sé si va a poder superarlo alguna vez. No sé si está en su naturaleza el poder curarse de una cosa así. Bella siempre ha sido una personita tenaz. No pasa nada por alto ni cambia de opinión.

—Sí, ése es su estilo —asintió Alice de nuevo con una voz seca.

—Y Alice... —Charlie dudó—. Tú sabes cuánto te aprecio y estoy seguro de lo feliz que está de verte, pero... estoy un poco preocupado por el efecto que pueda tener tu visita.

—Yo también, Charlie, yo también. No habría venido si hubiera tenido idea de lo que había pasado. Lo siento.

—No te disculpes, cielo, ¿quién sabe? Tal vez sea bueno para ella.

—Espero que tengas razón.

Hubo una larga pausa mientras los tenedores rascaban los platos y Charlie masticaba. Me pregunté donde escondía Alice la comida.

—Alice, tengo que preguntarte algo —dijo Charlie con torpeza.

Alice estaba tranquila.

—Adelante.

—¿Va a venir Edward a visitarla también? —inquirió. Noté la ira reprimida en la voz de Charlie.

Alice contestó con aplomo y un tono de voz suave.

—Ni siquiera sabe que estoy aquí. La última vez que hablé con él estaba en Sudamérica.

Me envaré al escuchar esta nueva información y presté más atención.

—Eso es algo, al menos —bufó Charlie—. Bueno, espero que lo esté pasando bien.

La voz de Alice se aceró por vez primera.

—Si yo estuviera en tu lugar, no haría suposiciones —sabía cómo podían llamear sus ojos cuando empleaba ese tono.

Una silla se separó rápidamente de la mesa, arañando de manera ruidosa el suelo. Me imaginé que había sido Charlie al levantarse; no albergaba duda alguna de que Alice no habría hecho semejante ruido. El grifo se abrió y un chorro de agua se estrelló sobre un plato.

No parecía que fueran a seguir hablando de Edward, por lo que decidí que ya era hora de levantarme.

Me di la vuelta y reboté contra los muelles a fin de que chirriaran. Luego bostecé de forma audible.

Todo estaba tranquilo en la cocina.

Me estiré y gruñí.

—¿Alice? —pregunté de forma inocente; la ronquera que todavía me raspaba la garganta añadió un toque muy apropiado a la charada.

—Estoy en la cocina, Bella —me llamó Alice, sin que hubiera rastro en su voz de que sospechara que había escuchado a escondidas su conversación, pero a ella se le daba bien ocultar estas cosas.

Charlie tenía que marcharse ya, porque estaba ayudando a Sue Clearwater a hacer los arreglos pertinentes para el funeral. Habría sido un día muy largo sin Alice. No habló de irse en ningún momento y yo no le pregunté. Sabía que su marcha era inevitable, pero me lo quité de la cabeza.

En vez de eso, hablamos sobre su familia, de todos menos de uno.

Carlisle trabajaba por las noches en Ithaca y enseñaba a tiempo parcial en la universidad de Cornell. Esme estaba restaurando una casa del siglo XVII, un monumento histórico situado en un bosque al norte de la ciudad. Emmett y Rosalie se habían ido a Europa unos cuantos meses en otra luna de miel, pero ya estaban de vuelta. Jasper también estaba en Cornell, esta vez para estudiar Filosofía. Y Alice había estado efectuando algunas investigaciones personales referentes a la información que yo había descubierto de forma casual la pasada primavera. Había conseguido identificar con éxito el manicomio donde había pasado los últimos años de su existencia humana. Una vida de la que ella no tenía recuerdos.

—Mi nombre era Mary Alice Brandon —me contó con voz serena—. Tenía una hermana pequeña que se llamaba Cynthia. Su hija, mi sobrina, todavía vive en Biloxi.

—¿Has conseguido averiguar por qué te llevaron… a ese lugar? ¿Qué llevaría a unos padres a ese extremo? Incluso aunque su hija tuviera visiones del futuro…

Se limitó a sacudir la cabeza con mirada pensativa.

—No he conseguido averiguar demasiado sobre ellos. Repasé todos los periódicos viejos microfilmados que hallé. Se mencionaba muy poco a mi familia, ya que ninguno pertenecíamos al círculo social del que suele hablar la prensa. Estaba anunciado el compromiso de mis padres y el de Cynthia —el nombre salía de su boca algo vacilante—. Se notificaba mi nacimiento… y mi muerte. Encontré mi tumba, y también hallé mi hoja de admisión en los viejos archivos del manicomio. La fecha de la admisión y la de mi lápida coinciden.

No sabía qué decir y, después de una corta pausa, Alice cambió el rumbo de la conversación y habló de temas más superficiales.

Los Cullen estaban todos juntos de nuevo, salvo esa única excepción, para pasar en Denali —con Tanya y su familia— las vacaciones de Pascua que les concedían en Cornell. Escuché con demasiada avidez incluso las noticias más triviales. Ella nunca mencionó a aquel en quien yo tenía más interés y se lo agradecí en el alma. Bastaba con escuchar las historias de la familia a la que una vez soñé pertenecer.

Charlie no regresó hasta después del crepúsculo y parecía más extenuado que la noche anterior. Iba a volver a la reserva a primera hora de la mañana para el funeral de Harry, por lo que se acostó pronto. Yo me quedé otra vez con Alice en el sofá.

Charlie casi parecía un extraño cuando bajó las escaleras antes de que se hiciera de día, vistiendo un traje viejo que yo nunca le había visto con anterioridad. La chaqueta le colgaba abierta; supuse que le quedaba demasiado estrecha para poder abrocharse los botones. La corbata era un poco más ancha de lo que se llevaba ahora. Caminó de puntillas hasta la puerta en un intento de no despertarnos. Lo dejé marchar, fingiéndome dormida, y Alice, tendida en el sillón abatible, hizo lo mismo...

... pero se sentó en cuanto él salió por la puerta. Bajo el edredón, estaba completamente vestida.

—Bueno, ¿y qué vamos a hacer hoy? —me preguntó.

—No lo sé. ¿Ves que vaya a suceder algo interesante?

Ella sonrió y sacudió la cabeza.

—Todavía es temprano.

Todo el tiempo que había pasado en La Push había hecho que abandonara un montón de tareas en casa y decidí ponerme manos a la obra. Quería hacer algo que le facilitara las cosas a Charlie; quizás lograra que se sintiera mejor si regresaba a una casa que estaba limpia y en orden. Empecé con el baño, que era lo que mostraba más señales de abandono.

Mientras trabajaba, Alice se apoyó contra la jamba de la puerta y me hizo preguntas desenfadadas sobre mis, bueno, «nuestros» compañeros del instituto y de las cosas que habían pasado desde su ausencia. Su rostro mostraba una expresión despreocupada y carente de emoción, pero sentí su desaprobación cuando se dio cuenta de lo poco que podía contarle. O quizás la que hablaba era mi conciencia culpable después de haber estado escuchando a hurtadillas su conversación con Charlie en la mañana del día anterior.

Estaba sumergida en detergente hasta los codos y restregaba el fondo de la bañera cuando sonó el timbre de la puerta.

Miré rápidamente a Alice. Su expresión era de perplejidad y cierta preocupación, lo que era extraño; nada tomaba a Alice por sorpresa.

—¡Ya voy! —grité en dirección a la puerta principal al tiempo que me levantaba y me dirigía a toda prisa al lavabo para enjuagarme los brazos.

—Bella —dijo Alice con cierto rastro de frustración en su voz—. Tengo una sospecha bastante certera sobre quién puede ser y creo que es mejor que me marche.

—¿Sospecha? —repetí. ¿Desde cuando Alice tenía que sospechar algo?

—Si es una repetición del mayúsculo fallo de mi visión de ayer, entonces, lo más probable es que sea Jacob o uno de sus... amigos.

La miré fijamente mientras intentaba sacar conclusiones.

—¿No puedes ver a los hombres lobo?

Ella torció el gesto.

—Eso parece.

Estaba evidentemente irritada por este hecho, *muy* irritada.
El timbre sonó otra vez, dos veces, con rapidez e impaciencia.

—No tienes que irte a ninguna parte, Alice. Tú estabas aquí primero.

Rió con su risita plateada, aunque esta vez tenía un matiz oscuro.

—Confía en mí. Dudo que sea buena idea reunirnos a mí y a Jacob Black en la misma habitación.

Me besó la mejilla velozmente antes de desvanecerse por la puerta del cuarto de Charlie y a través de su ventana trasera, sin duda.

El timbre sonó de nuevo.

El funeral

Bajé las escaleras a todo correr y abrí la puerta de un tirón.

Era Jacob, por supuesto. Incluso aunque no lo pudiera ver, Alice era muy intuitiva.

Se había quedado a metro y medio de la puerta y arrugaba la nariz con gesto de desagrado, pero aparte de eso su rostro estaba en calma, como el de una máscara. No me engañó. Vi el débil temblor de sus manos.

Emanaba oleadas de hostilidad, lo cual me retrotrajo a aquella espantosa tarde en la que había preferido a Sam antes que a mí y respondí a la defensiva irguiendo el mentón.

El Golf de Jacob permanecía al ralentí con el freno echado. Jared estaba al volante y Embry en el asiento del copiloto. Me di cuenta de lo que eso significaba: temían dejarlo venir solo, lo que me entristeció y sorprendió, ya que el comportamiento de los Cullen no justificaba semejante actitud.

—Hola —dije finalmente al ver que él seguía sin hablar.

Jake frunció los labios y continuó a la misma distancia que había mantenido con respecto a la puerta. Repasó la fachada de la casa con la mirada.

Apreté los dientes y pregunté:

—No está aquí. ¿Necesitas algo?

Él vaciló.

—¿Estás sola?

—Sí.

Suspiré.

—¿Podemos hablar un minuto?

—*Por supuesto,* Jacob. Vamos, entra.

Miró por encima de su hombro a sus amigos, sentados en el carro. Vi a Embry mover la cabeza de forma casi imperceptible. No supe la razón, pero eso me fastidió un montón.

Me rechinaron los dientes y murmuré en voz muy baja:

—*Gallina.*

Los ojos de Jacob relampaguearon y se centraron en mí. Encima de sus ojos hundidos, sus pobladas cejas negras adoptaron un ángulo que les confería un aspecto airado. Apretó los dientes y desfiló —no existía otra palabra para describir la forma en que se movía— por la vereda y se encogió de hombros al pasar junto a mí para entrar en la casa.

Antes de cerrar de un portazo, mi mirada se encontró primero con la de Jared y luego con la de Embry. No me gustó la dureza con la que me observaban. ¿De veras pensaban que iba a dejar que le sucediera algo malo a Jacob?

Él se quedó detrás de mí en el vestíbulo sin dejar de mirar el lío de mantas del salón.

—¿Qué? ¿Una fiesta de pijamas? —inquirió con sarcasmo.

—Sí —repliqué con el mismo tono de acidez. No me gustaba nada Jacob cuando se comportaba de esa manera—. ¿Qué se te ofrece?

Volvió a arrugar la nariz como si oliera algo desagradable.

—¿Dónde está tu «amiga»? —pude oír el entrecomillado de la palabra en la inflexión de su voz.

—Tenía que hacer algunos recados. Bueno, Jacob, ¿qué quieres?

Había algo en la estancia que le ponía los nervios a flor de piel. Los brazos le temblaban. No respondió a mi pregunta, sino que se desplazó a la cocina lanzando con impaciencia miradas en todas las direcciones.

Lo seguí. Paseaba arriba y abajo junto a la pequeña encimera.

—Eh —le dije al tiempo que me interponía en su camino. Detuvo sus pasos y fijó en mí su mirada—. ¿Qué te ocurre?

—Me disgusta tener que venir aquí.

Aquello me hirió profundamente. Me estremecí y él entrecerró los ojos.

—En tal caso, lamento que hayas tenido que hacerlo —musité—. ¿Por qué no me dices ya lo que necesitas? De ese modo podrás marcharte.

—Sólo quería hacerte un par de preguntas. No te llevará mucho tiempo. Debemos volver al funeral.

—De acuerdo, terminemos con esto.

Probablemente me estaba comportando con demasiada agresividad, pero no quería que viera cuánto daño me hacía. No me había portado bien, cierto, y después de todo, hacía dos noches había preferido a la chupasangre en vez de a él. Yo lo había herido primero.

Respiró hondo y de pronto los dedos temblorosos se quedaron quietos. Su rostro se sosegó hasta convertirse en una máscara serena.

—Un miembro de la familia Cullen ha estado aquí contigo —expuso.

—Sí, Alice Cullen.

Asintió con gesto pensativo.

—¿Cuánto tiempo va a quedarse?

—Todo el que quiera —repliqué, todavía con tono beligerante—. Puede venir cuando le plazca.

—¿Crees...? ¿Podrías explicarle lo de la otra, lo de Victoria, por favor?

Palidecí.

—Ya la he informado.

Él asintió.

—Has de saber que mientras los Cullen estén en este lugar, sólo podemos vigilar nuestras tierras. El único sitio donde tú estarías a salvo sería en La Push. Aquí ya no puedo protegerte.

—De acuerdo —contesté con un hilo de voz.

Entonces apartó la vista y miró al exterior a través de las ventanas traseras sin decir nada más.

—¿Eso es todo?

Mantuvo los ojos fijos en el cristal mientras contestaba:

—Sólo una última cosa.

Esperé, pero él no prosiguió, por lo que al final lo urgí:

—¿Sí?

—¿Van a regresar los demás? —inquirió con voz fría y calmada. Me recordó al comportamiento sereno de Sam. Jacob se parecía cada vez más a él. Me pregunté por qué me molestaba tanto.

Ahora fui yo quien permaneció callada y él clavó sus ojos perspicaces en mi rostro.

—¿Y bien? —preguntó mientras se esforzaba en ocultar la tensión detrás de su expresión serena.

—No —respondí al fin, a regañadientes—. No van a volver.

Jacob no se inmutó.

—Vale. Eso es todo.

Mi enfado resurgió y lo fulminé con la mirada.

—Bueno, dale, ahora vete. Ve a decirle a Sam que los monstruos malos no te han atrapado.

—Vale —volvió a decir, aún calmado.

Era lo que parecía. Jacob salió a toda prisa de la cocina. Esperé a oír la puerta de la entrada, pero no fue así. Escuché el tictac del reloj de la cocina y me maravillé una vez más de lo silencioso que se había vuelto.

¡Menudo desastre! ¡¿Cómo podía haberme alejado tanto de él en tan breve lapso de tiempo?!

¿Me perdonaría cuando Alice se hubiera marchado? ¿Y qué ocurriría si no lo hiciera?

Me dejé caer contra la encimera y enterré mi rostro entre las manos. ¿Cómo podía haberlo complicado todo de este modo? En cualquier caso, ¿me podía haber comportado de otra manera? No se me ocurrió ninguna alternativa, ningún otro modo de proceder.

—¿Bella…? —preguntó Jacob con voz atribulada.

Alcé el rostro, que mantenía entre mis manos, para ver a Jacob, dubitativo, en la entrada de la cocina. No se había marchado, tal y como yo había pensado. Sólo entonces vi gotas cristalinas en las palmas de mis manos y comprendí que estaba llorando.

La expresión serena había desaparecido del rostro de Jacob, que ahora se mostraba inseguro y ansioso. Caminó rápidamente para acercarse a mi lado y agachó la cabeza hasta que sus ojos y los míos estuvieron a la misma altura.

—Lo he vuelto a hacer, ¿verdad?

—¿Hacer? ¿Qué? —pregunté con voz rota.

—Romper mi promesa. Perdona.

—No te preocupes —repuse entre dientes—. Esta vez empecé yo.

Su rostro se crispó.

—Sabía lo que sentías por ellos. No debería haberme sorprendido de ese modo.

Vi la repulsa en sus ojos y quise explicarle cómo era Alice en realidad, defenderla, desmentir la opinión que se había formado de ella, pero algo me previno de que no era el momento.

Por tanto, me limité a decir:

—Lo siento.

Una vez más.

—No hay de qué preocuparse, ¿vale? Sólo está de visita, ¿no? Se irá y las aguas volverán a su cauce.

—¿No puedo ser amiga de los dos al mismo tiempo? —pregunté. Mi voz no ocultó ni una pizca del dolor que me embargaba.

Movió la cabeza muy despacio negando esa posibilidad.

—No, no creo que sea posible.

Sollocé y clavé la vista en sus pies enormes.

—Pero ¿me esperarás, verdad? ¿Seguirás siendo mi amigo aunque también quiera a Alice?

No alcé los ojos, temerosa de lo que iba a pensar de la última parte. Necesitó un minuto para responder, por lo que probablemente fue un acierto no mirarlo.

—Sí, siempre seré tu amigo —dijo con brusquedad— sin tener en cuenta a quién ames.

—¿Prometido?

—Prometido.

Me rodeó con los brazos y yo apoyé la cabeza sobre su pecho sin dejar de sollozar.

—¡Qué asco de situación!

—Sí —entonces, olisqueó mi pelo y dijo—: Puaj.

—¡¿Qué?! —pregunté y levanté la vista para verlo arrugar la nariz—. ¿Por qué les ha dado a todos por hacerme eso? ¡No huelo!

Esbozó una leve sonrisa.

—Sí, sí hueles, hueles como *ellos.* Demasiado dulce y empalagoso… y helado… Me arde la nariz.

—¿De verdad? —aquello resultaba muy extraño. Alice olía increíblemente bien, al menos para un humano—. Entonces, ¿por qué Alice cree también que yo huelo?

Aquello le borró la sonrisa de la cara.

—¿Qué...? Tal vez mi olor tampoco sea de su agrado, ¿no?

—Bueno, a mí me gusta cómo huelen los dos.

Volví a apoyar la cabeza sobre su pecho. Lo iba a echar mucho de menos en cuanto saliera por la puerta. Era una situación peliaguda y sin escapatoria. Por una parte, deseaba que Alice se quedara para siempre, y me iba a morir —metafóricamente hablando— cuando me dejara, pero ¿cómo se suponía que iba a seguir sin ver a Jacob ni un segundo? *¡Menudo lío!*, pensé una vez más.

—Te echaré de menos cada minuto —susurró Jacob, haciéndose eco de mis pensamientos—. Espero que se largue pronto.

—La verdad, Jake, no tiene por qué ser así.

Suspiró.

—Sí, Bella, sí ha de ser así. Tú... la quieres, y sería conveniente que yo no estuviera cerca de ella. No estoy seguro de mantenerme siempre lo bastante sereno como para poder manejar la situación. Sam se enfadaría si se enterara de que he quebrantado el tratado y —su voz se tornó sarcástica— no creo que te hiciera demasiado feliz que matara a tu amiga.

Le rehuí cuando dijo eso, pero él se limitó a hacer más fuerte la presa de sus brazos, negándose a soltarme.

—No hay forma de evitar la verdad. Así están las cosas, Bella.

—Pues no me gusta.

Jacob liberó un brazo para sostener mi mentón con la mano ahuecada y lo levantó para obligarme a que lo mirara.

—Sí, era más sencillo cuando los dos sólo éramos humanos, ¿verdad?

Suspiré.

Nos miramos el uno al otro durante mucho tiempo. Su mano ardía sobre la piel de mi rostro. Sabía que allí no había otra cosa que nostalgia y tristeza. No quería despedirme, por breve que llegara a ser la separación. Al principio su rostro fue un reflejo del mío, pero luego, sin que ninguno de los dos desviara la mirada, su expresión cambió.

Me soltó y alzó la otra mano para acariciarme la mejilla con las yemas de los dedos y terminar descendiendo hasta la mandíbula. Noté el temblor de sus dedos, aunque en esta ocasión no era a causa de la ira. Colocó la palma de su mano sobre mi mejilla, de modo que mi rostro quedó atrapado entre sus manos abrasadoras.

—Bella —susurró.

Me quedé helada.

¡No! Aún no había tomado una decisión al respecto. No sabía si era capaz de hacerlo, y ahora no tenía tiempo para pensar, pero hubiera sido una necia si hubiera pensado que un rechazo en ese momento no iba a tener consecuencias.

A su vez, también yo clavé en él mi mirada. No era mi Jacob, pero podía serlo. Su querido rostro era el de siempre. Yo lo amaba de verdad en muchos sentidos. Era mi consuelo, mi puerto seguro, y en ese preciso momento yo podía escoger que me perteneciera.

Por el momento, Alice había regresado, pero eso no cambiaba nada. La persona a quien amaba de verdad se había marchado para siempre. El príncipe no iba a regresar para despertarme de mi letargo mágico con un beso. Al fin y al cabo, tampoco yo era una princesa, por lo que ¿cuál era el protocolo de los cuentos de hadas para otros besos? ¿Acaso la gente corriente y moliente no necesitaba romper ningún conjuro?

Tal vez sería fácil, algo así como cuando sostenía su mano o me rodeaba con sus brazos. Quizá sería agradable. Quizá no me diera la impresión de estar traicionándolo. Además, ¿a quién traicionaba en realidad? Sólo a mí misma.

Sin apartar sus ojos de los míos, Jacob comenzó a inclinar el rostro hacia mí. Yo todavía no había tomado ninguna decisión.

El repiqueteo estridente del teléfono nos hizo pegar un salto a los dos, pero él no perdió su centro de atención. Apartó la mano de mi barbilla y la alargó para tomar el auricular, pero aún sostenía férreamente mi mejilla con la otra mano. Sus ojos negros no se apartaron de los míos. Estaba hecha un lío, demasiado confusa para ser capaz de reaccionar ni aprovechar la ventaja de la distracción.

—Casa de los Swan —contestó Jacob en voz baja, ronca y grave.

Alguien le contestó y Jacob se alteró al momento. Se envaró y me soltó el rostro. Se apagó el brillo de sus ojos, se quedó lívido, y hubiera apostado lo poco que quedaba de mis ahorros para ir a la universidad a que se trataba de Alice.

Me recuperé y extendí la mano para tomar el auricular, pero él me ignoró.

—No está en casa —Jacob pronunció esas palabras con un tono amenazador. Hubo una réplica breve, parecía una petición de información, ya que Jacob añadió de mala gana—: Se encuentra en el funeral.

A continuación, colgó el teléfono.

—Asqueroso chupasangre —murmuró en voz baja. Volvió el rostro hacia mí, pero ahora volvía a ser una máscara llena de amargura.

—¿A quién le acabas de colgar mi teléfono en *mi* casa? —pregunté de forma entrecortada, enojadísima.

—¡Cálmate! ¡Él me colgó a mí!

—¿Quién era?

—El *doctor* Carlisle Cullen —pronunció el título con sorna.

—¡¿Por qué no me has dejado hablar con él?!

—No ha preguntado por ti —repuso Jacob con frialdad. Su rostro era inexpresivo y estaba en calma, pero las manos le temblaban—. Preguntó dónde estaba Charlie y le respondí. No me parece que haya quebrantado las reglas de la cortesía.

—Escúchame, Jacob Black...

Pero era obvio que no lo hacía. Volvió la vista atrás, como si hubiera oído su nombre en otra habitación. Abrió los ojos y se quedó rígido; luego comenzó a estremecerse. Yo también agucé el oído, pero sin oír nada.

—Adiós, Bella —espetó, y dio media vuelta para dirigirse a la puerta de la entrada.

Corrí tras él.

—¿Qué pasa?

Choque contra él, que se balanceó hacia atrás, despotricando en voz baja. Me golpeó en un costado al girar otra vez. Perdí pie y me caí al suelo, con la mala suerte de que mis piernas se engancharon con las suyas.

—¡Maldita sea, ay! —me quejé mientras él se apresuraba a sacudir las piernas para liberarse cuanto antes.

Forcejeé para incorporarme y Jacob se lanzó como una flecha hacia la puerta trasera. De pronto, se quedó petrificado.

Alice permanecía inmóvil al pie de las escaleras.

—Bella —dijo con voz entrecortada.

Me levanté como pude y acudí a su lado dando tumbos. Alice tenía la mirada ausente, lejana; el rostro, demacrado y blanco como la cal. Su cuerpo esbelto temblaba a resultas de una enorme conmoción interna.

—¿Qué pasa, Alice? —chillé.

Tomé su rostro entre mis manos en un intento de calmarla. De pronto, centró en mí sus ojos abiertos y colmados de dolor.

—Edward —logró articular.

Mi cuerpo reaccionó antes de que mi mente fuera capaz de comprender las implicaciones de su respuesta. Al principio, no entendí por qué la habitación daba vueltas ni de dónde venía el eco del rugido que me pitaba en los oídos. Me devané los sesos, pero no fui capaz de encontrarle sentido al rostro funesto de Alice ni de averiguar qué relación podía guardar con Edward; entretanto, empecé a tambalearme en busca del alivio de la inconsciencia antes de que la realidad me hiciera daño.

La escalera se inclinó en un ángulo extraño.

De pronto, llegó a mi oído la voz furiosa de Jacob profiriendo un torrente de blasfemias. Me invadió una suave ola de desaprobación. Resultaba evidente que sus nuevos amigos eran una mala influencia.

Me encontré encima del sofá antes de comprender cómo había llegado hasta allí. Jacob seguía soltando groserías. Me daba la impresión de que se había desatado un terremoto a juzgar por el modo en que el sofá se agitaba debajo de mi cuerpo.

—¿Qué le has hecho? —preguntó él.

Alice lo ignoró.

—¿Bella? Reacciona, Bella, tenemos prisa.

—Mantente lejos —le previno Jacob.

—Cálmate, Jacob Black —le ordenó Alice—. No querrás transformarte tan cerca de ella.

—No creo que tenga problemas en recordar cuál es mi verdadero objetivo —replicó, pero su voz sonó un poco más apaciguada.

—¿Alice? —intervine con voz débil—. ¿Qué ha pasado? —pregunté incluso a pesar de no querer oírlo.

—No lo sé —se lamentó inopinadamente—. ¡¿Qué se le habrá ocurrido?!

Hice un esfuerzo por incorporarme a pesar de los vahídos. No tardé en darme cuenta de que lo que aferraba en realidad para recuperar el equilibrio era el brazo de Jacob. Era él quien temblaba, y no el sofá.

Alice había sacado un celular plateado del bolso cuando la reubiqué en la estancia. Tecleaba los números a tal velocidad que se le desdibujaban los dedos.

—Rose, necesito hablar con Carlisle ahora mismo —soltó de sopetón—. Bien, pero que me llame en cuanto llegue. No, habré tomado un vuelo. Oye, ¿sabes algo de Edward?

Alice hizo una pausa en ese momento para escuchar cada vez con expresión más horrorizada a medida que transcurrían los segundos. Entreabrió la boca en forma de «o» a causa del espanto y el celular le tembló en la mano.

—¿Por qué? —preguntó con voz entrecortada—. ¿Por qué lo has hecho, Rosalie?

Fuera cual fuera la respuesta, el mentón de Alice se tensó a causa de la ira. Le centellearon los ojos y luego los entrecerró.

—En fin, te has equivocado en ambos casos, aunque, Rosalie, era fácil suponer que iba a ser un problema, ¿a que sí? —preguntó con sarcasmo—. Sí, exacto, ella se encuentra perfectamente... Me equivoqué... Es una larga historia, pero en eso también te equivocas. Ésa es la razón por la que llamo... Sí, eso es exactamente lo que vi —Alice habló con dureza. Fruncía los labios hasta el punto de dejar los dientes al descubierto—. Es un poco tarde para eso, Rose. Guárdate tu remordimiento para quien te crea.

Cerró el celular con un movimiento vertiginoso de dedos. Se volvió hacia mí y me miró con ojos atormentados.

—Alice, Carlisle ya ha regresado —mascullé rápidamente sin dejar que me contara nada. Necesitaba unos segundos más de tregua antes de que hablara y sus palabras destruyeran lo poco que me quedaba de vida—. Acaba de llamar…

Se me quedó mirando sin comprender y luego preguntó con voz apagada:

—¿Cuánto hace de eso?

—Medio minuto antes de tu aparición.

—¿Qué dijo? —ahora me estaba prestando atención, quedó a la espera de mi respuesta.

—Yo no hablé con él.

Mis ojos volaron en pos de Jacob, y Alice clavó su penetrante mirada en él, que reaccionó con un estremecimiento, pero no se apartó de mi lado. Se sentó con torpeza, casi como si pretendiera escudarme con su cuerpo.

—Preguntó por Charlie y le respondí que no se encontraba aquí —musitó Jacob con resentimiento.

—¿Nada más? —inquirió Alice con voz glacial.

—Después me colgó el teléfono —le espetó Jacob. Un temblor le recorrió la columna vertebral y me hizo estremecer.

—Le dijiste que Charlie estaba en el funeral —le recordé.

Alice sacudió la cabeza hacia mí.

—¿Cuáles fueron las palabras exactas?

—Jacob dijo: «No está en casa», y cuando Carlisle preguntó por el paradero de Charlie, respondió: «Se encuentra en el funeral».

Alice gimió y cayó de rodillas.

—Cuéntamelo, Alice —susurré.

—No fue Carlisle quien telefoneó —explicó con desesperanza.

—¿Me estás llamando mentiroso? —gruñó Jacob, que seguía junto a mí.

Alice lo ignoró y se concentró en mi rostro perplejo.

—Era Edward —las palabras borbotearon en un susurro entrecortado—. Cree que has muerto.

La mente empezó a funcionarme otra vez. No era eso lo que tanto temía oír, por lo que el alivio me aclaró las ideas. Después de suspirar, me relajé y aventuré:

—Rosalie le dijo que me había suicidado, ¿verdad?

—Sí —admitió Alice. Los ojos le relampaguearon de ira una vez más—. He de decir en su defensa que ella pensaba que era verdad. Confían más de lo debido en mi visión, que funciona con muchas imperfecciones, pero eso fue lo que la impulsó a decírselo a Edward. ¿No comprendía... ni le preocupaba...?

Su voz se fue apagando horrorizada.

—Y Jacob le habló de un funeral cuando llamó aquí, y él creyó que era el mío —comprendí.

Me dolió mucho saber lo cerca que habíamos estado el uno del otro. Había tenido su voz a pocos centímetros. Hundí las uñas en el brazo de Jacob, pero éste se mantuvo imperturbable.

Alice me miró de un modo extraño y susurró:

—No te has alterado.

—Bueno, se ha malogrado una ocasión, pero todo se arreglará. Alguien le dirá la próxima vez que llame... que... en... realidad... —no pude seguir. Su mirada agolpó las palabras en mi garganta.

¿Por qué tenía Alice tanto pavor? ¿Por qué su rostro se había crispado de tristeza y horror? ¿Qué le había dicho a Rosalie por teléfono hacía unos momentos? Algo sobre lo que había visto, y luego había mencionado el remordimiento de Rosalie. Ella jamás hubiera sentido remordimiento alguno por nada de lo que me hubiera pasado a mí, pero si eso causaba algún mal a su familia, a su hermano...

—Bella —susurró Alice—, Edward no va a volver a llamar. Le ha creído a Rosalie.

—No... lo... comprendo...

Mi boca formó cada una de esas tres palabras, pero me faltó aliento para pronunciarlas y pedirle que me explicara las implicaciones.

—Se va a Italia.

Tardé un latido de corazón en comprenderla.

Cuando la voz de Edward volvió a sonar en mi interior, no era la perfecta imitación de mis delirios, sino el tono apagado de mis recuerdos, pero las palabras bastaron para desgarrarme el pecho y dejar abierto un enorme hueco. Eran palabras de un tiempo en que yo hubiera apostado todo lo que poseía o podría poseer a que él me amaba.

Bueno, no estaba dispuesto a vivir sin ti, me había asegurado en aquella misma habitación mientras contemplábamos la muerte de Romeo y Julieta. *Aunque no estaba seguro sobre cómo hacerlo. Tenía claro que ni Emmett ni Jasper me ayudarían..., así que pensé que lo mejor sería marcharme a Italia y hacer algo que molestara a los Vulturis. (...) Lo mejor es no irritar a los Vulturis. No a menos que desees morir.*

No a menos que desees morir.

—¡No! —el rechazo expresado en un grito restalló con tanta fuerza después de los susurros que nos hizo dar un salto a todos. Sentí que la sangre me huía del rostro cuando intuí lo que había visto Alice—. ¡No, no, no! ¡No puede hacer eso!

—Adoptó esa decisión en cuanto tu amigo le confirmó que era demasiado tarde para salvarte.

—Pero... pero él se fue. ¡Ya no me quería! ¿Qué diferencia puede haber ahora? ¡Sabía que algún día tendría que morir!

—Creo que él siempre tuvo claro que no te sobreviviría por mucho tiempo —repuso Alice con discreción.

—¡Cómo tiene esa desfachatez! —chillé. Entonces, ya me había puesto en pie, y Jacob se alzó con aire vacilante para interponerse de nuevo entre Alice y yo—. Ay, Jacob, quita de en medio —con desesperación e impaciencia, aparté a codazos su cuerpo tembloroso—. ¿Qué podemos hacer? —le imploré a Alice. Algo teníamos que poder hacer—. ¿No es posible que lo llamemos nosotras? ¿Y Carlisle?

Ella negó con la cabeza.

—Eso fue lo primero que intenté, pero ha tirado su celular a un cubo de la basura en Río de Janeiro... Alguien lo recogió y contestó —susurró.

—Antes dijiste que debíamos darnos prisa. ¿Prisa? ¿Cómo? ¡Hagámoslo, sea lo que sea!

—Bella, creo que no puedo pedírtelo... —indecisa, Alice se calló.

—¡Pídemelo! —le ordené.

Puso las manos sobre mis hombros y me sujetó. Movía los dedos de vez en cuando para enfatizar sus palabras.

—Quizá ya sea demasiado tarde. Lo vi acudir a los Vulturis y pedirles que lo mataran —la perspectiva nos desalentó y de pronto no vi nada. Las lágrimas me hicieron pestañear convulsivamente—. Todo depende de su decisión. Aún no he visto que adopten ninguna.

»Pero si optaran por negarse, y eso resulta bastante posible si tenemos en cuenta que Aro profesa un gran afecto a Carlisle, y no querría ofenderlo, Edward tiene un plan B. Ellos mantienen una actitud muy protectora con su ciudad, y Edward piensa que los Vulturis actuarían para detenerlo si él perturbara de algún modo la paz... Tiene razón, lo harían.

Apreté los dientes de pura frustración sin dejar de mirarla fijamente. Aún no me había dicho nada que explicara por qué seguíamos allí.

—Llegaremos tarde si están de acuerdo en concederle su petición, y en caso de una negativa por parte de los Vulturis, también llegaremos tarde si él lleva a cabo un plan rápido para ofenderlos. Sólo podríamos aparecer a tiempo si se entregara a sus inclinaciones más histriónicas.

—¡Vamos!

—Atiende, Bella. Lleguemos o no a tiempo, vamos a estar en el corazón de la ciudad de los Vulturis. Me considerarán cómplice de Edward si tiene éxito y tú serás una humana que no sólo sabe demasiado, sino que huele demasiado bien. Las posibilidades de que acaben con todos nosotros son muy elevadas, sólo que en tu caso no será un castigo, sino un bocado a la hora del almuerzo.

—¿Es eso lo que nos retiene aquí? —pregunté con incredulidad—. Iré sola si tienes miedo.

Efectué un cálculo mental del dinero que me quedaba en la cuenta y me pregunté si Alice me prestaría el resto.

—Mi único temor es que acabes muerta.

Bufé disgustada.

—¡Como si estar a punto de matarme no fuera moneda corriente en mi vida! ¡Dime qué he de hacer!

—Escríbele una nota a Charlie. Yo telefonearé a las líneas aéreas.

—Charlie —repetí con voz entrecortada.

No es que mi presencia lo protegiera, pero ¿podía dejarle solo para que afrontara...?

—No voy a dejar que le suceda nada malo a Charlie —intervino Jacob con voz bronca y enojada—. ¡Al carajo con el tratado!

Alcé los ojos para mirarlo con disimulo. Puso cara de pocos amigos al ver el miedo escrito en mi rostro.

—Date prisa, Bella —me interrumpió Alice de forma apremiante.

Corrí a la cocina, abrí de golpe los cajones y volqué el contenido en el suelo en busca de un bolígrafo. Una mano lisa y morena me tendió uno.

—Gracias —farfullé mientras quitaba el capuchón del boli con los dientes. En silencio, Jacob me entregó el bloc de notas donde escribíamos los recados telefónicos. Arranqué la primera hoja y lo tiré a mis espaldas. Luego, escribí:

Papá:

Me voy con Alice. Edward está metido en un lío. Ya podrás castigarme a mi regreso. Sé que es un mal momento. Lo siento un montón. Te quiero mucho.

Bella

—No vayas —susurró Jacob. La ira se había esfumado ahora que había perdido de vista a Alice.

No estaba dispuesta a perder el tiempo discutiendo con él.

—Por favor, por favor, *por favor*, cuida a Charlie —le dije antes de salir disparada hacia el cuarto de estar. Alice me aguardaba en la entrada con una bolsa colgada al hombro.

—Llévate la cartera. Necesitarás el carné... Por favor, dime que tienes pasaporte, no tenemos tiempo para falsificar uno.

Asentí con la cabeza y corrí escaleras arriba. Las piernas me temblaban de puro agradecimiento. Por fortuna, mi madre había querido casarse con Phil en una playa de México. El viaje se había quedado en nada, por supuesto, como la mayoría de sus planes, pero no antes de que yo hubiera tramitado todo el papeleo necesario para estar con ella.

Pasé como un obús por mi cuarto. Metí en la mochila mi vieja billetera, una camisa limpia, un pantalón de sudadera; luego puse encima el cepillo de dientes y me lancé escaleras abajo, pero me invadió una agobiante sensación de *déjà vu* cuando llegué a ese momento. Al menos, a diferencia de la última vez, cuando tuve que huir precipitadamente de Forks para escapar de vampiros sedientos en vez de ir a su encuentro, no iba a tener que despedirme de Charlie.

Jacob y Alice se hallaban enzarzados en una especie de careo delante de la puerta abierta. Estaban lo bastante separados para que en un primer momento se pudiera pensar que mantenían una conversación. Ninguno de los dos pareció percatarse de mi bulliciosa llegada.

—Podrías controlarte de vez en cuando. Esas sanguijuelas de las que le has hablado a Bella... —la acusaba Jacob con encono.

—Sí, tienes razón, perrito —Alice gruñía también—. Los Vulturis son la personificación de nuestra especie, la razón por la que se te pone el vello de punta cuando me olfateas, la esencia de tus pesadillas, el pavor que hay detrás de tus instintos. No soy ajena a esa realidad...

—¡Y tú la vas a llevar ante ellos como una botellita de vino a una fiesta! —bramó él.

—¿Acaso crees que va estar mejor si la dejo aquí sola, con Victoria al acecho?

—Podemos encargarnos de la pelirroja.

—En ese caso, ¿por qué sigue de caza?

Jacob refunfuñó y un estremecimiento recorrió su torso.

—¡Dejen eso! —les grité a ambos, loca de impaciencia—. Discutan a nuestro regreso. ¡Vamos!

Alice se giró hacia el carro y desapareció en su interior a toda prisa. Me apresuré a seguir sus pasos, aunque de inmediato me detuve para cerrar la puerta. Jacob me tomó del brazo con mano temblorosa.

—Bella, por favor, te lo suplico.

Sus ojos negros refulgían llenos de lágrimas. Se me hizo un nudo en la garganta.

—Jake, debo...

—No, no debes, la verdad es que no, lo cierto es que te puedes quedar aquí conmigo. Quédate y vive. Hazlo por Charlie. Hazlo por mí.

El motor del Mercedes de Carlisle ronroneó. El ritmo del zumbido aumentó cuando Alice aceleró.

Negué con la cabeza y las lágrimas de mis ojos salieron despedidas a causa del brusco movimiento. Solté el brazo y él no se opuso.

—No mueras, Bella —dijo con voz estrangulada—. No vayas. No.

¿Y si nunca lo volvía a ver? La idea se abrió camino entre las mudas lágrimas y un sollozo escapó de mi pecho. Le rodeé la cintura con los brazos y lo abracé durante unos instantes demasiado breves al tiempo que hundía en su pecho mi rostro bañado de lágrimas. Puso su manaza en la parte posterior de mi cabeza, como si eso fuera a retenerme allí.

—Adiós, Jake —le aparté la mano de mi pelo y le besé el dorso. No fui capaz de soportar mirarlo a la cara—. Perdona.

Después, me di la vuelta y eché a correr hacia el carro. La

puerta del asiento de pasajeros me esperaba abierta. Arrojé la mochila por encima del reposacabezas y me deslicé dentro; al hacerlo, cerré de un portazo.

Me di la vuelta y grité:

—¡Cuida de Charlie!

Pero ya no se veía a Jacob por ninguna parte. Mientras Alice pisaba fuerte el acelerador y girábamos para ponernos de frente a la carretera —el aullido de las llantas se asemejaba mucho al de los gritos humanos—, atisbé un retazo blanco cerca de la primera línea de árboles del bosque. Era una zapatilla.

La carrera

Llegamos a tiempo de subir a nuestro vuelo por los pelos, y entonces comenzó la verdadera tortura. El avión haraganeaba ocioso en la pista, mientras los auxiliares de vuelo paseaban por el pasillo con toda tranquilidad, al tiempo que palmeaban las bolsas de los portaequipajes superiores para cerciorarse de que estaban bien sujetas. Los pilotos permanecían apoyados fuera de la cabina de mando y charlaban con ellos cuando pasaban. La mano de Alice me aferraba con fuerza por el hombro para tranquilizarme mientras yo, devorada por la ansiedad, no dejaba de moverme en el asiento de un lado para otro.

—Se va más deprisa volando que corriendo —me recordó en voz baja.

Me limité a asentir una única vez sin dejar de moverme.

Al final, el avión se alejó rodando muy despacio desde el punto de partida y comenzó a adquirir velocidad con una paulatina regularidad que luego me traería por la calle de la amargura. Esperaba disfrutar de un reposo cuando hubiéramos completado el despegue, pero mi impaciencia y mi frenesí no disminuyeron.

Alice sacó el celular del respaldo del asiento de delante antes de que hubiéramos dejado de ascender y le dio la espalda a la azafata, quien la observó con desaprobación. Hubo algo en mi expresión que la disuadió de acercarse para protestar.

Intenté dejar de escuchar lo que Alice le decía a Jasper entre susurros, porque no quería espiarla de nuevo, pero aun así, oía algunas frases sueltas.

—No estoy segura del todo. Lo veo hacer cosas diferentes, continúa cambiando de parecer... Salir a matar a todo el que se ponga por delante, atacar a la guardia, alzar un carro por encima de la cabeza en la plaza mayor... En su mayoría, son hechos que lo descubrirían... Él sabe que ésa es la forma más rápida de obligarlos a reaccionar.

»No, no puedes —Alice habló todavía más bajo, hasta que su voz resultó casi inaudible a pesar de encontrarme a escasos centímetros de ella. Hice lo contrario a lo que me proponía y escuché con más interés—. Dile a Emmett que él tampoco... Bueno, pues ve tras Emmett y Rosalie y haz que vuelvan... Piénsalo, Jasper. Si nos ve a cualquiera de nosotros, ¿qué crees que va a hacer...? —asintió con la cabeza—. Exactamente...

»Me parece que Bella es la única oportunidad, si es que hay alguna... Haré cuanto esté en mi mano, pero prepara a Carlisle. Las posibilidades son escasas...

Después, se echó a reír y dijo con voz temblorosa:

—He pensado en ello... Sí, te lo prometo —su voz se hizo más suplicante—. No me sigas. Te lo juro, Jasper, de un modo u otro me las apañaré para salir de ahí... Te quiero.

Colgó y se reclinó sobre el respaldo del asiento con los ojos cerrados.

—Detesto mentirle.

—Alice, cuéntamelo todo —le imploré—. No entiendo nada. ¿Por qué le has dicho a Jasper que detenga a Emmett? ¿Por qué no pueden venir en nuestra ayuda?

—Por dos motivos —susurró sin abrir los ojos—. A él sólo le he explicado el primero. Nosotras *podemos* intentar detener a Edward por nuestra cuenta... Si Emmett lograra ponerle las manos encima, seríamos capaces de detenerlo el tiempo suficiente para convencerlo de que sigues viva, pero entonces no podríamos acercarnos hasta él a hurtadillas, y si nos viera ir por él, se limitaría a actuar más deprisa. Arrojaría un carro contra un muro o algo así, y los Vulturis lo aplastarían.

»Ése es el segundo motivo, por supuesto, el que no le podía decir a Jasper. Bella, se produciría un enfrentamiento si ellos acudieran y los Vulturis mataran a Edward. Las cosas serían muy distintas si tuviéramos la más mínima oportunidad de ganar, si nosotros cuatro fuéramos capaces de salvar a mi hermano por la vía de la fuerza, pero no es posible, Bella, y no puedo perder a Jasper de ese modo.

Entendí por qué sus ojos imploraban que la entendiera. Estaba protegiendo a Jasper a nuestra costa y quizás también a la de Edward, pero la comprendía, y no pensé mal de ella. Asentí.

—Una cosa —le pregunté—, ¿no puede oírte Edward? ¿No se va a enterar de que sigo viva en cuanto escuche tus pensamientos y, por tanto, de que no tiene sentido seguir con esto?

En cualquier caso no tenía sentido, no existía ninguna justificación. Seguía sin ser capaz de creer que Edward pudiera reaccionar de esa manera. ¡No tenía ni pies ni cabeza! Recordé con dolorosa claridad aquel día en el sofá, mientras contemplábamos cómo Romeo y Julieta se mataban el uno al otro. *No estaba dispuesto a vivir sin ti,* había afirmado como si eso fuera la conclusión más evidente del mundo. Y sin embargo, en el bosque, al plantarme, había hablado con convicción cuando me hizo saber que no sentía nada por mí...

—Puede... *si* es que está a la escucha —me explicó Alice—; y además, lo creas o no, es posible mentir con el pensamiento. Si tú hubieras muerto y aun así yo quisiera detenerlo, estaría pensando con toda la intensidad posible «está viva, está viva», y él lo sabe.

Enmudecí de frustración y me rechinaron los dientes.

—No te hubiera puesto en peligro si existiera alguna forma de conseguirlo sin ti, Bella. Esto está muy mal por mi parte.

—No seas tonta. Mi persona es lo último por lo que debes preocuparte —sacudí la cabeza con impaciencia—. Explícame a qué te referías con lo de mentir a Jasper.

Esbozó una sonrisa macabra.

—Le prometí que me iría de la ciudad antes de que me mataran a mí también. Eso es algo que no puedo garantizar ni por asomo... —enarcó las cejas como si deseara que me tomara más en serio el peligro.

—¿Quiénes son los Vulturis? —inquirí en un susurro—. ¿Qué los hace muchísimo más peligrosos que Emmett, Jasper, Rosalie y tú?

Resultaba difícil concebir algo más aterrador que eso.

Ella respiró hondo y luego, de repente, dirigió una oscura mirada por encima de mis hombros. Me giré a tiempo de ver cómo el hombre del asiento que había al otro lado del pasillo desviaba la vista, parecía que nos hubiera estado escuchando de tapadillo. Tenía pinta de ser un hombre de negocios. Vestía traje oscuro y corbata grande, y sostenía un portátil encima de las rodillas. Levantó la tapa del computador y se puso unos audífonos de forma ostensible mientras yo lo miraba con irritación.

Me incliné más cerca de Alice, que pegó los labios a mis oídos mientras me contaba la historia en susurros.

—Me sorprendió que reconocieras el nombre —admitió—, y que cuando anuncié que se había ido a Italia comprendieras lo que significaba. Pensé que tendría que explicártelo. ¿Cuánto te contó Edward?

—Sólo me dijo que se trataba de una familia antigua y poderosa, algo similar a la realeza... y que nadie los contrariaba a menos que quisiera... morir —respondí en cuchicheos.

—Has de entender —continuó, ahora hablaba más despacio y con mayor mesura— que los Cullen somos únicos en más sentidos de los que crees. Es... *anómalo* que tantos de nosotros seamos capaces de vivir juntos y en paz. Ocurre otro tanto en la familia de Tanya, en el norte, y Carlisle conjetura que la abstinencia nos facilita un comportamiento civilizado y la formación de lazos basados en el amor en vez de en la supervivencia y la conveniencia. Incluso el pequeño aquelarre de James era inusualmente grande, y ya viste con qué facilidad los abandonó Laurent. Por regla general, viajamos solos o en parejas. La familia de Carlisle es la mayor que existe, hasta donde sabemos, con una única excepción: los Vulturis.

»En un principio eran tres: Aro, Cayo y Marco.

—Los he visto en un cuadro del estudio de Carlisle —dije entre dientes.

Alice asintió.

—Dos hembras se les unieron con el paso del tiempo, y los cinco constituyeron la familia. No estoy segura, pero sospecho que es la edad lo que les confiere esa habilidad para vivir juntos de forma pacífica. Deben de tener los tres mil años bien cumplidos, o quizá sean sus dones los que les otorgan una tolerancia especial. Al igual que Edward y yo, Aro y Marco tienen... talentos —ella continuó antes de que le pudiera hacer pregunta alguna—. O quizá sea su común amor al poder lo que los mantiene unidos. Realeza es una descripción acertada.

—Pero si sólo son cinco...

—La familia tiene cinco miembros —me corrigió—, pero eso no incluye a la guardia.

Respiré hondo.

—Eso suena... temible.

—Lo es —me aseguró—. La última vez que tuve noticias, la guardia constaba de nueve miembros permanentes. Los demás son... transitorios. La cosa cambia. Y por si esto fuera poco, muchos de ellos también tienen dones, dones formidables. A su lado, lo que yo hago parece un truco de salón. Los Vulturis los eligen por sus habilidades, físicas o de otro tipo.

Abrí la boca para cerrarla después. Me iba pareciendo que no deseaba saber lo escasas que eran nuestras posibilidades.

Alice volvió a asentir, como si hubiera adivinado exactamente lo que pasaba por mi cabeza.

—Ninguno de los cinco se mete en demasiados líos y nadie es tan estúpido para jugársela con ellos. Los Vulturis permanecen en su ciudad y la abandonan sólo para atender las llamadas del deber.

—¿Deber? —repetí con asombro.

—¿No te contó Edward su cometido?

—No —dije mientras notaba la expresión de perplejidad de mi rostro.

Alice miró una vez más por encima de mi hombro en dirección al hombre de negocios y volvió a rozarme la oreja con sus labios glaciales.

—No los llaman realeza sin un motivo, son la casta gobernante. Con el transcurso de los milenios, han asumido el papel de hacer cumplir nuestras reglas, lo que, de hecho, se traduce en el castigo de los transgresores. Llevan a cabo esa tarea inexorablemente.

Me llevé tal impresión que los ojos se me salieron de las órbitas.

—¿Hay reglas? —pregunté en un tono de voz tal vez demasiado alto.

—¡Shhh!

—¿No debería habérmelo mencionado antes alguien? —susurré con ira—. Quiero decir, yo quería… ¡quería ser una de ustedes! ¿No tendría que haberme explicado alguien lo de las reglas?

Alice se rió entre dientes al ver mi reacción.

—No son complicadas, Bella. El quid de la cuestión se reduce a una única restricción y, si te detienes a pensarlo, probablemente tú misma la averiguarás.

Lo hice.

—No, ni idea.

Alice sacudió la cabeza, decepcionada.

—Quizás es demasiado obvio. Debemos mantener en secreto nuestra existencia.

—Ah —repuse entre dientes. Era obvio.

—Tiene sentido, y la mayoría de nosotros no necesitamos vigilancia —prosiguió—, pero al cabo de unos pocos siglos, alguno se aburre o, simplemente, enloquece. Los Vulturis toman cartas en el asunto antes de que eso los comprometa a ellos o al resto de nosotros.

—De modo que Edward…

—Planea desacatar abiertamente esa norma en su propia ciudad, el lugar cuyo dominio ostentan en secreto desde hace tres mil años, desde los tiempos de los etruscos. Se muestran tan protectores con su ciudad que ni siquiera permiten cazar dentro de sus muros. Volterra debe ser el lugar más seguro del mundo… por lo menos en lo que a ataques de vampiros se refiere.

—Pero dijiste que no salían, entonces ¿cómo se alimentan?

—No salen, les traen el sustento del exterior, a veces desde lugares bastante lejanos. Eso mantiene distraída a la guardia cuando no está aniquilando disidentes o protegiendo Volterra de cualquier tipo de publicidad o de...

—... situaciones como ésta, como la de Edward —concluí su frase. Ahora resultaba sorprendentemente fácil decir su nombre. No estaba segura de dónde radicaba la diferencia. Tal vez se debía a que en realidad no había planeado vivir mucho tiempo sin verlo si llegábamos tarde y todo lo demás. Me confortaba saber que tendría una salida fácil.

—Dudo de que se les haya planteado nunca una situación similar a ésta —murmuró Alice, disgustada—. No hay muchos vampiros suicidas.

Se me escapó de los labios un sonido muy contenido, pero ella pareció percatarse de que era un grito de dolor. Me pasó su brazo delgado pero firme por encima de los hombros.

—Haremos cuanto podamos, Bella. Esto todavía no ha terminado.

—Todavía no —dejé que me consolara, aunque sabía que nuestras posibilidades eran mínimas—. Además, los Vulturis vendrán por nosotras si armamos líos.

Alice se quedó rígida.

—Lo dices como si fuera algo positivo.

Me encogí de hombros.

—Alto ahí, Bella, o de lo contrario damos media vuelta en el aeropuerto de Nueva York y regresamos a Forks.

—¿Qué?

—Tú sabes perfectamente a qué me refiero. Voy a hacer todo lo que esté en mi mano para que regreses con Charlie si llegamos tarde para salvar a Edward, y no quiero que me des ningún problema. ¿Lo comprendes?

—Claro, Alice.

Se dejó caer hacia atrás levemente para poder mirarme.

—Nada de problemas.

—Palabra de *boy scout* —contesté entre dientes.

Puso los ojos en blanco.

—Ahora, déjame que me concentre. Voy a intentar ver qué trama.

Aunque no retiró el brazo de mis hombros, dejó caer la cabeza sobre el respaldo para luego cerrar los ojos. Apretó un lado del rostro con la mano libre al tiempo que se frotaba las sienes con las yemas de los dedos.

La contemplé fascinada durante mucho tiempo. Al final, acabó quedándose totalmente inmóvil. Su rostro parecía un busto de piedra. Transcurrieron los minutos y hubiera pensado que se había quedado dormida de no haberla conocido mejor. No me atreví a interrumpirla para preguntar qué estaba sucediendo.

Deseé tener un tema seguro sobre el que cavilar. No podía permitirme el lujo de especular con los horrores que teníamos por delante o, para ser más concreta, la posibilidad de fracasar, a menos que quisiera ponerme a dar gritos.

Tampoco podía anticipar nada. Quizá pudiera salvar a Edward de algún modo si tenía mucha, mucha, *mucha* suerte, pero no era tan tonta como para creer que podría estar con él después de haberlo salvado. Yo no era diferente ni más especial de lo que lo había sido con anterioridad, así que no había ninguna razón nueva por la que ahora me quisiera, aunque verlo para perderlo otra vez…

Reprimí la tristeza. Ése era el precio que debía pagar para salvarlo. Y lo pagaría.

Pusieron una película y mi vecino se puso los auriculares. Miraba de vez en cuando las figuras que se movían por la pequeña pantalla, pero ni siquiera fui capaz de discernir si era una de miedo o una romántica.

El avión comenzó a descender rumbo a la ciudad de Nueva York después de lo que me pareció una eternidad. Alice permanecía sumida en su trance. Me puse nerviosa y estiré una mano para tocarla, sólo para retirarla otra vez. Ese movimiento se repitió una docena de veces antes de que el avión efectuara un aterrizaje movidito.

—Alice —la llamé al fin—. Alice, tenemos que irnos.

Le toqué el brazo.

Abrió los ojos con suma lentitud y durante unos instantes sacudió la cabeza de un lado a otro.

—¿Alguna novedad? —pregunté en voz baja, consciente de que el hombre que tenía al otro lado estaba a la escucha.

—No exactamente —cuchicheó en voz tan baja que apenas la lograba escuchar—. Se encuentra más cerca. Ha decidido la forma en que va a plantear su petición.

Tuvimos que apresurarnos para no perder el trasbordo, pero eso nos vino bien, mejor que si nos hubiéramos visto obligadas a esperar. Alice cerró los ojos y se hundió en el mismo sopor, igual que antes, en cuanto estuvimos en el aire. Aguardé con toda la paciencia posible. Cuando se hizo de noche, descorrí el estor para mirar la monótona oscuridad del exterior, que no era mucho más agradable que el hueco cubierto de la ventana.

Me sentía muy agradecida por haber tenido tantos meses de práctica a la hora de controlar mis pensamientos. En vez de detenerme en las aterradoras posibilidades del futuro a las que —no importaba lo que dijera Alice— no pretendía sobrevivir, me concentré en problemas de menor calado, como qué iba a decirle a Charlie a mi vuelta. Era una cuestión lo bastante espinosa como para ocupar varias horas. ¿Y a Jacob? Había prometido esperarme, pero ahora ¿seguía vigente esa promesa? ¿Acabaría tirada en casa, sola en Forks, sin nadie a mi alrededor? Quizá no quería sobrevivir, pasara lo que pasara.

Unos segundos después, Alice me sacudió el hombro. No me había dado cuenta de que me había dormido.

—Bella —susurró con la voz un poco más alta de la cuenta para un avión a oscuras repleto de humanos dormidos.

No estaba desorientada... No había permanecido traspuesta durante mucho tiempo.

—¿Algo va mal?

Los ojos de Alice refulgieron a la tenue luz de la lámpara de lectura encendida en la parte posterior de nuestra fila.

—No, por ahora todo va bien. Han estado deliberando, pero han decidido responderle que no.

—¿Los Vulturis? —musité, todavía un poco alelada.

—Por supuesto, Bella. Mantengo el contacto, ahora se lo van a decir.

—Cuéntame.

Un auxiliar de vuelo acudió de puntillas, por el pasillo, hacia nosotras.

—¿Desean una almohada las señoras?

El tono bajo de su pregunta constituía una reprimenda por el volumen relativamente alto de nuestra conversación.

—No, gracias.

Alice lo embelesó con una sonrisa radiante e increíblemente afectuosa. La expresión del hombre fue de aturdimiento mientras daba la vuelta y regresaba a su puesto con paso poco firme.

—Cuéntame —musité, hablando casi para mí.

—Se han interesado por él —me susurró al oído—. Creen que su don puede resultarles útil. Le van a ofrecer un lugar entre ellos.

—¿Y qué va a contestar?

—Aún no lo he visto, pero apostaría a que el lenguaje va a ser subido de tono —volvió a esbozar otra gran sonrisa—. Ésta es la primera noticia buena, el primer respiro. Están intrigados y en verdad no desean acabar con él... Aro va a emplear el término «despilfarro»... Quizá eso lo obligue a ser creativo. Cuanto más tiempo invierta en hacer planes, mejor para nosotras.

Aquello no bastó para hacerme concebir esperanzas ni compartir el evidente respiro de Alice. Seguía habiendo muchas probabilidades de que llegáramos tarde, y si no conseguía traspasar los muros de la ciudad de los Vulturis, no podría impedir que Alice me arrastrara de vuelta a casa.

—¿Alice?

—¿Qué?

—Estoy desconcertada. ¿Cómo es que hoy lo ves con tanta claridad y sin embargo, en otras ocasiones, vislumbras cosas borrosas, hechos que luego no suceden?

Cuando la vi entrecerrar los ojos me pregunté si adivinaba en qué estaba pensando.

—Lo veo claro porque se trata de algo inmediato, cercano, y estoy realmente concentrada. Las cosas lejanas que vienen por su propia cuenta son simples atisbos, tenues posibilidades, además de que veo a mi gente con más facilidad que a los humanos. Con Edward es incluso más fácil, ya que estoy en sintonía con él.

—En ocasiones, me ves —le recordé.

Meneó la cabeza.

—No con la misma claridad.

Suspiré.

—¡Cuánto me habría gustado que hubieras acertado conmigo! Al principio, cuando tuviste visiones sobre mí incluso antes de conocernos…

—¿Qué quieres decir?

—Me viste convertida en una de ustedes —repuse articulando para que me leyera los labios.

Ahora suspiró ella.

—Era posible en aquel tiempo…

—En aquel tiempo —repetí.

—La verdad, Bella… —vaciló, y luego pareció hacer una elección—. Te seré sincera, creo que todo esto ha ido más allá de lo ridículo. Estoy considerando si debería limitarme a transformarte por mi cuenta.

Me quedé helada de la impresión y la miré fijamente. Mi mente opuso una resistencia inmediata a sus palabras. No podía permitirme el lujo de albergar ese tipo de esperanza si luego cambiaba de parecer.

—¿Te he asustado? —inquirió con sorpresa—. Creí que eso era lo que querías.

—¡Y lo quiero! —repuse con voz entrecortada—. ¡Alice, Alice, hazlo ahora! Podría ayudarte mucho, y no… te retrasaría. ¡Muérdeme!

—¡Chitón! —me avisó. El auxiliar volvía a mirar en nuestra dirección—. Intenta ser razonable —susurró—. No tenemos tiempo suficiente. Mañana debemos entrar en Volterra y tú estarías retorciéndote de dolor durante días —hizo una mueca—. Y creo que el resto del pasaje no reaccionaría bien.

Me mordí el labio.

—Cambiarás de opinión si no lo haces ahora.

—No —torció el gesto con expresión desventurada—. No creo que cambie de opinión. Él se enfurecerá, pero ¿qué puede hacer al respecto?

Mi corazón latió más deprisa.

—Nada de nada.

Se rió quedamente y volvió a suspirar.

—Depositas mucha fe en mí, Bella. No estoy segura de poder. Lo más probable es que acabara matándote.

—Me arriesgaré.

—Eres un bicho muy raro, incluso para ser humana.

—Gracias.

—Bueno, de todos modos, esto es pura hipótesis. Antes debemos sobrevivir al día de mañana.

—Tienes razón.

Al menos, tenía algo a lo que aferrarme si lo lográbamos. Si Alice cumplía su promesa —y no me mataba—, Edward podía correr todo lo que quisiera en busca de distracciones, ya que entonces lo podría seguir. No iba a dejarle distraerse. Quizá no quisiera distracciones cuando yo fuera hermosa y fuerte.

—Vuelve a dormirte —me animó ella—. Te despertaré en cuanto haya novedades.

—Vale —refunfuñé, persuadida de que retomar el sueño era ahora una batalla perdida.

Alice recogió las piernas sobre el asiento y las abarcó con los brazos para luego apoyar la cabeza encima de las rodillas. Se balanceó adelante y atrás mientras se concentraba.

Recliné la cabeza sobre el asiento mientras la observaba y lo siguiente que supe fue que ella corría de golpe el estor para evitar la entrada de la tenue luminosidad del cielo oriental.

—¿Qué ha pasado? —pregunté entre dientes.

—Le han comunicado la negativa —contestó en voz baja. Noté que había desaparecido el entusiasmo de su voz.

Las palabras se me agolparon en la garganta a causa del pánico.

—¿Qué va a hacer?

—Al principio todo era caótico. Yo atisbaba detalles, pero él cambiaba de planes con demasiada rapidez.

—¿Qué clase de planes? —le urgí.

—Hubo un mal momento… cuando decidió ir de caza —susurró. Me miró, y al leer en mi rostro que no la comprendía, agregó—: En la ciudad. Le ha faltado poco. Cambió de idea en el último momento.

—No ha querido decepcionar a Carlisle —musité. No, no lo quería defraudar en el último momento.

—Probablemente —coincidió ella.

—¿Vamos a tener tiempo? —se produjo un cambio en la presión de la cabina mientras hablaba y el avión se inclinó hacia abajo.

—Eso espero… Quizá sí… a condición de que persevere en su última decisión.

—¿Y cuál es?

—Ha optado por elegir lo sencillo. Va a limitarse a caminar por las calles a la luz del sol.

Caminar por las calles a la luz del sol. Eso era todo.

Bastaría.

Me consumía el recuerdo de la imagen de Edward en el prado, con la piel deslumbrante y refulgente como si estuviera hecha de un millón de facetas diamantinas. Los Vulturis no lo iban a permitir, no si querían que su ciudad siguiera pasando desapercibida.

Contemplé el tenue resplandor gris que entraba por las ventanas abiertas.

—Vamos a llegar demasiado tarde —susurré, aterrada, con un nudo en la garganta.

Ella negó con la cabeza.

—Ahora mismo se ha decantado por lo melodramático. Desea tener la máxima audiencia posible, por lo que elegirá la plaza mayor, debajo de la torre del reloj. Allí los muros son altos. Va a tener que esperar a que el sol esté en su cenit.

—Entonces, ¿tenemos de plazo hasta mediodía?

—Si hay suerte y no cambia de opinión.

El comandante se dirigió al pasaje por el interfono para anunciar primero en francés y luego en inglés el inminente aterrizaje. Se oyó un tintineo y las luces del pasillo parpadearon para indicar que nos abrocháramos los cinturones de seguridad.

—¿A qué distancia está Volterra de Florencia?

—Eso depende de lo deprisa que se conduzca... ¿Bella?

—¿Sí?

Me estudió con la mirada.

—¿Piensas oponerte mucho a que robemos un buen carro?

Un Porsche reluciente de color amarillo chirrió al frenar a pocos centímetros de donde yo paseaba. La palabra turbo, garabateada en letra cursiva, ocupaba la parte posterior del deportivo. En la atestada acera del aeropuerto todo el mundo —además de mí— se giró para mirarlo.

—¡Rápido, Bella! —gritó Alice con impaciencia por la ventana abierta del asiento del copiloto.

Corrí hacia la puerta y la abrí de un tirón sin poder evitar la sensación de que ocultaba el rostro bajo una media negra.

—¡Dios! —me quejé—, ¿no podías haber robado otro carro menos llamativo, Alice?

El interior era todo de cuero negro y las ventanas tenían cristales tintados. Dentro me sentía segura, como si fuera de noche.

Alice ya se había puesto a zigzaguear a toda pastilla por el denso tráfico del aeropuerto y se deslizaba por los minúsculos espacios que había entre los vehículos de tal modo que me encogí y busqué a tientas el cinturón de mi asiento.

—La pregunta importante —me corrigió— es si podía haber robado un carro más rápido, y creo que no. Tuve suerte.

—Va a ser un verdadero consuelo en el próximo control de carretera, seguro.

Gorjeó una carcajada y dijo:

—Confía en mí, Bella. Si alguien establece un control de carretera, lo hará *después* de que pasemos nosotras.

Entonces le dio más gas al carro, como si eso demostrara que tenía razón.

Probablemente debería haber contemplado por el cristal de la ventana primero la ciudad de Florencia y luego el paisaje de la Toscana, que pasaban ante mis ojos desdibujados por la velocidad. Éste era mi primer viaje a cualquier sitio, y quizá también el último. Pero la conducción de Alice me llenó de pánico a pesar de que sabía que era una persona fiable al volante. Además, la ansiedad me atormentó en cuanto empecé a divisar las colinas y los pueblos amurallados tan semejantes a castillos desde la distancia.

—¿Ves alguna cosa más?

—Hay algún evento —murmuró Alice—, un festival o algo por el estilo. Las calles están llenas de gente y banderas rojas. ¿Qué día es hoy?

No estaba del todo segura.

—¿No estamos a día diecinueve?

—Menuda ironía, es el día de San Marcos.

—¿Y eso qué significa?

Se rió entre dientes.

—La ciudad celebra un festejo todos los años. Según afirma la leyenda, un misionero cristiano, el padre Marcos —de hecho, es el Marco de los Vulturis— expulsó a todos los vampiros de Volterra hace mil quinientos años. La historia asegura que sufrió martirio en Rumanía, hasta donde había viajado para seguir combatiendo el flagelo del vampirismo. Por supuesto, todo es una tontería... Nunca salió de la ciudad, pero de ahí es de donde proceden algunas supersticiones tales como las cruces y los dientes de ajo. El *padre* Marcos las empleó con éxito, y deben funcionar, porque los vampiros no han vuelto a perturbar a Volterra —esbozó una sonrisa sardónica—. Se ha convertido en la fiesta de la ciudad y un acto de reconocimiento al cuerpo de policía. Al fin y al cabo, Volterra es una ciudad sorprendentemente segura y la policía se anota el tanto.

Comprendí a qué se refería al emplear la palabra «ironía».

—No les va a hacer mucha gracia que Edward la arme el día de San Marcos, ¿verdad?

Alice sacudió la cabeza con expresión desalentadora.

—No. Actuarán muy deprisa.

Desvié la vista mientras intentaba evitar que mis dientes perforaran la piel de mi labio inferior. Empezar a sangrar en ese momento no era la mejor idea.

—¿Sigue planeando actuar a mediodía? —comprobé.

—Sí. Ha decidido esperar, y ellos lo están esperando a él.

—Dime qué he de hacer.

Ella no apartó la vista de las curvas de la carretera. La aguja del velocímetro estaba a punto de tocar el extremo derecho del indicador de velocidad.

—No tienes que hacer nada. Sólo debe verte antes de caminar bajo la luz, y tiene que verte a ti antes que a mí.

—¿Y cómo conseguiremos que salga bien?

Un pequeño carro rojo que iba delante pareció ir marcha atrás cuando Alice lo adelantó zumbando.

—Voy a acercarte lo máximo posible, luego vas a tener que correr en la dirección que te indique.

Asentí.

—Procura no tropezar —añadió—. Hoy no tenemos tiempo para una conmoción cerebral.

Gemí. Arruinarlo todo, destruir el mundo en un momento de torpeza supina sería muy propio de mí.

El sol continuaba encaramándose a lo alto del cielo mientras Alice le echaba una carrera. Brillaba demasiado, y me entró pánico de que, después de todo, no sintiera la necesidad de esperar a mediodía.

—Allí —informó de pronto Alice mientras señalaba una ciudad encastillada en lo alto del cerro más cercano.

Mientras la miraba, sentí la primera punzada de un miedo diferente. Desde el día anterior por la mañana —se me antojaba que había transcurrido una semana por lo menos—, cuando Alice pronunció su nombre al pie de las escaleras, sólo había sentido una clase de temor. Pero ahora, mientras contemplaba sus antiguos muros de color siena y las torres que coronaban la cima del empinado cerro, me sentí traspasada por otro tipo de pavor más egoísta y personal.

Había supuesto que la ciudad sería muy bonita, pero me dejó totalmente aterrorizada.

—Volterra —anunció Alice con voz monocorde y fría.

Volterra

Empezamos a subir la carretera empinada, más y más congestionada conforme avanzábamos. Al llegar más arriba, los carros estaban demasiado juntos para que Alice los esquivara zigzagueando, ni siquiera asumiendo riesgos. Cada vez íbamos más despacio y terminamos progresando a paso de tortuga detrás de un pequeño Peugeot de color tabaco.

—Alice —gemí. El reloj del salpicadero parecía ir cada vez más deprisa.

—No hay otro camino de acceso —me dijo con una nota de tensión en la voz demasiado fuerte para conseguir que me calmara.

La fila de vehículos avanzaba poco a poco, cada vez que nos movíamos sólo adelantábamos el largo de un automóvil. Un sol deslumbrante incidía de lleno sobre nosotras, y parecía hallarse ya encima de nuestras cabezas.

Uno tras otro, los carros se arrastraron hasta la ciudad. Atisbé algunos vehículos parqueados en la cuneta de la carretera al acercarnos más. Los ocupantes se bajaban para recorrer a pie el resto del camino. Al principio, pensé que se debía sólo a la impaciencia, algo fácilmente comprensible, pero cuando doblamos una curva muy pronunciada, vi que el parqueadero —situado fuera de las murallas— estaba lleno y que un gentío cruzaba las puertas a pie. Estaba prohibido el acceso con carro.

—Alice —susurré de forma apremiante.

—Ya lo veo —contestó. Su rostro parecía cincelado en hielo.

Ahora que estaba atenta y que nos acercábamos despacio, pude apreciar que hacía un tiempo bastante ventoso. La gente que se apelotonaba en dirección a las puertas aferraba sus sombreros y se apartaba el pelo de la cara. Sus ropas se hinchaban a su alrededor. También me di cuenta de que el color rojo se extendía por doquier, en las blusas, en los gorros, en las banderas que ondeaban como largos lazos al viento, cerca de la puerta; mientras miraba, una ráfaga repentina atrapó el pañuelo de intenso color escarlata que una mujer se había anudado al pelo. Se enrolló en el aire sobre su cabeza y se retorció como si estuviera vivo. Ella intentó sujetarlo, saltando en el aire, pero continuó contorsionándose cada vez más arriba, un manchón de color sanguinolento contra las antiguas murallas de colores desvaídos.

—Bella —Alice habló rápido, con un tono de voz bajo, feroz—. No logro anticipar cuál va a ser la reacción del guardia de la puerta; vas a tener que irte sola, y corriendo, si esto no funciona. Lo único que debes hacer es preguntar por el Palazzo dei Priori y marchar a toda prisa en la dirección que te indiquen. Procura no perderte.

—Palazzo dei Priori, Palazzo dei Priori —repetí el nombre una y otra vez, intentando memorizarlo.

—Si hablan inglés, pregunta por la torre del reloj. Yo daré una vuelta por ahí e intentaré encontrar un lugar aislado más allá de la ciudad por el que saltar la muralla.

Asentí.

—Palazzo dei Priori.

—Edward tiene que estar bajo la torre del reloj, al norte de la plaza. Hay un callejón estrecho a la derecha y él estará allí a cubierto. Debes llamar su atención antes de que se exponga al sol.

Asentí enérgicamente.

El Porsche estaba casi al comienzo de la fila. Un hombre con uniforme de color azul marino regulaba el flujo del tráfico y se encargaba de desviar los carros lejos del parqueadero lleno. Éstos daban una vuelta en forma de «u» y volvían en dirección contraria para estacionar a un lado de la carretera. Entonces, llegó el turno de Alice.

El hombre uniformado se movía perezosamente, sin prestar mucha atención. Alice aceleró para eludirlo y se dirigió hacia la puerta. Nos gritó algo, pero se mantuvo en su puesto, moviendo los brazos frenéticamente para impedir que el siguiente carro siguiera nuestro mal ejemplo.

El hombre de la puerta llevaba un uniforme parecido. Conforme nos aproximábamos, nos sobrepasaba la riada de turistas que atestaba las aceras, mirando con curiosidad el rutilante y agresivo deportivo.

El guardia dio un paso hasta ponerse en mitad de la calle. Alice hizo girar el carro cuidadosamente antes de detenerse del todo a fin de que el sol incidiera sobre mi ventanilla y ella quedase a la sombra. Se inclinó velozmente detrás de su asiento y tomó algo del interior de su bolso.

El guardia rodeó el carro con expresión irritada y, enfadado, dio unos golpecitos a su ventanilla.

Ella la bajó hasta la mitad y él reaccionó con torpeza al ver el rostro que había detrás del cristal tintado.

—Lo siento, señorita, pero hoy sólo pueden acceder a la ciudad autobuses turísticos —dijo en inglés con un fuerte acento y ahora también en tono de disculpa, como si deseara poder ofrecer mejores noticias a aquella mujer de sorprendente belleza.

—Es un viaje privado —repuso Alice al tiempo que hacía destellar una seductora sonrisa. Sacó la mano por la ventana, hacia la luz. Me quedé helada, hasta que vi que se había puesto un guante de color tostado que le llegaba a la altura del codo. Le tomó la mano, todavía alzada después de haber golpeado la ventanilla y la metió dentro del carro. Depositó algo en la palma y le cerró los dedos alrededor.

El guardia se quedó aturdido cuando retiró la mano y miró fijamente el grueso rollo de dinero que había allí. El billete exterior era de mil dólares.

—¿Esto es una broma? —farfulló.

La sonrisa de Alice era cegadora.

—Sólo si piensa que es divertido.

Él la miró, con los ojos abiertos como platos. Yo miré nerviosamente al reloj del salpicadero. Si Edward se ceñía a su plan, sólo nos quedaban cinco minutos.

—Vamos un poquito tarde y con prisa —le insinuó, aún sonriente.

El guardia pestañeó dos veces y después se guardó el dinero en la chaqueta. Dio un paso atrás de la ventanilla y nos despidió. Nadie entre la multitud que pasaba por allí pareció darse cuenta del discreto intercambio. Alice condujo hacia la ciudad y ambas respiramos aliviadas.

La calle se había vuelto muy estrecha; estaba pavimentada con piedras del mismo desvaído color canela que los edificios que la oscurecían con su sombra. Espaciadas entre sí unos cuantos metros, las banderas rojas decoraban las paredes y flameaban al viento, que silbaba al barrer la angosta calleja.

Estaba atestada de gente y el tráfico de a pie entorpecía nuestro ritmo.

—Un poco más adelante —me animó Alice.

Yo aferraba el tirador de la puerta, lista para lanzarme a la calle tan pronto como ella me lo dijera.

Alice conducía acelerando y frenando. El gentío nos amenazaba con el puño y nos espetaba epítetos desagradables que, por fortuna, yo no entendía. Giró en un pequeño desvío que no se trazó para carros, sin duda, y la gente, asustada, tuvo que refugiarse en las entradas de las puertas cuando pasamos muy cerca de las paredes. Al final, entramos en otra calle de edificios más altos que se apoyaban unos sobre otros por encima de nuestras cabezas, de modo que ningún rayo de sol alcanzaba el pavimento y las banderas rojas que se retorcían a cada lado casi se tocaban. Aquí había más gente que en ninguna otra parte. Alice frenó y yo abrí la puerta antes de que nos hubiéramos detenido del todo.

Ella me señaló un punto donde la calle se abría hacia un resplandeciente terreno abierto.

—Allí. Estamos en el extremo sur de la plaza. Atraviésala corriendo y ve a la derecha de la torre del reloj. Yo encontraré algún camino dando la vuelta...

Inspiró aire súbitamente y cuando volvió a hablar, le salió la voz en un siseo.

—¡Están por todas partes!

Me quedé petrificada en mi asiento, pero ella me empujó fuera del carro.

—Olvídalos. Tenemos dos minutos. ¡Corre, Bella, corre! —gritó.

Alice salió del carro mientras hablaba, pero no me detuve a verla desvanecerse entre las sombras. Ni siquiera cerré la puerta al salir. Aparté de mi camino de un empujón a una mujer gruesa, agaché la cabeza y corrí con todas mis fuerzas sin prestar atención a nada, salvo a las piedras irregulares que pisaba.

La brillante luz del sol, que daba de lleno en la entrada de la plaza, me deslumbró al salir de la oscura calleja. El viento soplaba con fuerza y me alborotaba los cabellos, que se me metían en los ojos y me cegaban todavía más. Por tanto, no fue de extrañar que no viera el muro de carne hasta que me estrellé contra él.

No había ningún camino, ni siquiera un hueco entre los cuerpos fuertemente apretujados del gentío. Los empujé con furia y me debatí contra las manos que me rechazaban. Escuché exclamaciones de irritación e incluso de dolor a medida que porfiaba para abrirme paso, pero ninguna en un idioma que yo entendiera. Los rostros se transformaron en un borrón difuso de ira y sorpresa, rodeado por el omnipresente rojo. Una mujer rubia me puso mala cara y la bufanda roja que llevaba anudada al cuello me pareció una herida horrible. Un niño, encaramado a los hombros de un hombre para ver por encima de la multitud, me sonrió con los labios estirados en torno a unos colmillos de vampiro hechos de plástico.

La muchedumbre me empujaba por todas partes y acabó por arrastrarme en sentido opuesto. Me alegré de que el reloj fuera tan visible, porque de lo contrario no habría podido tomar la dirección apropiada. Sin embargo, las manecillas del reloj se unieron en lo alto de la esfera para alzarse hacia el sol despiadado y aunque luché ferozmente contra la multitud, supe que era demasiado tarde. Apenas estaba a mitad de camino. No lo iba a conseguir. Era estúpida, torpe y humana, y todos íbamos a morir por culpa de eso.

Mantuve la esperanza de que Alice hubiera conseguido salir adelante. También esperé que ella pudiera verme desde algún rincón a oscuras y que se diera cuenta de mi fracaso a tiempo de dar media vuelta y regresar junto a Jasper.

Agucé el oído por encima de las exclamaciones enfadadas en un intento de oír el sonido del descubrimiento: el jadeo, quizás el grito, en el instante en que Edward se expusiera a la vista de alguien.

En ese momento vi delante de mí un resquicio en el gentío alrededor del cual había un espacio vacío. Empujé con dureza hasta alcanzarlo. Hasta que no me golpeé las espinillas contra los ladrillos no fui consciente de la existencia de una amplia fuente rectangular en el centro de la plaza.

Estuve a punto de llorar de alivio cuando pasé la pierna por encima del borde y corrí por el agua —que me llegaba hasta la rodilla— salpicando todo a mi paso mientras me abría camino velozmente. El viento soplaba glacial incluso bajo el sol, y la humedad hacía que el frío fuera realmente doloroso, pero la enorme fuente me permitió cruzar el centro de la plaza en pocos segundos. No me detuve al alcanzar el otro lado, sino que usé como trampolín el borde de escasa altura y me lancé de cabeza contra la multitud.

Ahora se apartaban con más rapidez a fin de evitar el agua helada que chorreaba de mis ropas empapadas al correr. Eché otra ojeada al reloj.

Una campanada grave y atronadora resonó por toda la plaza e hizo vibrar las piedras del suelo. Los niños chillaron al tiempo que se tapaban los oídos y yo comencé a pegar alaridos mientras seguía corriendo.

—¡Edward! —grité, aun a sabiendas de que era inútil. El gentío era demasiado ruidoso y apenas me quedaba aliento debido al esfuerzo, pero no podía dejar de gritar.

El reloj sonó de nuevo. Rebasé a un niño —en brazos de su madre— cuyos cabellos eran casi blancos a la luz de un sol deslumbrante. Un círculo de hombres altos, todos con chaquetas rojas, me gritaron advertencias cuando pasé entre ellos como un bólido. El reloj volvió a tocar.

Dejé atrás a ese grupo y llegué a una abertura en medio de la muchedumbre, un espacio entre los turistas que se arremolinaban debajo de la torre y caminaban sin rumbo fijo. Busqué con la vista el pasaje oscuro y estrecho que debía estar a la derecha del amplio edificio cuadrado. No veía el suelo de la calle, ya que había demasiada gente entre medias. El reloj sonó de nuevo.

Apenas podía ver. El viento me azotó el rostro y me quemó los ojos cuando dejó de haber gente que hiciera de pantalla. Cuando el reloj tocó otra vez, no sabía si lloraba por culpa del viento o si derramaba lágrimas debido a mi fracaso.

Los turistas más cercanos a la boca del callejón eran los cuatro integrantes de una familia. Las dos chicas lucían vestidos escarlatas y lazos a juego con los que se recogían hacia atrás el pelo negro. El padre, un tipo bajo, no parecía distinguir el brillo en medio de las sombras, justo encima de su hombro. Me apresuré en esa dirección mientras intentaba ver algo a pesar del escozor de las lágrimas. El reloj sonó una vez más y la niña más pequeña se apretó las manos contra las orejas.

La hija mayor, que apenas le llegaba a su madre a la cintura, se abrazó a su pierna y observó fijamente las sombras que reinaban detrás de ellos. Cuando miré, ella tocaba el codo de la madre y señalaba hacia la oscuridad. El reloj resonó, pero yo ahora estaba cerca...

... lo bastante cerca para escuchar la voz aguda de la niña. El padre me miró sorprendido cuando me precipité sobre ellos, pronunciando a voz en grito el nombre Edward una y otra vez, sin cesar.

La niña mayor rió entre dientes y le dijo algo a su madre al tiempo que volvía a señalar las sombras con gestos de impaciencia.

Giré bruscamente alrededor del padre, que tomó en brazos a la niña para apartarla de mi camino, y salté hacia la sombría brecha que había detrás de ellos. Entretanto, el reloj volvió a tocar en lo alto.

—¡Edward, no! —grité, pero mi voz se perdió en el rugido de la campanada.

Entonces lo vi, y también vi que él no se había percatado de mi presencia.

Esta vez era él, no una alucinación. Me di cuenta de que mis falsas ilusiones eran más imperfectas de lo que yo creía; nunca le hicieron justicia.

Edward permanecía de pie, inmóvil como una estatua, a pocos pasos de la boca del callejón. Tenía los ojos cerrados, con las ojeras muy marcadas, de un púrpura oscuro, y los brazos relajados a ambos lados del cuerpo con las palmas vueltas hacia arriba. Su expresión estaba llena de paz, como si estuviera soñando cosas agradables. La piel marfileña de su pecho estaba al descubierto y había un pequeño revoltijo de tela blanca a sus pies. El reflejo claro del pavimento de la plaza hacía brillar tenuemente su piel.

Nunca había visto nada más bello, incluso mientras corría, jadeando y gritando, pude apreciarlo. Y los últimos siete meses desaparecieron. Incluso sus palabras en el bosque perdieron significado. Tampoco importaba si no me quería. No importaba cuánto tiempo pudiera llegar a vivir; jamás podría querer a otro.

El reloj sonó y él dio una gran zancada hacia la luz.

—¡No! —grité—. ¡Edward, mírame!

Sonrió de forma imperceptible sin escucharme y alzó el pie para dar el paso que lo expondría directamente a los rayos del sol.

Choqué contra él con tanto ímpetu que la fuerza del impacto me habría tirado al suelo si sus brazos no me hubieran agarrado. El golpetazo me dejó sin aliento y con la cabeza vencida hacia atrás.

Sus ojos oscuros se abrieron lentamente mientras el reloj tocaba de nuevo.

Me miró con tranquila sorpresa.

—Asombroso —dijo con la voz maravillada y un poco divertida—. Carlisle tenía razón.

—Edward —intenté respirar, pero la voz no me salía—. Has de volver a las sombras. ¡Tienes que moverte!

Él pareció desconcertado. Me acarició la mejilla suavemente con la mano. No parecía darse cuenta de que yo intentaba hacerlo retroceder. Para el progreso que estaba haciendo, hubiera dado igual que hubiera empujado las paredes del callejón. El reloj sonó sin que él reaccionara.

Era muy extraño, porque yo sabía que los dos estábamos en peligro mortal. Sin embargo, en ese momento, me sentí bien. Por completo. Podía notar otra vez el palpitar desbocado de mi corazón contra las costillas y la sangre latía caliente y rápida por mis venas. Los pulmones se me llenaron del dulce perfume que derramaba su cuerpo. Era como si nunca hubiera existido un agujero en mi pecho. Todo estaba perfecto, no curado, sino como si desde el principio no hubiera habido una herida.

—No puedo creerme lo rápidos que han sido. No he sentido absolutamente nada, son realmente buenos —musitó él mientras volvía a cerrar los ojos y presionaba los labios contra mi pelo. Su voz era de terciopelo y miel—. «Muerte, que has sorbido la miel de sus labios, no tienes poder sobre su belleza» —murmuró y reconocí el verso que declamaba Romeo en la tumba. El reloj hizo retumbar su última campanada—. Hueles exactamente igual que siempre —continuó él—. Así que quizás esto sea el infierno. Y no me importa. Me parece bien.

—No estoy muerta —lo interrumpí—. ¡Y tampoco tú! Por favor, Edward, tenemos que movernos. ¡No pueden estar muy lejos!

Luché contra sus brazos y él frunció el ceño, confuso.

—¿Qué estás diciendo? —preguntó educadamente.

—¡No estamos muertos, al menos no todavía! Pero tenemos que salir de aquí antes de que los Vulturis...

La comprensión chispeó en su rostro mientras yo hablaba, y de pronto, antes de que pudiera terminar la frase, me arrastró hacia las sombras. Me hizo girar con tal facilidad que me encontré con la espalda pegada a la pared de ladrillo y con la suya frente a mí, de modo que él quedó de cara al callejón. Extendió los brazos con la finalidad de protegerme.

Miré desde debajo de su brazo para ver dos formas oscuras desprenderse de la penumbra.

—Saludos, caballeros —la voz de Edward sonó aparentemente calmada y amable, pero sólo en la superficie—. No creo que vaya a requerir hoy sus servicios. Apreciaría muchísimo, sin embargo, que enviaran mi más sentido agradecimiento a sus señores.

—¿Podríamos mantener esta conversación en un lugar más apropiado? —susurró una voz suave de forma amenazadora.

—Dudo de que eso sea necesario —repuso Edward, ahora con mayor dureza—. Conozco tus instrucciones, Felix. No he quebrantado ninguna regla.

—Felix simplemente pretende señalar la proximidad del sol —comentó otra voz en tono conciliador. Ambos estaban ocultos dentro de unas enormes capas del color gris del humo, que llegaban hasta el suelo y ondulaban al viento—. Busquemos una protección mejor.

—Indica el camino y yo te sigo —dijo Edward con sequedad—. Bella, ¿por qué no vuelves a la plaza y disfrutas del festival?

—No, trae a la chica —ordenó la primera sombra, introduciendo un matiz lascivo en su susurro.

—Me parece que no —la pretensión de civilización había desaparecido, la voz de Edward era ahora tajante y helada. Cambió su equilibrio de forma casi inadvertida, pero pude comprobar que se preparaba para luchar.

—No —articulé los labios sin hacer ningún sonido.

—Shh —susurró él, sólo para mí.

—Felix —le advirtió la segunda sombra, más razonable—, aquí no —se volvió a Edward—. A Aro le gustaría volver a hablar contigo, eso es todo, si, al fin y al cabo, has decidido no forzar la mano.

—Así es —asintió Edward—, pero la chica se va.

—Me temo que eso no es posible —repuso la sombra educada, con aspecto de lamentarlo—. Tenemos reglas que obedecer.

—Entonces, *me temo* que no voy a poder aceptar la invitación de Aro, Demetri.

—Esto está pero que muy bien —ronroneó Felix. Mis ojos se iban adaptando a la penumbra más densa y pude ver que Felix era muy grande, alto y de espaldas fornidas. Su tamaño me recordó a Emmett.

—Disgustarás a Aro —suspiró Demetri.

—Estoy seguro de que sobrevivirá a la decepción —replicó Edward.

Felix y Demetri se acercaron hacia la boca del callejón y se abrieron hacia los lados a fin de poder atacar a Edward desde dos frentes. Su intención era obligarlo a introducirse aún más en el callejón y evitar una escena. Ningún reflejo luminoso podía abrirse paso hasta su piel; estaban a salvo dentro de sus capas.

Edward no se movió un centímetro. Estaba condenándose para protegerme.

De pronto, Edward giró la cabeza a un lado, hacia la oscuridad de la curva del callejón. Demetri y Felix hicieron lo mismo en respuesta a algún sonido o movimiento demasiado sutil para mis sentidos.

—Mejor si nos comportamos correctamente, ¿no? —sugirió una voz musical—. Hay señoras presentes.

Alice se deslizó con ligereza al lado de Edward, manteniendo una postura despreocupada. No mostraba signos de tensión. Parecía tan diminuta, tan frágil. Sus bracitos colgaban a sus costados como los de una niña.

Pero tanto Demetri como Felix se envararon, y sus capas revolotearon ligeramente al ritmo de una ráfaga de viento que recorría el callejón. El rostro de Felix se avinagró. Aparentemente no les gustaban los números pares.

—No estamos solos —les recordó ella.

Demetri miró sobre su hombro. A unos pocos metros de allí, en la misma plaza, nos observaba la familia de las niñas vestidas de rojo. La madre hablaba en tono apremiante con su marido, con los ojos fijos en nosotros cinco. Desvió la mirada hacia otro lado cuando se encontró con la de Demetri. El hombre avanzó unos cuantos pasos más hacia la plaza y dio un golpecito en el hombro de uno de los hombres con chaquetas rojas.

Demetri sacudió la cabeza.

—Por favor, Edward, sé razonable —le conminó.

—Muy bien —accedió Edward—. Ahora nos marcharemos tranquilamente, pero sin que nadie se haga el listo.

Demetri suspiró con frustración.

—Al menos, discutamos esto en un sitio más privado.

Seis hombres vestidos de rojo se unieron a la familia que seguía mirándonos con rostros llenos de aprensión. Yo era muy consciente de la postura defensiva que mantenía Edward delante de mí, y estaba segura de que era esto lo que causaba su alarma. Quería gritarles para que echaran a correr.

Los dientes de Edward se cerraron de forma audible.

—No.

Felix sonrió.

—Ya es suficiente.

La voz era aguda, atiplada y procedía de nuestra espalda.

Miré desde debajo del otro brazo de Edward para contemplar la llegada de otra forma pequeña y oscura hasta nuestra posición. El contorno impreciso y vaporoso de su silueta me indicó que era otro de ellos, pero ¿quién?

Al principio, pensé que era un niño. El recién llegado era diminuto como Alice, con un cabello castaño claro lacio y corto. El cuerpo bajo la capa —que era más oscura, casi negra—, se adivinaba esbelto y andrógino. Sin embargo, el rostro era demasiado hermoso para ser el de un chico. Los ojos grandes y los labios carnosos habrían hecho parecer una gárgola a un ángel de Botticelli, incluso a pesar de las pupilas de un apagado color carmesí.

Me dejó perpleja cómo reaccionaron todos ante su aparición a pesar de su tamaño insignificante. Felix y Demetri se relajaron de inmediato y abandonaron sus posiciones ofensivas para fundirse de nuevo con las sombras de los muros circundantes.

Edward dejó caer los brazos y también relajó la postura, pero admitiendo su derrota.

—Jane —suspiró resignado al reconocerla.

Alice se cruzó de brazos y mantuvo una expresión impasible.

—Síganme —habló Jane otra vez, con su voz monocorde e infantil. Nos dio la espalda y se movió silenciosamente hacia la oscuridad.

Felix nos hizo un gesto para que nosotros fuéramos primero, con una sonrisita de suficiencia.

Alice caminó enseguida detrás de la pequeña Jane. Edward me pasó el brazo por la cintura y me empujó para que fuera a su lado. El callejón se curvaba y estrechaba a medida que descendía. Levanté la mirada hacia Edward con un montón de frenéticas preguntas en mis ojos, pero él se limitó a sacudir la cabeza. No podía oír a los demás detrás de nosotros, pero estaba segura de que estaban ahí.

—Bien, Alice —dijo Edward en tono de conversación conforme andábamos—. Supongo que no debería sorprenderme verte aquí.

—Ha sido error mío —contestó Alice en el mismo tono—. Era mi responsabilidad haberlo hecho bien.

—¿Qué ocurrió? —inquirió educadamente, como si apenas le interesara. Imaginé que esto iba destinado a los oídos atentos que nos seguían.

—Es una larga historia —los ojos de Alice se deslizaron sobre mí y se dirigieron hacia otro lado—. En pocas palabras, ella saltó de un acantilado, pero no pretendía suicidarse. Parece que últimamente a Bella le van los deportes de riesgo.

Enrojecí y miré al frente en busca de la sombra oscura, que apenas se podía ver ya. Imaginaba que ahora él estaría escuchando los pensamientos de Alice. Ahogamientos frustrados, vampiros al acecho, amigos licántropos...

—Mmm —dijo Edward con voz cortante. Su anterior tono despreocupado había desaparecido por completo.

Andábamos por un amplio recodo del callejón, que seguía cuesta abajo, por lo que no vi el final, terminado en chaflán, hasta que no llegamos a él y alcanzamos la pared de ladrillo lisa y sin ventanas. No se veía a la pequeña Jane por ninguna parte.

Alice no vaciló y continuó caminando hacia la pared a grandes zancadas. Entonces, con su gracia natural, se deslizó por un agujero abierto en la calle.

Parecía una alcantarilla, hundida en el lugar más bajo del pavimento. No la vi hasta que Alice desapareció por el hueco, aunque la rejilla estaba retirada a un lado, descubriéndolo hasta la mitad. El agujero era pequeño y muy oscuro.

Me planté.

—Todo va bien, Bella —me dijo Edward en voz baja—. Alice te recogerá.

Miré el orificio, dubitativa. Me imaginé que él habría entrado primero si Felix y Demetri no hubieran estado esperando, pagados de sí mismos y silenciosos, detrás de nosotros.

Me agaché y deslicé las piernas por el estrecho espacio.

—¿Alice? —susurré con voz temblorosa.

—Estoy aquí debajo, Bella —me aseguró. Su voz parecía provenir de muy abajo, demasiado abajo para que yo me sintiera bien.

Edward me tomó de las muñecas —sus manos me parecieron del tacto de la piedra en invierno— y me bajó hacia la oscuridad.

—¿Preparada? —preguntó él.

—Suéltala —gritó Alice.

Impelida por el puro pánico, cerré firmemente los ojos para no ver la oscuridad y los labios para no gritar. Edward me dejó caer.

Fue rápido y silencioso. El aire se agitó a mi paso durante una fracción de segundo; después, se me escapó un jadeo y me acogieron los brazos de Alice, tan duros que estuve segura de que me saldrían moretones. Me puso de pie.

El fondo de la alcantarilla estaba en penumbra, pero no a oscuras. La luz procedente del agujero de arriba suministraba un tenue resplandor que se reflejaba en la humedad de las piedras del suelo. La tenue claridad se desvaneció un segundo y Edward apareció a mi lado, con un resplandor suave. Me rodeó con el brazo, me sujetó con fuerza a su costado y comenzó a arrastrarme velozmente hacia delante. Envolví su cintura fría con los dos brazos y tropecé y trastabillé a lo largo del irregular camino de piedra. El sonido de la pesada rejilla cerrando la alcantarilla a nuestras espaldas se oyó con metálica rotundidad.

Pronto, la luz tenue de la calle se desvaneció en la penumbra. El sonido de mis pasos tambaleantes levantaba eco en el espacio negro; parecía amplio, aunque no estaba segura. No se oía otro sonido que el latido frenético de mi corazón y el de mis pies en las piedras mojadas, excepto una vez que se escuchó un suspiro de impaciencia desde algún lugar detrás de mí.

Edward me sujetó con fuerza. Alzó la mano libre para acariciarme la cara y deslizó su pulgar suave por el contorno de mis labios. Una y otra vez sentí su rostro sobre mi pelo. Me di cuenta de que quizás ésta sería la última vez que estaríamos juntos y me apreté aún más contra él.

Ahora parecía como si él me quisiera, y eso bastaba para compensar el horror de aquel túnel y de los vampiros que rondaban a nuestras espaldas. Seguramente no era nada más que la culpa, la misma culpa que le había hecho venir hasta aquí para morir, cuando pensó que me había suicidado por él, pero el motivo no me importó cuando sentí cómo sus labios presionaban silenciosamente mi frente. Al menos podría volver a estar con él antes de perder la vida. Eso era mucho mejor que una larga existencia. Hubiera deseado preguntarle qué iba a suceder ahora. Ardía en deseos de saber cómo íbamos a morir, como si saberlo con antelación mejorara la situación de alguna manera; pero, rodeados como estábamos, no podía hablar, ni siquiera en susurros. Los otros podrían escucharlo todo, como oían cada una de mis inspiraciones y de los latidos de mi corazón.

El camino que pisábamos continuó descendiendo, introduciéndonos cada vez más en la profundidad de la tierra y esto me hizo sentir claustrofobia. Sólo la mano de Edward, que me acariciaba el rostro, impedía que me pusiera a gritar.

No sabía de dónde procedía la luz, pero lentamente el negro fue transformándose en gris oscuro. Nos encontrábamos en un túnel bajo, con arcos. Las piedras cenicientas supuraban largas hileras de humedad del color del ébano, como si estuvieran sangrando tinta.

Estaba temblando, y pensé que era de miedo. No me di cuenta de que tiritaba de frío hasta que empezaron a castañetearme los dientes. Tenía las ropas mojadas todavía y la temperatura debajo de la ciudad era tan glacial como la piel de Edward.

Él se dio cuenta de esto al mismo tiempo que yo y me soltó, sujetándome sólo de la mano.

—N-n-no —tartamudeé, rodeándole de nuevo con los brazos. No me importaba si me congelaba. ¿Quién sabía cuánto tiempo nos quedaba?

Su mano fría se deslizó repetidas veces por mi piel en un intento de calentarme con la fricción.

Nos apresuramos a través del túnel, o al menos a mí así me pareció. Mi lento avance irritaba a alguien, supuse que a Felix, y lo oí suspirar una y otra vez.

Al final del túnel había otra reja cuyas barras de hierro estaban enmohecidas, pero eran tan gruesas como mi brazo. Había abierta una pequeña puerta de barras entrelazadas más finas. Edward agachó la cabeza para pasar y cruzó rápidamente a una habitación más grande e iluminada. La reja se cerró de golpe con estrépito, seguido del chasquido de un cerrojo. Tenía demasiado miedo para mirar a mis espaldas.

Al otro lado de la gran habitación había una puerta de madera pesada y de escasa altura. Era muy gruesa, pude comprobarlo porque también estaba abierta.

Atravesamos la puerta y miré a mi alrededor sorprendida, relajándome inmediatamente. A mi lado, Edward se tensó y apretó con fuerza la mandíbula.

El veredicto

Nos hallábamos en un corredor de apariencia normal e intensamente iluminado. Las paredes eran de color hueso y el suelo estaba cubierto por alfombras de un gris artificial. Unas luces fluorescentes rectangulares de aspecto corriente jalonaban con regularidad el techo. Agradecí mucho que allí hiciera más calor. Aquel pasillo resultaba muy acogedor después de la penumbra de las siniestras alcantarillas de piedra.

Edward no parecía estar de acuerdo con mi valoración. Lanzó una mirada fulminante y sombría hacia la menuda figura envuelta por un velo de oscuridad que permanecía al final del largo corredor, junto al ascensor.

Tiró de mí para hacerme avanzar y Alice caminó junto a mí, al otro lado. La puerta gruesa crujió al cerrarse de un portazo detrás de nosotros, y luego se oyó el ruido sordo de un cerrojo que se deslizaba de vuelta a su posición.

Jane nos esperaba en el ascensor con gesto de indiferencia e impedía con una mano que se cerraran las puertas.

Los tres vampiros de la familia de los Vulturis se relajaron más cuando estuvimos dentro del ascensor. Echaron hacia atrás las capas y dejaron que las capuchas cayeran. Felix y Demetri eran de tez ligeramente olivácea, lo que, combinado con su palidez terrosa, les confería una extraña apariencia. Felix tenía el pelo muy corto, mientras que a Demetri le caía en cascada sobre los hombros. El iris de ambos era de un color carmesí intenso que se iba oscureciendo de forma progresiva hasta acercarse a la pupila. Debajo de sus envolturas llevaban ropas modernas, blancas y anodinas. Me acurruqué en una esquina y me mantuve encogida junto a Edward, que me siguió acariciando el brazo con la mano, pero en ningún momento apartó la mirada de Jane.

El viaje en ascensor fue breve. Salimos a una zona que tenía pinta de ser una recepción bastante *play.* Las paredes estaban revestidas de madera y los suelos enmoquetados con gruesas alfombras de color verde oscuro. Cuadros enormes de la campiña de la Toscana intensamente iluminados reemplazaban a las ventanas inexistentes. Habían agrupado de forma muy conveniente sofás de cuero de color claro y mesas relucientes encima de las cuales había jarrones de cristal llenos de ramilletes de colores vívidos. El olor de las flores me recordó al de una casa de pompas fúnebres.

Había un mostrador alto de caoba pulida en el centro de la habitación. Miré atónita a la mujer que había detrás.

Era alta, de tez oscura y ojos verdes. Hubiera sido muy hermosa en cualquier otra compañía, pero no allí, ya que era tan humana de los pies a la cabeza como yo. No comprendía qué pintaba allí una mujer, rodeada de vampiros y a sus anchas.

Esbozó una amable sonrisa de bienvenida.

—Buenas tardes, Jane —dijo.

Su rostro no denotó sorpresa alguna cuando echó un vistazo a los acompañantes de Jane, ni a Edward, cuyo pecho desnudo centelleaba tenuemente con destellos blancos, ni siquiera a mí, con el pelo alborotado y de aspecto horrendo en comparación con los demás.

Jane asintió.

—Gianna.

Luego prosiguió hacia un conjunto de puertas de doble hoja situado en la parte posterior de la habitación, y la seguimos. Felix le guiñó el ojo a Gianna al pasar junto al escritorio y ella soltó una risita tonta.

Nos aguardaba otro tipo de recepción muy diferente al otro lado de las puertas de madera. El joven pálido de traje gris perla podía haber pasado por el gemelo de Jane. Tenía el pelo más oscuro y los labios no eran tan carnosos, pero resultaba igual de encantador. Se acercó a nuestro encuentro, sonrió y le tendió la mano a ella.

—Jane...

—Alec —repuso ella mientras abrazaba al joven. Intercambiaron sendos besos en las mejillas y luego nos miraron a nosotros.

—Te enviaron en busca de uno y vuelves con dos... y medio —rectificó al reparar en mí—. Buen trabajo.

Ella rompió a reír. El sonido era chispeante de puro gozo, similar al arrullo de un bebé.

—Bienvenido de nuevo, Edward —lo saludó Alec—. Pareces de mucho mejor humor.

—Ligeramente —admitió Edward con voz monocorde.

Contemplé de refilón el rostro severo de Edward y me pregunté si antes podía haber estado de peor humor. Alec rió entre dientes mientras yo me pegaba a su lado.

—¿Y ésta es la causante de todo el problema? —preguntó con incredulidad.

Edward se limitó a sonreír con expresión desdeñosa. Después, se le heló la sonrisa en los labios.

—¡Me la pido primero! —intervino Felix con suma tranquilidad desde detrás.

Edward se revolvió mientras en lo más profundo de su pecho resonaba un gruñido tenue. Felix sonrió. Su mano estaba levantada, con la palma hacia arriba. Curvó sus dedos dos veces, invitando a Edward a iniciar una pelea.

Alice rozó el brazo de Edward.

—Paciencia —le advirtió.

Intercambiaron una larga mirada y yo deseé poder oír lo que ella le estaba diciendo. Supuse que era todo lo que podían hacer sin atacar a Felix, ya que luego respiró hondo y se volvió hacia Alec, que, como si no hubiera pasado nada, dijo:

—Aro se alegrará de volver a verte.

—No lo hagamos esperar —sugirió Jane.

Edward asintió una vez.

Alec y Jane se tomaron de la mano y abrieron el camino por otro corredor amplio y ornamentado... ¿Se acabarían alguna vez?

Ignoraron las puertas del fondo —totalmente revestidas de oro— y se detuvieron a mitad del pasillo para desplazar uno de los paneles y poner al descubierto una sencilla puerta de madera que no estaba cerrada con llave. Alec la mantuvo abierta para que la cruzara Jane.

Quise protestar cuando Edward me «ayudó» a pasar al otro lado de la puerta. Se trataba de un lugar con la misma piedra antigua de la plaza, el callejón y las alcantarillas. Todo estaba frío y oscuro otra vez.

La antecámara de piedra no era grande. Enseguida desembocaba en una estancia enorme, tenebrosa —aunque más iluminada— y totalmente redonda, como la torreta de un gran castillo, que es lo que debía de ser con toda probabilidad. A dos niveles del suelo, las rendijas de un ventanal proyectaban en el piso de piedra haces de luminosidad diurna que dibujaban rectángulos de líneas finas. No había luz artificial. El único mobiliario de la habitación consistía en varios sitiales de madera maciza similares a tronos; estaban colocados de forma dispar, adaptándose a la curvatura de los muros de piedra. Había otro sumidero en el mismo centro del círculo, dentro de una zona ligeramente más baja. Me pregunté si lo usaban como salida, igual que el agujero de la calle.

La habitación no se encontraba vacía. Había un puñado de personas enfrascadas en lo que parecía una conversación informal. Hablaban en voz baja y con calma, originando un murmullo que parecía un zumbido flotando en el aire. Un par de mujeres pálidas vestidas con ropa de verano se detuvieron en una de las zonas iluminadas mientras las estaba observando, y su piel, como si fuera un prisma, arrojó un chisporroteo multicolor sobre las paredes de color siena.

Todos aquellos rostros agraciados se volvieron hacia nuestro grupo en cuanto entramos en la habitación. La mayoría de los inmortales vestía pantalones y camisas que no llamaban la atención, prendas que no hubieran desentonado ahí fuera, en las calles, pero el hombre que habló primero lucía una larga túnica oscura como boca de lobo que llegaba hasta el suelo. Por un momento, llegué a creer que su melena de color negro azabache era la capucha de su capa.

—¡Jane, querida, has vuelto! —gritó con evidente alegría. Su voz era apenas un tenue suspiro.

Avanzó con tal ligereza de movimientos y tanta gracilidad que me quedé embobada, con la boca abierta. No se podía comparar ni siquiera con Alice, cuyos movimientos parecían los de una bailarina.

Mi asombro fue aún mayor cuando flotó cerca de mí y le pude ver la cara. No se parecía a los rostros anormalmente atractivos que lo rodeaban —el grupo entero se congregó a su alrededor cuando se aproximó; unos iban detrás, otros lo precedían con la atención característica de los escoltas—. Tampoco fui capaz de determinar si su rostro era o no hermoso. Supuse que las facciones eran perfectas, pero se parecía tan poco a los vampiros que se alinearon detrás de él como ellos se asemejaban a mí. La piel era de un blanco traslúcido, similar al papel cebolla, y parecía muy delicada, lo cual contrastaba con la larga melena negra que le enmarcaba el rostro. Sentí el extraño y horripilante impulso de tocarle la mejilla para averiguar si su piel era más suave que la de Edward o la de Alice, o si su tacto se parecía al del polvo o al de la tiza. Tenía los ojos rojos, como los de quienes lo rodeaban, pero turbios y empañados. Me pregunté si eso afectaría a su visión.

Se deslizó junto a Jane y le tomó el rostro entre las manos apergaminadas. La besó suavemente en sus labios carnosos y luego levitó un paso hacia atrás.

—Sí, maestro —Jane sonrió. Sus facciones parecieron las de una joven angelical—. Lo he traído de regreso y con vida, como deseabas.

—Ay, Jane. ¡Cuánto me conforta tenerte a mi lado! —él sonrió también.

A continuación nos miró a nosotros y la sonrisa centelleó hasta convertirse en un gesto de euforia.

—¡Y también has traído a Alice y Bella! —se regocijó y unió sus manos finas al dar una palmada—. ¡Qué agradable sorpresa! ¡Maravilloso!

Lo miré fijamente, muy sorprendida de que pronunciara nuestros nombres de manera informal, como si fuéramos viejos conocidos que se habían dejado caer por allí en una visita sorpresa.

Se volvió a nuestro descomunal escolta.

—Felix, sé bueno y avisa a mis hermanos de quiénes están aquí. Estoy seguro de que no se lo van a querer perder.

—Sí, maestro —asintió Felix, que desapareció por el camino por el que había venido.

—¿Lo ves, Edward? —el extraño vampiro se volvió y le sonrió como si fuera un abuelo venerable que estuviera soltando una reprimenda a su nieto—. ¿Qué te dije yo? ¿No te alegras de que te hayamos denegado tu petición de ayer?

—Sí, Aro, lo celebro —admitió mientras apretaba con más fuerza el brazo con el que rodeaba mi cintura.

—Me encantan los finales felices. Son tan escasos —Aro suspiró—. Eso sí, quiero que me cuenten toda la historia. ¿Cómo ha sucedido esto, Alice? —volvió hacia ella los ojos empañados y llenos de curiosidad—. Tu hermano parecía creer que eras infalible, pero al parecer cometiste un error.

—No, no, no soy infalible ni por asomo —mostró una sonrisa deslumbrante. Parecía estar en su salsa, excepto por el hecho de que apretaba con fuerza los puños—. Como habrás podido comprobar hoy, a menudo causo más problemas de los que soluciono.

—Eres demasiado modesta —la reprendió Aro—. He contemplado alguna de tus hazañas más sorprendentes y he de admitir que no había visto a nadie con un don como el tuyo. ¡Maravilloso!

Alice lanzó una breve mirada a Edward que no pasó desapercibida para Aro.

—Lo siento. No nos han presentado como es debido, ¿verdad? Es sólo que siento como si ya te conociera y tiendo a precipitarme. Tu hermano nos presentó ayer de una forma... peculiar. Ya ves, comparto un poco del talento de Edward, sólo que de forma más limitada que la suya. Aro habló con tono envidioso mientras agitaba la cabeza.

—Pero exponencialmente es mucho más poderoso —agregó Edward con tono seco. Miró a Alice mientras le explicaba de forma sucinta—: Aro necesita del contacto físico para «oír» tus pensamientos, pero llega mucho más lejos que yo. Como sabes, sólo soy capaz de conocer lo que pasa por la cabeza de alguien en un momento dado, pero Aro «oye» cualquier pensamiento que esa persona haya podido tener.

Alice enarcó sus delicadas cejas y Edward agachó la cabeza. Aro también se percató de ese gesto.

—Pero ser capaz de oír a lo lejos... —Aro suspiró al tiempo que hacía un gesto hacia ellos dos, haciendo referencia al intercambio de pensamientos que acababa de producirse—. ¡Eso sí que sería práctico!

Aro miró más allá de las figuras de Edward y Alice. Todos los demás se volvieron en la misma dirección, incluso Jane, Alec y Demetri, que permanecían en silencio detrás de nosotros tres.

Fui la más lenta en volverme. Felix había regresado y detrás de él, envueltos en túnicas negras, flotaban otros dos hombres. Sus rostros tenían también esa piel parecida al papel cebolla.

El trío representado por el cuadro de Carlisle estaba completo, y sus integrantes no habían cambiado durante los trescientos años posteriores a la pintura del lienzo.

—¡Marco, Cayo, miren! —canturreó Aro—. Después de todo, Bella sigue viva y Alice se encuentra con ella. ¿No es maravilloso?

A juzgar por el aspecto de sus rostros, ninguno de los dos interpelados hubiera elegido como primera opción el adjetivo «maravilloso». El hombre de pelo negro parecía terriblemente aburrido, como si hubiera presenciado demasiadas veces el entusiasmo de Aro a lo largo de tantos milenios. Debajo de una melena tan blanca como la nieve, el otro puso cara de pocos amigos.

El desinterés de ambos no refrenó el júbilo de Aro, que casi cantaba con voz liviana:

—Conozcamos la historia.

El antiguo vampiro de pelo blanco flotó y fue a la deriva hasta sentarse en uno de los tronos de madera. El otro se detuvo junto a Aro y le tendió la mano. Al principio, creía que lo hacía para que Aro se la tomara, pero se limitó a tocar la palma de la mano durante unos instantes y luego dejó caer la suya a un costado. Aro enarcó una de sus cejas, de color marrón oscuro. Me pregunté si su piel apergaminada no se arrugaría a causa del esfuerzo.

Edward resopló sin hacer ruido y Alice lo miró con curiosidad.

—Gracias, Marco —dijo Aro—. Esto es muy interesante.

Un segundo después comprendí que Marco le había permitido a Aro conocer sus pensamientos.

Marco no parecía interesado. Se deslizó lejos de Aro para unirse al que debía de ser Cayo, sentado ya contra el muro. Los dos asistentes de los vampiros lo siguieron de cerca; eran guardias, tal y como había supuesto antes. Pude ver que las dos mujeres con vestido de tirantes se habían acercado para permanecer junto a Cayo de igual modo. La simple idea de que un vampiro necesitara guardias se me antojaba realmente ridícula, pero tal vez los antiguos eran más frágiles, como sugería su piel.

Aro siguió moviendo la cabeza al tiempo que decía:

—Asombroso, realmente increíble.

El rostro de Alice evidenciaba su descontento. Edward se volvió y de nuevo le facilitó una explicación rápida en voz baja:

—Marco ve las relaciones y ha quedado sorprendido por la intensidad de las nuestras.

Aro sonrió.

—¡Qué práctico! —repitió para sí mismo. Luego, se dirigió a nosotros—: Puedo asegurarles que cuesta bastante sorprender a Marco.

No tuve ninguna duda cuando miré el rostro mortecino de Marco.

—Resulta difícil de comprender, eso es todo, incluso ahora —Aro caviló mientras miraba el brazo de Edward en torno a mí. Me resultaba casi imposible seguir el caótico hilo de pensamientos del vampiro, pero me esforcé por conseguirlo—. ¿Cómo puedes permanecer tan cerca de ella de ese modo?

—No sin esfuerzo —contestó Edward con calma.

—Pero aun así… *¡La tua cantante!* ¡Menudo derroche!

Edward se rió sin ganas una vez.

—Yo lo veo más como un precio a pagar.

Aro se mantuvo escéptico.

—Un precio muy alto.

—Simple coste de oportunidad.

Aro echó a reír.

—No hubiera creído que el reclamo de la sangre de alguien pudiera ser tan fuerte de no haberla olido en tus recuerdos. Yo mismo nunca había sentido nada igual. La mayoría de nosotros vendería caro ese obsequio mientras que tú…

—… lo derrocho —concluyó Edward, ahora con sarcasmo.

Aro rió una vez más.

—¡Ay, cómo echo de menos a mi amigo Carlisle! Me recuerdas a él, excepto que él no se irritaba tanto.

—Carlisle me supera en muchas otras cosas.

—Jamás pensé ver a nadie que superara a Carlisle en autocontrol, pero tú lo haces palidecer.

—En absoluto —Edward parecía impaciente, como si se hubiera cansado de los preliminares. Eso me asustó aún más. No podía evitar el imaginar lo que vendría a continuación.

—Me congratulo por su éxito —Aro reflexionó—. Tus recuerdos de él constituyen un verdadero regalo para mí, aunque me han dejado estupefacto. Me sorprende que haya... Me complace que el éxito lo haya sorprendido en el camino tan poco ortodoxo que eligió. Temía que se hubiera debilitado y gastado con el tiempo. Me hubiera mofado de su plan de encontrar a otros que compartieran su peculiar visión, pero aun así, no sé por qué, me alegra haberme equivocado.

Edward no le contestó.

—Pero ¡su *abstinencia*...! —Aro suspiró—. No sabía que era posible tener tanta fuerza de voluntad. Habitúense a resistir el canto de las sirenas, no una vez, sino una y otra, y otra más... No lo hubiera creído de no haberlo visto por mí mismo.

Edward contempló la admiración de Aro con rostro inexpresivo. Conocía muy bien esa expresión —el tiempo no había cambiado eso—, lo bastante para saber que algo se estaba cociendo bajo esa apariencia de tranquilidad. Hice un esfuerzo para mantener constante la respiración.

—Sólo de recordar cuánto te atrae ella... —Aro rió entre dientes—. Me pone sediento.

Edward se tensó.

—No te inquietes —lo tranquilizó Aro—. No tengo intención de hacerle daño, pero siento una enorme curiosidad sobre una cosa en particular —me miró con vivo interés—. ¿Puedo? —preguntó con avidez al tiempo que alzaba una mano.

—Pregúntaselo *a ella* —sugirió Edward con voz monocorde.

—¡Por supuesto, qué descortesía por mi parte! —exclamó Aro y, ahora dirigiéndose directamente a mí, continuó—: Bella, me fascina que seas la única excepción al impresionante don de Edward... Una cosa así me resulta de lo más interesante y, dado que nuestros talentos son tan similares en muchas cosas, me preguntaba si serías tan amable de permitirme hacer un intento para verificar si también eres una excepción para mí.

Alcé la vista para mirar a Edward, aterrorizada. Era consciente de no tener alternativa alguna a pesar de la amabilidad de Aro y me aterraba la idea de dejar que me tocara, pero aun así, contra toda lógica, sentía una gran curiosidad por tener la ocasión de tocar su extraña piel.

Edward asintió para infundirme ánimo. No sabía si era porque él estaba convencido de que Aro no me iba a hacer daño o porque no quedaba otro remedio.

Me volví hacia Aro y extendí la mano lentamente. Estaba temblando.

Se deslizó para acercarse más. Me pareció que su expresión quería tranquilizarme, pero sus facciones apergaminadas eran demasiado extrañas, diferentes y amedrentadoras como para que me sosegara. Su rostro demostraba mayor confianza en sí mismo que sus palabras.

Aro alargó el brazo como si fuera a estrecharme la mano y rozó su piel de aspecto frágil con la mía. Era dura, la encontré áspera al tacto —se parecía más a la tiza que al granito— e incluso más fría de lo esperado.

Sus ojos membranosos me observaron con alegría y me resultó imposible desviar la mirada. Me cautivaron de un modo extraño y poco grato.

El rostro de Aro se alteró conforme me miraba. La seguridad se resquebrajó para convertirse primero en duda y luego en incredulidad antes de calmarse debajo de una máscara amistosa.

—Pues sí, muy interesante —dijo mientras me soltaba la mano y retrocedía.

Contemplé a Edward, y aunque su rostro era sereno, me pareció ver una chispa de petulancia.

Aro continuó deslizándose con gesto pensativo. Permaneció quieto durante unos momentos mientras su vista oscilaba, mirándonos a los tres. Luego, de forma repentina, sacudió la cabeza y dijo para sus adentros:

—Lo primero... Me pregunto si es inmune al resto de nuestros dones... ¿Jane, querida?

—¡No! —gruñó Edward. Alice lo contuvo agarrándolo por el brazo con una mano, pero él se la sacudió de encima.

La menuda Jane dedicó una sonrisa de felicidad a Aro.

—¿Sí, maestro?

Ahora Edward gruñía de verdad. Emitió un sonido desgarrado y violento mientras lanzaba a Aro una mirada torva. Nadie se movía en la habitación. Todos los presentes lo miraban con incredulidad y sorpresa, como si hubiera cometido una vergonzosa metedura de pata. Aro lo miró una vez y se quedó inmóvil mientras su ancha sonrisa se convertía en una expresión malhumorada.

Luego se dirigió a Jane.

—Me preguntaba, querida, si Bella es inmune a ti.

Los rabiosos gruñidos de Edward apenas me permitían oír las palabras de Aro. Edward me soltó y se puso delante de mí para esconderme de la vista de ambos. Cayo, seguido por su séquito, se acercó a nosotros tan silenciosamente como un espectro para observar.

Jane se volvió hacia nosotros con una sonrisa beatífica en los labios.

—¡No! —chilló Alice cuando Edward se lanzó contra la joven.

Antes de que yo fuera capaz de reaccionar, de que alguien se interpusiera entre ellos o de que los escoltas de Aro pudieran moverse, Edward dio con sus huesos en el suelo.

Nadie lo había tocado, pero se hallaba en el enlosado y se retorcía con dolores manifiestos ante mi mirada de espanto.

Ahora Jane le sonreía sólo a él, y de pronto encajaron todas las piezas del puzle, lo que había dicho Alice sobre sus dones formidables, la razón por la que todos trataban a Jane con semejante deferencia y por qué Edward se había interpuesto voluntariamente en su camino antes de que ella pudiera hacer eso conmigo.

—¡Paren! —grité.

Mi voz resonó en el silencio y me lancé hacia delante de un salto para interponerme entre ellos, pero Alice me rodeó con sus brazos en una presa insuperable e ignoró mi forcejeo. No escapó sonido alguno de los labios de Edward mientras lo aplastaban contra las piedras. Me pareció que me iba a estallar de dolor la cabeza al contemplar semejante escena.

—Jane —la llamó Aro con voz tranquila.

La joven alzó la vista enseguida, aún sonriendo de placer, y lo interrogó con la mirada. Edward se quedó inmóvil en cuando Jane dejó de mirarlo.

Aro me señaló con un asentimiento de cabeza.

Jane volvió hacia mí su sonrisa.

Ni siquiera le sostuve la mirada. Observé a Edward desde la cárcel de los brazos de Alice, donde seguía debatiéndome en vano.

—Se encuentra bien —me susurró Alice con voz tensa, y apenas hubo terminado de hablar, Edward se incorporó. Nuestras miradas se encontraron. Sus ojos estaban horrorizados. Al principio, pensé que el pánico se debía al dolor que acababa de padecer, pero entonces miró rápidamente a Jane y luego a mí, y su rostro se relajó de alivio.

También yo observé a Jane, que había dejado de sonreír y me taladraba con la mirada. Apretaba los dientes mientras se concentraba en mí. Retrocedí, esperando sentir el dolor...

... pero no sucedió nada.

Edward volvía a estar a mi lado. Tocó el brazo de Alice y ella me entregó a él.

Aro soltó una risotada.

—Ja, ja, ja —rió entre dientes—. Has sido muy valeroso, Edward, al soportarlo en silencio. En una ocasión, sólo por curiosidad, le pedí a Jane que me lo hiciera a mí...

Sacudió la cabeza con gesto admirado.

Edward lo fulminó con la mirada, disgustado. Aro suspiró.

—¿Qué vamos a hacer con ustedes?

Edward y Alice se envararon. Aquélla era la parte que habían estado esperando. Me eché a temblar.

—Supongo que no existe posibilidad alguna de que hayas cambiado de parecer, ¿verdad? —le preguntó Aro, expectante, a Edward—. Tu don sería una excelente adquisición para nuestro pequeño grupo.

Edward vaciló. Vi hacer muecas a Felix y a Jane con el rabillo del ojo. Edward pareció sopesar cada palabra antes de pronunciarla:

—Preferiría... no... hacerlo.

—¿Y tú, Alice? —inquirió Aro, aún expectante—. ¿Estarías tal vez interesada en unirte a nosotros?

—No, gracias —dijo Alice.

—¿Y tú, Bella?

Aro enarcó las cejas. Lo miré fijamente con rostro inexpresivo mientras Edward siseaba en mi oído en voz baja. ¿Bromeaba o de verdad me preguntaba si quería quedarme para la cena?

Fue Cayo, el vampiro de pelo blanco, quien rompió el silencio.

—¿Qué? —inquirió Cayo a Aro. La voz de aquél, a pesar de no ser más que un susurro, era rotunda.

—Cayo, tienes que advertir el potencial, sin duda —lo censuró con afecto—. No he visto un diamante en bruto tan prometedor desde que encontramos a Jane y Alec. ¿Imaginas las posibilidades cuando sea uno de los nuestros?

Cayo desvió la mirada con mordacidad. Jane echó chispas por los ojos, indignada por la comparación.

A mi lado, Edward estaba que bufaba. Podía oír un ruido sordo en su pecho, un ruido que estaba a punto de convertirse en un bramido. No debía permitir que su temperamento lo perjudicara.

—No, gracias —dije lo que pensaba en apenas un susurro, ya que el pánico me quebró la voz.

Aro suspiró una vez más.

—Una verdadera lástima… ¡Qué despilfarro!

—Unirse o morir, ¿no es eso? —masculló Edward. Sospeché algo así cuando nos condujeron a *esta* estancia—. ¡Pues vaya leyes las suyas!

—Por supuesto que no —Aro parpadeó atónito—. Edward, ya nos habíamos reunido aquí para esperar a Heidi, no a ti.

—Aro —bisbiseó Cayo—, la ley los reclama.

Edward miró fijamente a Cayo e inquirió:

—¿Y cómo es eso?

Él ya debía de saber lo que Cayo tenía en mente, pero parecía decidido a hacerlo hablar en voz alta.

Cayo me señaló con un dedo esquelético.

—Sabe demasiado. Has desvelado nuestros secretos —espetó con voz apergaminada, como su piel.

—Aquí, en su charada, también hay unos pocos humanos —le recordó Edward. Entonces me acordé de la guapa recepcionista del piso de abajo.

El rostro de Cayo se crispó con una nueva expresión. ¿Se suponía que eso era una sonrisa?

—Sí —admitió—, pero nos sirven de alimento cuando dejan de sernos útiles. Ése no es tu plan para la chica. ¿Estás preparado para acabar con ella si traiciona nuestros secretos? Yo creo que no —se mofó.

—No voy a… —empecé a protestar, aunque fuera entre susurros, pero Cayo me silenció con una gélida mirada.

—Tampoco pretendes convertirla en uno de nosotros —prosiguió—, por consiguiente, ello nos hace vulnerables. Bien es cierto que, por esto, sólo habría que quitarle la vida a la chica. Puedes dejarla aquí si lo deseas.

Edward le enseñó los colmillos.

—Lo que pensaba —concluyó Cayo con algo muy similar a la satisfacción. Felix se inclinó hacia delante con avidez.

—A menos que… —intervino Aro, que parecía muy contrariado por el giro que había tomado la conversación—. A menos que, ¿albergas el propósito de concederle la inmortalidad?

Edward frunció los labios y vaciló durante unos instantes antes de responder:

—¿Y qué pasa si lo hago?

Aro sonrió, feliz de nuevo.

—Vaya, en ese caso serías libre de volver a casa y darle a mi amigo Carlisle recuerdos de mi parte —su expresión se volvió más dubitativa—. Pero me temo que tendrías que decirlo en serio y comprometerte.

Aro alzó la mano delante de Edward.

Cayo, que había empezado a poner cara de pocos amigos, se relajó.

Edward frunció los labios con rabia hasta convertirlos en una línea. Me miró fijamente a los ojos y yo a él.

—Hazlo —susurré—, por favor.

¿Era en verdad una idea tan detestable? ¿Prefería él morir antes que transformarme? Me sentí como si me hubieran propinado una patada en el estómago.

Edward me miró con expresión torturada.

Entonces, Alice se alejó de nuestro lado y se dirigió hacia Aro. Nos volvimos a mirarla. Ella había levantado la mano igual que el vampiro.

Alice no dijo nada y Aro despachó a su guardia cuando acudieron a impedir que se acercara. Aro se reunió con ella a mitad de camino y le tomó la mano con un destello ávido y codicioso en los ojos.

Inclinó la cabeza hacia las manos de ambos, que se tocaban, y cerró los ojos mientras se concentraba. Alice permaneció inmóvil y con el rostro inexpresivo. Oí cómo Edward chasqueaba los dientes.

Nadie se movió. Aro parecía haberse quedado allí clavado encima de la mano de Alice. Me fui poniendo más y más tensa conforme pasaban los segundos, preguntándome cuánto tiempo iba a pasar antes de que fuera *demasiado* tiempo, antes de que significara que algo iba mal, peor todavía de lo que ya iba.

Transcurrió otro momento agónico y entonces la voz de Aro rompió el silencio.

—Ja, ja, ja —rió, aún con la cabeza vencida hacia delante. Lentamente alzó los ojos, que relucían de entusiasmo—. ¡Eso ha sido *fascinante!*

—Me alegra que lo hayas disfrutado.

—Ver las mismas cosas que tú ves, ¡sobre todo las que aún no han sucedido! —sacudió la cabeza, maravillado.

—Pero eso está por suceder —le recordó Alice con voz tranquila.

—Sí, sí, está bastante definido. No hay problema, por supuesto.

Cayo parecía amargamente desencantado, un sentimiento que al parecer compartía con Felix y Jane.

—Aro —se quejó Cayo.

—¡Tranquilízate, querido Cayo! —Aro sonreía—. ¡Piensa en las posibilidades! Ellos no se van a unir a nosotros hoy, pero siempre existe la esperanza de que ocurra en el futuro. Imagina la dicha que aportaría sólo la joven Alice a nuestra pequeña comunidad... Además, siento una terrible curiosidad por ver ¡cómo entra en acción Bella!

Aro parecía convencido. ¿Acaso no comprendía lo subjetivas que eran las visiones de Alice, que lo que veía sobre mi transformación hoy podía cambiar mañana? Un millón de ínfimas decisiones, las de Alice y otros muchos —también las de Edward— podían cambiar su camino y, con eso, el futuro.

¿Importaba que ella estuviera realmente dispuesta? ¿Supondría alguna diferencia que yo me convirtiera en vampiro si la idea resultaba tan repulsiva a Edward que consideraba la muerte como una alternativa mejor que tenerme a su lado para siempre, como una molestia inmortal? Aterrada como estaba, sentí que me hundía en el abatimiento, que me ahogaba en él...

—En tal caso, ¿somos libres de irnos ahora? —preguntó Edward sin alterar la voz.

—Sí, sí —contestó Aro en tono agradable—, pero, por favor, visítennos de nuevo. ¡Ha sido absolutamente apasionante!

—Nosotros también los visitaremos para cerciorarnos de que la han transformado en uno de los nuestros —prometió Cayo, que de pronto tenía los ojos entrecerrados como la mirada soñolienta de un lagarto con pesados párpados—. Si yo estuviera en su lugar, no lo demoraría demasiado. No ofrecemos segundas oportunidades.

La mandíbula de Edward se tensó, pero asintió una sola vez.

Cayo esbozó una sonrisita de suficiencia y se deslizó hacia donde Marco permanecía sentado, inmóvil e indiferente.

Felix gimió.

—Ah, Felix, paciencia —Aro sonrió divertido—. Heidi estará aquí de un momento a otro.

—Mmm —la voz de Edward tenía un tono incisivo—. En tal caso, quizá convendría que nos marcháramos cuanto antes.

—Sí —coincidió Aro—. Es una buena idea. Los accidentes *ocurren.* Por favor, si no les importa, esperen abajo hasta que se haga de noche.

—Por supuesto —aceptó Edward mientras yo me acongojaba ante la perspectiva de esperar al final del día antes de poder escapar.

—Y toma —agregó Aro, dirigiéndose a Felix con un dedo. Éste avanzó de inmediato. Aro desabrochó la capa gris que llevaba el enorme vampiro, se la quitó de los hombros y se la lanzó a Edward—. Llévate ésta. Llamas un poco la atención.

Edward se puso la carga capa, pero no se subió la capucha.

Aro suspiró.

—Te sienta bien.

Edward rió entre dientes, pero después de lanzar una mirada hacia atrás, calló repentinamente.

—Gracias, Aro. Esperaremos abajo.

—Adiós, mis jóvenes amigos —contestó Aro, a quien le centellearon los ojos cuando miró en la misma dirección.

—Vámonos —nos instó Edward con apremio.

Demetri nos indicó mediante gestos que lo siguiéramos, y nos fuimos por donde habíamos venido, que, a juzgar por las apariencias, debía de ser la única salida.

Edward me arrastró a su lado enseguida. Alice se situó al otro costado con gesto severo.

—Tendríamos que haber salido antes —murmuró.

Alcé los ojos para mirarla, pero sólo parecía disgustada. Fue entonces cuando distinguí el murmullo de voces —voces ásperas y enérgicas— procedentes de la antecámara.

—Vaya, esto es inusual —dijo un hombre con voz resonante.

—Y tan medieval —respondió efusivamente una voz femenina desagradable y estridente.

Un gentío estaba cruzando la portezuela hasta atestar la pequeña estancia de piedra. Demetri nos indicó mediante señas que dejáramos paso. Pegamos la espalda contra el muro helado para permitirles cruzar.

La pareja que encabezaba el grupo, estadounidenses a juzgar por el acento, miraban a su alrededor y evaluaban cuanto veían. Otros estudiaban el marco como simples turistas. Unos pocos tomaron fotografías. Los demás parecían desconcertados, como si la historia que les hubiera conducido hasta aquella habitación hubiera dejado de tener sentido. Me fijé en una mujer menuda de tez oscura. Llevaba un rosario alrededor del cuello y sujetaba con fuerza la cruz que llevaba en la mano. Caminaba más despacio que los demás. De vez en cuando tocaba a alguien y le preguntaba algo en un idioma desconocido. Nadie parecía comprenderla y el pánico de su voz aumentaba sin cesar.

Edward me atrajo y puso mi rostro contra su pecho, pero ya era tarde. Lo había comprendido.

Me arrastró a toda prisa en dirección a la puerta en cuanto hubo el más mínimo resquicio. Yo noté la expresión horrorizada de mis facciones y cómo los ojos se me iban llenando de lágrimas.

La ampulosa entrada estaba en silencio a excepción de una mujer guapísima de figura escultural. Nos miró con curiosidad, sobre todo a mí.

—Bienvenida a casa, Heidi —la saludó Demetri a nuestras espaldas.

Ella sonrió con aire ausente. Me recordó a Rosalie, aunque no se parecieran en nada, porque también poseía una belleza excepcional e inolvidable. No era capaz de quitarle los ojos de encima.

Heidi vestía para realzar su belleza. La más pequeña de las minifaldas dejaba al descubierto unas piernas sorprendentemente esbeltas, cuya piel blanca quedaba oscurecida por las medias. Llevaba un top de mangas largas y cuello alto, pero extremadamente ceñido al cuerpo, de vinilo rojo. Su melena de color caoba era lustrosa y tenía en los ojos una tonalidad violeta muy extraña, el color que podría resultar al poner unas lentes de contacto azules sobre una pupila de color rojo.

—Demetri —respondió con voz sedosa mientras sus ojos iban de mi rostro a la capa gris de Edward.

—Buena pesca —la felicitó el aludido, y de pronto comprendí la finalidad del llamativo atuendo que lucía. No sólo era la pescadora, sino también el cebo.

—Gracias —exhibió una sonrisa apabullante—. ¿No vienes?

—En un minuto. Guárdame algunos.

Heidi asintió y se agachó para atravesar la puerta después de dirigirme una última mirada de curiosidad.

Edward marcó un paso que me obligaba a ir corriendo para no rezagarme, pero a pesar de todo no pudimos cruzar la ornamentada puerta que había al final del corredor antes de que comenzaran los gritos.

La huida

Demetri nos condujo hasta la lujosa y alegre área de recepción. Gianna, la mujer, seguía en su puesto detrás del mostrador de caoba pulida. Unos altavoces ocultos llenaban la habitación con las notas nítidas de una pieza inocente.

—No se vayan hasta que oscurezca —nos previno Demetri.

Edward asintió con la cabeza y él se marchó precipitadamente poco después.

Gianna observó la capa prestada de Edward con gesto astuto y especulativo. El cambio no pareció sorprenderlo nada.

—¿Se encuentran bien las dos? —preguntó Edward entre dientes lo bastante bajo para que no pudiera captarlo la recepcionista. Su voz sonaba ruda, si es que el terciopelo puede serlo, a causa de la ansiedad. Supuse que seguía tenso por la situación.

—Será mejor que la sientes antes de que se desplome —aconsejó Alice—. Va a caerse a pedazos.

Fue en ese momento cuando me di cuenta de que temblaba de la cabeza a los pies, temblaba tanto que todo mi cuerpo vibraba hasta que al fin me castañetearon los dientes, la habitación empezó a dar vueltas a mi alrededor y se me nubló la vista. Durante un momento de delirio, me pregunté si era así como Jacob se sentía justo antes de transformarse en hombre lobo.

Escuché un sonido discordante, como si estuvieran aserrando algo, un contrapunto extraño a la música de fondo que, por contraste, parecía risueña. El temblor me distraía lo justo para impedirme determinar la procedencia.

—Silencio, Bella, calma —me pidió Edward conforme me guiaba hacia el sofá más alejado de la curiosa humana del mostrador.

—Creo que se está poniendo histérica. Quizá deberías darle una bofetada —sugirió Alice.

Edward le lanzó una mirada desesperada.

Entonces lo comprendí. Oh. El ruido era yo. El sonido similar al corte de una sierra eran los sollozos que salían de mi pecho. Eso era lo que me hacía temblar.

—Todo va bien, estás a salvo, todo va bien —entonaba él una y otra vez. Me sentó en su regazo y me arropó con la gruesa capa de lana para protegerme de su piel fría.

Sabía que ese tipo de reacción era una estupidez por mi parte. ¿Quién sabía cuánto tiempo me quedaba para poder mirar su rostro? Nos habíamos salvado y él podía dejarme en cuanto estuviéramos en libertad. Era un desperdicio, una locura, tener los ojos tan llenos de lágrimas que no pudiera verle las facciones con claridad.

Pero era detrás de mis ojos donde se encontraba la imagen que las lágrimas no podían limpiar, donde veía el rostro aterrorizado de la mujer menuda del rosario.

—Toda esa gente... —hipé.

—Lo sé —susurró él.

—Es horrible.

—Sí, lo es. Habría deseado que no hubieras tenido que ser testigo de esto.

Apoyé la cabeza sobre su pecho frío y me sequé los ojos con la gruesa capa. Respiré hondo varias veces mientras intentaba calmarme.

—¿Necesitan algo? —preguntó una voz en tono educado. Era Gianna, que se inclinaba sobre el hombro de Edward con una mirada que intentaba mostrar empatía, una mirada profesional y cercana a la vez. Al parecer, no le preocupaba tener el rostro a centímetros de un vampiro hostil. O bien se encontraba en una total ignorancia o era muy buena en lo suyo.

—No —contestó Edward con frialdad.

Ella asintió, me sonrió y después desapareció.

Esperé a que se hubiera alejado lo bastante como para que no pudiera escucharme.

—¿Sabe ella lo que sucede aquí? —inquirí con voz baja y ronca. Empezaba a tranquilizarme y mi respiración se fue normalizando.

—Sí, lo sabe todo —contestó Edward.

—¿Sabe también que algún día pueden matarla?

—Es consciente de que existe esa posibilidad —aquello me sorprendió. El rostro de Edward era inescrutable—. Alberga la esperanza de que decidan quedársela.

Sentí que la sangre huía de mi rostro.

—¿Quiere convertirse en una de ellos?

Él asintió una vez y clavó los ojos en mi cara a la espera de mi reacción.

Me estremecí.

—¿Cómo puede querer *eso?* —susurré más para mí misma que buscando realmente una respuesta—. ¿Cómo puede ver a esa gente desfilar al interior de esa habitación espantosa y querer formar parte de eso?

Edward no contestó, pero su rostro se crispó en respuesta a algo que yo había dicho.

De pronto, mientras examinaba su rostro tan hermoso e intentaba comprender el porqué de aquella crispación, me di cuenta de que, aunque fuera fugazmente, estaba de verdad en brazos de Edward y que no nos iban a matar, al menos por el momento.

—Ay, Edward —se me empezaron a saltar las lágrimas y al poco también comencé a gimotear.

Era una reacción estúpida. Las lágrimas eran demasiado gruesas para permitirme volver a verle la cara y eso era imperdonable. Con seguridad, sólo tenía de plazo hasta el crepúsculo; de nuevo como en un cuento de hadas, con límites después de los cuales acababa la magia.

—¿Qué es lo que va mal? —me preguntó todavía lleno de ansiedad mientras me daba amables golpecitos en la espalda.

Enlacé mis brazos alrededor de su cuello. ¿Qué era lo peor que él podía hacer? Sólo apartarme, así que me apretujé aún más cerca.

—¿No es de locos sentirse feliz justo en este momento? —le pregunté. La voz se me quebró dos veces.

Él no me apartó. Me apretó fuerte contra su pecho, tan duro como el hielo, tan fuerte que me costaba respirar, incluso ahora, con mis pulmones intactos.

—Sé exactamente a qué te refieres —murmuró—, pero nos sobran razones para ser felices. La primera es que seguimos vivos.

—Sí —convine—. Ésa es una excelente razón.

—Y juntos —musitó. Su aliento era tan dulce que hizo que la cabeza me diera vueltas.

Me limité a asentir, convencida de que él no concedía a esa afirmación la misma importancia que yo.

—Y, con un poco de suerte, todavía estaremos vivos mañana.

—Eso espero —dije con preocupación.

—Las perspectivas son buenas —me aseguró Alice. Estaba tan quieta que casi habíamos olvidado su presencia—. Veré a Jasper en menos de veinticuatro horas —añadió con satisfacción.

Alice era afortunada. Ella podía confiar en su futuro.

Yo no era capaz de apartar la mirada de Edward mucho rato. Lo observé fijamente, deseando más que nunca ese futuro que nunca ocurriría, que aquel momento durara para siempre o si no, que yo dejara de existir cuando acabara.

Edward me devolvió la mirada, con sus suaves ojos oscuros y resultó fácil pretender que él sentía lo mismo. Y así lo hice. Me lo imaginé para que el momento tuviera un sabor más dulce.

Recorrió mis ojeras con la punta de los dedos.

—Pareces muy cansada.

—Y tú sediento —le repliqué en un susurro mientras estudiaba las marcas moradas debajo de sus pupilas negras.

Él se encogió de hombros.

—No es nada.

—¿Estás seguro? Puedo sentarme con Alice —le ofrecí, aunque a regañadientes; preferiría que me matara en ese instante antes que moverme un centímetro de donde estaba.

—No seas ridícula —suspiró; su aliento dulce me acarició la cara—. Nunca he controlado más esa parte de mi naturaleza que en este momento.

Tenía miles de preguntas para él. Una de ellas pugnaba por salir ahora de mis labios, pero me mordí la lengua. No quería echar a perder el momento, aunque fuera imperfecto, así, en una habitación que me ponía enferma, bajo la mirada de una mujer que deseaba convertirse en un monstruo.

En sus brazos, era más que fácil fantasear con la idea de que él me amaba. No quería pensar sobre sus motivaciones en ese momento, máxime si estaba actuando de ese modo para mantenerme tranquila mientras continuara el peligro, o bien porque se sentía culpable de que yo estuviera allí y no deseaba sentirse responsable de mi muerte. Quizás el tiempo que habíamos pasado separados había bastado para que no lo aburriera todavía, pero nada de esto importaba. Me sentía mucho más feliz fantaseando.

Permanecí quieta en sus brazos, memorizando su rostro otra vez, engañándome...

Me miraba como si él estuviera haciendo lo mismo aunque entretanto discutía con Alice sobre la mejor forma de volver a casa. Intercambiaban rápidos cuchicheos, y comprendí que actuaban así para que Gianna no pudiera entenderlos. Incluso yo, que estaba a su lado, me perdí la mitad de la conversación. Me dio la impresión de que el asunto iba a requerir algún robo más. Me pregunté con cierto desapego si el propietario del Porsche amarillo habría recuperado ya su carro.

—¿Y qué era toda esa cháchara sobre cantantes? —preguntó Alice en un momento determinado.

—*La tua cantante* —señaló Edward. Su voz convirtió las palabras en música.

—Sí, eso —afirmó Alice y yo me concentré por un momento. Ya puestos, también me preguntaba lo mismo.

Sentí cómo Edward se encogía de hombros.

—Ellos tienen un nombre para alguien que huele del modo que Bella huele para mí. La llaman «mi cantante», porque su sangre canta para mí.

Alice se echó a reír.

Estaba lo suficientemente agotada como para dormirme, pero luché contra el cansancio. No quería perderme ni un segundo del tiempo que pudiera pasar en su compañía. De vez en cuando, mientras hablaba con Alice, se inclinaba repentinamente y me besaba. Sus labios —suaves como el vidrio pulido— me rozaban el pelo, la frente, la punta de la nariz. Cada beso era como si aplicara una descarga eléctrica a mi corazón, aletargado durante tanto tiempo. El sonido de sus latidos parecía llenar por completo la habitación.

Era el paraíso, aunque estuviéramos en el mismo centro del infierno.

Perdí la noción del tiempo por completo, por lo que me entró el pánico cuando los brazos de Edward se tensaron en torno a mí y él y Alice miraron al fondo de la habitación con gesto de preocupación. Me encogí contra el pecho de Edward al ver a Alec traspasar las puertas de doble hoja. Ahora, sus ojos eran de un vívido color rubí; a pesar del «almuerzo», no se le veía ni una mancha en la ropa.

Eran buenas noticias.

—Ahora, son libres para marcharse —anunció con un tono tan cálido que cualquiera hubiera pensado que éramos amigos de toda la vida—. Lo único que les pedimos es que no permanezcan en la ciudad.

Edward no hizo amago de protestar; su voz era fría como el hielo.

—Eso no es problema.

Alec sonrió, asintió y desapareció de nuevo.

—Al doblar la esquina, sigan el pasillo a la derecha hasta llegar a los primeros ascensores —nos indicó Gianna mientras Edward me ayudaba a ponerme en pie—. El vestíbulo y las salidas a la calle están dos pisos más abajo. Adiós, entonces —añadió con amabilidad. Me pregunté si su competencia bastaría para salvarla.

Alice le lanzó una mirada sombría.

Me sentí aliviada al pensar que había otra salida al exterior; no estaba segura de poder soportar otro paseo por el subterráneo.

Salimos por un lujoso vestíbulo decorado con gran gusto. Fui la única que volvió la vista atrás para contemplar el castillo medieval que albergaba la elaborada tapadera. Sentí un gran alivio al no divisar la torrecilla desde allí.

Los festejos continuaban con todo su esplendor. Las farolas empezaban a encenderse mientras recorríamos a toda prisa las estrechas callejuelas adoquinadas. En lo alto, el cielo era de un gris mate que se iba desvaneciendo, pero la oscuridad era mayor en las calles dada la cercanía de los edificios entre sí.

También la fiesta se volvía más oscura. La capa larga que arrastraba Edward no llamaba ahora la atención del modo que lo habría hecho en una tarde normal en Volterra. Había otros que también llevaban capas de satén negro, y los colmillos de plástico que yo había visto llevar a los niños en la plaza parecían haberse vuelto muy populares entre los adultos.

—Ridículo —masculló Edward en una ocasión.

No me di cuenta del momento en que Alice desapareció de mi lado. Miré alrededor para hacerle una pregunta, pero ya se había ido.

—¿Dónde está Alice? —susurré llena de pánico.

—Ha ido a recuperar sus bolsos de donde los escondió esta mañana.

Se me había olvidado que podría usar mi cepillo de dientes. Esto mejoró mi ánimo de forma considerable.

—Está robando otro carro, ¿no? —adiviné.

Me dedicó una gran sonrisa.

—No hasta que salgamos de Volterra.

Parecía que quedaba un camino muy largo hasta la entrada. Edward se dio cuenta de que me hallaba al límite de mis fuerzas; me pasó el brazo por la cintura y soportó la mayor parte de mi peso mientras andábamos.

Me estremecí cuando me guió a través de un arco de piedra oscura. Encima de nosotros había un enorme rastrillo antiguo. Parecía la puerta de una jaula a punto de caer delante de nosotros y dejarnos atrapados.

Me llevó hasta un carro oscuro que esperaba en un charco de sombras a la derecha de la puerta, con el motor en marcha. Para mi sorpresa, se deslizó en el asiento trasero conmigo y no insistió en conducir él.

Alice habló en son de disculpa.

—Lo siento —hizo un gesto vago hacia el salpicadero—. No había mucho donde escoger.

—Está muy bien, Alice —sonrió ampliamente—. No todo van a ser Turbos 911.

Ella suspiró.

—Voy a tener que comprarme uno de ésos legalmente. Era fabuloso.

—Te regalaré uno para Navidades —le prometió Edward.

Alice se dio la vuelta para dedicarle una sonrisa resplandeciente, lo que me preocupó, ya que había empezado a acelerar por la ladera oscura y llena de curvas.

—Amarillo —le dijo ella.

Edward me mantuvo abrazada con fuerza. Me sentía calentita y cómoda dentro de la capa gris. Más que cómoda.

—Ahora puedes dormirte, Bella —murmuró—, ya ha terminado todo.

Sabía que se estaba refiriendo al peligro, a la pesadilla en la vieja ciudad, pero yo tuve que tragar saliva con fuerza antes de poderle contestar.

—No quiero dormir. No estoy cansada.

Sólo la segunda parte era mentira. No estaba dispuesta a cerrar los ojos. El carro apenas estaba iluminado por los instrumentos de control del salpicadero, pero bastaba para que le viera el rostro.

Presionó los labios contra el hueco que había debajo de mi oreja.

—Inténtalo —me animó.

Yo sacudí la cabeza.

Suspiró.

—Sigues igual de cabezota.

Lo era. Luché para evitar que se cerraran mis pesados párpados y gané.

La carretera oscura fue el peor tramo; luego, las luces brillantes del aeropuerto de Florencia me ayudaron a seguir despierta, y también el hecho de poder cepillarme los dientes y ponerme ropa limpia; Alice le compró ropa nueva a Edward y dejó la capa oscura en un montón de basura en un callejón. El vuelo a Roma era tan corto que no hubo oportunidad de que me venciera la fatiga. Me hice a la idea de que el de Roma a Atlanta sería harina de otro costal de todas formas, por eso le pregunté a la azafata de vuelo si podía traerme una Coca-Cola.

—Bella... —me reconvino Edward, sabedor de mi poca tolerancia a la cafeína.

Alice viajaba en el asiento de atrás. Podía oírla murmurar algo a Jasper por el celular.

—No quiero dormir —le recordé. Le di una excusa que resultaba creíble porque era cierta—. Veré cosas que no quiero ver si cierro ahora los ojos. Tendré pesadillas.

No discutió conmigo después de eso.

Podría haber sido un magnífico momento para charlar y obtener las respuestas que necesitaba. Las necesitaba, pero, en realidad, prefería no escucharlas. Me desesperaba simplemente el pensar lo que podría oír. Teníamos cierto tiempo por delante y él no podía escapar de mí en un avión, bueno, al menos, no con facilidad. Nadie podía escucharnos excepto Alice; era tarde y la mayoría de los pasajeros estaba apagando las luces y pidiendo almohadas en voz baja. Charlar podría haberme ayudado a luchar contra el agotamiento.

Pero, de forma perversa, me mordí la lengua para evitar el flujo de preguntas que me inundaban. Probablemente, me fallaba el razonamiento debido al cansancio extremo, pero esperaba comprar algunas horas más de su compañía y ganar otra noche más, al estilo de Sherezade, si posponía la discusión.

Así que conseguí mantenerme despierta a base de beber Coca-Cola y resistir incluso la necesidad de parpadear. Edward parecía estar perfectamente feliz teniéndome en sus brazos, con sus dedos recorriéndome el rostro una y otra vez. Yo también le toqué la cara. No podía parar, aunque temía que luego, cuando volviera a estar sola, eso me haría sufrir más. Continuó besándome el pelo, la frente, las muñecas... pero nunca los labios y eso estuvo bien. Después de todo, ¿de cuántas maneras se puede destrozar un corazón y esperar de él que continúe latiendo? En los últimos días había sobrevivido a un montón de cosas que deberían haber acabado conmigo, pero eso no me hacía sentirme más fuerte. Al contrario, me notaba tremendamente frágil, como si una sola palabra pudiera hacerme pedazos.

Edward no habló. Quizás albergaba la esperanza de que me durmiera. O quizá no tenía nada que decir.

Salí triunfante en la lucha contra mis párpados pesados. Estaba despierta cuando llegamos al aeropuerto de Atlanta e incluso vimos el sol comenzando a alzarse sobre la cubierta nubosa de Seattle antes de que Edward cerrara el estor de la ventanilla. Me sentí orgullosa de mí misma. No me había perdido ni un solo minuto.

Alice y Edward no se sorprendieron por la recepción que nos esperaba en el aeropuerto Sea-Tac, pero a mí me pilló con la guardia baja. Jasper fue el primero que divisé, aunque él no pareció verme a mí en absoluto. Sólo tenía ojos para Alice. Se acercó rápidamente a ella, aunque no se abrazaron como otras parejas que se habían encontrado allí. Se limitaron a mirarse a los ojos el uno al otro, y a pesar de todo, de algún modo, el momento fue tan íntimo que me hizo sentir la necesidad de mirar hacia otro lado.

Carlisle y Esme esperaban en una esquina tranquila lejos de la línea de los detectores de metales, a la sombra de un gran pilar. Esme se me acercó, abrazándome con fuerza y cierta dificultad, porque Edward aún mantenía sus brazos en torno a mí.

—¡Cuánto te lo agradezco...! —me susurró al oído.

Después, se arrojó en brazos de Edward y parecía como si estuviera llorando a pesar de que no era posible.

—*Nunca* me hagas pasar por esto otra vez —casi le gruñó.

Edward le dedicó una enorme sonrisa, arrepentido.

—Lo siento, mamá.

—Gracias, Bella —me dijo Carlisle—. Estamos en deuda contigo.

—Para nada —murmuré. La noche en vela empezaba a pasarme factura. Sentía la cabeza desconectada del cuerpo.

—Está más muerta que viva —reprendió Esme a Edward—. Llévala a casa.

No sabía si era a casa adonde quería irme ahora; llegados a este punto, me tambaleé, medio ciega a través del aeropuerto, mientras Edward me sujetaba de un brazo y Esme por el otro.

No estaba segura de si Alice y Jasper nos seguían o no, y me sentía demasiado exhausta para mirar.

Creo que, aunque continuara andando, en realidad estaba dormida cuando llegamos al carro. La sorpresa de ver a Emmett y Rosalie apoyados contra el gran Sedán negro, bajo las luces tenues del parqueadero, me recordó algo. Edward se envaró.

—No lo hagas —susurró Esme—. Ella lo ha pasado fatal.

—Qué menos —dijo Edward, sin hacer intento alguno de bajar la voz.

—No ha sido culpa suya —intervine yo, con la voz pastosa por el agotamiento.

—Déjala que se disculpe —suplicó Esme—. Nosotros iremos con Jasper y Alice.

Edward fulminó con la mirada a aquella vampira rubia, absurdamente hermosa, que nos esperaba.

—Por favor, Edward —le dije. No me gustaba viajar con Rosalie más que a él, pero yo había causado suficiente discordia ya en su familia.

Él suspiró y me empujó hacia el carro.

Emmett y Rosalie se deslizaron en los asientos delanteros sin decir una palabra, mientras Edward me acomodaba otra vez en la parte trasera. Sabía que no iba a conseguir mantener abiertos los párpados mucho más tiempo, así que dejé caer la cabeza contra su pecho, derrotada, y permití que se cerraran. Sentí que el carro revivía con un ronroneo.

—Edward —comenzó Rosalie.

—Ya sé —el tono brusco de Edward no era nada generoso.

—¿Bella? —me preguntó con suavidad.

Mis párpados revolotearon abiertos de golpe. Era la primera vez que ella se dirigía a mí directamente.

—¿Sí, Rosalie? —le pregunté, vacilante.

—Lo siento muchísimo, Bella. Me he sentido fatal con todo esto y te agradezco un montón que hayas tenido el valor de ir y salvar a mi hermano después de todo lo que hice. Por favor, dime que me perdonas.

Las palabras eran torpes, y sonaban forzadas por la vergüenza, pero parecían sinceras.

—Por supuesto, Rosalie —mascullé, aferrándome a cualquier oportunidad que la hiciera odiarme un poco menos—. No ha sido culpa tuya en absoluto. Fui yo la que saltó del maldito acantilado. Claro que te perdono.

El discurso me salió de una sensiblería bastante empalagosa.

—No vale hasta que recupere la conciencia, Rose —se burló Edward.

—Estoy consciente —repliqué; sólo que sonó como un suspiro incomprensible.

—Déjala dormir —insistió Edward, pero ahora su voz se volvió un poco más cálida.

Todo quedó en silencio, a excepción del suave ronroneo del motor. Debí de quedarme dormida, porque me pareció que sólo habían pasado unos segundos cuando la puerta se abrió y Edward me sacó del carro. No podía abrir los ojos. Al principio, pensé que todavía estábamos en el aeropuerto.

Y entonces escuché a Charlie.

—¡Bella! —gritó a lo lejos.

—Charlie —murmuré, intentando sacudirme el sopor.

—Silencio —susurró Edward—. Todo va bien; estás en casa y a salvo. Duérmete ya.

—No me puedo creer que tengas la cara dura de aparecer por aquí —bramó Charlie, dirigiéndose a Edward. Su voz sonaba ahora más cercana.

—Déjalo, papá —gruñí, pero él no me escuchó.

—¿Qué le ha pasado? —inquirió Charlie.

—Sólo está extenuada, Charlie —lo tranquilizó Edward con serenidad—. Por favor, déjala descansar.

—¡No me digas lo que tengo que hacer! —gritó Charlie—. ¡Dámela! ¡Y quítale las manos de encima!

Edward intentó trasladarme a los brazos de Charlie, pero yo me aferré a él usando mis tenaces dedos. Sentí cómo mi padre tiraba de mi brazo.

—Déjalo ya, papá —conseguí decir en voz más alta. Me las apañé para mantener los párpados abiertos y mirar a Charlie con los ojos legañosos—. Enfádate conmigo.

Estábamos en la puerta principal de mi casa, que permanecía abierta. La capa de nubes era demasiado espesa para determinar la hora.

—Puedes apostar a que sí —prometió Charlie—. Entra.

—Vale. Bájame —suspiré.

Edward me puso de pie. Sabía que estaba derecha, pero no sentía las piernas. Caminé con dificultad, hasta que la acera giró de pronto hacia mi rostro. Los brazos de Edward me atraparon antes de que me diera un buen trompazo contra el asfalto.

—Déjame sólo que la lleve a su cuarto —pidió Edward—. Después me marcharé.

—No —grité, llena de pánico. Todavía no había conseguido mis respuestas. Debía quedarse al menos hasta ese momento, ¿no?

—No estaré lejos —me prometió Edward, susurrándome tan bajo al oído que no había ni una posibilidad de que Charlie pudiera haberlo oído.

No escuché la respuesta de Charlie, pero Edward entró en la casa. Mis ojos sólo aguantaron abiertos hasta las escaleras. La última cosa que sentí fueron las manos frías de Edward mientras me soltaba los dedos, aferrados a su camisa.

La verdad

Me dio la sensación de haber dormido mucho tiempo. A pesar de eso, tenía el cuerpo agarrotado, como si no hubiera cambiado de postura ni una sola vez en todo ese tiempo. Me costaba pensar y estaba aturdida; dentro de mi cabeza revoloteaban aún perezosamente extraños sueños de colores —sueños y pesadillas—. Eran tan vívidos... Unos horribles y otros divinos, todos entremezclados en un revoltijo estrafalario. Sentía a la vez una gran impaciencia y miedo, dos componentes fundamentales de ese tipo de sueño frustrante en el que no puedes mover los pies con suficiente rapidez... Y todo estaba lleno de monstruos y fieras de ojos rojos cuyos modales refinados los hacían aún más horrendos. El sueño permanecía nítido en mi mente, tanto, que incluso podía recordar sus nombres, pero lo más fuerte, lo que percibía con mayor precisión no era el horror. Era el ángel lo que veía con claridad.

Me resultó duro dejarlo ir y despertarme. Este sueño no tendría que arrojarlo a ese sótano lleno de pesadillas que me negaba a revivir. Luché con eso mientras mi mente recuperaba el estado de alerta y se concentraba en la realidad. No recordaba en qué día de la semana nos encontrábamos, pero estaba segura de que me esperaban Jacob, el colegio, el trabajo o algo. Inspiré profundamente, preguntándome cómo podría enfrentarme a otro día más.

Algo frío tocó mi frente con el más suave de los roces.

Cerré los ojos con más fuerza todavía. Al parecer, pese a que lo sentía como algo anormalmente real, seguía soñando. Estaba tan cerca de despertarme... sólo un segundo más y todo habría desaparecido.

Pero en ese momento me di cuenta de que lo que palpaba parecía real, demasiado real para que fuera bueno para mí. Los imaginarios brazos pétreos que me envolvían resultaban demasiado consistentes. Me iba a arrepentir luego si dejaba que esto llegara aún más lejos. Suspiré resignada y abrí los párpados bruscamente para disipar la ilusión.

—¡Oh! —jadeé y me froté los ojos con las manos.

Bien, sin duda había ido demasiado lejos; había sido un error permitir que mi imaginación se me fuera tanto de las manos. Vale, quizá «permitir» no era la palabra correcta. En realidad, era yo quien la había forzado demasiado, con tanto ir en pos de mis alucinaciones y ahora, en consecuencia, mi mente se había colapsado.

Me llevó menos de un segundo caer en la cuenta de que ya que ahora estaba loca de forma irremediable, al menos, podía aprovechar y disfrutar de las falsas ilusiones mientras éstas fueran agradables.

Abrí los ojos otra vez y Edward aún estaba allí, con su rostro perfecto a sólo unos cuantos centímetros del mío.

—¿Te he asustado? —preguntó con ansiedad en voz baja.

Era una maravilla cómo funcionaban estas falsas ilusiones. El rostro, la voz, el olor, todo era mucho mejor que cuando estuve a punto de ahogarme. El hermoso producto de mi imaginación observaba mis cambiantes expresiones con alarma. Sus pupilas eran negras como el carbón y debajo tenía sombras púrpuras. Esto me sorprendió; por lo general, los Edwards de mis alucinaciones estaban mejor alimentados.

Parpadeé dos veces mientras hacía memoria con desesperación para determinar qué era lo último que podía recordar de cuya realidad estuviera segura. Alice formaba parte de mi sueño y me pregunté si, después de todo, había vuelto a Forks de verdad, o si eso sólo había sido el preámbulo de la fantasía. Luego, caí en la cuenta de que ella había regresado el día que estuve a punto de ahogarme…

—¡Oh, mierda! —grazné con voz pastosa a causa del sueño.

—¿Qué pasa, Bella?

Le fruncí el ceño, con tristeza. Su rostro mostraba todavía más ansiedad que antes.

—Estoy muerta, ¿no es cierto? —gemí—. Me *ahogué* de verdad. ¡Mierda, mierda, mierda! El disgusto va a matar a Charlie.

Edward también puso mala cara.

—No estás muerta.

—Entonces, ¿por qué no me despierto? —lo reté, alzando las cejas.

—*Estás* despierta, Bella.

Sacudí la cabeza.

—Seguro, seguro. Eso es lo que tú quieres que yo piense, y entonces, cuando despierte, todo será peor; si me despierto, cosa que no va a ocurrir, porque estoy muerta. Esto es horrible. Pobre Charlie. Y Renée y Jake… —se me apagó la voz, horrorizada por lo que había hecho.

—Ya veo que me has confundido con una pesadilla —su sonrisa fugaz fue triste—. Lo que no me puedo imaginar es qué es lo que debes de haber hecho para terminar en el infierno. ¿Te has dedicado a cometer asesinatos en mi ausencia?

Le hice una mueca.

—Pues claro que no. Tú no podrías estar conmigo si yo estuviera en el infierno.

Él suspiró.

Se me empezaba a despejar la cabeza. Alejé la vista de su rostro a regañadientes y contemplé la ventana abierta a la oscuridad, y después otra vez a él. Conforme iba recordando detalles, un hormigueo empezó a subirme por la piel hasta llegar a los pómulos, donde noté un ligero y desconocido rubor, mientras lentamente me iba dando cuenta de que Edward estaba realmente conmigo, que se hallaba allí de verdad y que yo estaba perdiendo el tiempo haciendo el idiota.

—Entonces, ¿todo eso ha ocurrido de verdad?

Me resultaba imposible creer que mi sueño se había transmutado en una realidad. No podía retener esa idea en mi mente.

—Eso depende —la sonrisa de Edward todavía era dura—. Si te refieres a que casi nos masacran en Italia, entonces, sí.

—¡Qué extraño! —musité—. He viajado a Italia de verdad. ¿A que no sabías que por el este nunca había pasado más allá de Alburquerque?

Puso los ojos en blanco.

—Quizá deberías dormirte otra vez. No dices más que tonterías.

—Ya no me siento cansada —todo se aclaraba por momentos—. ¿Qué hora es? ¿Cuánto tiempo he estado durmiendo?

—Es la una de la madrugada. Así que, unas catorce horas.

Me estiré mientras él hablaba. Estaba muy agarrotada.

—¿Y Charlie? —pregunté.

Edward torció el gesto.

—Duerme. Deberías saber que en este preciso momento me estoy saltando las reglas, aunque no técnicamente, claro, ya que él me dijo que no volviera a traspasar su puerta, y he entrado por la ventana... Pero bueno, al menos la intención era buena.

—¿Charlie te ha echado de casa? —inquirí, mientras la incredulidad se me iba convirtiendo en furia.

Sus ojos estaban tristes.

—¿Acaso esperabas otra cosa?

Se me puso una expresión enloquecida en la mirada. Iba a tener unas cuantas palabritas con mi padre; quizás era un buen momento para recordarle que ya era mayor de edad. En realidad, eso no importaba mucho, pero era una cuestión de principios. La prohibición dejaría de tener sentido dentro de poco. Volví mis pensamientos hacia vías menos dolorosas.

—¿Cuál es la historia? —le pregunté con auténtica curiosidad, pero sin dejar de intentar desesperadamente mantener la conversación en terrenos superficiales. Así, permanecería bajo control, y no podría asustarlo con la desesperada ansiedad que me atormentaba ferozmente por dentro.

—¿Qué quieres decir?

—¿Qué le voy a decir a Charlie? ¿Qué explicación le voy a dar por haber desaparecido...? Ahora que lo pienso, ¿cuánto tiempo he estado fuera? —intenté hacer un cálculo mental en horas.

—Sólo tres días —entrecerró los ojos, pero esta vez sonrió con mayor naturalidad—. En realidad, albergaba la esperanza de que se te ocurriera alguna buena explicación. Yo no tengo ninguna.

Refunfuñé.

—De fábula.

—Bueno, quizás Alice sea capaz de inventar algo —me ofreció a modo de consuelo.

Y me sentí consolada, desde luego. ¿A quién le importaba con qué tendría que vérmelas más tarde? Cada segundo que él estaba aquí, tan cerca, con su rostro perfecto resplandeciendo a la luz tenue de los números del reloj despertador, era precioso y no debía desperdiciarse.

—Y bueno... —comencé mientras pensaba la pregunta menos importante con la que empezar, aunque no por eso dejara de ser de vital interés. Ya me había traído a casa de una pieza y podría decidir marcharse en cualquier momento. Debía conseguir que no dejara de hablar. Además, este paréntesis, que era como estar en el cielo, no estaría totalmente completo sin el sonido de su voz—, ¿en qué has andado hasta hace tres días?

Su rostro se tornó cauteloso al momento.

—En nada que me entusiasmara excesivamente.

—Claro que no —mascullé.

—¿Por qué pones esa cara?

—Bueno... —fruncí los labios, pensativa—, si, después de todo, sólo fueras un sueño, ésa sería exactamente la clase de respuesta que darías. Mi imaginación no da para mucho, está muy claro.

Suspiró.

—Si te lo cuento, ¿te creerás al fin que no estás viviendo una pesadilla?

—¡Una pesadilla! —repetí con resentimiento. Él esperaba mi respuesta—. Quizá —dije después de pensarlo un momento—, si me lo cuentas.

—Estuve... cazando.

—¿Eso es todo lo que eres capaz de hacer? —le critiqué—. Eso no prueba de ninguna manera que esté despierta.

Vaciló y después habló lentamente, eligiendo las palabras con cuidado.

—No estuve de caza para alimentarme. En realidad, ponía a prueba mi habilidad... en el rastreo. Y no soy nada bueno.

—¿Y qué fue lo que estuviste rastreando? —le pregunté, intrigada.

—Nada de importancia —sus ojos no parecían estar en consonancia con su expresión; parecía enfadado e incómodo.

—No te entiendo.

Dudó; su rostro se debatía, brillando bajo la extraña luz verde del reloj.

—Yo… —inspiró hondo—. Te debo una disculpa. No, sin duda, te debo mucho más, muchísimo más que eso, pero has de saber que yo no tenía ni idea… —sus palabras empezaron a fluir con mucha rapidez, del modo que yo recordaba que hablaba cuando se ponía nervioso, y tuve que concentrarme para captarlas todas—. No me di cuenta del desastre que dejaba a mis espaldas. Pensé que te dejaba a salvo. Totalmente a salvo. No tenía ni idea de que volvería Victoria… —sus labios se contrajeron al pronunciar ese nombre—. Debo admitir que presté más atención a los pensamientos de James que a los de ella cuando la vi aquella vez y, por consiguiente, fui incapaz de prever esa clase de reacción por su parte y de descubrir que ella tenía un lazo tan fuerte con él. Creo que me he dado cuenta ahora de que Victoria confiaba tanto en él que jamás pensó que pudiera sucumbir, ni se le pasó por la imaginación. Quizá fue ese exceso de confianza el que nubló sus sentimientos por él y lo que me impidió darme cuenta de la profundidad del lazo que los unía.

»Pero, de cualquier modo, no tengo excusa alguna por haber permitido que te enfrentaras sola a todo eso. Cuando oí lo que le contaste a Alice, e incluso lo que ella vio por sí misma, cuando me di cuenta de que habías tenido que poner tu vida en manos de hombres lobo, esas criaturas inmaduras y volubles, lo peor que ronda por ahí fuera aparte de Victoria… —se estremeció y el torrente de palabras se detuvo por un momento—. Por favor, créeme cuando te digo que no tenía ni idea de todo esto. Se me revuelven las tripas hasta lo más profundo, incluso ahora, cuando puedo verte segura en mis brazos. No tengo ni la más remota disculpa en...

—Para, para —lo interrumpí.

Me miró con ojos llenos de sufrimiento y yo procuré elegir las palabras adecuadas, aquellas que lo liberaran de la obligación que se había creado y que le estaba causando tanto dolor. Eran palabras muy difíciles de pronunciar. No sabía si sería capaz de decirlas sin romperme en pedazos, pero yo quería hacerlo bien. No deseaba convertirme en una fuente de culpa y angustia en su vida. Él tenía que ser feliz, y no me importaba qué precio hubiera de pagar yo.

En realidad, había albergado la esperanza de no verme en la obligación de sacar a colación esto en nuestra última conversación. Sólo iba a conseguir que todo terminara mucho antes.

Recurriendo a todos los meses de práctica que había pasado intentando comportarme de un modo normal con Charlie, mantuve mi rostro tranquilo.

—Edward —comencé. Su nombre me quemó la garganta un poco mientras lo pronunciaba. Podía sentir aún el espectro de mi agujero en el pecho, a la espera de reabrirse en toda su extensión en cuanto él se marchara. No tenía nada claro cómo iba a conseguir sobrevivir esta vez—, esto tiene que terminar ya. No puedes ver las cosas de esa manera. No puedes permitir que esa... culpa... gobierne tu vida. No tienes por qué asumir la responsabilidad de las cosas que me han ocurrido aquí. Nada de esto ha sucedido por tu causa, sólo es parte de las cosas que me suelen pasar a mí en la vida. Así que si tropiezo delante de un autobús o lo que sea que me ocurra la próxima vez, has de ser consciente de que no es cosa tuya asumir la culpa. No tienes por qué salir corriendo hacia Italia porque te sientas mal por no haberme salvado. Incluso si yo hubiera saltado de ese acantilado para matarme, ésa habría sido mi elección y, desde luego, no tu responsabilidad. Sé que está en tu... naturaleza el cargar con las culpas de todo, pero de verdad... ¡no tienes por qué llevarlo hasta ese extremo! Es de lo más irresponsable por tu parte no haber pensado en Carlisle, Esme y...

Estaba a punto de perderlo. Hice una pausa para respirar profundamente con la esperanza de que eso me calmara. Tenía que liberarlo. Debía asegurarme de que esto no volviera a ocurrir otra vez.

—Isabella Marie Swan —susurró él, mientras le cruzaba por el rostro la más extraña de las expresiones. Parecía haberse vuelto loco—, pero ¿tú te crees que le pedí a los Vulturis que me mataran *porque me sentía culpable?*

Sentí cómo afloraba a mi rostro la más absoluta incomprensión.

—¿Ah, no?

—Me sentía culpable, de una forma muy intensa. Más de lo que tú podrías llegar a comprender.

—Entonces, ¿qué estás diciendo? No te entiendo.

—Bella, me marché con los Vulturis porque pensé que habías muerto —dijo con miel en la voz pero con rabia en los ojos—. Incluso aunque yo no hubiera tenido nada que ver con tu muerte... —se estremeció al pronunciar la última palabra—. Me hubiera ido a Italia aunque no hubiera ocurrido por culpa mía. Es obvio que debería haber sido más cuidadoso, tendría que haberle preguntado a Alice directamente, en lugar de aceptarlo de labios de Rosalie, de segundas. Pero vamos a ver… ¿Qué se suponía que debía pensar cuando el chico dijo que Charlie estaba en el funeral? ¿Cuáles eran las probabilidades?

»Las probabilidades… —murmuró entonces, distraído. Su voz sonaba tan baja que no estaba segura de haberlo oído bien—. Las probabilidades siempre están amañadas en contra nuestra. Error tras error. No creo que vuelva a criticar nunca más a Romeo.

—Pero hay algo que aún no entiendo —dije—, y ése es el punto más importante de la cuestión: ¿y qué?

—¿Perdona?

—¿Y qué pasaba si yo había *muerto?*

Me miró dudando durante un momento muy largo antes de contestar.

—¿No recuerdas nada de lo que te he dicho desde que nos conocimos?

—Recuerdo todo lo que me has dicho.

Claro que me acordaba… incluyendo las palabras que negaban todo lo anterior.

Rozó con la yema de su frío dedo mi labio inferior.

—Bella, creo que ha habido un malentendido —cerró los ojos mientras movía la cabeza de un lado a otro con media sonrisa en su rostro hermoso, y no era una sonrisa feliz—. Pensé que ya te lo había explicado antes con claridad. Bella, yo no puedo vivir en un mundo donde tú no existas.

—Estoy… —la cabeza me dio vueltas mientras buscaba la expresión adecuada—. Estoy hecha un lío —ésa iba bien, ya que no le encontraba sentido a sus palabras.

Me miró profundamente a los ojos con una mirada seria y honesta.

—Soy un buen mentiroso, Bella, tuve que serlo.

Me quedé helada, y los músculos se me contrajeron como si hubiera sufrido un golpe. La línea que marcaba el agujero de mi pecho se estremeció y el dolor que me produjo me dejó sin aliento.

Me sacudió por los hombros, intentando relajar mi rígida postura.

—¡Déjame acabar! Soy un buen mentiroso, pero desde luego, tú tienes tu parte de culpa por haberme creído con tanta rapidez —hizo un gesto de dolor—. Eso fue... insoportable.

Esperé, todavía paralizada.

—Te refieres a cuando estuvimos en el bosque, cuando me dijiste adiós...

No podía permitirme el recordarlo. Luché por mantenerme en el momento presente. Edward susurró:

—No ibas a dejar que lo hiciera por las buenas. Me daba cuenta. Yo no deseaba hacerlo, creía que me moriría si lo hacía, pero sabía que si no te convencía de que ya no te amaba, habrías tardado muy poco en querer acabar con tu vida humana. Tenía la esperanza de que la retomarías si pensabas que me había marchado.

—Una ruptura limpia —susurré a través de los labios inmóviles.

—Exactamente. Pero ¡nunca imaginé que hacerlo resultaría tan sencillo! Pensaba que sería casi imposible, que te darías cuenta tan fácilmente de la verdad que yo tendría que soltar una mentira tras otra durante horas para apenas plantar la semilla de una duda en tu cabeza. Mentí y lo siento mucho, muchísimo, porque te hice daño, y lo siento también porque fue un esfuerzo que no mereció la pena. Siento que a pesar de todo no pudiera protegerte de lo que yo soy. Mentí para salvarte, pero no funcionó. Lo siento.

»Pero ¿cómo pudiste creerme? Después de las miles de veces que te dije lo mucho que te amaba, ¿cómo pudo una simple palabra romper tu fe en mí?

Yo no contesté. Estaba demasiado paralizada para darle forma a una respuesta racional.

—Vi en tus ojos que de verdad creías que ya no te quería. La idea más absurda, más ridícula, ¡como si hubiera alguna manera de que yo pudiera existir sin necesitarte!

Seguía helada. Sus palabras me parecían incomprensibles, porque eran imposibles.

Me sacudió el hombro otra vez, sin fuerza, pero lo suficiente para que me castañetearan un poco los dientes.

—Bella —suspiró—. ¡Dime de una vez qué es lo que estás pensando!

En ese momento rompí a llorar. Las lágrimas me anegaron los ojos, los desbordaron y me inundaron las mejillas.

—Lo sabía —sollocé—. Sabía que estaba soñando...

—Eres imposible —comentó y soltó una carcajada breve, seca y frustrada—. ¿De qué manera te puedo explicar esto para que me creas? No estás dormida ni muerta. Estoy aquí y te quiero. Siempre te he querido y siempre te querré. Cada segundo de los que estuve lejos estuve pensando en ti, viendo tu rostro en mi mente. Cuando te dije que no te quería... ésa fue la más negra de las blasfemias.

Sacudí la cabeza mientras las lágrimas continuaban cayendo desde las comisuras de mis ojos.

—No me crees, ¿verdad? —susurró, con el rostro aún más pálido de lo habitual—. Puedo verlo incluso con esta luz. ¿Por qué te crees la mentira y no puedes aceptar la verdad?

—Nunca ha tenido sentido que me quisieras —le expliqué, y la voz se me quebró dos veces—. Siempre lo he sabido.

Sus ojos se entrecerraron y se le endureció la mandíbula.

—Te probaré que estás despierta —me prometió.

Me sujetó la cabeza entre sus dos manos de hierro, ignorando mis esfuerzos cuando intenté volver la cabeza hacia otro lado.

—Por favor, no lo hagas —susurré.

Se detuvo con los labios a unos centímetros de los míos.

—¿Por qué no? —inquirió. Su aliento acariciaba mi rostro, haciendo que la cabeza me diera vueltas.

—Cuando me despierte… —él abrió la boca para protestar, de modo que me corregí—. ¡Vale, olvídalo! Rectifico: cuando te vayas otra vez, ya va a ser suficientemente duro sin esto.

Retrocedió unos centímetros para examinar mi rostro.

—Ayer, cuando te toqué, estabas tan… vacilante, tan cautelosa. Y todo sigue igual. Necesito saber por qué. ¿Acaso ya es demasiado tarde? ¿Quizá te he hecho demasiado daño? ¿Es porque has cambiado, como yo te pedí que hicieras? Eso sería… bastante justo. No protestaré contra tu decisión. Así que no intentes no herir mis sentimientos, por favor; sólo dime ahora si todavía puedes quererme o no, después de todo lo que te he hecho. ¿Puedes? —murmuró.

—¿Qué clase de pregunta idiota es ésa?

—Limítate a contestarla, por favor.

Lo miré con aspecto enigmático durante un rato.

—Lo que siento por ti no cambiará nunca. Claro que te amo y ¡no hay nada que puedas hacer contra eso!

—Es todo lo que necesitaba escuchar.

En ese momento, su boca estuvo sobre la mía y no pude evitarlo. No sólo porque era miles de veces más fuerte que yo, sino porque mi voluntad quedó reducida a polvo en cuanto se encontraron nuestros labios. Este beso no fue tan cuidadoso como los otros que yo recordaba, lo cual me venía la mar de bien. Si luego iba a tener que pagar un precio por él, lo menos que podía hacer era sacarle todo el jugo posible.

Así que le devolví el beso con el corazón latiéndome a un ritmo irregular, desbocado, mientras mi respiración se transformaba en un jadeo frenético y mis manos se movían avariciosas por su rostro. Noté su cuerpo de mármol contra cada curva del mío y me sentí muy contenta de que no me hubiera escuchado, porque no había dolor en el mundo que justificara que me perdiera esto. Sus manos memorizaron mi cara, tal como lo estaban haciendo las mías y durante los segundos escasos que sus labios estuvieron libres, murmuró mi nombre.

Se apartó cuando empecé a marearme, sólo para poner su oído contra mi corazón.

Yo me quedé quieta allí, aturdida, esperando a que los jadeos se ralentizaran y desaparecieran.

—A propósito —dijo como quien no quiere la cosa—. No voy a dejarte.

No le respondí, y él pareció percibir el escepticismo en mi silencio.

Alzó su rostro hasta trabar su mirada en la mía.

—No me voy a ir a ninguna parte. Al menos no sin ti —añadió con más seriedad—. Sólo te dejé porque quería que tuvieras la oportunidad de llevar una vida feliz como una mujer normal. Me daba cuenta de lo que te estaba haciendo al mantenerte siempre al borde del peligro, apartándote del mundo al que perteneces, arriesgando tu vida cada minuto que estaba contigo. Así que tuve que intentarlo. Debía hacer algo, y me pareció que marcharme era lo mejor. Jamás hubiera sido capaz de irme de no haber creído que estarías mejor sin mí. Soy demasiado egoísta. Sólo tú eres más importante que cualquier cosa que yo quiera... o necesite. Todo lo que yo quiero o necesito es estar contigo y sé que nunca volveré a tener fuerzas suficientes para marcharme otra vez. Tengo demasiadas excusas para quedarme, ¡y gracias al cielo por eso! Parece que es imposible que estés a salvo, no importa cuántos kilómetros ponga entre los dos.

—No me prometas nada —mascullé. Si me permitía concebir esperanzas y luego terminaban en nada... eso me mataría. Todos esos vampiros sin piedad no habían sido capaces de acabar conmigo, pero la esperanza haría el trabajo mucho mejor.

La ira brilló metálica en sus ojos negros.

—¿Crees que te estoy mintiendo ahora?

—No. No me estás mintiendo —sacudí la cabeza intentando pensar en el asunto de forma coherente. Quería examinar la hipótesis de que él me quería, pero sin dejar de ser objetiva, casi de modo clínico, para no caer en la trampa de la esperanza—. Realmente lo crees... ahora, pero ¿qué pasará mañana cuando pienses en todas esas razones que has mencionado en primer lugar? ¿O el próximo mes, cuando Jasper intente atacarme?

Se estremeció.

Recordé otra vez aquellos últimos días antes de que él me dejara, intentando mirarlos desde el punto de vista de lo que me estaba contando ahora. Con esta nueva perspectiva, sus inquietantes y fríos silencios de entonces adquirían un significado diferente si me hacía a la idea de que me había dejado amándome, que me había dejado por mi bien.

—No es como si hubieras cambiado de idea al respecto, ¿a que no? —adiviné—. Terminarás haciendo lo que crees que es correcto.

—No soy tan fuerte como tú pareces creer —comentó él—. Lo que estaba bien o mal había dejado de tener importancia para mí; pensaba regresar de todas maneras. Antes de que Rosalie me comunicara la noticia, yo ya intentaba sobrevivir como podía de una semana a otra, a veces sólo de un día para otro. Luchaba por pasar como pudiera cada hora. Nada más era cuestión de tiempo, y no quedaba ya mucho, que apareciera en tu ventana y te suplicara que me dejaras volver. Estaré encantado de suplicártelo si así lo quieres.

Hice una mueca.

—Habla en serio, por favor.

—Lo estoy haciendo —insistió con la mirada resplandeciente ahora—. ¿Querrás hacerme el favor de escuchar mis palabras? ¿Me dejarás que intente explicarte cuánto significas para mí?

Esperó, estudiando mi rostro mientras hablaba para asegurarse de que lo estaba escuchando de verdad.

—Bella, mi vida era como una noche sin luna antes de encontrarte, muy oscura, pero al menos había estrellas, puntos de luz y motivaciones... Y entonces tú cruzaste mi cielo como un meteoro. De pronto, se encendió todo, todo estuvo lleno de brillantez y belleza. Cuando tú te fuiste, cuando el meteoro desapareció por el horizonte, todo se volvió negro. No había cambiado nada, pero mis ojos habían quedado cegados por la luz. Ya no podía ver las estrellas. Y nada tenía sentido.

Quería creerle, pero lo que estaba describiendo era mi vida sin él y no al revés.

—Se te acostumbrarán los ojos —farfullé.

—Ése es justo el problema, no pueden.

—¿Y qué pasa con tus distracciones?

Se rió sin traza de alegría.

—Eso fue parte de la mentira, mi amor. No había distracción posible ante la... agonía. Mi corazón no ha latido durante casi noventa años, pero esto era diferente. Era como si hubiera desaparecido, como si hubiera dejado un vacío en su lugar, como si hubiera dejado todo lo que tengo dentro aquí, contigo.

—Qué divertido —murmuré.

Enarcó una ceja perfecta.

—¿Divertido?

—En realidad debería decir extraño, porque parece que describieras cómo me he sentido yo. También notaba que me faltaban piezas por dentro. No he sido capaz de respirar a fondo desde hace mucho tiempo —llené los pulmones, disfrutando casi lujuriosamente de la sensación—. Y el corazón... Creí que lo había perdido definitivamente.

Cerró los ojos y apoyó el oído otra vez sobre mi corazón. Apreté la mejilla contra su pelo, sentí su textura en mi piel y aspiré su delicioso perfume.

—¿No encontraste el rastreo entretenido, entonces? —le pregunté, curiosa y quizás necesitada de distraerme yo. Me encontraba en serio peligro de que mis esperanzas volvieran. No las iba a poder contener mucho más. Mi corazón latía fuerte, cantando en mi pecho.

—No —suspiró él—. Eso no fue una distracción nunca. Era una obligación.

—¿Y eso qué quiere decir?

—Quiere decir que aunque nunca esperé ningún peligro procedente de Victoria, no la iba a dejar escaparse con... Bueno, como te dije, se me da fatal. La rastreé hasta Texas, pero después seguí una pista falsa hasta Brasil, y en realidad ella lo que hizo fue venir aquí —gruñó—. ¡Ni siquiera estaba en el continente correcto! Y mientras tanto, el peor de mis peores temores...

—¿Estuviste dando caza a Victoria? —casi pegué un grito en el momento en que encontré mi voz, que se alzó lo menos dos octavas.

Los ronquidos lejanos de Charlie se interrumpieron un momento y luego recuperaron de nuevo su cadencia regular.

—No lo hice bien —contestó al tiempo que estudiaba mi expresión indignada con una mirada confusa—, pero esta vez me saldrá mejor. Ella no va disfrutar del placer de respirar tranquila durante mucho tiempo.

—Eso… eso queda fuera de consideración —conseguí controlarme y recuperar la respiración. Qué locura. Incluso si Jasper o Emmett le ayudaran. Bueno, incluso aunque Jasper y Emmett le ayudaran. Esto era peor que cualquier otra cosa que yo pudiera imaginar; como por ejemplo, a Jacob Black de pie, a corta distancia de la pérfida figura felina de Victoria. No soportaba la idea de imaginar a Edward allí, incluso aunque él pareciera mucho más resistente que mi mejor amigo medio humano.

—Es demasiado tarde para ella. No debí dejar que se me escapara la otra vez, pero ahora no, no después de…

Le interrumpí otra vez, intentando sonar tranquila.

—¿No me acabas de prometer ahora mismo que no me ibas a dejar? —le pregunté, luchando contra las palabras mientras las decía, intentando no dejarlas enraizar en mi corazón—. Eso no es precisamente algo compatible con una larga expedición de rastreo, ¿no?

Él frunció el ceño. Un gruñido lento se le escapó del pecho.

—Mantendré mi promesa, Bella, pero Victoria va a morir —el gruñido se acentuó—. Pronto.

—No te precipites —le contesté mientras intentaba ocultar mi pánico—. Quizás ella no vuelva. Quizás la haya asustado la manada de Jake. En realidad, no hay razón ninguna para ir tras ella. Además, tengo un problema mayor que Victoria.

Los ojos de Edward se entrecerraron, pero asintió.

—Es verdad. Los licántropos son una complicación.

Bufé.

—No estaba hablando de Jacob. Mi problema es bastante más grande que un puñado de lobos adolescentes en busca de líos.

Edward me miró como si fuera a decir algo y luego se lo pensó mejor. Sus dientes sonaron cuando los cerró y habló a través de ellos.

—¿De verdad? —me preguntó—. Entonces, ¿cuál es tu mayor problema? Si el hecho de que Victoria vuelva a buscarte te parece algo irrelevante en comparación, ¿qué puede ser?

—Digamos que es el *segundo* de mis peores problemas —intenté evadir la cuestión.

—De acuerdo —asintió él, suspicaz.

Hice una pausa. No estaba segura de si podría mencionarlos.

—Hay otros que vendrán por mí —le recordé con un susurro sofocado.

Él suspiró, pero su reacción no fue todo lo fuerte que yo habría supuesto después de haber visto cómo se tomaba lo de Victoria.

—¿Los Vulturis son sólo el segundo de esos problemas?

—No parece que te preocupen mucho —le hice notar.

—Bueno, tenemos bastante tiempo para pensarlo. El tiempo tiene un significado muy distinto para ellos y para ti, o incluso para mí. Ellos cuentan los años como tú los días. No me sorprendería que hubieras cumplido los treinta antes de que volvieran a acordarse de ti —añadió en tono ligero.

El horror me invadió.

Treinta.

Así que al final, sus promesas no significaban nada en realidad. Si él pensaba que yo llegaría algún día a cumplir los treinta era porque no podía estar planeando quedarse demasiado tiempo. El dolor hondo que me causó esta idea me hizo comprender que ya había comenzado a concebir esperanzas a pesar de no habérmelas permitido.

—No tienes por qué temer —me dijo, lleno de ansiedad conforme vio que las lágrimas volvían a brotar del borde de mis párpados—. No los dejaré que te hagan daño.

—Mientras estés aquí —y no es que me preocupara mucho lo que ocurriera cuando él se hubiera marchado.

Me tomó el rostro entre sus dos manos pétreas, sujetándolo con fuerza mientras sus ojos de medianoche se zambullían en los míos con la fuerza gravitacional de un agujero negro.

—Nunca te dejaré de nuevo.

—Pero has dicho treinta —farfullé, mientras las lágrimas se asomaban al borde de mis párpados—. ¿Y qué? Te quedarás, pero me dejarás envejecer de todos modos. Muy bonito.

Sus ojos se dulcificaron aunque su boca endureció el gesto.

—Eso es exactamente lo que voy a hacer. ¿Qué otra elección tengo? No puedo estar sin ti, pero no voy a destruir tu alma.

—Y eso es porque… —intenté mantener la voz calmada, pero esta cuestión era demasiado dura para mí. Recordé su rostro cuando Aro casi le suplicó que considerara la idea de hacerme inmortal. La mirada de repulsión que le dirigió. ¿Tenía que ver esa fijación de mantenerme humana realmente sólo con mi alma, o era porque no estaba seguro de que querría tenerme a su lado todo el tiempo?

—¿Sí? —inquirió, esperando mi pregunta.

Sin embargo, le pregunté otra cosa distinta. Casi igual de difícil para mí.

—Pero ¿qué pasará cuando me haga tan vieja que la gente piense que soy tu madre? ¿O tu abuela?

Mi voz temblaba por el espanto, todavía podía ver el rostro de la abuelita en el espejo del sueño. Todo su rostro se había suavizado ahora. Me limpió las lágrimas de las mejillas con los labios.

—Eso no me importa —musitó contra mi piel—. Siempre serás la cosa más hermosa que haya en mi mundo. Claro que... —él dudó, estremeciéndose ligeramente—, si te haces mayor que yo y necesitas algo más... lo comprenderé, Bella. Te prometo que no me cruzaré en tu camino si alguna vez quieres dejarme.

Sus ojos brillaban como el ónice líquido y eran completamente sinceros. Hablaba como si hubiera pasado montones de tiempo reflexionando para trazar ese plan tan necio.

—Supongo que te das cuenta de que al final también me moriré —le exigí.

También parecía haber pensado en eso.

—Te seguiré tan pronto como pueda.

—Ese plan es totalmente... —busqué la palabra correcta— enfermizo.

—Bella, es el único camino correcto que nos queda...

—Retrocedamos un minuto —le dije; enfadarme hacía que me resultara mucho más fácil ser clara, contundente—. Recuerdas a los Vulturis, ¿verdad? No puedo permanecer humana para siempre. Ellos me matarán. Incluso si no piensan en mí hasta que cumpla los treinta —mascullé la cifra—, ¿crees sinceramente que se olvidarán?

—No —respondió despacio, sacudiendo la cabeza—. No olvidarán. Pero...

—¿Pero?

Sonrió ampliamente mientras lo miraba con tristeza. Quizá yo no era la única que estaba loca.

—Tengo unos cuantos planes.

—Y esos planes —comenté mientras mi voz se volvía cada vez más ácida con cada palabra—, esos planes se centran todos en mantenerme humana.

Mi actitud hizo que su expresión se endureciera.

—Naturalmente.

Su tono era brusco y su rostro divino mostraba arrogancia. Nos fulminamos con la mirada el uno al otro durante un minuto largo.

Entonces, respiré hondo y cuadré los hombros. Le empujé los brazos para poder sentarme.

—¿Quieres que me vaya? —me preguntó y mi corazón palpitó con fuerza al ver que esa idea lo hería, aunque intentaba no demostrarlo.

—No —le contesté—. Soy yo la que se va.

Me miró con suspicacia mientras salía de la cama y deambulaba de un lado para otro de la habitación en busca de mis zapatos.

—¿Puedo preguntarte adónde vas? —inquirió.

—Voy a tu casa —le dije, todavía andando de un sitio para otro a ciegas.

Él se levantó y se acercó a mí.

—Aquí están tus zapatos. ¿Y cómo planeas llegar hasta allí?

—En mi carro.

—Eso probablemente despertará a Charlie —me ofreció la idea como un elemento disuasorio.

Suspiré.

—Ya lo sé, pero para serte sincera, tal como están las cosas, estaré encerrada durante semanas. ¿Cuántos problemas más me puedo acarrear?

—Ninguno. Me echará la culpa a mí, no a ti.

—Si tienes una idea mejor, soy toda oídos.

—Quédate aquí —sugirió, aunque su expresión no mostraba mucha esperanza al respecto.

—Mala suerte, pero ¡adelante! Quédate y siéntete como en tu casa —lo animé, sorprendida de lo natural que sonaba mi broma y me dirigí a la puerta.

Él ya estaba allí, delante de mí, bloqueándome el camino.

Fruncí el ceño y me volví hacia la ventana. No estaba tan lejos del suelo y había bastante hierba justo debajo...

—Bien —suspiró—. Te llevaré.

Me encogí de hombros.

—Como quieras. De todas maneras, probablemente tú también deberías estar presente.

—¿Y eso por qué?

—Porque tienes opiniones para todo y estoy segura de que querrás una oportunidad para hacer alarde de unas cuantas.

—¿Opiniones respecto a qué...? —preguntó entre dientes.

—Esto no es algo que tenga ya sólo que ver contigo. No eres el centro del universo, ¿sabes? —en lo que se refería a mi propio universo, quizás, fuera otra cuestión—. Tal vez tu familia tenga algo que decir si vas a conseguir que se nos echen encima los Vulturis por algo tan estúpido como que yo continúe siendo humana.

—¿Decir... sobre... qué? —preguntó, separando cuidadosamente las palabras.

—Sobre mi mortalidad. La voy a someter a votación.

La votación

No estaba complacido, eso saltaba a la vista sólo con mirarlo a la cara, pero me tomó en brazos sin discutir más y saltó ágilmente desde mi ventana para aterrizar en el más absoluto silencio, como un gato. Había más altura de la que pensaba.

—Entonces de acuerdo —dijo con una voz rabiosa que expresaba su desaprobación—. Sube.

Me ayudó a encaramarme a su espalda y echó a correr. Me pareció algo habitual incluso después de haber transcurrido tanto tiempo. Resultaba fácil. Evidentemente, era algo que nunca se olvidaba, como ir en bici.

Mientras él atravesaba el bosque corriendo, con la respiración lenta y acompasada, todo permaneció en calma y a oscuras, tanto que apenas veíamos los árboles cuando pasábamos como un bólido delante de ellos. Sólo el azote del viento en el rostro daba verdadera medida de la velocidad a la que íbamos. El aire era húmedo y no me quemaba los ojos como lo había hecho en la gran plaza, lo cual suponía un alivio. La negrura me parecía conocida y protectora, igual que el grueso edredón debajo del cual jugaba de niña.

Me acordé de cómo solían asustarme aquellas carreras por el bosque, y también de que cerraba los ojos. Ahora se me antojaba una reacción estúpida. Mantuve los ojos abiertos y apoyé el mentón en su hombro, rozando su cuello con la mejilla.

La velocidad resultaba tonificante. Cien veces mejor que la moto.

Volví mi cara hacia él y apreté los labios sobre la piel —fría como la piedra— de su cuello.

—Gracias —dijo mientras dejábamos atrás las vagas siluetas oscuras de los árboles—. ¿Significa eso que has decidido que estás despierta?

Me reí. Mi risa sonaba fácil, natural, fluida. Sonaba bien.

—En realidad, no. Más bien, todo lo contrario. Voy a intentar no despertar, al menos, no esta noche.

—No sé cómo, pero volveré a ganarme tu confianza —murmuró, en su mayor parte para él—. Aunque sea lo último que haga.

—Confío en ti —le aseguré—, pero no en mí.

—Explica eso, por favor.

Ralentizó el ritmo hasta limitarse a andar —sólo me di cuenta porque cesó el viento— y supuse que no debíamos de estar lejos de la casa. De hecho, me pareció distinguir en medio de la oscuridad el sonido del río mientras fluía en algún lugar cercano.

—Bueno… —me devané los sesos para encontrar la forma adecuada de expresarlo—. No confío en que yo, por mí misma, reúna méritos suficientes para merecerte. No hay nada en mí capaz de *retenerte.*

Se detuvo y se estiró para bajarme de la espalda. Sus manos suaves no me soltaron después de dejarme en el suelo y me abrazó con fuerza, apretándome contra su pecho.

—Me retendrás de forma permanente e inquebrantable —susurró—. Nunca lo dudes.

Ya, pero ¿cómo no iba a tener dudas?

—Al final no me lo has dicho… —musitó él.

—¿Qué?

—Cuál era tu gran problema.

—Te dejaré que lo adivines —suspiré mientras alzaba la mano para tocarle la punta de la nariz con el dedo índice.

Asintió con la cabeza.

—Soy peor que los Vulturis —dijo en tono grave—. Supongo que me lo merezco.

Puse los ojos en blanco.

—Lo peor que los Vulturis pueden hacer es matarme —esperó, tenso—. Tú puedes dejarme —le expliqué—. Los Vulturis o Victoria no pueden hacer nada en comparación con eso.

Incluso en la penumbra, atisbé la angustiada crispación de su rostro. Me recordó la expresión que adoptó cuando Jane lo torturó. Me sentí mal y lamenté haberle dicho la verdad.

—No —susurré al tiempo que le acariciaba la cara—, no estés triste.

Curvó las comisuras de los labios en una sonrisa tan carente de alegría que no llegó a sus ojos.

—Sólo hay una forma de hacerte ver que no *puedo* dejarte —susurró—. Supongo que no hay otro modo de convencerte que el tiempo.

La idea del tiempo me agradó.

—Vale —admití.

Su rostro seguía martirizado, así que intenté distraerlo con tonterías sin importancia.

—Bueno, ahora que vas a quedarte, ¿puedo recuperar mis cosas? —le pregunté con el tono de voz más desenfadado del que fui capaz.

Mi intento funcionó en gran medida: se rió, pero el sufrimiento no desapareció de sus ojos.

—Tus cosas nunca desaparecieron —me dijo—. Sabía que obraba mal, dado que te había prometido paz sin recordatorio alguno. Era estúpido e infantil, pero quería dejar algo mío junto a ti. El CD, las fotografías, los billetes de avión... todo está debajo de las tablas del suelo.

—*¿De verdad?*

Asintió. Parecía levemente reconfortado por mi evidente alegría ante este hecho tan trivial, aunque no bastó para borrar el dolor de su rostro por completo.

—Creo —dije lentamente–, no estoy segura, pero me pregunto... Quizá lo he sabido todo el tiempo.

—¿Qué es lo que sabías?

Sólo pretendía alejar el sufrimiento de sus ojos, pero las palabras sonaron más veraces de lo que esperaba cuando las pronuncié.

—Una parte de mí, tal vez fuera mi subconsciente, jamás dejó de creer que te seguía importando que yo viviera o muriera. Ése es el motivo por el que oía las voces.

Se hizo un silencio absoluto durante un momento.

—¿Voces? —repitió con voz apagada.

—Bueno, sólo una, la tuya. Es una larga historia —la desconfianza de sus facciones me hizo desear no haber sacado el tema a colación. ¿Pensaría él, como todos los demás, que estaba loca? ¿Tenían razón en ese punto? Pero al menos desapareció de su rostro la expresión de que algo iba a arder.

—Tengo tiempo de sobra —repuso de forma forzada, pero sin alterar la voz.

—Es bastante patético.

Esperó.

No estaba segura de cuál podía ser la mejor forma de explicárselo.

—¿Recuerdas lo que dijo Alice sobre los deportes de alto riesgo?

Pronunció las palabras sin inflexión ni énfasis de ningún tipo:

—Saltaste desde un acantilado por diversión.

—Esto... Cierto, y antes que eso, monté en moto...

—¿En moto? —inquirió. Conocía su voz lo bastante bien para detectar cuándo se cocía algo detrás de su calma aparente.

—Supongo que no le conté a Alice esa parte.

—No.

—Bueno, sobre eso... Mira, descubrí que te recordaba con mayor claridad cuando hacía algo estúpido o peligroso... —le confesé, sintiéndome completamente chiflada—. Recordaba cómo sonaba tu voz cuando te enfadabas. La escuchaba como si estuvieras a mi lado. En general, intentaba no pensar en ti, pero en momentos como aquéllos no me dolía mucho, era como si volvieras a protegerme, como si no quisieras que resultara herida.

»Y bueno, me preguntaba si la razón de que te oyera con tal nitidez no sería que, debajo de todo eso, siempre supe que no habías dejado de quererme...

Tal y como había ocurrido antes, las palabras cobraron poder de convicción a medida que las pronunciaba. Eran *sinceras.* Una fibra en lo más sensible de mi ser supo que yo decía la verdad.

—Tú... arriesgabas la... vida... para oírme... —dijo con voz sofocada.

—Calla —lo atajé—. Espera un segundo. Creo que estoy teniendo una epifanía en estos momentos...

Pensé en la noche de mi primer delirio, la que había pasado en Port Angeles. Había planteado dos opciones —locura o deseo de sentirme realizada— sin ver la tercera alternativa.

Pero ¿qué ocurriría si...?

¿Qué ocurriría si hubiera creído sinceramente que algo era cierto, aunque estuviera totalmente equivocada? ¿Qué sucedería si hubiera estado tan empecinadamente segura de que tenía razón que no me hubiera detenido a considerar la verdad? ¿Qué habría hecho la verdad? ¿Permanecer en silencio o intentar abrirse camino?

La tercera opción era que Edward me amaba. El vínculo establecido entre nosotros dos era de los que ni la ausencia ni la distancia ni el tiempo podían romper, y no importaba que él pudiera ser más especial, guapo, brillante o perfecto que yo, él estaba tan irremediablemente atado como yo, y si yo le iba a pertenecer siempre, eso significaba que él siempre iba a ser mío.

¿Era eso lo que había estado intentado decirme a mí misma?

—¡Vaya!

—¿Bella?

—Ya, vale. Lo entiendo.

—¿En qué consiste tu epifanía...? —me preguntó con voz tensa.

—Tú me amas —dije maravillada. La sensación de convicción y certeza me invadió de nuevo.

Aunque la ansiedad continuó presente en sus ojos, la sonrisa torcida que más me gustaba se extendió por su rostro.

—Con todo mi ser.

Mi corazón se hinchó de tal modo que estuvo a punto de romperme las costillas. Ocupó mi pecho por completo y me obstruyó la garganta dejándome sin habla.

Me quería de verdad igual que yo a él, para siempre. Era sólo el miedo a que yo perdiera mi alma y las demás cosas propias de una existencia humana, eso fue lo que lo llevó a intentar con tanta desesperación que yo siguiera siendo una mortal. Comparado con el miedo a que no me quisiera, ese obstáculo —mi alma— casi parecía una menudencia.

Me tomó el rostro entre sus manos heladas y me besó hasta que sentí tal vértigo que el bosque empezó a dar vueltas. Entonces, inclinó su frente sobre la mía y supe que yo no era la única que respiraba más agitadamente de lo normal.

—¿Sabes? Se te da mejor que a mí —me dijo.

—¿Qué?

—Sobrevivir. Al menos, tú lo intentaste. Te levantabas por las mañanas, procurabas llevar una vida normal por el bien de Charlie, y seguiste tu camino. Yo era un completo inútil cuando no estaba rastreando. No podía estar cerca de mi familia ni de nadie más. Me avergüenza admitir que me acurrucaba y dejaba que el sufrimiento se apoderara de mí —esbozó una sonrisa turbada—. Fue mucho más patético que oír voces.

Me sentía profundamente aliviada de que pareciera comprenderlo, me reconfortaba que todo aquello tuviera sentido para él. En todo caso, no me miraba como si estuviera loca. Me miraba como... si me amara.

—Sólo una voz —lo corregí.

Se echó a reír y me apretó con fuerza a su costado derecho antes de guiarme hacia delante.

—Por cierto, que en este asunto tan sólo te estoy siguiendo la corriente —hizo un amplio movimiento de mano que abarcaba la negrura de delante, donde se alzaba algo pálido e inmenso; entonces comprendí que se refería a la casa—. Lo que ellos digan no me importa lo más mínimo.

—Ahora, esto también les afecta a ellos.

Se encogió de hombros con indiferencia.

Me guió al interior de la casa a oscuras por la puerta del porche —que estaba abierta— y encendió las luces. La estancia estaba tal y como la recordaba: el piano, los sofás tapizados de blanco y la imponente escalera de color claro. No había polvo ni sábanas blancas.

Edward los llamó por sus nombres sin hablar más alto que en una conversación normal:

—¿Carlisle? ¿Esme? ¿Rosalie? ¿Emmett? ¿Jasper? ¿Alice?

Lo oirían.

De pronto, Carlisle estaba junto a mí. Parecía que llevara allí un buen rato.

—Bienvenida otra vez, Bella —sonrió—. ¿Qué podemos hacer por ti en plena madrugada? A juzgar por la hora, supongo que no se trata de una simple visita de cortesía, ¿verdad?

Asentí.

—Me gustaría hablar con todos ustedes enseguida si les parece bien. Se trata de algo importante.

No pude evitar alzar los ojos para ver el rostro de Edward mientras hablaba. Su expresión era crítica, pero resignada. Al volver los ojos hacia Carlisle, vi que también él observaba a Edward.

—Por supuesto —dijo Carlisle—. ¿Por qué no hablamos en la otra habitación?

Carlisle abrió la marcha por el luminoso cuarto de estar y dobló la esquina hacia el comedor al tiempo que encendía las luces. Las paredes eran blancas y los techos altos, igual que el cuarto de estar. En el centro de la habitación, debajo de una araña que pendía a baja altura, había una gran mesa oval de madera lustrada con ocho sillas a su alrededor. Carlisle me ofreció una en la cabecera de la mesa.

Jamás había visto a los Cullen usar la mesa del comedor, era... puro teatro. Nunca comían en casa.

Vi que no estaba sola en cuanto me di la vuelta para sentarme en la silla. Esme había seguido a Edward, y detrás de ella entró en fila india toda la familia.

Carlisle se sentó a mi derecha y Edward a la izquierda. Todos tomaron asiento en silencio. Alice, que ya estaba en el ajo, me sonreía. Emmett y Jasper parecían curiosos y Rosalie me dirigió una sonrisa disimulada para tantear el terreno. Le respondí con otra igualmente tímida. Me iba a llevar algún tiempo acostumbrarme.

Carlisle hizo un gesto con la cabeza en mi dirección y dijo:

—Tienes el uso de la palabra.

Tragué saliva. Sus intensas miradas me pusieron nerviosa. Edward me tomó de la mano por debajo de la mesa. Lo miré de soslayo, pero él observaba a los demás con rostro repentinamente fiero.

—Bueno, espero que Alice les haya contado cuanto sucedió en Volterra —hice una pausa.

—Todo —me aseguró Alice.

Le dirigí una mirada elocuente.

—¿Y lo que está a punto de ocurrir?

—Eso también.

Asintió con la cabeza y yo suspiré aliviada.

—Perfecto; entonces, estamos todos al corriente.

Esperaron pacientemente mientras intentaba ordenar mis ideas.

—Bueno, tengo un problema —comencé—. Alice prometió a los Vulturis que me convertiría en uno de ustedes. Van a enviar a alguien a comprobarlo y estoy segura de que eso es malo, algo que debemos evitar.

»Ahora, esto les afecta a todos —contemplé sus hermosos rostros, dejando el más bello de todos para el final. Una mueca curvaba los labios de Edward—. No voy a imponerme por la fuerza si no me aceptan, con independencia de que Alice esté o no dispuesta a convertirme.

Esme abrió la boca para intervenir, pero alcé un dedo para detenerla.

—Déjenme terminar, por favor. Todos ustedes saben lo que quiero y estoy segura de que también conocen la opinión de Edward al respecto. Creo que la única forma justa de decidir esto es que todo el mundo vote. Si deciden no aceptarme, bueno, en tal caso, supongo que tendré que volver sola a Italia. No puedo permitir que vengan *aquí.*

Arrugué la frente al considerar dicha expectativa. Oí el ruido sordo de un gruñido en el pecho de Edward, pero lo ignoré.

—Así pues, tengan en cuenta que en modo alguno los voy a poner en peligro. Quiero que voten sí o no sólo al asunto de convertirme en vampira.

Esbocé un atisbo de sonrisa al pronunciar la palabra e hice un gesto a Carlisle para que empezara, pero Edward me interrumpió.

—Un momento.

Lo miré con los ojos entrecerrados. Alzó las cejas mientras me estrechaba la mano.

—Tengo algo que añadir antes de que votemos.

Suspiré.

—No creo que debamos ponernos demasiado nerviosos —prosiguió— por el peligro al que se refiere Bella.

Su expresión se animó más. Apoyó la mano libre sobre la mesa reluciente y se inclinó hacia delante.

—Veran —explicó sin dejar de recorrer la mesa con la mirada mientras hablaba—, había más de una razón por la que no quería estrechar la mano de Aro al final del todo. Se les pasó una cosa por alto y no quería ponerlos sobre la pista.

Esbozó una gran sonrisa.

—¿Y qué es? —lo instó Alice. Estaba segura de que mi expresión era tan escéptica como la suya.

—Los Vulturis están demasiado seguros de sí mismos, y por un buen motivo. En realidad, no tienen ningún problema para encontrar a alguien cuando así lo deciden —bajó los ojos para mirarme—. ¿Se acuerdan de Demetri?

Me estremecí. Él lo tomó como una afirmación.

—Encuentra a la gente, ése es su talento, la razón por la que lo mantienen a su lado.

—Ahora bien, estuve hurgando en sus mentes para obtener la máxima información posible todo el tiempo que estuvimos con ellos. Buscaba algo, cualquier cosa que pudiera salvarnos. Así fue cómo me enteré de la forma en que funciona el don de Demetri. Es un rastreador, un rastreador mil veces más dotado que James. Su habilidad guarda una cierta relación con lo que Aro o yo hacemos. Capta el... gusto... No sé cómo describirlo... La clave, la esencia de la mente de una persona y entonces la sigue. Funciona incluso a enormes distancias.

—Pero después de los pequeños experimentos de Aro, bueno...

Edward se encogió de hombros.

—Crees que no va a ser capaz de localizarme —concluí con voz apagada.

—Estoy convencido. Él confía ciegamente en ese don —Edward se mostraba muy pagado de sí mismo—. Si eso no funciona contigo, en lo que a ti respecta, se han quedado ciegos.

—¿Y qué resuelve eso?

—Casi todo, obviamente. Alice será capaz de revelarnos cuando planean hacernos una visita. Te esconderemos. Quedarán impotentes —dijo con fiero entusiasmo—. Será como buscar una aguja en un pajar.

Él y Emmett intercambiaron una mirada y una sonrisita de complicidad.

Aquello no tenía ni pies ni cabeza.

—Te pueden encontrar a ti —le recordé.

Emmett se rió, extendió el brazo sobre la mesa y le tendió el puño a su hermano.

—Un plan estupendo, hermano —dijo con entusiasmo.

—No —mascullό Rosalie.

—En absoluto —coincidí.

—Estupendo —comentó Jasper, elogioso.

—Idiotas —murmuró Alice.

Esme se limitó a mirar a Edward.

Me erguí en la silla para atraer la atención de todos. Aquélla era *mi* reunión.

—En tal caso, de acuerdo. Edward ha sometido una alternativa a su consideración —dije con frialdad—. Votemos.

En este segundo intento empecé por Edward. Sería mejor descartar cuanto antes su opinión.

—¿Quieres que me una a tu familia?

—No de esa forma —me miró con ojos duros y negros como el pedernal—. Quiero que sigas siendo humana.

Asentí una vez con cara de no sentirme afectada por su actitud, y luego continué:

—¿Alice?

—Sí.

—¿Jasper?

—Sí —respondió con voz grave. Me sorprendió un poco. No estaba muy segura de cuál iba a ser el sentido de su voto, pero contuve mi reacción y proseguí—. ¿Rosalie?

Ella vaciló mientras se mordía la parte inferior de su labio carnoso.

—No —mantuve el rostro impertérrito y volví levemente la cabeza para seguir, pero ella alzó las manos con las palmas por delante—. Déjame explicarme —rogó—. Quiero decir que no tengo ninguna aversión hacia ti como posible hermana, es sólo que... Ésta no es la clase de vida que hubiera elegido para mí misma. Me hubiera gustado que en ese momento alguien hubiera votado «no» por mí.

Asentí lentamente y me volví hacia Emmett.

—¡Rayos, sí! —esbozó una sonrisa ancha—. Ya encontraremos otra forma de provocar una lucha con ese Demetri.

No había borrado la mueca de mi cara cuando miré a Esme.

—Sí, por supuesto, Bella. Ya te considero parte de mi familia.

—Gracias, Esme —murmuré, y me volví hacia Carlisle.

De pronto, me puse nerviosa y me arrepentí de no haberle pedido que votara el primero. Estaba segura de que su voto era el de mayor valía, el que importaba más que cualquier posible mayoría.

Carlisle no me miraba a mí.

—Edward —dijo él.

—No —refunfuñó Edward con los dientes apretados y retrajo los labios hasta enseñar los dientes.

—Es la única vía que tiene sentido —insistió Carlisle—. Has elegido no vivir sin ella, y eso no me deja alternativa.

Edward me soltó la mano y se apartó de la mesa. Se marchó del comedor muy indignado sin decir palabra, refunfuñando para sí mismo.

—Supongo que ya conoces el sentido de mi voto —concluyó Carlisle con un suspiro.

Mi mirada aún seguía detrás de Edward.

—Gracias —murmuré.

Un estrépito ensordecedor resonó en la habitación contigua. Me estremecí y añadí rápidamente.

—Es todo lo que necesitaba. Gracias por querer que me quede. Yo también siento lo mismo por todos ustedes.

Al final de la frase, la voz se me quebró a causa de la emoción. Esme estuvo a mi lado en un abrir y cerrar de ojos y me abrazó con sus fríos brazos.

—Me querida Bella —musitó.

Le devolví el abrazo. Con el rabillo del ojo me percaté de que Rosalie mantenía la vista clavada en la mesa al comprender que mis palabras admitían una doble interpretación.

—Bueno, Alice —dije cuando Esme me soltó—. ¿Dónde quieres que lo hagamos?

Ella me miró fijamente con los ojos dilatados de pánico.

—¡No! *¡No!* ¡NO! —bramó Edward que entró como un ciclón en la estancia. Lo tenía en mi cara antes de hubiera tenido tiempo de pestañear, inclinado sobre mí, con el rostro distorsionado por la cólera—. ¿Estás loca? ¿Has perdido el juicio?

Retrocedí con las manos en los oídos.

—Eh... Bella, no me parece que yo esté *lista* para esto —terció Alice con una nota de ansiedad en la voz—. Necesito prepararme...

—Lo prometiste —le recordé ante la mirada de Edward.

—Lo sé, pero... Bella, de verdad, no sé cómo hacerlo sin matarte.

—Puedes hacerlo —la alenté—. Confío en ti.

Edward gruñó furioso.

Alice negó de inmediato con la cabeza. Parecía atemorizada.

—¿Carlisle?

Me volví para mirarlo.

Edward me agarró el rostro con una mano y me obligó a mirarlo mientras alargaba la otra mano, extendida hacia Carlisle para detenerlo, pero éste hizo caso omiso del gesto y respondió a mi pregunta.

—Soy capaz de hacerlo —me hubiera gustado poder ver su expresión—. No corres peligro de que yo pierda el control.

—Suena bien.

Esperaba que Carlisle hubiera podido entenderme. Resultaba difícil hablar con claridad dada la fuerza con que Edward me sujetaba la mandíbula.

—Espera —me pidió entre dientes—. No tiene por qué ser ahora.

—No hay razón alguna para que no pueda ser ahora —repuse, aunque las palabras resultaron incomprensibles.

—Se me ocurren unas cuantas.

—Naturalmente que sí —contesté con acritud—. Ahora, aléjate de mí.

Me soltó la cara y se cruzó de brazos.

—Charlie va a venir a buscarte aquí dentro de tres horas. No me extrañaría que trajera a sus ayudantes.

—Vendrá con los tres.

Fruncí el ceño.

Ésa era siempre la parte más dura. Charlie, Renée y ahora también Jacob. La gente que iba a perder, las personas a quienes iba a hacer daño. Deseaba que hubiera alguna forma de ser yo la única que sufriera, pero sabía que era del todo imposible.

Por otra parte, les iba a causar más daño permaneciendo humana: al poner en peligro constante a Charlie a causa de nuestra proximidad, a Jacob, ya que iba a arrastrar a sus enemigos a la tierra que él se sentía llamado a proteger, y a Renée... Ni siquiera podía arriesgarme a visitar a mi propia madre por miedo a llevar conmigo mis mortíferos problemas.

Sin duda yo era un imán para el peligro. Lo tenía más que asumido.

Una vez aceptado esto, era consciente de mi necesidad de ser capaz de cuidarme por mí misma y proteger a quienes amaba, incluso aunque eso supusiera no estar con ellos. Debía ser fuerte.

—Sugiero que pospongamos esta conversación en aras de seguir pasando desapercibidos —dijo Edward, que seguía hablando con los dientes apretados, pero ahora se dirigía a Carlisle—. Al menos, hasta que Bella termine el instituto y se marche de casa de Charlie.

—Es una petición razonable, Bella —señaló Carlisle.

Pensé en la reacción de mi padre al despertarse por la mañana, después de lo que había sufrido con la pérdida de Harry, cuando también yo se las había hecho pasar canutas al desaparecer sin dar explicaciones. Encontraría mi cama vacía... Charlie se merecía algo mejor y sólo se trataba de retrasarlo un poco más, ya que la graduación no estaba lejana...

Fruncí los labios.

—Lo consideraré.

Edward se relajó y dejó de apretar los dientes.

—Lo mejor sería que te llevara a casa —dijo, ahora más sereno, pero se veía claro que tenía prisa por sacarme de allí—. Sólo por si Charlie se despierta pronto.

Miré a Carlisle.

—¿Después de la graduación?

—Tienes mi palabra.

Respiré hondo, sonreí y me volví hacia Edward.

—Vale, puedes llevarme a casa.

Edward me sacó de la casa antes de que Carlisle pudiera prometerme nada más. Me sacó de espaldas, por lo que no conseguí ver qué se había roto en el comedor.

El viaje de regreso fue silencioso. Me sentía triunfal y un poco pagada de mí misma. También estaba muerta de miedo, por supuesto, pero intenté no pensar en esa parte. No hacía ningún bien preocupándome por el dolor —físico o emocional—, así que no lo hice. No hasta que fuera totalmente necesario.

Edward no se detuvo al llegar a mi casa. Subió la pared a toda pastilla y entró por mi ventana en una fracción de segundo. Luego, retiró mis brazos de su cuello y me depositó en la cama.

Creí que me hacía una idea bastante aproximada de lo que pensaba, pero su expresión me sorprendió, ya que era calculadora en vez de iracunda. En silencio, paseó por mi habitación de un lado para otro como una fiera enjaulada mientras yo lo miraba con creciente recelo.

—Sea lo que sea lo que estés maquinando, no va a funcionar —le dije.

—Calla. Estoy pensando.

—¡Bah! —me quejé mientras me dejaba caer sobre la cama y me ponía el edredón por encima de la cabeza.

No se oyó nada, pero de pronto estaba ahí. Retiró el edredón de un tirón para poderme ver. Se tendió a mi lado y extendió la mano para acariciarme el pelo desde la mejilla.

—Si no te importa, preferiría que no ocultaras la cara debajo de las mantas. He vivido sin ella tanto como podía soportar; y ahora, dime una cosa.

—¿Qué? —pregunté poco dispuesta a colaborar.

—Si te concedieran lo que más quisieras de este mundo, cualquier cosa, ¿qué pedirías?

Sentí el escepticismo en mis ojos.

—A ti.

Sacudió la cabeza con impaciencia.

—Algo que no tengas ya.

No estaba segura de adónde me quería conducir, por lo que le di muchas vueltas antes de responder. Ideé algo que fuera verdad y al mismo tiempo bastante improbable.

—Me gustaría que no tuviera que hacerlo Carlisle... Desearía que fueras tú quien me *transformara.*

Observé su reacción con cautela mientras esperaba otra nueva dosis de la ira demostrada en su casa. Me sorprendía que mantuviera impertérrito el ademán. Su expresión seguía siendo cavilosa y calculadora.

—¿Qué estarías dispuesta a dar a cambio de eso?

No pude dar crédito a mis oídos. Me quedé boquiabierta al ver su rostro sereno y solté la respuesta a bocajarro antes de pensármelo:

—Cualquier cosa.

Sonrió ligeramente y frunció los labios.

—¿Cinco años?

Mi rostro se crispó en una mueca que entremezclaba desilusión y miedo a un tiempo.

—Dijiste «cualquier cosa» —me recordó.

—Sí, pero vas a usar el tiempo para encontrar la forma de escabullirte. He de aprovechar la ocasión ahora que se presenta. Además, es demasiado peligroso ser sólo un ser humano, al menos para mí. Así que, cualquier cosa menos eso.

Puso cara de pocos amigos.

—¿Tres años?

—¡No!

—¿Es que no te merece la pena?

Pensé en lo mucho que había deseado aquello, pero decidí poner cara de póquer y no permitir que se diera cuenta de lo mucho que significaba para mí. Eso me daría más ventaja.

—¿Seis meses?

Puso los ojos en blanco.

—No es bastante.

—En ese caso, un año —dije—. Ése es mi límite.

—Concédeme dos al menos.

—Ni loca. Voy a cumplir diecinueve, pero no pienso acercarme ni una pizca a los veinte. Si tú vas a tener menos de veinte para siempre, entonces yo también.

Se lo pensó durante un minuto.

—De acuerdo. Olvídate de los límites de tiempo. Si quieres que sea yo quien lo haga, tendrás que aceptar otra condición.

—¿Condición? —pregunté con voz apagada—. ¿Qué condición?

Había cautela en su mirada y habló despacio.

—Casarte conmigo primero.

—... —lo miré, a la espera—. Vale, ¿cuál es el chiste?

Él suspiró.

—Hieres mi ego, Bella. Te pido que te cases conmigo y tú piensas que es un chiste.

—Edward, por favor, sé serio.

—Hablo completamente en serio —no había el menor atisbo de broma en su rostro.

—Oh, vamos —dije con una nota de histeria en la voz—. Sólo tengo dieciocho años.

—Bueno, estoy a punto de cumplir los ciento diez. Va siendo hora de que siente la cabeza.

Miré hacia otro lado, en dirección a la oscura ventana, tratando de controlar el pánico antes de que fuera demasiado tarde.

—Verás, el matrimonio no figura precisamente en la lista de mis prioridades, ¿sabes? Fue algo así como el beso de la muerte para Renée y Charlie.

—Interesante elección de palabras.

—Sabes a qué me refiero.

Respiré hondo.

—Por favor, no me digas que tienes miedo al compromiso —espetó con incredulidad, y entendí qué quería decir.

—No es eso exactamente —repuse a la defensiva—. Temo... la opinión de Renée. Tiene convicciones muy profundas contra eso de casarse antes de los treinta.

—Preferiría que te convirtieras en una eterna maldita antes que en una mujer casada —se rió de forma sombría.

—Te crees muy gracioso.

—Bella, no hay comparación entre el nivel de compromiso de una unión marital y renunciar a tu alma a cambio de convertirte en vampiro para siempre —meneó la cabeza—. Si no tienes valor suficiente para casarte conmigo, entonces...

—Bueno —lo interrumpí—. ¿Qué pasaría si lo hiciera? ¿Y si te dijera que me llevaras a Las Vegas ahora mismo? ¿Sería vampiro en tres días?

Sonrió y los dientes le relampaguearon en la oscuridad.

—Seguro —contestó poniéndome en evidencia—. Voy por mi carro.

—¡Caray! —murmuré—. Te daré dieciocho meses.

—No hay trato —repuso con una sonrisa—. Me gusta *esta* condición.

—Perfecto. Tendré que conformarme con Carlisle después de la graduación.

—Si es eso lo que realmente quieres... —se encogió de hombros y su sonrisa se tornó realmente angelical.

—Eres imposible —refunfuñé—, un monstruo.

Se rió entre dientes.

—¿Es por eso por lo que no quieres casarte conmigo?

Volví a refunfuñar.

Se reclinó sobre mí. Sus ojos, negros como la noche, derritieron, quebraron e hicieron añicos mi concentración.

—Bella, *¿por favor...?* —susurró.

Durante un momento se me olvidó respirar. Sacudí la cabeza en cuanto me recobré en un intento de aclarar de golpe la mente obnubilada.

—¿Saldría esto mejor si me dieras tiempo para conseguir un anillo?

—¡No! ¡Nada de anillos! —dije casi a voz en grito.

—Vale, ya lo has despertado —cuchicheó.

—¡Huy!

—Charlie se está levantando. Será mejor que me vaya —dijo Edward con resignación.

Mi corazón dejó de latir.

Evaluó mi expresión durante un segundo.

—Bueno, entonces, ¿sería muy infantil por mi parte que me escondiera en tu armario?

—No —musité con avidez—. Quédate, por favor.

Edward sonrió y desapareció.

Hervía de indignación mientras esperaba a que Charlie acudiera a mi habitación para controlarme. Edward sabía exactamente qué estaba haciendo y yo me inclinaba a creer que todo aquel presunto agravio formaba parte de un ardid. Por supuesto, aún me quedaba el cartucho de Carlisle, pero al saber que existía la posibilidad de que fuera él quien me transformara, lo deseé con verdadera desesperación. ¡Menudo tramposo!

Mi puerta se abrió con un chirrido.

—Buenos días, papá.

—Ah, hola, Bella —pareció avergonzado al verse sorprendido—. No sabía que estabas despierta.

—Sí. Estaba esperando a que te despertaras para ducharme —hice ademán de levantarme.

—Espera —me detuvo mientras encendía la luz. Parpadeé bajo la repentina luminosidad y procuré mantener la vista lejos del armario—. Hablemos primero un minuto.

No conseguí reprimir una mueca. Había olvidado pedirle a Alice que se inventara una buena excusa.

—Estás metida en un lío, ya lo sabes.

—Sí, lo sé.

—Estos tres últimos días he estado a punto de volverme loco. Vine del funeral de Harry y tú habías desaparecido. Jacob sólo pudo decirme que te habías ido pitada con Alice Cullen y que pensaba que tenías problemas. No me dejaste un número ni telefoneaste. No sabía dónde estabas ni cuándo ibas a volver, si es que ibas a volver. ¿Tienes alguna idea de cómo...? —fue incapaz de terminar la frase. Respiró hondo de forma ostensible y prosiguió—: ¿Puedes darme algún motivo por el que no deba enviarte a Jacksonville este trimestre?

Entrecerré los ojos. Bueno, de modo que aquello iba a ir de amenazas, ¿no? A ese juego podían jugar dos. Me incorporé y me arropé con el edredón.

—Porque no quiero ir.

—Aguarda un momento, jovencita...

—Espera, papá, acepto completamente la responsabilidad de mis actos y tienes derecho a castigarme todo el tiempo que quieras. Haré las tareas del hogar, lavaré y fregaré los platos hasta que pienses que he aprendido la lección; y supongo que estás en tu derecho de ponerme de patitas en la calle, pero eso no hará que vaya a Florida.

El rostro se le puso bermejo. Respiró profundamente varias veces antes de responder:

—¿Te importaría explicar dónde has estado?

Ay, mierda.

—Hubo... una emergencia.

Enarcó las cejas a la espera de una brillante aclaración. Llené de aire los carrillos y lo expulsé ruidosamente.

—No sé qué decirte, papá. En realidad, todo fue un gran malentendido. Él dijo, ella dijo, y las cosas se salieron de madre.

Aguardó con expresión recelosa.

—Verás, Alice le dijo a Rosalie que yo practicaba salto de acantilado... —intenté desesperadamente hacerlo bien y me ceñí lo máximo posible a la verdad para que mi incapacidad para mentir de forma convincente no sonara a pretexto, pero antes de continuar, la expresión de Charlie me recordó que él no sabía nada de lo del acantilado.

¡Huy, huy, huy! Como si las cosas no estuvieran bastante caldeadas...

—Supongo que no te comenté nada de eso —proseguí con voz estrangulada—. No fue nada, sólo para pasar el rato, nadar con Jacob... En cualquier caso, Rosalie se lo dijo a Edward, que se alteró mucho. Ella pareció dar a entender de forma involuntaria que yo intentaba suicidarme o algo por el estilo. Como él no respondía al teléfono, Alice me llevó hasta... esto... Los Ángeles para explicárselo en persona.

Me encogí de hombros mientras albergaba el desesperado deseo de que mi «caída» no lo hubiera distraído tanto que se hubiera perdido la brillante explicación que le había proporcionado.

Charlie se había quedado helado.

—¿Intentabas suicidarte, Bella?

—No, por supuesto que no. Sólo me estaba divirtiendo con Jake practicando salto de acantilado. Los chicos de La Push lo hacen continuamente. Lo que te dije, no fue nada.

El rostro de Charlie volvió a caldearse y pasó del helado pasmo a la calurosa furia.

—De todos modos, ¿qué importa Edward Cullen? —bramó—. Te ha dejado aquí tirada todo este tiempo sin decirte ni una palabra.

—Otro malentendido —lo atajé.

Su rostro volvió a ponerse cárdeno.

—Pero, entonces, ¿va a volver?

—No estoy segura de lo que planean, pero creo que regresan todos.

Sacudió la cabeza mientras le palpitaba la vena de la frente.

—Quiero que te mantengas lejos de él, Bella. No confío en él. No te conviene. No quiero que vuelva a arruinarte la vida de ese modo.

—Perfecto —repuse de manera cortante.

Charlie se removió inquieto y retrocedió. Después de unos segundos, espiró de forma ostensible a causa de la sorpresa.

—Pensé que te ibas a poner difícil.

—Y así es —le miré a los ojos—. Lo que pretendía decir es: «Perfecto. Me iré de casa».

Los ojos se le saltaron de las órbitas y se puso morado. Mi resolución flaqueó a medida que empezaba a preocuparme por su salud. No era más joven que Harry…

—Papá, no deseo irme de casa —le dije en tono más suave—. Te quiero y sé que estás preocupado, pero en esto vas a tener que confiar en mí. Y tomarte las cosas con más calma en lo que respecta a Edward, si quieres que me quede. ¿Quieres o no quieres que viva aquí?

—Eso no es justo, Bella. Sabes que quiero que te quedes.

—Entonces, pórtate bien con Edward, ya que él va a estar donde yo esté —dije con firmeza. La convicción que me proporcionaba mi epifanía seguía siendo fuerte.

—No bajo este techo —bramó.

Suspiré con fuerza.

—Mira, no voy a darte ningún ultimátum más esta noche, bueno, más bien esta mañana. Piénsatelo durante un par de días, ¿vale? Pero ten siempre presente que Edward y yo vamos en el mismo paquete, es un acuerdo global.

—Bella…

—Tú sólo piénsatelo —insistí—, y mientras lo haces, ¿te importaría darme un poquito de *intimidad?* De verdad, necesito una ducha.

El rostro de Charlie adquirió un extraño tono purpúreo. Se fue dando un portazo al salir y lo oí bajar pisando furiosamente las escaleras.

Me sacudí de encima el edredón. Edward ya estaba allí, meciéndose en la silla, como si hubiera estado presente durante toda la conversación.

—Lamento esto —susurré.

—Como si no me mereciera algo peor… —musitó—. No la tomes con Charlie por mi causa, por favor.

—No te preocupes por eso —repuse con un hilo de voz mientras recogía mis cosas para el baño y un juego de ropa limpia—. Haré todo lo que sea necesario y nada más. ¿O intentas decirme que no tengo ningún lugar adonde acudir?

Abrí los ojos desmesuradamente a la vez que simulaba una gran inquietud.

—¿Te mudarías a una casa llena de vampiros?

—Probablemente, ése es el lugar más seguro de todos para alguien como yo —le dediqué una gran sonrisa—. Además, no hay necesidad de apurar el plazo de la graduación si Charlie me pone de patitas en la calle, ¿a que no?

Permaneció con la mandíbula fuertemente apretada y masculló:

—Menudas ganas tienes de condenarte eternamente…

—Sabes que en realidad no crees lo que dices.

—¿Ah, no? —bufó.

—No.

Me fulminó con la mirada y empezó a hablar, pero yo lo interrumpí:

—Si de verdad hubieras creído que habías perdido el alma, entonces, cuando te encontré en Volterra, hubieras comprendido de inmediato lo que sucedía, en vez de pensar que habíamos muerto juntos. Pero no fue así… Dijiste: «Asombroso. Carlisle tenía razón» —le recordé triunfal—. Después de todo, sigues teniendo la esperanza.

Por una vez, Edward se quedó sin habla.

—De modo que los dos vamos a ser optimistas, ¿vale? —sugerí—. No es importante. No necesito el cielo si tú no puedes ir a él.

Se levantó lentamente, se acercó y me rodeó el rostro con las manos antes de mirarme fijamente a los ojos.

—Para siempre —prometió de forma un poco teatral.

—No te pido más —le dije.

Me puse de puntillas para poder apretar sus labios contra los míos.

Epílogo
El tratado

Casi todo había vuelto a la normalidad —a la normalidad previa al estado zombi— en menos tiempo de lo que yo hubiera creído posible. El hospital acogió a Carlisle con los brazos abiertos sin disimular su alegría por el hecho de que Esme no se hubiera adaptado a la vida en Los Ángeles. Alice y Edward estaban en mejor situación que yo para graduarse por culpa del examen de Cálculo que me había perdido mientras estuve en el extranjero. De repente, la facultad se convirtió en una prioridad —la universidad seguía siendo el plan B, por si acaso la oferta de Edward me hacía cambiar de idea respecto a la opción de Carlisle después de mi graduación—. Había dejado pasar los plazos de admisión de muchas universidades, pero Edward me traía todos los días más solicitudes para rellenar. Él ya había estudiado todo lo que deseaba en Harvard así que no parecía molestarle que, gracias a mi tendencia a dejarlo todo para el último día, ambos termináramos el año próximo en el Peninsula Community College.

Charlie no estaba muy satisfecho conmigo y tampoco hablaba con Edward, pero al menos permitió que él pudiera volver a entrar en casa en las horas de visita predeterminadas. Mi padre me castigó a quedarme sin salir.

Las únicas excepciones eran el instituto y el trabajo. En los últimos tiempos, por extraño que pudiera parecer, las paredes deprimentes de mis clases, de color amarillo mate, empezaron a parecerme acogedoras, y eso tenía mucho que ver con la persona que se sentaba junto a mí.

Edward había retomado su matrícula de principios de ese año, de modo que volvió de nuevo a mis clases. Mi comportamiento había sido tan terrible el último otoño, después del supuesto traslado de los Cullen a Los Ángeles, que el asiento contiguo había permanecido vacante. Incluso Mike, siempre dispuesto a aprovechar las ventajas, había mantenido una distancia segura. Con Edward ocupando nuevamente su lugar, parecía como si los últimos ocho meses hubieran quedado simplemente en una molesta pesadilla...

... pero no del todo. Quedaba aún la cuestión del arresto domiciliario, por citar un ejemplo y, por poner otro, Jacob Black y yo no habíamos sido buenos amigos antes del otoño. Así que, claro, entonces no lo habría echado de menos.

No tenía libertad de movimientos para ir a La Push y Jacob no venía a verme, ni siquiera se dignaba a contestar mis llamadas.

Lo telefoneaba sobre todo por la noche, después de que, puntualmente a las nueve, un resuelto Charlie echara a Edward —con gran satisfacción—, y antes de que éste regresara a hurtadillas por la ventana en cuanto mi padre se dormía. Escogía este momento para hacer mis llamadas infructuosas porque me había dado cuenta de que Edward ponía mala cara cada vez que mencionaba el nombre de Jacob. Un gesto que estaba entre la desaprobación y la cautela... o quizás incluso el enfado. Yo suponía que estaba relacionado con algún prejuicio recíproco contra los hombres lobo, aunque no se mostraba tan explícito como lo había sido Jacob respecto a los «chupasangres».

Por eso, procuraba no mencionar demasiado el nombre de Jacob en presencia de Edward.

Era difícil sentirme desdichada teniendo a Edward a mi lado, incluso aunque mi antiguo mejor amigo probablemente fuera bastante infeliz en esos momentos por mi causa. Cada vez que me acordaba de Jake me sentía culpable por no pensar más en él.

El cuento de hadas continuaba. El príncipe había regresado y se había roto el maleficio. No estaba segura exactamente de qué hacer con el personaje restante, el cabo suelto. ¿Dónde estaba su «feliz para siempre»?

Las semanas transcurrieron sin que Jacob quisiera responder a mis llamadas. Esto empezó a convertirse en una preocupación constante. Era como si llevara un grifo goteando pegado a la parte posterior de mi cabeza que no podía cerrar ni ignorar. Gota, gota, gota. Jacob, Jacob, Jacob.

Así que, aunque yo no mencionara *mucho* a Jacob, algunas veces mi frustración y mi ansiedad explotaban. Un sábado por la tarde, cuando Edward me recogió a la salida del trabajo, me desahogué:

—¡Es una verdadera falta de educación! —enfadarse por algo es más fácil que sentirse culpable—. ¡Estuvo de lo más grosero!

Había cambiado el horario de las llamadas con la esperanza de obtener una respuesta diferente. En aquella ocasión, había telefoneado a Jake desde el trabajo sólo para encontrarme con que había contestado Billy, poco dispuesto a cooperar. Otra vez.

—Billy me dijo que él no quería hablar conmigo —estaba que echaba humo, mirando cómo la lluvia se filtraba por la ventana del copiloto—. ¡Que estaba allí y que no estaba dispuesto a dar tres pasos para ponerse al teléfono! Normalmente, Billy se limita a decir que está fuera, ocupado, durmiendo o algo por el estilo. Quiero decir, no es como si yo no supiera que me miente, pero al menos era una forma educada de manejar la situación. Sospecho que ahora Billy también me odia. ¡No es justo!

—No es por ti, Bella —repuso Edward con calma—. A ti nadie te odia.

—Pues así es como me siento —mascullé, cruzando los brazos sobre el pecho. No era nada más que un gesto de terquedad. Ya no había allí ningún agujero, apenas podía recordar esa sensación de vacío.

—Jacob sabe que hemos vuelto y estoy seguro de que tiene claro que estoy contigo —dijo Edward—. No se acercará a donde yo esté. La enemistad está profundamente arraigada.

—Eso es estúpido. Sabe que tú no eres... como los otros vampiros.

—Aun así, hay buenas razones para mantener una distancia razonable.

Miré por el parabrisas con gesto ausente sin ver otra cosa que el rostro de Jacob, que llevaba puesta la máscara de la amargura que yo tanto odiaba.

—Bella, somos lo que somos —repuso Edward con serenidad—. Yo me siento capaz de controlarme, pero dudo que él lo consiga. Es muy joven. Lo más probable es que un encuentro degenerara en lucha y no sé si podría pararlo antes de m... —de pronto, enmudeció; luego, continuó con rapidez—: Antes de que lo hiriera. Y tú serías desdichada. No quiero que ocurra eso.

Recordé lo que Jacob había dicho en la cocina, y oí sus palabras con total exactitud, con su voz ronca. *No estoy seguro de mantenerme siempre lo bastante sereno como para poder manejar la situación. No creo que te hiciera demasiado feliz que matara a tu amiga.* Pero aquella vez había sido capaz de conservar la serenidad...

—Edward Cullen —mascullé—. ¿Has estado a punto de decir «matarlo»? ¿Era eso?

Él miró hacia otro lado, con la vista fija en la lluvia. Frente a nosotros, se puso en verde el semáforo cuya presencia no había advertido mientras brillaba la luz roja. Arrancó de nuevo y condujo muy despacio. No era su manera habitual de conducir.

—Yo intentaría... con mucho esfuerzo... no hacerlo —dijo al fin Edward.

Lo miré fijamente con la boca abierta, pero él continuó con la vista al frente. Nos habíamos detenido delante de la señal de *stop* de la esquina.

De pronto, recordé la suerte que había corrido Paris al regreso de Romeo. Las acotaciones de la obra son simples. *Luchan. Paris cae.*

Pero eso era ridículo. Imposible.

—Bueno —contesté y respiré hondo mientras sacudía la cabeza para ahuyentar las palabras de mi mente—, eso no va a ocurrir jamás, así que no hay de qué preocuparse. Y sabes que en estos momentos Charlie estará mirando el reloj. Será mejor que me lleves a casa antes de que me busque más problemas por retrasarme.

Volví la cara hacia él, sonriendo con cierta desgana.

Mi corazón palpitaba fuerte y saludable en mi pecho, en su sitio de siempre, cada vez que contemplaba su rostro, ese rostro perfecto hasta lo imposible. Esta vez, el latido se aceleró más allá de su habitual ritmo enloquecido. Reconocí la expresión de su rostro; era la que le hacía parecerse a una estatua.

—Creo que ahora tienes algunos problemas más, Bella —susurró sin mover los labios.

Me deslicé a su lado, más cerca, y me aferré a su brazo mientras seguía el curso de su mirada para ver lo mismo que él.

No sé qué esperaba encontrar, quizás a Victoria de pie en mitad de la calle, con su encendido cabello rojo revoloteando al viento, o una línea de largas capas negras... o una manada de licántropos hostiles, pero no vi nada en absoluto.

—¿Qué? ¿Qué es?

Respiró hondo.

—Charlie...

—¿Mi padre? —chillé.

Entonces, él bajó la mirada hacia mí, y su expresión era lo bastante tranquila como para mitigar un poco mi pánico.

—No es probable que Charlie vaya a matarte, pero se lo está pensando —me dijo. Condujo de nuevo calle abajo, pero pasó de largo frente a la casa y parqueé junto al confín del bosque.

—¿Qué he hecho ahora? —jadeé.

Edward lanzó otra mirada hacia la casa. Lo imité, y entonces me di cuenta por vez primera del vehículo que estaba parqueado en la entrada, al lado del carro patrulla. Era imposible no verlo con ese rojo tan brillante. Era mi moto, exhibiéndose descaradamente en la entrada.

Edward había dicho que Charlie se estaba pensando lo de matarme; por tanto, mi padre ya debía de saber que era mía. Sólo había una persona que pudiera estar detrás de semejante traición.

—¡No! —jadeé—. *¿Por qué?* ¿Por qué iba a hacerme Jacob una cosa así? Su traición me traspasó como una estocada. Había confiado en Jacob de forma implícita, le había contado todos mis secretos por pequeños que fueran. Se suponía que él era mi puerto seguro, la persona en la que siempre podría confiar. Las cosas estaban más tensas ahora, sin duda, pero jamás pensé que esto hubiera afectado a los cimientos de nuestra amistad. ¡Nunca pensé que eso pudiera cambiar!

¿Qué le había hecho para merecerme eso? Charlie se iba a enfadar muchísimo, y peor aún, iba a sentirse herido y preocupado. ¿Es que no tenía bastante con todo lo que había ocurrido ya? Nunca hubiera imaginado que Jake fuera tan mezquino, tan abiertamente miserable. Lágrimas ardientes brotaron de mis ojos, pero no eran lágrimas de tristeza. Me había traicionado. De pronto, me sentí tan furiosa que la cabeza me latía como si me fuera a explotar.

—¿Está todavía por aquí? —farfullé.

—Sí. Nos está esperando allí —me dijo Edward, señalando con la barbilla el camino estrecho que dividía en dos la franja oscura de árboles.

Salté del carro y me lancé en dirección a los árboles con las manos ya cerradas en puños, preparadas para el primer golpe.

Edward me agarró por la cintura antes de que hollara el camino.

¿Por qué tenía que ser siempre mucho más rápido que yo?

—¡Suéltame! ¡Voy a matarlo! ¡Traidor! —grité el adjetivo para que llegara hasta los árboles.

—Charlie te va a oír —me avisó Edward—, y va a tapiar la puerta una vez que te tenga dentro.

Volví el rostro de forma instintiva hacia la casa y me pareció que lo único que podía ver era la rutilante moto roja. Lo veía todo rojo. La cabeza me latió otra vez.

—Déjame que lo atice una vez, sólo una, y luego ya veré cómo me las apaño con Charlie —luché en vano para zafarme.

—Jacob Black quiere verme a *mí*. Por eso sigue aquí.

Aquello me frenó en seco y me quitó las ganas de pelear por completo. Se me quedaron las manos flojas. *Luchan. Paris cae.* Estaba furiosa, pero no tanto.

—¿Para hablar? —pregunté.

—Más o menos.

—¿Cuánto más? —me tembló la voz.

Edward me apartó cariñosamente el pelo de la cara.

—No te preocupes, no ha venido aquí para luchar conmigo, sino en calidad de... portavoz de la manada.

—Oh.

Edward miró otra vez hacia la casa; después, apretó el brazo alrededor de mi cintura y me empujó hacia los árboles.

—Tenemos que darnos prisa. Charlie se está impacientando.

No hubo necesidad de ir muy lejos; Jacob nos esperaba en el camino, un poco más arriba. Se había acomodado contra el tronco de un árbol cubierto de musgo mientras esperaba, con el rostro duro y amargado, exactamente del modo en que yo sabía que estaría. Me miró primero a mí y luego a Edward. Su boca se torció en una mueca burlona y se separó del árbol. Se irguió sobre los talones de sus pies descalzos, inclinándose ligeramente hacia delante con sus manos temblorosas convertidas en puños. Parecía todavía más grande que la última vez que lo había visto. Aunque fuera casi imposible de creer, seguía creciendo. Le habría sacado una cabeza a Edward si hubieran estado uno junto al otro.

Pero Edward se paró tan pronto como lo vimos, dejando un espacio amplio entre él y nosotros, y ladeó el cuerpo al tiempo que me empujaba hacia atrás, de modo que me cubría. Me incliné hacia un lado para observar fijamente a Jacob y poder acusarlo con la mirada.

Pensaba que iba a enfadarme aún más al ver su expresión cínica y resentida, pero, en vez de eso, contemplarlo me recordó la última vez que lo había visto, con lágrimas en los ojos. Mi furia se debilitó y flaqueó conforme lo miraba. Había pasado tanto tiempo desde aquella ocasión que me repateaba que el reencuentro tuviera que ser de este modo.

—Bella —dijo él a modo de saludo, asintiendo una vez en mi dirección sin apartar los ojos de Edward.

—¿Por qué? —susurré, intentando ocultar el sonido del nudo de mi garganta—. ¿Cómo has podido hacerme esto, Jacob?

La mueca burlona se desvaneció, pero su rostro continuó duro y rígido.

—Ha sido por tu bien.

—¿Y qué se supone que significa eso? ¿Quieres que Charlie me estrangule? ¿O quieres que le dé un ataque al corazón como a Harry? No importa lo furioso que estés conmigo, ¿cómo le has podido hacer esto a él?

Jacob hizo un gesto de dolor y sus cejas se juntaron, pero no contestó.

—No ha pretendido herir a nadie —murmuró Edward, explicando aquello que Jacob no estaba dispuesto a decir—, sólo quería que no pudieras salir de casa para que no estuvieras conmigo.

Sus ojos relampaguearon de odio mientras miraba de nuevo a Edward.

—¡Ay, Jake! ¡Ya estoy castigada! ¿Por qué te crees que no he ido a La Push para patearte el culo por no ponerte al teléfono?

Los ojos de Jacob relumbraron de vuelta hacia mí, confundido por primera vez.

—¿Era por eso? —inquirió, y luego apretó las mandíbulas como si le sentara mal haber preguntado.

—Creía que era *yo* quien te lo impedía, no Charlie —volvió a explicarme Edward.

—Para ya —lo interrumpió Jacob.

Edward no contestó.

Jacob se estremeció una vez y después apretó los dientes tanto como los puños.

—Bella no había exagerado acerca de tus... habilidades —dijo entre dientes—. Así que ya debes de saber por qué estoy aquí.

—Sí —asintió Edward con voz tranquila—, pero quiero decirte algo antes de que empieces.

Jacob esperó, cerrando y abriendo las manos de forma compulsiva mientras intentaba controlar los temblores que corrían por sus brazos.

—Gracias —continuó Edward, y su voz vibró con la profundidad de su sinceridad—. Jamás seré capaz de agradecértelo lo suficiente. Estaré en deuda contigo el resto de mi... existencia.

Jacob lo miró fijamente sin comprender, y sus temblores se tranquilizaron por la sorpresa. Intercambió una rápida mirada conmigo, pero mi rostro mostraba el mismo desconcierto que el suyo.

—Gracias por mantener a Bella viva —aclaró Edward con voz ronca, llena de intensidad—. Cuando yo... no lo hice.

—Edward... —empecé a hablar, pero él levantó una mano, con los ojos fijos en Jacob.

La comprensión recorrió el rostro de Jacob antes de que volviera a ocultarla detrás de la máscara de insensibilidad.

—No lo hice por ti.

—Me consta, pero eso no significa que me sienta menos agradecido. Pensé que deberías saberlo. Si hay algo que esté en mi mano hacer por ti...

Jacob alzó una ceja negra.

Edward negó con la cabeza.

—Eso no está en mis manos.

—¿En las de quién, pues? —gruñó Jacob.

Edward dirigió la mirada hasta donde yo estaba.

—En las suyas. Aprendo rápido, Jacob Black, y no cometeré el mismo error dos veces. Voy a quedarme aquí hasta que ella me diga que me marche.

Me sumergí por un momento en la luz dorada de sus ojos. No era difícil entender la parte que me había perdido de la conversación. Lo único que Jacob podría querer de Edward sería que se fuera.

—Nunca —susurré, todavía inmersa en sus ojos.

Jacob hizo un sonido como si se atragantara.

Con renuencia, me solté de la mirada de Edward para fruncirle el ceño a Jacob.

—¿Hay algo más que necesites, Jacob? ¿deseabas meterme en problemas? Misión cumplida. Charlie quizás me mande a un internado militar, pero eso no me alejará de Edward. Nada lo conseguirá. ¿Qué más quieres?

Jacob siguió clavando la mirada en Edward.

—Sólo me falta recordar a tus amigos chupasangres unos cuantos puntos clave del tratado que cerraron. Ese tratado es la única cosa que me impide que le abra la garganta aquí y ahora.

—No los hemos olvidado —dijo Edward justo en el mismo momento que yo preguntaba:

—¿Qué puntos clave?

Jacob seguía fulminando con la mirada a Edward, pero me contestó.

—El tratado es bastante específico. La tregua se acaba si cualquiera de ustedes muerde a un humano. *Morder*, no matar —remarcó. Finalmente, me miró. Sus ojos eran fríos.

Sólo me llevó un segundo comprender la distinción, y entonces mi rostro se volvió tan frío como el suyo.

—Eso no es asunto tuyo.

—Maldita sea si no... —fue todo lo que consiguió mascullar.

No esperaba que mis palabras precipitadas provocaran una respuesta tan fuerte. A pesar del aviso que venía a transmitir, él seguro que no lo sabía. Debió de pensar que la advertencia era una mera precaución. No se había dado cuenta, o quizá no había querido creer, que yo ya había adoptado una decisión, que realmente intentaba convertirme en un miembro de la familia Cullen.

Mi respuesta empujó a Jacob a casi revolverse entre convulsiones. Presionó los puños contra sus sienes, cerró los ojos con fuerza y se dobló sobre sí mismo en un intento de controlar los espasmos. Su rostro adquirió un tono verde amarillento debajo de la tez cobriza.

—¿Jake? ¿Estás bien? —pregunté llena de ansiedad.

Di medio paso en su dirección, pero Edward me retuvo y me obligó a situarme detrás de su propio cuerpo.

—¡Ten cuidado! ¡Ha perdido el control! —me avisó.

Pero Jacob casi había conseguido recobrarse otra vez; sólo sus brazos continuaban temblando. Miró a Edward con una cara llena de odio puro.

—¡Arg! Yo nunca le haría daño a ella.

Ni Edward ni yo nos perdimos la inflexión ni la acusación que contenían sus palabras. Un siseo bajo se escapó de entre los labios de Edward y Jacob cerró sus puños en respuesta.

—¡BELLA! —el rugido de Charlie venía de la dirección de la casa—. ¡ENTRA AHORA MISMO!

Todos nos quedamos helados y a la escucha en el silencio que siguió.

Yo fui la primera en hablar; mi voz temblaba.

—Mierda.

La expresión furiosa de Jacob flaqueó.

—Siento mucho esto —murmuró—. Tenía que hacer lo que pudiera… Tenía que intentarlo.

—Gracias —el temblor de mi voz arruinó el efecto del sarcasmo. Miré hacia el camino, casi esperando ver aparecer a Charlie embistiendo contra los helechos mojados como un toro enfurecido. En ese escenario, seguramente yo sería la bandera roja.

—Sólo una cosa más —me dijo Edward, y después miró a Jacob—. No hemos encontrado rastro alguno de Victoria a nuestro lado de la línea, ¿y ustedes?

Supo la respuesta tan pronto como Jacob la pensó, pero éste contestó de todos modos.

—La última vez fue cuando Bella estuvo… fuera. Le dejamos creer que había conseguido infiltrarse para estrechar el cerco, y estábamos preparados para emboscarla…

Un escalofrío helado me recorrió la columna.

—Pero entonces salió disparada, como un murciélago escapando del infierno. Por lo que nosotros creemos, captó tu olor y eso la sacó del apuro. No ha aparecido por nuestras tierras desde entonces.

Edward asintió.

—Cuando ella regrese, no es ya problema suyo. Nosotros…

—Mató en nuestro territorio —masculló Jacob—. ¡Es nuestra!

—No… —empecé a protestar dirigiéndome a los dos.

—¡BELLA! ¡VEO EL CARRO DE EDWARD Y SÉ QUE ESTÁS AHÍ FUERA! ¡SI NO ENTRAS EN CASA EN UN MINUTO…! —Charlie ni siquiera se molestó en completar su amenaza.

—Vámonos —me instó Edward.

Miré atrás hacia Jacob, con el corazón dividido. ¿Volvería a verlo otra vez?

—Lo siento —susurró él tan bajo que tuve que leerle los labios para entenderlo—. Adiós, Bella.

—Lo prometiste —le recordé con desesperación—. Prometiste que siempre seríamos amigos, ¿de acuerdo?

Jacob sacudió la cabeza lentamente, y el nudo de mi garganta casi me estranguló.

—Ya sabes que intenté mantener esa promesa, pero... no veo cómo va a ser posible. No ahora... —luchó para no mover su dura máscara de lugar, pero ésta vaciló y después desapareció—. Te echaré de menos —articuló con los labios. Una de sus manos se alzó hacia mí con los dedos extendidos, como si deseara que fueran lo suficientemente largos para cruzar la distancia entre los dos.

—Yo también —contesté ahogada por la emoción. Mi mano también se alzó hacia la suya a través del amplio espacio.

Como si estuviéramos conectados, el eco de su dolor se retorció dentro de mí. Su dolor, mi dolor.

—Jake...

Di un paso hacia él. Quería pasar mis brazos por su cintura y borrar esa expresión de sufrimiento de su rostro. Edward me empujó hacia atrás de nuevo, sujetándome más que defendiéndome con los brazos.

—Todo va bien —le prometí, y alcé la vista para leer su rostro con la verdad en mis ojos. Supuse que él lo entendería.

Pero sus ojos eran inescrutables y su rostro inexpresivo. Frío.

—No, no va bien.

—Suéltala —rugió Jacob, furioso otra vez—. ¡Ella quiere que la sueltes!

Dio dos zancadas hacia delante. Un destello llameó en sus ojos en anticipación a la lucha. Su pecho pareció ondularse cuando se estremeció.

Edward volvió a empujarme detrás de él y se dio la vuelta para encarar a Jacob.

—¡No! ¡Edward...!

—¡ISABELLA SWAN!

—¡Vámonos! ¡Charlie está como loco! —mi voz estaba llena de pánico, pero ahora no por Charlie—. ¡Date prisa!

Tiré de él y se relajó un poco. Me empujó hacia atrás lentamente. Mientras nos retirábamos, no perdió de vista a Jacob...

... que nos miró con el oscuro ceño fruncido en su rostro amargo. La expectativa de la lucha desapareció de sus ojos y entonces, justo antes de que el bosque se interpusiera entre nosotros, su cara se contrajo llena de tristeza.

Supe que este último atisbo de su rostro me perseguiría hasta que volviera a verlo sonreír.

Y justo allí me juré que volvería a contemplar su sonrisa, y pronto. Encontraría la manera de que continuara siendo mi amigo.

Edward mantuvo su brazo ceñido a mi cintura, conservándome cerca de él. Esto fue lo único que impidió que rompiera a llorar.

Tenía varios problemas realmente serios.

Mi mejor amigo me contaba entre sus peores enemigos.

Victoria seguía suelta, poniendo a toda la gente que amaba en peligro.

Los Vulturis me matarían si no me convertía pronto en vampiro.

Y ahora parecía que si lo hacía, los licántropos quileutes tratarían de hacer el trabajo por su cuenta, además de intentar matar a mi futura familia. No creo que tuvieran ninguna oportunidad en realidad, pero ¿terminaría mi mejor amigo muerto en el intento?

Eran problemas muy, muy serios. Así que ¿por qué me parecieron todos repentinamente insignificantes cuando salimos de detrás del último de los árboles y vi la expresión del rostro purpúreo de Charlie?

Edward me dio un apretón suave.

—Estoy aquí.

Respiré hondo.

Eso era cierto. Edward estaba allí, rodeándome con sus brazos.

Podría enfrentarme a cualquier cosa mientras eso no cambiara.

Cuadré los hombros y fui a enfrentarme con mi suerte, llevando al lado al hombre de mis sueños en carne y hueso.

Agradecimientos

Todo mi amor y mi gratitud a mi esposo y a mis hijos por su comprensión y sacrificio constantes y por su apoyo en mi tarea de escritora. Al menos, no soy la única beneficiada; estoy convencida de que muchos restaurantes locales también agradecen que no haya vuelto a cocinar.

Gracias, mamá, por ser mi mejor amiga y permitirme que te caliente la cabeza con todas mis dificultades. Además, gracias por ser tan locamente creativa e inteligente, y por haber insuflado un poco de todas esas virtudes en mi mezcla genética.

Gracias a todos mis hermanos, Emily, Heidi, Paul, Seth y Jacob, por dejarme tomar prestados sus nombres. Espero no haber hecho con ellos nada por lo que hayan tenido que arrepentirse de llamarse así.

Debo un agradecimiento especial a mi hermano Paul por sus lecciones para montar en moto; tienes un gran don para la enseñanza.

Nunca podré agradecerle lo suficiente a mi hermano Seth todo el talento y el trabajo duro invertidos en la creación del sitio www.stepheniemeyer.com. Aún estoy en deuda contigo por el esfuerzo que continúas haciendo como mi *Webmaster.* Mira el correo, hombre. Esta vez lo digo en serio.

Gracias de nuevo a mi hermano Jacob por su permanente y experto asesoramiento en todas mis dudas sobre automóviles.

Muchas gracias a mi agente, Jodi Reamer, por su guía y apoyo continuos en mi carrera, y también por soportar mi locura con una sonrisa, cuando sé que en vez de eso preferiría usar conmigo alguno de sus ataques *ninja.*

Mi cariño, besos y gratitud a mi publicista, la hermosa Elizabeth Eulberg, por hacer que mis giras se parecieran más a una fiesta de pijamas que a una lata, por su ayuda y sus consejos en mis cacerías cibernaúticas, y por convencer a esos esnobs exclusivos del EEC (Elizabeth Eulberg Club) para que me admitieran y, ¡ah, sí!, también por lograr que entrara en la lista de más vendidos del *New York Times.*

Un montón de gracias para todo el equipo de Little, Brown and Company por su apoyo y su confianza en el potencial de mis historias.

Y finalmente, gracias a esos músicos llenos de talento que me inspiraron, en especial, la banda Muse. Hay emociones, escenas e hilos de la trama en esta novela que surgieron de las canciones de Muse y que no existirían sin su genio. También a Linkin Park, Travis, Elbow, Coldplay, Marjorie Fair, My Chemical Romance, Brand New, The Strokes, Armor For Sleep, The Arcade Fire y The Fray, que han sido todos instrumentos imprescindibles para conjurar el bloqueo del escritor.

¿Conseguirá Bella por fin
la inmortalidad?
Descúbrelo en

Eclipse